HARUKI MURAKAMI
GEFÄHRLICHE GELIEBTE
ROMAN DUMONT

HARUKI MURAKAMI
GEFÄHRLICHE GELIEBTE
ROMAN DUMONT

AUS DEM ENGLISCHEN VON
GIOVANNI BANDINI UND DITTE BANDINI

DIE ORIGINALAUSGABE ERSCHIEN 1992 UNTER DEM TITEL KOKKYO NO MINAMI, TAIYO NO NISHI BEI KODANSHA LTD., TOKYO UND 1998 IN DER ENGLISCHEN ÜBERSETZUNG BEI ALFRED A. KNOPF, INC., NEW YORK

SIEBTE AUFLAGE 2001

AUSSTATTUNG UND UMSCHLAG: GROOTHUIS+CONSORTEN
UMSCHLAGFOTOGRAFIE: ANDREAS WEISS
GESETZT AUS DER ELZEVIR UND DER ANTIQUE OLIVE
GEDRUCKT AUF SÄUREFREIEM UND CHLORFREI GEBLEICHTEM PAPIER
SATZ: GREINER & REICHEL, KÖLN
DRUCK UND VERARBEITUNG: CLAUSEN & BOSSE, LECK
PRINTED IN GERMANY

ISBN 3-7701-4781-2

GEFÄHRLICHE GELIEBTE

1

Ich bin am vierten Januar 1951 geboren, in der ersten Woche des ersten Monats des ersten Jahres der zweiten Hälfte des zwanzigsten Jahrhunderts. Eine denkwürdige Konstellation, nehme ich an, und darum gaben meine Eltern mir den Namen Hajime – japanisch für »Beginn«. Ansonsten war es eine hundertprozentig durchschnittliche Geburt. Mein Vater arbeitete in einer großen Investment-Firma, meine Mutter war eine typische Hausfrau. Während des Krieges war mein Vater vom College weg eingezogen worden und nach Singapur an die Front gekommen; nach der Kapitulation verbrachte er einige Zeit in Kriegsgefangenschaft. Das Haus meiner Mutter brannte im letzten Kriegsjahr während eines Bombenangriffs nieder. Ihre Generation litt unter dem langen Krieg am meisten.

Als ich geboren wurde, hätte man jedoch nie vermutet, daß es einen Krieg gegeben hatte. Keine ausgebrannten Ruinen mehr, keine Besatzungsarmee. Wir wohnten in einem ruhigen Städtchen, in einem Haus, das der Firma meines Vaters gehörte, noch aus der Vorkriegszeit; es war nicht mehr das neuste, aber recht geräumig. Im Garten wuchsen Kiefern, und wir hatten sogar einen kleinen Teich und ein paar steinerne Laternen.

Der Ort, in dem ich aufwuchs, war eine typische, gutbürgerliche Vorortsiedlung. Die Kinder aus meiner Klasse, mit denen ich befreundet war, wohnten durchweg in netten kleinen Reihenhäusern; ein paar davon mögen ein bißchen größer gewesen sein als unseres, aber sie hatten garantiert alle eine ähnliche Einfahrt, Kiefern im Garten und so weiter. Die Väter meiner Freunde waren entweder mittlere Angestellte, oder sie übten irgendeinen freien Beruf aus. Kaum eine Mutter ging arbeiten. Und praktisch jeder hatte eine

Katze oder einen Hund. Niemand, den ich kannte, wohnte in einer Miet- oder Eigentumswohnung. Später zogen wir in ein anderes Viertel, aber dort sah es praktisch genauso aus. Das führte dazu, daß ich bis zum Beginn meines College-Studiums in Tokio davon überzeugt war, jedermann auf der Welt wohne in einem Einfamilienhaus mit einem Garten und einem Haustier und fahre täglich, in Anzug und Krawatte, mit dem Vorortzug zur Arbeit. Ich konnte mir beim besten Willen keine andere Lebensweise vorstellen.

In der Welt, in der ich aufwuchs, hatte eine typische Familie zwei bis drei Kinder. Die Freunde meiner Kindheit gehörten samt und sonders zu solchen Musterfamilien. Wenn's keine zwei Kinder waren, dann drei; wenn nicht drei, dann zwei. Familien mit sechs oder sieben Kindern waren die Ausnahme, aber noch seltener waren Familien mit nur einem Kind.

Wie es der Zufall wollte, war ich eine dieser Ausnahmen, denn ich war ein Einzelkind. Ich hatte deswegen einen Minderwertigkeitskomplex, als sei irgend etwas an mir abnorm, da mir etwas fehlte, was alle anderen hatten und als selbstverständlich betrachteten.

Ich verabscheute das Wort *Einzelkind.* Jedesmal, wenn ich es hörte, hatte ich das Gefühl, mir fehle etwas – als sei ich kein ganz vollständiger Mensch. Das Wort Einzelkind pflanzte sich vor mir auf und deutete vorwurfsvoll auf mich. »Da hapert's, Junge«, sagte es zu mir.

In der Welt, in der ich lebte, war man allgemein der Überzeugung, Einzelkinder seien verzogen, schwach und egozentrisch. Daran war nicht zu rütteln – so wenig wie an der Tatsache, daß das Barometer fällt, je höher man steigt, und daß Kühe Milch geben. Darum konnte ich es nicht ausstehen, gefragt zu werden, wie viele Geschwister ich hätte. Die Leute brauchten nur zu hören, daß ich gar keine hatte, und schon dachten sie unwillkürlich: Hm, ein Einzelkind – verzogen, schwach und egozentrisch, möcht ich wetten. Diese spontane Reaktion deprimierte und verletzte mich. Aber im Grunde deprimierte und verletzte mich etwas anderes: daß alles, was die Leute von mir dachten, stimmte. Ich war tatsächlich verzogen, schwach und egozentrisch.

Während der ganzen sechs Grundschuljahre lernte ich nur ein anderes Einzelkind kennen. Deswegen erinnere ich mich noch sehr gut an sie (ja, es war ein Mädchen). Ich freundete mich mit ihr an, und wir unterhielten uns über alle möglichen Dinge. Wir verstanden uns. Man könnte sogar sagen, daß ich sie liebte.

Sie hieß Shimamoto. Kurz nach ihrer Geburt hatte sie Kinderlähmung gehabt, und daher zog sie das linke Bein nach. Zudem noch war sie erst am Ende der fünften Klasse in unsere Schule gekommen. Im Vergleich zu mir hatte sie also ein wirklich schweres Bündel zu tragen, doch diese psychische Belastung machte sie nur zu einem zäheren, gelasseneren Einzelkind, als ich es je hätte werden können. Nie jammerte oder klagte sie, nie ließ sie auch nur durchblicken, wie ärgerlich oder entnervt sie manchmal gewesen sein muß. Was auch passierte, immer brachte sie ein Lächeln zustande. Ja, je schlimmer die Sache wurde, desto strahlender wurde ihr Lächeln. Ich liebte ihr Lächeln. Es beruhigte mich, machte mir Mut. *Es wird schon werden*, sagte mir ihr Lächeln. *Halt einfach durch, und alles wird gut*. Wenn ich Jahre später an sie zurückdachte, war ihr Lächeln immer das erste, woran ich mich erinnerte.

Shimamoto bekam immer gute Noten und war zu allen freundlich. Man respektierte sie. Wir waren beide Einzelkinder, aber in dieser Hinsicht waren sie und ich verschieden. Das soll allerdings nicht heißen, daß alle unsere Klassenkameraden sie mochten. Niemand ärgerte sie oder machte sich über sie lustig, aber außer mir hatte sie keine richtigen Freunde.

Wahrscheinlich war sie zu besonnen, zu beherrscht. Manche unserer Klassenkameraden müssen sie für kalt und hochmütig gehalten haben. Aber ich spürte da etwas anderes – etwas Warmes und Zerbrechliches gleich unter der Oberfläche. Etwas, das sich wie ein Kind, das Verstecken spielt, tief in ihrem Inneren verbarg und doch hoffte, entdeckt zu werden.

Da Shimamotos Vater häufig versetzt wurde, hatte sie schon eine ganze Reihe von Schulen besucht. Was ihr Vater von Beruf war, weiß ich nicht mehr. Einmal hat sie es mir ausführlich erzählt, aber wie das bei Kindern so ist, ging das bei mir durch ein Ohr rein und durch das andere wieder hinaus. Ich meine mich zu erinnern, daß es mit einer Bank oder Steuerbehörde zu tun hatte. Auch das Haus, in dem sie wohnte, war vom Arbeitgeber des Vaters gestellt, aber es war größer als sonst üblich: ein Haus im westlichen Stil, mit einer niedrigen, massiven Steinmauer um das Grundstück. Über die Mauer ragte eine immergrüne Hecke, und durch deren lichte Stellen konnte man in einen Garten mit einem Rasen spähen.

Shimamoto war ein großes Mädchen – ungefähr so groß wie ich – mit ausdrucksvollen Gesichtszügen. Ich war mir sicher, daß sie in ein paar Jahren eine Schönheit sein würde. Aber als ich sie kennenlernte, entsprach ihr Äußeres noch nicht ganz ihren inneren Qualitäten. Sie hatte etwas Unausgewogenes an sich, und die meisten fanden sie nicht sonderlich attraktiv. Ein Teil von ihr war erwachsen, ein Teil noch kindlich – und das erzeugte eine gewisse Dissonanz. Und diese Dissonanz verunsicherte die Leute.

Wahrscheinlich weil wir so nah beieinander wohnten – buchstäblich einen Steinwurf voneinander entfernt –, wurde sie, als sie an unsere Schule kam, neben mich gesetzt. Ich erklärte ihr, was für Bücher sie brauchen würde, wie die wöchentlichen Klassenarbeiten abliefen, wieviel wir in den einzelnen Fächern schon durchgenommen hatten, wie der Putzdienst und die Arbeit in der Essensausgabe geregelt waren. In unserer Schule hielt man es so, daß das Kind, das einem Neuzugang am nächsten wohnte, sich in der Anfangszeit um diesen zu kümmern hatte; mein Lehrer nahm mich beiseite und teilte mir mit, er erwarte, daß ich mich der gehbehinderten Shimamoto ganz besonders annehmen würde.

Wie bei allen Elf- oder Zwölfjährigen, die zum erstenmal mit einer Person des anderen Geschlechts reden, waren unsere Gespräche während der ersten paar Tage recht verkrampft. Als wir aber herausfanden, daß wir beide Einzelkinder waren, wurden wir lockerer. Beide lernten wir zum erstenmal ein anderes Einzelkind kennen, und es gab so viel über unser jeweiliges Einzelkinddasein zu erzählen, was wir bis dahin für uns behalten hatten. Oft gingen wir von der Schule zusammen nach Hause. Langsam, wegen ihres Beins, gingen wir den einen Kilometer und unterhielten uns dabei über vielerlei. Je mehr wir redeten, desto mehr Gemeinsamkeiten entdeckten wir: unsere Liebe zu Büchern und Musik; von Katzen ganz zu schweigen. Es fiel uns beiden schwer, anderen unsere Gefühle begreiflich zu machen. Beide hatten wir eine lange Liste von Gerichten, die uns nicht schmeckten. Bei den Schulfächern kannten wir nur zwei Kategorien: solche, die uns Spaß machten, auf die wir uns mühelos konzentrieren konnten – und solche, die wir auf den Tod nicht ausstehen konnten. *Ein* wichtiger Unterschied bestand allerdings zwischen uns: in weit stärkerem Maße als ich umgab sich Shimamoto bewußt mit einem schützenden Panzer. Im Gegensatz zu mir strengte sie sich in den Fächern, die sie haßte, besonders an und bekam darin gute Noten. Wenn es in der Schule mittags etwas gab, das sie nicht ausstehen konnte, aß sie es trotzdem. Mit anderen Worten: Sie errichtete eine weit höhere Schutzmauer um sich, als es mir je gelungen war. Was jedoch hinter dieser Mauer lag, unterschied sich kaum von dem, was hinter meiner lag.

Bei Shimamoto konnte ich mich entspannen; in Gesellschaft anderer Mädchen nicht. Es gefiel mir sehr, zusammen mit ihr nach Hause zu gehen. Beim Gehen hinkte sie leicht. Manchmal hielten wir auf halbem Weg bei einer Parkbank an, aber das störte mich nicht. Im Gegenteil, ich war dankbar für die zusätzliche gemeinsame Zeit.

Bald sah man uns immer häufiger zusammen, aber ich kann mich nicht erinnern, daß sich jemand deswegen über uns lustig gemacht hätte. Damals fiel mir das nicht weiter auf, aber jetzt finde ich es schon merkwürdig. Schließlich neigen Kinder in diesem Alter dazu, über solche angehenden Pärchen zu spotten und zu witzeln. Es könnte an Shimamotos Art gelegen haben; etwas an ihr schüchterte andere ein, ließ sie denken: Mann – vor *dem* Mädchen sagst du besser keine Dummheiten! Selbst unsere Lehrer wirkten im Umgang mit ihr leicht nervös; es mag auch an ihrem gelähmten Bein gelegen haben. Jedenfalls fanden die meisten, Shimamoto sei nicht von der Sorte, die man hänselt, und mir konnte das nur recht sein.

Während des Sportunterrichts saß sie am Rand, und wenn unsere Klasse eine Wanderung oder eine Bergtour unternahm, blieb sie zu Hause. Genauso, wenn wir im Sommer ins Schwimmlager fuhren. Bei unserem jährlichen Sportfest wirkte sie zwar nicht besonders glücklich, aber sonst führte sie in der Schule ein ganz normales Leben. Von ihrem Bein sprach sie fast nie. Ja, wenn ich mich recht erinnere, überhaupt nie. Niemals entschuldigte sie sich auf dem Nachhauseweg dafür, daß ich ihretwegen langsamer gehen mußte, oder ließ auch nur zu, daß dieser Gedanke sich in ihrem Gesicht abzeichnete. Ich wußte jedoch, daß sie ihr gelähmtes Bein nie erwähnte, gerade weil es ihr sehr zu schaffen machte. Sie ging nicht gern zu anderen nach Hause, weil sie dann gezwungen gewesen wäre, wie in Japan üblich, ihre Schuhe in der Diele auszuziehen. Sie hatte unterschiedlich hohe Absätze, und auch die zwei Schuhe waren unterschiedlich geformt – was sie unter allen Umständen zu verbergen versuchte. Es waren bestimmt Maßanfertigungen. Wenn wir bei ihr zu Hause ankamen, warf sie als erstes ihre Schuhe so schnell wie möglich in den Schrank.

Im Wohnzimmer von Shimamotos Haus stand eine brandneue Stereoanlage, und ich kam oft zu ihr, um Musik zu hören. Die Anlage war wirklich gut, die dazugehörige Plattensammlung nahm sich dagegen eher bescheiden aus. Shimamotos Vater besaß, wenn's hoch kam, fünfzehn LPs, hauptsächlich mit leichterer klassischer Musik. Wir müssen uns diese fünfzehn Platten tausendmal angehört haben, und noch heute kann ich mich an alle Stücke erinnern – Note für Note.

Für die Schallplatten war Shimamoto verantwortlich. Sie nahm eine aus der Hülle, legte sie behutsam auf den Plattenteller, ohne die Rillen mit den Fingern zu berühren, und nachdem sie die Nadel mit einer winzigen Bürste von jeglichem Staub befreit hatte, setzte sie mit allergrößter Vorsicht den Tonarm auf. Wenn die Platte zu Ende war, besprühte sie sie mit einem Spray, wischte sie mit einem Reinigungstuch ab, steckte sie in ihre Hülle zurück und stellte sie an ihren Platz im Regal. Ihr Vater hatte ihr dieses Vorgehen beigebracht, und sie befolgte seine Anweisungen mit beängstigend ernstem Gesicht, leicht zusammengekniffenen Augen, und fast ohne zu atmen. Währenddessen saß ich auf dem Sofa und beobachtete jede ihrer Bewegungen. Erst wenn die Schallplatte wieder sicher im Regal stand, wandte sie sich mir zu und schenkte mir ein kleines Lächeln. Und jedesmal durchzuckte mich der Gedanke: Es war keine Schallplatte, womit sie da hantierte. Es war eine zarte Seele in einer Glasflasche.

Bei uns zu Hause gab es weder Schallplatten noch Plattenspieler. Meine Eltern machten sich nicht viel aus Musik. Also hörte ich immer die Musik aus einem kleinen Plastikradio, das nur Mittelwelle empfing. Am liebsten mochte ich Rock 'n' Roll, aber es dauerte nicht lange, bis ich auf den Geschmack der Art von Klassik kam, die ich bei Shimamoto hörte. Dies war Musik aus einer anderen Welt, was schon an sich seinen Reiz hatte, aber mehr noch als deswegen liebte ich sie, weil Shimamoto zu dieser Welt gehörte. Ein-, zweimal die Woche setzten wir uns nebeneinander auf das Sofa, tranken den Tee, den ihre Mutter uns zubereitete, und verbrachten den ganzen Nachmittag mit Ouvertüren von Rossini, Beethovens Pastorale und der Peer-Gynt-Suite. Ihre Mutter war froh über meine Besuche. Es freute sie, daß ihre Tochter so schnell einen Freund in der neuen Schule gefunden hatte; und daß ich immer ordentlich angezogen war, dürfte auch eine gewisse Rolle gespielt haben. Ehrlich gesagt, habe ich es nie fertiggebracht, Shimamotos Mutter sonderlich zu mögen. Es gab dafür keinen bestimmten Grund; sie war immer nett zu mir. Aber ich hörte immer einen Anflug von Gereiztheit aus ihrer Stimme heraus, und das machte mich nervös.

Von allen Schallplatten ihres Vaters mochte ich am liebsten die mit Liszts Klavierkonzerten: auf jeder Seite eines. Ich mochte diese Platte aus zwei Gründen. Erstens hatte sie ein schönes Cover. Zweitens war ich der einzige, den ich kannte – Shimamoto natürlich ausgenommen –, der sich Klavierkonzerte von Liszt anhörte. Das war eine erregende Vorstellung. Ich hatte eine Welt entdeckt, von der niemand in meiner Umgebung etwas ahnte – einen geheimen Garten, den nur ich betreten durfte. Ich fühlte mich hervorgehoben, auf eine höhere Daseinsebene versetzt.

Und dann war die Musik selbst wundervoll. Anfangs kam sie

mir übertrieben vor, gekünstelt, ja, unverständlich. Nach und nach aber, nach mehrmaligem Anhören, entstand ein undeutliches Bild in meinem Kopf – ein Bild, das etwas bedeutete. Wenn ich die Augen schloß und mich konzentrierte, erreichte mich die Musik als eine Folge von Strudeln. Zuerst bildete sich ein Strudel, dann entstand daraus ein zweiter. Und an den zweiten Strudel schloß sich ein dritter an. Heute weiß ich, daß diese Strudel eine ideelle, abstrakte Qualität besaßen. Wie gern hätte ich Shimamoto von ihnen erzählt! Aber sie waren mit der alltäglichen Sprache nicht zu erfassen. Ein völlig neues Vokabular wäre dazu erforderlich gewesen, aber ich hatte nicht die leiseste Ahnung, wie es hätte aussehen können. Hinzu kam, daß ich nicht wußte, ob das, was in mir vorging, überhaupt wert war, in Worte gefaßt zu werden. Leider kann ich mich an den Namen des Pianisten nicht mehr erinnern. Nur das farbenprächtige Plattencover ist mir in Erinnerung geblieben und das Gewicht der Platte selbst. Sie war unerklärlich dick und schwer.

Die Sammlung von Shimamotos Vaters enthielt auch je eine LP von Nat King Cole und Bing Crosby. Diese beiden hörten wir uns sehr häufig an. Crosby sang Weihnachtslieder, die wir immer wieder gern abspielten, ungeachtet der Jahreszeit. Es ist schon komisch, wie oft wir uns so etwas mit Genuß anhören konnten.

Eines Dezembertags, kurz vor Weihnachten, saßen Shimamoto und ich wieder einmal in ihrem Wohnzimmer, wie gewöhnlich auf dem Sofa, und hörten uns Schallplatten an. Ihre Mutter war wegen irgendwelcher Besorgungen aus dem Haus gegangen, und wir waren allein. Es war ein bewölkter, dunkler Winternachmittag. Die staubschraffierten Strahlen der Sonne schafften es kaum, durch die schwere Wolkendecke zu dringen; alles sah trüb und reglos aus. Es ging auf den Abend zu, und im Zimmer war es dunkel wie in der Nacht. Ich weiß noch, daß das Licht ausgeschaltet war. Ein Kerosin-

Heizgerät verströmte einen mattroten Schimmer. Nat King Cole sang gerade »Pretend«. Natürlich verstanden wir damals kein Wort des englischen Textes; für uns war er eher ein liturgischer Singsang. Aber ich mochte das Lied sehr, und ich hatte es so oft gehört, daß ich den Anfang irgendwie nachsingen konnte:

Pretend you're happy when you're blue
It isn't very hard to do

Das Lied und das reizende Lächeln, das Shimamotos Gesicht stets erhellte, waren für mich ein und dasselbe. Der Text schien eine bestimmte Lebenseinstellung zum Ausdruck zu bringen – auch wenn es mir bisweilen schwerfiel, das Leben so zu sehen.

Shimamoto trug einen blauen Pullover mit rundem Ausschnitt. Sie besaß eine ganze Reihe von blauen Pullovern; Blau muß ihre Lieblingsfarbe gewesen sein. Vielleicht trug sie die Pullover aber auch nur, weil sie gut zu dem marineblauen Mantel paßten, in dem sie immer in die Schule kam. Aus dem Ausschnitt lugte der weiße Kragen ihrer Bluse. Ein karierter Rock und weiße Baumwollstrümpfe vervollständigten ihre Kleidung. Ihr weicher, eng anliegender Pullover zeichnete die leichte Schwellung ihrer Brüste nach. Mit untergeschlagenen Beinen saß sie auf dem Sofa. Einen Ellbogen auf die Rückenlehne gestützt, starrte sie auf irgendeine ferne imaginäre Landschaft, während sie der Musik lauschte.

»Glaubst du, es stimmt, was die Leute sagen – daß Eltern von Einzelkindern sich nicht besonders gut verstehen?« fragte sie.

Ich ließ mir das durch den Kopf gehen. Aber ich konnte keinen ursächlichen Zusammenhang zwischen den beiden Sachverhalten erkennen.

»Wo hast du denn das gehört?« fragte ich.

»Hat mir mal jemand gesagt. Ist schon lange her. Ehepaare,

die sich nicht besonders gut verstehen, bekommen meist nur ein einziges Kind. Ich fand das sehr traurig, als ich das gehört habe.«

»Hmm …« machte ich.

»Verstehen sich dein Vater und deine Mutter gut?«

Darauf wußte ich erst mal nichts zu antworten. Ich hatte noch nie darüber nachgedacht.

»Meine Mutter ist nicht besonders kräftig«, sagte ich. »Ich weiß es nicht genau, aber wahrscheinlich wäre es eine zu große Belastung für sie gewesen, nach mir noch ein weiteres Kind zu bekommen.«

»Hast du dich noch nie gefragt, wie es wäre, einen Bruder oder eine Schwester zu haben?«

»Nein.«

»Warum nicht?«

Ich hob die Plattenhülle vom Tisch auf. Es war zu dunkel, um lesen zu können, was darauf geschrieben stand. Ich legte sie wieder hin und rieb mir ein paarmal mit dem Handgelenk über die Augen. Meine Mutter hatte mich das auch schon einmal gefragt. Die Antwort, die ich ihr damals gegeben hatte, hatte sie weder gefreut noch traurig gemacht; sie hatte sie einfach nur verdutzt. Aber von meiner Warte aus war es eine absolut ehrliche, absolut aufrichtige Antwort gewesen.

Sobald ich sie aussprach, gerieten die Dinge, die ich sagen wollte, heillos durcheinander, und meine Erklärung fand und fand kein Ende. Aber was ich zu sagen versuchte, war schlicht und einfach das: Der Hajime, der jetzt hier existiert, ist ohne Geschwister aufgewachsen. Wenn ich Geschwister gehabt hätte, wäre ich nicht der, der ich bin. Also ist es für den Hajime, der jetzt vor dir sitzt, gar nicht möglich, darüber nachzudenken, wie es wäre, Geschwister zu haben … Mit anderen Worten, ich fand die Frage meiner Mutter sinnlos.

Ich gab Shimamoto dieselbe Anwort. Während ich sprach, fixierte sie mich mit einem ruhigen Blick. Sie hatte eine Art, einen anzusehen, die einen buchstäblich fesselte. Es war, als ob sie ihrem Gegenüber – das habe ich mir natürlich erst viel später in dieser Form bewußt gemacht – behutsam eine Hülle nach der anderen vom Herzen streifte: ein ausgesprochen sinnliches Gefühl. Mit jeder Veränderung ihres Gesichts veränderte sich auch, kaum merklich, die Form ihrer Lippen, und tief in ihren Augen konnte ich für einen Moment ein schwaches Licht ausmachen, wie eine winzige Kerzenflamme, die in einem dunklen, engen Raum flakkerte.

»Ich glaube, ich verstehe, was du meinst«, sagte sie in einem erwachsenen, leisen Ton.

»Wirklich?«

»Mhm«, antwortete sie. »In dieser Welt gibt es Dinge, die man ein zweitesmal, anders, machen kann, und Dinge, bei denen das nicht geht. Und die Vergangenheit ist eines dieser Dinge, die man nicht ungeschehen und dann anders machen kann. Glaubst du nicht auch?«

Ich nickte.

»Wenn erst einmal eine gewisse Zeit vergangen ist, verhärten sich die Dinge. Wie Zement, der in einem Eimer hart wird. Und wir können dann nicht mehr zurück. Was du sagen willst, ist, daß der Zement, aus dem du bestehst, inzwischen hart geworden ist, so daß das Du, das du jetzt bist, niemand anders mehr sein kann.«

»Ich glaube, so habe ich's gemeint«, sagte ich unsicher.

Shimamoto sah eine Zeitlang auf ihre Hände.

»Manchmal, weißt du, mache ich mir so Gedanken. Darüber, wie es sein wird, wenn ich erwachsen bin und heirate. Ich denke darüber nach, in was für einem Haus ich wohl wohnen werde, was ich tun werde. Und ich denke darüber nach, wie viele Kinder ich haben werde.«

»Wirklich?« sagte ich.

»Hast du noch nie darüber nachgedacht?«

Ich schüttelte den Kopf. Wie konnte man von einem zwölfjährigen Jungen auch erwarten, daß er sich über derlei Dinge Gedanken machte? »Und? Wie viele Kinder möchtest du haben?«

Ihre Hand, die bis dahin auf der Rückenlehne des Sofas gelegen hatte, glitt jetzt auf ihr Knie hinunter. Ich starrte gebannt auf ihre Finger, die das Karomuster ihres Rocks nachzeichneten. Ihre Bewegungen hatten etwas Geheimnisvolles, als gingen von ihren Fingerspitzen unsichtbare Fäden aus, die einen völlig neuen Zeitbegriff webten. Ich schloß die Augen, und in der Dunkelheit blitzten Strudel vor mir auf. Zahllose Strudel entstanden und verschwanden dann wieder ohne einen Laut. Irgendwo weit weg sang Nat King Cole »South of the Border«. Das Lied handelte von Mexiko, aber damals wußte ich das noch nicht. Die Worte »south of the border« erweckten eine seltsame Sehnsucht in mir. Ich war mir absolut sicher, daß »südlich der Grenze« etwas ganz Wunderbares lag. Als ich die Augen öffnete, bewegte Shimamoto noch immer ihre Finger über ihren Rock. Irgendwo tief in meinem Körper verspürte ich einen unsagbar süßen Schmerz.

»Es ist komisch«, sagte sie, »aber wenn ich an Kinder denke, kann ich mir nur vorstellen, ein einziges zu haben. Ich kann mich schon irgendwie mit Kindern sehen: Ich bin eine Mutter, und ich habe ein Kind. Das macht mir keine Schwierigkeiten. Aber mit Geschwistern kann ich mir dieses Kind nicht vorstellen. Es ist ein Einzelkind.«

Sie war ganz ohne Frage ein frühreifes Mädchen. Ich bin mir sicher, daß sie sich zu mir als einem Angehörigen des anderen Geschlechts hingezogen fühlte – ein Gefühl, das ich durchaus erwiderte. Aber ich hatte keine Ahnung, wie ich mit solchen Gefühlen umgehen sollte. Und ich habe den Verdacht, daß Shimamoto es ebensowenig wußte. Wir hielten uns nur ein einziges Mal bei der Hand. Sie führte mich gerade irgendwohin und ergriff meine Hand, wie um zu sagen: Hier lang – beeil dich! Unsere Hände waren, wenn's hoch kommt, zehn Sekunden lang umeinander geschlossen, aber mir kam es eher wie dreißig Minuten vor. Als sie mich losließ, fühlte ich mich plötzlich verloren. Es hatte völlig natürlich gewirkt, wie sie nach meiner Hand gefaßt hatte, aber ich wußte, daß sie darauf gebrannt hatte, es zu tun.

Das Gefühl, ihre Hand zu halten, hat mich nie wieder verlassen. Es war anders als bei jeder anderen Hand, die ich je gehalten hatte, anders als bei jeder Berührung, die ich je erlebt habe. Es war lediglich die kleine, warme Hand eines zwölfjährigen Mädchens, aber diese fünf Finger, diese Handfläche waren wie eine Vitrine, die absolut alles enthielt, was ich wissen wollte – und was ich wissen *mußte*. Indem sie meine Hand nahm, zeigte sie mir, was dieses »alles« war. Zeigte mir, daß es hier, in der realen Welt, einen solchen Ort gab. Während dieser zehn Sekunden wurde ich zu einem kleinen Vögelchen, das in die Luft aufflatterte, in den rauschenden Wind. Vom Himmel aus, von hoch oben, konnte ich ein fernes Bild sehen. Es war so weit entfernt, daß ich es nicht deutlich erkennen konnte, aber irgend etwas war da, und ich wußte, daß ich eines Tages dorthin reisen würde. Diese Offenbarung raubte mir den Atem und ließ mein Zwerchfell beben.

Ich kehrte nach Hause zurück, setzte mich an meinen Schreibtisch und starrte lange auf diese Finger, die Shimamoto umfaßt hatte. Es erfüllte mich mit Seligkeit, daß sie meine Hand gehalten hatte. Ihre sanfte Berührung wärmte mir noch tagelang das Herz. Zugleich verwirrte mich dieses Gefühl, machte mich ratlos, in gewisser Weise sogar traurig. Wie würde ich nur je mit dieser Wärme fertig werden können?

Nach der Grundschule kamen Shimamoto und ich auf verschiedene Mittelschulen. Ich verließ die Umgebung, in der ich bis dahin gelebt hatte, und zog in eine andere Stadt. Ich sage »eine andere Stadt«, aber ich wohnte nur zwei Haltestellen von dort entfernt, wo ich aufgewachsen war, und während der ersten drei Monate nach meinem Umzug besuchte ich Shimamoto noch drei-, viermal. Aber das war es dann auch. Schließlich hörte ich ganz auf, hinzugehen. Wir waren beide in einem empfindlichen Alter, in dem die Tatsache, daß wir verschiedene Schulen besuchten und zwei Haltestellen voneinander entfernt wohnten, völlig ausreichte, um mir das Gefühl zu geben, daß wir jetzt in grundverschiedenen Welten lebten. Wir hatten nicht mehr die gleichen Freunde, nicht mehr die gleichen Schuluniformen und Schulbücher. Mein Körper, meine Stimme, meine Denkweise machten abrupte Veränderungen durch, und eine ungewohnte Befangenheit bedrohte auf einmal die intime Welt, die wir uns geschaffen hatten. Shimamoto machte natürlich sogar noch einschneidendere physische und psychische Veränderungen durch. Und das alles bereitete mir Unbehagen. Ihre Mutter begann, mich merkwürdig anzusehen. *Warum kommt dieser Junge immer noch hierher?* schien sie sich zu fragen. *Er wohnt doch gar nicht mehr in der Nähe, und er geht auf eine andere Schule.* Vielleicht war ich aber auch nur überempfindlich.

Und so lebten Shimamoto und ich uns auseinander, und ich traf sie schließlich überhaupt nicht mehr. Und das war wahrscheinlich (*wahrscheinlich* ist das einzige Wort, das ich in diesem Zusammenhang verwenden kann; ich sehe es nicht als meine Aufgabe an, den Erinnerungsraum, den man die Vergangenheit nennt, zu erforschen und zu entscheiden, was richtig war und was falsch) ein Fehler. Ich hätte ihr so nah wie irgend möglich bleiben sollen. Ich brauchte sie, und sie brauchte mich. Aber ich war zu gehemmt, und meine Angst, verletzt zu werden, war zu groß. Ich sah sie nie wieder. Erst viele Jahre später wieder, meine ich.

Auch nachdem wir aufgehört hatten, uns zu treffen, dachte ich weiter mit großer Zuneigung an sie. Die Erinnerung an sie machte mir Mut, linderte mir die Verwirrungen und Schmerzen des Heranwachsens. Lange Zeit nahm sie einen besonderen Platz in meinem Herzen ein. Ich hielt diesen besonderen Platz nur für sie frei, wie einen ruhigen Ecktisch in einem Restaurant, mit einem »Reserviert«-Schildchen darauf. Und das, obwohl ich mir sicher war, daß ich sie nie wiedersehen würde.

Zur Zeit unserer Bekanntschaft war ich erst zwölf Jahre alt gewesen und hatte noch keine echten sexuellen Gefühle oder Wünsche. Obwohl ich ein gewisses, unbestimmtes Interesse an der Schwellung ihrer Brust und dem, was sich unter ihrem Rock verbarg, nicht bestreiten will. Aber ich hatte keine Ahnung, was dieses Interesse bedeutete oder wohin es hätte führen können.

Mit gespitzten Ohren und geschlossenen Augen stellte ich mir die Existenz eines gewissen Ortes vor. Dieser Ort meiner Vorstellung war noch unfertig. Er war nebelhaft, unbestimmt, verschwommen. Dennoch war ich mir sicher, daß dort etwas absolut Lebensnotwendiges auf mich wartete. Und ich wußte eines: daß Shimamoto im selben Augenblick auf genau dasselbe Bild starrte.

Wir waren, sie ebenso wie ich, noch fragmentarische Geschöpfe, die gerade erst begannen, die Existenz einer unerwarteten Wirklichkeit zu erahnen, die wir uns noch würden aneignen müssen, die uns ausfüllen und vervollständigen würde. Wir standen vor einer Tür, die wir noch nie zuvor gesehen hatten. Wir beiden allein, unter einem schwach flackernden Licht, unsere Hände fest umeinander geschlossen, für flüchtige zehn Sekunden.

2

Auf der Oberschule war ich ein typischer Teenager. Dies war die zweite Phase meines Lebens, ein Schritt nach vorn in meiner persönlichen Evolution – die Vorstellung, ich sei anders, aufzugeben und mich für die Normalität zu entscheiden. Nicht, daß ich nicht mein Bündel von Problemen gehabt hätte; aber welcher Sechzehnjährige hat das nicht? Nach und nach rückte ich näher an die Welt heran, und die Welt rückte näher an mich heran.

Mit sechzehn war ich kein mickriges kleines Einzelkind mehr. In der Mittelschule hatte ich angefangen, in einem Hallenbad nicht weit von unserem Haus Schwimmunterricht zu nehmen. Ich lernte kraulen und ging von da an zweimal die Woche meine Bahnen schwimmen. Meine Schultern und meine Brust verbreiterten sich, und meine Muskeln wurden kräftig und straff. Ich war nicht mehr das schwächliche Kind, das alle naselang Fieber bekam und das Bett hüten mußte. Oft stellte ich mich nackt vor den Badezimmerspiegel und musterte jeden Quadratzentimeter meines Körpers.

Fast konnte ich mit ansehen, wie ich mich körperlich veränderte. Und ich freute mich über diese Veränderungen. Ich meine damit nicht, daß mich die Vorstellung, erwachsen zu werden, besonders fasziniert hätte. Mehr als die innere Reifung freute mich meine sichtbare Verwandlung. Ich konnte also vielleicht doch zu einem neuen Hajime werden.

Ich las gern und hörte gern Musik. Schon immer hatte ich eine Schwäche für Bücher und das Lesen gehabt, und die Freundschaft mit Shimamoto hatte diese Neigung noch vertieft. Ich begann, in die Bibliothek zu gehen, und verschlang jedes Buch, das ich in die Finger bekam. Hatte ich ein Buch erst angefangen, konnte ich es nicht wieder aus der Hand legen. Es war wie eine Sucht; ich las während des Essens, im Zug, im Bett bis tief in die Nacht und, heimlich, in der Schule, während des Unterrichts. Bald kaufte ich mir eine kleine Stereoanlage und hörte mir, in meinem Zimmer verschanzt, stundenlang Jazzplatten an. Aber das Bedürfnis, mit jemandem über das zu reden, was mir die Bücher und die Musik gaben, hatte ich eigentlich nicht. Ich war vollauf damit zufrieden, ich zu sein und niemand sonst. In diesem Sinne konnte man mich als überzeugten Einzelgänger bezeichnen. Ich hatte eine starke Abneigung gegen Mannschaftssport gleich welcher Art. Jede Form von Wettkampf, bei der man gegen einen oder mehrere Konkurrenten Punkte sammeln mußte, war mir zuwider. Am liebsten schwamm ich allein vor mich hin, Bahn um Bahn.

Nicht, daß ich ein absoluter Einzelgänger gewesen wäre. Mit der Zeit fand ich auf der Schule schon Freunde, wenigstens ein paar. Die Schule selbst konnte ich nicht ausstehen. Und bei den Freunden hatte ich immer das Gefühl, sie versuchten mich zu erdrücken und ich müßte ständig in Verteidigungsbereitschaft sein. Das härtete mich ab. Wären diese Freunde nicht gewesen, hätte ich aus diesen tückischen Teenagerjahren noch mehr Narben davongetragen.

Seit ich regelmäßig schwimmen ging, war ich längst nicht mehr so heikel, was das Essen betraf, und ich konnte mich mit Mädchen unterhalten, ohne rot zu werden. Daß ich ein Einzelkind war, kümmerte nun niemanden mehr. Wenigstens nach außen hatte ich mich anscheinend vom Fluch des Einzelkinds befreit.

Und ich fand eine Freundin.

Sie war nicht besonders hübsch – nicht der Typ, der jeder Mutter auf dem Jahrgangsfoto sofort als das hübscheste Mädchen der Schule ins Auge gesprungen wäre, aber als ich sie zum erstenmal sah, fand ich sie ziemlich niedlich. Auf einem Foto konnte man das nicht erkennen, aber sie strahlte eine freimütige Wärme aus, die sehr anziehend wirkte. Sie war keine Schönheit, mit der ich hätte angeben können, aber ich war schließlich auch kein so toller Fang.

Im vorletzten Schuljahr waren sie und ich in derselben Klasse, und wir gingen oft miteinander aus. Anfangs zusammen mit dem einen oder anderen Pärchen, später nur wir zwei. Ich weiß nicht genau, warum, aber ich war in ihrer Gesellschaft immer entspannt. Ich konnte sagen, was ich wollte, und sie hörte aufmerksam zu. Ich konnte irgend etwas daherschwafeln, aber aus ihrem Gesicht hätte man schließen können, ich sei im Begriff, eine großartige Entdekkung zu offenbaren, die den Gang der Geschichte verändern würde. Seit Shimamoto war es das erste Mal, daß ein Mädchen sich von allem, was ich zu erzählen hatte, so gefesselt zeigte; und ich wiederum war begierig, alles zu erfahren, was es über sie nur zu wissen gab. Was sie jeden Tag aß, wie sie ihr Zimmer eingerichtet hatte. Was sie von ihrem Fenster aus sah.

Sie hieß Izumi. Toller Name, sagte ich zu ihr, als wir das erste Mal miteinander sprachen. Er bedeutet auf japanisch »Bergquelle«. Wirf eine Axt hinein, und schwupp! kommt eine Fee heraus, sagte ich in Anspielung auf das Märchen. Izumi lachte. Sie hatte eine Schwester, die drei Jahre jünger war als sie, und einen fünf Jahre jüngeren Bruder. Ihr Vater war Zahnarzt, sie wohnten – wo auch sonst – in einem Einfamilienhaus und hatten einen Hund. Der Hund war ein deutscher Schäferhund namens Karl, nach Karl Marx, so unglaublich das auch klingt. Ihr Vater war Mitglied der Japanischen Kommunistischen Partei. Zweifellos wird es auf der Welt auch kommunistische Zahnärzte geben, aber alle zusammen dürften sich wahrscheinlich in vier, fünf Bussen unterbringen lassen. Darum fand ich es schon ganz schön komisch, daß ausgerechnet der Vater *meiner* Freundin dieser seltenen Spezies angehörte. Izumis Eltern waren Tennisfanatiker, und Sonntag für Sonntag pilgerten sie, den Schläger in der Hand, zum Tennisplatz. Ein kommunistischer, tennisversessener Zahnarzt – schon eine komische Kombination! Izumi interessierte sich nicht für Politik, aber sie liebte ihre Eltern, und gelegentlich schloß sie sich ihnen zu einem Match an. Sie versuchte, mich für das Spiel zu gewinnen, aber Tennis war nicht mein Ding.

Sie beneidete mich, weil ich ein Einzelkind war. Sie kam mit ihren Geschwistern nicht gut aus. Wenn man sie hörte, waren das zwei herzlose Idioten, die sie lieber heute als morgen losgeworden wäre. Ich habe mir immer gewünscht, ein Einzelkind zu sein, sagte sie, und tun und lassen zu können, was mir paßt, ohne auf Schritt und Tritt genervt zu werden.

Bei unserer dritten Verabredung küßte ich sie. An dem Tag war sie bei mir. Meine Mutter war einkaufen gegangen, und wir hatten das ganze Haus für uns. Als ich mein Gesicht vorbeugte und ihre Lippen mit meinen berührte, schloß sie einfach die Augen und sagte kein Wort. Ich hatte mir für den Fall, daß sie sauer werden oder das Gesicht abwenden würde, ein ganzes Dutzend Entschuldigungen zurechtgelegt, aber ich brauchte keine einzige davon. Meine Lippen auf ihren, legte ich die Arme um sie und drückte sie an mich. Es war Spätsommer, und sie trug ein Kleid aus Leinenkrepp. Es war an der Taille mit Bändern gerafft, und die Schleife hing ihr hinten wie ein Schweif locker herab. Meine Hand berührte durch den Stoff den Verschluß ihres Büstenhalters. Ich spürte ihren Atem an meinem Hals. Ich war so erregt, daß ich das Gefühl hatte, mein Herz würde mir gleich aus dem Leib springen. Mein Penis war zum Bersten stramm; er drückte gegen ihren Oberschenkel, und sie rückte ein Stückchen zur Seite, aber das war auch alles. Sie wirkte nicht schockiert.

Wir blieben eine Weile auf dem Sofa sitzen und hielten uns eng umfaßt. Auf dem Sessel uns gegenüber saß eine Katze. Sie öffnete die Augen, sah in unsere Richtung, streckte sich und schlief wieder ein. Ich streichelte Izumis Haar und legte die Lippen an eines ihrer zierlichen Ohren, dann an das andere. Ich meinte, ich müßte nun eigentlich etwas sagen, aber ich brachte nichts heraus. Ich konnte kaum atmen, geschweige denn sprechen. Ich nahm wieder ihre Hand und küßte sie noch einmal. Lange sprachen wir beide kein Wort.

Auch nachdem ich sie zum Zug gebracht hatte, konnte ich mich nicht wieder beruhigen. Ich ging nach Hause zurück, legte mich auf das Sofa und starrte an die Decke. Mir schwirrte der Kopf. Schließlich kam meine Mutter nach Hause und sagte, sie werde gleich Abendessen machen. Aber Essen war das letzte, woran ich jetzt denken konnte. Ohne ein Wort ging ich aus dem Haus und lief gut zwei Stunden ziellos durch die Stadt. Es war ein seltsames Gefühl. Ich war nicht mehr allein, und dennoch empfand ich zugleich eine so tiefe Einsamkeit wie noch nie zuvor. Meine Perspektive hatte sich schlagartig verändert – wie wenn man zum erstenmal eine Brille trägt. Ich konnte die fernsten Dinge berühren, und Gegenstände, die mir eigentlich hätten verschwommen erscheinen müssen, waren jetzt gestochen scharf.

Als Izumi sich an dem Tag von mir verabschiedet hatte, hatte sie mir gedankt und gesagt, sie sei sehr glücklich. Da war sie nicht die einzige. Ich konnte es kaum glauben, daß sich ein Mädchen wirklich und wahrhaftig von mir hatte küssen lassen. Wie hätte ich da nicht selig sein sollen? Und dennoch gelang es mir nicht, vorbehaltlos glücklich zu sein. Ich glich einem Turm, der sein Fundament verloren hatte. Ich schwebte hoch oben, und je weiter ich in die Ferne blickte, desto schwindliger wurde mir. Warum sie? fragte ich mich. Was weiß ich überhaupt von ihr? Ich hatte mich ein paarmal mit ihr getroffen, ein bißchen mit ihr geredet, und das war's auch. Ich war nervös und fahrig, und ich kam nicht dagegen an.

Wäre es um Shimamoto gegangen, hätte es keine Verwirrung gegeben. Stillschweigend hätten wir einander vorbehaltlos akzeptiert. Ohne Befangenheit, ohne Unbehagen. Aber Shimamoto war nicht mehr da. Sie lebte in einer neuen, eigenen Welt, und ich ebenso. Es hatte keinen Sinn, Izumi mit Shimamoto zu vergleichen. Die Tür, die in Shimamotos Welt führte, war hinter mir zugeschlagen: Jetzt mußte ich mich in einer neuen, anderen Welt zu orientieren versuchen.

Ich blieb auf, bis der Himmel im Osten zaghaft heller wurde. Ich schlief zwei Stunden, duschte und fuhr zur Schule. Ich mußte Izumi finden und mit ihr über das reden, was zwischen uns geschehen war. Ich wollte aus ihrem Mund hören, daß ihre Gefühle unverändert waren. Als letztes hatte sie gesagt, sie sei sehr glücklich, aber im kalten Licht des Morgengrauens kam mir das mehr wie eine Einbildung vor, wie etwas, das ich geträumt hatte. Der Schultag endete, ohne daß ich eine Gelegenheit gefunden hätte, mit ihr zu reden. In der Pause war sie mit ihren Freundinnen zusammen, und bei Unterrichtsschluß fuhr sie sofort nach Hause. Nur einmal, im Korridor, auf dem Weg in ein anderes Klassenzimmer, gelang es uns, einen Blick zu tauschen. Als sie mich sah, strahlte sie, und ich lächelte zurück. Das war alles, aber in ihrem Lächeln fand ich eine Bestätigung der Ereignisse vom Tag zuvor. *Es ist alles in Ordnung*, schien ihr Lächeln zu sagen, *das gestern ist wirklich passiert*. Als ich dann mit dem Zug heimfuhr, war meine Verwirrung verflogen. Ich wollte Izumi, und mein Verlangen setzte sich gegen alle Zweifel durch.

Was ich wollte, war völlig klar: eine nackte Izumi, die mit mir Sex hatte. Aber bis zu diesem Ziel war es noch ein weiter Weg. Man hatte sich in seinem Vorgehen an einen ganz bestimmten Ablauf zu halten. Um beim Sex anzukommen, mußte man zuerst das Kleid des Mädchens aufhaken. Und zwischen Häkchen und Sex lag ein Prozeß, in dessen Verlauf zwanzig – vielleicht gar dreißig – heikle Entschlüsse und Entscheidungen getroffen werden mußten.

Zunächst einmal mußte ich mir irgendwie Kondome beschaffen. Genaugenommen stellte das zwar erst ein späteres Element der vorgeschriebenen Ereigniskette dar, aber auftreiben mußte ich welche. Man konnte schließlich nie wissen, wann ich sie brauchen würde. Aber ich konnte nicht einfach in die Apotheke schlendern, einen Schein hinblättern und mit einer Schachtel Kondome hinausspazieren. Ich würde nie für etwas anderes durchgehen als für das, was ich war: ein Oberschüler – ganz zu schweigen davon, daß ich viel zu feige war, um auch nur den Versuch zu wagen. Ich hätte es mit einem der Automaten probieren können, die es bei uns in der Siedlung gab, aber wenn mich jemand dabei ertappt hätte, wäre die Kacke ganz schön am Dampfen gewesen. Drei, vier Tage lang rang ich mit diesem Dilemma.

Am Ende war die Lösung viel einfacher als erwartet. Ich wandte mich an einen frühreifen Freund, der bei uns als Experte in solchen Dingen galt. Die Sache ist nämlich die, sagte ich, ich bräuchte ein paar Kondome, wo krieg ich die her? Kein Problem, Mann, meinte er cool. Ich kann dir eine ganze Schachtel besorgen. Mein Bruder hat eine ganze Wagenladung davon aus dem Katalog bestellt. Keine Ahnung, wozu er so viele gekauft hat, aber sein Schrank ist voll mit den Dingern. Eine Schachtel weniger bringt ihn nicht um. Stark, jubelte ich. Am nächsten Tag brachte er die Kondome in einer Papiertüte mit in die Schule. Ich spendierte ihm das Mittagessen und bat ihn, die Angelegenheit für sich zu behalten. Kein Problem, sagte er. Natürlich konnte er sich dann doch nicht beherrschen und erzählte ein paar Leuten, ich sei ins Kondomgeschäft eingestiegen. Die erzählten es ein paar anderen weiter, und die Sache machte in der Schule die Runde, bis schließlich auch Izumi davon erfuhr. Nach dem Unterricht bat sie mich, mit ihr auf die Dachterrasse der Schule zu gehen.

»Hajime, stimmt das, was ich gehört habe, daß du von Nishida Kondome bekommen hast?« fragte sie. Das Wort Kondome ging ihr nicht gerade glatt von der Zunge. Aus ihrem Munde klang es wie der Name einer ansteckenden Krankheit.

»Äh ... schon.« Ich suchte krampfhaft nach den richtigen Worten.

»Aber das hat eigentlich gar nichts zu bedeuten. Ich hab mir einfach nur gedacht ... also, daß es vielleicht besser wäre, welche zu haben.«

»Hast du sie dir meinetwegen besorgt?«

»Nein, nicht direkt«, sagte ich. »Ich war einfach neugierig, wie die Dinger wohl aussehen. Aber wenn's dich stört, geb ich sie ihm zurück oder schmeiß sie weg.«

Wir saßen auf einer kleinen steinernen Bank in einer Ecke der Dachterrasse. Es sah so aus, als könnte es jeden Augenblick anfangen zu regnen. Wir waren ganz allein. Es war vollkommen still. Ich hatte diese Dachterrasse noch nie so still erlebt.

Unsere Schule stand auf einem Hügel, und wir blickten ungehindert auf die Stadt und das Meer. Einmal hatten meine Freunde und ich ein paar Schallplatten aus dem Schüler-Rundfunk-Studio mitgehen lassen und sie von der Dachterrasse aus fortgeschleudert. Wie Frisbees waren sie in einem schönen Bogen davongeschwirrt. Sie flogen vergnügt auf die Bucht zu, als sei ihnen für einen flüchtigen Augenblick Leben eingehaucht worden. Zuletzt aber hatte eine von ihnen keinen Auftrieb mehr bekommen und war, unbeholfen trudelnd, wie ein Stein auf den Tennisplatz gefallen, wo ein paar schreckhafte Mädchen aus der zehnten Klasse gerade ihre Aufschläge übten. Für uns hatte das Nachsitzen bedeutet. Über ein Jahr war das her, und jetzt saß ich wieder an derselben Stelle und wurde von meiner Freundin wegen dieser Kondome ausgequetscht. Ich hob die Augen und sah einen Vogel, der einen langsamen Kreis in den Himmel ritzte. Ein Vogel zu sein, dachte ich, muß herrlich sein. Vögel haben nichts anderes zu tun, als am Himmel zu fliegen. Mit Empfängnisverhütung brauchen sie sich nicht zu befassen.

»Magst du mich wirklich?« fragte mich Izumi mit leiser Stimme.

»Sicher doch«, erwiderte ich. »Natürlich mag ich dich.«

Sie schürzte die Lippen und sah mir ins Gesicht. Sie sah mich so lange an, daß ich allmählich verlegen wurde.

»Ich mag dich auch, weißt du«, sagte sie nach einer Weile.

Aber, dachte ich.

»Aber«, sagte sie denn auch prompt, »wir brauchen nichts zu überstürzen.«

Ich nickte.

»Sei nicht zu ungeduldig. Das geht bei mir nicht so schnell. Ich bin nicht so gescheit. Ich brauche eine Menge Zeit, um mich auf alles Neue vorzubereiten. Kannst du warten?«

Wieder nickte ich stumm.

»Versprochen?« fragte sie.

»Versprochen.«

»Du wirst mir nicht weh tun?«

»Ich werde dir nicht weh tun.«

Für eine Weile blickte sie auf ihre Schuhe. Schlichte schwarze Mokassins. Neben meinen sahen sie so klein aus wie Puppenschuhe.

»Ich hab Angst«, sagte sie. »In letzter Zeit fühle ich mich wie eine Schnecke ohne Haus.«

»Ich hab auch Angst«, sagte ich. »Ich fühle mich wie ein Frosch ohne Schwimmhäute.«

Sie sah zu mir auf und lächelte.

Wortlos gingen wir an eine andere, schattige Stelle der Terrasse und umarmten und küßten uns: eine Schnecke ohne Haus und ein Frosch ohne Schwimmhäute. Ich hielt sie fest an mich gedrückt. Unsere Zungen berührten sich sacht. Ich streichelte ihre Brüste durch die Bluse. Sie sträubte sich nicht. Sie schloß einfach nur die Augen und seufzte. Ihre Brüste waren klein und paßten bequem in meine hohlen Hände, als seien sie ausschließlich hierfür gemacht. Sie legte ihre Hand flach auf mein Herz, und die Berührung ihrer Hand und das Pochen meines Herzens wurden eins. Sie ist nicht Shimamoto, sagte ich mir. Sie kann mir nicht geben, was Shimamoto mir gegeben hat. Aber sie ist hier, ganz mein, und bemüht sich nach Kräften, mir alles zu geben, was sie mir geben kann. Wie könnte ich ihr jemals weh tun?

Aber es war mir damals nicht klar. Daß ich jemanden so schwer verletzen konnte, daß er – sie – sich nie wieder davon erholen würde. Daß man einem anderen Menschen nur dadurch, daß man lebt, irreparablen Schaden zufügen kann.

3

Izumi und ich gingen über ein Jahr lang miteinander. Wir trafen uns einmal in der Woche, gingen ins Kino, arbeiteten zusammen in der Bibliothek oder unternahmen einfach lange, ziellose Spaziergänge. Was allerdings den Sex anbelangt, so hielten wir immer irgendwo auf halbem Wege an. Etwa zweimal im Monat kam sie zu mir, wenn meine Eltern nicht da waren, und dann legten wir uns auf mein Bett und hielten uns in den Armen. Aber sie zog sich nie ganz aus. Man wisse nie, ob nicht jemand zurückkomme, sagte sie. »Übervorsichtig« wäre wahrscheinlich die richtige Bezeichnung für sie gewesen. Sie hatte keine Angst; es paßte ihr nur nicht, in eine möglicherweise peinliche Situation gedrängt zu werden.

Und so mußte ich mich damit begnügen, sie vollständig angezogen in den Armen zu halten und, so gut es ging, unter ihrer Unterwäsche herumzufummeln.

»Hab Geduld«, sagte sie jedesmal, wenn ich meine Enttäuschung nicht verbergen konnte. »Ich brauche mehr Zeit. Bitte.«

Im Grunde hatte ich es selbst nicht besonders eilig; ich war nur verwirrt und in mancherlei Hinsicht enttäuscht. Natürlich mochte ich sie und war dankbar dafür, daß sie meine Freundin war. Ohne sie wären meine Teenagerjahre völlig öde und farblos gewesen. Sie war ein ehrliches, freundliches Mädchen, das alle mochten; aber unsere Interessen gingen diametral auseinander. Mit den Büchern, die ich las, oder der Musik, die ich hörte, konnte sie nichts anfangen, und so waren Gespräche darüber, von gleich zu gleich, nicht möglich. Darin unterschied sich meine Beziehung zu ihr drastisch von der zu Shimamoto.

Doch wenn ich neben ihr saß und ihre Hand berührte, wallte eine natürliche Wärme in mir auf. Ich konnte ihr alles sagen. Ich küßte sie gern auf die Lider und auf die Stelle gleich über dem Mund. Schön fand ich es auch, ihr das Haar hochzustreichen und ihre winzigen Öhrchen zu küssen, was sie unweigerlich zum Kichern brachte. Noch heute schwebt mir, wenn ich an sie denke, ein friedlicher Sonntagmorgen vor: ein milder, heiterer Tag, der eben erst beginnt. Keine Hausaufgaben, die auf einen warten, schlicht ein Sonntag, an dem man tun kann, was man möchte. Immer gab sie mir dieses entspannte, sorglose Sonntagmorgengefühl.

Gewiß, sie hatte auch ihre Fehler. Sie war ganz schön dickköpfig, und ein bißchen mehr Phantasie hätte ihr nicht geschadet. Es kam ihr gar nicht in den Sinn, auch nur einen Schritt über die Grenze der behaglichen Welt zu wagen, in der sie aufgewachsen war. Nichts konnte sie so sehr fesseln, daß sie darüber Hunger oder Müdigkeit vergessen hätte. Und sie liebte und achtete ihre Eltern. Die wenigen Ansichten, die sie überhaupt vertrat – die Standard-Ansichten einer Sechzehn-, Siebzehnjährigen –, waren denn auch reichlich unbedarft. Positiv wiederum war an ihr, daß ich sie nie, nicht ein einziges Mal, über jemanden lästern hörte. Und sie langweilte mich nie mit hochnäsigem Geplapper. Sie hatte mich lieb und war gut zu mir. Sie hörte sich aufmerksam an, was ich zu sagen hatte, und munterte mich auf. Ich redete ziemlich viel über mich und meine Zukunft; was ich werden wollte, was für ein Mensch ich zu werden hoffte – die narzißtischen Gedankenspiele eines Halbwüchsigen. Aber sie hörte mir gebannt zu. »Aus dir wird einmal ein wunderbarer Mensch, das weiß ich«, sagte Izumi zu mir. »In dir steckt etwas Besonderes.« Und sie meinte das wirklich. So etwas hatte mir bis dahin noch niemand gesagt.

Und sie in den Armen zu halten – selbst vollständig angezogen –, war märchenhaft. Nur eines verwirrte und enttäuschte mich: daß es mir nie gelang, in ihr ein besonderes Etwas zu entdecken, das eigens für mich dagewesen wäre. Die Liste ihrer guten Eigenschaften überwog die ihrer Fehler bei weitem – und stellte meine paar Vorzüge mit Sicherheit in den Schatten –, aber dennoch vermißte ich etwas, etwas sehr Wesentliches, Entscheidendes. Wenn es mir nur gelungen wäre, dieses Etwas zu identifizieren, dann hätten wir früher oder später doch miteinander geschlafen, das weiß ich. Ich hätte mich nicht ewig weiter vertrösten lassen. Auch wenn es vielleicht lange gedauert hätte, wäre es mir gelungen, sie von der absoluten Notwendigkeit zu überzeugen, daß sie mit mir schlief. Aber mir fehlte das nötige Selbstvertrauen, um dies durchzusetzen. Ich war nur ein unbesonnener Siebzehnjähriger, den Kopf voller Begehren und Neugier. Aber selbst mit diesem Kopf wußte ich, daß es falsch wäre, sie zum Sex zu drängen, wenn sie nicht wollte. Ich mußte Geduld haben und auf den richtigen Moment warten.

Einmal jedoch hielt ich Izumi nackt in den Armen. Ich find's furchtbar, dich immer nur angezogen zu berühren, flehte ich. Wenn du keinen Sex willst, in Ordnung. Aber ich will deinen Körper sehen, ich will dich mit nichts an umarmen, ich *muß*. Und ich ertrag's nicht länger.

Izumi überlegte eine Weile und sagte dann, wenn das wirklich mein Wunsch sei, dann habe sie nichts dagegen. »Aber eines versprichst du mir, ja?« Sie sah mir ernst in die Augen. »Mehr tust du nicht. Tu nichts, was ich nicht will.«

Sie besuchte mich an einem schönen klaren Sonntag Anfang November. Schön, aber ein bißchen kühl. Meine Eltern waren zu einer Gedächtnisfeier für jemanden aus der Familie meines Vaters gefahren, und eigentlich hätte auch ich daran teilnehmen sollen. Ich erzählte ihnen, ich müsse mich auf eine Klassenarbeit vorbereiten, und blieb allein zu Hause. Sie würden erst sehr spät abends wieder zurücksein. Izumi kam am frühen Nachmittag vorbei. Wir hielten uns auf meinem Bett in den Armen, und dann zog ich sie aus. Sie schloß die Augen und ließ mich machen. Es war nicht einfach. Zunächst einmal habe ich zwei linke Hände, und dann sind Mädchenkleider eine knifflige Angelegenheit. Ich war noch nicht halb durch, als Izumi die Augen öffnete und die Sache selbst in die Hand nahm. Sie hatte ein hellblaues Höschen und einen passenden BH an, wahrscheinlich eigens für diesen Anlaß gekauft; bis dahin war ihre Unterwäsche immer von der Art gewesen, wie Mütter sie für ihre halbwüchsigen Töchter kaufen. Schließlich zog ich mich selbst aus.

Ich hielt ihren nackten Körper in den Armen und küßte ihren Hals und ihre Brüste. Ich streichelte ihre glatte Haut und sog ihren Duft ein. Sich so in den Armen zu halten, ganz nackt, war der reine Wahnsinn. Ich hatte das Gefühl, wenn ich ihn nicht in sie hineinsteckte, würde ich verrückt. Aber sie stieß mich entschieden zurück.

»Tut mir leid«, sagte sie.

Statt dessen nahm sie meinen Penis in den Mund und leckte ihn von oben bis unten ab. Das hatte sie noch nie getan. Immer und immer wieder fuhr sie mit der Zunge über die Eichel, bis ich nicht mehr gerade gucken konnte – und kam.

Hinterher hielt ich sie an mich gedrückt und liebkoste jeden Quadratzentimeter ihres Körpers. Ihr in Herbstlicht getauchter Körper war wunderschön, und ich bedeckte sie mit Küssen. Es war ein wundervoller Nachmittag. Wir schmiegten uns immer wieder fest aneinander, und ich hatte ich weiß nicht wie viele Ergüsse. Jedesmal, wenn ich gekommen war, ging sie ins Bad, um sich den Mund auszuspülen.

»Was für ein komisches Gefühl!« Sie lachte.

Ich ging nun mit Izumi seit gut einem Jahr, aber dieser Nachmittag war ohne Zweifel der glücklichste, den wir überhaupt zusammen verbrachten. So nackt hatten wir nichts voreinander zu verbergen. Ich hatte das Gefühl, mehr denn je über sie zu wissen, und sie muß genauso empfunden haben. Wir brauchten keine Worte und Versprechen; es mußte sich nur stetig eine kleine Wirklichkeit zur anderen gesellen.

Lange blieb Izumi reglos liegen, den Kopf an meine Brust geschmiegt, als lausche sie meinem Herzschlag. Ich streichelte ihr Haar. Ich war siebzehn, gesund, an der Schwelle zum Mannsein. Wundervoll ist das einzige Wort für meine Empfindungen.

Gegen vier – Izumi wollte sich gerade wieder anziehen – klingelte es an der Tür. Anfangs kümmerte ich mich nicht darum. Ich hatte keine Ahnung, wer das sein konnte; wenn ich nicht aufmachte, würde der Betreffende sicher bald die Lust verlieren und gehen. Aber es klingelte beharrlich immer weiter. Verdammt, dachte ich.

»Sind deine Eltern zurück?« fragte Izumi und erblaßte. Hastig raffte sie ihre Sachen zusammen.

»Keine Angst. Sie können unmöglich schon so früh zurücksein. Und sie haben einen Schlüssel, da würden sie doch nicht klingeln.«

»Meine Schuhe!« sagte sie.

»Schuhe?«

»Meine Schuhe stehen unten in der Diele.«

Ich streifte mir rasch meine Sachen über, stürzte hinunter und warf ihre Schuhe in das Schränkchen. Als ich die Haustür öffnete, stand da meine Tante. Die jüngere Schwester meiner Mutter, die ungefähr eine Zugstunde entfernt wohnte und uns von Zeit zu Zeit besuchte.

»Was in aller Welt treibst du eigentlich? Ich klingle seit einer Ewigkeit«, sagte sie.

»Ich hatte Kopfhörer auf, darum habe ich dich nicht gehört«, erwiderte ich. »Vater und Mutter sind nicht da – sie sind zu einer

Gedächtnisfeier gefahren. Vor heute nacht sind sie bestimmt nicht zurück. Aber das weißt du doch, oder?«

»Sie haben's mir gesagt. Ich hatte in der Gegend etwas zu erledigen, und ich wußte, daß du zu Hause bist und lernst, und da habe ich mir gedacht, ich könnte dir was zu essen kochen. Ich habe schon eingekauft.«

»Ich kann mir selbst Essen kochen. Ich bin schließlich kein kleines Kind mehr«, sagte ich.

»Aber ich habe alles gekauft. Und du hast zu arbeiten, nicht wahr? Ich koche dir einfach etwas, während du lernst.«

O Gott, dachte ich. Ich wäre am liebsten auf der Stelle tot umgefallen. Wie sollte Izumi jetzt nach Hause kommen? Bei uns führte der einzige Weg zur Haustür durchs Wohnzimmer; und danach mußte man draußen am Küchenfenster vorbei, um zum Gartentor zu kommen. Natürlich konnte ich Izumi als eine Bekannte vorstellen, die kurz vorbeigeschaut hatte, aber offiziell mußte ich für eine schriftliche Prüfung büffeln. Wenn herauskäme, daß ich ein Mädchen bei mir gehabt hatte, dann wäre der Teufel los. Und ich konnte meine Tante schlecht bitten, meinen Eltern nichts davon zu erzählen. Meine Tante war zwar nicht bösartig, aber Geheimnisse für sich zu behalten gehörte entschieden nicht zu ihren Stärken.

Während meine Tante in der Küche stand und ihre Einkäufe aus den Tüten holte, brachte ich Izumi ihre Schuhe nach oben. Sie war vollständig angezogen. Ich erklärte ihr die Situation.

Sie wurde kreidebleich. »Und was in aller Welt soll ich jetzt tun? Wenn ich hier nicht wieder rauskomme? Du weißt doch, daß ich jeden Abend zum Essen zu Hause sein muß. Sonst kann ich mich auf was gefaßt machen!«

»Keine Angst. Das kriegen wir schon hin. Wir denken uns

schon etwas aus«, sagte ich, um sie zu beruhigen. In Wirklichkeit aber war ich so ratlos wie sie.

»Und ich kann die eine Strumpfhalterschließe nicht finden. Ich hab schon überall gesucht.«

»Deine Strumpfhalterschließe?« fragte ich.

»Ein kleines Ding aus Metall, ungefähr so groß.«

Ich durchsuchte das ganze Zimmer, vom Fußboden bis zum Kopfende meines Bettes, aber ich konnte das Ding nirgends finden.

»Tut mir leid. Könntest du nicht, nur dieses eine Mal, ohne Strümpfe gehen?« fragte ich.

Ich ging in die Küche, wo meine Tante gerade dabei war, Gemüse zu schnippeln. Wir brauchen Salatöl, sagte sie und bat mich, rasch loszugehen und welches zu kaufen. Ich konnte mich schlecht weigern, also nahm ich mein Rad und fuhr zum nächsten Geschäft. Draußen wurde es schon langsam dunkel. Wenn das so weiterging, konnte Izumi noch ewig bei mir festsitzen. Ich mußte etwas unternehmen, bevor meine Eltern wieder nach Hause kamen.

»Ich glaube, unsere einzige Chance ist, daß du dich rausschleichst, während meine Tante auf dem Klo ist«, erklärte ich Izumi.

»Glaubst du wirklich, das klappt?«

»Versuchen wir's. Wir können nicht weiter nur rumsitzen und Däumchen drehen.«

Ich würde unten warten, bis meine Tante aufs Klo ging, und dann zweimal laut klatschen. Izumi würde herunterkommen, sich die Schuhe anziehen und gehen. Wenn ihre Flucht gelang, würde sie mich von einer Telefonzelle in der Nähe anrufen.

Meine Tante sang vergnügt vor sich hin, während sie Gemüse in Scheibchen schnitt, Miso-Suppe kochte und ein paar Eier briet. Die Zeit verging, und sie legte und legte keine Toilettenpause ein.

Was wußte denn ich, am Ende stand sie im Guinness-Buch der Rekorde, unter »Dehnbarste Blase der Welt«? Ich wollte schon aufgeben, da nahm sie die Schürze ab und ging aus der Küche. Kaum hatte sie die Badezimmertür hinter sich abgeschlossen, stürzte ich ins Wohnzimmer und klatschte zweimal laut. Izumi kam auf Zehenspitzen die Treppe herunter, schlüpfte rasch in ihre Schuhe und schlich, so leise sie konnte, aus dem Haus. Ich ging in die Küche, um mich zu vergewissern, daß sie es ohne Zwischenfälle bis zum Törchen und auf die Straße schaffte. Eine Sekunde später kam meine Tante aus dem Bad. Ich seufzte erleichtert auf.

Fünf Minuten später rief Izumi an. Ich sagte meiner Tante, ich wäre in einer Viertelstunde wieder zurück, und ging aus dem Haus. Izumi stand vor der Telefonzelle.

»Ich find das unmöglich«, sagte sie, noch ehe ich ein Wort herausbringen konnte. »Das war das letzte Mal, daß ich so etwas mitmache!«

Daß sie wütend und aufgeregt war, konnte ich ihr nicht verdenken. Ich führte sie in den Park am Bahnhof und setzte mich mit ihr auf eine Bank. Und faßte sie sanft bei der Hand. Unter ihrem beigefarbenen Mantel trug sie einen roten Pullover. Zärtlich dachte ich an das zurück, was sich darunter verbarg.

»Aber es war schön heute – ich meine, bis meine Tante aufgekreuzt ist. Findest du nicht auch?« fragte ich.

»Natürlich hat es mir gefallen. Ich finde es jedesmal toll, wenn wir zusammen sind. Aber hinterher bin ich immer durcheinander und mache mir Gedanken.«

»Weswegen denn?«

»Wegen der Zukunft. Wenn wir mit der Oberschule fertig sind, gehst du nach Tokio aufs College, und ich bleibe hier. Was wird dann aus uns beiden?«

Ich hatte bereits beschlossen, nach der Schule in Tokio zu studieren. Ich konnte es kaum erwarten, meine provinzielle Heimatstadt und mein Elternhaus zu verlassen und allein zu leben. Mein Notendurchschnitt war nicht berühmt, aber in den Fächern, die mich interessierten, erreichte ich ziemlich gute Ergebnisse, ohne auch nur ein Buch aufzuschlagen, und so würde es kein Problem sein, auf ein Privatcollege zu kommen, wo nur in ein paar wenigen Fächern geprüft wurde. Aber daß Izumi ebenfalls nach Tokio kommen würde, konnte ich mir aus dem Kopf schlagen. Ihre Eltern wollten sie in ihrer Nähe behalten, und sie gehörte nicht gerade zum aufsässigen Typ. Also hätte sie sich gewünscht, daß auch ich dabliebe. Es gibt doch ein gutes College hier, argumentierte sie. Wozu mußt du unbedingt nach Tokio? Wenn ich ihr versprochen hätte, nicht nach Tokio zu ziehen, hätte sie bestimmt mit mir geschlafen.

»Ach, komm schon«, sagte ich. »Schließlich ziehe ich ja nicht ans andere Ende der Welt. Es ist nur eine Fahrt von drei Stunden. Und die College-Ferien sind lang, also bin ich drei, vier Monate im Jahr sowieso hier.« Ich hatte es ihr schon ein dutzendmal erklärt.

»Aber wenn du von hier wegziehst, dann vergißt du mich früher oder später. Und du findest eine neue Freundin«, sagte sie. Auch diese Argumente hatte ich schon wenigstens ein dutzendmal gehört.

Ich erklärte ihr, daß das nicht passieren würde. Ich hab dich sehr lieb, sagte ich, wie könnte ich dich da so leicht vergessen? Aber ich war mir keineswegs so sicher. Ein einfacher Szenenwechsel kann zu einschneidenden Veränderungen im Fluß der Zeit und der Empfindungen führen: genau das, was mit Shimamoto und mir passiert war. Wir mochten uns noch so nah gestanden haben, eine Entfernung von gerade eben mal ein paar Kilometern hatte völlig ausgereicht, damit wir getrennte Wege einschlugen. Ich hatte sie sehr gemocht, und sie hatte mich jedesmal aufgefordert wiederzukommen. Aber am Ende hatte ich aufgehört, sie zu besuchen.

»Ich begreife da etwas einfach nicht«, sagte Izumi. »Du sagst, daß du mich lieb hast. Und daß du für mich dasein willst. Aber manchmal weiß ich beim besten Willen nicht, was in deinem Kopf vorgeht.«

Izumi zog ein Taschentuch aus ihrer Manteltasche und wischte sich die Tränen aus dem Gesicht. Erschrocken bemerkte ich, daß sie schon seit einer Weile weinte. Ich wußte nicht, was ich hätte sagen können, also wartete ich einfach stumm darauf, daß sie weiterredete.

»Du machst am liebsten alles mit dir selbst ab, und du kannst es nicht leiden, wenn dir Leute in den Kopf hineinzugucken versuchen. Vielleicht liegt das daran, daß du ein Einzelkind bist. Du bist daran gewöhnt, allein zu denken und zu handeln. Du meinst, wenn *du* etwas verstehst, dann reicht das.« Sie schüttelte den Kopf. »Und das macht mir angst. Ich fühle mich alleingelassen.«

Einzelkind. Ich hatte dieses Wort schon eine halbe Ewigkeit nicht mehr gehört. Auf der Grundschule hatte es mich verletzt, so genannt zu werden. Aber Izumi verwendete es in einem anderen Sinn. Ihr »Einzelkind« meinte kein verwöhntes, verzogenes Bübchen, sondern richtete sich an mein isoliertes Ich, das die Welt nicht an sich heranließ. Sie machte mir daraus keinen Vorwurf; die Situation machte sie einfach nur sehr traurig.

»Ich kann dir gar nicht sagen, wie glücklich ich war, als wir uns in den Armen gehalten haben«, sagte sie, als wir uns voneinander verabschiedeten. »Es hat mir Mut gemacht, und ich habe gedacht, wer weiß, vielleicht wird *doch* noch alles gut. Aber so einfach ist das Leben leider nicht.«

Auf dem Rückweg vom Bahnhof ließ ich mir das, was sie gesagt hatte, noch einmal durch den Kopf gehen. Es stimmte schon. Ich war nicht daran gewöhnt, mich anderen Menschen zu öffnen. Sie öffnete sich mir mehr und mehr, aber ich war dazu nicht imstande. Ich mochte sie wirklich gern, aber trotzdem hielt mich irgend etwas zurück.

Ich war den Weg vom Bahnhof nach Hause schon tausendmal gegangen, aber jetzt erschien mir alles wie neu und fremd. Ich schaffte es nicht, das Bild von Izumis nacktem Körper abzuschütteln: ihre festen Brustwarzen, ihr Büschelchen Schamhaar, ihre weichen Oberschenkel. Und schließlich hielt ich es nicht mehr aus. Ich holte mir Zigaretten aus einem Automaten, ging zurück zu dem Park, wo wir uns unterhalten hatten, und steckte mir eine an, um mich zu beruhigen.

Wenn meine Tante nicht so hereingeplatzt wäre, wäre die Sache vielleicht besser ausgegangen. Wären wir nicht gestört worden, hätte sich unser Abschied erfreulicher gestalten können. Wir wären noch glücklicher gewesen. Aber auch wenn meine Tante nicht vorbeigekommen wäre, früher oder später wäre eben etwas anderes dieser Art passiert. Wenn nicht heute, dann morgen. Das Hauptproblem bestand darin, daß ich Izumi nicht davon überzeugen konnte, daß es unvermeidlich war. Weil ich es mir selbst nicht so recht abnahm.

Als die Sonne unterging, wehte ein kühler Wind. Es wurde jetzt schnell Winter. Und das neue Jahr würde die College-Aufnahmeprüfungen bringen und dann den Beginn eines völlig neuen Lebens. So unsicher ich mich auch fühlte, ich sehnte mich nach Veränderung. Mein Herz und mein Körper lechzten nach diesem unbekannten Land, nach einem Schwall frischer Luft. Das war das Jahr, in dem die japanischen Studenten die Universitäten besetzten und eine Flut von Demonstrationen Tokio überrollte. Die Welt veränderte sich unmittelbar vor meinen Augen, und ich fieberte danach, mich von diesem Rausch mitreißen zu lassen. Auch wenn Izumi wollte, daß ich dablieb, und wahrscheinlich bereit gewesen wäre, mit mir zu schlafen, nur um mich zu halten, wußte ich, daß meine Tage in der Schlafstadt gezählt waren. Wenn dies das Ende unserer Beziehung bedeutete, dann sollte es das eben bedeuten. Wenn ich dabliebe, ginge etwas in mir für immer verloren – etwas, was zu verlieren ich mir nicht leisten konnte. Es war wie ein undeutlicher Traum, ein brennendes, ungestilltes Verlangen. Ein Traum, wie man ihn nur mit siebzehn hat.

Izumi würde meinen Traum nie verstehen. Sie hatte ihre eigenen Träume, die Vision von einem völlig anderen Ort, einer Welt, die mit meiner kaum etwas gemein hatte.

Aber noch bevor mein neues Leben beginnen konnte, trat eine Krise ein, die unsere Beziehung zerstörte.

4

Das erste Mädchen, mit dem ich in meinem Leben schlief, war ein Einzelkind. Wie Izumi, war sie nicht gerade jemand, nach dem sich die Leute auf der Straße umdrehten; den meisten wäre sie wahrscheinlich gar nicht aufgefallen. Doch als ich sie zum ersten Mal sah, war es so, als sei ich, nichts Böses ahnend, eine Straße entlangspaziert und hinterrücks von einem lautlosen Blitz getroffen worden. Ohne jedes Wenn und Aber, es hatte mich erwischt.

Von sehr wenigen Ausnahmen abgesehen, machen mich sogenannte »schöne Frauen« nicht sonderlich an. Es kommt vor, daß ich mit einem Freund die Straße entlanggehe, und er stupst mich an und sagt: »Mann! Hast du die gesehen?« So seltsam es auch klingt, ich kann mich an dieses angebliche Wunder von Weiblichkeit dann nicht einmal erinnern; und die makellosen Gesichter von Schauspielerinnen und Models sagen mir schon gar nichts. Ich weiß auch nicht, woran das liegt, aber so ist es nun mal. Für mich war die Grenze zwischen der realen Welt und der Welt der Träume schon immer sehr unbestimmt, und wann immer die Verliebtheit ihr allmächtiges Haupt erhob, reichte ein schönes Gesicht nie aus, um mich in Fahrt zu bringen, selbst in meinen frühen Teenagerjahren nicht.

Was mich von jeher anzog, war keine meßbare äußere Schönheit, sondern etwas Inneres, Tiefes, etwas Absolutes. Wie manche Leute eine heimliche Schwäche für Gewitter, Erdbeben oder Stromausfälle haben, liebte ich dieses gewisse undefinierbare Etwas, das von manchen Angehörigen des anderen Geschlechts ausgeht. Nennen wir es, in Ermangelung eines besseren Wortes, Magnetismus. Jedenfalls ist es eine Kraft, von der man gepackt und eingeholt wird wie ein Fisch am Haken.

Am ehesten ließe es sich noch mit der Wirkung eines Parfüms vergleichen. Vielleicht kann nicht einmal der Parfümeur selbst erklären, wie ein Duft, der eine besondere Anziehungskraft ausübt, entsteht. Die Naturwissenschaften können es mit Sicherheit nicht erklären. Dennoch bleibt es eine Tatsache, daß eine bestimmte Kombination von Duftstoffen das andere Geschlecht ebenso fesseln kann wie die Witterung eines brünstigen Weibchens ein männliches Tier. Ein bestimmter Duft wirkt vielleicht auf fünfzig von hundert Personen anziehend; ein anderer Duft zieht vielleicht die anderen fünfzig an. Doch es gibt auch Düfte, die nur ein, zwei Menschen zutiefst erregend finden werden. Und ich habe die Begabung, diese besonderen Düfte schon von weitem zu wittern. Jedesmal, wenn es passiert, verspüre ich den plötzlichen Drang, auf das Mädchen, das diese Aura ausstrahlt, zuzugehen und ihr zu sagen: *Wissen Sie, ich hab's gewittert. Niemand sonst nimmt es wahr, aber ich ja.*

Vom ersten Augenblick an wußte ich, daß ich mit diesem Mädchen schlafen wollte. Genauer gesagt: Ich wußte, daß ich mit ihr schlafen *mußte*. Und instinktiv wußte ich, daß sie genauso empfand. Wenn ich in ihrer Nähe war, zitterte ich buchstäblich am ganzen Leib, und mein Penis wurde so hart, daß ich kaum noch gehen konnte. Wahrscheinlich hatte ich bei Shimamoto die gleiche magnetische Anziehung – in einer Vorform – verspürt, aber ich war noch zu jung gewesen, um sie als solche zu erkennen oder auch nur benennen zu können. Als ich dieses andere Mädchen kennenlernte, war ich siebzehn, ein Oberschüler kurz vor seinem Abschluß, und sie war zwanzig, eine Studentin im zweiten College-Jahr. Zu allem Überfluß war sie auch noch Izumis Cousine. Sie hatte bereits einen Freund, doch das war nebensächlich für uns beide. Sie hätte zweiundvierzig sein, drei Kinder und am Hinterteil zwei Ringelschwänze haben können – es wäre mir egal gewesen. So stark war die magnetische Anziehung. Ich konnte dieses Mädchen einfach nicht vorbeiziehen lassen. Täte ich das, würde ich es mein Leben lang bereuen.

So kam es also, daß die Frau, bei der ich meine Unschuld verlor, die Cousine meiner Freundin war. Und auch nicht bloß irgendeine Cousine, sondern ausgerechnet diejenige, die ihr am nächsten stand. Von Kindheit an hatten sie einander oft besucht. Die Cousine ging in Kyoto aufs College und wohnte in einem Apartment in der Nähe des Westtors des Gosho, des alten Kaiserpalasts. Izumi und ich fuhren einmal nach Kyoto, riefen sie an und trafen uns mit ihr zum Essen. Das war zwei Wochen nach dem kleinen Zwischenfall mit meiner Tante.

Kaum war Izumi für ein paar Minuten nicht am Tisch, bat ich ihre Cousine um ihre Telefonnummer und sagte zur Erklärung, ich wolle sie ein paar Dinge über ihr College fragen. Zwei Tage später rief ich sie an und fragte, ob wir uns am folgenden Sonntag sehen könnten. Nach einer kaum merklichen Pause sagte sie: *In Ordnung.* Etwas an ihrem Ton machte mich zuversichtlich, daß auch sie den Wunsch hatte, mit mir zu schlafen. Am folgenden Sonntag fuhr ich allein nach Kyoto, und schon am Nachmittag lagen wir zusammen im Bett.

Zwei Monate lang trieben wir es so leidenschaftlich miteinander, daß ich befürchtete, uns würde das Hirn zerschmelzen. Keine Kinobesuche, keine Spaziergänge, kein Smalltalk über Romane, Musik, den Krieg, die Revolution. Vögeln war das einzige, was wir taten. Ein paar Worte müssen wir wohl gewechselt haben, aber worüber, weiß ich beim besten Willen nicht mehr. Ich habe nur Bilder in Erinnerung, detaillierte, konkrete Bilder: der Wecker neben ihrem Kissen, das schwarze Telefon auf dem Tisch, die Fotos auf dem Kalender und ihre auf dem Boden verstreuten Kleider. Und den Geruch ihrer Haut, und ihre Stimme. Ich stellte ihr nie eine Frage, und sie mir ebensowenig. Nur einmal, als wir nebeneinander im Bett lagen, sprach ich laut aus, was ich mich plötzlich gefragt hatte: ob sie vielleicht ein Einzelkind sei.

»Ja«, sagte sie mit einem leicht verwunderten Blick. »Aber woran hast du das gemerkt?«

»An nichts Bestimmtem. War nur so ein Gefühl.«

Sie sah mich eine Zeitlang an. »Dann bist du vielleicht auch ein Einzelkind?«

»Erraten«, sagte ich.

Das ist alles, was ich von unseren Gesprächen noch weiß.

Nur selten gönnten wir uns eine Pause, um etwas zu essen oder zu trinken. Kaum sahen wir uns, rissen wir uns wortlos die Kleider vom Leib, hüpften ins Bett und legten los. Wir stürzten uns einfach ins Getümmel. Ich gierte nach dem, was da vor meinen Augen lag, und sie nicht minder. Bei jeder Begegnung liebten wir uns vier-, fünfmal hintereinander, bis mir buchstäblich der Saft ausging und meine Eichel anschwoll und brannte. Trotz aller Leidenschaft und der Heftigkeit, mit der wir uns zueinander hingezogen fühlten, kam weder mir noch ihr jemals in den Sinn, daß wir auf längere Sicht ein Liebespaar werden könnten. Wir befanden uns im Zentrum eines Wirbelsturms, der irgendwann weiterziehen würde. Und dieses Wissen – das Bewußtsein, daß jede Begegnung sehr wohl die letzte sein konnte – entfachte die Flammen unseres Verlangens nur um so mehr.

Ich war nicht in sie verliebt. Und sie liebte mich nicht. Liebe war für mich überhaupt kein Thema. Was ich suchte, war das Gefühl, von einer wütenden, ungezähmten Gewalt umhergeschleudert zu werden, in deren Zentrum etwas absolut Elementares lauerte. Ich hatte keine Ahnung, was es war. Aber ich hätte ihr am liebsten die Hand tief in den Leib gestoßen und dieses Etwas berührt – was immer es sein mochte.

Ich hatte Izumi sehr gern, aber nicht ein Mal hatte ich bei ihr diese irrationale Kraft gespürt. Von diesem anderen Mädchen wußte ich so gut wie nichts, doch die Wirkung, die sie auf mich hatte, war überwältigend. Wir führten nicht ein einziges ernsthaftes Gespräch, weil wir keinen Sinn darin sahen. Wäre uns noch genügend Energie zum Reden geblieben, hätten wir sie zu einer weiteren Runde auf der Matratze genutzt.

Hätten die Dinge ihren natürlichen Lauf genommen, wären wir ein paar Monate lang in unserer Beziehung aufgegangen, ohne auch nur daraus aufzutauchen, um nach Luft zu schnappen, und dann hätte sich einer von uns beiden zurückgezogen. Denn was wir taten, war ein notwendiger, natürlicher Akt, der keinen Raum für Zweifel ließ. Vom ersten Augenblick an war ausgeschlossen gewesen, daß sich Liebe, Schuldgefühle oder Gedanken an die Zukunft einschleichen könnten.

Wäre die Sache nicht aufgeflogen (die Hoffnung, niemals ertappt zu werden, kommt mir im nachhinein arg unrealistisch vor, so besessen, wie ich davon war, es mit dieser Frau zu treiben), dann hätten Izumi und ich durchaus noch eine Weile befreundet bleiben können wie bislang. Jeden Sommer hätten wir uns wiedergesehen und wären zusammen ausgegangen. Wer weiß, wie lange eine solche Ferien-Freundschaft gehalten hätte; doch in ein paar Jahren hätte sich einer von uns beiden vom anderen entfernt. Wir waren einfach zu verschieden, und die Zeit hätte die Unterschiede nur noch vertieft. Wenn ich jetzt zurückblicke, erscheint mir das alles so offensichtlich. Doch selbst wenn wir letztlich nicht anders konnten, als jeder seinen eigenen Weg zu gehen – hätte ich nicht mit ihrer Cousine geschlafen, dann wäre es uns vielleicht gelungen, uns als Freunde zu trennen und die nächste Lebensphase unversehrt zu beginnen.

Wie sich herausstellte, sollte es nicht sein.

Tatsächlich habe ich Izumi einen irreparablen Schaden zugefügt. Es gehörte nicht viel dazu, zu erkennen, wie verletzt sie war. Mit ihren Noten hätte sie es eigentlich spielend auf eine der besten Universitäten schaffen müssen, aber sie fiel durch die Aufnahmeprüfung und landete schließlich in einem kleinen, drittklassigen Mädchen-College. Nachdem mein Verhältnis mit ihrer Cousine ans Licht gekommen war, sah ich Izumi nur noch ein einziges Mal. Wir trafen uns in einem Café, in dem wir früher oft zusammen gewesen waren, und redeten lange. Ich versuchte, ihr die Sache so ehrlich wie möglich zu erklären, bemühte mich, die richtigen Worte zu finden, ihr meine Gefühle begreiflich zu machen. Diese Sache mit mir und deiner Cousine ist nicht geplant gewesen, sagte ich; es war wie eine Naturgewalt, es hat uns umgehauen. Ich hatte nicht einmal Schuldgefühle, hatte überhaupt nicht das Gefühl, dich zu betrügen. Mit *uns* hat das nichts zu tun.

Natürlich konnte Izumi nicht verstehen, was ich meinte. Und sie nannte mich einen dreckigen Lügner. Womit sie völlig recht hatte. Ohne ein Wort zu sagen, hatte ich hinter ihrem Rücken mit ihrer Cousine geschlafen. Und nicht nur ein- oder zweimal, sondern zehnmal, zwanzigmal. Ich hatte sie vom ersten Augenblick an betrogen. Denn wozu schließlich das Versteckspiel, wenn das, was ich getan hatte, so harmlos gewesen war? Am liebsten hätte ich Izumi das Folgende gesagt: Ich wollte mit deiner Cousine schlafen; ich wollte sie bis zur Hirnerweichung vögeln – tausendmal, in jeder erdenklichen Stellung. Es hat nichts mit dir zu tun, ich hätte das von Anfang an klarstellen müssen. Aber ich war nicht imstande, so etwas zu sagen. Deswegen hatte ich gelogen – immer wieder. Ich hatte irgendeine Ausrede erfunden, warum ich eine Verabredung mit Izumi nicht einhalten könne, und dann war ich nach Kyoto geflitzt, um ihre Cousine zu nageln. Es ließ sich einfach nicht leugnen, schuld war ich und niemand sonst.

Izumi erfuhr von unserem Verhältnis Ende Januar, kurz nach meinem achtzehnten Geburtstag. Im Februar brachte ich spielend sämtliche Aufnahmeprüfungen hinter mich, und Ende März würde ich nach Tokio umziehen. Vor meiner Abreise rief ich sie an, immer und immer wieder. Aber sie weigerte sich, ans Telefon zu kommen. Ich schrieb ihr lange Briefe und wartete vergeblich auf eine Antwort. Ich kann nicht einfach so fortgehen, dachte ich. Ich kann sie nicht einfach hier allein zurücklassen. Aber ich konnte nichts tun. Izumi wollte nichts mehr mit mir zu tun haben.

Im Hochgeschwindigkeitszug nach Tokio starrte ich teilnahmslos auf die vorüberziehende Landschaft und dachte über mich nach. Wer war ich? Ich sah auf meine Hände hinunter und auf das Spiegelbild meines Gesichts in der Fensterscheibe. Wer zum Teufel bin ich, fragte ich mich. Zum erstenmal in meinem Leben wallte erbitterter Selbsthaß in mir auf. Wie hatte ich so etwas nur tun können? Aber ich wußte, wie. Wäre ich noch einmal in die gleiche Situation gekommen, ich hätte wieder genauso gehandelt. Und wenn ich Izumi dafür hätte belügen müssen, ich wäre auch diesmal wieder mit ihrer Cousine ins Bett gegangen. Wie sehr es Izumi auch verletzen würde. Mir das einzugestehen, tat weh. Aber es war die Wahrheit.

Aber nicht nur Izumi war verletzt worden. Auch mir selbst hatte ich eine tiefe Wunde zugefügt, wenngleich ich damals noch nicht wußte, wie tief. Ich hätte aus dieser Erfahrung vieles lernen müssen, aber wenn ich zurückblicke, habe ich daraus nur eine einzige, unumstößliche Erkenntnis gezogen: daß ich im Grunde ein Mensch bin, der fähig ist, Böses zu tun. Ich hatte noch nie bewußt versucht, jemandem weh zu tun, doch ungeachtet aller guten Absichten konnte ich, wenn die Umstände es erforderten, ganz und gar egoistisch, ja, sogar grausam werden. Ich war ein Mensch, der nur eine plausible Ausrede brauchte, um selbst einer geliebten Person bedenkenlos eine Wunde zufügen zu können, die nie mehr heilen würde.

Das Studium versetzte mich in eine neue Umgebung, in der ich wieder einmal versuchte, mich neu zu entwerfen. Indem ich ein neuer Mensch würde, dachte ich, könnte ich die Fehler meiner Vergangenheit korrigieren. Anfangs war ich optimistisch; ich konnte es schaffen. Aber am Ende zeigte sich: wohin ich auch ging, immer blieb ich derselbe. Immer wieder beging ich den gleichen Fehler: verletzte andere und dabei auch mich.

Kurz nach meinem zwanzigsten Geburtstag kam mir plötzlich der Gedanke: Vielleicht habe ich die letzte Chance vertan, je ein anständiger Mensch zu werden. Die Fehler, die ich begangen hatte, vielleicht waren sie Teil meines Charakters, ein Aspekt meines Wesens, unausweichlich. Ich hatte den absoluten Tiefpunkt erreicht, und ich wußte es.

5

Meine vier Jahre auf dem College waren mehr oder weniger eine vergeudete Zeit.

Im ersten Jahr nahm ich an ein paar Demonstrationen teil, sogar an Straßenschlachten gegen die Polizei. Ich ging mit den streikenden Studenten auf die Straße und besuchte politische Versammlungen. So lernte ich ein paar verrückte Typen kennen, aber mit dem Herzen war ich nie dabei. Mich auf Demos bei wildfremden Leuten einzuhaken war mir unangenehm, und wenn wir die Bullen mit Steinen bewerfen mußten, fragte ich mich, ob das wirklich ich war, der da warf. Wollte ich das wirklich? Es gelang mir nicht, für meine Mitdemonstranten die erforderlichen Solidaritätsgefühle aufzubringen. Der Geruch von Gewalt, der über den Straßen hing, die täglich wechselnden Sprechchöre und Parolen verloren bald jeden Sinn. Und die gemeinsame Zeit mit Izumi gewann in meiner Erinnerung an Wert. Aber es gab kein Zurück. Von dieser Welt hatte ich mich endgültig verabschiedet.

Die meisten meiner Kurse ödeten mich an. Nichts fesselte mich. Nach einer Weile beanspruchte mich mein Teilzeitjob so sehr, daß ich mich so gut wie gar nicht mehr im College blicken ließ; daß ich nach vier Jahren den Abschluß schaffte, war reines Glück. Im vorletzten College-Jahr zog ich mit einem Mädchen zusammen; aber es klappte nicht mit uns, und nach sechs Monaten trennten wir uns wieder. Ich hatte nicht die leiseste Ahnung, was ich mir vom Leben erhoffte.

Und ehe ich es recht mitbekam, war die Zeit der politischen Kämpfe vorbei. Die gewaltigen Wellen des Protests, die eben noch die Gesellschaft erschüttert hatten, verebbten, ohne eine Spur zu hinterlassen, im farblosen, werktäglichen Einerlei.

Nach dem College fand ich mit Hilfe eines Freundes eine Stelle im Lektorat eines Schulbuchverlags. Ich ließ mir die Haare schneiden, putzte mir die Schuhe und kaufte mir einen Anzug. Es war ein ziemlich popeliger Verlag, aber in dem Jahr waren die Stellen für College-Absolventen mit Hauptfach Literatur dünn gesät, und bei meinen mehr als bescheidenen Noten und meinen nicht vorhandenen Beziehungen mußte ich mich eben mit dem begnügen, was ich bekam.

Der Job war die pure Langeweile. Das Arbeitsklima war gar nicht einmal so schlecht, aber tagein, tagaus Schulbücher zu redigieren ödete mich an. Anfangs sagte ich mir: Also gut, ich werde tun, was ich kann, und der Sache einen Reiz abzugewinnen versuchen; und ein halbes Jahr lang arbeitete ich mich dumm und dämlich. Wenn man sich nur lang genug strebend bemüht, muß doch irgendwann die Erlösung kommen, richtig? Aber schließlich gab ich es auf. Man konnte es drehen und wenden, wie man wollte – der Job war nichts für mich. Ich hatte das Gefühl, mein Lebensende starre mir ins Gesicht. Die Monate und Jahre würden vertröpfeln wie Wasser aus einem undichten Hahn, und ich würde immer mehr abstumpfen. Ich hatte bis zur Rente noch dreiunddreißig Jahre abzusitzen: dreiunddreißig Jahre an einem Schreibtisch, angefüllt mit nichts als Korrekturfahnenlesen und Zeilenzählerei. Ich würde ein nettes Mädchen heiraten, ein paar Kinder bekommen und zweimal im Jahr – einziger Lichtblick in einem ansonsten faden Dasein – der üblichen Bonuszahlung entgegensehen. Ich erinnerte mich an das, was Izumi einmal gesagt hatte: »Aus dir wird einmal ein wunderbarer Mensch, das weiß ich. In dir steckt etwas Besonderes.« Jedesmal, wenn es mir wieder einfiel, versetzte es mir einen Stich. *Was Besonderes – in mir, Izumi? Vergiß es. Aber dahinter bist du inzwischen sicher selbst gekommen. Was soll's – jeder kann sich mal irren.*

Mechanisch erledigte ich die Arbeit, die man mir auftrug, und verbrachte meine freie Zeit mit Lesen oder Musikhören. Die Arbeit ist nur eine öde Notwendigkeit, hatte ich beschlossen, und wenn ich nicht arbeite, werde ich die Zeit auf die für mich beste und unterhaltsamste Weise nutzen. Deswegen ging ich nie mit, wenn die Leute vom Verlag einen trinken gingen. Nicht, daß ich ein Einzelgänger gewesen und mit den anderen nicht ausgekommen wäre; ich bemühte mich nur nicht, meine Kollegen auch privat kennenzulernen. Meine Freizeit sollte nur *mir* gehören, das stand für mich fest.

Vier, fünf Jahre vergingen wie im Flug. Ich hatte mehrere Freundinnen, aber nichts von Dauer. Ich ging ein paar Monate lang mit einer aus, und dann wurde mir klar: Das ist nicht das, was ich will. Nie fand ich in diesen Frauen etwas, das nur auf mich gewartet hätte. Ich ging mit einigen von ihnen ins Bett, aber es war nichts Aufregendes. Ich betrachte diese Zeit als den dritten Abschnitt meines Lebens – die zwölf Jahre zwischen meinem Eintritt ins College und meinem dreißigsten Geburtstag. Jahre der Enttäuschung und der Einsamkeit. Und des Schweigens. Eine zwölfjährige Eiszeit, in der meine Gefühle tief in mir eingeschlossen blieben.

Ich zog mich in mich zurück. Ich aß allein, ging allein spazieren, ging allein schwimmen und allein in Konzerte oder ins Kino. Es war nicht so, daß ich traurig gewesen wäre oder gelitten hätte. Aber ich dachte oft an Shimamoto und an Izumi und fragte mich, wo sie gerade sein, was sie tun mochten. Sie konnten mittlerweile verheiratet sein, sogar schon Kinder haben. Ich hätte alles dafür gegeben, sie wiederzusehen, mit ihnen zu reden, und wenn auch nur für eine Stunde. Shimamoto und Izumi gegenüber hätte ich aufrichtig sein können. Ich zermarterte mir das Hirn nach einer Möglichkeit, wieder mit Izumi zusammenzukommen, Shimamoto wiederzusehen. Ich stellte es mir wunderschön vor. Irgendwelche

Schritte, um diesen Traum zu verwirklichen, unternahm ich allerdings nicht. Die beiden waren für mich endgültig verloren. Die Zeiger der Uhr bewegen sich nur in einer Richtung. Ich fing an, Selbstgespräche zu führen, nachts allein zu trinken. Ich war mir sicher, daß ich niemals heiraten würde.

Zwei Jahre, nachdem ich im Verlag angefangen hatte, ging ich mit einem Mädchen aus, das ein krankes Bein hatte. Einer meiner Kollegen schlug mir eine Doppelverabredung vor.

»Irgendwas stimmt mit ihrem Bein nicht«, sagte er zögernd zu mir. »Aber sie ist hübsch und sehr sympathisch. Du wirst sie sicher mögen. Und das mit dem Bein fällt eigentlich kaum auf. Sie zieht's einfach nur ein bißchen nach.«

»Schon gut, kein Problem«, erwiderte ich. Um ehrlich zu sein – wenn er ihr krankes Bein nicht erwähnt hätte, dann hätte ich seinen Vorschlag abgelehnt. Ich hatte vom Ausgehen zu viert und von Blind Dates die Nase voll. Aber als ich von ihrem Bein erfuhr, konnte ich irgendwie nicht nein sagen.

Das mit dem Bein fällt eigentlich kaum auf. Sie zieht's einfach nur ein bißchen nach.

Das Mädchen war eine Freundin der Freundin meines Kollegen; auf der Oberschule waren sie in derselben Klasse gewesen. Sie war nicht besonders groß und sah ganz nett aus. Auf eine unscheinbare Weise war sie schön, und sie erinnerte mich an ein kleines Tier, das tief im Wald lebt und sich nur selten blicken läßt. Eines Sonntagvormittags sahen wir uns also zu viert einen Film an und gingen dann zusammen essen. Sie sagte die ganze Zeit kaum ein Wort. Ich gab mir alle Mühe, sie zum Reden zu bringen, aber ohne Erfolg. Sie lächelte immer nur. Nach dem Essen trennten wir uns von den beiden anderen; wir machten einen Spaziergang durch den Hibiya-

Park und tranken dann einen Kaffee zusammen. Sie zog das rechte Bein nach, nicht wie Shimamoto das linke. Auch die Art, wie sie es dabei verdrehte, war anders. Während Shimamoto das Bein mit einem leichten bogenförmigen Schwung nach vorn bewegt hatte, setzte dieses Mädchen die Fußspitze ein wenig nach außen und zog das Bein dann ausgestreckt nach. Trotzdem war ihre Art zu gehen der von Shimamoto recht ähnlich.

Sie trug einen roten Rollkragenpullover, Jeans und Desert-Boots. Geschminkt war sie fast gar nicht, und ihr Haar war zu einem Pferdeschwanz gebunden. Sie sagte, sie sei im vierten College-Jahr, sah aber jünger aus. Ich konnte nicht entscheiden, ob sie schlicht von Natur aus wenig sprach oder ob sie befangen war, weil wir uns noch kaum kannten; vielleicht hatte sie auch einfach nichts zu sagen. Jedenfalls würde ich das, was anfangs zwischen uns ablief, nicht gerade als Gespräch bezeichnen. Die einzige Information, die ich ihr entlocken konnte, war, daß sie ein Privat-College besuchte und Pharmazie studierte.

»Ach, Pharmazie? Ist das denn interessant?« fragte ich. Wir saßen nun im Park im Café.

Sie errötete.

»Macht nichts«, sagte ich. »Schulbücher zu produzieren ist auch nicht gerade die aufregendste Betätigung, die man sich vorstellen kann. Die Welt ist voll langweiliger Dinge. Machen Sie sich nichts draus.«

Sie dachte eine Weile nach und machte dann endlich den Mund auf. »Es ist nicht besonders interessant. Aber meine Eltern haben eine Apotheke.«

»Können Sie mir nicht ein bißchen davon erzählen? Ich habe nicht die geringste Ahnung von Pharmazie. Ich glaube, in den letzten sechs Jahren habe ich keine einzige Pille geschluckt.«

»Dann sind Sie also sehr gesund.«

»Ich bekomme nicht einmal einen Kater«, sagte ich. »Als Kind war ich allerdings recht kränklich. Mußte ständig irgendwelche Medikamente schlucken. Ich war ein Einzelkind, darum waren meine Eltern übertrieben fürsorglich.«

Sie nickte und starrte in ihre Kaffeetasse. Es dauerte eine ganze Weile, bis sie wieder etwas sagte.

»Pharmazie ist nicht gerade das spannendste Fach«, begann sie. »Es muß unzählige Dinge geben, die mehr Spaß machen, als die Bestandteile verschiedener Arzneien auswendig zu lernen. Es ist weder romantisch, wie zum Beispiel die Astronomie, noch dramatisch, wie Arzt zu sein. Aber es hat irgendwie etwas Vertrautes, etwas, womit ich mich anfreunden kann. Etwas Realistisches.«

»Ich verstehe«, sagte ich. Sie konnte also doch reden. Sie brauchte nur etwas länger als die meisten, um die richtigen Worte zu finden.

»Haben Sie Geschwister?« fragte ich.

»Zwei ältere Brüder. Der eine ist schon verheiratet.«

»Dann studieren Sie also Pharmazie, weil Sie später den Familienbetrieb übernehmen werden?«

Sie errötete wieder. Und blieb eine ganze Weile lang stumm. »Ich weiß es nicht. Meine Brüder haben beide eine Stelle, also wird's vielleicht wirklich darauf hinauslaufen, daß ich das Geschäft weiterführe. Aber es ist noch nichts entschieden. Mein Vater hat gesagt, wenn ich nicht möchte, ist es auch in Ordnung. Er macht so lange weiter, wie es geht, und dann verkauft er die Apotheke.«

So unterhielten wir uns und verbrachten zusammen den Nachmittag. Mit vielen langen Pausen, während denen ich darauf wartete, daß sie weiterredete. Jedesmal, wenn ich ihr eine Frage stellte, errötete sie. Ich genoß unsere Unterhaltung sogar – für mich damals eine beachtliche Leistung. Wie ich so mit diesem Mädchen im Café zusammensaß, fühlte ich so etwas wie Heimweh in mir aufsteigen. Allmählich empfand ich sie wie jemanden, den ich schon mein ganzes Leben lang kannte.

Nicht, daß ich mich zu ihr hingezogen gefühlt hätte. Nicht im geringsten. Sicher, sie war nett, und ich genoß die Zeit, die wir zusammen verbrachten. Sie war ein hübsches, angenehmes Mädchen, ganz wie mein Bekannter gesagt hatte. Aber als ich mich fragte, ob sie über diese Vorzüge hinaus etwas besaß, was mich umgehauen hätte, mir mitten ins Herz gegangen wäre, lautete die Antwort nein. Nada.

Nur Shimamoto hatte das bei mir je fertiggebracht. Da saß ich nun, hörte diesem Mädchen zu und dachte dabei unentwegt an Shimamoto. Ich wußte, daß es nicht richtig von mir war, aber ich konnte es nicht ändern. Nach all den Jahren ließ mich der bloße Gedanke an Shimamoto noch immer am ganzen Leib erschaudern. Eine leicht fieberhafte Erregung, als stieße ich, irgendwo tief in mir, behutsam eine Tür auf.

Von dieser Erregung, diesem allumfassenden Fieberfrösteln, war jedoch nichts zu spüren, als ich neben diesem Mädchen mit dem lahmen Bein durch den Hibiya-Park schlenderte. Was ich für sie empfand, war ein gewisses Mitleid und gleichmütige Sympathie.

Sie wohnte in Kobinata, bei ihren Eltern. Ich begleitete sie im Bus nach Hause. Wir saßen nebeneinander, und sie sagte während der Fahrt kaum ein Wort.

Ein paar Tage später kam mein Kollege an meinen Schreibtisch und erzählte mir, das Mädchen scheine mich wirklich zu mögen. Warum fahren wir, sagte er, wenn wir wieder ein paar Tage frei haben, nicht zu viert irgendwohin? Ich wimmelte ihn mit irgendeiner Ausrede ab. Nicht, daß ich irgend etwas dagegen gehabt hätte, sie wiederzusehen und mich mit ihr zu unterhalten. Im Gegenteil, ich wünschte mir sogar eine Gelegenheit, wieder mit ihr zu reden. Unter anderen Umständen hätten wir vielleicht sogar gute Freunde werden können. Aber die Geschichte hatte mit einer Doppelverabredung angefangen, und der Zweck solcher Verabredungen ist schließlich, daß man einen Partner findet. Hätte ich mich jetzt also noch einmal mit ihr verabredet, dann wäre ich damit eine gewisse Verpflichtung eingegangen. Und ihr weh tun war das letzte, was ich wollte. Mir blieb keine andere Wahl als abzulehnen.

Ich habe sie nie wiedergesehen.

6

Während dieser Periode trat eine weitere Frau mit einem gelähmten Bein vorübergehend in mein Leben und verwickelte mich in eine seltsame Episode, deren Bedeutung ich selbst heute noch nicht ganz begreife. Ich war achtundzwanzig, als es geschah.

Am letzten Tag des Jahres schlenderte ich durch die belebten Straßen von Shibuya, als ich im Gedränge eine Frau erspähte, die ein Bein genauso nachzog wie einst Shimamoto. Sie trug einen langen roten Mantel und hielt eine Handtasche aus schwarzem Lackleder unter dem Arm. Am linken Handgelenk trug sie eine Silberuhr, mehr ein Armband eigentlich. Ihre gesamte Erscheinung zeugte von Geld. Ich ging auf der anderen Straßenseite, aber als ich diese Frau sah, rannte ich an der nächsten Ampel hinüber. Die Straßen waren so überfüllt, daß ich mich fragte, wo all die Leute herkommen mochten, aber ich brauchte dennoch nicht lange, um die Frau einzuholen. Mit ihrem gelähmten Bein ging sie recht langsam, genau wie einst Shimamoto, und zog dabei den linken Fuß mit einem leichten Auswärtsschwung nach. Ich konnte den Blick nicht von der eleganten Bogenlinie ihrer schönen Beine abwenden – eine Eleganz, wie sie nur durch langjährige Übung entstehen kann.

Lange folgte ich ihr, immer ein kleines Stück hinter ihr. Inmitten der hastenden Passanten war es nicht leicht, in diesem gemächlichen Tempo mit ihr Schritt zu halten; immer wieder mußte ich den Abstand wiederherstellen, indem ich meinen Schritt verlangsamte oder stehenblieb und in ein Schaufenster starrte oder so tat, als suchte ich etwas in meinen Taschen. Sie trug schwarze Lederhandschuhe und hatte eine rote Kaufhaustüte bei sich. Trotz des trüben Winterhimmels trug sie eine Sonnenbrille. Von hinten sah ich von ihr lediglich ihr schönes, makellos frisiertes Haar, das sich auf Schulterhöhe modisch nach außen rollte, und diesen flauschigwarm aussehenden roten Mantel, der ihren Rücken weich umfloß. Wenn ich mich wirklich hätte vergewissern wollen, ob sie Shimamoto war, hätte ich natürlich nur einen Bogen um sie zu machen und sie mir von vorn anzusehen brauchen. Was aber, wenn sie es tatsächlich war? Was sollte ich zu ihr sagen – und wie mich verhalten? Womöglich erinnerte sie sich ja gar nicht mehr an mich. Ich brauchte noch Zeit, um mich zu sammeln. Ein paarmal atmete ich tief durch.

Lange ging ich ihr nach, immer darauf bedacht, sie nicht einzuholen. Nicht ein einziges Mal wandte sie sich um oder blieb stehen; sie sah kaum nach links oder rechts. Sie wirkte, als habe sie ein bestimmtes Ziel und sei entschlossen, es so schnell wie möglich zu erreichen. Wie Shimamoto hielt sie sich beim Gehen sehr aufrecht und trug den Kopf hoch erhoben. Wenn man sie nur von der Taille aufwärts betrachtete, wäre man nie auf die Idee gekommen, daß mit ihrem Bein etwas nicht stimmte; sie ging nur langsamer als die meisten Leute. Je länger ich sie betrachtete, desto mehr erinnerte sie mich an Shimamoto. Wenn diese Frau nicht Shimamoto war, dann konnte sie nur ihre Zwillingsschwester sein.

Die Frau durchquerte den überfüllten Vorplatz des Shibuya-Bahnhofs und ging dann die Anhöhe in Richtung Aoyama hinauf. Die ansteigende Straße verlangsamte ihren Gang noch mehr. Dennoch legte sie insgesamt eine beträchtliche Strecke zurück – so beträchtlich, daß man sich fragte, warum sie nicht längst ein Taxi genommen hatte. Selbst für jemanden mit zwei gesunden Beinen war dies ein anstrengender Weg. Aber unbeirrt ging sie weiter, ihr Bein nachziehend, während ich ihr in diskretem Abstand folgte. Nichts von dem, was die vielen Schaufenster zu bieten hatten, erregte ihre Aufmerksamkeit. Ein paarmal wechselte sie ihre Einkaufstüte und ihre Handtasche von rechts nach links und wieder zurück, aber ansonsten stöckelte sie nur mit steten Schritten weiter.

Endlich bog sie von der belebten Hauptstraße ab. Sie schien sich in diesem Stadtteil gut auszukennen. Kaum hatte man das Gewühl des Einkaufsviertels verlassen, kam man in eine ruhige Wohnstraße. Noch mehr als bisher achtete ich darauf, unter den nun spärlichen Passanten nicht aufzufallen.

Insgesamt muß ich ihr vierzig Minuten lang gefolgt sein. Wir gingen die ruhige Nebenstraße entlang, bogen um mehrere Ecken und gelangten erneut auf die Hauptverkehrsstraße. Aber die Frau schloß sich nicht wieder dem vorüberziehenden Menschenstrom an, sondern strebte, als habe sie die ganze Zeit nichts anderes vorgehabt, auf ein Café zu und verschwand darin. Es war eine kleine Konditorei. Ich schlenderte vielleicht zehn Minuten lang auf und ab, dann ging ich ebenfalls hinein.

Drinnen war es unerträglich heiß, dennoch saß sie, mit dem Rücken zur Tür, noch immer in ihrem dicken Mantel da. Ihr roter Mantel war nicht zu übersehen. Ich setzte mich an den Tisch, der vom Eingang am weitesten entfernt war, und bestellte mir eine Tasse Kaffee. Ich schlug eine Zeitung auf, die da herumlag, und während ich so tat, als läse ich, beobachtete ich die Frau. Vor ihr stand eine Tasse Kaffee, aber so lange ich sie auch beobachtete, sie rührte sie nicht an. Einmal holte sie eine Zigarette aus ihrer Handtasche und zündete sie mit einem goldenen Feuerzeug an, aber abgesehen davon saß sie einfach nur so da und starrte bewegungslos aus dem Fenster. Es konnte sein, daß sie sich schlicht ausruhte; oder vielleicht dachte sie konzentriert über ein gewichtiges Problem nach. Ich nippte gelegentlich an meinem Kaffee und las ein dutzendmal denselben Artikel.

Nach längerer Zeit stand sie abrupt auf und kam direkt auf mich zu. Es geschah so unvermittelt, daß ich das Gefühl hatte, mir bleibe das Herz stehen. Aber sie kam nicht zu mir. Sie ging an meinem Tisch vorbei und weiter zum Telefon. Sie steckte ein paar Münzen in den Schlitz und wählte.

Das Telefon war nicht weit von meinem Platz entfernt, aber das laute Stimmengewirr und die Weihnachtslieder, die aus den Lautsprechern dröhnten, verhinderten, daß ich auch nur ein Wort mitbekam. Sie redete lange. Ihr unberührter Kaffee wurde kalt. Als sie wieder an mir vorüberkam, konnte ich sie von vorn sehen, aber noch immer war ich nicht völlig sicher, ob ich wirklich Shimamoto vor mir hatte. Sie war stark geschminkt, und die Hälfte ihres Gesichts verschwand hinter dieser Sonnenbrille. Ihre Augenbrauen waren deutlich nachgezeichnet, und sie preßte ihre leuchtend rot konturierten, schmalen Lippen fest zusammen. Ihr Gesicht erinnerte mich wohl an die junge Shimamoto, aber wenn jemand mir gesagt hätte, sie sei es nicht, hätte ich es ihm genauso abgenommen. Schließlich waren wir zwölf gewesen, als wir uns zum letztenmal gesehen hatten, und seither waren über fünfzehn Jahre vergangen. Mit Sicherheit konnte ich nur sagen, daß dies eine attraktive, elegant gekleidete junge Frau von Mitte Zwanzig war. Und daß sie ein gelähmtes Bein hatte.

Der Schweiß perlte an mir herunter. Mein Unterhemd war durchnäßt. Ich zog den Mantel aus und bestellte mir eine weitere Tasse Kaffee. *Was bildest du dir eigentlich ein, was du hier tust?* fragte ich mich. Ich hatte ein Paar Handschuhe verloren und war nach Shibuya gefahren, um mir neue zu kaufen. Aber kaum hatte ich diese Frau gesehen, hatte ich alles vergessen und war ihr wie ein Besessener nachgelaufen. Jeder normale Mensch wäre einfach auf sie zugegangen und hätte gefragt: *»Verzeihung, sind Sie nicht Fräulein*

Shimamoto?« Aber ich nicht. Kein Wort hatte ich gesagt. Ich war ihr gefolgt und hatte schließlich den Punkt erreicht, an dem es kein Zurück mehr gab.

Sobald sie ihr Telefongespräch beendet hatte, kehrte sie sofort wieder an ihren Platz zurück. Wie vorher, saß sie mit dem Rücken zu mir und sah hinaus auf die Straße. Die Kellnerin kam an ihren Tisch und fragte, ob sie ihren kalten Kaffee abräumen dürfe. Ich konnte sie zwar nicht hören, aber das ungefähr müssen ihre Worte gewesen sein. Die Frau wandte sich ihr zu und nickte. Und bestellte offenbar eine weitere Tasse Kaffee. Die sie dann jedoch ebensowenig anrührte. Ich verbarg mich weiter hinter meiner Zeitung und beobachtete über deren Rand hinweg die Frau. Immer wieder hob sie die Hand und sah auf ihre silberne Armbanduhr, als warte sie ungeduldig auf jemanden. Das könnte meine letzte Chance sein, sagte ich mir. Wenn dieser Jemand erst einmal da ist, kann ich sie unmöglich ansprechen. Aber ich blieb sitzen wie festgeklebt. Es hat noch Zeit, beschwichtigte ich mich. Es hat noch Zeit, kein Grund zur Eile.

Während der nächsten fünfzehn, zwanzig Minuten ereignete sich nichts. Sie blickte unverändert auf die Straßenszene draußen vor dem Café. Dann plötzlich stand sie lautlos auf, klemmte die Handtasche unter den Arm und griff nach der Kaufhaustüte. Anscheinend hatte sie es aufgegeben zu warten. Oder vielleicht hatte sie doch auf niemanden gewartet. Ich sah zu, wie sie an der Kasse zahlte und das Café verließ, stand dann rasch auf, zahlte meinerseits und nahm die Verfolgung wieder auf. Im Strom der Passanten entdeckte ich ihren roten Mantel. Ich schob mich durch die Menschenmenge und behielt sie weiterhin im Auge.

Mit erhobener Hand versuchte sie, ein Taxi anzuhalten. Schließlich blinkte eines und fuhr an den Straßenrand. Ich muß ihren Namen rufen, dachte ich. Wenn sie erst einmal im Taxi sitzt, ist alles vorbei. Aber gerade, als ich einen Schritt nach vorn machen wollte, packte mich jemand am Ellbogen. Die kräftige Umklammerung raubte mir den Atem. Es tat nicht weh, aber es lag soviel Kraft in diesem Griff, daß mir die Luft wegblieb. Ich drehte mich um und sah mich einem Mann mittleren Alters gegenüber, der mir fest in die Augen sah.

Der Mann war eine Handbreit kleiner als ich, aber athletisch gebaut. Mitte Vierzig, schätzte ich. Sein dunkelgrauer Mantel und sein Kaschmirschal sahen furchtbar teuer aus. Sein Haar war penibel gescheitelt, und er trug eine elegante Schildpattbrille. Seine Sonnenbräune zeugte von sportlicher Betätigung. Ski? fragte ich mich. Oder vielleicht Tennis? Ich erinnerte mich, daß Izumis tennisbegeisterter Vater die gleiche Bräune gehabt hatte. Dieser Mann hier wirkte wie der Direktor eines florierenden Unternehmens, oder vielleicht noch eher wie ein hoher Regierungsbeamter. Das sah man an seinen Augen. Es waren die Augen eines Mannes, der gewohnt ist, Anordnungen zu erteilen.

»Was würden Sie von einem Kaffee halten?« fragte er ruhig. Ich folgte mit dem Blick der Frau. Als sie sich vorbeugte, um in das Taxi zu steigen, sah sie durch ihre Sonnenbrille kurz in unsere Richtung; zumindest kam es mir so vor. Die Tür des Taxis schloß sich, und ich blieb mit diesem Unbekannten mittleren Alters allein zurück.

»Ich will Sie nicht lange aufhalten«, sagte der Mann gelassen. Er war weder ärgerlich noch erregt. Er hielt meinen Arm noch immer fest, als halte er jemandem die Tür auf. »Trinken wir einen Kaffee und unterhalten wir uns ein wenig.«

Ich hätte einfach gehen können. *Mir ist nicht nach Kaffee*, hätte ich sagen können, *und ich habe Ihnen nichts zu sagen. Zunächst einmal weiß ich überhaupt nicht, wer Sie sind, und dann habe ich es eilig, also wenn Sie entschuldigen ...* Etwas in der Art. Aber ich starrte ihn nur stumm an. Schließlich nickte ich und folgte ihm gehorsam ins Café zurück. Vielleicht machte mir etwas an dieser stählernen Umklammerung angst; ich spürte darin eine seltsam unerschütterliche Kraft. Sein Griff war eher der einer Maschine als der eines Menschen: vollkommen gleichmäßig, ohne die geringste Schwankung in seinem Druck. Was hätte er mir wohl getan, wenn ich auf seinen Vorschlag nicht eingegangen wäre? Ich konnte es mir nicht vorstellen.

Doch neben leichter Angst verspürte ich auch eine gewisse Neugier. Ich wollte wissen, was in aller Welt er mit mir zu bereden haben konnte. Vielleicht würde ich dadurch auch etwas über die Frau erfahren. Nun, da sie verschwunden war, stellte dieser Mann möglicherweise die einzige verbleibende Verbindung zwischen ihr und mir dar. Außerdem hatte er doch wohl kaum vor, mich in einem Café zusammenzuschlagen, oder?

Wir setzten uns einander gegenüber an einen Tisch. Bis die Kellnerin kam, sprachen wir kein Wort. Wir saßen da und starrten einander an. Der Mann bestellte zwei Kaffee.

»Dürfte ich vielleicht erfahren, warum Sie ihr so lange gefolgt sind?« fragte er mich dann höflich.

Ich brachte keine Antwort heraus.

Er sah mich mit ausdruckslosen Augen lange an. »Ich weiß, daß Sie ihr den ganzen Weg von Shibuya bis hierher gefolgt sind«, sagte er. »Irgendwann bekommt es jeder mit, wenn man ihm so lange nachgeht.«

Ich erwiderte nichts. Sie hatte gemerkt, daß ich ihr folgte, war in dieses Café gegangen und hatte diesen Mann angerufen.

»Wenn Sie nicht reden wollen – auch gut. Ich weiß, was vor sich geht, auch ohne daß Sie es mir erzählen.« Vielleicht war er wütend, aber seine höfliche, ruhige Sprechweise verriet nichts dergleichen.

»Es gibt jetzt mehrere Möglichkeiten«, sagte der Mann, »und ich meine es ernst. Glauben Sie mir, was immer mir zu tun beliebt, das kann ich auch tun.«

Dann verstummte er und sah mich weiter an. Als wolle er mir signalisieren, daß er nichts zu erklären brauchte, weil er Herr der Situation sei. Ich sagte immer noch kein Wort. »Aber ich möchte vermeiden, daß die Dinge außer Kontrolle geraten. Ich möchte nicht, daß es zu einem Skandal kommt. Habe ich mich klar genug ausgedrückt? Nur dieses eine Mal«, sagte er. Er nahm die rechte Hand vom Tisch, griff in die Tasche seines Mantels und zog ein weißes Kuvert hervor. Seine Linke blieb währenddessen reglos auf dem Tisch liegen. An dem Kuvert war nichts Besonderes, nur ein schlichter weißer Bürobriefumschlag. »Nehmen Sie das einfach, und sagen Sie nichts. Ich weiß, daß jemand Sie dazu angestiftet hat, und ich möchte die Sache gern gütlich regeln. Kein Wort über das, was vorgefallen ist. Ihnen ist heute nichts Besonderes widerfahren, und Sie haben mich nie gesehen. Verstanden? Sollte ich je erfahren, daß Sie etwas darüber erwähnt haben, können Sie sich darauf verlassen, daß ich Sie ausfindig mache und die Sache auf meine Art erledige. Deswegen würde ich Sie bitten zu vergessen, daß Sie ihr gefolgt sind. Wir möchten sicher beide jede Unannehmlichkeit vermeiden. Richtig?«

Mit diesen Worten legte der Mann das Kuvert vor mich auf den Tisch und stand auf. Er nahm den Kassenbon an sich, zahlte und verließ mit festen Schritten das Café. Wie vor den Kopf geschlagen blieb ich sitzen. Schließlich nahm ich das Kuvert und sah hinein. Es enthielt zehn Zehntausend-Yen-Scheine. Knisternde, druckfrische Zehntausend-Yen-Scheine. Mein Mund war ausgedörrt. Ich steckte den Umschlag in die Tasche und ging. Draußen sah ich mich um und vergewisserte mich, daß der Mann nicht mehr da war, dann winkte ich ein Taxi heran und fuhr zurück nach Shibuya, wo dieses mißglückte Abenteuer angefangen hatte.

Jahre später besaß ich diesen Umschlag mit dem Geld noch immer. Ohne ihn je wieder zu öffnen, hatte ich ihn in eine Schublade meines Schreibtischs gelegt. Manchmal, wenn ich nachts nicht schlafen konnte, erschien mir das Gesicht des Mannes. Wie ein unglückliches Vorzeichen von irgend etwas kam mir sein Gesicht deutlich in den Sinn. Wer zum Teufel war er eigentlich? Und war diese Frau wirklich Shimamoto gewesen?

Ich verfiel auf eine ganze Reihe von Theorien. Es war ein Rätsel ohne Lösung. Eine Hypothese nach der anderen stellte ich auf, nur um sie gleich wieder über den Haufen zu werfen. Die noch am ehesten überzeugende Erklärung lautete, daß dieser Mann der Liebhaber der Frau war und daß er mich für einen Privatdetektiv gehalten hatte, der sie im Auftrag ihres Ehemanns beobachten sollte. Und der Mann hatte geglaubt, er könne mit seinem Geld mein Schweigen erkaufen. Vielleicht meinten die beiden, ich hätte sie aus einem Hotel kommen sehen, in dem sie sich getroffen hatten. Das klang einleuchtend. Trotzdem sagte mir mein Gefühl, daß das nicht stimmte. Zu viele Fragen blieben unbeantwortet.

Er hatte gesagt, wenn er wolle, könne er mir diverse Dinge antun – aber was für Dinge hatte er gemeint? Wie war es ihm gelungen, mich so überraschend beim Arm zu packen? Wenn die Frau gewußt hatte, daß ich sie verfolgte, warum war sie nicht gleich in ein Taxi eingestiegen? Sie hätte mich in einer Minute abschütteln können. Und warum hatte mir der Mann, ohne wirklich zu wissen, wer ich war, einen Umschlag mit so viel Geld hingeworfen?

Es war und blieb ein Rätsel. Manchmal sagte ich mir, es müsse alles nur eine Einbildung gewesen sein, etwas, das ich mir von Anfang bis Ende zusammenphantasiert hatte. Oder vielleicht auch ein sehr langer realistischer Traum, den ich für Wirklichkeit gehalten hatte. Aber es war wirklich passiert. In meiner Schublade lag ein weißer Umschlag mit zehn Zehntausend-Yen-Scheinen – der Beweis, daß es kein Traum gewesen war. *Es ist wirklich passiert.* Manchmal legte ich den Umschlag auf meinen Schreibtisch und starrte ihn an. *Es ist wirklich passiert.*

7

Ich heiratete, als ich dreißig war. Ich lernte meine Frau während eines Sommerurlaubs kennen, den ich allein verbrachte. Sie war fünf Jahre jünger als ich. Eines Tages ging ich eine Landstraße entlang, als es plötzlich zu regnen begann. Bei der nächsten Gelegenheit stellte ich mich unter, und da standen schon sie und ihre Freundin. Alle drei waren wir bis auf die Haut durchnäßt, und während wir darauf warteten, daß der Regen nachließ, kamen wir bald ins Gespräch. Wenn es nicht zu regnen begonnen hätte – oder wenn ich einen Schirm dabeigehabt hätte (was durchaus möglich gewesen wäre, denn ich hatte es ernsthaft erwogen, bevor ich das Hotel verließ) –, dann hätte ich sie nie kennengelernt. Und wenn ich sie nicht kennengelernt hätte, dann würde ich jetzt noch immer im Schulbuchverlag schuften, noch immer halbe Nächte lang allein in meiner Wohnung herumsitzen, den Rücken gegen die Wand gelehnt, trinken und wirre Selbstgespräche führen. Daran wird mir einmal wieder so recht bewußt, wie wenig man doch Herr seines Schicksals ist.

Yukiko und ich fühlten uns von Anfang an zueinander hingezogen. Ihre Freundin war viel hübscher, aber ich hatte nur Augen für Yukiko. Eine unerklärlich starke Anziehungskraft trieb uns zusammen; ich hatte schon beinahe vergessen, wie sich dieser besondere Magnetismus anfühlte. Sie wohnte ebenfalls in Tokio, und so gingen wir nach unserer Rückkehr zusammen aus. Je öfter ich sie sah, desto mehr gefiel sie mir. Sie war eher unscheinbar, zumindest nicht der Typ, der überall die Blicke der Männer auf sich zieht. Aber es lag etwas in ihrem Gesicht, das nur für mich bestimmt war. Jedesmal, wenn wir uns trafen, sah ich sie mir als erstes genau an. Und ich war hingerissen von dem, was ich sah.

»Warum starren Sie mich so an?« fragte sie jedesmal.

»Weil Sie hübsch sind«, antwortete ich.

»Das hat mir noch niemand gesagt.«

»Ich bin auch der einzige, der es weiß«, erklärte ich ihr dann. »Und glauben Sie mir, ich weiß es.«

Anfangs glaubte sie mir nicht, aber das dauerte nicht lange.

Wir suchten uns immer einen ruhigen Ort, und dann unterhielten wir uns. Ich konnte ihr alles erzählen, ganz offen, ohne jede Scheu. Ich spürte auf mir die Last all dessen, was ich während der letzten zehn Jahre verloren hatte, all dieser sinnlos vergeudeten Jahre. Ich mußte mir einiges davon zurückholen, ehe es endgültig zu spät wäre. Wenn ich Yukiko in den Armen hielt, durchschauderte mich eine sehnsüchtige, längst vergangen geglaubte Erregung. Wenn wir uns voneinander verabschiedeten, fühlte ich mich wieder verloren. Die Einsamkeit quälte mich, das Schweigen war nicht mehr zu ertragen. Eine Woche vor meinem dreißigsten Geburtstag bat ich sie, meine Frau zu werden.

Ihr Vater war Generaldirektor eines mittelständischen Bauunternehmens und ein echtes Original. Er hatte kaum eine Schule von innen gesehen, aber er war ein Macher, wie er im Buche steht – für meinen Geschmack sogar ein bißchen zu aggressiv. Dennoch, seine Einstellung zum Leben beeindruckte mich. Ich war noch nie jemandem wie ihm begegnet. Er ließ sich in einem Mercedes durch Tokio chauffieren, aber von der Hochnäsigkeit des Neureichen war bei ihm nichts zu spüren. Als ich ihn aufsuchte, um ihn um die Hand seiner Tochter zu bitten, sagte er einfach: »Ihr seid keine Kinder mehr, wenn ihr euch also mögt, ist das eure Angelegenheit.« Ich war nicht gerade das, was man eine gute Partie nennt – ein unbedeutender Angestellter in einem unbedeutenden Verlag –, aber das störte ihn nicht im mindesten.

Yukiko hatte einen älteren Bruder und eine jüngere Schwester. Ihr Bruder war Direktor in der Baufirma und würde den Familienbetrieb später übernehmen. Er war kein übler Kerl, aber er stand im Schatten seines Vaters. Von den drei Kindern hatte die jüngere Schwester, die damals das College besuchte, noch den selbständigsten Kopf; sie war daran gewöhnt, ihren Willen durchzusetzen. Wenn ich es mir recht überlege, hätte sie am Ende vielleicht einen besseren Generaldirektor abgegeben als ihr Bruder.

Etwa ein halbes Jahr nach der Hochzeit bat mich Yukikos Vater zu sich. Er hatte von meiner Frau gehört, ich sei von meiner Arbeit im Schulbuchverlag nicht gerade begeistert, und er wollte wissen, ob ich mich mit dem Gedanken trüge, zu kündigen.

»Zu kündigen wäre kein Problem«, sagte ich. »Das Problem ist, was ich danach tun könnte.«

»Was hieltest du davon, für mich zu arbeiten?« fragte er. »Ich würde dich wie einen Sklaven antreiben, aber die Bezahlung ist erstklassig.«

»Also, ich weiß, daß ich nicht dafür geschaffen bin, Schulbücher zu redigieren, aber ich glaube auch nicht, daß eine Baufirma das Richtige für mich wäre«, sagte ich wahrheitsgemäß. »Ich weiß das Angebot zu schätzen, aber wenn ich für die Arbeit ungeeignet bin, würde das Ganze am Ende mehr Ärger bringen, als es wert ist.«

»Da hast du wahrscheinlich recht. Man sollte nie einen dazu zwingen, etwas zu tun, was er nicht will«, erwiderte er. Das klang, als habe er meine Antwort ohnehin erwartet. Wir saßen bei ein paar Drinks. Sein Sohn rührte Alkohol so gut wie nie an, und daher tranken wir beide gelegentlich einen zusammen. »Übrigens, meine Gesellschaft hat ein Objekt in Aoyama. Ist noch im Bau, müßte aber nächsten Monat fertig werden. Die Lage ist gut, und das wird ein echter Luxusschuppen. Liegt zur Zeit noch ein bißchen ab vom

Schuß, aber das Viertel dehnt sich rasch aus. Ich dachte, vielleicht könntest du da irgendein Geschäft aufziehen. Das Gebäude gehört der Gesellschaft, deswegen würde ich bei Anzahlung und Miete nicht unter den derzeitigen Marktwert gehen können, aber wenn du's damit versuchen willst, kann ich dir so viel leihen, wie du willst.«

Ich dachte eine Weile darüber nach. Die Möglichkeiten waren verlockend.

Und so kam es, daß ich im Untergeschoß eines brandneuen Gebäudes in Aoyama eine elegante Jazz-Bar eröffnete. Während meiner College-Zeit hatte ich in einer Bar gejobbt, darum kannte ich mich in dem Metier ganz gut aus – wußte, was für Drinks und Speisen man servieren, wie die Musik und die Atmosphäre sein, was für eine Klientel man pflegen sollte und so weiter. Um die Ausgestaltung kümmerte sich die Firma meines Schwiegervaters. Er beauftragte ein paar erstklassige Innenarchitekten und ließ ihnen freie Hand. Ihr Preis war verblüffend maßvoll, und als die Bar fertig war, konnte sie sich wahrhaft sehen lassen.

Die Bar war erfolgreicher, als ich es in meinen kühnsten Träumen angenommen hätte, und zwei Jahre später eröffnete ich eine zweite, ebenfalls in Aoyama. Diese war größer und hatte ein Live-Jazz-Trio zu bieten. Das Projekt kostete mich eine Menge Zeit und Arbeit, ganz zu schweigen von einem Haufen Geld, aber am Ende wurde ich mit einem gut frequentierten Club belohnt, der in seiner Art einzig war. Ich hatte die Chance, die sich mir geboten hatte, halbwegs vernünftig genutzt, und endlich hatte ich das Gefühl, mich für einen Augenblick entspannen zu können. Es war kein Zufall, daß in diese Zeit die Geburt meines ersten Kindes fiel, eines Mädchens. Anfangs hatte ich noch hinter der Theke mitgeholfen und Cocktails gemixt, aber seitdem ich das zweite Lokal eröffnet hatte, war ich mit dem Organisatorischen und Geschäftlichen voll ausgelastet. Ich mußte mich darum kümmern, daß alles glatt lief – Preise aushandeln, Personal einstellen, die Buchführung erledigen. Am besten gefiel es mir zu sehen, wie sich Ideen, die in meinem Kopf entstanden waren, in Realität verwandelten. Selbst bei der Zusammenstellung der Speisekarte gab ich meinen bescheidenen Senf dazu. Überraschenderweise war ich in dem Job alles andere als schlecht. Es gefiel mir, ohne jede Vorgabe etwas Neues zu schaffen und es so lange zu umhegen, bis es wirklich perfekt war. Es war meine Bar, meine eigene kleine Welt. Meinen Sie etwa, man könnte als Lektor in einem Schulbuchverlag eine ähnliche Befriedigung finden? Nie im Leben.

Tagsüber kümmerte ich mich um alle möglichen Dinge, und abends machte ich die Runde durch meine beiden Bars, probierte die Cocktails, um festzustellen, ob sie so schmeckten, wie sie sollten, beobachtete die Reaktionen der Gäste, vergewisserte mich, daß das Personal auf Zack war. Und ich hörte mir die Musik an. Jeden Monat zahlte ich meinem Schwiegervater einen Teil meiner Schulden zurück; trotzdem machte ich einen ganz ordentlichen Profit. Yukiko und ich kauften uns eine Vierzimmerwohnung in Aoyama und einen BMW 320. Und bekamen ein zweites Kind, wieder ein Mädchen. Ehe ich wußte, wie mir geschah, war ich Vater von zwei kleinen Töchtern.

Mit sechsunddreißig kaufte ich ein Ferienhäuschen in Hakone und einen roten Jeep Cherokee für Yukiko, zum Einkaufen und um die Kinder herumzuchauffieren. Mit dem, was meine Bars abwarfen, hätte ich gut ein drittes Lokal eröffnen können, aber ich hatte nicht vor, noch weiter zu expandieren. Mich in den zwei Lokalen um alle Details zu kümmern genügte mir vollauf; an noch mehr denken zu müssen hätte mich ausgelaugt. Ich opferte der Arbeit schon so genug Zeit. Ich besprach die Sache mit meinem Schwiegervater, und er schlug mir vor, etwaige Überschüsse in Aktien und Immobilien anzulegen. Das läßt sich gut nebenher machen, praktisch ohne jeden Zeitaufwand, erklärte er mir. Aber Aktien- und Immobilienmarkt waren für mich ein Buch mit sieben Siegeln. Und darum sagte er: »Überlaß das mir. Tu einfach nur, was ich dir sage, und du wirst es nicht bereuen. Bei diesen Dingen kommt's auf den richtigen Dreh an.« Also investierte ich, wie er es mir sagte. Und tatsächlich hatte ich schon bald einen hübschen Gewinn beisammen.

»Jetzt hast du's raus, oder?« fragte er mich. »Beim Investieren kommt's auf den Dreh an. Du könntest hundert Jahre lang in einer Firma arbeiten und würdest es nie so weit bringen. Um es zu etwas zu bringen, brauchst du Glück und Grips. Das sind die Grundvoraussetzungen, aber es reicht noch nicht. Du brauchst Kapital. Zuwenig Kapital, und dir sind die Hände gebunden. Aber vor allem brauchst du den richtigen Dreh. Ohne den nützt dir alles andere gar nichts.«

»Da scheinst du recht zu haben«, sagte ich. Ich wußte, worauf er anspielte. Der »Dreh«, von dem er sprach, war das System, das er entwickelt hatte. Ein unschlagbares, komplexes System zur Erwirtschaftung gewaltiger Summen durch das Knüpfen eines unübersehbaren Netzes von Beziehungen, das Sammeln wichtiger Informationen und eine darauf basierende Investitionstaktik. Geschickt durch Gesetzes- und Steuerlücken geschleust, machten die Gewinne eine wundersame Metamorphose durch und wuchsen fast ins Unermeßliche.

Hätte ich meinen Schwiegervater nie kennengelernt, würde ich noch heute Schulbücher redigieren, noch immer in einer schäbigen kleinen Wohnung in Nishiogikubo hausen, noch immer einen gebrauchten Toyota Corona mit kaputter Klimaanlage fahren. So dagegen hatte ich es in kurzer Zeit zum Besitzer zweier Bars in einer der schicksten Gegenden Tokios gebracht, zum Chef von über dreißig Mitarbeitern, und ich verdiente mehr Geld, als ich bisher in meinem ganzen Leben verdient – oder zu verdienen geträumt – hatte. Die Geschäfte liefen so gut, daß mein Steuerberater beeindruckt war, und die Bars hatten einen ausgezeichneten Ruf. Ich will damit nicht sagen, daß ein anderer das nicht auch hätte schaffen können. Ohne das Kapital meines Schwiegervaters – und ohne seinen »Dreh« – wäre ich nie auf einen grünen Zweig gekommen.

Aber ganz wohl war mir bei der Sache nicht. Ich hatte das Gefühl, eine unerlaubte Abkürzung genommen, mich unlauterer Mittel bedient zu haben, um dahin zu gelangen, wo ich jetzt war. Schließlich gehörte ich zu der Generation der späten sechziger, frühen siebziger Jahre, aus der die radikale Studentenbewegung hervorgegangen war. Unsere Generation war die erste gewesen, die der spätkapitalistischen Logik, der sämtliche nach dem Krieg noch verbliebenen Ideale zum Opfer gefallen waren, ein schallendes »Nein!« entgegengebrüllt hatte. Es war wie ein Ausbruch von Fieber gewesen, gerade als sich das Land an einem entscheidenden Wendepunkt befunden hatte. Und hier war ich nun, mittlerweile selbst von dieser kapitalistischen Logik vereinnahmt, rekelte mich auf den Polstern meines BMW und genoß Schuberts Winterreise, während ich an einer Kreuzung im schicken Aoyama auf grünes Licht wartete. Ich führte das Leben eines anderen, nicht mein eigenes. Wieviel an der Person, die ich »ich« nannte, war wirklich ich? Und wieviel nicht? Diese Hände, die das Lenkrad umfaßten – zu wieviel Prozent konnte ich sie mein eigen nennen? Und all das, was ich draußen sah – wieviel davon existierte wirklich? Je länger ich darüber nachdachte, desto weniger schien ich es zu verstehen.

Nicht, daß ich unglücklich gewesen wäre. Ich konnte nicht klagen. Yukiko war eine sanfte, aufmerksame Frau, und ich liebte sie. Seit sie nach der ersten Entbindung ein bißchen zugenommen hatte, hielt sie streng Diät und trieb regelmäßig Gymnastik. Aber die paar Pfunde zuviel störten mich nicht – ich fand Yukiko noch immer schön. Ich war gern mit ihr zusammen, und ich schlief gern mit ihr. Sie übte eine lindernde, besänftigende Wirkung auf mich aus. Um nichts in der Welt wäre ich wieder zu dem Leben zurückgekehrt, das ich zwischen zwanzig und dreißig geführt hatte, in jene Zeit der Einsamkeit und Isolation. Hier gehörte ich hin, hier fühlte ich mich geliebt und geborgen. Und hier hatte ich die Möglichkeit, andere – meine Frau und meine Kinder – meinerseits zu lieben und zu beschützen. Mich in einer solchen Lage zu befinden bedeutete für mich eine unerwartete Entdeckung, eine völlig neue Erfahrung.

Jeden Morgen fuhr ich meine ältere Tochter zu dem privaten Kindergarten, den sie besuchte, und wir sangen beide zu einer Kassette mit Kinderliedern, die auf der Auto-Stereoanlage lief. Danach spielte ich, bevor ich in das kleine Büro ging, das ich mir in der Nähe gemietet hatte, noch eine Weile mit meiner jüngeren Tochter. Im Sommer fuhren wir übers Wochenende in unser Ferienhaus in Hakone, sahen uns das Feuerwerk an, ruderten auf dem See und streiften über die Hügel.

Während der Schwangerschaften meiner Frau hatte ich ein paar kurze Affären gehabt, aber nichts Ernsthaftes. Mit keiner Frau schlief ich häufiger als ein-, zweimal. Na gut, höchstens dreimal. Ich hatte nie das Gefühl, eine »Geliebte« zu haben. Ich wollte einfach jemanden fürs Bett, und nichts anderes wollten meine Partnerinnen. Um Komplikationen zu vermeiden, suchte ich mir meine Bettgenossinnen mit Umsicht aus. Mag sein, daß ich etwas testen wollte, indem ich mit ihnen schlief; daß ich herauszufinden versuchte, was ich in ihnen entdecken konnte, und was sie in mir.

Kurz nach der Geburt unseres ersten Kindes erhielt ich eine Postkarte, die zunächst an die Adresse meiner Eltern gegangen war. Es war eine Todesanzeige, mit dem Namen einer Frau. Sie war im Alter von sechsunddreißig Jahren gestorben. Aber ich verband nichts mit dem Namen. Die Karte war in Nagoya abgestempelt. Ich kannte niemanden in Nagoya. Schließlich aber begriff ich, wer die Frau war: Izumis Cousine, die früher in Kyoto gewohnt hatte. Ich hatte ihren Namen völlig vergessen. Offenbar war ihr Elternhaus in Nagoya.

Es gehörte nicht viel dazu, sich auszurechnen, daß Izumi mir die Todesanzeige geschickt hatte. Niemand sonst konnte das getan haben. Anfangs konnte ich mir jedoch nicht vorstellen, was ihre Motive gewesen sein mochten. Aber nachdem ich die Karte einige Male gelesen hatte, spürte ich die unversöhnliche Kälte, die in sie eingeflossen war. Izumi hatte nie vergessen, was ich getan hatte, und sie hatte mir nie verziehen. Sie mußte ein trostloses Leben führen – eine zufriedene Frau hätte mir nie diese Karte geschickt. Oder zumindest hätte sie ein paar erklärende Worte dazugeschrieben.

Plötzlich war mir die Cousine und alles, was mit ihr zusammenhing, wieder gegenwärtig. Ihr Zimmer, ihr Körper, die leidenschaftlichen Stunden, die wir im Bett verbracht hatten. Aber die absolute Klarheit, die diese Erinnerungen einst für mich besessen hatten, war verschwunden, wie Rauch verweht. Ich konnte mir nicht denken, woran sie gestorben sein mochte. Sechsunddreißig ist ein so unnatürliches Alter zum Sterben. Ihr Familienname war noch derselbe, was hieß, daß sie nie geheiratet hatte – oder wenn doch, daß sie sich hatte scheiden lassen.

Mehr über Izumi und ihren Aufenthaltsort erfuhr ich von einem ehemaligen Klassenkameraden aus der Oberschule. Er hatte in der Zeitschrift *Brutus* einen Artikel über Bars in Tokio gelesen, hatte mein Foto gesehen und so erfahren, daß ich die beiden Bars in Aoyama betrieb. Eines Abends kam er zu mir an die Theke und sagte: Hey, Mann, was macht das Leben? Nichts deutete darauf hin, daß er eigens meinetwegen gekommen wäre. Er war nur zufällig mit ein paar Freunden da und hatte einfach hallo sagen wollen.

»Ich komme oft hierher«, sagte er. »Mein Büro ist ganz in der Nähe. Aber ich hatte keine Ahnung, daß die Bar dir gehört. Wie klein die Welt doch ist.«

Ich war auf der Oberschule eher ein Außenseiter gewesen, er dagegen hatte immer gute Noten gehabt, hatte viel Sport getrieben und war ganz der Typ gewesen, der es zum Schulsprecher bringt; umgänglich, nie aufdringlich, ein durch und durch netter Junge. Er hatte in der Schulmannschaft gekickt und war schon damals kräftig gebaut gewesen, aber jetzt war er ein wenig in die Breite gegangen: er hatte ein Doppelkinn, und sein Dreiteiler spannte. Kommt davon, wenn man ständig Kunden zum Essen ausführen muß, erklärte er. Große Firmen sind die reinste Hölle, sagte er. Ständig Überstunden, Kunden ausführen, alle naselang wird man versetzt; leiste dir einen Patzer, und sie schmeißen dich raus, erfüll dein Soll, und sie setzen es herauf. Nicht gerade das richtige Umfeld für einen anständigen Menschen. Wie sich herausstellte, war sein Büro in Aoyama 1-chome, gerade ein paar Häuserblocks von meiner Bar entfernt.

Wir unterhielten uns über die Dinge, über die sich ehemalige Klassenkameraden, die sich seit achtzehn Jahren nicht mehr gesehen haben, zu unterhalten pflegen – Beruf, Ehe, Anzahl der Kinder, gemeinsame Bekannte, die man inzwischen zufällig wiedergesehen hat. Und da erwähnte er Izumi.

»Da gab's doch ein Mädchen, mit dem du damals herumgezogen bist. Ihr wart ständig zusammen. Sowieso Ohara.«

»Izumi Ohara«, sagte ich.

»Genau«, sagte er. »Izumi Ohara. Na, und die habe ich vor kurzem zufällig wieder getroffen.«

»In Tokio?« fragte ich erschrocken.

»Nein, nicht in Tokio. In Toyohashi.«

»In Toyohashi?« wiederholte ich, noch erstaunter. »Du meinst Toyohashi in der Aichi-Präfektur?«

»Genau.«

»Das verstehe ich nicht. Wieso hast du Izumi in Toyohashi getroffen? Was sollte sie denn da treiben?«

Offenbar hatte er etwas Hartes und Unnachgiebiges aus meiner Stimme herausgehört. »Das weiß ich auch nicht«, sagte er vorsichtig. »Ich habe sie einfach dort gesehen. Aber es gibt nicht viel zu erzählen. Ich bin mir nicht mal hundertprozentig sicher, daß sie es wirklich war.«

Er bestellte einen zweiten Wild Turkey on the rocks. Ich hatte noch meinen Wodka Sour.

»Ist mir egal, ob's viel oder wenig zu erzählen gibt. Ich will es wissen.«

»Na ja ...« Er zögerte. »Was ich eigentlich sagen will – manchmal kommt's mir so vor, als wäre es gar nicht wirklich passiert. Es ist ein sonderbares Gefühl, als ob ich träumte und es zugleich Wirklichkeit wäre, verstehst du? Es ist schwer zu erklären.«

»Aber es ist wirklich passiert, nicht?« fragte ich.

»Ja«, sagte er.

»Dann erzähl's mir.«

Er nickte resigniert und nahm einen Schluck von seinem Wild Turkey.

»Ich war in Toyohashi, weil meine jüngere Schwester dort wohnt. Ich war auf einer Geschäftsreise nach Nagoya, und es war Freitag, und da habe ich mir gedacht, ich könnte sie besuchen und bei ihr übernachten. Und da habe ich Izumi gesehen. Im Fahrstuhl, im Haus meiner Schwester. Zuerst dachte ich: Mann, diese Frau sieht haargenau wie Izumi aus. Aber dann habe ich mir gesagt: Ach was, kann überhaupt nicht sein. Daß ich sie im Fahrstuhl im Haus meiner Schwester treffen sollte, ausgerechnet in Toyohashi! Ihr Gesicht hatte sich seit damals verändert. Es ist mir selbst schleierhaft, wieso ich sie so schnell erkennen konnte. Instinkt, vermutlich.«

»Aber es war Izumi?«

Er nickte. »Wie sich rausstellte, wohnte sie im selben Stock wie meine Schwester. Wir sind zusammen ausgestiegen und in dieselbe Richtung den Korridor entlanggegangen. Sie ist in der Wohnung zwei Türen vor meiner Schwester verschwunden. Ich war neugierig und habe auf das Namensschild gesehen. Und da stand Ohara.«

»Hat sie dich auch erkannt?«

Er schüttelte den Kopf. »Wir waren in derselben Klasse, aber wir haben kaum je was miteinander zu tun gehabt. Und außerdem habe ich seit damals gut zwanzig Kilo zugelegt. Sie hat mich garantiert nicht erkannt.«

»Aber war es wirklich Izumi? Ich wär mir da nicht so sicher. Ohara ist ein ziemlich häufiger Name. Und es wird auch andere Frauen geben, die so ähnlich aussehen.«

»Klar, das habe ich mir auch gesagt, und deswegen habe ich meine Schwester gefragt, wer diese Ohara sei. Meine Schwester hat mir die Mieterliste gezeigt. Weißt du, diese Listen, die sie benutzen, wenn es darum geht, irgendwelche Renovierungskosten oder was weiß ich aufzuteilen. Da standen die Namen sämtlicher Mieter. Und da stand es auch – Izumi Ohara. Und ›Izumi‹ in Katakana geschrieben, nicht mit chinesischen Schriftzeichen. So viele mit dieser Kombination kann's kaum geben, oder?«

»Das heißt, sie ist noch unverheiratet.«

»Darüber wußte meine Schwester nichts«, sagte er. »Izumi Ohara ist in dem Haus offenbar die große Unbekannte. Kein Mensch hat je ein Wort mit ihr gewechselt. Wenn man sie auf dem Korridor grüßt, nimmt sie einen nicht zur Kenntnis. Wenn man bei ihr klingelt, macht sie nicht auf. Zur beliebtesten Mieterin des Blocks wird sie sicher nicht gewählt.«

»Das kann nicht sie sein!« Ich lachte und schüttelte den Kopf. »So ist Izumi nicht. Sie war immer sehr kontaktfreudig und hat jeden angelächelt.«

»Okay. Vielleicht hast du ja recht. Vielleicht war es jemand anders«, sagte er. »Jemand mit genau demselben Namen. Reden wir von was anderem.«

»Aber die Izumi Ohara dort lebte allein?«

»Das nehme ich an. Niemand hat je einen Mann in ihre Wohnung gehen sehen. Kein Mensch weiß, wovon sie eigentlich lebt. Sie ist ein Rätsel.«

»Und was vermutest du?«

»Worüber?«

»Über sie. Über diese Izumi Ohara, die möglicherweise auch nur eine Person gleichen Namens ist. Du hast ihr Gesicht im Fahrstuhl gesehen. Was hast du da gedacht? Sah sie okay aus?«

Er dachte darüber nach. »Ja, okay, kann man sagen«, antwortete er.

»In welchem Sinn okay?«

Er schüttelte sein Whiskyglas; die Eiswürfel klimperten. »Natürlich ist sie ein bißchen gealtert. Sie ist schließlich sechsunddreißig. Wir beide ja auch. Der Stoffwechsel läßt langsam nach, man legt ein paar Pfunde zu. Man kann nicht ewig siebzehn bleiben.«

»Zugegeben«, sagte ich.

»Laß uns das Thema wechseln. Es muß jemand anders gewesen sein.«

Ich seufzte. Ich legte beide Arme auf die Theke und sah ihm direkt ins Gesicht. »Hör zu, ich will es wissen. Ich muß es wissen. Am Ende des letzten Schuljahrs hat Izumi mit mir Schluß gemacht. Das war eine schlimme Sache. Ich hab Scheiße gebaut und ihr ganz schön weh getan. Seit damals hab ich nie wieder was von ihr gehört. Ich hatte keine Ahnung, wo sie war oder was sie tat. Also sag mir jetzt einfach die ungeschminkte Wahrheit. Es war Izumi, ja?«

Er nickte. »Wenn du's wirklich wissen willst, ja, das war eindeutig sie. Aber es tut mir leid, dir das sagen zu müssen.«

»Also jetzt ehrlich, wie sah sie aus?«

Er schwieg eine Zeitlang. »Zuerst möchte ich etwas klarstellen, okay? Ich war in derselben Klasse wie sie, und ich fand sie ganz schön attraktiv. Sie war ein nettes Mädchen. Nett und hübsch. Keine hinreißende Schönheit, aber, na ja, ansprechend. Habe ich recht?«

Ich nickte.

»Und du willst wirklich die Wahrheit hören?«

»Nur zu«, sagte ich.

»Es wird dir nicht gefallen.«

»Das ist mir egal. Sag mir einfach die Wahrheit.«

Er trank wieder einen Schluck Whisky. »Ich war auf dich eifersüchtig, weil du ständig mit ihr zusammen warst. Ich hätte auch gern so eine Freundin gehabt. Jetzt kann ich's dir ja wohl gestehen.

Ich habe sie nie vergessen. Ihr Gesicht ist mir unauslöschlich in Erinnerung geblieben. Deswegen habe ich sie auch, als sie mir völlig unerwartet über den Weg gelaufen ist, sofort wiedererkannt, selbst noch nach achtzehn Jahren. Was ich damit sagen will, ist folgendes: Ich habe überhaupt keinen Grund, schlecht über sie zu reden. Es war auch für mich ein Schock. Ich wollte mir einfach nicht eingestehen, daß es wirklich stimmte. Laß es mich mal so ausdrücken: Sie ist nicht mehr attraktiv.«

Ich biß mir auf die Lippe. »Wie meinst du das?«

»Die meisten Kinder, die in dem Haus wohnen, haben Angst vor ihr.«

»Angst?« wiederholte ich. Ich sah ihn verständnislos an. Er mußte das falsche Wort gebraucht haben. »Wie meinst du das – Angst vor ihr?«

»Hör mal, findest du nicht, es ist genug? Ich wollte eigentlich überhaupt nicht davon reden.«

»Einen Moment noch – was tut sie denn? Sagt sie etwa häßliche Sachen zu den Kindern?«

»Sie spricht mit keinem ein Wort. Wie ich schon sagte.«

»Dann fürchten sich die Kinder also vor ihrem Gesicht?«

»Genau«, sagte er.

»Hat sie eine Narbe oder etwas in der Art?«

»Keine Narben.«

»Also, was finden sie denn dann zum Fürchten?«

Er trank seinen Whisky aus und stellte das Glas auf die Theke. Und er sah mich ziemlich lange unverwandt an. Er wirkte unruhig und sehr ratlos. Aber es lag noch etwas anderes in seiner Miene. Ich entdeckte darin Spuren des Gesichts, das er auf der Oberschule gehabt hatte. Er hob den Blick und starrte eine Zeitlang ins Leere, als betrachtete er einen Fluß, der dahinströmt und in der Ferne verschwindet. Schließlich fand er wieder Worte. »Ich kann das schlecht erklären, und ich will's auch gar nicht. Also hör auf zu fragen, ja? Du müßtest sie mit eigenen Augen sehen, um es zu begreifen. Wer es nicht selbst gesehen hat, kann es gar nicht verstehen.«

Ich nickte und sagte nichts mehr, nippte nur ab und zu an meinem Wodka Sour. Er hatte in einem ruhigen Ton gesprochen, aber ich wußte, daß ich mir jede weitere Frage zu diesem Thema sparen konnte.

Er begann, von Brasilien zu erzählen, wo er zwei Jahre lang gearbeitet hatte. Ob du's glaubst oder nicht, sagte er, aber ich hab da unten einen ehemaligen Klassenkameraden aus der Mittelschule wiedergetroffen, in Saõ Paulo! War Ingenieur bei Toyota.

Seine Worte gingen an mir vorbei. Als er aufstand, um zu gehen, schlug er mir auf die Schulter. »Na ja, die Menschen ändern sich eben mit den Jahren, und jeder anders. Ich hab keine Ahnung, was damals zwischen euch abgelaufen ist. Aber was es auch gewesen sein mag – es war nicht deine Schuld. Irgendwie macht jeder so eine Erfahrung, stärker oder schwächer. Sogar ich. Kein Witz. Ich hab das gleiche durchgemacht. Aber man kann nichts daran ändern. Jeder führt sein eigenes Leben. Niemand kann die Verantwortung für einen anderen übernehmen. Es ist wie das Leben in der Wüste. Man muß sich einfach daran gewöhnen. Hast du auf der Grundschule auch diesen Disney-Film gesehen – *Die Wüste lebt*?«

»Klar«, sagte ich.

»Unsere Welt ist auch nicht anders. Es regnet, und die Blumen blühen. Kein Regen, und sie verdorren. Insekten werden von Echsen aufgefressen, Echsen werden von Vögeln aufgefressen. Aber am Ende sterben sie alle, einer wie der andere. Sie sterben und vertrocknen. Eine Generation stirbt ab, und die nächste übernimmt. So läuft das. Jede Menge Lebensweisen. Und jede Menge Todesarten.

Aber am Ende macht das nicht den geringsten Unterschied. *Übrig bleibt nur eine Wüste.*«

Er ging nach Hause, und ich blieb allein an der Theke sitzen und trank. Selbst nachdem die letzten Gäste gegangen waren und die Bar geschlossen hatte, nachdem das Personal aufgeräumt hatte und ebenfalls gegangen war, blieb ich noch, allein. Ich wollte noch nicht nach Hause. Ich rief meine Frau an und sagte ihr, ich hätte noch etwas zu erledigen und es würde spät werden. Ich schaltete die Beleuchtung aus, blieb im Dunkeln sitzen und trank Whisky. Ich war zu faul, mir Eis zu holen, also trank ich ihn pur.

Einer nach dem anderen verschwindet, unentwegt. Manche Dinge sind auf einmal weg, als hätte man sie herausoperiert. Andere verblassen allmählich im Nebel. *Und übrig bleibt nur eine Wüste.*

Als ich kurz vor dem Morgengrauen die Bar verließ, fiel ein dünner Regen auf die Hauptstraße von Aoyama. Ich war erschöpft. Lautlos durchtränkte der Regen die Reihen von Hochhäusern, die wie Grabstelen die Straße säumten. Ich ließ mein Auto auf dem Parkplatz der Bar stehen und ging zu Fuß nach Hause. Unterwegs setzte ich mich auf ein Schutzgeländer und beobachtete eine große Krähe, die von einer Ampel herabkrächzte. Jetzt, um vier Uhr früh, sahen die Straßen schmutzig und heruntergekommen aus. Überall lauerte der Schatten des Verfalls und der Auflösung, und ich war ein Teil davon. Wie ein Schatten, in eine Hauswand eingebrannt.

8

Nachdem das Feature mit meinem Namen und meinem Foto in *Brutus* erschienen war, kamen rund zehn Tage lang immer wieder alte Bekannte in die Bar, um ein paar Worte mit mir zu wechseln. Leute, die mit mir auf der Mittel- oder Oberschule gewesen waren. Bis dahin hatte ich mich immer gefragt, wer denn die Tonnen von Zeitschriften las, die in jedem Buchladen gleich am Eingang stapelweise ausliegen. Aber nun, da ich selbst in einer erwähnt worden war, fiel mir plötzlich auf, daß mehr Leute, als ich je angenommen hätte, förmlich an Zeitschriften kleben. In Frisiersalons, Banken, Cafés, Zügen – an jedem erdenklichen Ort hatten die Leute aufgeschlagene Zeitschriften vor sich und starrten wie gebannt hinein. Vielleicht befürchten die Menschen, sie könnten unvermutet ein bißchen Zeit haben und nichts, um sie totzuschlagen, so daß sie nach irgend etwas schnappen, was ihnen gerade in die Finger kommt. Ich begreif's einfach nicht.

Wie dem auch sei, ich kann nicht sagen, es hätte mich entzückt, all diese Gesichter aus der Vergangenheit wiederzusehen. Obwohl ich auch nichts dagegen hatte, mit ihnen zu plaudern. Es versetzte mich in eine angenehme, nostalgische Stimmung. Und sie freuten sich anscheinend, mich zu sehen. Doch ehrlich gesagt waren mir die Themen, mit denen sie immer wieder anfingen, mehr als gleichgültig. Wie sehr sich unsere Heimatstadt verändert hatte; was andere Klassenkameraden inzwischen so taten. Als ob mich das interessierte. Ich hatte mich von jenem Ort und jener Zeit zu weit entfernt. Zudem rief alles, was sie sagten, Erinnerungen an Izumi in mir wach. Jede Erwähnung meiner Heimatstadt bewirkte, daß ich sie mir allein in dieser düsteren Mietwohnung vorstellte. *Sie ist nicht mehr attraktiv*, hatte mein Freund gesagt. *Die Kinder haben Angst vor ihr.* Sie gingen mir einfach nicht aus dem Kopf, diese beiden Sätze. Und die Tatsache, daß Izumi mir niemals verziehen hatte.

Ich hatte den Artikel einfach als willkommene kostenlose Publicity für die Bar angesehen, aber er war noch nicht lange erschienen, als ich ernstlich zu bedauern begann, daß ich der Zeitschrift mein Einverständnis gegeben hatte. Das Letzte, was ich wollte, war, daß Izumi auf den Artikel stieß. Was würde sie wohl empfinden, wenn sie mich so sähe – ungeniert glücklich und erfolgreich, scheinbar ohne jede Narbe aus unserer gemeinsamen Vergangenheit?

Nach einem Monat aber war der Zustrom von alten Bekannten versiegt. Das zumindest ist ein Vorteil von Zeitschriften: Man hat seinen Augenblick des Ruhms, und puff! ist man wieder vergessen. Ich atmete erleichtert auf. Wenigstens hatte Izumi sich nicht blicken lassen. Sie war also doch keine *Brutus*-Leserin.

Einige Wochen später jedoch, als sich die Aufregung um den Artikel längst gelegt hatte, tauchte die letzte der alten Bekannten auf.

Shimamoto.

Es war am Abend des ersten Montags im November. Da saß sie an der Theke des *Robin's Nest* (so hieß der Jazz-Club, nach einem alten Stück, das ich sehr mochte) und trank ruhig einen Daiquiri. Ich saß ebenfalls an der Theke, drei Hocker weiter, ohne die leiseste Ahnung, daß sie es war. Ich hatte bemerkt, daß eine auffällig schöne Frau hereingekommen war, aber das war auch alles. Ein neuer Gast; ich nahm es automatisch zur Kenntnis. Wenn ich sie schon vorher einmal gesehen hätte, dann hätte ich mich bestimmt an sie erinnert – so einmalig war sie. Bald würde derjenige auftauchen, auf den sie wartete, nahm ich an. Obwohl wir durchaus weibliche Gäste ohne Begleitung sahen. Manche Frauen scheinen zu erwarten, daß Männer sich an sie heranmachen; andere scheinen das eher zu hoffen.

Ich konnte immer erkennen, zu welcher der beiden Kategorien eine Frau gehörte. Aber eine so schöne Frau wie diese wäre nie allein in eine Bar gegangen. Sie würde sich über Annäherungsversuche nicht freuen, sondern sie nur als Belästigung empfinden.

Deswegen achtete ich nicht sehr auf sie. Sicher, als sie hereingekommen war, hatte ich sie mir schon angesehen, und von Zeit zu Zeit warf ich einen kurzen Blick in ihre Richtung. Sie trug nur einen Hauch von Make-up, und ihre Kleidung sah sündhaft teuer aus – ein blaues Seidenkleid, dazu eine cremefarbene Kaschmir-Jacke, eine Strickjacke, so hauchzart wie eine Zwiebelhaut. Und vor ihr auf der Theke lag eine Handtasche, genau passend zu dem Kleid. Ihr Alter konnte ich nicht schätzen. Genau das richtige Alter – mehr hätte ich nicht sagen können.

Sie war atemberaubend schön, aber für einen Filmstar oder ein Model hielt ich sie nicht. Zwar hatte ich durchaus Gäste aus dieser Szene, aber man sah ihnen stets an, daß sie sich unablässig ihrer Publikumswirksamkeit bewußt waren – die unerträgliche Wichtigkeit ihres Seins umgab sie wie eine Blase. Diese Frau war anders. Sie war vollkommen entspannt, absolut im Einklang mit ihrer Umgebung. Die Ellbogen auf die Theke, das Kinn in die Hände gestützt, lauschte sie hingegeben der Musik des Klaviertrios und sog dabei an ihrem Trinkhalm, als koste sie eine besonders gelungene Phrase aus. Alle paar Minuten warf sie einen Blick in meine Richtung. Ich konnte ihn spüren, wie eine Berührung. Obwohl ich mir sicher war, daß sie mich nicht eigentlich ansah.

Ich war in meiner üblichen Arbeitskleidung – Anzug von Luciano Soprani, Hemd und Krawatte von Armani, Schuhe von Rossetti. Ob Sie's glauben oder nicht, ich gehörte nicht zu denen, die sich um ihre Kleidung groß Gedanken machen. Meine Grundregel war, nicht mehr als das unbedingt Notwendige dafür auszugeben.

In meiner Freizeit war ich mit Jeans und einem Pullover vollauf zufrieden. Aber was das Geschäft anging, so hatte ich meine eigene kleine Philosophie: Ich kleidete mich so, wie ich mir meine Gäste wünschte. Wie ich bald merkte, erreichte ich dadurch, daß sich das Personal genau das entscheidende bißchen mehr ins Zeug legte und die besondere, gehobene Atmosphäre zustande kam, die ich anstrebte. So hatte ich es mir zur unumstößlichen Regel gemacht, wann immer ich in die Bar ging, einen guten Anzug und Schlips zu tragen.

Da saß ich also, achtete darauf, daß die Cocktails richtig gemixt wurden, behielt diskret die Gäste im Auge und hörte dem Klaviertrio zu. Anfangs war in der Bar recht viel los gewesen, aber nach neun fing es an zu regnen, und die Zahl der Gäste ging allmählich zurück. Gegen zehn waren nur noch ein paar Tische besetzt. Doch die Frau an der Theke saß noch immer da, allein mit ihren Daiquiris. Das machte mich jetzt etwas neugieriger. Vielleicht erwartete sie doch niemanden. Sie hatte nicht ein einziges Mal auf ihre Uhr oder zur Tür gesehen.

Endlich hob sie ihre Tasche auf und stieg von ihrem Barhocker herunter. Es war fast elf; wenn man die letzte U-Bahn noch erwischen wollte, war es jetzt Zeit, sich auf den Weg zu machen. Aber sie kam langsam, wunderbar lässig, zu mir herüber und setzte sich auf den Barhocker neben mich. Ich nahm einen Hauch von Parfüm wahr. Sobald sie saß, holte sie eine Schachtel Salem aus ihrer Handtasche und steckte sich eine zwischen die Lippen.

»Was für eine schöne Bar«, sagte sie zu mir.

Ich schaute von dem Buch auf, in dem ich gelesen hatte, und sah sie begriffsstutzig an. In diesem Augenblick traf mich etwas wie ein Schlag. Als laste mir die Luft mit einemmal tonnenschwer auf der Brust.

»Danke«, sagte ich. Sie mußte bemerkt haben, daß ich der Eigentümer war. »Es freut mich, daß sie Ihnen gefällt.«

»Ja, sehr.« Sie sah mir tief in die Augen und lächelte. Ein wunderschönes Lächeln. Ihre Lippen zogen sich in die Breite, und in ihren Augenwinkeln bildeten sich feine, reizende Fältchen. Ihr Lächeln rührte an ferne Erinnerungen – aber Erinnerungen woran?

»Auch Ihre Musik gefällt mir.« Sie deutete auf das Klaviertrio. »Hätten Sie Feuer?« fragte sie.

Ich hatte weder Streichhölzer noch ein Feuerzeug. Ich rief den Barkeeper und ließ mir ein Briefchen Streichhölzer mit dem Namenszug der Bar bringen. Und ich gab ihr Feuer.

»Danke«, sagte sie.

Ich sah sie an. Und dann begriff ich endlich.

»Shimamoto«, krächzte ich.

»Hat ja lang genug gedauert«, sagte sie nach einer Weile mit einem sonderbaren Blick. »Ich dachte schon, du würdest mich überhaupt nicht mehr erkennen.«

Sprachlos saß ich da und starrte sie an, als sei sie ein Wunderwerk der modernen Technik, von dessen Existenz ich bislang nur gerüchteweise gehört hatte. Es war tatsächlich Shimamoto, die mir da gegenübersaß. Aber noch konnte ich es nicht fassen, daß sie es wirklich war. Ich hatte so lange, so unendlich lange an sie gedacht. Und ich war mir sicher gewesen, ich würde sie nie wiedersehen.

»Dein Anzug gefällt mir«, sagte sie. »Er steht dir sehr gut.«

Ich nickte stumm. Meine Zunge war wie gelähmt.

»Weißt du was, Hajime? Du siehst viel besser aus als früher. Und du bist sehr viel besser gebaut.«

»Ich schwimme viel«, brachte ich endlich hervor. »Ich habe auf der Mittelschule damit angefangen und es nicht mehr aufgegeben.«

»Schwimmen sieht so aus, als würde es großen Spaß machen. Fand ich schon immer.«

»Tut's auch. Aber mit ein bißchen Übung kann es jeder lernen«, sagte ich. Kaum hatte ich das gesagt, fiel mir ihr Bein wieder ein. *Was redest du da bloß für einen Schwachsinn?* fragte ich mich. Ich war ganz durcheinander und versuchte krampfhaft, etwas Angemessenes zu sagen. Aber ich fand keine Worte. Ich kramte in den Taschen meines Anzugs nach einem Päckchen Zigaretten. Und dann fiel es mir wieder ein. Ich rauchte seit fünf Jahren nicht mehr.

Shimamoto beobachtete mich schweigend. Sie hob die Hand und bestellte mit einem strahlenden Lächeln einen weiteren Daiquiri. Mit einem wirklich schönen Lächeln, so schön, daß man das ganze Bild am liebsten eingepackt hätte, um es irgendwo sicher zu verwahren.

»Blau ist noch immer deine Lieblingsfarbe, sehe ich«, sagte ich.

»Ja. War es schon immer. Du hast ein gutes Gedächtnis.«

»Ich weiß noch fast alles über dich: wie du deine Bleistifte anspitzt, wieviel Stücke Zucker du in deinen Tee tust.«

»Nämlich wie viele?«

»Zwei.«

Sie kniff die Augen ein wenig zusammen und sah mich an.

»Sag mir eins, Hajime«, fing sie an. »Damals, vor ungefähr acht Jahren – warum bist du mir da gefolgt?«

Ich seufzte. »Ich wußte nicht, ob du das wirklich warst. Deine Art zu gehen war exakt die gleiche, aber irgendwie auch wieder nicht. Ich bin dir nachgegangen, weil ich mir nicht sicher war. Na ja, nachgegangen ist nicht das richtige Wort. Ich suchte einfach nach der richtigen Gelegenheit, dich anzusprechen.«

»Warum hast du es dann nicht getan? Warum bist du nicht einfach vorgelaufen und hast nachgesehen, ob ich es war? Das wäre einfacher und schneller gewesen.«

»Ich weiß es selbst nicht«, antwortete ich. »Irgend etwas hat mich daran gehindert. Ich bekam einfach keinen Ton heraus.«

Sie biß sich leicht auf die Lippe. »Ich habe damals nicht erkannt, daß du es warst. Ich wußte nur eins: daß mich jemand verfolgte, und ich hatte Angst. Wirklich. Entsetzliche Angst. Aber als ich dann im Taxi saß und mich ein wenig beruhigt hatte, da kam mir plötzlich der Gedanke: Könnte das Hajime gewesen sein?«

»Shimamoto-san, man hat mir damals etwas gegeben. Ich weiß nicht, in welcher Beziehung du zu diesem Mann stehst, aber er hat mir –«

Sie legte sich den Zeigefinger auf die Lippen. Und schüttelte leicht den Kopf. *Sprechen wir nicht darüber, ja?* schien sie zu sagen. *Bitte, fang nie wieder damit an.*

»Bist du verheiratet?« fragte sie. Themenwechsel.

»Ja. Und ich habe zwei Kinder«, erwiderte ich. »Beides Mädchen. Sie sind noch klein.«

»Das ist schön. Ich glaube, Töchter passen zu dir. Ich kann nicht genau sagen, warum, aber es ist so.«

»Ach, ich weiß nicht.«

»Doch – *irgendwie.*« Sie lächelte. »Aber wenigstens hast du kein Einzelkind.«

»Nicht, daß ich es so geplant hätte. Es hat sich einfach so ergeben.«

»Was ist das für ein Gefühl, zwei Töchter zu haben? Ich kann's mir nicht vorstellen.«

»Offen gesagt, ein bißchen merkwürdig. Mehr als die Hälfte der Kinder im Kindergarten meiner älteren Tochter haben keine

Geschwister. Die Welt hat sich seit unserer Kindheit ziemlich verändert. Zumindest in der Stadt sind Einzelkinder inzwischen eher die Regel als die Ausnahme.«

»Du und ich sind zu früh geboren.«

»Mag sein«, sagte ich. »Vielleicht holt uns die Welt so langsam ein. Manchmal, wenn ich die beiden zu Hause miteinander spielen sehe, kann ich es gar nicht fassen. Es ist eine völlig andere Art, Kinder aufzuziehen. Als Kind habe ich immer nur allein gespielt. Ich glaubte, alle Kinder spielen so.«

Das Klaviertrio beendete seine Version von »Corcovado«, und die Gäste applaudierten. Wie immer wurde das Spiel des Trios, je später der Abend wurde, desto wärmer, desto intimer. In den Pausen zwischen den Stücken trank der Pianist Rotwein, und der Baßmann rauchte.

Shimamoto trank von ihrem Cocktail. »Weißt du, Hajime, anfangs war ich mir gar nicht sicher, ob ich hierherkommen sollte. Ich habe es mir fast einen Monat lang hin und her überlegt. Von deiner Bar hatte ich aus irgendeiner Zeitschrift erfahren, die ich so durchgeblättert hatte. Erst dachte ich, das müsse ein Irrtum sein. Daß ausgerechnet du eine Bar führen sollst! Aber da standen dein Name und dein Foto – der gute alte Hajime, der früher bei mir um die Ecke wohnte. Es freute mich, dich wiederzusehen, und wenn auch nur auf einem Foto. Aber ich war mir nicht sicher, ob es eine gute Idee wäre, dich persönlich wiederzusehen. Vielleicht wäre es für uns beide besser, wenn wir uns nicht sähen. Vielleicht genügte es zu wissen, daß du glücklich bist und daß es dir gutgeht.«

Ich hörte ihr stumm zu.

»Aber da ich nun einmal wußte, wo du steckst, kam es mir wie Vergeudung vor, nicht wenigstens ein Mal herzukommen – und also bin ich hier. Ich habe mich da drüben hingesetzt und habe dich beobachtet. Wenn er mich nicht erkennt, dachte ich, gehe ich vielleicht einfach wieder, ohne etwas zu sagen. Aber ich hab's nicht ausgehalten. Es hat so viele Erinnerungen geweckt, da mußte ich dir einfach hallo sagen.«

»Warum?« fragte ich. »Ich meine, warum dachtest du, es sei vielleicht besser, mich nicht wiederzusehen?«

Gedankenverloren fuhr sie mit dem Finger um den Rand ihres Cocktailglases. »Ich dachte, wenn wir uns wiedersehen, würdest du alles über mich wissen wollen. Ob ich verheiratet bin, wo ich wohne, was ich in der Zwischenzeit getrieben habe und dergleichen. Hab ich recht?«

»Nun ja, irgendwann wäre das Gespräch bestimmt darauf gekommen.«

»Eben.«

»Aber du möchtest lieber nicht darüber reden?«

Sie lächelte etwas ratlos und nickte. Sie konnte auf unzählige verschiedene Weisen lächeln. »Genau. Ich will nicht über diese Dinge reden. Frag mich bitte nicht, warum. Ich will einfach nicht über mich reden. Ich weiß, daß es nicht normal ist, daß es so wirken muß, als wollte ich mich interessant machen, mich als die geheimnisvolle Lady of the Night aufspielen, oder was weiß ich. Darum dachte ich, wir sollten uns vielleicht besser nicht wiedersehen. Ich wollte nicht, daß du mich für eine sonderbare, eingebildete Frau hältst. Das ist einer der beiden Gründe, warum ich nicht herkommen wollte.«

»Und der andere?«

»Ich wollte nicht enttäuscht werden.«

Ich blickte auf das Glas in ihrer Hand. Ich blickte auf ihr glattes schulterlanges Haar und ihre schöngeformten schmalen Lippen. Und in ihre unendlich tiefen dunklen Augen. Eine feine

Falte unmittelbar über den Lidern ließ sie nachdenklich erscheinen. Diese Linie ließ mich an einen fernen Horizont denken.

»Ich habe dich früher sehr gern gehabt, darum hatte ich keine Lust, dich wiederzusehen, nur um enttäuscht zu werden.«

»Und – habe ich dich enttäuscht?«

Sie schüttelte leicht den Kopf. »Ich habe dich von da drüben aus beobachtet. Anfangs sahst du aus wie jemand ganz anderes. Du wirktest so viel kräftiger durch den Anzug. Aber als ich dann genauer hinsah, entdeckte ich dahinter den Hajime, den ich gekannt habe. Ist dir eigentlich bewußt, daß du dich noch fast genauso bewegst wie damals mit zwölf?«

»Nein, das wußte ich nicht.« Ich versuchte zu lächeln, aber es gelang mir nicht.

»Wie du die Hände bewegst, die Augen, wie du ständig mit den Fingerspitzen auf etwas herumtrommelst, wie du die Augenbrauen immer ein wenig zusammenziehst, als passe dir irgend etwas nicht – das hat sich keine Spur verändert. Unter dem Armani-Anzug steckt noch derselbe alte Hajime.«

»Nicht Armani«, korrigierte ich sie. »Hemd und Krawatte ja, aber der Anzug nicht.«

Sie lächelte mich an.

»Shimamoto-san«, sagte ich. »Weißt du, ich wünsche mir schon so unendlich lange, dich wiederzusehen. Mit dir zu reden. Es gab so vieles, was ich dir gern erzählt hätte.«

»Ich wollte dich auch wiedersehen«, sagte sie. »Aber du bist nie gekommen. Das ist dir doch klar, oder? Seit du in einer anderen Stadt auf die Mittelschule gekommen bist, habe ich auf dich gewartet. Warum hast du mich nicht besucht? Ich war deswegen wirklich traurig. Ich dachte, du hättest in deiner neuen Umgebung neue Freunde gefunden und mich völlig vergessen.«

Shimamoto drückte ihre Zigarette im Aschenbecher aus. Ihre farblos lackierten Nägel glichen kleinen Kunstobjekten, blank, aber unaufdringlich.

»Ich hatte Angst«, sagte ich. »Deswegen bin ich nicht gekommen.«

»Angst?« fragte sie. »Wovor? Vor mir?«

»Nein, nicht vor dir. Vor Zurückweisung. Ich war noch ein Kind. Ich konnte mir nicht vorstellen, daß du wirklich auf mich wartest. Ich hatte eine entsetzliche Angst, du würdest mich zurückweisen. Ich würde dich besuchen kommen, und du hättest keine Lust, mich zu sehen. Darum bin ich nicht mehr gekommen. Wenn schon alles vorbeisein sollte, wollte ich mir zumindest die schönen Erinnerungen an unsere gemeinsame Zeit bewahren.«

Sie legte den Kopf ein wenig zur Seite und ließ eine Cashewnuß in ihrer hohlen Hand herumrollen. »Es läuft nicht alles so, wie man es möchte, nicht?«

»Nein, wirklich nicht.«

»Aber eigentlich hätten wir viel, viel länger befreundet bleiben sollen. Ich habe die ganze Mittelschule, Oberschule, sogar das College hinter mich gebracht, ohne mich mit jemandem anzufreunden. Immer war ich allein. Ich stellte mir vor, wie wunderschön es wäre, dich an meiner Seite zu haben. Und wenn du schon nicht dasein konntest, hätten wir uns wenigstens schreiben können. Es hätte alles verändert. Ich wäre dem Leben eher gewachsen gewesen.« Sie schwieg eine Weile. »Ich weiß nicht genau, warum, aber seit ich auf die Mittelschule kam, ging es mit mir in der Schule bergab. Und das hatte zur Folge, daß ich mich noch mehr in mich zurückgezogen habe. Ein Teufelskreis, könnte man sagen.«

Ich nickte.

»Bis zum Ende der Grundschule lief alles gut, aber danach wurde es furchtbar. Ich fühlte mich, als säße ich auf dem Grund eines Brunnens fest.«

Ich kannte das Gefühl. Genau so war es mir während der zehn Jahre meines Lebens zwischen dem College und meiner Heirat mit Yukiko ergangen. Es braucht nur eine einzige Sache schiefzulaufen, und das ganze Kartenhaus bricht zusammen. Und man schafft's und schafft's nicht, sich daraus zu befreien. Bis jemand vorbeikommt und einen herauszieht.

»Ich hatte dieses dumme Bein und konnte nichts von dem tun, was andere taten. Ich habe immer nur gelesen und bin für mich geblieben. Und ich falle überall auf. Durch mein Aussehen, meine ich. Also hielten mich die meisten Leute über kurz oder lang für eine verdrehte, arrogante Frau. Und das bin ich vielleicht am Ende auch geworden.«

»Nun ja, du siehst schon umwerfend aus«, sagte ich. Sie steckte sich eine weitere Zigarette zwischen die Lippen. Ich riß ein Streichholz an und gab ihr Feuer.

»Findest du wirklich, daß ich hübsch bin?« fragte sie.

»Ja. Aber du mußt das doch andauernd zu hören bekommen.«

Shimamoto lächelte. »Eigentlich nicht. Um ehrlich zu sein, finde ich mein Gesicht nicht besonders toll. Deswegen macht es mich sehr froh, daß du das gesagt hast. Leider mögen mich andere Frauen nicht sonderlich. Wie oft habe ich gedacht: Ich möchte nicht, daß die Leute sagen, ich sei hübsch. Ich möchte nur ein ganz normales Mädchen sein und Freunde haben wie alle anderen.«

Sie streckte die Hand aus und strich leicht über meine, die auf der Theke lag. »Aber es freut mich, daß du das Leben genießt.«

Ich schwieg.

»Du bist doch glücklich, oder?«

»Ich weiß nicht. Zumindest bin ich nicht unglücklich, und ich bin nicht einsam.« Einen Augenblick später fügte ich hinzu: »Aber manchmal überkommt mich der Gedanke, daß damals, als wir bei dir im Wohnzimmer saßen und zusammen Musik hörten, die glücklichste Zeit in meinem Leben war.«

»Weißt du, ich habe die Platten immer noch. Nat King Cole, Bing Crosby, Rossini, die Peer-Gynt-Suite und all die anderen. Keine einzige fehlt. Mein Vater hat sie mir zum Andenken geschenkt, als er gestorben ist. Ich gehe sehr vorsichtig mit ihnen um, darum haben sie auch nach all den Jahren nicht einen Kratzer. Und du erinnerst dich ja, wie vorsichtig ich mit Platten umging.«

»Dein Vater ist also gestorben.«

»Vor fünf Jahren, an Dickdarmkarzinom. Eine furchtbare Art zu sterben. Und dabei war er immer so gesund.«

Ich hatte ihren Vater einige Male gesehen. Er war mir immer so stark und widerstandsfähig erschienen wie die Eiche, die in ihrem Garten wuchs.

»Aber deiner Mutter geht's gut?« fragte ich.

»Hm. Ich nehme es an.«

Ihr Ton beunruhigte mich. »Du verstehst dich also nicht gut mit ihr?«

Shimamoto trank ihren Daiquiri aus, stellte das Glas auf die Theke und rief den Barkeeper herbei. »Gibt es einen Cocktail des Hauses, den du mir besonders empfehlen würdest?«

»Wir haben mehrere eigene Cocktails«, sagte ich. »Der beliebteste heißt Robin's Nest, wie die Bar. Eine Kleinigkeit, die ich mir selbst ausgedacht habe. Die Basis bilden Rum und Wodka. Er geht runter wie Wasser, haut aber ganz schön rein.«

»Klingt ideal zum Verführen von Frauen.«

»Nun, ich dachte, dazu seien Cocktails doch da.«

Sie lächelte. »Okay, dann probiere ich einen.«

Als der Cocktail vor ihr stand, ließ sie erst eine Zeitlang die Farbe auf sich wirken; dann nahm sie einen ersten, vorsichtigen Schluck. Sie schloß die Augen und konzentrierte sich auf das Aroma. »Ein sehr raffinierter Geschmack«, sagte sie. »Weder wirklich süß noch herb. Ein leichtes, schlichtes Aroma, aber mit einem gewissen Körper. Ich hatte keine Ahnung, daß du so talentiert bist.«

»Ich kann nicht mal ein simples Regal zusammenbauen. Ich habe nicht die leiseste Ahnung, wie man den Ölfilter eines Autos wechselt. Ich schaffe es nicht mal, eine Briefmarke gerade aufzukleben. Und ich kann mir keine Telefonnummern merken. Aber ich habe mir ein paar Cocktails ausgedacht, die den Leuten anscheinend schmecken.«

Sie stellte ihr Glas auf einen Untersetzer und sah es eine Weile an. Als sie das Glas antippte, erzitterte darin die Spiegelung der Deckenleuchten ein wenig.

»Ich habe meine Mutter schon lange nicht gesehen. Vor etwa zehn Jahren gab's einen gewaltigen Krach, und ich habe sie seither kaum mehr gesehen. Beim Begräbnis meines Vaters, da natürlich schon.«

Das Klaviertrio beendete den Blues, den es gerade gespielt hatte, eine Eigenkomposition, und begann das Intro zu »Star-Crossed Lovers«. Wenn ich in der Bar war, brachte der Pianist diese Ballade oft, denn er wußte, daß ich sie sehr mochte. Sie gehört nicht zu Ellingtons bekanntesten Stücken, und ich verband mit ihr auch keine besonderen Erinnerungen; sie hatte nur eine Saite in mir zum Klingen gebracht, als ich sie zufällig einmal hörte. Seit dem College und in den trostlosen Jahren beim Schulbuchverlag hatte ich Abend für Abend das Album *Such Sweet Thunder* aufgelegt und mir das

Stück »Star-Crossed Lovers« angehört. Immer wieder von vorn. Johnny Hodges spielt darin dieses feinnervige, elegante Solo. Jedesmal, wenn ich diese schöne, sehnsuchtsmatte Melodie hörte, dachte ich an diese Zeit zurück. Es war nicht gerade das gewesen, was ich eine glückliche Periode meines Lebens nennen würde – ich hatte nur als ein hartes Knäuel von unerfüllten Wünschen existiert. Ich war viel jünger gewesen, viel hungriger, viel einsamer. Aber ich war ich selbst gewesen, auf das Wesentliche reduziert. Ich konnte spüren, wie jeder einzelne Ton einer Melodie, jede Zeile, die ich las, tief in mein Innerstes sickerte. Meine Nerven waren so scharf wie eine Klinge, meine Augen glänzten von einem stechenden Licht. Und jedesmal, wenn ich diese Musik hörte, erinnerte ich mich, wie meine Augen mir damals aus jedem Spiegel entgegengelodert hatten.

»Weißt du«, sagte ich, »einmal, gegen Ende der Mittelschule, da wollte ich dich besuchen. Ich fühlte mich so allein, daß ich es nicht mehr aushalten konnte. Ich hab versucht, dich anzurufen, aber niemand nahm ab. Ich bin in den Zug gestiegen und dann zu deinem Haus gegangen, aber auf dem Briefkasten stand ein anderer Name.«

»Mein Vater wurde versetzt, und wir sind fortgezogen, zwei Jahre nach euch. Nach Fujisawa, in der Nähe von Enoshima. Und da sind wir geblieben, bis ich aufs College kam. Ich habe dir eine Postkarte mit unserer neuen Adresse geschickt. Hast du die nie bekommen?«

Ich schüttelte den Kopf. »Sonst hätte ich dir zurückgeschrieben. Aber merkwürdig ist das schon. Es muß irgendwo unterwegs etwas schiefgelaufen sein.«

»Vielleicht haben wir auch einfach kein Glück«, sagte sie. »Eine Kleinigkeit läuft schief, dann noch eine, und noch eine, und das Ergebnis ist, daß wir uns verpassen. Aber wie auch immer, ich möchte von *dir* hören. Wie dein Leben verlaufen ist.«

»Das würde dich zu Tode langweilen«, sagte ich.

»Ist mir egal. Ich will es trotzdem wissen.«

Also gab ich ihr ein knappes Resümee meines Lebens. Erzählte, daß ich auf der Oberschule eine Freundin gehabt, ihr aber am Ende sehr weh getan hatte. Die schmutzigen Details ersparte ich Shimamoto; ich sagte lediglich, daß etwas passiert war und ich diesem Mädchen weh getan hatte. Und dabei mir selbst nicht minder. Daß ich in Tokio aufs College gegangen war und bei einem Schulbuchverlag gearbeitet hatte. Daß meine Jahre zwischen zwanzig und dreißig aus einsamen Tagen bestanden hatten, daß es nicht einen Freund für mich gegeben hatte. Daß ich zwar mit Frauen ausgegangen, aber nie glücklich gewesen war. Daß ich vom Ende der Oberschule bis zu meiner Begegnung mit Yukiko niemanden wirklich gern gehabt hatte. Daß ich damals oft an sie gedacht hatte, mir überlegt hatte, wie schön es wäre, wenn wir uns wiedersehen und miteinander reden könnten, und sei es nur für eine Stunde. Shimamoto lächelte.

»Du hast an mich gedacht?«

»Unentwegt.«

»Und ich habe an dich gedacht«, sagte sie. »Wann immer es mir schlechtging. Du warst der einzige Freund, den ich je gehabt habe, Hajime.« Das Kinn in die Hand gestützt, den Ellbogen auf der Theke, schloß sie die Augen, als sei alle Kraft aus ihrem Körper gewichen. Sie trug keinen Ring. Die feinen Härchen an ihren Unterarmen zitterten. Endlich schlug sie die Augen langsam wieder auf und warf einen Blick auf ihre Uhr. Ich sah auch hin. Es war fast Mitternacht.

Sie griff nach ihrer Handtasche und glitt vom Barhocker. »Gute Nacht. Ich bin sehr froh, daß ich dich sehen konnte.«

Ich begleitete sie zur Tür. »Soll ich dir ein Taxi rufen? Es regnet, du könntest Mühe haben, eins zu finden. Falls du vorhast, mit dem Taxi nach Hause zu fahren, meine ich.«

Shimamoto schüttelte den Kopf. »Schon gut, bemüh dich nicht. Ich komm allein zurecht.«

»Warst du wirklich nicht enttäuscht?« fragte ich.

»Von dir?«

»Ja.«

»Nein.« Sie lächelte. »Keine Sorge. Aber dieser Anzug – er ist *doch* von Armani, nicht?«

Sie zog das Bein nicht mehr so nach wie früher. Sie ging nicht besonders schnell, und wenn man genau hinsah, hatte ihr Gang etwas leicht Künstliches. Aber insgesamt wirkte er völlig natürlich.

»Ich habe mich vor vier Jahren operieren lassen«, sagte sie fast entschuldigend. »Ich würde das Ergebnis nicht als hundertprozentig gelungen bezeichnen, aber so schlimm, wie es einmal war, ist es mit Sicherheit nicht mehr. Es war eine große Operation, sie mußten alle möglichen Knochen zurechtfeilen und zusammenflicken. Aber es ist alles gutgegangen.«

»Und ob. Dein Bein sieht aus, als wäre es völlig in Ordnung«, sagte ich.

»Ist es auch«, sagte sie. »Wahrscheinlich war es eine vernünftige Entscheidung. Auch wenn ich vielleicht zu lang damit gewartet habe.«

Ich holte ihr den Mantel aus der Garderobe und half ihr hinein. Nun, wo sie neben mir stand, merkte ich, daß sie nicht besonders groß war. Ich fand das seltsam. Mit zwölf waren wir ungefähr gleich groß gewesen.

»Shimamoto-san, werde ich dich wiedersehen?«

»Wahrscheinlich«, entgegnete sie. Ein Lächeln spielte um ihren Mund, ein Lächeln wie ein durchscheinendes Rauchwölkchen, das an einem windstillen Tag himmelwärts schwebt. »Wahrscheinlich.«

Sie öffnete die Tür und ging hinaus. Fünf Minuten später folgte ich ihr die Treppe hoch auf die Straße. Ich befürchtete, sie könnte Schwierigkeiten haben, ein Taxi anzuhalten. Es regnete noch immer. Und Shimamoto war nirgends zu sehen. Die Straße war menschenleer. Die Scheinwerfer vorbeifahrender Autos ließen das nasse Pflaster verschwimmen.

Vielleicht, sagte ich mir, hatte ich eine Halluzination. Lange stand ich da und starrte auf die regengepeitschten Straßen. Ich war wieder ein zwölfjähriger Junge, der stundenlang in den Regen starrt. Wenn man nur lang genug in den Regen sieht, ohne einen Gedanken im Kopf, spürt man, wie der Körper sich löst, wie er die Realität abschüttelt. Regen besitzt eine hypnotische Wirkung.

Aber es war keine Halluzination gewesen. Als ich in die Bar zurückging, standen dort, wo sie gesessen hatte, noch ihr Glas und ein Aschenbecher. Ein paar leicht zerdrückte Zigarettenstummel lagen im Aschenbecher nebeneinander, jeder mit einer Spur von Lippenstift. Ich setzte mich und schloß die Augen. Der Nachhall von Musik verblaßte, ließ mich allein zurück. In diese milde Dunkelheit fiel weiter lautlos der Regen.

9

Danach sah ich Shimamoto lange Zeit nicht wieder. Abend für Abend saß ich im *Robin's Nest* lesend an der Theke. Alle paar Minuten hob ich die Augen von meinem Buch und sah zum Eingang hinüber, aber sie kam und kam nicht. Allmählich befürchtete ich, etwas Falsches gesagt zu haben, etwas, was ich nicht hätte sagen sollen, was sie gekränkt hatte. Jedes Wort, das wir an jenem Abend gesprochen hatten, ließ ich mir noch einmal durch den Kopf gehen, aber ich konnte nichts finden. Vielleicht war Shimamoto doch enttäuscht gewesen. Durchaus möglich. Sie war so schön, und ihr Bein war jetzt völlig in Ordnung. Was in aller Welt sollte eine Frau wie sie schon an mir finden?

Das Jahr näherte sich seinem Ende, Weihnachten kam und ging, dann Neujahr. Mein siebenunddreißigster Geburtstag. Und auf einmal war der Januar vorüber. Ich gab es auf, auf sie zu warten, und ließ mich nur noch selten im *Robin's Nest* blicken. Alles dort erinnerte mich an sie, und ich hielt nur vergeblich nach ihrem Gesicht Ausschau. Ich saß an der Theke meiner anderen Bar, blätterte in Büchern und hing ziellosen Gedanken nach, völlig außerstande, mich zu konzentrieren.

Sie hatte mir gesagt, ich sei der einzige Freund gewesen, den sie je gehabt habe. Das hatte mich glücklich gemacht und in mir die Hoffnung geweckt, wir könnten erneut Freunde werden. Es gab so vieles, worüber ich mit ihr reden, wozu ich ihre Meinung hören wollte. Wenn sie über sich nichts sagen mochte, meinetwegen. Sie nur sehen zu können, mit ihr reden zu können, wäre mir genug.

Aber sie kam nicht. Vielleicht, überlegte ich mir, hat sie so viel zu tun, daß sie es nicht einrichten kann; doch drei Monate waren dafür zu lang. Selbst wenn sie mich nicht besuchen kommen konnte, hätte sie doch wenigstens zum Telefon greifen und mich anrufen können. So kam ich zu dem Schluß, sie habe mich vergessen. Letztlich bedeutete ich ihr doch nicht so viel. Das schmerzte, als habe sich ein kleines Loch in meinem Herzen aufgetan. Sie hätte niemals sagen dürfen, sie komme vielleicht wieder. Versprechen – selbst so vage wie dieses – gehen einem nicht mehr aus dem Kopf.

Anfang Februar jedoch, wieder an einem regnerischen Abend, war sie plötzlich da. Draußen fiel ein leiser, eisiger Regen. Aus irgendeinem Grund war ich früher als gewöhnlich im *Robin's Nest*. Die Schirme der Gäste trugen den Duft des kalten Regens herein. Zusammen mit dem Haus-Trio würde ein Tenorsaxophonist ein paar Stücke spielen, ein ziemlich bekannter Musiker, und das Publikum tuschelte erwartungsvoll. Wie immer saß ich auf meinem Hocker am Ende des Tresens und las. Leise setzte sich Shimamoto neben mich.

»Guten Abend«, sagte sie.

Ich legte mein Buch hin und sah sie an. Ich traute kaum meinen Augen.

»Ich war mir sicher, du würdest nie wiederkommen.«

»Verzeih mir«, sagte sie. »Bist du mir böse?«

»Ich bin nicht böse. Über so etwas ärgere ich mich nicht. Das hier ist schließlich eine Bar. Die Leute kommen, wann sie wollen, und gehen, wenn es ihnen paßt. Mein Job besteht eben darin, auf sie zu warten.«

»Nun, jedenfalls tut es mir leid. Ich kann's dir nicht erklären, aber ich konnte einfach nicht kommen.«

»Beschäftigt?«

»Nein, nicht beschäftigt«, erwiderte sie ruhig. »Ich konnte einfach nicht kommen.«

Ihr Haar war naß vom Regen. Ein paar Strähnen klebten ihr an der Stirn. Ich ließ den Kellner ein Handtuch bringen.

»Danke«, sagte sie und rieb sich die Haare trocken. Sie holte eine Zigarette heraus und zündete sie sich mit ihrem Feuerzeug an. Ihre Finger, regenfeucht und durchgefroren, zitterten ein wenig.

»Es nieselte nur, und ich dachte, ich würde schon ein Taxi finden, darum habe ich nur einen Regenmantel angezogen. Aber dann bin ich doch zu Fuß gegangen, und am Ende wurde ein langer Marsch daraus.«

»Wie wär's mit etwas Heißem zu trinken?« fragte ich.

Sie sah mir tief in die Augen und lächelte. »Danke. Ich brauche nichts.«

Im Nu ließ mich dieses Lächeln die drei Monate vergessen.

»Was liest du da?« Sie deutete auf mein Buch.

Ich zeigte es ihr. Eine Geschichte des chinesisch-vietnamesischen Grenzkonflikts nach dem Vietnam-Krieg. Sie blätterte kurz darin und gab es mir zurück.

»Liest du keine Romane mehr?«

»Doch, aber nicht mehr so viele wie früher. Bei den neuen Romanen kenne ich mich nicht aus. Ich mag nur alte, vor allem aus dem neunzehnten Jahrhundert. Solche, die ich schon gelesen habe.«

»Was hast du gegen neue Romane?«

»Wahrscheinlich habe ich Angst, enttäuscht zu werden. Wenn ich schlechte Romane lese, habe ich das Gefühl, meine Zeit zu verplempern. Früher hatte ich jede Menge Zeit, und selbst wenn ich wußte, daß es Schund war, was ich las, hatte ich doch das Gefühl, irgend etwas davon zu haben. Jetzt geht's mir anders. Muß mit dem Älterwerden zusammenhängen.«

»Nun ja, sicher, älter wirst du schon«, sagte sie mit einem lausbübischen Lächeln.

»Und wie ist es mit dir? Liest du noch immer viel?« fragte ich.

»Ja, ständig. Neue Bücher, alte Bücher. Romane und alles übrige auch. Schundbücher, gute Bücher. Ich bin wahrscheinlich das genaue Gegenteil von dir – mich stört es nicht zu lesen, nur um die Zeit totzuschlagen.«

Sie bat den Barkeeper, ihr ein *Robin's Nest* zu mixen. Ich bestellte das gleiche. Sie nahm ein Schlückchen von ihrem Drink, nickte leicht und stellte das Glas wieder auf den Tresen.

»Hajime, wie kommt's, daß die Cocktails hier immer so viel besser sind als in jeder anderen Bar?«

»Weil wir alles dafür tun«, erwiderte ich. »Ohne Aufwand kein Erfolg.«

»Aufwand in welchem Sinn?«

»Nimm zum Beispiel ihn«, sagte ich und zeigte auf den gutaussehenden jungen Barkeeper, der mit ernstem, konzentriertem Gesicht gerade mit einem Eisstecher einen Eisblock zerkleinerte. »Ich zahle ihm viel Geld. Wovon das übrige Personal, unter uns gesagt, nichts weiß. Der Grund für sein hohes Gehalt ist sein Talent, hervorragende Drinks zu mixen. Den Leuten ist das meist nicht klar, aber gute Cocktails erfordern Talent. Passable Drinks bringt mit ein bißchen Anstrengung jeder zustande, nach ein paar Monaten Übung schafft es jeder, ein Mixgetränk der Art zu produzieren, wie man es in den meisten Bars serviert bekommt. Aber wenn man darin die nächsthöhere Stufe erreichen will, braucht man das gewisse Etwas. Das gleiche gilt fürs Klavierspielen, für Malerei, für den Hundertmeterlauf. Jetzt nimm dagegen mich: Ich glaube, ich kann ein paar ganz schön scharfe Cocktails mixen, ich habe mich damit beschäftigt und es geübt. Aber an seine Klasse käme ich nie heran. Ich nehme exakt die gleichen Zutaten, schüttle den Shaker exakt so lange wie er, und weißt du was – es schmeckt nicht so gut wie bei ihm. Keine Ahnung, woran das liegt. Ich kann es nur Talent nennen. Es ist wie in der Kunst. Es gibt eine Grenze, über die nur bestimmte Menschen hinauskommen. Findet man also einmal jemanden mit Talent, dann ist es sehr ratsam, ihn zu verwöhnen und nie wieder gehen zu lassen. Und ihn selbstverständlich gut zu bezahlen.« Der Barkeeper war schwul, deswegen versammelten sich gelegentlich andere Schwule an der Theke. Es waren alles ruhige Leute, und es störte mich nicht. Ich hatte den jungen Barkeeper wirklich gern, und er vertraute mir und gab sein Bestes.

»Vielleicht hast du mehr Talent zum Geschäftsmann, als es zunächst den Anschein hat«, sagte Shimamoto.

»Ich fürchte, nein«, sagte ich. »Ich betrachte mich eigentlich nicht als Geschäftsmann. Ich besitze nur zufällig zwei kleine Bars und habe nicht vor, weitere zu eröffnen oder wesentlich mehr zu verdienen als im Augenblick. Talent in dem, was ich tue, kann man mir nicht zuschreiben. Aber weißt du, manchmal lasse ich meine Phantasie spielen und stelle mir vor, ich sei ein Gast. Wenn ich ein Gast wäre – in was für eine Art von Bar würde ich gehen, was würde ich gern essen und trinken? Wenn ich ein Junggeselle von Mitte Zwanzig wäre, in was für ein Lokal würde ich ein Mädchen ausführen? Wieviel könnte ich ausgeben? Wo würde ich wohnen, und wann spätestens müßte ich mich auf den Heimweg machen? Ich spiele alle möglichen Szenarien durch. Je mehr davon ich mir ausmalen kann, desto schärfer und detaillierter wird mein Bild von der Bar.«

Shimamoto trug einen hellblauen Rollkragenpullover und einen marineblauen Rock. Kleine Ohrringe glitzerten an ihren Ohren. Ihr eng anliegender Pullover zeichnete deutlich ihre Brüste nach. Mit einemmal machte mir das Atmen Mühe.

»Sprich weiter«, sagte sie, wieder mit diesem glücklichen Lächeln.

»Wovon?«

»Von deiner Geschäftsphilosophie«, sagte sie. »Ich höre dir sehr gern zu, wenn du so redest.«

Ich wurde ein bißchen rot, was mir schon seit langem nicht mehr passiert war. »Eine Geschäftsphilosophie würde ich es nicht gerade nennen. Was ich eben beschrieben habe, tue ich eigentlich schon seit meiner Kindheit: mir alle möglichen Dinge ausdenken, meiner Phantasie freien Lauf lassen. Mir im Kopf einen imaginären Ort konstruieren und nach und nach immer mehr Details einfügen. Dies und jenes ändern, bis es mir gefällt. Wie gesagt, nach dem College war ich lange bei einem Schulbuchverlag. Die Arbeit dort war stumpfsinnig, sie ließ absolut keinen Raum für Phantasie und eigene Ideen. Sie machte mich krank. Ich ertrug es einfach nicht mehr, jeden Morgen in dieses Büro zu fahren. Ich hatte das Gefühl zu ersticken, mit jedem Tag ein bißchen mehr zu schrumpfen, bis ich eines Tages ganz verschwunden wäre.«

Ich trank einen Schluck von meinem Drink und sah mich in der Bar um. Nicht schlecht besetzt dafür, daß es regnete. Der Tenorsaxophonist packte gerade sein Instrument ein. Ich rief den Kellner zu mir und sagte, er möge dem Saxophonisten eine Flasche Whisky bringen und ihn fragen, ob er gern etwas essen würde.

»Hier ist es ganz anders«, fuhr ich fort. »Hier muß man seine Phantasie spielen lassen, wenn man überleben will. Und man kann seine Ideen sofort in die Praxis umsetzen. Keine Konferenzen, keine Vorgesetzten. Keine Vorgaben, die man berücksichtigen, keine Richtlinien des Kultusministeriums, mit denen man sich herumschlagen müßte. Glaub mir, es ist traumhaft. Hast du jemals in einer Firma gearbeitet?«

Sie lächelte und schüttelte den Kopf. »Nein.«

»Da kannst du von Glück reden. Ich bin zum Angestellten einfach nicht geschaffen, und du fändest es auch nicht besser, glaube ich. Acht Jahre in einer Firma haben es mir bewiesen, acht vergeudete Jahre. Von zweiundzwanzig bis dreißig – die besten Lebensjahre überhaupt. Manchmal frage ich mich, wie ich das so lange aushalten konnte. Aber wahrscheinlich mußte ich es durchstehen, um da hingelangen zu können, wo ich jetzt bin. Jetzt liebe ich meine Arbeit. Weißt du, manchmal kommen mir meine Bars wie Phantasieorte vor, die ich mir selbst geschaffen habe, wie Luftschlösser. Ich pflanze hier ein paar Blumen, baue da einen Springbrunnen, und alles mit der größten Sorgfalt. Die Leute schauen vorbei, nehmen ein paar Drinks, hören sich die Musik an, unterhalten sich und gehen dann nach Hause. Sie sind bereit, für ein paar Drinks bis hier hinauszufahren und dann noch eine Menge Geld auszugeben – und weißt du, warum? Weil jeder das gleiche sucht: einen imaginären Ort, sein eigenes Luftschloß, und darin seinen ganz besonderen privaten Winkel.«

Shimamoto zog eine Salem aus ihrer kleinen Handtasche. Bevor sie ihr Feuerzeug hervorholen konnte, riß ich ein Streichholz an und gab ihr Feuer. Ich genoß es, ihr Feuer zu geben und zu beobachten, wie ihre Augen sich verengten, während sie in das flakkernde Flämmchen starrte.

»Ich habe in meinem ganzen Leben nicht einen Tag gearbeitet«, sagte sie.

»Überhaupt noch nie?«

»Überhaupt noch nie. Nicht einmal in einem Teilzeit-Job. Arbeit ist für mich etwas völlig Fremdes, darum beneide ich dich so. Ich bin immer allein mit meinen Büchern. Und wenn ich gelegentlich überhaupt an etwas denke, dann hat es mit Geldausgeben, nicht mit Geldverdienen zu tun.« Sie streckte mir beide Arme entgegen. Am rechten trug sie zwei schmale goldene Armbänder, am linken eine teuer aussehende goldene Uhr. Sie hielt die Arme lange vor mir ausgestreckt, als biete sie die Schmuckstücke zum Kauf an. Ich nahm ihre rechte Hand in meine und starrte eine Zeitlang auf die goldenen Armbänder. Mir fiel wieder ein, wie sie mich damals bei der Hand gehalten hatte, als ich zwölf war. Ich konnte mich genau erinnern, wie es sich angefühlt hatte, wie es mich erregt hatte.

»Wer weiß«, sagte ich, »vielleicht ist das letztlich besser – darüber nachzudenken, wie man Geld ausgeben könnte.« Ich ließ ihre Hand los und hatte das Gefühl, gleich würde ich davondriften, irgendwohin. »Wenn man sich immer nur den Kopf darüber zerbricht, wie man Geld verdienen kann, dann geht wohl ein Teil von einem verloren.«

»Aber du kannst dir nicht vorstellen, wie leer man sich fühlt, wenn man nicht imstande ist, etwas hervorzubringen.«

»Bestimmt hast du schon mehr hervorgebracht, als dir bewußt ist.«

»Was denn zum Beispiel?«

»Dinge, die nicht zu sehen sind«, antwortete ich. Ich betrachtete meine Hände, die auf meinen Knien lagen.

Sie hob ihr Glas und sah mich lange an. »Du meinst zum Beispiel Gefühle?«

»Genau«, sagte ich. »Alles verschwindet eines Tages. Wie diese Bar – sie wird sich nicht ewig halten. Der Geschmack der Leute ändert sich, und schon eine geringfügige Schwankung der Wirtschaftslage würde genügen, um die Bar untergehen zu lassen. Ich habe so etwas schon erlebt; es gehört nicht viel dazu. Alles, was eine Gestalt besitzt, verschwindet irgendwann. Aber bestimmte Gefühle bleiben uns immer erhalten.«

»Nur, weißt du, Hajime, manche Gefühle bereiten uns Schmerz, *gerade weil* sie nicht verschwinden. Meinst du nicht auch?«

Der Tenorsaxophonist kam an die Theke, um sich bei mir für den Whisky zu bedanken. Ich machte ihm Komplimente für sein Spiel.

»Jazzmusiker sind heutzutage so wohlerzogen«, erklärte ich Shimamoto. »Als ich aufs College ging, war das noch ganz anders. Sie nahmen alle Drogen, und wenigstens die Hälfte von ihnen waren völlig kaputte Typen. Aber manchmal hörte man einen dieser Gigs, die einen zum Abheben brachten. Ständig hörte ich damals Jazz in den Clubs von Shinjuku, und immer in der Erwartung, abzuheben.«

»Du magst diese Leute, nicht?«

»Sieht ganz so aus«, sagte ich. »Die Menschen wollen etwas Besonderes erleben, etwas, das sie umwirft. Neun von zehn Ereignissen kannst du vergessen, aber das zehnte, dieses Gipfelerlebnis – das ist es, was die Leute wollen. Das kann die Welt bewegen. Das ist Kunst.«

Ich sah wieder auf meine Hände. Dann blickte ich zu ihr auf. Sie wartete darauf, daß ich weiterredete.

»Wie auch immer, jetzt sieht es anders aus. Ich führe eine Bar, und es ist mein Job, Kapital zu investieren und Profit zu erwirtschaften. Ich bin weder Künstler noch sonstwie schöpferisch. Ich bin kein Kunstmäzen. Es mag dir gefallen oder nicht, aber Kunst darfst du hier nicht erwarten. Und für den Geschäftsführer ist es viel einfacher, es mit einer gepflegten, gesitteten Band zu tun zu haben als mit einer Horde von Charlie Parkers.«

Sie bestellte sich einen weiteren Cocktail. Und steckte sich eine weitere Zigarette an. Lange schwiegen wir. Sie schien Gedanken nachzuhängen. Ich hörte dem Bassisten zu, der in »Embraceable You« ein langes Solo spielte. Der Pianist begleitete ihn mit gelegentlichen Akkorden, während der Schlagzeuger sich den Schweiß abwischte und einen Drink nahm. Ein Stammgast kam zu mir an die Theke, und wir plauderten eine Weile.

»Hajime«, sagte Shimamoto einige Zeit darauf, »kennst du vielleicht einen schönen Fluß? Einen hübschen Fluß in einem Tal, nicht zu breit, einen, der ziemlich schnell direkt ins Meer fließt?«

Überrascht sah ich sie an. »Einen Fluß?« Wovon redete sie eigentlich? Ihr Gesicht war vollkommen ausdruckslos. Sie sah ruhig vor sich hin, als blicke sie auf eine ferne Landschaft. Vielleicht war jedoch ich derjenige, der weit entfernt war – fern von ihrer Welt zumindest, durch eine unvorstellbar weite Kluft von ihr getrennt. Dieser Gedanke machte mich traurig. Etwas in ihren Augen ließ einen traurig werden.

»Was soll das auf einmal mit dem Fluß?« fragte ich.

»Es ist mir nur plötzlich eingefallen«, sagte sie. »Kennst du so einen Fluß?«

Als Student war ich ziemlich viel mit dem Rucksack im Land umhergereist; von den japanischen Flüssen hatte ich also einige gesehen. Aber an einen, wie sie ihn beschrieb, konnte ich mich im Augenblick nicht erinnern.

»Mir ist irgendwie, als gäbe es an der Küste des Japanischen Meeres so einen Fluß«, sagte ich nach längerem Nachdenken. »Wie er heißt, weiß ich nicht mehr, aber ich bin mir sicher, daß er in der Ishikawa-Präfektur liegt. Dürfte nicht schwer zu finden sein. Der käme dem, was du suchst, wahrscheinlich am nächsten.«

Nun erinnerte ich mich deutlich an diesen Fluß. Ich war einmal während der Herbstferien dort gewesen, im ersten oder zweiten Collegejahr. Das herbstliche Laub hatte wunderbar geleuchtet, die

Berge hatten wie blutgetränkt ausgesehen; sie reichten bis zum Meer. Das Rauschen des Wassers war herrlich, und gelegentlich hörte man im Wald Hirsche. Die Fische, die ich dort gegessen hatte, waren überirdisch gut gewesen.

»Meinst du, du könntest mit mir dort hinfahren?« fragte Shimamoto.

»Er ist in Ishikawa, ganz auf der anderen Seite«, sagte ich trocken. »Bis Enoshima könnte ich mir's noch vorstellen, aber dahin müßten wir fliegen, und anschließend noch mindestens eine Stunde fahren. Und dort übernachten. Du verstehst sicher, daß ich so etwas im Augenblick nicht unternehmen kann.«

Shimamoto drehte sich auf ihrem Hocker langsam um und sah mir ins Gesicht. »Hajime, ich weiß, daß ich dich um diesen Gefallen nicht bitten sollte. Ich weiß das. Glaub mir, es ist mir klar, was ich dir damit aufbürde. Aber ich habe sonst niemanden, den ich fragen könnte. Ich muß dorthin, und ich will nicht allein hinfahren.«

Ich sah ihr in die Augen. Ihre Augen waren wie eine tiefe, von einer Felswand überschattete Quelle, von keiner Brise je zu erreichen. Nichts regte sich darin, alles war still. Wenn man genau hinsah, begann man die Landschaft zu ahnen, die sich auf der Wasseroberfläche spiegelte.

»Verzeih mir.« Sie lächelte, als habe alle Kraft sie verlassen. »Glaub bitte nicht, ich sei nur hergekommen, um dich um diesen Gefallen zu bitten. Ich wollte dich nur sehen und mit dir reden. Ich hatte nicht vor, damit anzufangen.«

Ich überschlug im Kopf rasch, wieviel Zeit es erfordern würde. »Wenn wir morgens sehr früh aufbrechen und beide Strekken fliegen würden, müßten wir eigentlich bis zum späten Abend wieder zurücksein. Natürlich hängt es davon ab, wie lange wir da bleiben.«

»Ich glaube nicht, daß ich allzu lange brauchen werde«, sagte sie. »Kannst du die Zeit wirklich erübrigen? Um mit mir dort hinzufliegen und wieder zurück?«

Ich dachte kurz nach. »Ich denke schon. Ich kann noch nichts Definitives sagen, aber wahrscheinlich kann ich es einrichten. Ruf mich doch morgen abend hier an. Ich werde wieder um die gleiche Zeit hier sein. Bis dahin habe ich mir einen Plan zurechtgelegt. Wie sieht dein Terminkalender aus?«

»Ich habe keinen Terminkalender. Wann immer es dir paßt, paßt es mir auch.«

Ich nickte.

»Es tut mir wirklich leid«, sagte sie. »Vielleicht hätte ich dich doch besser nicht wiedergesehen. Ich weiß, am Ende zerstöre ich nur alles.«

Sie ging kurz vor elf. Ich hielt einen Schirm über sie und winkte ein Taxi heran. Es regnete noch immer.

»Auf Wiedersehen. Und danke«, sagte sie.

»Auf Wiedersehen«, sagte ich.

Ich ging in die Bar zurück und setzte mich an denselben Platz an der Theke. Ihr Cocktailglas stand noch da, auch ihr Aschenbecher mit mehreren ausgedrückten Salems. Ich ließ beides nicht abräumen. Sehr lange starrte ich auf die blasse Spur von Lippenstift am Glas und an den Zigarettenstummeln.

Als ich nach Hause kam, war Yukiko noch auf. Sie hatte eine Wolljacke über den Pyjama gezogen und sah sich auf Video »Lawrence von Arabien« an, während sie auf mich wartete. Die Szene, in der Lawrence nach vielerlei Leiden und Entbehrungen endlich die Wüste durchquert hat und den Suezkanal erreicht. Yukiko hatte den Film schon dreimal gesehen. »Ein toller Film«, sagte sie. »Ich kann ihn mir immer wieder ansehen.« Ich setzte mich neben sie und trank ein Glas Wein, während wir uns den Rest des Films ansahen.

Am nächsten Sonntag, erzählte ich ihr, sei vom Schwimmclub aus eine kleine Bootspartie geplant. Eines der Mitglieder besaß eine große Jacht, mit der wir schon mehrmals zum Angeln und Trinken rausgefahren waren. Im Februar war es zwar ein bißchen zu kalt, um mit einer Jacht aufs Meer zu fahren, aber meine Frau hatte keine Ahnung von Booten, und so erhob sie keine Einwände. Sonntags blieb ich fast immer zu Hause, und anscheinend fand sie, es würde mir nur guttun, auch einmal Leute aus anderen Branchen zu sehen und an die frische Luft zu kommen.

»Ich fahre morgens sehr früh los und bin gegen acht wieder zurück, nehme ich an. Zum Abendessen bin ich zu Hause«, sagte ich.

»In Ordnung. An dem Sonntag kommt sowieso meine Schwester«, sagte sie. »Wenn's nicht zu kalt ist, können wir vielleicht nach Shinjuku Goen rausfahren und Picknick machen. Nur wir vier Mädels.«

»Gute Idee«, sagte ich.

Am folgenden Nachmittag ging ich in ein Reisebüro und reservierte die Flüge und einen Mietwagen. Für den Rückflug gab es eine Maschine, die um achtzehn Uhr dreißig in Tokio landete; wie es aussah, würde ich rechtzeitig für ein spätes Abendessen wieder zu Hause sein. Dann fuhr ich in die Bar und wartete auf Shimamotos Anruf. Sie meldete sich um zehn. »Ich hab ziemlich viel zu tun, aber ich glaube, ich kann es einrichten«, sagte ich ihr. »Würde es dir am nächsten Sonntag passen?«

Sie richte sich ganz nach mir, antwortete sie.

Ich nannte ihr die Abflugzeit und die Stelle im Flughafen Haneda, wo wir uns treffen würden.

»Vielen, vielen Dank«, sagte sie.

Nachdem ich aufgelegt hatte, saß ich noch eine Weile am Tresen und versuchte zu lesen. Aber das Stimmengewirr in der Bar störte mich, ich konnte mich nicht konzentrieren. Ich ging auf die Toilette, wusch mir Gesicht und Hände mit kaltem Wasser und starrte dann auf mein Spiegelbild. Ich habe Yukiko belogen, sagte ich zu mir. Gewiß, belogen hatte ich sie schon früher, als ich mit anderen Frauen geschlafen hatte, aber nie hatte ich dabei das Gefühl, sie zu betrügen; das waren alles nur harmlose Seitensprünge gewesen. Diesmal jedoch beging ich ein Unrecht. Nicht, daß ich vorhatte, mit Shimamoto zu schlafen – aber es blieb ein Unrecht. Seit langer Zeit sah ich mir im Spiegel erstmals wieder tief in die Augen: sie verrieten mir nichts über mich. Ich legte die Hände auf das Waschbecken und stieß einen tiefen Seufzer aus.

10

Der Fluß floß rasch an Klippen vorbei, bildete hier und da kleine Wasserfälle, kam an tiefen Stellen fast zum Stillstand. In diesen Becken spiegelte sich die matte Sonne. Stromabwärts überspannte eine alte eiserne Brücke den Fluß; sie war so schmal, daß gerade eben ein Auto sie passieren konnte. Ihr geschwärztes, fühlloses Metallgerippe versank tief in der frostigen Februarstille. Die einzigen, die über die Brücke gingen, waren die Gäste und Angestellten des Hotels und die Waldarbeiter. Als wir sie überquerten, kam uns niemand entgegen, und als wir zurückblickten, sahen wir niemanden hinter uns. Im Hotel angekommen, hatten wir eine Kleinigkeit gegessen, dann hatten wir die Brücke überquert und waren am Fluß entlanggegangen. Shimamoto trug eine dicke Seemannsjacke mit hochgeklapptem Kragen; ihren Schal hatte sie so um den Kopf gewickelt, daß nur noch ihre Nase hervorlugte. Sie war sportlich gekleidet, gerade richtig für eine Bergwanderung, völlig anders als sonst. Ihre Haare waren hinten zusammengebunden, und ihre Füße steckten in festen Schnürstiefeln. Über der Schulter trug sie eine grüne Nylontasche. In dieser Aufmachung sah sie wie ein Schulmädchen aus. Auf beiden Seiten des Flusses lag stellenweise noch verharschter Schnee. Zwei Krähen hockten auf dem Brückengeländer; starrten auf den Fluß hinunter und stießen gelegentlich ärgerliche Krächzlaute aus. Diese schrillen Rufe hallten von einem Flußufer zum anderen in den laubgepolsterten Wäldern wider und gellten uns unangenehm in den Ohren.

Ein schmaler, unbefestigter Weg verlief entlang des Flusses, ein entsetzlich stiller, verlassener Weg, der Gott weiß wohin führen mochte. Kein Haus war an diesem Weg zu sehen, nur gelegentlich ein kahles Feld. Schneebedeckte Furchen zogen leuchtend weiße

Linien über das öde Land. Überall Krähen. Wenn wir an ihnen vorbeikamen, stießen sie kurze, scharfe Krächzlaute aus, wie um ihren Genossen anzukündigen, daß wir uns näherten. Sie hielten die Stellung, machten keine Anstalten aufzufliegen. Ich konnte ihre spitzen, dolchartigen Schnäbel und blanken Krallen aus nächster Nähe sehen.

»Haben wir noch Zeit?« fragte Shimamoto. »Können wir noch ein Stückchen weitergehen?«

Ich sah auf meine Uhr. »Kein Problem. Wir können noch eine Stunde bleiben.«

»Es ist so still«, sagte sie und blickte sich langsam um. Jedesmal, wenn sie den Mund öffnete, stieß sie ein dichtes weißes Atemwölkchen aus.

»Ist das der Fluß, den du dir vorgestellt hast?«

Sie lächelte mir zu. »Als hättest du meine Gedanken gelesen.« Und sie griff mit ihrer behandschuhten Hand nach meiner, die ebenfalls in einem Handschuh steckte.

»Da bin ich aber froh«, sagte ich. »Wenn du nun nach der weiten Reise gesagt hättest, das sei nicht die richtige Stelle, was hätten wir dann getan?«

»Du, ein bißchen mehr Selbstvertrauen! So ein Fehler würde dir nie passieren«, sagte sie. »Aber weißt du, so zu gehen, nur du und ich, das erinnert mich an die alten Zeiten. Als wir nach der Schule immer zusammen heimgingen.«

»Nur dein Bein ist nicht mehr so wie früher.«

»Klingt ja fast, als würdest du's bedauern.« Sie grinste mich an.

Ich lachte. »Schon möglich.«

»Wirklich?«

»Das war nur ein Scherz. Ich bin sehr froh darüber, daß dein Bein besser geworden ist. Nur ein Anfall von Nostalgie, nehme ich an.«

»Hajime«, sagte sie, »ich hoffe, du weißt, wie unendlich dankbar ich dir dafür bin, daß du das hier tust.«

»Mach dir darum keine Gedanken«, sagte ich. »Es ist, als wären wir zum Picknick gefahren. Nur, daß wir statt dessen geflogen sind.«

Eine Zeitlang ging Shimamoto schweigend weiter und blickte vor sich hin. »Aber du mußtest deine Frau anlügen.«

»Mußte ich wohl«, sagte ich.

»Und das kann dir nicht leichtgefallen sein. Ich bin sicher, du hättest sie lieber nicht belogen.«

Ich wußte nicht, was ich darauf erwidern sollte. Aus dem nahen Wald ertönte wieder der scharfe Schrei einer Krähe.

»Ich habe dein Leben in Unordnung gebracht, das weiß ich wohl«, sagte Shimamoto kleinlaut.

»Reden wir nicht mehr davon, ja?« sagte ich. »Wenn wir schon so weit gereist sind, laß uns doch über etwas Lustigeres reden.«

»Worüber zum Beispiel?«

»So angezogen siehst du glatt wie ein Schulmädchen aus.«

»Danke«, sagte sie. »Ich wünschte, ich wäre eines.«

Langsam gingen wir flußaufwärts. Für eine Weile konzentrierten wir uns nur auf unsere Schritte und sprachen kein Wort. Shimamoto konnte nicht sehr schnell gehen, aber mit einer gleichmäßigen, langsamen Gangart kam sie zurecht. Sie hielt mich fest bei der Hand. Der Weg war hart gefroren, und unsere Gummisohlen erzeugten kaum ein Geräusch.

Ihre Bemerkung von vorhin hatte mir aus der Seele gesprochen: Wenn wir nur so hätten nebeneinander hergehen können, als wir Teenager waren, oder mit Anfang, Mitte Zwanzig – wie wunderbar wäre es gewesen! Ein Sonntagnachmittag, wir zwei allein, an einem Fluß wie diesem ... Es wäre für mich der Himmel auf Erden gewesen. Nur waren wir keine Teenager mehr. Ich hatte Frau und Kinder und einen Job. Und ich hatte meine Frau belügen müssen, um hierherkommen zu können. Ich mußte bald zum Flughafen zurückfahren, die Maschine erwischen, die um halb sieben in Tokio landete, und dann so schnell wie möglich nach Hause fahren, wo meine Frau schon auf mich warten würde.

Schließlich blieb Shimamoto stehen, rieb ihre behandschuhten Hände aneinander und sah sich aufmerksam um. Sie blickte erst stromaufwärts, dann stromabwärts. Am gegenüberliegenden Ufer zog sich eine Bergkette hin, linker Hand blickte man auf eine Zeile kahler Bäume. Wir waren völlig allein. Das Kurhotel mit den Thermalquellen und die Eisenbrücke lagen im Schatten der Berge verborgen. Gelegentlich zeigte sich in einem Wolkenspalt die Sonne, als erinnere sie sich plötzlich wieder an ihre Pflicht. Man hörte nichts außer den Schreien der Krähen und dem Rauschen des Wassers. Eines Tages, dachte ich, werde ich diese Szene irgendwo sehen. Es war das Gegenteil eines Déjà-vu-Erlebnisses – nicht das Gefühl, ich hätte das, was mich umgab, schon einmal gesehen, sondern die Vorahnung, daß ich es eines Tages sehen würde. Diese Vorahnung streckte ihren langen Arm aus und ergriff mein Bewußtsein; ich fühlte mich von ihr umklammert; dort an ihren Fingerspitzen war ich – ich in der Zukunft, alt geworden. Wie ich aussah, konnte ich natürlich nicht erkennen.

»Hier dürfte die richtige Stelle sein«, sagte sie.

»Wofür?« fragte ich.

Sie lächelte ihr gewohntes blasses Lächeln. »Für das, was ich gleich tun werde«, erwiderte sie.

Wir gingen zum Flußufer hinunter. An dieser Stelle bildete es eine kleine, stille Bucht, mit einer dünnen Eisschicht bedeckt. Auf dem Grund der Bucht lagen ein paar abgefallene Blätter, reglos wie tote, platte Fische. Ich hob einen runden Stein auf und ließ ihn in der Hand rollen. Shimamoto zog die Handschuhe aus und steckte sie in die Taschen ihrer Jacke. Sie streifte sich die Umhängetasche von der Schulter, öffnete sie und zog einen kleinen, hübschen Stoffbeutel daraus hervor. In dem Beutel befand sich eine Urne. Sie löste den Verschluß und nahm vorsichtig den Deckel ab. Dann starrte sie eine Zeitlang in das Gefäß.

Ich stand neben ihr und sah ihr wortlos zu.

Die Urne enthielt weiße Asche. Sehr behutsam, um nichts zu verschütten, ließ Shimamoto die Asche auf ihre linke Handfläche rieseln. Die Asche bedeckte kaum ihren Handteller, so wenig war es. Asche von einer Feuerbestattung, nahm ich an. Es war ein ruhiger, windstiller Nachmittag, und die Asche bewegte sich kein bißchen. Shimamoto legte die leere Urne in ihre Tragetasche zurück, steckte den Zeigefinger in das Häufchen Asche, führte ihn an die Lippen und leckte daran. Sie sah mich an und versuchte zu lächeln. Aber es gelang ihr nicht. Ihr Finger blieb nah an ihren Lippen.

Als sie sich am Fluß niederkauerte und die Asche ins Wasser streute, stellte ich mich neben sie und sah zu. Die kleine Menge Asche wurde im Nu von der Strömung davongetragen. Nebeneinander standen Shimamoto und ich am Ufer und blickten auf das Wasser. Sie starrte auf ihre Handfläche, dann wischte sie die letzte daran haftende Asche ab und zog ihre Handschuhe an.

»Wird sie wirklich das Meer erreichen?« fragte sie.

»Ich glaube schon«, sagte ich. Aber ich war mir nicht sicher. Bis zum Meer war es noch ein ganzes Stück. Vielleicht würde sich die Asche irgendwo setzen. Doch selbst dann würde etwas davon irgendwann ins Meer gelangen.

Shimamoto hob ein Stück Holz auf, das in der Nähe herumlag, und begann an einer Stelle, wo der Boden weich war, zu graben.

Ich half ihr dabei. Als wir ein kleines Loch ausgehoben hatten, legte sie die in Stoff gehüllte Urne hinein und deckte sie mit Erde zu. In der Ferne krächzten Krähen, die jede unserer Bewegungen verfolgt hatten. Egal, dachte ich; guckt nur zu, wenn ihr wollt. Wir tun nichts Unrechtes. Wir haben nur ein wenig verbrannte Asche in den Fluß gestreut.

»Glaubst du, es wird zu Regen?« fragte Shimamoto. Sie klopfte mit der Spitze ihres Stiefels auf den Boden.

Ich sah zum Himmel auf. »Eine Weile hält sich das Wetter wohl noch«, sagte ich.

»Nein, das habe ich nicht gemeint. Ich meine: Wird die Asche des Kindes in die See fließen, sich mit dem Meerwasser vermischen, verdunsten, sich zu Wolken sammeln und als Regen niedergehen?«

Ich sah noch einmal zum Himmel auf. Und dann auf den strömenden Fluß.

»Wer weiß«, sagte ich.

In unserem Mietwagen fuhren wir zurück zum Flughafen. Das Wetter verschlechterte sich zusehends. Der Himmel hatte sich mit einer schweren Wolkendecke bezogen, kein Blau war mehr zu sehen. Es sah so aus, als werde es jeden Augenblick zu schneien beginnen.

»Das war die Asche meines Kindes. Des einzigen Kindes, das ich je hatte«, sagte Shimamoto, als redete sie mit sich selbst.

Ich warf ihr einen Blick zu, dann sah ich wieder nach vorn. Die Lastwagen ließen schmutzigen Schneematsch aufspritzen, und ich mußte immer wieder den Scheibenwischer einschalten.

»Mein Kind ist am Tag nach seiner Geburt gestorben«, sagte sie. »Es hat nur einen Tag lang gelebt. Ich habe es nur ein paarmal in den Armen gehalten. Es war ein schönes Baby. Ganz, ganz sanft ...

Sie wußten den Grund nicht, aber es konnte nicht richtig atmen. Als es starb, hatte es schon eine andere Farbe.«

Ich brachte kein Wort hervor. Ich streckte die Hand aus und legte sie auf ihre.

»Es war ein kleines Mädchen. Ohne Namen.«

»Wann ist das geschehen?«

»Genau vor einem Jahr. Im Februar.«

»Die arme Kleine«, sagte ich.

»Ich wollte sie nicht irgendwo begraben. Ich konnte die Vorstellung nicht ertragen, daß sie irgendwo im Dunkeln läge. Ich wollte sie noch eine Weile bei mir behalten und dann ins Meer fließen und zu Regen werden lassen.«

Dann sagte sie lange, lange nichts mehr. Ich fuhr stumm weiter. Wahrscheinlich war ihr nicht nach Reden zumute, jedenfalls hielt ich es für das Beste, sie in Ruhe zu lassen. Aber bald merkte ich, daß irgendwas nicht stimmte – ihre Atmung klang seltsam, wie ein mechanisches Rasseln. Anfangs dachte ich, es sei der Motor des Wagens, aber dann begriff ich, daß das Geräusch von der Seite kam, von Shimamoto neben mir. Es klang, als habe sie ein Loch in der Luftröhre, durch das bei jedem Atemzug Luft entwich.

Als wir vor einer roten Ampel standen, wandte ich mich zu ihr um. Sie war weiß wie ein Laken und seltsam steif. Sie hatte den Kopf gegen die Kopfstütze gelehnt und starrte nach vorn. Kein Muskel ihres Gesichts bewegte sich, sie blinzelte nur ab und zu, wie unter Zwang. Ich fuhr noch ein Stück weiter, bis ich eine Stelle fand, wo ich von der Straße abbiegen konnte – auf den Parkplatz eines geschlossenen Bowling-Centers. Vom Dach des Gebäudes, das wie ein Hangar aussah, ragte eine Reklametafel mit einem gigantischen Kegel darauf in die Höhe. So allein auf diesem riesigen Parkplatz, schienen wir in eine Einöde am Rande der Zivilisation verschlagen worden zu sein.

»Shimamoto-san.« Ich wandte mich ihr zu. »Ist alles in Ordnung?«

Sie antwortete nicht. Sie saß nur zurückgelehnt da und gab dieses unheimliche Geräusch von sich. Ich legte ihr eine Hand an die Wange. Sie war so kalt wie die Szenerie, die uns umgab. Nicht die leiseste Spur von Wärme. Ich berührte ihre Stirn, aber sie schien kein Fieber zu haben. Ich hatte das Gefühl zu ersticken. Lag sie im Sterben? Hier und jetzt? Ich blickte ihr tief in die leblosen Augen. Ich sah nichts darin; sie waren so kalt und dunkel wie der Tod.

»Shimamoto-san!« schrie ich, aber sie reagierte nicht. Ihre Augen sahen ins Leere. Möglicherweise war sie nicht einmal bei Bewußtsein. Ich mußte sie in ein Krankenhaus bringen, und zwar schnell. Wir würden mit Sicherheit unsere Maschine verpassen, aber das war jetzt wirklich meine letzte Sorge. Shimamoto konnte sterben, und ich würde alles dagegen unternehmen, was nur in meiner Macht stand.

Doch als ich den Wagen wieder anließ, merkte ich, daß sie etwas zu sagen versuchte. Ich stellte den Motor ab, näherte mein Ohr ihren Lippen, aber ich verstand nicht, was sie sagte. Es klang weniger wie Worte als wie das Pfeifen des Windes durch eine Mauerritze. Unter Aufbietung all ihrer Kraft wiederholte sie immer und immer wieder das Gleiche. Schließlich konnte ich ein einzelnes Wort identifizieren. »Medikament.«

»Du willst ein Medikament nehmen?« fragte ich.

Sie bewegte den Kopf, ein winziges Nicken. Ein so schwach angedeutetes Nicken, daß ich es schier nicht bemerkt hätte, aber mehr brachte sie nicht zustande. Ich durchwühlte die Taschen ihrer

Jacke. Geldbeutel, Taschentuch, ein großer Schlüsselbund, aber kein Medikament. Ich öffnete ihre Umhängetasche. Darinnen lag eine kleine Arzneischachtel mit vier Kapseln. Ich zeigte ihr die Kapseln. »Ist es das?«

Ohne die Augen zu bewegen, nickte sie wieder.

Ich kippte die Lehne ihres Sitzes zurück, öffnete ihren Mund und legte eine Kapsel hinein. Aber ihr Mund war knochentrocken, und sie würde nichts herunterbekommen. Ich sah mich verzweifelt nach einem Getränkeautomaten um, aber es war keiner da. Und wir hatten keine Zeit, einen zu suchen. Die einzige verfügbare Wasserquelle war der Schnee. Gott sei dank gab es davon genug. Ich sprang aus dem Auto, klaubte unter dem vorspringenden Dach des Gebäudes etwas sauberen Schnee zusammen und füllte damit Shimamotos Wollmütze. Dann steckte ich ihn mir klümpchenweise in den Mund und ließ ihn darin zergehen. Es dauerte eine Weile, eine ausreichende Menge zum Schmelzen zu bringen, und meine Zungenspitze verlor vor Kälte jedes Gefühl. Ich öffnete ihre Lippen und ließ das Wasser aus meinem Mund in ihren rinnen. Dann hielt ich ihr die Nase zu und zwang sie zu schlucken. Sie würgte schwach, aber nachdem ich die Prozedur ein paarmal wiederholt hatte, gelang es ihr endlich, die Kapsel zu schlucken.

Ich sah mir die Schachtel an. Es stand nichts darauf geschrieben – weder der Name des Präparats noch ihr Name oder irgendwelche Einnahmevorschriften. Merkwürdig, dachte ich, normalerweise werden doch immer die nötigen Informationen mitgeliefert, damit man nicht versehentlich das Falsche nimmt oder damit andere wissen, was sie tun sollen. Ich legte die Schachtel in Shimamotos Tasche zurück und beobachtete sie eine Weile. Ich hatte keine Ahnung, um was für ein Medikament es sich handelte oder was ihre Symptome waren, aber da sie das Präparat offenbar immer bei sich trug, mußte es ja wohl seine Wirkung tun. Wenigstens für sie war das kein völlig unerwarteter Anfall gewesen.

Zehn Minuten später begannen ihre Wangen wieder etwas Farbe anzunehmen. Ich legte meine Wange sanft an ihre; die Wärme kehrte langsam zurück. Ich stieß einen Seufzer der Erleichterung aus und stellte ihre Sitzlehne wieder hoch. Sie würde also doch nicht sterben. Ich legte die Arme um ihre Schultern und rieb meine Wange an ihrer. Langsam, ganz, ganz langsam, kehrte sie in die Welt der Lebenden zurück.

»Hajime«, flüsterte sie mit spröder Stimme.

»Sollten wir nicht in ein Krankenhaus fahren? Vielleicht sollten wir den nächsten Notarzt suchen«, fragte ich.

»Nein, brauchen wir nicht«, erwiderte sie. »Es geht mir gut. Solange ich meine Medizin nehme, ist alles in Ordnung. In ein paar Minuten ist alles wieder gut. Wir sollten uns nur darum kümmern, ob wir die Maschine jetzt noch erwischen.«

»Zerbrich dir um Gottes willen darum nicht den Kopf. Wir bleiben hier, bis es dir bessergeht.«

Ich wischte ihr den Mund mit einem Taschentuch ab. Sie nahm mir das Tuch aus der Hand und sah es an. »Bist du immer so lieb, zu allen?«

»Nicht zu allen«, sagte ich. »Zu dir ja. Ich kann nicht zu jedem freundlich sein. Meine Freundlichkeit hat ihre Grenzen – auch was dich betrifft. Ich wollte, es wär nicht so; dann könnte ich viel mehr für dich tun. Aber ich kann's nicht.«

Sie wandte mir ihr Gesicht zu.

»Hajime, ich habe das nicht absichtlich getan, damit wir das Flugzeug verpassen«, sagte sie sehr leise.

Erschrocken starrte ich sie an. »Natürlich nicht! Das brauchst du mir doch nicht zu sagen! Es ging dir schlecht. Dafür kann man nichts.«

»Es tut mir leid«, sagte sie.

»Du brauchst dich nicht zu entschuldigen. Du hast nichts Unrechtes getan.«

»Aber ich habe dir die Pläne verdorben.«

Ich strich ihr über das Haar, beugte mich hinüber und küßte sie auf die Wange. Ich verzehrte mich danach, ihren ganzen Körper an mich zu drücken und seine Wärme zu spüren. Aber ich konnte nicht. Ich konnte nur ihre Wange küssen. Sie war warm, weich und feucht. »Du brauchst dir überhaupt keine Sorgen zu machen«, sagte ich. »Es wird schon alles gut werden.«

Als wir den Flughafen erreicht und den Mietwagen abgegeben hatten, hätten wir eigentlich längst an Bord sein müssen. Zum Glück hatte unser Flug Verspätung. Die Maschine stand noch auf dem Vorfeld; die Passagiere warteten im Terminal. Wir atmeten beide erleichtert auf. Die Maschine werde noch gewartet, erfuhren wir am Eincheckschalter. Wir wissen nicht, wie lange es dauern wird, sagte der Mann, wir haben keine weiteren Informationen. Es hatte zu schneien begonnen, als wir am Flughafen ankamen; mittlerweile kam es richtig dicht herunter. Bei so viel Schnee war es gut möglich, daß der Flug ganz ausfiel.

»Was machst du, wenn du heute nicht mehr nach Tokio zurückkannst?« fragte Shimamoto.

»Keine Sorge. Die Maschine fliegt schon noch«, sagte ich, ohne einen Beweis dafür zu haben. Die Vorstellung, daß die Maschine durchaus auch am Boden bleiben konnte, deprimierte mich. Ich würde mir eine erstklassige Entschuldigung zurechtlegen müssen. Wie zum Teufel kam es, daß ich auf einmal in Ishikawa festsaß?

Schluß, sagte ich zu mir; befassen wir uns damit, wenn es soweit ist. Wenn ich mir jetzt um irgend etwas Gedanken machen mußte, dann um Shimamoto.

»Und was ist mit dir?« fragte ich. »Was tust du, wenn wir heute nicht mehr nach Tokio zurückkönnen?«

Sie schüttelte den Kopf. »Mach dir meinetwegen keine Sorgen«, sagte sie. »Das Problem bist du. Du sitzt dann in der Patsche.«

»Mag sein. Aber keine Angst – noch haben sie ja nicht gesagt, daß der Flug ausfällt.«

»Ich wußte, daß irgend so etwas passieren würde«, sagte sie wie zu sich selbst. »Sobald ich dabei bin, passiert nie etwas Gutes, man kann sich drauf verlassen. Wenn ich im Spiel bin, geht grundsätzlich etwas schief. Alles läuft glatt, dann stoße ich hinzu, und bums! bricht alles auseinander.«

Ich saß auf der Bank in der Flughafenhalle und dachte über das Telefongespräch mit Yukiko nach, das nötig werden würde, sollte der Flug wirklich ausfallen. Im Kopf probierte ich verschiedene Ausreden aus, aber jede, die mir einfiel, klang lahm. Ich war am Morgen aus dem Haus gegangen, angeblich, um den Sonntag mit den Jungs vom Schwimmclub zu verbringen, und am Abend saß ich eingeschneit in Ishikawa – das konnte ich unmöglich erklären. Sollte ich vielleicht sagen: »Kaum war ich aus dem Haus, hat mich der unüberwindliche Wunsch gepackt, das Japanische Meer wiederzusehen, also bin ich kurzerhand zum Flughafen Haneda gefahren«? Jetzt mach aber einen Punkt. Wenn ich nichts Besseres zu bieten hatte, konnte ich gleich den Mund halten. Oder noch besser, ich könnte es vielleicht mit der Wahrheit versuchen. Zu meinem Schrecken wurde mir bald darauf bewußt, daß ich in Wirklichkeit hoffte, wir würden eingeschneit und der Flug würde gestrichen. Im

Unterbewußtsein hoffte ich, meine Frau würde herausfinden, daß ich mit Shimamoto hier war. Ich wollte Schluß machen mit den Ausreden, den Lügen. Vor allem aber wollte ich genau da bleiben, wo ich mich befand, mit Shimamoto neben mir, und den Dingen ihren Lauf lassen.

Schließlich startete die Maschine doch, mit anderthalbstündiger Verspätung. Kaum saßen wir auf unseren Plätzen, lehnte sich Shimamoto an mich und schlief ein. Vielleicht hielt sie aber auch nur die Augen geschlossen. Ich legte den Arm um ihre Schultern und drückte sie an mich. Manchmal hatte ich den Eindruck, sie weine. Sie schwieg während des ganzen Fluges; wir redeten erst wieder, als die Maschine bereits zur Landung ansetzte.

»Shimamoto-san, ist mit dir auch wirklich alles in Ordnung?«

Eng an mich gekuschelt, nickte sie. »Ja, solange ich das Medikament nehme. Du brauchst dir keine Sorgen zu machen.« Sie legte den Kopf wieder an meine Schulter. »Aber stell mir keine Fragen, ja? Warum das passiert ist.«

»Verstanden. Keine Fragen«, sagte ich.

»Ich danke dir sehr für den heutigen Tag«, sagte sie.

»Für welchen Teil des Tages?«

»Dafür, daß du mit mir zum Fluß gefahren bist. Daß du mir aus deinem Mund zu trinken gegeben hast. Daß du mich ertragen hast.«

Ich sah sie an. Ihre Lippen waren ganz nah, die Lippen, die ich geküßt hatte, als ich ihr Wasser eingeflößt hatte. Und wieder schienen diese Lippen mich zu suchen. Leicht geöffnet, so daß ihre schönen weißen Zähne gerade eben hervorschimmerten. Ich spürte noch immer ihre weiche Zunge, die ich berührt hatte, als ich ihr Wasser einflößte. Auf einmal konnte ich kaum mehr atmen und keinen klaren Gedanken fassen. Mein Körper brannte. Sie will mich, dachte ich. Und ich will sie. Aber irgendwie gelang es mir, mich zu beherrschen. Ich mußte hier unbedingt haltmachen. Noch einen Schritt weiter, und es gäbe kein Zurück mehr.

Von Haneda aus rief ich zu Hause an. Es war bereits halb neun. Tut mir leid, daß es so spät geworden ist, sagte ich zu meiner Frau. Ich konnte dich nicht früher anrufen. In einer Stunde bin ich zu Hause.

»Ich habe lange auf dich gewartet, dann habe ich allein gegessen. Ich hatte Eintopf gekocht«, sagte sie.

Mein BMW stand am Flughafen, und ich ließ Shimamoto einsteigen. »Wo soll ich dich hinfahren?« fragte ich.

»Du kannst mich in Aoyama absetzen. Von dort komme ich allein nach Hause«, sagte sie.

»Ist auch bestimmt alles in Ordnung?«

Sie schenkte mir ein strahlendes Lächeln und nickte.

Wir schwiegen, bis ich bei Gaien von der Autobahn abfuhr. Ich hatte eine Kassette mit einem Orgelkonzert von Händel eingelegt und es sehr leise gestellt. Shimamoto hielt die Hände brav auf dem Schoß und sah aus dem Fenster. Es war Sonntagabend, und die Autos ringsum waren voller Familien, die von ihrem Tagesausflug zurückkamen. Ich schaltete rasch in den nächsten Gang.

»Hajime«, sagte Shimamoto, als wir uns dem Aoyama-Boulevard näherten. »Vorhin in Ishikawa hab ich gedacht, wie schön es wäre, wenn das Flugzeug nicht starten könnte.«

Ich habe genau das gleiche gedacht, wollte ich ihr sagen. Aber ich sagte nichts. Ich hatte einen trockenen Mund und brachte nichts heraus. Ich nickte bloß und griff nach ihrer Hand. An der Ecke von Aoyama 1-chome bat sie mich anzuhalten, und ich ließ sie aussteigen.

»Darf ich wieder in die Bar kommen?« fragte sie leise, als sie die Tür öffnete. »Hältst du meine Anwesenheit noch aus?«

»Ich werde auf dich warten«, sagte ich.

Shimamoto nickte.

Als ich davonfuhr, dachte ich: Wenn ich sie nie wiedersehe, werde ich wahnsinnig. Kaum war sie ausgestiegen und verschwunden, war meine Welt hohl und bedeutungslos geworden.

11

Vier Tage, nachdem Shimamoto und ich aus Ishikawa zurückgekehrt waren, erhielt ich einen unerwarteten Anruf von meinem Schwiegervater. Er sagte, er wolle mich um einen Gefallen bitten, und lud mich für den nächsten Tag zum Lunch ein. Ziemlich verwundert sagte ich zu. Gewöhnlich gestattete ihm sein voller Terminkalender nur Geschäftsessen.

Sechs Monate zuvor war seine Firma von Yoyogi in ein neues, sechsstöckiges Gebäude in Yotsuya umgezogen. Seine Büroräume nahmen die beiden obersten Geschosse ein, die unteren fünf hatte er an andere Firmen, Restaurants und Geschäfte vermietet. Alles blitzte funkelnagelneu. Die Eingangshalle prunkte mit einem Marmorfußboden, einer Decke, die einer Kathedrale würdig gewesen wäre, und einer riesigen Keramikvase, aus der Blumen quollen. Als ich im fünften Stock aus dem Fahrstuhl stieg, wurde ich von einer jungen Empfangssekretärin begrüßt, die mit ihrem prachtvollen Haar aussah, als sei sie einer Shampoo-Werbung entsprungen. Sie rief meinen Schwiegervater an, um ihm mitzuteilen, daß ich da sei. Ihr Telefon war eine dunkelgraue Hightech-Angelegenheit, die mich an einen Schuhlöffel mit eingebautem Taschenrechner erinnerte. Sie strahlte mich an und sagte: »Bitte gehen Sie nur durch. Der Herr Generaldirektor erwartet Sie bereits.« Ein hinreißendes Lächeln, aber mit dem von Shimamoto nicht zu vergleichen.

Das Direktionszimmer befand sich in der obersten Etage, und sein großes Panoramafenster gewährte einen Ausblick auf die Stadt. Vielleicht nicht gerade ein herzerwärmendes Panorama, doch der Raum selbst war groß und hell. An der Wand hing ein impressionistisches Gemälde: ein Leuchtturm und ein Boot. Es sah aus wie ein Seurat; gut möglich, daß es ein Original war.

»Die Geschäfte blühen, scheint mir«, sagte ich.

»Sie laufen nicht schlecht«, erwiderte mein Schwiegervater. Er trat ans Fenster und deutete nach draußen. »Ganz und gar nicht schlecht. Und es wird sogar noch besser. Das ist der richtige Augenblick zum Geldverdienen. Für Leute in meiner Branche bietet sich eine solche Chance höchstens alle zwanzig, dreißig Jahre. Wer jetzt nicht reich wird, wird's nie. Und weißt du, warum?«

»Keine Ahnung. Die Bauwirtschaft ist nicht gerade mein Fach.«

»Schau dir Tokio da draußen an. Siehst du die unbebauten Grundstücke überall? Wie ein Mund voller Zahnlücken. Wenn man sich das so von oben anguckt, ist es nicht zu übersehen, aber wenn man zu ebener Erde durch die Straßen geht, fällt es einem nicht auf. Auf diesen Grundstücken standen einmal alte Wohn- und Geschäftshäuser, aber sie wurden abgerissen. Die Grundstückspreise sind derart in die Höhe geschossen, daß alte Gebäude nicht mehr rentabel sind. Man kann keine hohen Mieten verlangen, und überhaupt sind Mieter schwer zu finden. Deswegen müssen da neue, größere Gebäude hin. Und Privathäuser im Zentrum – nun, die Leute können die Grund- oder Erbschaftssteuer nicht mehr aufbringen. Also verkaufen sie und ziehen in die Vororte. Und zahlungskräftige Immobilienhändler kaufen die alten Häuser auf, lassen sie abreißen und stellen brandneue, funktionalere Gebäude hin. Es wird also nicht mehr lange dauern, bis auf jedem dieser leeren Grundstücke ein neues Gebäude steht. In ein paar Jahren wirst du Tokio nicht mehr wiedererkennen. An Kapital fehlt es nicht, die japanische Wirtschaft boomt, die Aktienkurse sind hoch wie nie. Und die Banken platzen vor Geld aus allen Nähten. Wenn man Grundstücke als Sicherheit bieten kann, leihen sie einem jede Summe. Deswegen entsteht da draußen ein Hochhaus nach dem anderen. Und rat mal, wer sie baut. Leute wie ich.«

»Ich verstehe«, sagte ich. »Aber wenn all diese neuen Hochhäuser fertig sind, was wird dann aus Tokio?«

»Was daraus wird? Na, es wird dynamischer, schöner, funktionaler. Schließlich spiegeln Großstädte immer den Zustand der Wirtschaft wider.«

»Das ist ja alles schön und gut, aber Tokio erstickt doch schon jetzt an den Autos. Noch ein paar Wolkenkratzer, und die Stadt verwandelt sich in einen einzigen riesigen Parkplatz. Und wie soll die Wasserversorgung mithalten, wenn mal eine längere Trockenperiode kommt? Und im Sommer, wenn alle ihre Klimaanlagen auf Hochtouren laufen lassen, wie soll man da den Energiebedarf dekken? Die Elektrizitätswerke werden doch mit Öl aus dem Mittleren Osten betrieben, oder? Was passiert, wenn die nächste Ölkrise kommt? Was dann?«

»Soll sich die Regierung was ausdenken. Dafür zahlen wir doch die hohen Steuern, oder? Sollen sich doch die ganzen Klugscheißer von der Tokio-Universität die Köpfe darüber zerbrechen. Die laufen doch ständig so hochnäsig durch die Gegend, als wären in Wirklichkeit sie es, die das Land regieren. Sollen sie doch ihren Luxusgehirnen zur Abwechslung mal was zu tun geben. Ich habe da keine Lösung parat. Ich bin ein einfacher Bauunternehmer. Ich bekomme Bauaufträge, und ich führ sie aus. Das versteht man doch unter den Gesetzen des Marktes, oder?«

Ich sagte nichts. Ich war nicht hergekommen, um über die japanische Wirtschaft zu diskutieren.

»Ach, lassen wir das«, sagte er, »hören wir mit diesem komplizierten Kram auf und gehen wir einen Happen essen. Ich bin am Verhungern.«

Wir stiegen in seinen riesigen schwarzen Mercedes und fuhren zu einem Restaurant in Akasaka, in dem es seiner Meinung nach den besten gegrillten Aal gab. Wir wurden nach hinten in einen separaten Raum geführt und ließen uns zum Essen nieder. Da es mitten am Tag war, nippte ich nur ein bißchen am Sake, aber mein Schwiegervater kippte ein Schälchen nach dem anderen.

»Hast du nicht gesagt, da wäre etwas, worüber du mit mir reden wolltest?« fragte ich. Wenn es etwas Unangenehmes war, wollte ich es lieber gleich hinter mich bringen.

»Ich möchte dich um einen Gefallen bitten«, sagte er. »Keine größere Sache. Ich bräuchte nur deinen Namen für eine gewisse Angelegenheit.«

»Meinen Namen?«

»Ich gründe eine neue Gesellschaft, und ich müßte sie unter dem Namen eines anderen eintragen lassen. Es wird von dir nichts weiter verlangt, nur dein Name. Du hast mein Wort, daß du nicht den geringsten Ärger damit hast, und du wirst angemessen entschädigt.«

»Mach dir darum keine Gedanken«, sagte ich. »Wenn's dir etwas nützt, kannst du meinen Namen so oft gebrauchen, wie du möchtest. Aber um was für eine Gesellschaft geht es eigentlich? Wenn ich schon als Gründer auftrete, kann's vielleicht nicht schaden, wenn ich das wenigstens weiß.«

»Na ja, um ehrlich zu sein, es geht um keine reale Firma«, antwortete mein Schwiegervater. »Sie existiert nur dem Namen nach, würde ich sagen. Nicht in Wirklichkeit.«

»Eine Fassade also. Eine Scheinfirma.«

»Könnte man wohl sagen.«

»Was ist der Sinn der Sache? Ein Steuerschlupfloch?«

»Hmm ... nicht direkt«, sagte er widerstrebend.

»Geht's um Schmiergelder?«

»So in der Richtung«, sagte er. »Ich geb ja gern zu, daß es

nicht gerade die ehrenwerteste Sache ist, auf die man sich einlassen kann, aber in meiner Branche geht's nun einmal nicht anders.«

»Na gut, aber was, wenn es ein Problem gibt?«

»Eine Gesellschaft zu gründen, ist vollkommen legal.«

»Ich rede von dem, was die Gesellschaft anschließend tut.«

Er zog eine Zigarette aus seinem Päckchen, zündete sie sich mit einem Streichholz an und stieß den Rauch steil nach oben aus.

»Es wird keine Probleme geben. Und selbst wenn, dann wäre es für jeden, der halbwegs bei Verstand ist, offensichtlich, daß du nur deinen Namen dazu hergegeben hast. Der Vater deiner Frau hat dich gebeten, deinen Namen benutzen zu dürfen, und du hast ihm den Gefallen getan. Kein Mensch würde dich zur Verantwortung ziehen.«

Ich sagte eine Zeitlang nichts. »Und wo landen diese Schmiergelder?«

»Es ist besser für dich, wenn du's nicht weißt.«

»Erzähl mir mehr über diese sogenannten Gesetze des Marktes«, sagte ich. »Landen die Gelder in der Tasche irgendeines Politikers?«

»Zum Teil«, sagte er.

»Von Bürokraten?«

Mein Schwiegervater drückte seine Zigarette im Aschenbecher aus. »Das wäre doch Bestechung. Dafür würde ich ins Kittchen wandern.«

»Aber ich dachte, das tun alle in deiner Branche?«

»Mehr oder weniger«, sagte er. Und machte ein gequältes Gesicht. »Aber sie treiben's nicht so weit, daß man sie einbuchten würde.«

»Was ist mit der Yakuza? Der Verein ist doch immer sehr nützlich, wenn's darum geht, Gründstücke aufzukaufen, oder?«

»Ich bin mit den Leuten nie recht klargekommen. Außerdem versuche ich ja nicht, den ganzen Markt an mich zu reißen. Das wäre zwar lukrativ, aber ich mach so was nicht. Wie gesagt, ich bin nur ein einfacher Bauunternehmer.«

Ich seufzte tief.

»Es war mir klar, daß dir die Sache nicht gefallen würde«, sagte er.

»Es spielt keine Rolle, ob sie mir gefällt oder nicht, denn du hast mich doch bereits in deine Pläne eingebaut und alles in Gang gesetzt, stimmt's? In der sicheren Annahme, daß ich schon einwilligen würde.«

»Ich fürchte, du hast recht.« Er lachte etwas betreten.

Ich seufzte wieder. »Vater, offen gesagt, ich mag solche Sachen nicht. Ich meine nicht, weil's illegal wäre oder sonst was in der Art. Aber ich bin ein ganz normaler Typ und führe ein ganz normales Leben. Und ich würde lieber nicht in Hinterzimmergeschäfte hineingezogen werden.«

»Das ist mir völlig klar«, sagte er. »Überlaß also alles mir. Ich lasse dich nicht im Regen stehen. Schließlich würden dann auch Yukiko und die Kinder mit hineingezogen, und das lasse ich bestimmt nicht zu. Du weißt ja, wieviel mir meine Tochter und meine Enkelkinder bedeuten.«

Ich nickte. Ich konnte ihm die Bitte schlecht abschlagen, und das deprimierte mich. Nach und nach würde mich die Welt dort draußen völlig vereinnahmen. Das hier war der erste Schritt; zuerst sage ich zu dieser Sache ja, später kommt eine andere.

Wir aßen weiter. Ich trank Tee, während mein Schwiegervater den Sake noch schneller hinunterkippte als bisher.

»Wie alt bist du jetzt eigentlich?« fragte er unvermittelt.

»Siebenunddreißig«, erwiderte ich.

Er fixierte mich mit undurchdringlichem Blick.

»Siebenunddreißig ist das Alter, in dem man am meisten herummacht«, sagte er. »Man hat Erfolg im Beruf, man ist entsprechend selbstsicher. Und die Frauen fallen einem nur so in den Schoß, richtig?«

»In meinem Fall nicht gar so viele, fürchte ich.« Ich lachte und versuchte, seine Miene zu deuten. Einen panischen Augenblick lang war ich mir sicher, daß er irgendwie von mir und Shimamoto erfahren hatte und mich in Wirklichkeit deswegen hatte sprechen wollen. Aber er machte nur Konversation.

»Als ich in deinem Alter war, habe ich nichts anbrennen lassen, darum werde ich dir jetzt auch nicht erzählen, du dürftest keine Affären haben. Ist zwar schon eigenartig, daß ich das ausgerechnet zum Mann meiner Tochter sage, aber ich glaube, daß ein gelegentlicher kleiner Seitensprung sogar sein Gutes hat. Es erfrischt. Wenn du deinen Organismus ab und zu mal so richtig lüftest, dann läuft es zu Hause nur um so besser; und du kannst dich auch besser auf deine Arbeit konzentrieren. Falls du also mit anderen Frauen schlafen solltest – von mir kämen keine Vorhaltungen. Ich habe nicht das geringste gegen eine kleine Affäre hier und da, nur deine Partnerinnen solltest du dir sehr sorgfältig aussuchen. Laß dich mit der Falschen ein, und dein Leben geht den Bach runter. Das habe ich schon tausendfach gesehen.«

Ich nickte. Und erinnerte mich plötzlich, daß Yukiko mir erzählt hatte, ihr Bruder und seine Frau hätten Probleme in ihrer Ehe. Ihr Bruder – er war ein Jahr jünger als ich – habe eine Freundin und lasse sich zu Hause nur noch selten blicken. Wahrscheinlich sorgte sich mein Schwiegervater wegen seines Ältesten und hatte deswegen dieses Thema angeschnitten.

»Jedenfalls, laß dich bloß nicht mit irgendeinem billigen

Weibsstück ein. Wenn du das tust, bist du bald selbst nichts mehr wert. Mach mit einer dummen Frau rum, und du wirst selbst zum Dummkopf. Was nicht heißt, daß du mit einer Luxusfrau anbändeln solltest. Das würde es dir nur schwerer machen, zu dem zurückzukehren, was dich zu Hause erwartet. Verstehst du, was ich meine?«

»Ich denke schon«, erwiderte ich.

»Solang du ein paar Dinge beherzigst, kann eigentlich nichts schiefgehen. Erstens, miete der Frau bloß keine eigene Wohnung. Das ist eindeutig ein Fehler. Zweitens, komme, was da wolle, sei spätestens um zwei Uhr nachts wieder zu Hause. Zwei Uhr ist der allerletzte Zeitpunkt, danach gibt's kein Zurück mehr. Und schließlich, benutze nie deine Freunde als Ausrede, um deine Affären zu vertuschen: Du könntest auffliegen. Wenn das passiert, tja, dann mußt du die Sache eben ausbaden. Aber es muß wirklich nicht sein, daß du dabei auch noch einen Freund verlierst.«

»Das klingt, als würdest du aus Erfahrung sprechen.«

»Erraten. Der Mensch lernt nur aus seinen Erfahrungen«, sagte er. »Es gibt zwar Leute, die lernen nie dazu, aber zu denen gehörst du nicht, das weiß ich. Du hast einen Blick für das Wesentliche, und den erwirbt man nur durch Erfahrung. Ich war nur ein paarmal in deinen Bars, aber man sieht's auf den ersten Blick. Du verstehst dich drauf, gute Mitarbeiter zu gewinnen und sie richtig zu behandeln.«

Ich wartete schweigend darauf, daß er weiterredete.

»Du hast auch ein gutes Auge bei der Wahl deiner Frau bewiesen. Yukiko ist sehr glücklich mit dir. Und deine Töchter sind prächtige Kinder. Ich bin dir dafür dankbar.«

Er ist ganz schön betrunken, dachte ich. Aber ich sagte nichts.

»Du weißt es wahrscheinlich nicht, aber Yukiko hat einmal

versucht, sich umzubringen. Mit einer Überdosis Schlaftabletten. Wir haben sie sofort ins Krankenhaus geschafft, und sie war zwei Tage lang ohne Bewußtsein. Ich war mir sicher, daß sie nicht durchkommen würde. Ihr Körper fühlte sich ganz kalt an, und sie atmete kaum noch. Ich dachte schon, es ist aus mit ihr. Das war ein Gefühl, als wäre die Welt in sich zusammengestürzt.«

Ich sah zu ihm auf. »Wann ist das passiert?«

»Als sie zweiundzwanzig war. Sie war gerade mit dem College fertig. Es ging um einen Mann, einen Scheißkerl, mit dem sie sich blödsinnigerweise verlobt hatte. Yukiko wirkt sehr still, aber unter der Oberfläche ist sie ganz schön zäh. Und gescheit. Deswegen kapiere ich einfach nicht, wie sie sich mit einem solchen Kerl einlassen konnte.« Er lehnte sich gegen den Stützpfeiler des traditionell eingerichteten Raums, in dem wir saßen, steckte sich eine Zigarette zwischen die Lippen und zündete sie an. »Na ja, das war ihr allererster Mann. Beim ersten Mal macht jeder einen Fehler. Aber für Yukiko war das ein furchtbarer Schock. Deswegen hat sie versucht, sich das Leben zu nehmen. Danach wollte sie mit Männern lange nichts mehr zu tun haben. Sie war immer ziemlich kontaktfreudig gewesen, aber nun redete sie plötzlich nicht mehr mit anderen Leuten und ging nicht mehr aus dem Haus. Erst als sie dich kennenlernte, ist sie wieder aufgetaut. Sie war bald wie umgewandelt. Ihr habt euch doch auf einer Reise kennengelernt, war das nicht so?«

»Stimmt. In Yatsugatake.«

»Ich mußte sie fast aus dem Haus werfen, damit sie endlich losfuhr. Ich dachte, eine kleine Reise würde ihr guttun.«

Ich nickte. »Von dem Selbstmordversuch wußte ich nichts«, sagte ich.

»Ich hielt es für besser, wenn du es nicht wüßtest, darum habe ich nie davon gesprochen. Aber jetzt war es höchste Zeit, daß du's erfährst. Ihr beiden werdet lange zusammenbleiben, da solltet ihr alles voneinander wissen – Gutes wie Schlechtes. Außerdem ist es schon so lange her ...« Er schloß die Augen und stieß einen Schwall Rauch aus. »Es klingt vielleicht komisch, wenn ich das sage, als ihr Vater, aber sie ist eine gute Frau. Ich bin, sagen wir mal, ziemlich weit herumgekommen und habe ein Auge für Frauen. Ich kann ziemlich gut beurteilen, was eine taugt – selbst wenn sie meine Tochter ist. Meine jüngere Tochter ist viel hübscher, aber als Mensch ist Yukiko einfach die bessere. Du bist ein guter Menschenkenner.«

Ich schwieg.

»Du hast keine Geschwister, oder?«

»Nein«, sagte ich.

»Glaubst du, ich habe meine drei Kinder alle gleich lieb?«

»Ich habe keine Ahnung.«

»Wie steht's mit dir? Hast du deine beiden Töchter gleich lieb?«

»Klar.«

»Das liegt daran, daß sie noch klein sind«, sagte er. »Wart's ab, bis sie älter werden. Zuerst wirst du die eine vorziehen, aber dann wirst du anfangen, die andere lieber zu mögen. Eines Tages wirst du verstehen, was ich meine.«

»Wirklich?« sagte ich.

»Ich würd's ihnen nie ins Gesicht sagen, aber von meinen drei Kindern ist mir Yukiko am liebsten. Ich hab den anderen gegenüber ein schlechtes Gewissen, wenn ich das so sage, aber so ist es nun einmal. Yukiko und ich kommen gut miteinander aus, und ich kann ihr vertrauen.«

Ich nickte.

»Du hast ein gutes Auge für Menschen, und das ist eine wunderbare Gabe, die du hegen und pflegen solltest. Ich bin in der Hinsicht ein hoffnungsloser Fall, aber wenigstens habe ich dazu beigetragen, etwas nicht ganz so Hoffnungsloses großzuziehen.«

Ich half meinem mittlerweile stockbetrunkenen Schwiegervater in seinen Mercedes. Er ließ sich auf den Rücksitz plumpsen, spreizte die Beine und schloß die Augen. Ich hielt ein Taxi an und fuhr nach Hause. Kaum war ich da, wollte Yukiko hören, was bei unserem Essen herausgekommen war.

»Nichts wirklich Wichtiges«, sagte ich. »Dein Vater wollte einfach jemanden haben, der ihm beim Trinken Gesellschaft leistete. Am Ende hatte er ganz schön einen in der Krone. Es ist mir ein Rätsel, wie er in dem Zustand anschließend noch arbeiten kann.«

»Das macht er immer so«, lachte Yukiko. »Er genehmigt sich zum Essen ein paar Drinks, dann legt er sich in seinem Büro aufs Sofa, und nach einer Stunde ist er wieder fit. Bislang ist die Firma nicht vor die Hunde gegangen. Du brauchst dich nicht um ihn sorgen.«

»Anscheinend verträgt er den Alkohol nicht mehr so gut wie früher.«

»Ja, das stimmt. Vor Mutters Tod konnte er jeden unter den Tisch trinken, ohne daß man ihm etwas angemerkt hätte. Er war ein richtiger Kerl. Aber es ist nicht zu ändern. Jeder wird mal alt.«

Sie machte eine Kanne Kaffee, und wir setzten uns damit an den Eßtisch. Ich hatte beschlossen, ihr von der Scheinfirma und der Bitte ihres Vaters nichts zu erzählen. Sie würde der Meinung sein, er setze mich moralisch unter Druck, und das würde ihr nicht gefallen. *Es stimmt, daß du dir von Vater Geld geliehen hast, aber das hat mit dieser Sache nichts zu tun,* würde Yukiko zweifellos sagen. *Du zahlst es doch regelmäßig zurück, oder etwa nicht? Mit Zinsen.* Aber ganz so einfach war die Situation eben nicht.

Meine jüngere Tochter schlief tief und fest in ihrem Zimmer. Als ich meinen Kaffee ausgetrunken hatte, lockte ich Yukiko ins Bett. Wir zogen uns aus und hielten uns im blendenden Sonnenschein umschlungen. Ich ging langsam vor, und als ihr Körper bereit war, drang ich in sie ein. Aber so lange ich auch in ihr war, ich sah nur Shimamoto vor mir. Ich schloß die Augen und hatte das Gefühl, Shimamoto in den Armen zu halten. Und dann kam ich. Gewaltig.

Ich duschte und legte mich wieder ins Bett, um ein Weilchen zu schlafen. Yukiko war schon wieder angezogen, aber als sie mich im Bett sah, schlüpfte sie unter die Decke und legte ihre Lippen an meinen Rücken. Schweigend, mit geschlossenen Augen, lag ich da. Ich hatte mit ihr geschlafen und dabei die ganze Zeit an eine andere Frau gedacht, und jetzt machte mein schlechtes Gewissen mir zu schaffen.

»Weißt du, ich liebe dich wirklich«, sagte Yukiko.

»Wir sind seit sieben Jahren verheiratet, wir haben zwei Kinder«, sagte ich. »Solltest du nicht so langsam genug von mir haben?«

»Vielleicht. Aber ich liebe dich trotzdem.«

Ich drückte sie an mich. Und begann, sie auszuziehen. Ich streifte ihr Pullover und Rock ab, dann die Unterwäsche.

»Sag mal! Du hast doch nicht etwa vor, was ich vermute, oder?« fragte sie überrascht.

»Klar doch«, sagte ich.

»Das muß ich mir ja im Kalender rot anstreichen!«

Diesmal gab ich mir alle Mühe, nicht an Shimamoto zu denken. Ich hielt Yukikos Körper umfaßt, sah ihr ins Gesicht und konzentrierte mich ausschließlich auf sie. Ich küßte ihre Lippen, ihren Hals, ihre Brüste. Und ich kam in ihr. Nachher hielt ich sie noch lange in den Armen.

»Ist mit dir alles in Ordnung?« fragte sie mit einem prüfenden Blick. »Ist zwischen dir und Vater heute irgend etwas vorgefallen?«

»Nichts«, sagte ich. »Rein gar nichts. Ich hab einfach nur Lust, noch ein Weilchen so in dir zu bleiben.«

»Fühl dich wie zu Hause«, sagte sie. Ich blieb in ihr, und sie hielt mich in den Armen. Ich schloß die Augen und drückte sie fest an mich, als wäre ich sonst ins Leere davongeflogen.

Während ich in ihren Armen lag, erinnerte ich mich an ihren Selbstmordversuch, von dem ihr Vater mir erzählt hatte. *Ich war mir sicher, daß sie nicht durchkommen würde. Ich dachte schon, es ist aus mit ihr.* Wenn die Dinge auch nur die leiseste falsche Wendung genommen hätten, läge ihr Körper jetzt nicht so in meinen Armen. Sanft berührte ich ihre Schulter, ihr Haar, ihre Brüste. Sie waren real – warm und weich. Ich spürte ihr Leben unter meiner Hand. Niemand konnte sagen, wie lang dieses Leben dauern würde. Alles, was Gestalt besitzt, kann in einem Augenblick verschwinden. Yukiko. Dieser Raum. Diese Wände, diese Zimmerdecke, dieses Fenster. All das konnte ein Ende haben, bevor es uns noch bewußt würde. Plötzlich mußte ich an Izumi denken. Dieser Mann hatte Yukiko zutiefst verletzt, und ich hatte Izumi das gleiche angetan. Yukiko hatte danach mich kennengelernt, aber Izumi war ganz allein.

Ich küßte Yukikos weichen Nacken.

»Ich werd ein bißchen schlafen«, sagte ich. »Und dann hole ich unsere Große vom Kindergarten ab.«

»Schlaf gut«, sagte sie.

Ich schlief nur kurz. Als ich die Augen aufschlug, war es nach drei. Vom Schlafzimmerfenster aus konnte ich den Friedhof von Aoyama sehen. Ich setzte mich in den Sessel am Fenster und starrte lange hinaus. So vieles hatte ein anderes Gesicht bekommen, seit Shimamoto wieder in mein Leben getreten war. Nebenan in der Küche hörte ich Yukiko, die das Abendessen vorbereitete. Die Geräusche hallten mir hohl in den Ohren, als kämen sie durch eine Röhre aus einer entsetzlich fernen Welt.

Ich holte den BMW aus der Tiefgarage und fuhr zum Kindergarten, um meine Tochter abzuholen. An diesem Tag fand irgendeine besondere Veranstaltung statt, und so war es schon fast vier, als sie am Tor des Kindergartengeländes erschien. Wie immer reihte sich am Straßenrand ein blanker, teurer Wagen an den anderen – Saabs, Jaguars, gelegentlich sogar ein Alfa Romeo. Junge Mütter in sichtlich teuren Mänteln stiegen aus, sammelten ihre Kinder ein, packten sie ins Auto und fuhren davon. Meine Tochter war das einzige Kind, das von seinem Vater abgeholt wurde. Als ich sie sah, rief ich ihren Namen und winkte. Sie winkte mit ihrem Händchen zurück und kam auf mich zu. Dann sah sie ein kleines Mädchen, das in einem blauen Mercedes 260E saß, rief irgend etwas und rannte zu ihr hin. Das Mädchen steckte einen rotbemützten Kopf aus dem Fenster des parkenden Autos. Die Mutter des Mädchens trug einen roten Kaschmirmantel und eine große Sonnenbrille. Als ich hinüberging und meine Tochter bei der Hand nahm, wandte sich die Frau mir zu und lächelte mich strahlend an. Ich erwiderte das Lächeln. Der rote Mantel und die Sonnenbrille erinnerten mich an Shimamoto. An die Shimamoto, der ich von Shibuya bis Aoyama gefolgt war.

»Hallo«, sagte ich.

»Hallo«, sagte sie.

Die Frau war umwerfend. Sie konnte nicht viel älter als fünfundzwanzig sein. Aus der Stereoanlage ihres Wagens tönte »Burning Down the House« von den Talking Heads. Auf dem Rücksitz lagen zwei Einkaufstüten von Kinokuniya. Die Frau hatte ein schönes Lächeln. Meine Tochter tuschelte eine Weile mit ihrer kleinen Freundin und verabschiedete sich dann von ihr. Tschüß, sagte das Mädchen. Dann drückte es auf den Knopf, und das Fenster des Wagens schloß sich. Ich nahm meine Tochter bei der Hand und ging mit ihr zum BMW zurück.

»Na, wie ist der Tag gelaufen? Hast du Spaß gehabt?« fragte ich, als wir im Wagen saßen.

Sie schüttelte nachdrücklich den Kopf. »Überhaupt keinen. Es war alles furchtbar«, sagte sie.

»Wir haben's schon schwer, wir beiden«, sagte ich. Ich beugte mich zu ihr hinüber und küßte sie auf die Stirn, und sie zog das säuerliche Gesicht, das die Besitzer französischer Nobelrestaurants aufsetzen, wenn man ihnen eine American-Express-Card vorlegt. »Morgen wird's bestimmt viel besser«, sagte ich zu ihr.

Ich wollte das selbst gern glauben. Wenn ich am Morgen die Augen aufschlüge, würde ich eine neue Welt vorfinden, und alle Probleme wären gelöst. Aber diesen Tagtraum konnte ich mir nicht abnehmen. Denn ich hatte eine Frau und zwei Töchter. Und ich war in eine andere Frau verliebt.

»Papa?« sagte meine Tochter. »Ich möchte gern reiten. Kaufst du mir irgendwann ein Pferd?«

»Klar. Irgendwann«, sagte ich.

»Wann ist irgendwann?«

»Wenn Papa ein bißchen Geld zusammengespart hat. Dann kauft er dir ein Pferd.«

»Hast du ein Sparschwein, Papa?«

»Ja, ein ganz großes. So groß wie dieses Auto. Wenn ich nicht so viel Geld zusammenspare, wie da hineinpaßt, kann ich dir kein Pferd kaufen.«

»Wenn wir Opa fragen, meinst du, der kauft mir ein Pferd? Opa ist reich.«

»Das stimmt«, sagte ich. »Opa hat ein Sparschwein so groß wie das Haus da drüben, mit unheimlich viel Geld drin. Aber es ist so groß, daß es schwierig ist, das Geld da wieder rauszuholen.«

Meine Tochter ließ sich das eine Zeitlang durch den Kopf gehen.

»Aber kann ich Opa mal fragen? Ob er mir ein Pferd kauft?«

»Sicher, frag ihn ruhig. Wer weiß, vielleicht kauft er dir ja sogar wirklich eins.«

Wir redeten während der Heimfahrt nur von Pferden. Welche Farbe ihr Pferd haben sollte. Wie sie es nennen würde. Wohin sie gern reiten würde. Wo das Pferd schlafen würde. Ich setzte sie in den Privataufzug und fuhr zur Arbeit. Was würde der kommende Tag bringen? Die Hände am Lenkrad, machte ich die Augen zu. Ich hatte nicht das Gefühl, mich in meinem eigenen Körper zu befinden; mein Körper war nur eine einsame, zufällige Hülle, die ich mir vorübergehend ausgeliehen hatte. Was morgen aus mir werden würde, wußte ich nicht. Meiner Tochter ein Pferd kaufen – die Idee erschien mir nun unerwartet dringlich. Ich mußte es ihr kaufen, bevor alles verschwand. Bevor die Welt in Trümmer ging.

12

Von da an bis zum Frühling sahen Shimamoto und ich uns fast jede Woche. Irgendwann nach neun kam sie in eine meiner Bars, meist ins *Robin's Nest*, setzte sich an die Theke, trank ein paar Cocktails und ging gegen elf wieder. Ich setzte mich zu ihr, und wir redeten. Ich weiß nicht, was meine Angestellten davon hielten, aber das war mir gleichgültig. Es war wie damals in der Grundschule, wo ich mich auch nicht darum geschert hatte, was meine Klassenkameraden von uns beiden hielten.

Gelegentlich rief sie an und verabredete sich mit mir zum Lunch. Meist trafen wir uns in einem Coffee-Shop auf dem Omote Sando. Wir aßen eine Kleinigkeit und gingen anschließend spazieren; so verbrachten wir zwei, höchstens drei Stunden miteinander. Wenn es für sie Zeit wurde zu gehen, warf sie einen Blick auf ihre Uhr, lächelte mich dann an und sagte: »Jetzt sollte ich wohl besser los.« Mit ihrem gewohnten, wundervollen Lächeln. Die Empfindungen, die sich hinter diesem Lächeln verbergen mochten, konnte ich nicht entschlüsseln. Ob sie es traurig fand, gehen zu müssen, oder nicht so besonders traurig, ob sie vielleicht sogar erleichtert war, mich wieder loszusein – ich wußte es nicht. Ich hätte nicht einmal sagen können, ob sie wirklich nach Hause mußte.

Jedenfalls redeten wir während der paar Stunden, die wir zusammen verbrachten, fast pausenlos. Unsere Körper berührten sich allerdings nie. Nicht ein Mal legte ich ihr den Arm um die Schultern oder nahm sie auch nur bei der Hand.

Nun, auf den Straßen von Tokio, hatte Shimamoto wieder ihr kühles, anziehendes Lächeln. Nichts mehr von dem Ansturm leidenschaftlicher Empfindungen, den sie an jenem kalten Februartag in Ishikawa gezeigt hatte. Die Intimität, die an diesem Tag geboren war, hatte sich verflüchtigt. Wie in stillschweigender Übereinkunft erwähnten wir unseren seltsamen Ausflug mit keinem Wort.

Wenn wir so nebeneinander hergingen, fragte ich mich oft, was für Gefühle sie hegen mochte. Und wohin diese Gefühle sie wohl führen würden. Manchmal sah ich ihr tief in die Augen, konnte darin aber nichts als ein sanftes Schweigen entdecken. Wie schon einmal erinnerte mich die Linie ihrer Augenlider an den Horizont – an einen sehr fernen Horizont. Endlich konnte ich mir vorstellen, wie einsam sich Izumi damals gefühlt haben mußte, als wir miteinander gegangen waren. Shimamoto barg in sich eine eigene kleine Welt; eine Welt, die nur für sie existierte, zu der ich keinen Zutritt hatte. Ein einziges Mal hatte sich die Tür zu dieser Welt einen Spaltbreit geöffnet; nun aber blieb sie verschlossen.

Ich fühlte mich wieder wie ein hilfloser, verwirrter Zwölfjähriger. Ich hatte keine Ahnung, was ich tun, was ich sagen sollte. Ich gab mir alle Mühe, die Ruhe zu bewahren und meinen Verstand zu benutzen, aber es war hoffnungslos. Was ich auch tat und sagte, war falsch. Jede Emotion wurde von diesem strahlenden Lächeln aufgesogen. *Keine Sorge,* sagte mir ihr Lächen, *es ist alles in Ordnung.*

Was Shimamotos Leben anging, tappte ich völlig im dunkeln. Ich wußte nicht einmal, wo sie wohnte. Oder mit wem sie zusammenlebte. Ob sie verheiratet war, oder verheiratet gewesen war. Ich wußte nur, daß sie im Februar vergangenen Jahres ein Kind bekommen hatte, das tags darauf gestorben war. Und daß sie noch nie gearbeitet hatte. Dennoch trug sie immer die teuersten Kleider und Accessoires, was bedeutete, daß sie über eine ganze Menge Geld verfügte. Mehr wußte ich von ihr nicht. Als sie das Kind bekommen hatte, war sie wahrscheinlich verheiratet gewesen, aber auch das war keineswegs sicher. Schließlich kommen Tag für Tag Tausende von unehelichen Kindern auf die Welt, nicht wahr?

Allmählich begann Shimamoto, mir dies und das aus ihren Jahren auf der Mittel- und Oberschule zu erzählen. Da zwischen jener Zeit und ihrem gegenwärtigen Leben offenbar kein direkter Zusammenhang bestand, machte es ihr nichts aus, davon zu sprechen. Nach und nach begriff ich, wie entsetzlich einsam sie gewesen war. Als Heranwachsende hatte sie sich stets nach Kräften bemüht, jedem Menschen in ihrer Umgebung gegenüber aufrichtig zu sein und nie Ausflüchte zu suchen. »Wenn man damit erst einmal anfängt, kommt man da nie wieder raus«, sagte sie mir. »Ich kann so nicht leben.« Aber es hatte nicht funktioniert. Ihre Einstellung führte nur zu dummen Mißverständnissen, die sie zutiefst verletzten. Sie kapselte sich immer mehr ab. Wenn sie morgens aufwachte, übergab sie sich und weigerte sich, in die Schule zu gehen.

Sie zeigte mir ein Foto aus der Zeit, als sie gerade auf die Oberschule gekommen war. Sie saß auf einem Stuhl in einem Garten, umgeben von blühenden Sonnenblumen. Es war Sommer, und sie hatte Jeans-Shorts und ein weißes T-Shirt an. Sie war hinreißend. Mit strahlendem Lächeln blickte sie in die Kamera. Mit ihrem jetzigen Lächeln verglichen, wirkte es ein bißchen befangen, aber es war dennoch wundervoll – ein Lächeln, das gerade darum so berührt, weil es gefährdet ist. Gewiß nicht das Lächeln eines einsamen Mädchens, das Tag für Tag unglücklich ist.

»Wenn ich nach diesem Bild urteilen sollte«, sagte ich, »würde ich sagen, du warst das glücklichste Mädchen der Welt.«

Sie schüttelte langsam den Kopf. An ihren Augenwinkeln zeigten sich bezaubernde Fältchen; sie sah so aus, als entsinne sie sich einer fernen, vergangenen Szene. »Aus Fotos kann man überhaupt nichts schließen, Hajime. Das sind nur Schatten. Die wahre Shimamoto ist weit, weit fort. Sie ist auf keinem Bild zu sehen.«

Das Foto bereitete mir physische Schmerzen. Es machte mir

bewußt, wie entsetzlich viel Zeit ich verloren hatte. Kostbare Jahre, nie mehr zurückzuholen, wie verzweifelt ich es auch versuchen mochte. Zeit, die nur damals existiert hatte, nur an jenem Ort. Lange konnte ich mich nicht von dem Foto losreißen.

»Was ist denn so interessant an dem Bild?« fragte Shimamoto.

»Ich versuche, die Zeit aufzufüllen«, erwiderte ich. »Es ist fünfundzwanzig Jahre her, daß ich dich zuletzt gesehen habe. Ich will diese Lücke auffüllen, wenigstens zu einem kleinen Teil.«

Sie lächelte und sah mich prüfend an, als stimme mit meinem Gesicht irgend etwas nicht. »Seltsam«, sagte sie, »du willst diese leere Zeitspanne auffüllen, und ich möchte, daß sie vollkommen leer bleibt.«

Die ganze spätere Schulzeit hindurch hatte sie nie einen richtigen Freund gehabt. Sie war ein schönes Mädchen gewesen, und die Jungen bemühten sich um sie, aber sie nahm sie kaum wahr. Sie ging mit einigen von ihnen aus, aber nie für längere Zeit.

»Jungen in diesem Alter sind nicht gerade liebenswert – das verstehst du, oder? Sie sind ungehobelt und egoistisch. Und sie haben nichts anderes im Sinn, als einem Mädchen die Hand unter den Rock zu stecken. Ich war so enttäuscht von ihnen. Ich wollte das, was zwischen dir und mir bestanden hatte.«

»Schon, aber mit sechzehn war ich auch nicht anders: ungehobelt, egoistisch und ständig darauf aus, Mädchen die Hand unter den Rock zu stecken. So hätte mein damaliger Steckbrief lauten können.«

»Dann war es wohl gut, daß ich dich damals nicht kannte«, sagte sie und lächelte. »Sich mit zwölf Lebwohl sagen, sich mit siebenunddreißig wiederbegegnen ... vielleicht war es für uns doch so am besten.«

»Da habe ich meine Zweifel.«

»Jetzt schaffst du es aber doch, auch an ein paar andere Dinge zu denken und nicht nur daran, was Mädchen unter dem Rock haben, oder?«

»An ein paar andere Dinge schon«, sagte ich. »Aber wenn dir das Sorgen bereitet, solltest du das nächste Mal vielleicht besser in Hosen kommen.«

Shimamoto fixierte ihre Hände, die flach auf dem Tisch lagen, und lachte. Sie trug keinen Ring. Ein Armband und eine Uhr – jedesmal, wenn wir uns sahen, eine andere. Und Ohrringe. Aber nie einen Ring.

»Ich wollte keinem Jungen zur Last fallen«, fuhr sie fort. »Du weißt schon, was ich meine. Es gab so viele Dinge, die ich nicht tun konnte. Zu Picknicks gehen, schwimmen, Ski laufen, Schlittschuh laufen, in der Disco tanzen. Das bloße Gehen fiel mir schon schwer genug. Eigentlich konnte ich nur mit jemandem zusammensitzen, reden und Musik hören, und das wurde Jungen in dem Alter schnell langweilig. Und ich nahm das sehr übel.«

Sie trank Perrier mit einem Scheibchen Zitrone. Es war ein warmer Nachmittag Mitte März. Manche der jungen Leute, die draußen auf der Straße vorüberschlenderten, trugen schon kurzärmlige Hemden.

»Wenn ich damals mit dir ausgegangen wäre, wäre ich dir früher oder später zur Last gefallen. Du hättest bald von mir genug gehabt. Du hättest mehr unternehmen wollen, dich kopfüber in die weite Welt dort draußen stürzen wollen. Und ich hätte das nicht ertragen.«

»Shimamoto-san«, sagte ich, »das ist unmöglich. Ich wäre dir gegenüber nie ungeduldig geworden. Wir hatten etwas ganz Besonderes, das uns verband. Ich kann's nicht in Worte fassen, aber es ist so. Etwas Besonderes, Kostbares.«

Sie sah mich aufmerksam an, ohne daß sich ihr Gesicht veränderte. »Ich bin als Mensch nichts Besonderes«, fuhr ich fort. »Ich mache nicht viel her. Ich war ziemlich grob, unsensibel und arrogant. Insofern wäre ich vielleicht wirklich nicht der Richtige für dich gewesen. Aber eines weiß ich sicher: Ich hätte niemals genug von dir gehabt. Das zumindest unterscheidet mich von anderen, die du damals kanntest. In diesem Sinne bin ich tatsächlich jemand Besonderes für dich.«

Wieder senkte Shimamoto den Blick auf ihre Hände. Sie spreizte die Finger auf der Tischplatte ein wenig, wie um sich zu vergewissern, daß sie noch alle da waren.

»Hajime«, sagte sie dann, »die traurige Wahrheit ist die, daß bestimmte Dinge nicht rückgängig zu machen sind. Haben sie sich erst einmal in Bewegung gesetzt, kann man tun, was man will, aber sie werden nie wieder zu dem, was sie einmal waren. Wenn nur eine winzige Kleinigkeit schiefgeht, dann bleibt es für immer so.«

Einmal rief sie an, um mich zu einem Liszt-Konzert einzuladen. Der Solist war ein berühmter südamerikanischer Pianist. Ich nahm mir den Abend frei und fuhr mit ihr zur Konzerthalle im Uedo-Park. Die Aufführung war glanzvoll. Der Solist war technisch grandios, die Musik zugleich filigran und tiefgründig, und der Pianist legte, für alle spürbar, seine ganze Leidenschaft in sein Spiel. Und doch, obwohl ich die Augen schloß, riß mich die Musik nicht mit. Zwischen mir und dem Pianisten blieb ein dünner Vorhang, und wie sehr ich mich auch bemühte, ich schaffte es nicht, auf die andere Seite zu gelangen. Als ich nach dem Konzert mit Shimamoto darüber sprach, bestätigte sie meinen Eindruck.

»Aber was stimmte dann mit dem Konzert nicht?« fragte sie. »Ich fand es herrlich.«

»Erinnerst du dich nicht?« sagte ich. »Die Platte, die wir damals immer hörten – am Ende des zweiten Satzes war doch so ein winziger Kratzer zu hören: K-tschck! K-tschck! Irgendwie komme ich ohne diesen Kratzer in diese Musik einfach nicht rein.«

Shimamoto lachte. »Das würde ich ja nicht gerade Kunstverstand nennen.«

»Mit Kunst hat das auch nichts zu tun. Die Kunst kann von mir aus der Glatzkopfgeier holen. Ich pfeif darauf, was irgendwer sagt; ich liebe diesen Kratzer!«

»Vielleicht hast du recht«, gab sie zu. »Aber was ist das für eine Geschichte mit dem Glatzkopfgeier? Von normalen Geiern habe ich schon gehört – die fressen Leichen. Aber Glatzkopfgeier?«

Auf der Rückfahrt im Zug erklärte ich ihr in aller Ausführlichkeit die Unterschiede – hinsichtlich des Lebensraums, des Rufes, der Paarungszeit. »Der Glatzkopfgeier ernährt sich von Kunst. Der normale Geier ernährt sich von den Leichen unbekannter Leute. Man kann sie überhaupt nicht miteinander verwechseln.«

»Du bist ja ein komischer Typ!« Sie lachte. Und da, auf ihrem Platz im Zug, bewegte sie ganz leicht die Schulter, um meine zu berühren. Und das war in diesen zwei Monaten das erste und einzige Mal, daß unsere Körper sich berührten.

Der März ging vorüber und ebenso der April. Meine jüngere Tochter kam in den Kindergarten. Nun, da beide aus dem Haus waren, begann Yukiko ehrenamtlich als Helferin in einem Heim für behinderte Kinder zu arbeiten. Jetzt war es meist meine Aufgabe, unsere Töchter in den Kindergarten zu fahren und wieder abzuholen. Wenn ich aus irgendeinem Grund nicht konnte, sprang meine Frau ein. Mit anzusehen, wie die Kinder Tag für Tag größer wurden, ließ mich spüren, daß ich älter wurde. Ganz von selbst, ohne Rücksicht auf irgendwelche Pläne, die ich mit ihnen haben mochte, wuchsen meine Kinder heran. Natürlich liebte ich meine Töchter; sie aufwachsen zu sehen machte mich so glücklich wie nichts sonst. Manchmal jedoch fand ich es bedrückend, sie jeden Monat ein wenig größer werden zu sehen. Es war, als wachse in meinem Körper ein Baum, der Wurzeln in die Tiefe trieb, Äste ausbreitete und meine Organe, meine Muskeln und Knochen und meine Haut verdrängte, um sich einen Weg hinaus zu bahnen. Bisweilen wurde dieses Gefühl so beängstigend, daß ich nicht einschlafen konnte.

Einmal in der Woche sah ich Shimamoto. Und täglich fuhr ich meine Töchter zum Kindergarten und zurück. Und ein paarmal in der Woche schlief ich mit meiner Frau. Seit ich Shimamoto wieder regelmäßig sah, schlief ich mit Yukiko häufiger, jedoch nicht etwa aus schlechtem Gewissen. Sie zu lieben – und von ihr geliebt zu werden – war das einzige, was mich vor dem Auseinanderbrechen bewahrte.

»Du hast dich verändert. Was geht mit dir vor?« fragte mich Yukiko eines Nachmittags, nachdem wir miteinander geschlafen hatten. »Es ist mir völlig neu, daß der Sexualtrieb von Männern auf Touren kommt, wenn sie siebenunddreißig werden.«

»Nichts geht vor. Alles ist wie gehabt«, erwiderte ich.

Sie sah mich eine Weile an und schüttelte den Kopf. »Hm. Ich wüßte wirklich gern, was in deinem Kopf so vorgeht«, sagte sie.

In meiner freien Zeit hörte ich klassische Musik und starrte auf den Friedhof von Aoyama hinaus. Ich las nicht mehr so viel wie früher. Meine Konzentrationsfähigkeit war zum Teufel.

Ein paarmal sah ich die junge Frau mit dem Mercedes 260E. Während wir darauf warteten, daß unsere Töchter herauskamen, standen wir vor dem Kindergarten herum und plauderten ein bißchen; wir tauschten Tips, wie sie nur ein Einwohner von Aoyama zu würdigen wußte: bei welchem Supermarkt man Parkplätze fand und zu welcher Tageszeit; daß in einem bestimmten italienischen Restaurant der Küchenchef gewechselt hatte und daß dort seitdem nichts Anständiges mehr geboten wurde; daß das Feinkostgeschäft Meiji-ya im kommenden Monat importierte Weine im Angebot haben würde. Verdammt, dachte ich. Ich bin eine richtige vertratschte Hausfrau geworden! Aber das war das einzige, worüber wir uns hätten unterhalten können.

Mitte April verschwand Shimamoto erneut. Als ich sie zum letztenmal sah, saßen wir zusammen im *Robin's Nest*. Kurz vor zehn wurde ich aus meiner anderen Bar wegen einer Sache angerufen, um die ich mich sofort kümmern mußte. »In etwa einer halben Stunde bin ich zurück«, sagte ich zu Shimamoto.

»Gut«, sagte sie lächelnd. »Ich lese solange ein bißchen.«

Ich erledigte rasch, was es zu erledigen gab, und kehrte danach sofort ins *Robin's Nest* zurück, aber Shimamoto war nicht mehr da. Es war kurz nach elf. Auf dem Tresen lag ein Streichholzbriefchen mit einer Nachricht von ihr auf der Rückseite: »Wahrscheinlich kann ich eine Zeitlang nicht mehr kommen«, las ich. »Ich muß jetzt heim. Leb wohl. Mach's gut.«

Tagelang wußte ich nichts mit mir anzufangen. Ich streifte rastlos durchs Haus, irrte ziellos durch die Straßen und fuhr nachmittags zu früh zum Kindergarten. Und ich unterhielt mich mit der Mercedes-260E-Dame. Wir setzten uns in ein Café in der Nähe und tratschten bei einer Tasse Kaffee wie gewohnt über den Zustand des Gemüses in der Lebensmittelabteilung von Kinokuniya, die befruchteten Eier im Naturkostladen Natural House, die Sonderangebote im Miki House. Sie schwärmte für die Designer-Mode von Inaba Yoshie und bestellte immer alles aus dem Katalog, was sie für die kommende Saison haben wollte. Wir redeten auch über das wunderbare Aal-Restaurant, das es bis vor kurzem auf dem Omote Sando, in der Nähe der Polizeistation, gegeben hatte. Wir unterhielten uns gern miteinander. Die Frau war freundlicher und offener, als sie zunächst gewirkt hatte. Nicht, daß ich mich sexuell von ihr angezogen fühlte; ich brauchte nur jemanden – irgend jemanden –, mit dem ich reden konnte. Was ich brauchte, waren harmlose, bedeutungslose Gespräche, Gespräche, die zu nichts anderem führen würden als zurück zu Shimamoto.

Wenn mir überhaupt nichts mehr einfiel, ging ich shoppen. Einmal kaufte ich mir aus einer puren Laune heraus sechs Hemden. Ich kaufte Spielzeug und Puppen für meine Töchter, Accessoires für Yukiko. Ich ging ein paarmal beim Ausstellungsraum von BMW vorbei, um mir den M5 anzusehen; ich hatte nicht wirklich vor, einen zu kaufen, ließ aber den Verkäufer seine Show abziehen.

Ein paar derart zerfahrene Wochen genügten, um mich wieder zur Besinnung zu bringen. So geht's nicht weiter, beschloß ich. Also setzte ich mich mit einem Innenarchitekten und einem Dekorateur zusammen, und gemeinsam überlegten wir, wie man die Bars umgestalten könnte. Beide hatten eine kleine Renovierung ohnehin längst nötig, und außerdem war es höchste Zeit, daß ich mir ernsthaft Gedanken über meine Art der Geschäftsführung machte. Mit Bars ist es wie mit Menschen: Es gibt Zeiten, in denen man sie in Ruhe lassen sollte, und Zeiten für Veränderungen. Wenn man sich immer nur in derselben Umgebung bewegt, wird man stumpf und lethargisch. Der Energiepegel sinkt steil ab. Selbst Luftschlösser können ab und zu einen neuen Anstrich gebrauchen. Ich nahm mir zuerst die andere Bar vor und sparte mir das *Robin's Nest* für später auf. Den Anfang machte ich damit, daß ich den Bereich hinter dem Tresen von allem übertriebenen Designer-Schnickschnack befreite, der einem im Grunde ganz schön auf den Wecker gehen konnte; es sollte nun ein effizienter, funktionaler Arbeitsplatz entstehen. Auch eine Generalüberholung der Beschallungs- und der Klimaanlage war allmählich fällig, und das gleiche galt für die Speisekarte, die ich jetzt drastisch umgestaltete. Ich befragte das Personal und trug eine ansehnliche Liste von Verbesserungsvorschlägen zusammen. Ich beschrieb dem Innenarchitekten in allen Details, wie ich mir die neue Bar vorstellte, ließ ihn einen Entwurf zeichnen und schickte ihn dann wieder an das Reißbrett zurück, damit er noch ein paar Dinge nachtrug, die mir inzwischen eingefallen waren. Diese Prozedur wiederholten wir einige Male. Ich wählte alle Materialien aus, ließ mir von den Firmen Kostenvoranschläge aufstellen, korrigierte meine Kalkulation. All das hielt mich sehr beschäftigt, aber genau darum ging es mir.

Der Mai kam und ging, es wurde Juni. Und noch immer keine Shimamoto. Ich war mir sicher, daß sie für immer verschwunden war. *Wahrscheinlich kann ich eine Zeitlang nicht mehr kommen*, hatte sie geschrieben. Worunter ich am meisten litt, war dieses *wahrscheinlich*, dieses *eine Zeitlang*, die darin liegende Unbestimmtheit. Eines Tages würde sie vielleicht wieder auftauchen. Aber ich konnte nicht nur herumsitzen und meine Hoffnungen und Träume auf vage Versprechungen stützen. Mach so weiter, sagte ich mir, und du endest früher oder später in der Klapsmühle; daher achtete ich darauf, daß ich ständig etwas zu tun hatte. Ich fing an, jeden Morgen ins Schwimmbad zu gehen: schwamm ohne Pause zweitausend Meter und ging danach zum Hanteltraining hinauf in den Fitneßraum. Eine Woche dieser Art, und meine Muskeln begannen zu rebellieren. Einmal, als ich im Auto vor einer roten Ampel wartete, spürte ich, wie mein linker Fuß taub wurde, und ich konnte die Kupplung nicht durchtreten. Allmählich gewöhnten sich meine Muskeln jedoch an das harte Training. Die schwere körperliche Anstrengung ließ zum Denken keinen Raum, und wenn ich meinen Körper ständig in Bewegung hielt, fiel es mir leichter, mich auf die Belanglosigkeiten des Alltags zu konzentrieren. Tagträume verbot ich mir. Ich versuchte eisern, mich ganz auf das zu konzentrieren, was ich gerade tat. Wenn ich mir das Gesicht wusch, galt dem meine ungeteilte Aufmerksamkeit; wenn ich Musik hörte, ging ich völlig in der Musik auf. Anders hätte ich nicht überlebt.

Im Sommer fuhr ich mit Yukiko und den Kindern oft in unser Ferienhaus in Hakone. Außerhalb von Tokio, in der freien Natur, waren Yukiko und die Kleinen gelöst und vergnügt. Sie pflückten Blumen, beobachteten durch das Fernglas Vögel, spielten Fangen, planschten im Fluß. Oder sie lagen einfach entspannt im Garten. Aber sie kannten die Wahrheit nicht – daß ich an einem bestimmten verschneiten Wintertag, wenn mein Flug ausgefallen wäre, alles hingeschmissen hätte, um mit Shimamoto zusammenzusein. Meinen Job, meine Familie, mein Geld – alles hätte ich weggeworfen, ohne zu zögern. Und noch immer hatte ich nichts im Kopf außer Shimamoto. Mein Körper konnte das Gefühl, sie in den Armen zu halten, ihre Wange zu küssen, nicht vergessen. Ich war außerstande, Shimamotos Bild aus meinem Bewußtsein zu verdrängen und durch dasjenige meiner Frau zu ersetzen. Ebenso wie ich nie erraten konnte, was Shimamoto dachte, ahnte niemand, was in mir vorging.

Ich beschloß, in den letzten Wochen unserer Sommerferien den Umbau der Bar zu beenden. Während Yukiko und die Mädchen in Hakone blieben, fuhr ich nach Tokio zurück, um die Arbeiten zu beaufsichtigen und letzte Anweisungen zu erteilen. Ich ging weiterhin schwimmen und trainierte im Fitneßraum. Am Wochenende fuhr ich hinaus nach Hakone, schwamm mit meinen Kindern im Pool des Fujiya-Hotels, und dann aßen wir alle zusammen zu Abend. Und nachts schlief ich mit meiner Frau.

Ich näherte mich mit großen Schritten den mittleren Jahren, aber ich hatte kaum ein Gramm überschüssiges Fett, und mein Haar wurde nicht schütter. Und nicht grau. Der Sport half, die unvermeidlichen physischen Verfallserscheinungen aufzuhalten. Ein geregeltes Leben führen, nichts im Übermaß treiben und auf die Ernährung achten: das war mein Credo. Ich wurde nie krank, und die meisten hätten mich auf höchstens Anfang dreißig geschätzt.

Meine Frau liebte es, meinen Körper anzufassen. Sie berührte meine Brust- und Bauchmuskeln und liebkoste meinen Penis und meine Hoden. Auch Yukiko trainierte regelmäßig im Fitness-Center. Aber schlanker schien sie dadurch nicht zu werden.

»Ich werde wohl langsam alt«, seufzte sie. »Ich nehme zwar ab, aber diesen Speckwulst werde ich einfach nicht los.«

»Mir gefällt dein Körper genau so, wie er ist«, sagte ich zu ihr. »So, wie du bist, bist du richtig – du brauchst überhaupt keine Gymnastik zu treiben oder Diät zu halten. Fett bist du doch wirklich nicht.« Was meine ehrliche Meinung war. Ihr weicher Körper mit seinen zusätzlichen Polstern gefiel mir wirklich. Ich liebte es, ihren nackten Rücken zu massieren.

»Du kapierst das nicht«, sagte sie kopfschüttelnd. »Du sagst, ich kann ruhig so bleiben, wie ich bin – aber schon das kostet mich meine ganze Energie.«

Ein Außenstehender hätte gesagt, daß wir ein ideales Leben führten. Phasenweise war ich sogar selbst davon überzeugt. Meine Arbeit machte mir Spaß und trug anständig Geld ein. Ich besaß eine große Eigentumswohnung in Aoyama, ein Ferienhäuschen in den Bergen bei Hakone, einen BMW, einen Jeep Cherokee. Und ich hatte eine glückliche Familie. Ich liebte meine Frau und meine beiden Töchter. Was konnte man schon mehr verlangen? Angenommen, Yukiko und die Mädchen hätten mich angefleht, ihnen zu sagen, was sie tun könnten, um mir noch mehr Freude zu machen, um mir noch lieber zu sein – ich hätte wirklich nichts darauf zu sagen gewußt. Ein glücklicheres Leben konnte ich mir nicht vorstellen.

Und doch, seit Shimamoto aufgehört hatte, mich in der Bar zu besuchen, fühlte ich mich wie auf der luftleeren Oberfläche des Mondes ausgesetzt. Wenn sie nie wiederkommen sollte, dann blieb mir niemand, dem ich meine wahren Gefühle offenbaren konnte. Oft lag ich nachts schlaflos im Bett und ließ im Geiste immer wieder diese Szene auf dem verschneiten Flughafen von Komatsu ablaufen. Man braucht Erinnerungen nur oft genug hervorzuholen, und sie fangen irgendwann an zu verblassen. Glaubte ich wenigstens. Doch je mehr ich mich erinnerte, desto plastischer wurden die Erinnerungen. Das Wort »Verspätet«, das auf der Anzeigetafel blinkt; das dichte Schneegestöber draußen vor dem Fenster. Man kann nicht weiter als fünfzig Meter sehen. Auf der Bank Shimamoto: reglos, die Arme eng um sich geschlungen. Ihre marineblaue Seemannsjacke und ihr Schal. Ihr Körper mit seinem Duft nach Tränen und Traurigkeit. Ich konnte diesen Duft noch immer riechen. Neben mir im Bett die ruhigen Atemzüge meiner schlafenden Frau. Sie ahnt nichts. Ich schloß die Augen und schüttelte den Kopf. *Sie ahnt nichts.*

Der verlassene Parkplatz des Bowling-Centers, der Schnee, den ich im Mund tauen ließ und ihr einflößte. Shimamoto im Flugzeug, in meinen Armen. Ihre geschlossenen Augen, der Seufzer aus ihrem leicht geöffneten Mund. Ihr Körper, weich und matt. Damals hatte sie mich gewollt. Ihr Herz war für mich offen gewesen. Doch ich hatte mich zurückgehalten, mich an die Mondoberfläche geklammert, an diese leblose Welt. Und am Ende hatte sie mich verlassen, und aufs neue war mir mein Leben abhanden gekommen.

Manchmal wachte ich nachts um zwei oder drei auf und konnte nicht mehr einschlafen. Ich stand dann auf, ging in die Küche und schenkte mir einen Whisky ein. Das Glas in der Hand, sah ich hinunter auf den dunklen Friedhof gegenüber und auf die Scheinwerfer der vorbeifahrenden Autos. Die Zeitfäden, die die Nacht mit dem Morgengrauen verbanden, waren lang und dunkel. Wenn ich hätte weinen können, wäre vielleicht einiges leichter gewesen. Aber worüber hätte ich weinen sollen? Um wen hätte ich weinen können? Ich war zu ichbezogen, als daß ich um andere hätte weinen können, zu alt, um mich selbst zu beweinen.

Endlich kam der Herbst. Und als er da war, gelangte ich zu einem Entschluß. Etwas mußte anders werden: So konnte ich nicht mehr weiterleben.

13

Nachdem ich meine Töchter am Kindergarten abgesetzt hatte, fuhr ich ins Hallenbad und schwamm meine gewohnten zweitausend Meter. Ich stellte mir vor, ich sei ein Fisch. Bloß ein Fisch, der an nichts zu denken brauchte, nicht einmal ans Schwimmen. Dann duschte ich, tauschte die Badehose gegen ein T-Shirt und Shorts und fing an, Gewichte zu stemmen.

Danach fuhr ich zu dem Einzimmerapartment, das mir als Büro diente, und nahm mir die Bücher vor, berechnete die Gehälter meiner Angestellten und arbeitete am Entwurf für die Neugestaltung des *Robin's Nest*, die ich im folgenden Februar in Angriff nehmen wollte. Um eins ging ich wie immer nach Hause und aß zusammen mit meiner Frau zu Mittag.

»Schatz, heute morgen hat mein Vater angerufen«, sagte Yukiko. »Wie immer furchtbar in Eile. Er hat mir eine Aktie genannt, die demnächst steigen wird wie eine Rakete, und wir sollten davon so viel wie nur irgend möglich kaufen. Das sei keiner der üblichen Börsentips, meinte er, sondern etwas ganz Besonderes, und todsicher dazu.«

»Wenn's wirklich so viel einbringt, sollte er nicht uns davon erzählen, sondern stillschweigend selbst absahnen. Ich frag mich, warum er das nicht tut.«

»Er sagte, das sei seine Art, sich bei dir zu bedanken – du würdest schon wissen, wofür. Stimmt das? Er tritt uns gewissermaßen seinen Anteil ab. Er meinte, wir sollten alles investieren, was wir haben, und uns keine Sorgen machen, denn diese Aktie sei heiß. Und wenn aus irgendeinem Grund doch kein Gewinn rausspringen sollte, würde er dafür sorgen, daß wir nicht einen Yen verlören.«

Ich legte meine Gabel auf meinen Teller mit Nudeln. »Sonst noch was?«

»Na ja, er meinte, wir sollten schnell handeln, darum habe ich die Bank angerufen, unsere Sparkonten gekündigt und den Auftrag erteilt, das Geld an Herrn Nakayama vom Investment-Haus zu überweisen. Damit er die Aktien kaufen konnte. Ich habe nur etwa acht Millionen Yen zusammenkratzen können. Hätte ich vielleicht doch mehr kaufen sollen?«

Ich trank einen Schluck Wasser. Und bemühte mich, die richtigen Worte zu finden. »Und bevor du das alles getan hast – warum hast du mich nicht gefragt?«

»Dich gefragt?« sagte sie überrascht. »Aber du kaufst doch immer die Aktien, die mein Vater dir nennt. Hast du mich das nicht schon x-mal machen lassen? Du sagst doch immer, nur zu, ich solle tun, was ich für richtig halte. Und das habe ich eben getan. Mein Vater meinte, wir dürften nicht eine Minute verlieren. Du warst im Schwimmbad, und ich konnte dich nicht erreichen. Also ...?«

»Schon gut«, sagte ich. »Aber ich möchte, daß du das ganze Aktienpaket wieder verkaufst.«

»Verkaufen soll ich?« Sie kniff die Augen zusammen, als würde sie von einem grellen Lichtstrahl geblendet.

»Verkauf alle Aktien, die du gekauft hast, und schaff das Geld wieder auf unsere Sparkonten.«

»Aber wenn ich das tue, kostet uns das eine Menge an Gebühren.«

»Das ist mir egal«, sagte ich. »Zahl die Gebühren eben. Es ist mir egal, ob wir am Ende einen Verlust machen. Nur verkauf alles, was du heute gekauft hast.«

Yukiko seufzte. »Was ist zwischen dir und meinem Vater gelaufen? Was geht eigentlich vor?«

Ich antwortete nichts.

»Was ist gelaufen?«

»Hör zu, Yukiko«, fing ich an, »mir hängen diese Sachen allmählich zum Hals raus. Ich will kein Geld an der Börse verdienen. Ich will durch meiner Hände Arbeit Geld verdienen. Bislang habe ich meine Sache ganz ordentlich gemacht. Es hat dir doch nie an Geld gefehlt, oder?«

»Ich weiß selbst, daß du deine Sache gut gemacht hast, und ich habe mich noch nie beklagt. Ich bin dir dankbar, und du weißt, daß ich dich achte. Trotzdem, mein Vater tut das, um uns zu helfen. Verstehst du das denn nicht?«

»Doch, Yukiko. Aber weißt du, was Insiderhandel ist? Weißt du, was es bedeutet, wenn jemand dir sagt, daß eine Aktie mit hundertprozentiger Sicherheit steigen wird?«

»Nein.«

»Das nennt man Börsenmanipulation«, sagte ich. »Ein Mitarbeiter der fraglichen Gesellschaft treibt den Aktienkurs mit illegalen Tricks in die Höhe, verkauft dann das Paket und teilt sich den Gewinn mit seinen Kumpels. Und dieses Geld landet nach einigen Umwegen in den Taschen irgendwelcher Politiker oder dient zu Bestechungen in der Industrie. Das ist etwas anderes als die Aktien, die dein Vater mir bisher zu kaufen empfohlen hat. Von denen hieß es immer nur, daß sie *wahrscheinlich* Gewinn abwerfen würden. Damit gab mir dein Vater nur gute Tips, nichts weiter. Und meistens stiegen diese Aktien dann auch, aber nicht immer. Diesmal ist es anders. Diese Sache stinkt, und ich will nichts damit zu tun haben.«

Die Gabel in der Hand, blickte Yukiko gedankenverloren vor sich hin.

»Woher weißt du so sicher, daß es sich hier um einen Fall von Kursmanipulation handelt?«

»Wenn du das wirklich wissen willst, frag deinen Vater«, sagte ich. »Aber soviel kann ich dir sagen: hinter Aktien, die garantiert nicht fallen, können nur illegale Absprachen stecken. Mein Vater hat vierzig Jahre lang in einer Investment-Firma gearbeitet. Er hat von morgens bis in die Nacht geschuftet. Aber hinterlassen hat er nur ein schäbiges kleines Häuschen. Vielleicht war er einfach nicht gut in dem Metier. Jeden Abend saß meine Mutter über ihren Haushaltsbüchern und grämte sich wegen hundert oder zweihundert Yen, die fehlten. In so einer Familie bin ich aufgewachsen. Und du hast gesagt, mehr als acht Millionen Yen hättest du nicht auftreiben können. Yukiko, wir reden hier von echtem Geld, nicht von Monopoly-Geld. Die meisten Leute fahren jeden Morgen zur Arbeit, in überfüllten Zügen zusammengequetscht, machen Überstunden, rackern sich ab, und trotzdem können sie in einem Jahr nicht annähernd soviel zusammenbringen. Ich habe acht Jahre lang so gelebt, ich weiß also, wovon ich rede. Und ich hätte nie, nicht ums Verrecken, acht Millionen Yen zusammenkratzen können. Aber wahrscheinlich kannst du dir ein solches Leben gar nicht vorstellen.«

Yukiko schwieg. Sie biß sich auf die Lippe und starrte finster auf ihren Teller. Mir wurde bewußt, daß ich laut geworden war, und ich senkte die Stimme wieder.

»Du kannst unbesorgt sagen, daß sich das Geld, das wir investieren, in zwei Wochen verdoppeln würde. Aus acht Millionen Yen werden sechzehn Millionen. Aber etwas an dieser Denkweise ist ganz und gar nicht in Ordnung. Ohne es zu merken, habe ich mich in diese Geisteshaltung hineinziehen lassen, und das gibt mir ein Gefühl von Leere.«

Yukiko sah mich über den Tisch hinweg an. Als ich begann weiterzuessen, spürte ich, wie etwas in mir bebte. War es Gereiztheit oder Zorn? Ich wußte es nicht recht. Aber was immer es war, ich war ihm hilflos ausgeliefert.

»Es tut mir leid. Ich hätte mich um meine eigenen Angelegenheiten kümmern sollen«, sagte Yukiko nach langem Schweigen leise.

»Ist schon gut. Ich mach dir keine Vorwürfe. Ich mache niemandem Vorwürfe.«

»Ich rufe jetzt sofort an und sag den Leuten, sie sollen die Aktien komplett wieder verkaufen. Nur sei mir nicht mehr böse.«

»Ich bin dir nicht böse.«

Ich aß schweigend weiter.

»Gibt es nicht vielleicht etwas, was du mir sagen möchtest?« fragte Yukiko und sah mir ins Gesicht. »Wenn dich etwas quält, sag's mir. Auch wenn's dir schwerfällt, darüber zu sprechen. Wenn ich irgend etwas für dich tun kann, brauchst du es nur zu sagen. Ich bin nur eine ganz gewöhnliche Frau, und ich weiß, daß ich sehr naiv bin, auch in geschäftlichen Dingen. Aber ich kann es nicht ertragen, dich unglücklich zu sehen. Ich will nicht diesen gequälten Ausdruck in deinem Gesicht sehen. Was ist dir an unserem Leben so zuwider? Sag es mir.«

Ich schüttelte den Kopf. »Ich beklage mich überhaupt nicht. Meine Arbeit macht mir Spaß, und ich liebe dich. Ich sage nur, daß ich manchmal nicht damit klarkomme, wie dein Vater die Dinge handhabt. Versteh mich nicht falsch, ich mag ihn. Ich weiß, daß er uns zu helfen versucht, und ich weiß das zu schätzen. Ich bin also nicht böse. Ich weiß nur einfach nicht mehr, wer ich eigentlich bin. Ich weiß nicht mehr, was recht und was unrecht ist. Deswegen bin ich verwirrt. Aber nicht böse.«

»Du siehst aber böse aus.«

Ich seufzte.

»Und du seufzt andauernd«, sagte sie. »Jedenfalls quält dich eindeutig etwas. Du bist innerlich ganz woanders, Lichtjahre von hier entfernt.«

»Nicht, daß ich wüßte.«

Yukiko wandte den Blick nicht von mir ab. »Du hast etwas auf dem Herzen«, sagte sie. »Aber ich habe keine Ahnung, was es ist. Ich wünschte nur, ich könnte dir auf irgendeine Weise helfen.«

Auf einmal überkam mich das heftige Bedürfnis, alles zu beichten. Was für eine Erleichterung das wäre! Kein Versteckspielen mehr, kein Theater, keine Lügen. *Schau, Yukiko, es gibt eine andere Frau, die ich liebe, und ich kann sie einfach nicht vergessen. Ich habe mich zurückgehalten, hab alles getan, damit unsere Welt nicht zerbricht, aber ich kann einfach nicht mehr. Wenn sie das nächste Mal wiederkommt, schlafe ich mit ihr, egal, was dann passiert. Ich denke beim Masturbieren an sie. Ich denke an sie, während ich mit dir schlafe, Yukiko …* Aber ich sagte nichts. Eine Beichte würde nichts nützen. Sie würde uns nur noch unglücklicher machen.

Nach dem Essen kehrte ich in mein Büro zurück, um weiterzuarbeiten. Aber meine Gedanken waren tatsächlich ganz woanders. Ich fühlte mich schäbig, weil ich Yukiko eine solche Moralpredigt gehalten hatte. *Was* ich gesagt hatte, war schon richtig. Aber der Mensch, der es gesagt hatte, war durch und durch falsch. Ich hatte Yukiko belogen, mich hinter ihrem Rücken herumgetrieben. Ich war der letzte, der den Moralapostel hätte spielen dürfen. Yukiko gab sich die allergrößte Mühe, mich zu verstehen. Das war ganz offensichtlich, und es entsprach ihrem Wesen. Aber was war mit meinem Leben? War darin die geringste Konsequenz, die geringste Überzeugung zu erkennen? Ich fühlte mich leer; ohne jeden Antrieb, mich zu bewegen.

Ich legte die Füße auf den Schreibtisch und starrte, den Bleistift in der Hand, teilnahmslos aus dem Fenster. Von meinem Büro aus sah man auf einen Park. Das Wetter war schön, und es waren einige Eltern mit ihren Kindern da. Die Kinder spielten im Sandkasten oder rutschten über die Rutschbahn, die Mütter behielten sie im Auge und plauderten miteinander. Diese spielenden Kinder erinnerten mich an meine Töchter. Ich wollte sie sehen, noch einmal mit den beiden in den Armen die Straße entlanggehen. Ich wollte die Wärme ihrer Körper spüren. Aber der Gedanke an sie führte unweigerlich zu Erinnerungen an Shimamoto, zu lebhaften Erinnerungen an ihre leicht geöffneten Lippen. Ihr Bild verdrängte die Gedanken an meine Töchter. Ich konnte an nichts anderes denken.

Ich verließ mein Büro und schlenderte die Hauptstraße von Aoyama entlang. Ich ging in den Coffee-Shop, wo Shimamoto und ich uns oft getroffen hatten, und trank einen Kaffee. Ich schlug ein Buch auf, und als ich vom Lesen genug hatte, dachte ich wieder an sie. Fetzen unserer Gespräche kamen mir wieder in den Sinn, Gesten: wie sie eine Salem aus ihrer Handtasche zog und sie sich anzündete, wie sie sich beiläufig eine Haarsträhne zurückstrich, wie sie beim Lächeln den Kopf ein wenig zur Seite neigte. Bald wurde ich es leid, da allein herumzusitzen, und ich ging weiter, in Richtung Shibuya. Früher hatte es mir immer Spaß gemacht, die Straßen der Großstadt entlangzugehen, die Gebäude und die Geschäfte zu betrachten, die vielen Menschen zu beobachten. Ich liebte das Gefühl, mich auf meinen eigenen Beinen durch die Stadt zu bewegen. Jetzt aber war die Stadt bedrückend und leer. Gebäude verwandelten sich vor meinen Augen in Ruinen, die Bäume hatten jegliche Farbe verloren, und jeder Passant war ohne Gefühle, ohne Träume.

Ich ging absichtlich in ein Kino, in dem ein wenig bekannter Film lief, und starrte konzentriert auf die Leinwand. Als der Film zu Ende war, ging ich hinaus auf die abendlichen Großstadtstraßen, setzte mich in das erstbeste Restaurant, an dem ich vorbeikam, und aß etwas. In Shibuya wimmelte es von Büroangestellten auf dem Heimweg. Wie im Zeitraffer fuhren Züge in den Bahnhof ein und verschlangen eine Menschenmenge nach der anderen. Ziemlich genau hier, fiel mir plötzlich ein, hatte ich rund zehn Jahre zuvor unter den Passanten Shimamoto entdeckt, mit ihrem roten Mantel und der Sonnenbrille. Es hätte genausogut eine Million Jahre her sein können.

Mit einemmal war mir alles wieder gegenwärtig. Die Menschenmengen, die sich an diesem letzten Tag des Jahres durch die Straßen gewälzt hatten, Shimamotos Art zu gehen, jede Ecke, um die wir bogen, der bewölkte Himmel, die Kaufhaustüte, die sie in der Hand trug, die Tasse Kaffee, die sie nicht anrührte, die Weihnachtslieder. Wieder einmal bedauerte ich es schmerzlich, ihr nicht hinterhergerufen zu haben. Damals war ich völlig ungebunden gewesen, hatte nichts zu verlieren gehabt. Ich hätte sie in die Arme schließen und einfach mit ihr fortgehen können. Was immer ihre Situation oder ihr Problem gewesen sein mochte, wir hätten einen Ausweg finden können. Aber ich hatte diese Chance für immer vertan. Ein geheimnisvoller Kerl mittleren Alters hatte mich am Ellbogen gepackt, und Shimamoto war in ein Taxi geschlüpft und verschwunden.

Mit einem überfüllten Abendzug fuhr ich zurück. Während ich im Kino gewesen war, hatte sich das Wetter verschlechtert, und jetzt war der Himmel mit schweren Regenwolken bedeckt. Es sah so aus, als könnte es jeden Augenblick losregnen. Ich hatte keinen Schirm dabei, und ich trug noch immer die Segeljacke, die Bluejeans und Tennisschuhe, in denen ich am Morgen zum Schwimmen gegangen war. Ich hätte vor der Arbeit nach Hause gehen und wie sonst einen Anzug anziehen sollen, aber mir war nicht danach zumute. Was soll's, sagte ich mir. Einmal würde es auch ohne Krawatte gehen – davon ging die Welt nicht unter.

Kurz vor sieben begann es zu regnen. Ein sanfter Regen, ein herbstlicher Nieselregen, der ganz danach aussah, als würde er so bald nicht wieder aufhören. Wie immer schaute ich zunächst in der neugestalteten Bar vorbei, um festzustellen, wie das Geschäft lief. Das Lokal wirkte nun fast so, wie ich es mir vorgestellt hatte, viel entspannter und zugleich funktionaler; die Beleuchtung war gedämpfter, und die Musik unterstrich noch diese Stimmung. Ich hatte eine kleine separate Küche einbauen lassen, einen professionellen Koch eingestellt und mir eine neue Speisekarte mit schlichten, aber eleganten Gerichten ausgedacht – mit Gerichten, die ohne überflüssige Zutaten oder irgendwelche Schnörkel auskamen, die ein Amateur aber niemals zustande bringen würde. Sie waren schließlich nur als Appetithappen zu den Drinks gedacht, darum mußten sie unkompliziert zu essen sein. Jeden Monat stellten wir eine völlig neue Speisekarte zusammen. Es war nicht leicht gewesen, den Koch zu finden, der mir vorschwebte. Am Ende hatte ich ihn aufgetan, allerdings für ein erheblich höheres Gehalt als vorgesehen. Aber er war sein Geld wert, und ich war zufrieden. Meine Gäste anscheinend auch.

Gegen neun lieh ich mir in der Bar einen Schirm und machte mich auf den Weg zum *Robin's Nest*. Und um halb zehn tauchte dort Shimamoto auf. Seltsam, immer erschien sie an ruhigen, regnerischen Abenden.

14

Sie trug ein weißes Kleid und eine übergroße marineblaue Jacke. Am Revers der Jacke schimmerte eine kleine fischförmige Silberbrosche. Das Kleid war schlicht geschnitten und ohne jedes schmückende Element, aber wenn man es an ihr sah, hätte man schwören können, es sei das teuerste Kleid der Welt. Sie war gebräunt; als ich sie zuletzt gesehen hatte, war sie blasser gewesen.

»Ich dachte schon, du würdest nie wiederkommen«, sagte ich.

»Das sagst du jedesmal, wenn wir uns sehen«, sagte sie lachend. Wie immer setzte sie sich neben mich auf den Barhocker und legte beide Hände auf die Theke. »Aber ich habe dir doch eine Nachricht hinterlassen, daß ich eine Zeitlang nicht mehr kommen würde, oder?«

»*Eine Zeitlang* ist eine Einheit, mit der niemand rechnen kann. Zumindest niemand, der wartet«, sagte ich.

»Aber es muß doch Situationen geben, in denen dieses Wort notwendig ist. In denen man einfach kein anderes verwenden kann.«

»Und *wahrscheinlich* ist ein Wort, dessen Gewicht sich nicht abschätzen läßt.«

»Du hast ja recht«, sagte sie, und über ihr Gesicht huschte ihr vertrautes Lächeln, eine sanfte Brise, die aus weiter Ferne heranwehte. »Entschuldige. Ich will mich nicht herausreden, aber ich konnte es wirklich nicht ändern. Andere Wörter hätte ich nicht verwenden können.«

»Du brauchst dich nicht zu entschuldigen. Wie gesagt, das hier ist eine Bar, und du bist ein Gast. Du kannst herkommen, wann du willst. Ich bin's gewohnt. Ich rede nur so vor mich hin, achte einfach nicht drauf.«

Sie rief den Barkeeper herbei und bestellte einen Cocktail. Dann musterte sie mich, fast prüfend. »Du bist ja zur Abwechslung einmal ziemlich lässig angezogen.«

»Ich war heute morgen schwimmen und habe mich nicht umgezogen. Ich bin nicht dazu gekommen«, sagte ich. »Aber eigentlich gefällt's mir. Es gibt mir das Gefühl, endlich wieder ich zu sein.«

»Du siehst jünger aus. Niemand käme drauf, daß du siebenunddreißig bist.«

»Du siehst auch nicht aus wie siebenunddreißig.«

»Aber auch nicht wie zwölf.«

»Das stimmt«, sagte ich.

Ihr Cocktail kam, und sie nahm einen ersten Schluck. Und schloß sanft die Augen, als lausche sie einem fernen Ton. Nun, wo sie die Augen geschlossen hatte, nahm ich wieder die feine bogenförmige Falte gleich über ihren Lidern wahr.

»Hajime, ich habe ständig an die Cocktails in deiner Bar gedacht«, sagte sie. »Ich hätte wirklich gern einen getrunken. Wo man auch hingeht, solche Drinks wie hier bekommt man nirgendwo.«

»Warst du weit fort?«

»Wie kommst du darauf?« fragte sie.

»Weil du so etwas ausströmst«, sagte ich, »eine gewisse Atmosphäre. Als seist du eine Zeitlang sehr weit fort gewesen.«

Sie sah zu mir auf. Und nickte. »Hajime, ich war lange …« Dann aber verstummte sie, als sei ihr etwas wieder eingefallen. Ich sah, daß sie nach den richtigen Worten suchte. Und sie nicht finden konnte. Sie biß sich auf die Lippe und lächelte. »Wie dem auch sei, es tut mir leid. Ich hätte mich bei dir melden sollen. Aber ich wollte gewisse Dinge so belassen, wie sie sind. Konserviert, sozusagen. Entweder ich komme her, oder ich komme nicht. Wenn ich herkomme, dann bin ich da. Wenn nicht, dann ... bin ich anderswo.«

»Und dazwischen gibt es nichts?«

»Nein, kein Dazwischen«, sagte sie. »Und warum? Weil es Zwischendinge nicht gibt.«

»An einem Ort, an dem es keine Zwischendinge gibt, existiert auch kein Dazwischen«, sagte ich.

»Genau.«

»Mit anderen Worten: An einem Ort, an dem es keine Hunde gibt, existieren auch keine Hundehütten.«

»Ja. Keine Hunde, keine Hundehütten«, sagte Shimamoto. Und warf mir einen kuriosen Blick zu. »Du hast schon einen merkwürdigen Humor, weißt du das?«

Das Klaviertrio spielte, wie so oft, »Star-Crossed Lovers«. Eine Weile hörten wir schweigend zu.

»Darf ich dich etwas fragen?«

»Klar«, sagte ich.

»Was hat es eigentlich auf sich mit dir und diesem Stück? Immer, wenn du hier bist, spielen sie es, scheint mir. Gehört das irgendwie zur Hausordnung?«

»Nein. Sie wissen einfach, daß ich es mag.«

»Es ist ein schönes Lied.«

Ich nickte. »Ich habe lang gebraucht, um dahinterzukommen, wie komplex es ist, daß viel mehr darin steckt als nur eine hübsche Melodie. Nur Musiker von einer besonderen Sorte können es richtig spielen«, sagte ich. »Duke Ellington und Billy Strayhorn haben es vor langer Zeit geschrieben. Siebenundfünfzig, glaube ich.«

»Was bedeutet eigentlich dieses ›star-crossed‹?«

»›Von einem Unstern verfolgt‹ – Liebende, die unter einem unglücklichen Stern geboren sind. Das ist eine Anspielung auf

Romeo und Julia. Ellington und Strayhorn haben den Song für ein Konzert im Rahmen des Ontario Shakespeare Festivals geschrieben. In der Originalaufnahme war Johnny Hodges' Altsaxophon Julia, und Paul Gonsalves spielte den Romeo-Part auf dem Tenorsaxophon.«

»Liebende, unter einem Unstern geboren«, sagte sie. »Das klingt, als wäre es für uns geschrieben.«

»Willst du damit sagen, wir sind ein Liebespaar?«

»Findest du, wir sind keins?«

Ich sah sie an. Jetzt lächelte sie nicht mehr. Tief in ihren Augen konnte ich ein schwaches Glimmen ausmachen.

»Shimamoto-san, ich weiß überhaupt nichts von dir«, sagte ich. »Jedesmal, wenn ich dir in die Augen schaue, spüre ich es wieder. Ich weiß nur, wie du mit zwölf warst – mehr kann ich über dich nicht sagen. Die Shimamoto-san, die ein paar Straßen weiter wohnte und in meine Klasse ging. Aber das war vor fünfundzwanzig Jahren. Der Twist war in, und die Leute fuhren noch mit der Straßenbahn. Keine Musikkassetten, keine Tampons, kein Hochgeschwindigkeitszug, keine Vollwertkost. Lang vergangene Zeiten. Abgesehen von dem, was ich von der Shimamoto von damals weiß, tappe ich völlig im dunkeln.«

»Liest du das in meinen Augen? Daß du nichts von mir weißt?«

»In deinen Augen steht nichts«, erwiderte ich. »Es steht in *meinen* Augen geschrieben. In deinen sehe ich es nur gespiegelt.«

»Hajime«, sagte sie, »ich weiß, daß ich dir mehr erzählen sollte. Wirklich. Aber ich kann's nicht ändern. Sprich also bitte nicht weiter.«

»Wie gesagt, ich rede nur so vor mich hin. Kümmer dich nicht darum.«

Sie hob eine Hand an ihr Revers und berührte mit den Fingerspitzen die Fischbrosche. Und hörte still dem Klaviertrio zu. Als das Set beendet war, klatschte sie und nahm einen Schluck von ihrem Cocktail. Schließlich stieß sie einen langen Seufzer aus und wandte sich mir zu. »Sechs Monate sind eine lange Zeit«, sagte sie. »Aber jetzt werde ich wohl wieder eine Zeitlang herkommen können. Wahrscheinlich.«

»Die alten Zauberwörter«, sagte ich.

»Zauberwörter?«

»*Wahrscheinlich* und *eine Zeitlang.*«

Sie lächelte und sah mich an. Sie holte aus ihrer kleinen Handtasche eine Zigarette und zündete sie sich mit einem Feuerzeug an.

»Wenn ich dich ansehe, habe ich manchmal das Gefühl, ich betrachte einen fernen Stern«, sagte ich. »Er funkelt wunderschön, aber das Licht ist Zigtausende von Jahren alt. Vielleicht existiert der Stern schon gar nicht mehr. Und doch kommt mir dieses Licht manchmal wirklicher vor als alles andere.«

Shimamoto sagte nichts.

»Du bist hier«, fuhr ich fort. »Zumindest siehst du so aus, als seist du hier. Aber vielleicht bist du das gar nicht. Vielleicht ist nur dein Schatten hier. Die wirkliche Shimamoto könnte ganz woanders sein. Oder vielleicht bist du auch schon vor langer, langer Zeit verschwunden. Ich strecke die Hand aus, um mich zu vergewissern, aber du hast dich hinter einer Wolke von *Wahrscheinlichs* versteckt. Meinst du, wir können ewig so weitermachen?«

»Möglicherweise. Vorläufig«, antwortete sie.

»Offenbar bin ich nicht der einzige mit einem merkwürdigen Humor«, sagte ich. Und lächelte.

Sie lächelte auch. Der Regen hat aufgehört, die Wolken reißen lautlos auf und lassen die allerersten Sonnenstrahlen durch: so ein

Lächeln. Kleine, warme Fältchen um ihre Augenwinkel, etwas Wundervolles verheißend.

»Hajime«, sagte sie, »ich habe dir ein Geschenk mitgebracht.«

Sie reichte mir ein schön eingeschlagenes Päckchen mit einer roten Schleife darauf.

Ich sah mir die Maße und die Form des Päckchens an. »Sieht aus wie eine Schallplatte.«

»Es ist eine Platte von Nat King Cole. Die eine, die wir uns damals immer zusammen angehört haben, weißt du noch? Ich schenke sie dir.«

»Danke. Aber willst du sie nicht lieber behalten? Als Andenken an deinen Vater?«

»Ich habe noch andere. Diese eine ist für dich.«

Ich starrte auf die verpackte Schallplatte mit der Schleife darauf. Schon bald verklangen alle Geräusche um mich her – das Stimmengewirr in der Bar, die Musik des Klaviertrios – in der Ferne, als sei die Flut gewichen. Nur Shimamoto und ich blieben zurück. Alles übrige war Illusion, Kulisse, Pappmaché-Requisiten auf einer Bühne. Was existierte, was *wirklich* war, das waren wir beide.

»Shimamoto-san«, sagte ich, »was hieltest du davon, wenn wir irgendwo hingingen und uns das zusammen anhörten?«

»Das wäre wunderbar«, sagte sie.

»Ich habe ein Ferienhäuschen in Hakone. Im Augenblick ist niemand dort, und es gibt da eine Stereoanlage. Um diese Uhrzeit könnten wir in anderthalb Stunden dort sein.«

Sie blickte auf ihre Uhr, dann sah sie mich an. »Du willst jetzt dort hinfahren?«

»Ja«, sagte ich.

Sie kniff die Augen ein wenig zusammen. »Aber es ist schon

nach zehn. Wenn wir jetzt nach Hakone fahren, sind wir erst sehr spät wieder zurück. Ist das kein Problem für dich?«

»Nein. Für dich?«

Wieder sah sie auf ihre Uhr. Dann schloß sie die Augen und hielt sie für gut zehn Sekunden geschlossen. Als sie sie wieder aufschlug, war ihr Gesicht verwandelt, als sei sie weit, weit fort gewesen, habe dort etwas abgelegt und sei dann wieder zurückgekehrt. »Gut«, sagte sie. »Fahren wir.«

Ich rief den stellvertretenden Geschäftsführer zu mir und bat ihn, sich in meiner Abwesenheit um alles Nötige zu kümmern – die Registrierkasse abzuschließen, die Belege abzuheften und die Einnahmen im Nachttresor der Bank zu deponieren. Ich ging zu unserem Apartmenthaus und holte den BMW aus der Tiefgarage. Und rief von der nächsten Telefonzelle aus meine Frau an, um ihr zu sagen, daß ich jetzt nach Hakone fahren würde.

»Um diese Uhrzeit?« sagte sie überrascht. »Warum mußt du um diese Zeit nach Hakone?«

»Ich muß über einiges nachdenken«, sagte ich.

»Du kommst also heute nacht nicht mehr nach Hause?«

»Wahrscheinlich nicht.«

»Schatz, ich hab nachgedacht über das, was passiert ist, und es tut mir wirklich leid. Du hattest recht. Ich habe das ganze Aktienpaket abgestoßen. Warum kommst du also nicht nach Hause?«

»Yukiko, ich bin dir nicht böse, überhaupt nicht. Vergiß die ganze Sache. Ich brauche nur Zeit zum Nachdenken. Gib mir eine Nacht, okay?«

Sie sagte eine Weile nichts. Dann: »Na gut.« Sie klang erschöpft. »Dann fahr eben nach Hakone. Aber fahr vorsichtig. Es regnet.«

»Ich paß schon auf.«

»Es gibt so vieles, was ich nicht verstehe«, sagte meine Frau. »Sag mir eins: Bin ich dir im Weg?«

»Überhaupt nicht«, erwiderte ich. »Mit dir hat es nichts zu tun. Wenn überhaupt, liegt das Problem bei mir. Mach dir also deswegen keine Sorgen, ja? Ich brauch nur ein bißchen Zeit zum Nachdenken.«

Ich legte auf und fuhr zur Bar. Yukikos Stimme war anzuhören gewesen, daß sie lange über unser mittägliches Gespräch nachgedacht hatte; sie war müde und verwirrt. Das machte mich traurig. Noch immer regnete es stark. Ich ließ Shimamoto einsteigen.

»Mußt du noch irgendwo anrufen, bevor wir losfahren?« fragte ich.

Sie schüttelte wortlos den Kopf. Und wie sie es auf der Rückfahrt vom Flughafen Haneda getan hatte, preßte sie das Gesicht gegen die Glasscheibe und starrte in die Nacht hinaus.

Es gab wenig Verkehr in Richtung Hakone. Bei Atsugi fuhr ich von der Autobahn ab und nahm die Schnellstraße nach Odawara. Ich hielt konstant eine Geschwindigkeit zwischen hundertdreißig und hundertvierzig Stundenkilometern. Stellenweise kamen Wände von Regen herunter, aber ich kannte jede Kurve und jeden Buckel entlang der Strecke. Seit wir auf die Autobahn gefahren waren, hatten Shimamoto und ich kaum ein Wort gewechselt. Ich spielte leise die Kassette mit einem Mozart-Quartett und hielt die Augen auf die Straße gerichtet. Shimamoto sah gedankenverloren aus dem Fenster. Von Zeit zu Zeit blickte sie zu mir herüber, und jedesmal bekam ich eine trockene Kehle. Dann schluckte ich ein paarmal und zwang mich zur Ruhe.

»Hajime«, sagte sie. Wir waren in der Nähe von Kouzu. »Du hörst wohl nicht viel Jazz, wenn du nicht in der Bar bist?«

»Nein. Vor allem klassische Musik.«

»Wie kommt das?«

»Vermutlich, weil ich Jazz als Teil meiner Arbeit empfinde. Wenn ich nicht im Club bin, höre ich mir gern etwas anderes an. Manchmal auch Rock, aber fast nie Jazz.«

»Und was für Musik hört deine Frau?«

»Meistens das, was ich gerade höre. Von sich aus legt sie so gut wie nie Platten auf. Ich bin mir nicht einmal sicher, ob sie weiß, wie der Plattenspieler funktioniert.«

Shimamoto griff nach dem Kassettenbehälter und holte ein paar MCs heraus. Auf einer waren die Kinderlieder, die meine Töchter und ich im Auto immer zusammen sangen. »Der Hündchen-Polizist«, »Tulip« – die japanische Entsprechung von »Barney's Greatest Hits«. Wenn man das Gesicht sah, mit dem Shimamoto die Kassette und das Snoopy-Bild auf der Hülle betrachtete, hätte man meinen können, sie habe Überreste einer außerirdischen Zivilisation entdeckt.

Wieder wandte sie sich mir zu. »Hajime«, sagte sie nach einer Weile. »Wenn ich dich ansehe, wie du so fährst, möchte ich manchmal nach dem Lenkrad greifen und es herumreißen. Wir würden bestimmt sterben, nicht?«

»Sicher. Wir fahren hundertdreißig.«

»Würdest du lieber nicht mit mir zusammen sterben?«

Ich lachte. »Ich kann mir angenehmere Todesarten vorstellen. Und außerdem haben wir uns die Platte noch nicht angehört. Dafür sind wir doch losgefahren, oder?«

»Keine Angst«, sagte sie. »Ich tue es schon nicht. Mir geht nur der Gedanke von Zeit zu Zeit durch den Kopf.«

Wir hatten erst Anfang Oktober, aber in Hakone waren die Nächte kalt. Als wir am Ferienhaus angekommen waren, machte ich Licht und schaltete den Gasofen im Wohnzimmer ein. Und ich holte eine Flasche Brandy und zwei Schwenker aus dem Regal. Wir setzten uns nebeneinander auf das Sofa, wie wir es vor so vielen Jahren immer getan hatten, und ich legte die Nat-King-Cole-Platte auf. Der rote Feuerschein des Ofens spiegelte sich in unseren Brandy-Gläsern. Shimamoto saß mit untergeschlagenen Beinen da. Einen Arm hatte sie auf die Rückenlehne des Sofas gelegt, der andere lag in ihrem Schoß. Genau wie in den alten Zeiten. Damals hatte sie wahrscheinlich ihr Bein verbergen wollen; dann war es ihr zur Gewohnheit geworden. Nat King Cole sang »South of the Border«. Vor wie vielen Jahren hatte ich dieses Lied zum letztenmal gehört?

»Wenn ich als Junge dieses Stück hörte, habe ich mich immer gefragt, was ›südlich der Grenze‹ denn wohl läge«, sagte ich.

»Ich mich auch«, sagte sie. »Als ich älter wurde und den englischen Text verstehen konnte, war ich enttäuscht. Es war einfach nur ein Lied über Mexiko. Ich hatte immer gedacht, südlich der Grenze müsse etwas ganz Herrliches liegen.«

»Was denn zum Beispiel?«

Shimamoto strich sich das Haar zurück und faßte es locker im Nacken zusammen. »Ich bin mir nicht sicher. Etwas Schönes, Großes und Weiches.«

»Etwas Schönes, Großes und Weiches«, wiederholte ich. »War es eßbar?«

Sie lachte. Ihre weißen Zähne schimmerten auf. »Das bezweifle ich.«

»Etwas, was man anfassen kann?«

»Wahrscheinlich.«

»Womit wir wieder bei den *Wahrscheinlichs* wären.«

»In einer Welt voller *Wahrscheinlichs*«, sagte sie.

Ich streckte die Hand aus und legte sie auf ihre Finger, die auf der Rückenlehne lagen. Ich hatte ihren Körper so ewig lange nicht mehr berührt – seit dem Rückflug aus Ishikawa nicht mehr. Als meine Finger die ihren streiften, sah sie kurz zu mir auf, dann schlug sie die Augen wieder nieder.

»South of the border, west of the sun«, sagte sie.

»West of the sun?«

»Hast du schon mal von einer Krankheit namens Sibirische Hysterie gehört?«

»Nein.«

»Ich hab davon vor langer Zeit einmal irgendwo gelesen, auf der Mittelschule vielleicht. Ich kann mich beim besten Willen nicht mehr erinnern, in was für einem Buch. Jedenfalls, diese Krankheit befällt sibirische Bauern. Versuch dir das Folgende vorzustellen: Du bist ein Bauer und lebst ganz allein in der sibirischen Tundra. Tagein, tagaus pflügst du deine Felder. Ringsum nichts, soweit das Auge reicht. Im Norden der Horizont, im Osten der Horizont, im Süden, im Westen das gleiche. Jeden Morgen, wenn die Sonne im Osten aufsteigt, gehst du hinaus auf deine Felder und arbeitest. Wenn sie direkt über deinem Kopf steht, machst du Mittagspause. Wenn sie im Westen untergeht, gehst du nach Hause und legst dich schlafen.«

»Nicht gerade die Lebensweise eines Barbesitzers aus Aoyama.«

»Kaum.« Sie lächelte und neigte den Kopf ganz leicht zur Seite.

»Jedenfalls geht es so immer weiter, Jahr um Jahr.«

»Aber in Sibirien arbeiten sie im Winter nicht auf den Feldern.«

»Im Winter ruhen sie sich aus«, sagte sie. »Im Winter bleiben sie zu Hause und erledigen andere Arbeiten. Wenn der Frühling kommt, gehen sie wieder hinaus auf die Felder. Du bist so ein Bauer. Stell es dir vor.«

»Ich hab's«, sagte ich.

»Und dann, eines Tages, stirbt etwas in dir.«

»Wie meinst du das?«

Sie schüttelte den Kopf. »Ich weiß es nicht. Irgend etwas stirbt. Tagein, tagaus siehst du die Sonne im Osten aufgehen, über den Himmel ziehen, dann im Westen untergehen, und etwas zerbricht in dir und stirbt. Du wirfst den Pflug beiseite und gehst, ohne einen Gedanken im Kopf, in Richtung Westen. Auf ein Land zu, das westlich der Sonne liegt. Wie ein Besessener wanderst du immer weiter, Tag um Tag, ohne zu essen oder zu trinken, bis du irgendwann zusammenbrichst und stirbst. Das ist die sibirische Hysterie.«

Ich versuchte, mir einen sibirischen Bauern vorzustellen, der tot auf der Erde liegt.

»Aber was ist dort, westlich der Sonne?« fragte ich.

Wieder schüttelte Shimamoto den Kopf. »Ich weiß es nicht. Vielleicht nichts. Oder vielleicht doch etwas. Jedenfalls etwas anderes als südlich der Grenze.«

Als Nat King Cole begann, »Pretend« zu singen, sang Shimamoto, wie sie es vor langer, langer Zeit immer getan hatte, leise mit.

Pretend you're happy when you're blue

It isn't very hard to do

»Shimamoto-san«, sagte ich, »nachdem du verschwunden warst, habe ich sehr lange über dich nachgedacht. Sechs Monate lang, jeden Tag, von früh bis spät. Ich habe versucht, damit aufzuhören, aber ich konnte es nicht. Und ich bin zum folgenden Schluß gelangt. Ich kann ohne dich nicht leben. Ich will dich nie wieder verlieren. Ich will nie wieder die Worte *eine Zeitlang* oder *wahrscheinlich* hören. Du wirst wieder sagen, wir können uns eine Zeitlang sehen, und dann wirst du verschwinden. Und keiner kann sagen, wann du wiederkommst. Es könnte auch sein, daß du nie mehr zurückkommst und daß ich dich bis zum Ende meines Lebens niemals wiedersehe. Und das könnte ich nicht ertragen. Ein solches Leben wäre sinnlos.«

Shimamoto sah mich schweigend an, noch immer mit einem leisen Lächeln. Mit einem stillen Lächeln, dem nichts etwas anhaben konnte, das mir nichts von dem verriet, was sich dahinter verbarg. Angesichts dieses Lächelns meinte ich, alle Empfindungen würden mir genommen. Für einen Moment verlor ich die Orientierung, jegliches Gefühl dafür, wer ich war und wo ich mich befand. Nach einer Weile jedoch fand ich die Worte wieder.

»Ich liebe dich«, sagte ich zu ihr. »Nichts kann je etwas daran ändern. Ein so besonderes Gefühl dürfte einem nie, nie genommen werden. Ich habe dich viele Male verloren. Aber ich hätte dich niemals gehen lassen dürfen. Diese letzten Monate haben mir das gezeigt. Ich liebe dich, und ich will nicht, daß du mich je verläßt.«

Als ich verstummte, schloß sie die Augen. Im Ofen brannte das Feuer, und Nat King Cole sang weiter seine alten Songs. Ich sollte noch etwas sagen, dachte ich, aber mir fiel nichts weiter ein.

»Hajime«, sagte sie, »das ist jetzt sehr wichtig, hör also bitte genau zu. Wie ich dir schon gesagt habe, gibt es bei mir kein Dazwischen, keine Halbheiten. Du nimmst mich entweder ganz oder gar nicht. So läuft das bei mir. Wenn es dich nicht stört, wie bisher weiterzumachen, wüßte ich nicht, was uns daran hindern sollte. Ich weiß zwar nicht, wie lange wir so weitermachen könnten, aber ich würde alles dafür tun, was in meiner Macht steht. Wann immer ich dich besuchen kann, werde ich es tun. Aber wenn ich nicht kann, dann kann ich nicht. Ich kann nicht einfach jedesmal zu dir kommen, wenn mir gerade danach ist. Vielleicht befriedigt dich dieses Arrangement nicht, aber wenn du nicht willst, daß ich wieder fortgehe, mußt du mich ganz nehmen. Alles an mir. Das ganze Gepäck, das ich mit mir herumschleppe, alles, was an mir haftet. Und ich werde dich ganz nehmen. Verstehst du das? *Verstehst du, was das bedeutet?*«

»Ja«, sagte ich.

»Und du willst immer noch mit mir zusammensein?«

»Ich habe mich schon entschieden, Shimamoto-san«, sagte ich. »Ich habe darüber nachgedacht, während du verschwunden warst, und ich habe meine Entscheidung getroffen.«

»Aber du hast eine Frau und zwei Kinder, Hajime. Und du liebst sie. Du willst tun, was für sie richtig ist.«

»Natürlich liebe ich sie. Sehr sogar. Und ich will für sie sorgen. Aber etwas fehlt. Ich habe eine Familie, einen Beruf, und ich kann über beides nicht klagen. Man könnte mich als glücklich bezeichnen. Und doch weiß ich, seitdem ich dich wiedergetroffen habe, daß etwas fehlt. Die wichtige Frage ist, *was* fehlt. Etwas, was dasein müßte, ist nicht da. In mir und meinem Leben. Und deshalb ist ein Teil von mir ständig hungrig, ständig durstig. Weder meine Frau noch meine Kinder können diesen Mangel ausfüllen. Es gibt auf der ganzen Welt nur einen Menschen, der das kann. Du. Erst jetzt, da dieser Durst gestillt ist, begreife ich, wie leer ich war. Und wie sehr ich, so viele Jahre lang, gehungert und gedürstet habe. Ich kann nicht dorthin zurück.«

Shimamoto schlang die Arme um mich und legte den Kopf an meine Schulter. Ich spürte die Weichheit ihres Körpers. Er drängte sich an mich, warm, fordernd.

»Ich liebe dich auch, Hajime. Du bist der einzige Mensch, den ich je geliebt habe. Ich glaube nicht, daß dir bewußt ist, wie sehr ich dich liebe. Seit ich zwölf war, liebe ich dich. Wann immer mich jemand anders in den Armen hielt, dachte ich an dich. Und das ist der Grund, warum ich dich nie wiedersehen wollte. Wenn ich dich auch nur ein einziges Mal sähe, würde ich es nicht länger ertragen. Aber ich habe es nicht fertiggebracht, mich von dir fernzuhalten. Zuerst dachte ich, ich würde mich nur vergewissern, daß du es wirklich bist, und gleich wieder gehen. Aber sobald ich dich gesehen hatte, mußte ich auch mit dir sprechen.« Sie ließ den Kopf an meiner Schulter. »Schon damals, als ich zwölf war, habe ich mir gewünscht, du würdest mich in die Arme nehmen. Das hast du nicht gewußt, oder?«

»Nein.«

»Seit ich zwölf war, habe ich mir gewünscht, dich nackt in den Armen zu halten. Das hast du vermutlich nicht geahnt.«

Ich drückte sie an mich und küßte sie. Sie schloß die Augen, ohne sich sonst zu bewegen. Unsere Zungen wanden sich umeinander, und ich spürte ihren Herzschlag nah unter ihren Brüsten, einen leidenschaftlichen, warmen Herzschlag. Ich schloß die Augen und dachte an das rote Blut, das durch ihre Adern floß. Ich streichelte ihr weiches Haar und sog seinen Duft ein. Ihre Hände wanderten über meinen Rücken. Die Schallplatte endete, und der Tonarm schwenkte zu seiner Ausgangsposition zurück. Wieder hüllte uns nur das Geräusch des Regens ein. Nach einer Weile öffnete sie die Augen. »Hajime«, flüsterte sie, »bist du dir ganz sicher, daß du das Richtige tust? Daß du meinetwegen alles abwerfen willst?«

Ich nickte. »Ja. Ich habe mich entschieden.«

»Aber wenn wir uns nie begegnet wären, hättest du in Frieden leben können. Ohne Zweifel, ohne Unzufriedenheit. Glaubst du nicht?«

»Mag sein. Aber wir *sind* uns begegnet und können das nicht ungeschehen machen«, sagte ich. »Genau wie du mir einmal gesagt hast: Bestimmte Dinge kann man nicht rückgängig machen. Man kann nur vorwärtsgehen. Shimamoto-san, es ist mir gleich, wohin dieser Weg führt; ich weiß nur, daß ich ihn mit dir gehen will. Und wenn wir angekommen sind, noch einmal von vorn anfangen.«

»Hajime«, sagte sie, »würdest du dich ausziehen und mich deinen Körper anschauen lassen?«

»Du willst nur, daß ich mich ausziehe?«

»Ja. Zieh dich zuerst ganz aus. Ich will deinen Körper sehen. Oder magst du nicht?«

»Ich habe nichts dagegen. Wenn du's so willst«, sagte ich. Ich stellte mich vor den Ofen und zog mich aus. Ich streifte die Segeljacke ab, dann Polohemd, Blue-jeans, Socken, T-Shirt, Unterhose. Shimamoto hieß mich auf dem Boden niederknien. Mein Penis war schon hart, was mich ein bißchen verlegen machte. Sie rückte ein Stückchen von mir ab, um das ganze Bild erfassen zu können. Sie hatte noch immer ihre Jacke an.

»Ein merkwürdiges Gefühl, als einziger nackt zu sein.« Ich lachte auf.

»Er ist sehr schön, Hajime«, sagte sie. Sie kam nah an mich heran, nahm meinen Penis liebevoll in die Hand und küßte mich auf die Lippen. Sie legte ihre Hände auf meine Brust, und dann leckte sie mir sehr lange die Brustwarzen und streichelte mein Schamhaar. Sie legte das Ohr an meinen Bauchnabel und nahm meine Hoden in den Mund. Sie bedeckte mich mit Küssen. Sogar meine Fußsohlen küßte sie. Es war, als gehe sie mit der Zeit um wie mit einem Schatz. Als streichle sie, liebkose sie, lecke sie die Zeit.

»Willst du dich nicht ausziehen?« fragte ich.

»Später«, erwiderte sie. »Zuerst möchte ich deinen Körper betrachten können, ihn nach Herzenslust kosten und berühren. Wenn ich mich jetzt auszöge, würdest du mich doch berühren wollen, stimmt's? Selbst wenn ich es dir verbieten würde, du könntest dich nicht beherrschen.«

»Da hast du recht.«

»So will ich es aber nicht. Wir haben so lang gebraucht, um diesen Punkt zu erreichen, und ich möchte es schön langsam angehen lassen. Ich will dich ansehen, dich mit diesen Händen berühren, dich mit meiner Zunge lecken. Ich will alles ausprobieren … aber *langsam*, sonst kann ich nicht zur nächsten Phase übergehen, Hajime. Auch wenn es dir ein bißchen verrückt vorkommt, was ich tue, stör dich bitte nicht daran, ja? Ich muß es tun. Sag nichts, laß es mich einfach tun.«

»Ich habe nichts dagegen. Tu, was immer du möchtest. Aber ein bißchen komisch fühle ich mich schon, wenn ich so angestarrt werde.«

»Aber du gehörst mir doch, nicht?«

»Ja.«

»Also gibt es keinen Grund, verlegen zu sein.«

»Wahrscheinlich hast du recht«, sagte ich. »Ich muß mich nur daran gewöhnen.«

»Hab einfach noch ein bißchen Geduld. Ich habe so lange davon geträumt.«

»Davon, dir meinen Körper anzusehen? Mich überall zu berühren, während du noch völlig angezogen bist?«

»Ja«, antwortete sie. »Seit Ewigkeiten habe ich mir deinen Körper vorgestellt. Wie dein Penis aussehen mochte, wie hart er wohl werden würde, wie groß.«

»Warum denn?«

»Warum?« fragte sie ungläubig. »Ich habe dir doch gesagt, daß ich dich liebe. Was ist so merkwürdig daran, wenn man an den Körper des Mannes denkt, den man liebt? Hast du denn nicht an meinen Körper gedacht?«

»Doch«, sagte ich.

»Ich möchte wetten, du hast an meinen Körper gedacht, während du masturbiert hast.«

»Ja. Die ganze Schulzeit hindurch«, sagte ich. Dann korrigierte ich mich: »Na ja, ehrlich gesagt, auch noch vor kurzem.«

»Genau so war's bei mir. Ich habe an deinen Körper gedacht. Das tun Frauen auch, weißt du.«

Ich zog sie wieder an mich und küßte sie langsam. Ihre Zunge glitt träge in meinen Mund. »Ich liebe dich, Shimamoto-san«, sagte ich.

»Ich liebe dich, Hajime«, sagte sie. »Ich liebe niemanden außer dir. Darf ich deinen Körper noch ein bißchen ansehen?«

»Nur zu«, erwiderte ich.

Sanft wölbte sie ihre Hand um meinen Penis und meine Hoden. »Er ist so schön«, sagte sie. »Ich würde ihn am liebsten aufessen.«

»Und was tue ich dann?«

»Aber ich will ihn wirklich aufessen«, sagte sie. Lange hielt sie meine Hoden in der offenen Hand. Und leckte und sog, sehr langsam, sehr behutsam, an meinem Penis. Sie sah mich an. »Darf ich es das erste Mal so tun, wie ich es möchte? Auf meine Art? Darf ich?«

»Ich habe nichts dagegen. Tu, was immer du möchtest«, sagte ich. »Außer mich aufessen, natürlich.«

»Ich geniere mich ein bißchen, also sag bitte nichts, okay?«

»Versprochen«, sagte ich.

Während ich auf dem Boden kniete, legte sie ihren linken Arm um meine Hüften. Mit der anderen Hand streifte sie Strümpfe und

Höschen ab, ohne ihr Kleid auszuziehen. Dann nahm sie meinen Penis und meine Hoden in die rechte Hand und leckte sie ab. Ihre andere Hand glitt unter ihr Kleid. Während Shimamoto an meinem Penis sog, begann ihre andere Hand sich langsam zu bewegen.

Ich sagte kein Wort. Das war offenbar ihre Art. Ich beobachtete die Bewegungen ihrer Lippen und ihrer Zunge, und das träge Auf und Ab ihrer Hand unter dem Rock. Plötzlich erinnerte ich mich wieder an die Shimamoto, die ich auf dem Parkplatz der Bowling-Halle gesehen hatte – erstarrt und weiß wie ein Laken. Deutlich erinnerte ich mich an das, was ich tief in ihren Augen gesehen hatte: einen dunklen Raum, hartgefroren wie ein unterirdischer Gletscher. Eine Stille, so tief, daß sie jegliches Geräusch verschluckte und nie wieder herausließ. Absolutes, vollkommenes Schweigen.

Es war das erste Mal gewesen, daß ich dem Tod von Angesicht zu Angesicht gegenüberstand, deswegen hatte ich noch keine klare Vorstellung davon, was der Tod wirklich ist. Doch da war er, unmittelbar vor meinen Augen, wenige Zentimeter von meinem Gesicht entfernt. Das also ist das Gesicht des Todes, hatte ich gedacht. Und der Tod hatte zu mir gesprochen und gesagt, auch meine Zeit werde eines Tages kommen. Zuletzt stürze jeder in diese unendlich einsamen Tiefen, diesen Ursprung aller Finsternis, dieses Schweigen ohne jeden Widerhall. Von erstickender, lähmender Angst ergriffen, hatte ich in den bodenlosen dunklen Abgrund gestarrt.

Diesen schwarzen, gefrorenen Tiefen ausgesetzt, hatte ich ihren Namen gerufen. *Shimamoto-san*, hatte ich immer wieder gerufen, aber meine Stimme war in dem unendlichen Nichts verhallt. Wie sehr ich auch schrie, nichts veränderte sich in den Tiefen ihrer Augen. Ihr Atmen blieb befremdlich, wie das Geräusch des Windes, der durch Mauerrisse peitscht. Die Gleichmäßigkeit ihrer

Atemzüge sagte mir, daß sie sich noch diesseits der Grenze befand. Aber ihre Augen sagten mir, daß sie bereits dem Tod verfallen war.

Und während ich tief in ihre Augen blickte und ihren Namen rief, wurde auch mein Körper in diese Tiefen hinabgezogen. Als hätte ein Vakuum alle Luft um mich herum abgesaugt, zerrte mich jene andere Welt immer näher. Selbst jetzt spürte ich noch ihre Macht. Sie wollte *mich*.

Ich schloß fest die Augen. Und verscheuchte diese Erinnerungen.

Ich streckte die Hand aus und strich Shimamoto über das Haar. Ich berührte ihre Ohren, legte ihr meine Hand auf die Stirn. Ihr Körper war warm und weich. Sie saugte an meinem Penis, als versuchte sie, nichts weniger als das Leben aus mir herauszusaugen. Ihre Hand, weiterhin zwischen ihren Schenkeln in Bewegung, redete in einer geheimen Gebärdensprache. Kurz darauf kam ich in Shimamotos Mund; ihre Hand unter dem Rock hielt inne, und ihre Augen schlossen sich. Sie schluckte meinen Samen bis zum allerletzten Tropfen.

»Es tut mir leid«, sagte Shimamoto.

»Es braucht dir nichts leid zu tun«, sagte ich.

»Beim ersten Mal wollte ich es auf diese Weise tun«, sagte sie. »Es ist peinlich, aber irgendwie mußte ich es tun. Es ist wohl so etwas wie ein Übergangsritual für uns beide. Weißt du, wie ich das meine?«

Ich zog sie an mich und rieb meine Wange an ihrer. Ihre Wange war warm. Ich strich ihr Haar beiseite und küßte sie aufs Ohr. Und ich sah ihr in die Augen. Ich sah mein Gesicht darin gespiegelt. Tief in ihren Augen, in ihren stets bodenlosen Tiefen, gab es eine Quelle. Und, gerade noch zu erahnen, ein schwaches Licht. Das Licht des Lebens, dachte ich. Eines Tages wird es verlöschen, aber einstweilen ist es noch da. Sie lächelte mich an. Wie immer bildeten sich an ihren Augenwinkeln kleine Fältchen. Ich küßte diese feinen Linien.

»Jetzt bist du dran, mich auszuziehen«, sagte sie, »und zu tun, was immer du willst.«

»Vielleicht bin ich ein wenig phantasielos, aber ich mag's einfach ganz normal. Hast du was dagegen?«

»Gar nicht«, sagte sie. »Ich mag das auch.«

Ich zog ihr Kleid und Büstenhalter aus, legte Shimamoto aufs Bett und bedeckte sie mit Küssen. Ich betrachtete jeden Quadratzentimeter ihres Körpers, berührte ihn überall, küßte ihn überall. Alles versuchte ich zu erforschen und in meinem Gedächtnis zu speichern. Es war eine gelassene Erkundungsreise. Wir hatten sehr, sehr lang gebraucht, um an diesen Punkt zu gelangen, und ebensowenig wie sie wollte ich mich übereilen. Ich hielt mich so lange zurück, wie ich nur konnte – bis ich es nicht länger ertrug. Dann glitt ich langsam in sie hinein.

Kurz vor Sonnenaufgang schliefen wir ein. Ich weiß nicht, wie oft wir uns während dieser Nacht liebten, manchmal zärtlich, manchmal leidenschaftlich. Irgendwann mittendrin wurde sie zur Besessenen, während ich in ihr war, stieß wilde Schreie aus und trommelte mit den Fäusten auf meinen Rücken. Ich hielt sie die ganze Zeit fest an mich gepreßt. Wenn ich sie nicht festhielt, schien mir, würde sie zerrissen. Immer wieder streichelte ich beruhigend ihren Rücken, küßte sie auf den Hals und strich ihr das Haar aus dem Gesicht. Sie war nicht mehr die kühle, beherrschte Shimamoto, die ich kannte. Stück für Stück schmolz die gefrorene Härte in ihrem Inneren ab und schwebte an die Oberfläche; ich spürte es an einem Eishauch, an entlegenen Zeichen. Ich hielt Shimamoto fest und ließ ihr Beben in mich einsickern. So würde sie nach und nach ganz mein werden.

»Ich will alles wissen, was es über dich zu wissen gibt«, sagte ich zu ihr. »Wie dein Leben bisher verlaufen ist, wo du wohnst. Ob du verheiratet bist oder nicht. Alles. Keine Geheimnisse mehr, denn ich ertrage keine mehr.«

»Morgen«, sagte sie. »Morgen werde ich dir alles erzählen. Frag also jetzt bitte nicht weiter, bleib so, wie du heute bist. Wenn ich es dir jetzt erzählte, könntest du nie wieder so sein wie zuvor.«

»Das habe ich sowieso nicht vor. Und wer weiß, vielleicht wird es auch niemals morgen, und dann erfahre ich es am Ende nie.«

»Ich wünschte, es würde niemals morgen«, sagte sie. »Dann würdest du es nie erfahren.«

Ich wollte etwas sagen, aber sie verschloß mir den Mund mit einem Kuß.

»Ich wollte, ein Glatzkopfgeier würde den kommenden Tag verschlingen«, sagte sie. »Kann man das vernünftigerweise von einem Glatzkopfgeier erwarten?«

»Absolut. Glatzkopfgeier fressen Kunst auf und auch kommende Tage.«

»Und normale Geier fressen –«

»– die Leichen namenloser Menschen«, sagte ich. »Mit Glatzkopfgeiern überhaupt nicht zu verwechseln.«

»Glatzkopfgeier fressen also Kunst und kommende Tage?«

»Genau.«

»Eine nette Kombination.«

»Und zum Nachtisch genehmigen sie sich einen Happen vom *Verzeichnis lieferbarer Bücher*.«

Shimamoto lachte. »Also bis morgen«, sagte sie.

Und es wurde morgen. Als ich aufwachte, war ich allein. Es hatte aufgehört zu regnen, und durch das Fenster fiel helles, klares Morgenlicht ins Schlafzimmer. Ich sah auf die Uhr: Es war nach neun. Shimamoto lag nicht im Bett; nur eine leichte Vertiefung im Kissen neben mir zeigte, wo sie gelegen hatte. Sie selbst war nirgends zu sehen. Ich stand auf und ging in die Küche, ins Kinderzimmer und ins Bad. Nichts. Ihre Kleider waren verschwunden, auch ihre Schuhe. Ich atmete tief durch und versuchte, mich in die Wirklichkeit zurückzuversetzen. Aber diese Wirklichkeit unterschied sich von jeder, die ich bis dahin erlebt hatte: es war eine unstimmige Wirklichkeit.

Ich zog mich an und ging nach draußen. Der BMW stand noch da, wo ich ihn in der Nacht geparkt hatte. Vielleicht war sie früh wach geworden und ein bißchen spazieren gegangen. Ich suchte die Umgebung des Hauses nach ihr ab, dann stieg ich ins Auto und fuhr bis zur nächsten Ortschaft. Von Shimamoto keine Spur. Ich fuhr zum Ferienhaus zurück, aber sie war nicht wieder aufgetaucht. Dann fiel mir ein, sie könnte mir eine Nachricht hinterlassen haben, und ich durchsuchte das ganze Haus. Aber es war nichts zu finden. Nichts, was darauf hingewiesen hätte, daß sie jemals dagewesen war.

Ohne sie wirkte das Haus leer und erstickend. Grobkörniger Staub hing in der Luft, der mir bei jedem Atemzug in der Kehle hängenblieb. Die Schallplatte fiel mir ein, die alte Nat-King-Cole-Platte, die sie mir geschenkt hatte. Aber sosehr ich auch danach suchte, sie war nicht zu finden. Sie mußte sie mitgenommen haben.

Wieder einmal war Shimamoto aus meinem Leben verschwunden. Diesmal jedoch, ohne irgend etwas zurückzulassen, woran ich meine Hoffnungen hätte hängen können. Kein *Wahrscheinlich* diesmal. Kein *eine Zeitlang* mehr.

15

Kurz vor vier am Nachmittag war ich wieder in Tokio. Wider alle Hoffnung hoffend, daß Shimamoto zurückkäme, war ich bis Mittag im Ferienhaus in Hakone geblieben. Das Warten war eine Qual, darum hatte ich die Zeit totgeschlagen, indem ich die Küche putzte und alle Kleider im Haus hervorholte und neu einräumte. Die Stille war bedrückend; die gelegentlichen Geräusche von Vögeln oder Autos erschienen mir unnatürlich, falsch synchronisiert. Jedes Geräusch war verbogen, erdrückt unter dem Gewicht einer unaufhaltsamen Macht. Und inmitten von alldem wartete ich darauf, daß etwas geschähe. *Irgend etwas* muß geschehen, versicherte ich mir. So kann es nicht enden.

Aber nichts geschah. Shimamoto war nicht die Frau, die einen einmal gefaßten Entschluß wieder umstieß. Ich mußte nach Tokio zurück. Die Wahrscheinlichkeit war zwar verschwindend gering, aber wenn sie doch versuchen sollte, sich mit mir in Verbindung zu setzen, dann würde sie es über die Bar tun. Jedenfalls hatte es keinen Sinn, noch länger im Ferienhaus zu bleiben.

Auf der Rückfahrt hatte ich die größte Mühe, mich zu konzentrieren. Ich verpaßte Abfahrten, überfuhr beinahe rote Ampeln und geriet immer wieder auf die falsche Spur. Nachdem ich endlich auf dem Parkplatz des Clubs angekommen war, rief ich von einer Telefonzelle aus zu Hause an. Ich sagte Yukiko, ich sei wieder da und werde gleich zur Arbeit gehen.

»Ich hab mir Sorgen gemacht. Du hättest ja wenigstens anrufen können.« Ihre Stimme klang hart und spröde.

»Es ist alles in Ordnung. Kein Grund zur Sorge«, sagte ich. Keine Ahnung, wie meine Stimme in ihren Ohren klang. »Es ist schon ziemlich spät, deswegen gehe ich jetzt gleich ins Büro und sehe die Bücher durch und gehen dann direkt in den Club.«

Im Büro setzte ich mich an den Schreibtisch und schaffte es irgendwie, die Zeit bis zum Abend herumzubringen. Ich ging die Ereignisse der vergangenen Nacht durch. Shimamoto mußte aufgestanden sein, während ich schlief – sie selbst hatte offenbar kein Auge zugetan –, und das Haus noch vor dem Morgengrauen verlassen haben. Wie sie in die Stadt zurückgekommen sein mochte, war mir ein Rätsel. Bis zur Hauptstraße war es ein ganzes Stück, und zu dieser frühen Morgenstunde mußte es nahezu unmöglich gewesen sein, in den Hügeln um Hakone einen Bus oder ein Taxi zu finden. Und außerdem hatte sie Schuhe mit hohen Absätzen angehabt.

Warum hatte mich Shimamoto so verlassen müssen? Während der ganzen Rückfahrt nach Tokio hatte diese Frage mich gepeinigt. Ich hatte ihr gesagt, daß ich mich für sie entschieden hatte, und sie hatte gesagt, sie habe sich für mich entschieden. Und dann hatten wir uns geliebt – rückhaltlos, ohne Vorbehalte. Trotzdem hatte sie mich verlassen, ohne auch nur ein Wort der Erklärung. Sogar die Schallplatte hatte sie mitgenommen, ihr Geschenk an mich. Es mußte einen Grund für ihre Handlungsweise geben, aber zu logischem Denken war ich nicht mehr fähig. Jeder Pfad, den ich einschlug, endete im Morast. Mit meinen Bemühungen, mich zum Nachdenken zu zwingen, erreichte ich nur, daß mir der Kopf dumpf dröhnte. Erst jetzt merkte ich, wie ausgelaugt ich war. Ich setzte mich auf das Bett, das in meinem Büro stand, lehnte mich gegen die Wand und machte die Augen zu. Als ich sie erst einmal geschlossen hatte, bekam ich sie nicht wieder auf. Ich konnte nur noch eins: mich erinnern. Wie in einer Endlosschleife liefen Erinnerungen an die vergangene Nacht in mir ab, immer und immer wieder. Shimamotos

Körper. Ihr nackter Körper, mit geschlossenen Augen vor dem Ofen liegend, und jedes Detail: ihr Hals, ihre Brüste, ihre Flanken, ihr Schamhaar, ihre Vulva, ihr Rücken, ihre Taille, ihre Schenkel. All dies sah ich übernah, überdeutlich. Deutlicher und näher, als wenn sie Wirklichkeit gewesen wären.

In dem kleinen Raum allein, spürte ich bald, daß diese überklaren Halluzinationen mich in den Wahnsinn trieben. Ich flüchtete ins Freie und streifte ziellos umher. Schließlich ging ich in den Club und rasierte mich auf der Herrentoilette. Ich hatte mir den ganzen Tag nicht das Gesicht gewaschen. Und ich trug immer noch die Sachen vom Vortag. Meine Angestellten sagten nichts, aber ich spürte ihre befremdeten Blicke. Würde ich jetzt nach Hause fahren und Yukiko gegenüberstehen, dann würde ich alles gestehen, das wußte ich. Daß ich Shimamoto liebte, die Nacht mit ihr verbracht hatte und im Begriff gewesen war, ihretwegen alles wegzuwerfen – mein Heim, meine Töchter, meine Arbeit.

Ich hätte Yukiko alles erzählen sollen, das wußte ich. Aber ich konnte nicht. Nicht in dem Zustand. Ich war nicht mehr fähig, richtig von falsch zu unterscheiden oder auch nur zu begreifen, was mit mir geschehen war. Also fuhr ich nicht nach Hause. Ich ging in den Club und wartete auf Shimamoto, obwohl mir völlig klar war, daß ich vergeblich warten würde. Zuerst vergewisserte ich mich, daß sie nicht in der anderen Bar war, dann setzte ich mich an die Theke des *Robin's Nest* und wartete, bis die Bar schloß. Ich sprach mit ein paar Stammgästen, aber ihre Stimmen waren nicht mehr als ein Rauschen im Hintergrund. Ich gab die Laute von mir, die sich für einen Zuhörer geziemten, und hatte währenddessen nur Shimamotos Körper im Sinn. Ihre Vagina, die mich so sanft empfangen hatte. Ihre Stimme, als sie meinen Namen geschrien hatte. Jedesmal, wenn das Telefon klingelte, hämmerte mein Herz.

Auch nachdem die Bar geschlossen hatte und alle heimgegangen waren, blieb ich an der Theke sitzen und trank. Aber wieviel ich auch trank, ich wurde einfach nicht betrunken. Je mehr ich trank, desto klarer wurde sogar mein Kopf. Als ich nach Hause kam, war es zwei, und Yukiko war auf und hatte auf mich gewartet. Ich konnte unmöglich schlafen. Ich setzte mich allein an den Küchentisch und trank Whisky. Yukiko kam mit ihrem eigenen Glas herein und setzte sich zu mir.

»Leg Musik auf«, sagte sie. Ich nahm die erstbeste Kassette, schob sie in den Recorder und drehte die Lautstärke herunter, damit die Kinder nicht wach wurden. Eine Zeitlang saßen wir uns am Tisch schweigend gegenüber und tranken Whisky.

»Du hast eine andere, die du magst, stimmt's?« fragte Yukiko und sah mir in die Augen.

Ich nickte. Ihr Ton war ernst und entschieden. Wie oft mochte sie sich diese Worte im Geist vorgesagt haben, um sich auf diesen Augenblick vorzubereiten?

»Und du magst diese andere wirklich. Du vergnügst dich nicht nur mit ihr.«

»Das stimmt«, sagte ich. »Es ist kein bloßer Seitensprung. Aber es ist auch nicht das, was du dir vorstellst.«

»Woher weißt *du* denn, was ich mir vorstelle?« fragte sie. »Glaubst du etwa tatsächlich, du wüßtest, was ich denke?«

Ich brachte kein Wort hervor. Auch Yukiko schwieg. Die Musik spielte leise vor sich hin. Vivaldi oder Telemann, einer von den beiden. Das Stück kam mir nicht bekannt vor.

»Ich glaube eher, du ahnst nicht einmal, was ich denke«, sagte Yukiko. Sie sprach langsam und artikulierte deutlich jedes Wort, wie wenn sie den Kindern etwas erklärte. »Ich glaube, du hast nicht die blasseste Ahnung.«

Als sie sah, daß ich darauf nichts erwidern würde, hob sie ihr Glas und trank. Und schüttelte ganz langsam den Kopf. »So dumm bin ich nicht, und ich hoffe, das weißt du. Ich lebe mit dir zusammen, schlafe mit dir. Mir ist schon seit einiger Zeit klar, daß du eine andere magst.«

Ich sah sie schweigend an.

»Ich mach dir keine Vorwürfe«, fuhr sie fort. »Wenn du eine andere liebst, läßt sich daran nicht viel ändern. Wen man liebt, liebt man nun einmal. Ich bin dir nicht genug, das weiß ich. Wir sind gut miteinander ausgekommen, und du hast gut für mich gesorgt. Ich bin mit dir sehr glücklich gewesen. Ich glaube, du liebst mich noch immer, aber um die Tatsache, daß ich dir nicht genug bin, kommen wir nicht herum. Ich wußte, daß es einmal so kommen würde. Ich mach dir also keinen Vorwurf daraus, daß du dich in eine andere Frau verliebt hast. Ich bin auch nicht wütend. Ich sollte es sein, aber ich bin's nicht. Ich empfinde nur Schmerz. Einen gewaltigen Schmerz. Ich dachte immer, ich könnte mir vorstellen, wie weh das tun würde, aber ich habe mich getäuscht.«

»Es tut mir leid«, sagte ich.

»Du brauchst dich nicht zu entschuldigen«, sagte sie. »Wenn du mich verlassen willst, in Ordnung. Ich werde nichts dagegen sagen. Willst du mich verlassen?«

»Ich weiß es nicht«, erwiderte ich. »Darf ich dir erklären, was passiert ist?«

»Du meinst, mit dir und dieser Frau?«

»Ja.«

Sie schüttelte entschieden den Kopf. »Ich will nichts über sie hören. Laß mich nicht noch mehr leiden, als ich schon gelitten habe. Es ist mir gleichgültig, was für eine Beziehung ihr miteinander habt oder was für Pläne ihr geschmiedet habt. Ich will nur wissen, ob du mich verlassen willst. Ich brauche das Haus nicht, auch kein Geld oder sonstwas. Wenn du die Kinder haben willst, nimm sie. Das ist mein Ernst. Wenn du mich verlassen willst, brauchst du es nur zu sagen. Das ist alles, was ich wissen will. Sonst will ich nichts hören. Nur ja oder nein.«

»Ich weiß es nicht«, sagte ich.

»Du meinst, du weißt nicht, ob du mich verlassen willst?«

»Nein. Ich weiß nicht, ob ich überhaupt imstande bin, dir eine Antwort zu geben.«

»Wann wirst du das wissen?«

Ich schüttelte den Kopf.

»Na gut, dann denk in Ruhe darüber nach.« Sie seufzte. »Ich kann warten. Laß dir soviel Zeit, wie du möchtest.«

Von dieser Nacht an schlief ich auf dem Sofa im Wohnzimmer. Manchmal standen die Mädchen mitten in der Nacht auf und fragten mich, warum ich da schliefe. Ich erklärte ihnen, ich würde neuerdings so laut schnarchen, daß ihre Mutter und ich beschlossen hätten, in getrennten Zimmern zu schlafen, sonst käme Mama überhaupt nicht mehr zum Schlafen. Eins der Mädchen kuschelte sich dann immer neben mich aufs Sofa, und ich schloß es fest in die Arme. Manchmal hörte ich Yukiko im Schlafzimmer weinen.

Während der nächsten beiden Wochen verbrachte ich jeden Tag damit, endlos Erinnerungen neu zu durchleben. Jedes Detail der Nacht, die ich mit Shimamoto verbracht hatte, beschwor ich mir herauf, und dann versuchte ich, ihm eine Bedeutung zu entlocken, eine Botschaft darin zu entdecken. Ich erinnerte mich an Shimamotos Wärme an meiner Brust. An ihre Arme, die aus den Ärmeln ihres weißen Kleids hervorgesehen hatten. An die Nat-King-Cole-

Songs, das Feuer im Ofen. Jedes einzelne Wort, das sie in jener Nacht gesprochen hatte, rief ich mir in Erinnerung.

Aus der Fülle der Worte, diese aus ihrem Mund: *Mit mir gibt es kein Dazwischen. Es gibt keine Zwischendinge, und wo es solche Dinge nicht gibt, existiert auch kein Dazwischen.*

Und diese Worte aus meinem Mund: *Ich habe mich schon entschieden, Shimamoto-san. Ich habe darüber nachgedacht, während du verschwunden warst, und ich habe meine Entscheidung getroffen.*

Ich erinnerte mich an ihre Augen, als sie im Auto zu mir herübergesehen hatte. Dieser starre, glühende Blick hatte sich in meiner Wange eingebrannt. Es war mehr als ein bloßer Blick gewesen; der Geruch des Todes hatte sie umschwebt. Sie hatte vorgehabt zu sterben. Deswegen war sie nach Hakone mitgekommen – um zu sterben, gemeinsam mit mir.

»Und ich werde dich ganz nehmen. Verstehst du das? *Verstehst du, was das bedeutet?*«

Shimamoto hatte mein Leben gewollt, als sie das gesagt hatte. Erst jetzt verstand ich.

Ich war zu einer endgültigen Entscheidung gelangt, und sie ebenso. Wie hatte ich nur so blind sein können? Nach einer leidenschaftlichen Liebesnacht hätte sie auf der Rückfahrt nach Tokio das Lenkrad des BMW herumgerissen und uns beide getötet. Das hatte sie vorgehabt. Sie hatte keine andere Möglichkeit mehr gesehen. Aber irgend etwas hatte sie zurückgehalten. Und ohne ein Sterbenswort zu sagen, war sie verschwunden.

An welchem Abgrund der Verzweiflung war sie angekommen? Warum? Und wichtiger noch, wer hatte sie in eine solche Verzweiflung getrieben? Und schließlich: warum war der Tod für sie der einzig mögliche Ausweg gewesen? Ich spielte Detektiv und tastete nach Indizien, griff aber immer nur ins Leere. Sie war einfach verschwunden, samt ihren Geheimnissen. Kein *Wahrscheinlich*, kein *eine Zeitlang* diesmal – still und heimlich hatte sie sich davongeschlichen. Unsere Körper hatten sich vereint, und doch hatte sie sich am Ende geweigert, mir ihr Herz zu öffnen.

Wenn sich bestimmte Dinge erst in Bewegung gesetzt haben, Hajime, können sie nie wieder zu ihrem Ausgangspunkt zurück, hätte sie mir gewiß gesagt. Wenn ich mitten in der Nacht auf meinem Sofa lag, konnte ich ihre Stimme diese Worte sagen hören. *Wie du selbst gesagt hast – es wäre wunderschön, wenn wir beide zusammen fortgehen und irgendwo ganz von vorn anfangen könnten. Leider komme ich da, wo ich bin, nicht wieder heraus. Es ist schlechthin unmöglich.*

Und dann war Shimamoto wieder ein sechzehnjähriges Mädchen, das in einem Garten vor Sonnenblumen stand und scheu lächelte. *Ich hätte damals wirklich nicht in deine Bar kommen dürfen. Das war mir von Anfang an klar. Ich wußte von vornherein, daß es so enden würde. Aber ich konnte nicht anders. Ich mußte dich einfach sehen, und als ich dich sah, mußte ich mit dir sprechen. Hajime – so bin ich. Ich tue es nicht mit Absicht, aber alles, was ich berühre, geht am Ende in die Brüche.*

Ich würde sie nie wiedersehen, außer in der Erinnerung. Sie war hier, und nun ist sie fort. Dazwischen gibt es nichts. *Wahrscheinlich* ist ein Wort, das man vielleicht südlich der Grenze finden kann; niemals aber westlich der Sonne.

Jeden Tag suchte ich die Zeitungen nach Meldungen über Selbstmorde von Frauen ab. Eine Menge Leute brachten sich um, stellte ich fest, aber immer war es jemand anders. Soweit ich wußte, war diese schöne siebenunddreißigjährige Frau mit dem bezauberndsten Lächeln der Welt noch immer am Leben. Auch wenn sie mich für immer verlassen hatte.

Nach außen hin verliefen meine Tage wie immer. Ich fuhr die Mädchen in den Kindergarten und wieder nach Hause und sang unterwegs mit ihnen Kinderlieder. Manchmal entdeckte ich in der Reihe von Autos, die vor dem Kindergarten warteten, die junge Frau im 260E, und wir wechselten ein paar Worte. Mit ihr zu reden half mir zu vergessen – wenigstens für eine Weile. Unsere Gesprächsthemen waren so begrenzt wie immer. Wir tauschten die letzten Neuigkeiten aus Aoyama, Tips zu Naturkostprodukten, Mode. Das Übliche.

Auch bei der Arbeit lief alles wie gewohnt. Jeden Abend zog ich meinen Anzug an und ging in die Bars, plauderte mit den Stammgästen, hörte mir die Ansichten und Klagen des Personals an und dachte an Kleinigkeiten, wie etwa an ein Geburtstagsgeschenk für einen Angestellten. Ich lud Musiker, die zufällig vorbeikamen, zum Abendessen ein, kostete die Cocktails, um sicher zu sein, daß sie meinen Ansprüchen genügten, vergewisserte mich, daß das Klavier gestimmt war, hielt die Augen nach aggressiven Betrunkenen offen – ich tat meinen Job. Auftretende Probleme löste ich im Nu. Alles lief wie ein Uhrwerk, nur die Spannung war dahin. Von außen betrachtet war ich derselbe wie immer; ja, ich war sogar leutseliger, freundlicher, gesprächiger als je zuvor. Aber wenn ich auf meinem Barhocker saß und mich im Lokal umsah, erschien mir alles eintönig und glanzlos. Kein liebevoll gestaltetes, farbenfrohes Luftschloß mehr: was vor mir lag, war schlicht eine geräuschvolle Bar – künstlich, oberflächlich und schäbig. Eine Bühnendekoration, eine Kulisse, ausschließlich zu dem Zweck errichtet, Säufern das Geld aus der Tasche zu locken. Jede anderslautende Illusion war verpufft. Und alles nur, weil Shimamoto diese Räume nie wieder mit ihrer Anwesenheit schmücken würde. Nie wieder würde sie an der Theke sitzen; nie wieder würde ich sie lächeln sehen, wenn sie sich einen Drink bestellte.

Auch an meinem Leben zu Hause veränderte sich nichts. Ich aß mit meiner Familie zu Abend, und sonntags ging ich mit den Mädchen spazieren oder in den Zoo. Yukiko ging mit mir um wie immer, zumindest dem Anschein nach. Wir redeten über alle möglichen Dinge. Wir lebten nebeneinander her wie langjährige Freunde, die zufällig unter demselben Dach wohnen. Es gab bestimmte Worte, die wir nicht aussprechen konnten, bestimmte Tatsachen, die wir uns nicht eingestanden. Aber von offener Feindseligkeit war nichts zu spüren. Wir berührten einander nur nicht. Nachts schliefen wir jeder für sich – ich auf dem Sofa, Yukiko in unserem Schlafzimmer. Nach außen hin war das die einzige Veränderung in unserem Leben.

Manchmal ertrug ich es nicht mehr, wie wir die Form wahrten, die uns zugeteilten Rollen spielten. Etwas für uns Wesentliches war dahin, und doch machten wir weiter wie gehabt. Ich fühlte mich abscheulich. Dieses leere, bedeutungslose Leben kränkte Yukiko zutiefst. Ich wollte ihr eine Antwort auf ihre Frage geben, aber ich war dazu nicht imstande. Natürlich wollte ich sie nicht verlassen, aber wie hätte ich das sagen dürfen? Ich, der Kerl, der bereit gewesen war, seine ganze Familie im Stich zu lassen! Daß Shimamoto gegangen war und nie wieder zurückkehren würde, bedeutete noch lange nicht, daß ich unbeschwert in mein früheres Leben zurückhüpfen und so tun konnte, als wäre nichts gewesen. So simpel ist das Leben nicht, und ich finde auch nicht, daß es so sein sollte. Zudem hatte ich Shimamoto noch zu deutlich, zu plastisch im Sinn. Sobald ich die Augen schloß, schwebte jedes Detail ihres Körpers vor mir. Meine Handflächen wußten noch, wie ihre Haut sich angefühlt hatte, und ihre Stimme hörte nicht auf, mir ins Ohr zu flüstern. Ich konnte unmöglich mit Yukiko schlafen, solange diese Eindrücke in meinem Kopf noch so lebendig waren.

Ich hatte das Bedürfnis, allein zu sein, und da mir nichts anderes einfiel, ging ich jeden Morgen schwimmen. Anschließend ging ich in mein Büro, starrte an die Decke und verlor mich in Tagträumen über Shimamoto. Solange Yukikos Frage unbeantwortet im Raum hing, lebte ich in einem Vakuum. Ich konnte nicht ewig so weitermachen. Es war einfach nicht richtig. Ich mußte mich als Mensch, als Ehemann, als Vater meiner Verantwortung stellen. Doch solange mich diese Trugbilder umgaben, war ich wie gelähmt. Noch schlimmer wurde es sogar, wenn es regnete, denn dann befiel mich wieder die wahnhafte Hoffnung, Shimamoto könne jeden Augenblick hereinkommen: leise die Tür öffnen, den Duft des Regens mit sich hereintragen. Ich sah bereits ihr lächelndes Gesicht. Wenn ich etwas Falsches sagte, würde sie stumm den Kopf schütteln und dabei weiterlächeln. Alle meine Worte verloren ihre Kraft und lösten sich, wie an der Fensterscheibe herabrinnende Regentropfen, allmählich von der Wirklichkeit. An regnerischen Abenden konnte ich kaum atmen. Der Regen verzerrte die Zeit und die Wirklichkeit.

Wenn ich diese Innenbilder nicht länger ertragen konnte, starrte ich nach draußen. Ich war in einem leblosen, verdorrten Land ausgesetzt. Die Visionen hatten der Welt jegliche Farbe entzogen. Jede Szene vor meinen Augen, alles war flach, eine zweidimensionale Skizze. Jedes Objekt war körnig und sandfarben. Die Worte, mit denen sich mein alter Klassenkamerad von mir verabschiedet hatte, ließen mich nicht mehr los. *Jede Menge Lebensweisen. Und jede Menge Todesarten. Aber am Ende ... bleibt nur eine Wüste.*

In der Woche darauf überrumpelte mich ein seltsames Ereignis nach dem anderen, als hätten sie mir aufgelauert. Am Montagvormittag fiel mir ohne besonderen Grund der Umschlag mit den hunderttausend Yen wieder ein, und ich beschloß, ihn hervorzuholen. Vor vielen Jahren hatte ich ihn in eine Schublade meines Büroschreibtischs gelegt, in eine abschließbare Schublade, die zweite von oben. Als ich in das Büro eingezogen war, hatte ich noch ein paar weitere Wertsachen zu dem Umschlag in diese Schublade gelegt; danach hatte ich mich nur gelegentlich vergewissert, daß er noch vorhanden war, ihn aber nie mehr angerührt. Doch jetzt war der Umschlag verschwunden. Das war merkwürdig, unheimlich sogar, denn ich konnte mich absolut nicht daran erinnern, ihn woandershin gelegt zu haben. Ich war mir da völlig sicher, und nur zur Bestätigung zog ich die übrigen Schubladen auf und durchsuchte sie systematisch. Kein Umschlag.

Ich versuchte mich zu erinnern, wann ich ihn zuletzt gesehen hatte. Auf den Tag genau brachte ich es nicht mehr zusammen. Es war nicht sehr lange her, aber auch nicht in allerletzter Zeit gewesen. Vor einem Monat, vielleicht vor zwei, allerhöchstens drei Monaten.

Bestürzt setzte ich mich auf meinen Stuhl und starrte die Schublade an. Vielleicht war jemand ins Büro eingebrochen, hatte die Schublade aufgeschlossen und den Umschlag mitgenommen. Das war allerdings nicht sehr wahrscheinlich – die Schublade enthielt noch mehr an Bargeld und Wertsachen, und nichts davon fehlte. Aber immerhin, es lag im Bereich des Möglichen. Oder vielleicht hatte ich den Umschlag gedankenlos fortgeworfen und die Erinnerung daran aus meinem Gedächtnis gelöscht, aus welchem Grund auch immer. Na gut, sagte ich mir, was spielt das schon für eine Rolle? Ich wollte ihn ja ohnehin eines Tages loswerden, nun kann ich mir die Mühe eben sparen.

Kaum hatte ich jedoch akzeptiert, daß der Umschlag verschwunden war, tauschten dessen Existenz und Nichtexistenz in meinem Bewußtsein die Plätze. Ein seltsames Gefühl überkam mich, das einem Anfall von Schwindel glich. In mir wuchs die Überzeugung, der Umschlag habe nie wirklich existiert, und sie verdrängte meine Überlegungen, zermalmte und verschlang gierig meine Gewißheit, daß der Umschlag real vorhanden gewesen war.

Da Erinnerungen und Sinneseindrücke so ungewiß sind, so vielen Einflüssen unterliegen, beziehen wir uns, um uns die Realität von Ereignissen zu beweisen, stets auf eine parallele Realität – nennen wir sie Meta-Realität. Inwieweit Tatsachen, die wir als solche anerkennen, *wirklich* so sind, wie sie uns erscheinen, und inwieweit sie nur darum Tatsachen sind, weil wir sie zu solchen erklären, läßt sich unmöglich entscheiden. Um also die Realität als *real* bestimmen zu können, brauchen wir eine zweite Realität, an der wir die erste messen. Diese zweite Realität jedoch bedarf zu ihrer Begründung einer dritten Realität, und immer so weiter. Auf diese Weise entsteht in unserem Bewußtsein eine unendliche Kette einander bedingender Realitäten, und gerade das Aufrechterhalten dieser Kette erzeugt in uns das Empfinden, daß wir tatsächlich hier sind, daß wir existieren. Es kann jedoch ein Ereignis eintreten, das diese Kette zerreißt, und prompt wissen wir nicht weiter. Was ist wirklich? Liegt die Realität diesseits des Bruchs in der Kette? Oder dort drüben, auf der anderen Seite?

Genauso fühlte ich mich also in dem Moment: abgeschnitten. Ich stieß die Schublade wieder zu und beschloß, das Ganze zu vergessen. Ich hätte das Geld fortwerfen sollen, sobald ich es erhalten hatte. Es aufzubewahren war ein Fehler gewesen.

Am Mittwochnachmittag derselben Woche fuhr ich gerade die Gaien Higashidori entlang, als ich eine Frau sah, die Shimamoto ähnelte. Sie trug eine blaue Baumwollhose, einen beigefarbenen Regenmantel und weiße Leinenschuhe. Und sie zog ein Bein nach.

Sobald ich sie sah, erstarrte alles um mich her. Ein Klumpen Luft zwängte sich mir vom Brustraum hinauf in die Kehle. *Shimamoto*, dachte ich. Ich fuhr an ihr vorbei, um sie mir im Rückspiegel anzusehen, aber ihr Gesicht ging im dichten Gewühl von Passanten unter. Ich trat abrupt auf die Bremse, was mir ein entrüstetes Hupen des Wagens hinter mir eintrug. Die Haltung der Frau, ihre Frisur – ganz Shimamoto. Ich wollte sofort anhalten, aber auf dem Parkstreifen stand ein Auto nach dem anderen. Rund zweihundert Meter weiter fand ich endlich eine Parklücke und schaffte es, meinen Wagen hineinzuquetschen; dann rannte ich sofort zurück, um die Frau zu finden. Aber sie war nirgendwo zu sehen. Ich rannte wie ein Wahnsinniger hin und her. Sie hat ein lahmes Bein, sagte ich mir, da kann sie unmöglich weit gekommen sein. Ich rempelte Leute an, schlängelte mich durch die fahrenden Autos auf die andere Straßenseite, rannte die Fußgängerüberführung hinauf und suchte den Passantenstrom von oben ab. Mein Hemd war naßgeschwitzt. Bald aber kam mir eine Erleuchtung. Die Frau hatte das andere Bein nachgezogen. *Und Shimamoto zog ihres überhaupt nicht mehr nach.*

Ich schüttelte den Kopf und seufzte tief auf. Anscheinend stimmte mit mir etwas nicht. Mir war schwindlig, und ich fühlte mich völlig entkräftet. Ich lehnte mich gegen die Fußgängerampel und starrte eine Zeitlang auf meine Füße. Die Ampel schaltete von Grün auf Rot, von Rot auf Grün. Leute überquerten die Straße, warteten, überquerten die Straße, während ich, in mich zusammengesunken, reglos am Pfosten lehnte und nach Luft rang.

Plötzlich blickte ich auf und sah Izumis Gesicht. Izumi saß in einem Taxi, das genau vor mir stand. Durch das hintere Fenster sah sie mich starr an. Das Taxi hatte vor der roten Ampel gehalten, und unsere Gesichter waren höchstens einen Meter voneinander entfernt. Sie war nicht mehr das siebzehnjährige Mädchen, mit dem ich einmal gegangen war, aber ich erkannte sie sofort. Das Mädchen, das ich vor zwanzig Jahren in den Armen gehalten hatte, das erste Mädchen, das ich je geküßt hatte. Das Mädchen, das sich an jenem Herbstnachmittag vor langer Zeit ausgezogen hatte und dann die Schließe ihres Strumpfhalters nicht mehr fand. Zwanzig Jahre mögen einen Menschen verändern, aber ich wußte, daß sie es war. *Die Kinder haben Angst vor ihr*, hatte mein alter Klassenkamerad gesagt. Als ich das hörte, hatte ich nicht verstanden, was er damit meinte; ich begriff nicht, was mir diese Worte mitteilen sollten. Nun aber, da ich Izumi direkt vor mir sah, verstand ich. In ihrem Gesicht war nichts, was man Ausdruck hätte nennen können. Nein, das trifft es nicht ganz. Ich sollte es so beschreiben: Wie ein Zimmer, das man restlos ausgeräumt hat, war ihr Gesicht von allem entkleidet, was man als ausdrucksvoll hätte bezeichnen können, und nichts war übriggeblieben. Nicht der leiseste Anflug einer Regung streifte ihr Gesicht; es war wie der Grund eines tiefen Ozeans, stumm und tot. Und mit diesem vollkommen ausdruckslosen Gesicht starrte sie mich an. Zumindest glaubte ich, daß sie mich ansah. Ihre Augen blickten starr in meine Richtung, doch in ihrem Gesicht zeichnete sich nichts ab. Oder was sich darin abzeichnete, war eine unendliche Leere.

Ich stand sprachlos da, wie betäubt. Kaum noch fähig, mich aufrecht zu halten, atmete ich langsam ein und aus. Für ein, zwei kurze Augenblicke brach mein Ichgefühl auseinander, zerliefen seine Konturen zu einer zähen, sirupartigen Schmiere. Unwillkürlich streckte ich die Hand aus, berührte das Fenster des Taxis, strich mit den Fingerkuppen über die Scheibe. Ich hatte keine Ahnung, warum ich das tat. Ein paar Passanten blieben verschreckt stehen und gafften. Aber ich konnte nicht anders. Durch das Glas hindurch streichelte ich langsam dieses gesichtslose Gesicht. Izumi bewegte keinen Muskel, blinzelte nicht einmal. War sie tot? Nein, nicht tot. Sie war noch am Leben, in einer reglosen Welt. In einer tiefen, stummen Welt hinter dieser Glasscheibe lebte sie. Und ihre unbewegten Lippen sprachen von einem unendlichen Nichts.

Die Ampel schaltete schließlich auf Grün, und das Taxi fuhr an. Izumis Gesicht blieb bis zuletzt unverändert. Ich stand wie angewurzelt da und starrte dem Taxi nach, bis die Flut von Autos es verschluckte.

Ich ging zu meinem Wagen zurück und ließ mich in den Sitz fallen. Ich mußte hier fort. Als ich gerade den Motor anlassen wollte, überkam mich plötzlich eine Woge von Übelkeit. Als müßte ich gleich meine Eingeweide auskotzen. Aber ich übergab mich nicht. Beide Hände am Lenkrad, saß ich gut eine Viertelstunde da. Meine Unterarme waren schweißnaß, und von meinem Körper stieg ein ekelerregender Geruch auf. Dies war nicht der Körper, den Shimamoto so sanft geliebt hatte. Es war der Körper eines alternden Mannes, der einen ekelhaften, säuerlichen Gestank absonderte.

Einige Minuten darauf kam ein Polizist an mein Auto und klopfte gegen die Scheibe. Ich kurbelte das Fenster herunter. »Sie können hier nicht parken«, sagte er und ließ den Blick kurz durch das Wageninnere schweifen. »Fahren Sie Ihren Wagen hier weg.« Ich nickte und ließ den Motor an.

»Sie sehen furchtbar aus. Ist Ihnen übel?« fragte der Polizist.

Wortlos schüttelte ich den Kopf. Und fuhr los.

Ich brauchte mehrere Stunden, um mich zu erholen. Ich war restlos ausgelaugt, nur noch eine leere Hülse. Ein hohles Dröhnen hallte durch meinen Körper. Ich parkte das Auto auf dem Friedhof von Aoyama und starrte durch die Windschutzscheibe teilnahmslos in den fernen Himmel. Izumi erwartete mich dort. Sie war immer irgendwo und wartete auf mich. An irgendeiner Straßenecke, hinter irgendeiner Glasscheibe wartete sie darauf, daß ich auftauchte. Beobachtete mich. Ich hatte es nur bislang nicht bemerkt.

Danach konnte ich mehrere Tage lang nicht sprechen. Ich öffnete den Mund, um etwas zu sagen, aber jedesmal verschwanden die Worte, als habe das reine Nichts, das Izumi war, die Macht übernommen.

Dafür begannen nach dieser seltsamen Begegnung die Nachbilder von Shimamoto allmählich zu verblassen. Die Welt nahm wieder Farbe an, und ich hatte nicht mehr das beklemmende Gefühl, über die Mondoberfläche zu tappen. Undeutlich, als beobachtete ich durch ein Glasfenster, was mit jemand anderem geschah, bemerkte ich eine winzige Verschiebung der Schwerkraft, und etwas, das an mir gehaftet hatte, schien langsam von mir abzufallen.

Etwas in mir wurde gekappt und verschwand. Lautlos. Für immer.

Als das Trio eine Pause einlegte, ging ich zu dem Pianisten hinüber und sagte ihm mit dem freundlichsten Lächeln, das ich aufbieten konnte, er brauche »Star-Crossed Lovers« nicht mehr zu spielen. »Du hast es oft genug für mich gespielt. Langsam wird es Zeit, damit aufzuhören.«

Er sah mich an, als wäge er etwas ab. Wir beide waren Freunde, hatten schon so manche Flasche miteinander geleert und waren dabei über die übliche höfliche Konversation hinausgelangt.

»Ich verstehe nicht ganz«, sagte er. »Willst du nicht mehr, daß ich das Stück eigens deinetwegen spiele? Oder willst du, daß ich es überhaupt nicht mehr spiele? Das ist ein großer Unterschied, und ich wüßte es schon gern genau.«

»Ich möchte nicht, daß du es spielst«, sagte ich.

»Gefällt dir nicht, wie ich es spiele?«

»Damit habe ich keine Probleme. Du spielst es großartig. Es gibt nicht viele Musiker, die mit diesem Stück so umgehen können wie du.«

»Dann ist es das Stück selbst, das du nicht mehr hören willst?«

»So kann man es sagen«, erwiderte ich.

»Klingt für mich ein bißchen nach *Casablanca*«, sagte er.

»Ist wohl so«, sagte ich.

Seitdem spielt der Pianist gelegentlich, wenn er mich sieht, ein paar Takte von »As Time Goes By«.

Daß ich das Stück nicht mehr hören wollte, hatte nichts mit Erinnerungen an Shimamoto zu tun. *Der Song gab mir einfach nicht mehr, was er mir früher einmal gegeben hatte.* Warum, kann ich nicht sagen. Das besondere Etwas, das ich vor Ewigkeiten in dieser Melodie entdeckt hatte, war nicht mehr da. Es war immer noch eine schöne Ballade, aber eben nicht mehr als das. Und ich hatte nicht die Absicht, mich an den Leichnam eines schönen Songs zu klammern.

»Woran denkst du?« fragte mich Yukiko, als sie ins Zimmer kam.

Es war nachts um halb drei. Ich lag auf dem Sofa und starrte an die Decke.

»An eine Wüste«, sagte ich.

»An eine Wüste?« Sie hatte sich ans Fußende gesetzt und sah mich an. »Was denn für eine Wüste?«

»Nur eine ganz normale Wüste. Mit Sandhügeln und ein paar Kakteen. Da ist eine Menge los, eine Menge Leben.«

»Komme in dieser Wüste auch ich vor?« fragte sie.

»Natürlich«, sagte ich. »Wir alle leben dort. Aber im Grunde ist es die Wüste selbst, die lebt. Wie in dem Film.«

»In welchem Film?«

»In dem Disney-Film *Die Wüste lebt*. Einem Dokumentarfilm über die Wüste. Hast du den als Kind nicht gesehen?«

»Nein«, sagte sie. Das wunderte mich ein bißchen. Zu meiner Grundschulzeit waren wir klassenweise ins Kino getrieben worden, um ihn zu sehen. Aber Yukiko war fünf Jahre jünger als ich. Vielleicht war sie noch zu klein gewesen, als der Film herausgekommen war.

»Wollen wir uns am nächsten Wochenende das Video besorgen und es uns alle zusammen ansehen? Es ist ein guter Film. Die Landschaftsaufnahmen sind umwerfend, und man sieht alle möglichen Tiere und Blumen. Den Mädchen gefällt er bestimmt.«

Yukiko lächelte mich an. Ich hatte sie entsetzlich lange nicht mehr lächeln sehen.

»Willst du mich verlassen?« fragte sie.

»Yukiko, ich liebe dich«, sagte ich.

»Das mag sein, aber ich frage dich, ob du mich verlassen willst. Die Antwort lautet entweder ja oder nein. Eine andere akzeptiere ich nicht.«

»Ich will dich nicht verlassen«, sagte ich. Ich schüttelte den Kopf. »Vermutlich habe ich nicht das Recht, das zu sagen, aber ich will dich nicht verlassen. Ich weiß nicht, was aus mir würde, wenn ich dich jetzt verließe. Ich will nie wieder einsam sein. Lieber würde ich sterben.«

Sie streckte eine Hand aus und legte sie mir auf die Brust. Und sah mir tief in die Augen. »Vergiß das mit dem Recht. Ich glaube, niemand hat ein Recht von dieser Art«, sagte sie.

Als ich die Wärme ihrer Hand auf meiner Brust spürte, dachte ich an den Tod. Ich hätte an diesem Tag leicht zusammen mit Shimamoto auf der Autobahn sterben können; dann würde mein

Körper nun nicht mehr existieren. Ich wäre nicht mehr da, für immer verloren. Wie so viele andere Dinge. Aber hier bin ich. Und hier ist Yukikos warme Hand auf meiner Brust.

»Yukiko«, sagte ich, »ich liebe dich sehr. Ich habe dich vom allerersten Tag an geliebt, und so ist es geblieben. Wenn ich dir nicht begegnet wäre, hätte ich mein Leben nicht ertragen. Dafür bin ich dir unsäglich dankbar. Und dennoch tue ich dir weh. Weil ich ein egoistischer, hoffnungsloser, wertloser Mensch bin. Ohne ersichtlichen Grund tue ich den Menschen, die mir nahestehen, weh und damit letztlich mir selbst. Ich zerstöre das Leben eines anderen, und mein eigenes dazu. Nicht, weil ich es möchte, aber darauf läuft es hinaus.«

»Da sind wir einer Meinung«, sagte Yukiko leise. An ihren Mundwinkeln waren noch Spuren ihres Lächelns zu sehen. »Du bist eindeutig ein egoistischer, hoffnungsloser Mensch, und ja, du hast mir weh getan.«

Ich sah sie eine Zeitlang an. Ihre Worte schienen keinen Vorwurf zu enthalten. Sie war weder wütend noch traurig; sie stellte lediglich das Offenkundige fest.

Ich antwortete langsam, bemüht, die richtigen Worte zu finden. »Für mein Gefühl versuche ich unentwegt, jemand anders zu werden, einen neuen Platz zu finden, mir ein neues Leben, eine neue Identität zu erobern. Zum Teil gehört das wohl zum Erwachsenwerden, aber es ist auch ein Versuch, mich neu zu erfinden. Indem ich ein anderer würde, könnte ich mich von allem befreien. Ich glaubte ernsthaft, ich könnte mir selbst entkommen – wenn ich mir nur genug Mühe gäbe. Aber jedesmal bin ich in einer Sackgasse gelandet. Wohin ich mich auch wende, immer bleibe ich derselbe. Das, was fehlt, ändert sich nie. Die Kulisse ändert sich vielleicht, aber ich bin immer noch derselbe unvollständige Mensch. Dieselben fehlenden Dinge quälen mich, und nie kann ich diesen Hunger stillen. Ich glaube sogar, gerade dieser Mangel definiert mich – genauer kann ich mich nicht beschreiben. Um deinetwillen würde ich gern ein neuer Mensch. Es mag nicht einfach sein, aber wenn ich mein Bestes gebe, schaffe ich es vielleicht doch, mich zu ändern. Die Wahrheit ist jedoch, daß ich in der gleichen Situation durchaus wieder genauso handeln könnte, dir wieder genauso weh tun würde. Ich kann nichts versprechen. Das meinte ich, als ich sagte, ich hätte kein Recht. Mir fehlt einfach die Zuversicht, daß es mir gelingen wird, diese Kraft in mir zu besiegen.«

»Und du hast schon immer versucht, dieser Kraft zu entrinnen?«

»Ich glaube ja«, sagte ich.

Ihre Hand ruhte noch immer auf meiner Brust. »Du armer Mann«, sagte sie. Als lese sie etwas vor, das in großen Lettern auf einer Wand geschrieben stand. Vielleicht steht es wirklich auf der Wand, dachte ich.

»Ich weiß nicht, was ich sagen soll«, sagte ich. »Ich weiß, daß ich dich nicht verlassen will. Aber ich weiß nicht, ob das die richtige Antwort ist. Ich weiß nicht einmal, ob es überhaupt von meiner Entscheidung abhängt. Yukiko, du leidest, das kann ich sehen. Ich kann deine Hand hier spüren. Aber jenseits des Sichtbaren und Spürbaren gibt es noch etwas. Nenn es Gefühle. Oder Möglichkeiten. Die quellen von irgendwo hervor und vermischen sich in mir. Sie sind nichts, wofür oder wogegen ich mich entscheiden könnte – nichts, wozu ich eine Antwort geben könnte.«

Yukiko schwieg sehr lange. Manchmal ratterte draußen ein Lastwagen vorbei. Ich blickte aus dem Fenster, konnte aber nichts sehen. Nur den namenlosen Zeit-Raum zwischen Nacht und Morgengrauen.

»Die letzten paar Wochen dachte ich wirklich, ich würde sterben«, sagte Yukiko. »Ich sag das nicht, um dir zu drohen. Es ist eine Tatsache. So einsam und so traurig war ich. Zu sterben ist gar nicht so schwer. Wie Luft, die aus einem Zimmer gesaugt wird, ist mein Lebenswille dahingeschwunden. Wenn man sich so fühlt, kommt einem der Tod gar nicht mehr so schlimm vor. Ich habe nicht mal an die Kinder gedacht, mich nicht mal gefragt, was nach meinem Tod aus ihnen werden würde. So einsam habe ich mich gefühlt. Das hast du nicht gewußt, oder? Du hast dir nie ernstlich Gedanken darum gemacht, stimmt's? Wie ich empfand, was ich dachte, was ich tun könnte.«

Ich sagte nichts. Sie nahm die Hand von meiner Brust und legte sie in ihren Schoß.

»Jedenfalls bin ich nur darum nicht gestorben, weil ich dachte, wenn du zu mir zurückkämst, wäre ich imstande, dich wieder anzunehmen. Nur darum lebe ich noch. Es ist keine Frage von Rechten, auch nicht von richtig oder falsch. Vielleicht bist du wirklich ein hoffnungsloser Fall, ein wertloser Mensch. Und es ist gut möglich, daß du mir erneut weh tust. Aber das ist hier das wichtigste. Du verstehst überhaupt nichts.«

»Absolut möglich«, sagte ich.

»Und du fragst nie nach«, sagte sie.

Ich öffnete den Mund, um etwas zu sagen, aber ich brachte kein Wort heraus. Sie hatte recht: Ich fragte sie nie etwas. Warum eigentlich nicht? Ich wußte es nicht.

»Rechte sind etwas, was man sich erwirbt«, sagte Yukiko. »Oder besser gesagt, was *wir* erwerben. Wir meinten, wir hätten gemeinsam vieles geschaffen, aber in Wirklichkeit haben wir nichts zustande gebracht. Das Leben verlief zu glatt. Wir waren zu glücklich. Meinst du nicht auch?«

Ich nickte.

Yukiko verschränkte die Arme über der Brust und sah mich an. »Ich hatte auch einmal Träume, weißt du. Aber irgendwo unterwegs sind sie mir abhanden gekommen. Das war, bevor ich dich kennenlernte. Ich habe sie getötet, sie zerdrückt und weggeworfen. Wie ein inneres Organ, das man nicht mehr braucht und sich aus dem Leib reißt. Ich weiß nicht, ob es richtig war, aber damals konnte ich nicht anders ... Manchmal habe ich so einen Traum, immer wieder denselben: Jemand trägt etwas in den Händen und kommt auf mich zu und sagt: ›Hier, Sie haben etwas vergessen.‹ Ich war sehr glücklich mit dir. Es hat mir nie an etwas gefehlt, und ich hatte nie einen Grund zur Klage. Und trotzdem verfolgt mich etwas. Ich wache mitten in der Nacht schweißgebadet auf. Was ich weggeworfen habe, verfolgt mich. Du glaubst, du seist der einzige Gehetzte, aber du irrst dich. Du bist nicht der einzige, der etwas weggeworfen, etwas verloren hat. Verstehst du, was ich sage?«

»Ich glaube schon«, sagte ich.

»Vielleicht wirst du mir wieder weh tun. Ich weiß nicht, wie ich dann reagieren werde. Oder vielleicht werde das nächste Mal ich dir weh tun. Niemand kann etwas versprechen. Wir können beide nichts versprechen. Aber ich liebe dich noch.«

Ich nahm sie in die Arme und strich ihr über das Haar.

»Yukiko«, sagte ich, »laß uns morgen neu anfangen. Heute ist es zu spät dafür. Ich möchte auf die richtige Weise neu anfangen, mit einem ganz neuen Tag.«

Yukiko sah mich eine Zeitlang an. »Ich glaube, du hast mich immer noch nichts gefragt.«

»Ich möchte morgen ein neues Leben anfangen. Was hältst du davon?« fragte ich.

»Ich halte das für eine gute Idee«, sagte sie mit einem leichten Lächeln.

Nachdem Yukiko ins Schlafzimmer zurückgegangen war, lag ich auf dem Sofa noch eine Weile wach und starrte an die Decke. Es war eine ganz gewöhnliche Zimmerdecke, überhaupt nichts Besonderes; dennoch betrachtete ich sie aufmerksam. Ab und zu wurde sie von den Scheinwerfern eines vorbeifahrenden Autos gestreift. Ich hatte keine Sinnestäuschungen mehr. Die Glätte und Konsistenz von Shimamotos Brüsten, ihre Stimme, der Duft ihrer Haut – alles war verschwunden. Izumis ausdrucksloses Gesicht ging mir durch den Sinn. Und wie sich das Taxifenster, das uns trennte, angefühlt hatte. Ich schloß die Augen und dachte an Yukiko. Immer wieder dachte ich über das nach, was sie gesagt hatte. Mit geschlossenen Augen horchte ich auf die Vorgänge in meinem Körper. Es konnte durchaus sein, daß ich mich gerade veränderte. Und ich *mußte* mich ändern.

Ich weiß nicht, ob ich die Kraft habe, für Yukiko und die Kinder zu sorgen, dachte ich. Keine Visionen mehr, die mir mit eigens für mich zusammengesponnenen Träumen helfen könnten. Leere, soweit das Auge reicht, und nichts als Leere. Ich habe mich auch schon früher in dieser Leere befunden und mich gezwungen, mich ihr anzupassen. Und nun ende ich schließlich genau dort, wo ich angefangen habe, und ich sollte zusehen, daß ich mich daran gewöhne. Niemand wird Träume für mich weben – jetzt ist es an mir, Träume für andere zu erfinden. Das ist nun meine Aufgabe. Mag sein, daß diese Träume keine Macht besitzen, aber wenn mein Leben irgendeinen Sinn haben soll, muß ich es dennoch tun.

Wahrscheinlich.

Als der Morgen graute, gab ich die Versuche, einzuschlafen, auf. Ich warf mir eine Wolljacke über den Pyjama, schlurfte in die

Küche und machte mir Kaffee. Dann setzte ich mich an den Küchentisch und sah zu, wie der Himmel von Minute zu Minute heller wurde. Es war lange her, daß ich die Sonne hatte aufgehen sehen. Am einen Ende des Himmels erschien eine blaue Linie, und wie blaue Tinte auf einem Löschblatt breitete sie sich langsam über den Horizont aus. Wenn man alle Blautöne der Welt zusammentrüge, um das blaueste Blau, den Inbegriff von Blau zu finden, wäre dies die Farbe, die man wählen würde. Ich stützte die Ellenbogen auf den Tisch und betrachtete das Schauspiel ohne weitere Gedanken. Als die Sonne sich am Horizont zeigte, wurde dieses Blau von gewöhnlichem Sonnenlicht aufgesogen. Eine einzelne Wolke schwebte über dem Friedhof, eine reine, weiße, gestochen klare Wolke, so scharf umrissen, daß man darauf hätte schreiben können. Ein neuer Tag hatte begonnen; aber ich hatte keine Vorstellung von dem, was er bringen würde.

Ich würde meine Töchter in den Kindergarten fahren und dann schwimmen gehen, wie jeden Tag. Ich erinnerte mich an das Hallenbad, in dem ich in den Jahren der Mittelschule immer schwimmen gegangen war; an den Geruch dort, an die hallenden Stimmen. Damals war ich im Begriff gewesen, mich zu verwandeln. Wenn ich vor dem Spiegel stand, nahm ich die Veränderungen an meinem Körper wahr. Nachts, wenn es ganz still war, glaubte ich ihn wachsen zu hören; ich hätte darauf geschworen. Ich war dabei, eine neue Hülle zu empfangen und einen Ort zu betreten, an dem ich noch nie gewesen war.

Von meinem Platz am Küchentisch aus beobachtete ich die einzelne Wolke über dem Friedhof. Sie rührte sich nicht vom Fleck, als wäre sie dort festgeheftet. Zeit, meine Töchter zu wecken. Die Sonne stand schon über dem Horizont, und sie mußten aufstehen. Sie waren es, die diesen neuen Tag brauchten – weit mehr, als ich ihn je brauchen würde. Ich würde in ihr Zimmer gehen, die Decken zurückschlagen, eine Hand auf ihre warmen Körper legen und den Beginn eines neuen Tages verkünden. Das hatte ich jetzt zu tun. Doch aus irgendeinem Grund konnte ich nicht aufstehen. Alle Kraft war aus meinem Körper gewichen, als wäre jemand leise von hinten an mich herangetreten und hätte mir unbemerkt den Stecker herausgezogen. Die Ellbogen noch auf den Küchentisch gestützt, schlug ich mir die Hände vors Gesicht.

In dieser Dunkelheit sah ich Regen auf den Ozean fallen; Regen, der leise auf eine unendliche Meeresfläche niederging, und niemand war da, der es gesehen hätte. Der Regen prallt auf die Meeresoberfläche, doch nicht einmal die Fische wissen, daß es regnet.

Bis jemand kam und mir sacht eine Hand auf die Schulter legte, kreisten meine Gedanken über dem Meer.

JULIA FRANCK
BAUCHLANDUNG
Geschichten zum Anfassen. 120 Seiten, gebunden, 2000

»Ich knie auf dem Parkett vor dem Sofa und beobachte Luise, wie sie schläft.« Es klingelt. Die kleine Schwester wendet den Blick von ihr und öffnet die Tür. Es ist Olek, einer von Luises Liebhabern, von dem die große Schwester heute wirklich nichts wissen will. Dafür könnte sie selbst sich durchaus etwas mit ihm vorstellen. Sie tut es.
Julia Franck erzählt Geschichten zum Anfassen: von verborgenen Gelüsten und offener Begierde. Von den Fantasien einer Bademeisterin und Einblicken einer Nachbarsfrau. Ihre Erzählerinnen umtänzeln spielerisch die Lust. Sie schauen zu und malen sich aus, was geschieht.
Julia Francks letzter Roman *Liebediener* war laut Süddeutsche Zeitung »womöglich die Liebesgeschichte der Neunziger«.
Mit *Bauchlandung* widmet Julia Franck der verführerischen Gattung ein Buch. Manche kribbelig, manche konkret, reichen ihre Erzählungen von den Ahnungen zweier Kinder bis zum heimlichen Betrug der besten Freundin, vom Wunsch nach Nähe bis zur Einsicht in die Einsamkeit der Lust.

»Julia Francks Minidramen von Täuschungen und Enttäuschungen sind verführerische Petits Fours der deutschen Gegenwartsliteratur.«
Focus

FÜR *BAUCHLANDUNG* ERHIELT JULIA FRANCK DEN 3sat LITERATUR-PREIS 2000

MARCEL BEYER
SPIONE
Roman, 308 Seiten, gebunden, 2000

Sein Roman *Flughunde* hat den Erzähler und Lyriker Marcel Beyer auch international – übersetzt in ein Dutzend Sprachen – bekannt gemacht. An die Stimmengeschichte um einen Tontechniker im Propagandadienst von Joseph Goebbels knüpft *Spione* an: literarische Spurensuche in der deutschen Geschichte, die bis in die Zeit vor dem ›Totalen Krieg‹ zurückreicht.
Zu Spionen in ihren Familien werden die Jugendlichen Carl, Paulina und Nora, Cousin und Cousinen des Ich-Erzählers. Wo andere in den Fotoalben blättern, deren Aufnahmen die Eltern und Großeltern erinnern und Generationsgeschichte erzählen, stoßen sie auf Geheimnisse, auf Verschwiegenes und Verborgenes.
Marcel Beyer erzählt suggestiv von den Verstrickungen in einer deutschen Familie – von den 30er Jahren über den Deutschen Herbst der 70er Jahre bis in die Gegenwart.

»Marcel Beyer ist ein präziser Sprachkünstler und famoser Geheimniskrämer. Er erweist sich in seinem jüngsten Werk *Spione* mehr noch als in *Flughunde* als gerissener Erzähler.« Der Spiegel

JULIA FRANCK. LIEBEDIENER.
Roman. 1999, 238 Seiten

GUSTAVO MARTÍN GARZO. DER KLEINE ERBE.
Roman. 1999, 410 Seiten

ALAIN GLUCKSTEIN.
UNSERE GROSSEN MÄNNER.
Roman. 1998, 344 Seiten

GOETHE FÜR ANFÄNGER.
Hg. von Werner Keller, Karina Gómez-Montero, Ingrid Reul.
1998, 192 Seiten

JEGOR GRAN. IPSO FACTO.
Roman. 1998, 186 Seiten

THOMAS HETTCHE. ANIMATIONEN.
1999, 200 Seiten mit 30 Abbildungen

OSCAR HEYM. KURKONZERT.
Roman. 1998, 246 Seiten

MICHEL HOUELLEBECQ. ELEMENTARTEILCHEN.
Roman. 1999, 360 Seiten

MICHEL HOUELLEBECQ. LANZAROTE.
Erzählung und Fotografien. 2000,
je 80 Seiten Foto- und Textband in Kassette

MICHEL HOUELLEBECQ. SUCHE NACH GLÜCK.
Gedichte. 2000, 196 Seiten

MICHEL HOUELLEBECQ.
DIE WELT ALS SUPERMARKT.
INTERVENTIONEN
Essays. 1999, 120 Seiten

JORGI JATROMANOLAKIS.
BERICHT VON EINEM VORBESTIMMTEN MORD.
Roman. 1998, 268 Seiten

KÖLN, BLICKE.
EIN LESEBUCH.
Hg. von Jochen Schimmang. 1998, 369 Seiten

JAN KONEFFKE.
PAUL SCHATZ IM UHRENKASTEN.
Roman. 2000, 276 Seiten

CARLO LUCARELLI. DER GRÜNE LEGUAN.
Roman. 1999, 208 Seiten

JAN LURVINK. WINDLADEN.
Roman. 1998, 190 Seiten

CHRISTIAN MÄHR. SIMON FLIEGT.
Roman. 1998, 266 Seiten

MULTATULI.
DIE ABENTEUER DES KLEINEN WALTHER.
Roman. 1999, 958 Seiten

HARUKI MURAKAMI.
GEFÄHRLICHE GELIEBTE.
Roman. 2000, 230 Seiten

HARUKI MURAKAMI. MISTER AUFZIEHVOGEL.
Roman. 1998, 684 Seiten

GERT NEUMANN. ANSCHLAG.
Roman. 1999, 240 Seiten

GERT NEUMANN. ELF UHR.
Roman. 1999, 432 Seiten

NULL. LITERATUR IM NETZ.
Hg. von Thomas Hettche und Jana Hensel.
2000, 406 Seiten

SANTO PIAZZESE.
DAS DOPPELLEBEN VON M. LAURENT.
Roman. 2000, 345 Seiten

SANTO PIAZZESE.
DIE VERBRECHEN IN DER VIA MEDINA-SIDONIA.
Roman. 1998, 372 Seiten

GUNDEGA REPŠE. UNSICHTBARE SCHATTEN.
Roman. 1998, 212 Seiten

ARNE ROSS. FRAU ARLETTE.
Roman. 1999, 176 Seiten

ANDREAS RUMLER. GOETHES LEBENSWEG.
WANDERUNGEN DURCH LEBEN UND WERK.
1999, 350 Seiten mit 80 Abbildungen

FRANZ SCHUH. SCHREIBKRÄFTE.
ÜBER LITERATUR, GLÜCK UND UNGLÜCK.
2000, 305 Seiten

GARY SCHWARTZ. LIEBE EINES KUNSTHÄNDLERS.
Roman. 2000, 287 Seiten

CLAUDE SIMON. GESCHICHTE.
Roman. 1999, 387 Seiten

CLAUDE SIMON. JARDIN DES PLANTES.
Roman. 1998, 368 Seiten

VLADIMIR SOROKIN. DER HIMMELBLAUE SPECK.
Roman. 2000, 440 Seiten

VLADIMIR SOROKIN. NORMA.
Roman. 1999, 380 Seiten

ARNOLD STADLER. EIN HINREISSENDER SCHROTTHÄNDLER.
Roman. 1999, 237 Seiten

ARNOLD STADLER. ERBARMEN MIT DEM SEZIERMESSER. ÜBER LITERATUR, MENSCHEN UND ORTE.
2000, 219 Seiten

PETER STEIN. FAUST I UND II. DAS PROGRAMMBUCH ZUR INSZENIERUNG
Hg. von Roswitha Schieb, unter Mitarbeit von Anna Haas. 2000, 320 Seiten, 130 farbige und 184 einfarbige Abbildungen

THOMAS STEINFELD. RIFF.
Tonspuren des Lebens. 2000, 274 Seiten

VALÉRIE TONG CUONG. BIG.
Roman. 1999, 310 Seiten

JANETTE TURNER HOSPITAL. OYSTER.
Roman. 1999, 416 Seiten

JEAN-PIERRE VERNANT. GÖTTER UND MENSCHEN.
Jean-Pierre Vernant erzählt griechische Geschichte von den Ursprüngen. 2000, 225 Seiten

DIRK VAN WEELDEN. ORVILLES GÄSTE.
Roman. 1999, 290 Seiten

FRANÇOIS WEYERGANS. FRANZ UND FRANÇOIS.
Roman. 1999, 422 Seiten

Amur
Komsomol'sk-na-Amure
Bureja
Habarovsk
Birobidžan
Baikalsee
Kreis der Burjaten
Burjatien
Ust'-Ordynskij
Jablonowyjgebirge
Šilka
Ulan-Ude
Autonomer Kreis der Aginer-Burjaten
Aginskoe
Hulun Nur
Orhon gol
ULAN-BATOR
Erleg
Großer Chingan
Klein
Mandschurei
CHANGCHUN
Jilin
Wladiwo
GOLEI
Gobi
Innere Mongolei
SHENYANG
FUSHUN
Liaoning
NORD-KOREA
Japanis
Meer
PYONGYANG
Ostme
Hohot
Zhangjiakou
Huang He
BEIJING (Peking)
TANGSHAN
TIANJIN
DALIAN
SEOUL
SÜDKOREA
Baoding
Weihai
Shijiazhuang
DAEGU
HIRO
Yinchuan
TAIYUAN
Hebei
Shandong
Gelbes Meer
BUSAN
KITAK
Wuwei
ZIBO
Ningxia Huizu Zizhiqu
Pingyao
JINAN
QINGDAO
FUKUOKA
Shanxi
Große Ebene
KYU
Lianyungang
JAPA
LANZHOU
ZHENGZHOU
Ostchinesisches Meer
CHINA
Shaanxi
Jiangsu
XI'AN
Henan
HUAINAN
NANJING (Nanking)
Zhumadian
Anhui
SHANGHAI
Hefei
Daba Shan
Xinyang
Guangyuan
HANGZHOU
Hubei
Fengjie
WUHAN
Huangshan
CHENGDU
Drei-Schluchten-Damm
Zhejiang
Rotes Becken
Chongqing
Wuling Shan
NANCHANG
Wenzhou
Okinawa-Inseln
CHONGQING
Dongting Hu
CHANGSHA
Jiangxi
Ryukyu-Inseln
Hunan
Wu Jiang
Nanping
Wuyi Shan
FUZHOU
TAIPEH
SÜDCHINESISCHES BERGLAND
Ganzhou
Fujian
1870
GUIYANG
Taiwanstraße
Xiamen (Amoy)
TAIWAN
Formosa
Guizhou
1510
Guilin
Guangdong
Shantou
KAOHSIUNG
Guangxi Zhuangzu Zizhiqu
GUANGZHOU (Kanton)
Kaiyuan
SHENZHEN
Nanning
Yangjiang
HONGKONG
MACAO
Beihai
Roter Fluss
Schwarzer Fluss
HANOI
1990
Haikou
Südchinesisches Meer
Golf von Tonking
Hainan
1867
Hainan Dao
2452
VIETNAM
Sanya
BEIJING Hauptstadt
Haikou Provinzhauptsta
Maßstab 1:20 Mio
0 200 400 km

Helmut Schmidt/Frank Sieren
Nachbar China

NACHBAR CHINA

Helmut Schmidt
im Gespräch mit Frank Sieren

Econ

2. Auflage 2006

Econ ist ein Verlag der Ullstein Buchverlage GmbH

ISBN-13: 978-3-430-30004-9
ISBN-10: 3-430-30004-5

Karte: Geokarta, Heiner Newe, Altensteig
Umschlaggestaltung: Etwas Neues entsteht, Berlin
Umschlagfoto: © Christian G. Irrgang
Gesetzt aus der Sabon bei LVD GmbH, Berlin
Druck und Bindung: Ebner & Spiegel, Ulm
Printed in Germany

»Wir sind nicht das Wunschbild der Chinesen,
unser Urteil also nicht das Maß für ihre Anstrengungen.«

Max Frisch, 1975 mit Helmut Schmidt in China

Inhalt

Vorwort

Im Frühjahr 2005 saß mir in meinem Hamburger Büro der in China lebende deutsche Journalist Frank Sieren gegenüber, Korrespondent der »WirtschaftsWoche«, um mit mir über China zu sprechen. Im Anschluss entwickelte Herr Sieren die Idee eines langen Gesprächs, das Grundlage für ein Buch über China werden sollte. Bis zu meiner endgültigen Zustimmung zu diesem Buchprojekt hat es einige Monate gedauert. Zunächst haben Herr Sieren und ich uns, über ein Vierteljahr verteilt, an mehreren Tagen von morgens bis abends über China unterhalten; danach haben wir die Mitschriften redigiert und zu größeren Themenblöcken zusammengefasst. An der von Herrn Sieren vorgeschlagenen Gliederung hatte ich nur wenig zu ändern.

Im Zuge der Redaktion wurden einige Daten und Fakten überprüft und meine Angaben, wo es nötig war, präzisiert; denn auch wer gut vorbereitet ist, hat im Gespräch nicht jedes Detail parat. Ich erwähne dies im Hinblick darauf, dass der eine oder andere Leser den unzutreffenden Eindruck gewinnen könnte, mein Wissen über China sei in jedem Punkte genau und umfassend.

Um den Charakter meiner Gespräche mit Mao Zedong, Deng Xiaoping, Zhao Ziyang und Jiang Zemin möglichst unverfälscht wiederzugeben, habe ich die Niederschriften herangezogen, die damals durch meine Mitarbeiter angefertigt worden sind; an einigen Stellen habe ich Zitate aus diesen Protokollen eingefügt (für den Leser sind diese Passagen kenntlich gemacht). Die hier wiedergegebenen Gespräche erstrecken sich über einen Zeitraum von drei Jahrzehnten, in denen ich zahlreichen weiteren mich beeindruckenden chinesischen Führungspersonen wie dem früheren Ministerpräsidenten Zhu Rongji begegnet bin. Wichtige Eindrücke verdanke ich meinem langjährigen Gesprächspartner Huang Hua (chinesischer Außenminister von 1976 bis 1982) und Mei Zhaorong (chinesischer Botschafter in Bonn von 1988 bis 1997). Wenngleich ich den heutigen Parteichef, Staatspräsident Hu Jintao, noch nicht kennen gelernt und den Ministerpräsidenten Wen Jiabao nur zweimal kurz getroffen habe, vermitteln die hier wiedergegebenen Gespräche doch einen Eindruck, wie stark sich im Laufe von dreißig Jahren die Interessensschwerpunkte und die Sichtweisen der chinesischen Führer verändert haben.

Der Rückblick in das Jahr 1975, mit dem dieses Buch beginnt, wird – so hoffe ich – den Leser am besten den gewaltigen außen- und innenpolitischen Wandel erahnen lassen, der sich seither in China vollzogen hat. Im zweiten und im dritten Kapitel versuchen wir, die außenpolitischen Interessen und Verhaltensweisen Chinas etwas näher auszuleuchten und die inneren Probleme dieses riesenhaften Staates verständlich zu machen. Sodann heben wir im vierten Kapitel die konfuzianischen Traditionen hervor; denn nach meinem Urteil ist die Lebenskraft der chinesischen Kultur nur zu verstehen, wenn man die konfuzianische Prägung begreift. Der abschließend skizzierte Ausblick kann keine Gewissheit über Chinas Zukunft vermitteln; er ist eher eine Mahnung an uns Europäer, sich in Zukunft sorgfältiger und besser auf China einzustellen.

Der Leser wird bemerken, dass Frank Sieren und ich in mehreren Punkten in der Bewertung der chinesischen Entwicklung nicht übereinstimmen. Wenn etwa ein Japaner an unserer Unterhaltung beteiligt gewesen wäre, so würden im außenpolitischen Kapitel ganz erhebliche Divergenzen aufgetreten sein; wenn ein Amerikaner beteiligt gewesen wäre, so würde er darüber hinaus wahrscheinlich auch im innenpolitischen Kapitel entschieden meiner Auffassung widersprochen und Menschenrechte und Demokratie als die für China bei weitem größten Herausforderungen definiert haben.

Ich will gern bekennen, dass ich mit der Veröffentlichung dieses Buches eine dreifache Hoffnung verfolge. Zum einen hoffe ich, dass dem Leser China als Staat mit einer über dreitausend Jahre alten Kultur ins Bewusstsein gelangt, einer Kultur, die sich kontinuierlich entwickelt hat, die während Mao

Zedongs Kulturrevolution zerschlagen schien und die heute einen unglaublichen Wiederaufstieg erlebt. Ich stelle bisweilen fest, dass der chinesischen Kultur nicht der gebotene Respekt entgegengebracht wird – meist aus Unwissenheit, aber durchaus auch aus Überheblichkeit.

Mein Respekt vor China ist im Laufe der letzten Jahrzehnte, in denen ich das Land zwölf- oder fünfzehnmal besucht habe, auch deswegen gewachsen, weil ich mir inzwischen einen besseren Überblick über Geschichte und Kultur des Landes zutraue, als ich ihn in den siebziger Jahren besaß. An den in den vergangenen Jahrzehnten gewonnenen Einsichten möchte ich den Leser teilhaben lassen. (Dabei soll die dem Text hinzugefügte Zeittafel dem Leser erleichtern, die chinesische Geschichte wenigstens in ihren wichtigsten Etappen zu überblicken.)

Zum anderen hoffe ich dazu beizutragen, dass im Blick auf China der leichtfertigen moralischen und politischen Besserwisserei der Boden entzogen wird. Manche Europäer neigen dazu, amerikanische Vorurteile zu übernehmen, die Volksrepublik China negativ zu beurteilen und den Chinesen moralische Vorwürfe zu machen. Auch einige deutsche Publizisten und Politiker meinen, China müsse doch endlich demokratischer werden. Ihnen fehlt das Bewusstsein dafür, dass die deutsche Geschichte des 20. Jahrhunderts uns Deutsche am allerwenigsten dazu legitimiert, der chinesischen Kulturnation moralische Vorhaltungen zu machen. Gewiss erlaubt das Prinzip der Nichteinmischung in die inneren Angelegenheiten anderer souveräner Staaten durchaus Kritik an deren Verhalten. Wenn aber solche Kritik in massenhafte Feindseligkeit oder in massenhafte Angst umschlagen sollte, dann kann daraus eine Gefährdung des Friedens entstehen. Ich möchte dazu beitragen, uns zu sensibilisieren.

Was wissen wir in Europa eigentlich von der geistigen, der politischen und der ökonomischen Geschichte und Entwicklung der chinesischen Nation? Wissen wir, dass es nicht zuletzt die imperialen Kolonialmächte des Westens waren, die im 19. Jahrhundert den Niedergang Chinas herbeigeführt haben – und ebenso in der ersten Hälfte des 20. Jahrhunderts Japan?

Was wissen wir eigentlich vom Konfuzianismus, was wissen wir davon, wie weit er bis heute das chinesische Zusammenleben bestimmt? Nur wer genug über China und seine lang anhaltende Entwicklung weiß, kann den Chinesen ein ernst zu nehmender Gesprächspartner sein.

Zum Dritten verfolge ich mit diesem Buch auch das Ziel, dem deutschen Leser deutlich zu machen, dass China keineswegs an den heutigen ökonomischen und sozialen Problemen Westeuropas schuld ist. Der dem europäischen Publikum immer wieder erweckte Eindruck, weil China neuerdings Mitglied des globalen Weltmarktes geworden sei, gefährde es unsere Arbeitsplätze und unseren Wohlstand, ist falsch. Denn Europa und so auch Deutschland wären sehr wohl in der Lage, ihre strukturell bedingte hohe Arbeitslosigkeit zu reduzieren – das beweisen Irland und Österreich und alle skandinavischen Staaten. Der Vorwurf, mit dem China eine Schuld an den ökonomischen und sozialen Problemen Westeuropas zugewiesen werden soll und der China als ökonomischen Störfaktor darstellt, steht im seltsamen Widerspruch zu dem gleichzeitigen Anspruch, zu wissen, was für China politisch und gesellschaftlich richtig sei. Der Westen insgesamt, der in der Theorie den freien Handel propagiert, muss den Entwicklungsländern – und damit auch China – das Recht und die tatsächliche Möglichkeit zugestehen, sich auf dem Weltmarkt mit eigenen Produkten zu präsentieren und einen Teil des Marktes zu erobern.

Es ist meine Hoffnung, dass der Leser durch unsere Fragen und Antworten zur weiteren Beschäftigung mit China angeregt wird. Zur Beschäftigung mit unserem neuen großen Nachbarn, dessen Zukunft enger mit der unseren verknüpft sein wird, als viele Europäer sich das gegenwärtig vorstellen. Zugleich hoffe ich, dass meine chinesischen und japanischen Freunde die hier vorgetragenen Kritikpunkte als Anregungen eines Freundes empfinden.

Hamburg, im Juli 2006

I

Chinas Wiederaufstieg

Besuch bei Mao

Herr Schmidt, Sie sind 1975 Mao begegnet und wohl der letzte Deutsche, der ihn noch persönlich gekannt hat. Was war Mao Zedong für ein Mensch?

Er war ein Mensch, den man nicht vergisst. Außerordentlich impulsiv. Charismatisch, sehr begabt. Aber rücksichtslos und stur. Halbgebildet, mit guter Intuition: Er hat mich in eine Diskussion über Clausewitz und Marx verwickelt und wusste in beiden Fällen, wovon er redete. Allerdings haben sich die großen Kampagnen, die er angezettelt hat, nicht aus einem klaren Verstand entwickelt. Mao verfügte über eine ähnliche Mischung aus Rücksichtslosigkeit und Charisma wie Tito, der jedoch stärker vernunftgesteuert war. Mao war klug, aber Vernunft war seine Stärke nicht.

Hat er Sie in seinen Bann gezogen oder eher abgestoßen?

Beeindruckend war er schon. Er begrüßte mich mit den Worten: »Sie sind ein Kantianer«, was so nicht stimmte, und sagte dann: »Und ich bin ein Marxist.« So fing das Gespräch an. Er hatte wohl irgendetwas über mich gelesen. Es war die Unterhaltung zwischen einem alten Mann und einem 25 Jahre jüngeren. Er war bis zum Schluss geistig voll da, entspannt, lebhaft und humorvoll. Aber er konnte nur schlecht artikulieren; er hatte wohl schon einen Schlaganfall hinter sich. Er sprach ungeniert darüber, dass ihm das Sprechen schwerfalle und die Beine nicht in Ordnung seien. Er konnte alleine stehen oder sitzen, aber nicht alleine aufstehen oder sich hinsetzen. Die drei jungen Frauen, die als Dolmetscherinnen fungierten, hatten in der Hauptsache damit zu tun, sich untereinander Klarheit darüber zu verschaffen, was er gesagt hatte; sie hatten Schwierigkeiten, ihn zu verstehen. So kam es mehrfach vor, dass sie etwas auf ein Papier kritzelten, was sie ihm anschließend zeigten, um zu sehen, ob sie ihn richtig verstanden hatten. Er versuchte dann, Worte zu wiederholen, oder griff nach dem Block und schrieb schnell und lesbar auf, was er sagen wollte. Das alles geschah ungeniert und frei von Unterwürfigkeit und war oft von Lachen unterbrochen.

Hatten Sie den Eindruck, dass auch das übersetzt wurde, was er gesagt hatte?

Ich hatte nie den Eindruck, dass die Dolmetscherin etwas sagte, was er nicht wollte. Da es ins Englische übersetzt wurde, hätte Mao sie auch korrigieren können. Damals wusste ich das noch nicht, aber Mao hatte über Jahre hinweg regelmäßig Englischunterricht genommen.

Sie sagten, dass die drei Frauen ohne Unterwürfigkeit mit Mao umgingen. Eine war seine Nichte und stellvertretende Außenministerin. Nahm die Unterwürfigkeit gegenüber Mao bei Menschen zu, die einen größeren Abstand zu ihm hatten?

Das einfache Volk schien Mao wie einen Gott zu verehren. Selbst in Kreisen der Topdiplomaten konnte man eine große Verehrung spüren. Nach dem Treffen mit Mao wurde meine Frau von der Gattin eines Botschafters gefragt, ob auch sie Mao die Hand geschüttelt habe. Die Diplomatenfrau ergriff daraufhin ehrfürchtig die Hand meiner Frau, die eben noch von Mao berührt worden war. Meine Frau war eher irritiert über diese Gläubigkeit.

War die Persönlichkeit Mao Zedongs der Anlass, dass Sie anfingen, sich in den fünfziger und sechziger Jahren mit China zu beschäftigen?

Es war zunächst weniger die Person selbst, sondern die Tatsache, dass Mao dafür gesorgt hatte, dass das von inneren Kämpfen und Kriegen mit den Nachbarn erheblich geschwächte China wieder als selbstbewusste Nation auftrat und damit eine geostrategische Rolle zu spielen begann. Da ich mich Mitte der fünfziger Jahre mit den geostrategischen Vorstellungen der damaligen amerikanischen Regierung beschäftigte, spielte auch China eine Rolle. Allerdings noch sehr am Rande. Die Deutschen hatten in den fünfziger Jahren andere Sorgen, als sich mit China zu beschäftigen.

Welche Rolle spielte China damals in der deutschen Politik?

Im Grunde keine. Kanzler Kiesinger hat 1969 in einer Wahlkampf-Bundestagsdebatte warnend »China, China, China« gerufen, aber keiner weiß genau, warum. Anfang der siebziger Jahre kam der eine oder andere Zwischenruf aus der CDU in der Taiwanfrage.

Immerhin war China ebenso wie Deutschland geteilt und dazu auch noch aus ähnlichen Gründen.

Das spielte nur am Rande eine Rolle. Ich erinnere mich an eine Bundestagsdebatte in den späten fünfziger Jahren, bei der ich in einer polemischen Rede von dem Meister am Stuhl, dem Bundestagspräsidenten Eugen Gerstenmaier, unterbrochen und gerügt wurde, weil ich von dem »Abgeordneten Jäger-Formosa« gesprochen hatte. Formosa war damals der von der deutschen Rechten benutzte Name für Taiwan. Jäger kam natürlich nicht aus Formosa, ich wollte ihn nur ärgern, weil er der amerikanischen antikommunistischen Propaganda auf den Leim gegangen war, die behauptete, dass Taiwan das freie China sei. Im Bundestag hängte man bei häufig vorkommenden Namen damals die Herkunftsstädte an. Carlo Schmid war Schmid-Frankfurt, ich war Schmidt-Hamburg. Und deshalb habe ich den Taiwanverehrer und Kommunistenhasser Jäger mit dem Namen Jäger-Formosa geärgert. Gerstenmaier sagte daraufhin: »Einen Moment, Herr Abgeordneter, das ist, glaube ich, nicht korrekt, sondern es muss heißen …«, und dann zögerte er. Er wusste nicht, wo Jäger herkam. Da habe ich gesagt: »Sehen Sie, Herr Präsident, Sie wissen es auch nicht. Das hängt damit zusammen, dass der Geburtsort des Kollegen Jäger im Bundestagshandbuch verschwiegen worden ist.« Der ganze Saal lachte, weil jeder wusste, dass Jäger aus Versehen in Berlin geboren war, aber als Ur-Oberbayer auftrat und seinen preußischen Geburtsort verschwieg. Das führte dazu, dass Herr Jäger sich revanchierte und von mir als Schmidt-Schnauze redete. Mao war also indirekt daran schuld, dass ich bei der CSU »Schmidt-Schnauze« hieß.

Was wusste man damals als politisch interessierter Mensch über Mao?

Man wusste, dass er erzogen war im Geiste des Marxismus und Leninismus. Auch des Stalinismus. Aber man wusste ebenso, dass er inzwischen mit der Sowjetunion gebrochen hatte. Und man hörte vielerlei Dinge über die Kampagne der »Hundert Blumen« und über die nächste Kampagne des »Großen Sprungs nach vorn« mit Millionen von Hungertoten. Aber man hatte keine klaren Vorstellungen davon. Mir ist erst im Laufe der sechziger Jahre deutlich geworden, dass zwar die Dualität zwischen dem Westen und der Sowjetunion vorherrschend war, dass aber daneben China als großes »Dritte-Welt-Land« an Bedeutung gewinnen würde – ohne von China eine große Ahnung zu haben.

Parallel zu den 68ern mit ihren Mao-Bibeln?

Die deutschen Marxisten hatten keine Ahnung von strategischen Fragen. Die 68er haben die Mao-Bibel für eine heilige Schrift gehalten, ohne zu wissen, wer Mao wirklich war. Sie haben den Marxismus für eine Wissenschaft und die Kulturrevolution für eine fortschrittliche Modernisierungsbewegung gehalten, die den Alten Dampf macht. Dass sie Feuer und Flamme für China waren, hatte mit dem Fernsehen zu tun, das Ende der sechziger Jahre eine immer größere Bedeutung bekam und Bilder von Chinas Massenbewegungen in aller Welt verbreitete, die einem im Gedächtnis blieben.

Immerhin war man in Deutschland verärgert oder beeindruckt, dass es dem Kommunisten Mao gelungen war, am anderen Ende der Welt eine Bewegung deutscher Maoisten zu entfachen. Mao brachte es im Januar 1967 sogar auf die Titelseite des Spiegel.

Dennoch gab es keine wirklichen deutschen Maoisten, sondern nur eingebildete Maoisten. Die wussten gar nichts von Mao. Es war ja nicht nur Mao Gegenstand dieser Hysterie, sondern auch der Vietnamese Ho Tschi Minh. Auch der Argentinier Che Guevara war ein Held für eine Reihe von jungen Leuten, ohne dass sie besondere Kenntnisse über Südamerika hatten. Das Mao-Geschrei der damaligen Linksstudenten wurde im Bewusstsein der Öffentlichkeit und der veröffentlichten Meinung der deutschen Journalisten kaum mit Mao und mit China identifiziert.

Wie haben Sie die Kulturrevolution damals eingeschätzt?

Ich habe sie wahrgenommen als eine brutale Erscheinung. Mit Menschen, die sie nicht leiden konnten, sprangen die Revolutionäre um, wie ein Schweinehirt nicht einmal mit seinen Schweinen umgeht. Ich habe sie als ekelhaft empfunden.

Haben Sie Mao damals mit Hitler verglichen oder mit Stalin?

Den Stalinismus habe ich persönlich nicht erlebt. Den kenne ich nur aus den Geschichtsbüchern. Und auf die Idee eines Vergleichs mit Hitler bin ich nicht gekommen.

Warum nicht?

Warum sollte ich? Man kann doch nicht alles an Hitler messen. Er ist ein schlechter Maßstab. Nein, auf die Idee bin ich nicht gekommen.

Hat das Chaos der Kulturrevolution die globale Bedeutung Chinas relativiert? Sie mussten davon ausgehen, dass China im Chaos versinkt.

Das war damals nicht meine Vorstellung. Die Erfahrung der vorausgegangenen Massenkampagnen hatte gezeigt, dass China trotz des Chaos weiter bestand und an Bedeutung gewann. Ich hatte den Eindruck der langsam, aber stetig wachsenden Bedeutung Chinas. Als ich dann 1969 Verteidigungsminister wurde, spielte China schon eine so große Rolle in meiner politischen Vorstellung, dass ich mich entschloss, eine Pazifikreise zu unternehmen. Da wir damals noch keine diplomatischen Beziehungen zu China hatten, bin ich um China herumgereist und habe es mir gewissermaßen von außen angeguckt. Ich habe das riesige Land mit japanischen, koreanischen, thailändischen und australischen Augen betrachtet. Und auf dieser Reise hat sich meine Einschätzung Chinas bestätigt.

1971 geriet China dann ins Blickfeld der Weltöffentlichkeit. Am 4. April stieg der amerikanische Tischtennisspieler Glenn Cowan in Tokio in den Bus der Chinesen und fragte den Weltmeister im Herren-Einzel Zhuang Zedong, ob die Amerikaner mal in China spielen dürften. Das Bild von dem Händedruck der beiden ging um die Welt. Mao lud Nixon daraufhin nach China ein. Und Nixon bot ihm den Taiwansitz im UN-Sicherheitsrat an. Im Oktober 1971 zog China in den Sicherheitsrat ein. Und im Februar 1972 reiste Nixon nach China. Was war der Grund für diese Wende?*

Mao hatte sich international isoliert, und die USA boten eine Chance, in der Welt anerkannt zu werden. Nixon wollte mit dem Schulterschluss mit China die Sowjetunion unter Druck setzen. Ich drängte Willy Brandt, nicht im Kabinett, wohl aber im privaten Gespräch, so schnell wie möglich diplomatische Beziehungen mit China aufzunehmen. Das haben wir dann wenige

* Die damals so genannte Ping-Pong-Diplomatie

Monate nach dem Besuch Nixons im Oktober 1972 gemacht, lange vor den Amerikanern, die erst 1979 die Botschaft eröffneten, weil es für sie innenpolitisch nicht so einfach war, Taiwan loszuwerden und mit den Kommunisten ins Bett zu gehen.

Willy Brandt ist aber nie nach China gereist.

Es hat eine Einladung gegeben; aber er hat es nicht mehr geschafft. Es hat ihn auch nicht so interessiert wie mich. Im Mai 1974 ist er zurückgetreten, und ich wurde Bundeskanzler. Im Oktober 1975 bin ich dann schon nach China aufgebrochen.

Sie waren nicht der erste deutsche Politiker, der Mao getroffen hat. Franz Josef Strauß, einer ihrer größten Widersacher, war Ihnen wenige Monate zuvorgekommen. Hat Sie das geärgert?

Nein. Ich war der Bundeskanzler und er ein Oppositionspolitiker mit beschränktem Radius in der Bundespolitik. Man maß sich nicht an Strauß.

Haben Sie sich Strauß' Eindrücke schildern lassen in der Vorbereitung auf den Besuch?

Persönlich habe ich mit ihm über China nicht gesprochen. Ich kann mich auch an keinen Bericht erinnern. Es gehörte eigentlich zu den Gepflogenheiten, wenn man etwas Interessantes im Ausland erfahren hatte, darüber einen Bericht an das Auswärtige Amt zu schicken. Ich habe das als junger Mann immer gemacht und auch dafür gesorgt, dass der Außenminister davon erfuhr. Aber da Strauß ein sehr impulsiver Mensch war, ist es durchaus möglich, dass er darauf verzichtet hat.

Wo haben Sie Mao getroffen?

Nicht in der Großen Halle des Volkes, wie ich vermutet hatte, sondern in einem unscheinbaren Haus auf einem für das Politbüro abgesperrten Gelände nördlich der Verbotenen Stadt am

Vormittag des 31. Oktober 1975. Ich hatte am Vortag schon Deng Xiaoping getroffen und sollte ihn nach dem Gespräch mit Mao wiedersehen. Auf dem Gelände waren neue Häuser weiträumig entlang eines Sees verteilt. Es war das Wandlitz Chinas. Das Haus von Mao war außen ebenso unscheinbar wie innen. Keine Bilder hingen an den Wänden. Es standen nur ein paar Büromöbel herum und einige Sessel im Halbkreis.

Wie verlief das Gespräch?

Wir haben uns lange unterhalten, beinahe drei Stunden. In den einleitenden Begrüßungsworten erklärte er, dass die Deutschen »gut« seien. Nach einer kleinen Pause korrigierte er sich und sagte höflich: »Die Westdeutschen sind gut.« Ich erwiderte ebenso höflich, dass es in der Bundesrepublik enormen Respekt für die Errungenschaften des chinesischen Volkes unter der Führung Maos in den letzten 25 Jahren gebe. Ich hätte zur Vorbereitung des Gesprächs übrigens auch seine Gedichte gelesen. Mao meinte bescheiden: »Die Errungenschaften, die wir erreicht haben, sind klein gewesen. Ich kann im Übrigen gar keine Gedichte schreiben. Aber ich weiß dagegen, wie man Kriege führt und gewinnt.« Ich sagte darauf natürlich: »Sie können beides.« Und fügte hinzu: »Und Sie sind ein Führer des Volkes.«

Mao wird sicher bemerkt haben, dass ich nicht von einem »großen Führer« sprach. Dann kam ich unverblümt zur Sache. Ich erklärte ihm unsere Einschätzung der Sowjetunion und wollte ihn damit zu einer Reaktion provozieren. Im Protokoll ist nachzulesen: »In den letzten 15 Jahren musste man deutlich unterscheiden zwischen dem, was die Sowjets sagen, und dem, was sie tun. Sie sind in ihren Handlungen sehr viel vorsichtiger. Der letzte abenteuerliche Akt war vor 13 Jahren die Entsendung von Raketen nach Kuba gewesen. Dies kann sich allerdings durchaus ändern, wenn man eine Lage entstehen lässt, in der sie sich plötzlich zutrauen, ihre überragende Macht zum Tragen zu bringen. Deshalb müssen wir eine zufrieden stellende Machtbalance bewahren. Solange man dies tut, werden die Sowjets ihre Grenzen nicht überschreiten. In dem Moment aber, in dem ein Land in seiner Verteidigung schwach wäre, ist es möglich, dass sie losschlagen. Deshalb sind die wichtigsten europäischen Staaten entschlossen, sich keine Blöße zu geben, die zu einem Angriff einlädt. Nur so wird eine Druckpolitik oder sogar ein Angriff zu einem enormen Risiko.«

Mao warf provozierend ein: »Das ist gut und schön, aber die Lage wird sich in den nächsten zehn oder 20 Jahren ändern.«

Ich entgegnete: »Änderungen gibt es dauernd und überall.« Daraufhin Mao: »Hören Sie auf mich. Es wird Krieg mit der Sowjetunion geben, Ihre Abschreckungsstrategie ist nur hypothetisch.«

Hat Mao Sie mit seiner Überzeugung, dass es Krieg geben werde, beunruhigt?

Nein. Ich hatte nicht den Eindruck, dass Mao einen Krieg anzetteln wollte. Und ich war überzeugt, dass er unsere Strategie unterschätzte. Deswegen versuchte ich ihm unsere Position genauer zu erklären. »Unsere Fähigkeit zur Verteidigung ist keineswegs hypothetisch«, erwiderte ich, »sondern, wenn es sein muss, höchst wirksam. Darauf baut die zweite Hälfte unserer Politik gegenüber der Sowjetunion auf. Aber sie schafft genügend Spielraum, um mit ihnen zu einer guten und freundschaftlichen Nachbarschaft zu gelangen.« Dann erläuterte ich ihm die besondere deutsche Lage, sie sei »schwieriger als die der übrigen europäischen Völker, weil unser Land geteilt ist und die alte Reichshauptstadt von dem Gebiet eines Staates umgeben wird, der unter sowjetischem Druck steht. Dies können wir jetzt nicht ändern. Wir geben aber die Hoffnung nicht auf, die gegenwärtige Lage eines Tages mit dem Ziel zu überwinden, dass die Deutschen wieder gemeinsam unter einem Dach leben können. Inzwischen bemühen wir uns um eine freundschaftliche Atmosphäre. Niemand weiß, wie sich die Sowjetunion in den nächsten 20 Jahren entwickeln wird.«

Mao erwiderte darauf: »Ich weiß dies, aber es wird dennoch Krieg geben. Idealismus ist nichts Gutes. Clausewitz hat das zutreffend ausgedrückt.«

War Mao ein Machiavellist, der zudem gerne provozierte?

Das glaube ich nicht. Er wollte mich nicht provozieren. Er traute den Russen einfach nicht. Und sein politisches Leben war von militärischen Auseinandersetzungen bestimmt. Der Lange Marsch, der Krieg gegen Japan, der Koreakrieg, der Krieg in Vietnam und so weiter. Und genau deswegen entgegnete ich ihm: »Clausewitz ist ein Genie gewesen, einer der wenigen deutschen Generäle mit politischer Begabung. Marx, Engels und Lenin haben den Clausewitz'schen Satz benutzt, dass Krieg die Fortsetzung der Politik mit anderen Mitteln sei. Aber Clausewitz hat es ganz anders gemeint: Im Krieg gebührt der politischen Führung das Primat vor der militärischen. Aus dieser Lektion ziehe ich persönlich die Lehre, dass die Fähigkeit, einen Krieg zu führen, nur eine der Alternativen sein kann, die den politisch Verantwortlichen offensteht. Man darf nicht auf den Krieg als die einzige Möglichkeit starren.«

Mao konzentrierte sich jedoch weiter auf Fragen des Krieges. »Der Verteidigungskrieg ist besser«, entgegnete er, »weil die Angreifer gewöhnlich die Niederlage erleiden. Man sieht dies am amerikanischen Angriff auf Vietnam, am Angriff Wilhelms II. auf Frankreich und auch am Angriff Hitlers auf Europa. Stets war das Ergebnis, dass die Verteidiger siegten. Genauso ist es mit Tshiang Kaishek gewesen, der auch ein Angreifer war. Die Amerikaner haben Angst, dass ihre Leute umkommen. Sie haben 500 000 Mann nach Vietnam gesandt, davon sind 50 000 tot und mehr als 100 000 verwundet, und haben darüber ein großes Geschrei gemacht.«

Dann wiederholte er sich: »Es wird Krieg geben. Eine ewige friedliche Koexistenz ist undenkbar. Europa ist zu weich und uneinig und hat außerdem eine tödliche Angst vor dem Krieg – vor allem die Dänen, die Belgier, die Niederländer. Die Deutschen und Jugoslawen sind vergleichsweise besser. Falls Europa in den nächsten zehn Jahren noch immer unfähig bleibt, sich politisch, wirtschaftlich und militärisch zu vereinigen, wird es leiden. Die Europäer müssen lernen, sich auf sich selbst und nicht auf Amerika zu verlassen.« Und dann fragte er sehr provozierend: »Können 60 Millionen Deutsche die Sowjets so besiegen, wie die Nordkoreaner die Amerikaner besiegt haben?«

Ich ging auf den letzten Vergleich nicht ein. Ich wollte vermeiden, dass Gerüchte den Umlauf machten, die Deutschen würden an einen Angriffskrieg denken, um die Wiedervereinigung zu erreichen. Es waren ja noch andere dabei. Deshalb sagte ich ziemlich kühn: »Im Notfall werden sich die Deutschen selbst verteidigen. Die deutsche Armee gehört zu den am besten ausgebildeten und ausgerüsteten Streitkräften in der Welt. Dies gilt auch für ihren Kampfgeist.«

Hielten Sie die Einschätzung der Sowjetunion, die Mao lieferte, für realistisch?

Nein. Deshalb fragte ich, auf Grund welcher Erfahrungen sich seine Einschätzung der Sowjetunion in den letzten 20 oder 30 Jahren so dramatisch gewandelt habe.

»Die Sowjetunion hat sich verändert«, sagte er. »Wir haben es nicht länger mit Stalin zu tun, sondern mit Männern wie Chruschtschow und Breschnew. Sie sind Verräter an Lenin.«

Ich warf ein: »Sie scheinen sagen zu wollen, dass die Entwicklung der Sowjetunion von den Männern an der Spitze abhängt. Aber Chruschtschow ist schon abgetreten, und Breschnew wird nicht ewig bleiben. Schließen Sie aus, dass folgende Generationen in Moskau zu den Grundsätzen von Lenin zurückfinden werden? Zum Beispiel zum Grundsatz der anständigen Behandlung anderer Nationen, zum Grundsatz der anständigen Behandlung von Minderheiten im eigenen Land oder zum Grundsatz, dass die Politik immer die Bürokratie steuern sollte und nicht umgekehrt?«

Mao rief die Antwort geradezu heraus: »Nein, das werden sie nicht, nein, nein, nein!«

»Warum nicht?«, fragte ich.

»Weil sie zu viele Nuklearwaffen besitzen.« Außerdem hätten die Russen vier Millionen Soldaten.

Wir seien nur ein kleines Land, entgegnete ich, aber wir hätten alleine auch schon eine halbe Million Soldaten.

»Ihr seid nicht klein«, sagte Mao. »Westdeutschland hat 60 Millionen Einwohner. Aber um die Lage im Westen mit einem Satz zusammenzufassen: Europa besteht aus vielen widersprüchlichen Ländern und ist zu weich.«

Da hatte er den wunden Punkt Europas aber genau getroffen. Hat Sie diese Klarsichtigkeit beeindruckt?

Was Mao damals gesagt hat, gilt ja heute noch. Er hatte in dieser Hinsicht einen Punkt gemacht. »Europa zu einigen ist keine leichte Aufgabe«, erwiderte ich. »Manche europäischen Länder gibt es schon seit eineinhalb Jahrtausenden. Es ist eine ungeheure Aufgabe, diese Länder unter ein Dach zu bringen. Das ist eine Aufgabe für eine, wenn nicht zwei Generationen. Ein Umstand wird oft übersehen: Die neun Mitglieder der Europäischen Gemeinschaft folgen verschiedenen strategischen Konzepten. Großbritannien und Frankreich haben zum Beispiel Nuklearwaffen. Frankreich hat sich unter de Gaulle, aber selbst bis heute, geweigert, seine Soldaten in die NATO einzubringen. Noch wichtiger ist, dass die strategischen Vorstellungen Frankreichs sich von denen der anderen Westeuropäer stark unterscheiden. Frankreich ist fast so stark an einer Unabhängigkeit von den USA interessiert wie an der Verteidigung gegenüber der Sowjetunion. Es kann nicht schaden, den französischen Besuchern, die zu Ihnen kommen, den gleichen Einblick in Ihre Überlegungen zu geben.«

»Die Franzosen hören nicht auf mich«, sagte Mao darauf, »ebenso wenig die Amerikaner.«

»Das trifft nicht zu«, sagte ich. »Im Übrigen gibt es ein Sprichwort: Steter Tropfen höhlt den Stein.«

»Man streitet über Fragen«, erwiderte Mao. »Aber ich habe nicht genug Wasser, um den Stein zu höhlen. Man muss sich schon auf Ihr Wasser verlassen.« Dieser Satz war durchaus zweideutig gemeint, und die Runde lachte schallend.

Kokettierte Mao damit, dass man nicht auf ihn höre, oder hielt er seinen internationalen Einfluss tatsächlich für gering?

Ich hatte den Eindruck, dass er bedauerte, international nicht so großen Einfluss zu besitzen, wie er es sich gewünscht hätte. Und es war ihm klar, dass sich dies nicht mehr ändern würde. Ich sagte ihm jedenfalls, er solle seine Bedeutung nicht unterschätzen. Auch ich sei gekommen, um Urteile, Meinungen und Analysen auszutauschen. »Manche sind vor mir da gewesen, und andere werden Sie nach mir treffen. Demjenigen, der gefragt wird, erwächst daraus eine Verantwortung. Denn die Gesprächspartner werden dann doch nachdenklich und beginnen ihre Eindrücke zu vergleichen. Ich jedenfalls habe keinen Zweifel, dass Ihre Ausführungen ein sehr wertvoller Stein in dem Mosaik der Auffassungen der Weltlage sind.« Und damit versuchte ich den Europaball noch einmal zurückzuspielen. »Wenn man einmal annimmt, dass Europa sich viel schneller einigt, als wir glauben, wird es den Eindruck großer Stärke erwecken. Könnte dies nicht der Anlass für die Sowjetunion sein, ihr Drohpotenzial von Europa weg auf Mittelasien und schließlich in den Fernen Osten zu verlegen?«

»Das ist möglich«, entgegnete Mao. »Und deshalb müssen wir uns unter allen Umständen gegen ihr Kommen wappnen.«

Haben Sie auch über die Rolle Japans gesprochen? Die Japaner, die China im Zweiten Weltkrieg überfallen hatten, standen ja Anfang der siebziger Jahre in einer engen Allianz mit den Amerikanern, waren eine aufstrebende Wirtschaftsmacht, und viele trauten ihnen damals zu, dass sie die Führung in Asien übernehmen würden.

Ja, wir haben über Japan gesprochen. Aber Mao hatte keine große Meinung von Japan: »Japan ist nicht fähig, irgendetwas zu erreichen. Es hat weder Öl noch Kohle noch Eisen und ist nicht einmal in der Lage, selbst genügend Nahrungsmittel herzustellen«, sagte er.

»Aber es hat 120 Millionen Menschen«, entgegnete ich.

»Die reine Zahl der Menschen ist keine verlässliche Kraft«, sagte Mao. »Japan verlässt sich derzeit auf die USA. Aber die Vereinigten Staaten versuchen ihren Schutz überallhin auszudehnen, auf Korea, auf Taiwan, die Philippinen, Indien, Australien, Neuseeland und indirekt auch auf Thailand. Ebenso auf den Nahen Osten, auf Europa, auf den gesamten amerikanischen Kontinent. In meinen Augen wird das nicht funktionieren.«

»Die Amerikaner sind dabei, ihre Lage zu überdenken«, antwortete ich vermittelnd. »Sie kommen zu dem Schluss, dass sie ihre Verpflichtungen übertrieben haben.«

»Die USA werden sich auf ihre eigene Stärke verlassen müssen«, sagte Mao. »Auf andere zu bauen, kann nur ein zweitklassiges Mittel sein. Die USA versuchen, zehn Flöhe mit zehn Fingern festzuhalten.« Mit diesem Satz war das Gespräch zu Ende.

Wenn man das Gespräch mit einem Abstand von 30 Jahren Revue passieren lässt, ist es schon erstaunlich, dass Mao die zentralen langfristigen Schwächen von Japan, Europa und den USA genau erkannt hat. Also die Überdehnung der USA, die Uneinigkeit der Europäer und die Unfähigkeit Japans, sich wenigstens als Führungsmacht in Asien durchzusetzen. Nur die Stärke der Sowjetunion, des Landes, das er am besten kannte, hat Mao überschätzt. Womöglich gerade, weil er zu stark persönlich involviert war in die Machtkämpfe mit Stalin und Chruschtschow. Maos Denken war offensichtlich fixiert auf den Bruch mit der Sowjetunion, den er selbst herbeigeführt hatte. Immerhin hat er sich nicht in irgendwelchem ideologischen Kleinklein verstrickt. Welche Punkte haben Sie am meisten überrascht?

Die Stärke des strategischen Urteils, von der Sie sprechen, deutete sich eher an, als dass sie vollends sichtbar geworden wäre. Den wartenden Journalisten habe ich jedenfalls damals erklärt, dass die Souveränität, mit der Mao seine Gedanken auf das Wesentliche konzentriert, einen tiefen Eindruck bei mir hinterlassen habe. Viel mehr überrascht hat mich die Einschätzung Maos, dass es Krieg mit der Sowjetunion geben würde, eine Einschätzung, die sich zum Glück als Fehleinschätzung erwiesen hat. Er glaubte zudem, dass der Krieg letzten Endes das zentrale politische Mittel in der Auseinandersetzung von Nationen bleiben würde.

War das die rückständige Seite Maos?

Aus dem heutigen Abstand haben Sie nicht ganz Unrecht. Mitte der siebziger Jahre jedoch konnte man keineswegs sicher sein, dass er falsch lag. Umso mehr empfand ich es als meine Aufgabe, seine Sicht der Weltlage in eine andere Richtung zu lenken. Und das habe ich auch in dem Gespräch deutlich gemacht.

Hat das die deutschen Maoisten beeindruckt, dass der Kanzler Mao gesprochen hat?

Keine Ahnung. Wie bereits gesagt: Deutsche Maoisten gab es nicht, es gab nur eingebildete deutsche Maoisten. Die wussten gar nichts von Mao. Und niemand hat damals die Chinesen und Mao Zedong dafür verantwortlich gemacht, dass junge Studenten in Deutschland die Mao-Bibel schwenkten. Das waren zwei verschiedene Welten. Diese so genannte Mao-Bibel stammte ja auch nicht von Mao, sondern war eine Sammlung von Aussprüchen des großen Führers aus den frühen sechziger Jahren, die von Lin Biao* herausgegeben worden war. In Millionenauflage wurde sie über die ganze Welt verteilt.

Was war das zentrale Thema, das auch die mitreisenden Journalisten beschäftigte?

Die wollten wissen, ob ich die Sowjetunion gegenüber China in Schutz genommen, also betont habe, dass die Sowjetunion friedliebender ist, als die Chinesen das glauben. Und ich ant-

* geb. 1908, Verteidigungsminister und der zweite Mann in der Kommunistischen Partei. 1971 unter ungeklärten Umständen mit dem Flugzeug in der Mongolei abgestürzt.

wortete: »Die Sowjetunion ist ein großes Land. Sie kann auf sich selbst aufpassen und braucht meine Hilfe nicht.«

Dann wollten sie wissen, ob meine Ausführungen zur Entspannungspolitik ein leises Umdenken in den Positionen Maos bewirkt haben. Chinesische Gesprächspartner seien gute Herren ihres Mienenspiels, sagte ich. Den größten Wirbel verursachte eine Bemerkung, die ich beim Besuch einer Entenfarm in einer Kommune gemacht hatte. Beim Anblick der Enten ist mir rausgerutscht: »Das erinnert mich an meinen Parteitag.« Das wurde natürlich breitgetreten in der deutschen Presse. Daraufhin bekam ich unter anderem die Frage zu hören, ob ich damit die Entenfarm loben oder den Parteitag kritisieren wollte. So war damals die innenpolitische Lage. Das Treffen mit Mao und die großen Fragen der Weltpolitik kamen gegen einen SPD-Parteitag nicht an.

Gespräche mit Deng Xiaoping

Bei Ihrem China-Besuch 1975 stand Mao schon für die Vergangenheit und Deng Xiaoping für die Zukunft. Wie trat Ihnen der neue Mann gegenüber?

Es war offensichtlich, dass Mao aufgrund seines Gesundheitszustandes seine Macht nicht mehr lange würde ausüben können. Zhou Enlai* war ebenfalls schon sehr krank. Weniger klar war, welche Rolle Deng in Zukunft spielen würde. Immerhin empfing er mich damals als stellvertretender Ministerpräsident bereits am Flughafen. Wir haben die militärische Ehrenformation abgeschritten; sie stand damals noch am Flughafen, heute steht sie auf dem Platz des Himmlischen Friedens oder vor der Großen Halle des Volkes. Anschließend fuhren wir zusammen in die Stadt. Die Autofahrt dauerte rund 30 Minuten. Heute braucht man eine Stunde oder länger.

Ich sah, während wir sprachen, viel aus dem Fenster. Es fuhren keine Autos damals, nur Fahrräder. Tausende von Fahrrädern ohne Beleuchtung. Wenn mal ein Auto unterwegs war, dann eine schwarz lackierte Limousine mit irgendeinem Regierungsmenschen darin. Peking machte auf mich einen unerwartet »unchinesischen« Eindruck. Vor allem auf der Changan Avenue gegen Ende unserer Fahrt. Die Verwaltungsgebäude wirkten eher stalinistisch, und es war hier ebenso trostlos wie in anderen kommunistischen Staaten auch.

Die Changan ist eine weitläufige Ost-West-Achse, die in der Nachkriegszeit durch das alte Peking gelegt worden ist. Haben Sie mehr aus dem Fenster geschaut oder sich mehr mit dem mächtigen Mann befasst, der Ihnen gegenübersaß?

---

* geb. 1898, gest. 1976, zuletzt chinesischer Ministerpräsident.

Ich war natürlich neugierig, wie China aussieht, und ich wusste, dass ich in den folgenden Tagen ausführlich Zeit haben würde, mit ihm zu sprechen.

Aber Sie haben doch bestimmt versucht, ihn von seiner Erscheinung her zu taxieren.

Ja. Deng war ein sehr kleiner, fast schmächtiger Mann in einem blauen Mao-Anzug mit einem Allerweltsgesicht. Er hatte auf den ersten Blick nichts Markantes. Das erste Gespräch war sehr höflich, diplomatisch, verhalten, sodass sich der erste Eindruck nicht sofort korrigierte. Aber ich merkte dennoch gleich: Er hatte etwas Eigensinniges. Vielleicht lag dies auch daran, dass ich wusste, dass er zweimal von Mao gestürzt worden war. Er begann mich zu interessieren. Schon vor dem Gespräch mit Mao kamen wir zu einem ausführlichen Meinungsaustausch zusammen. Er ließ mich reden, fragte viel, aber hielt sich mit eigenen Stellungnahmen zurück. Erst später habe ich verstanden, dass er abgewartet hatte, wie Mao sich mir gegenüber verhielt.

Was interessierte Sie an ihm?

Vielleicht war es sein Durchsetzungswille, seine Überzeugungskraft. Allerdings war das erste längere Gespräch mit Deng nach dem Treffen mit Mao eher enttäuschend. Während ich mit Mao sprach, saß Deng dabei und hörte nur zu. Er zeigte nicht das geringste Mienenspiel, aus dem hätte hervorgehen können, was er über Maos Ansichten dachte. Im Vier-Augen-Gespräch mit mir danach wiederholte Deng alles, was Mao zuvor schon gesagt hatte. Er tat dies absolut sorgfältig, fast penetrant. Dennoch sprach er entschieden und kraftvoll, nicht wie einer, der nichts anderes tut, als bereits Gesagtes nachzubeten. Dabei rauchte er eine Zigarette nach der anderen, was mir, wie Sie sich vorstellen können, sehr sympathisch war.

War er nervös?

Er war nicht nervös, sondern einfach nur nikotinsüchtig. Er rauchte wohl drei Päckchen am Tag. Genauso viel wie ich. Und er spuckte immer wieder in geradezu artistischer Weise in den Spucknapf, der gut einen Meter entfernt auf dem Boden stand. Das Gespräch dauerte gut 90 Minuten. Wir hatten jeder einen Dolmetscher.

Gab es in dem Vier-Augen-Gespräch zumindest eine Geste, mit der Deng eine eigene Position signalisierte?

Nein. Nichts. Bei mir stellte sich die Ahnung ein, dass er verpflichtet war, sich so zu verhalten. Später habe ich begriffen, dass es ihn sein Leben hätte kosten können, wenn er sich gegenüber einem westlichen Ausländer auch nur einen Spaltbreit von der offiziellen Linie wegbewegt hätte. Immerhin fragte er viel, und in dem Maße, in dem ich meine Position erläuterte, schien er gelassener zu werden.

Wenn man das Protokoll Ihres Programms durchblättert, hatten Sie acht bis zehn Stunden mit Deng für einen persönlichen Meinungsaustausch. Zwei lange Gespräche und zwei Essen. Ihrer Schilderung nach war die Ausbeute geringer als erwartet. Waren Sie enttäuscht?

Das kann man nicht sagen. Ich verstand nun unmittelbar, wie Hierarchien in China funktionierten. Im Gespräch mit Deng spürte ich die ungeheure Macht, die der greise Mao noch hatte. Wenn Deng irgendetwas hätte durchblicken lassen, wäre das, wie in einer kommunistischen Diktatur üblich, sofort zu Mao weitergetragen worden. Es ist allerdings auch in westlichen, demokratischen Staaten selbstverständlich, dass Gespräche von Ministern mit ausländischen Besuchern dem Außenminister oder gar dem Regierungschef selbst vorgelegt werden. Auch wir im Westen sind deshalb vorsichtig mit unseren Äußerungen gegenüber Besuchern aus anderen Ländern. Bei zwei Gesprächen mit Deng war der chinesische Außenminister sogar anwesend. Deng wusste wahrscheinlich schon, dass er auf der

Abschussliste stand. Wenige Monate später verschwand er ja wieder von der politischen Bühne. Nachdem Zhou Enlai und mehrere Verbündete im Politbüro gestorben waren, wurde ihm aus den Reihen der Viererbande* vorgeworfen, mit seinen Reformen den chinesischen Kommunismus zu verraten.

Ich habe schon bei dem ersten Gespräch gemerkt, dass es besser ist, wenn ich spreche; deshalb habe ich ihm in einer Tour d'horizon die europäisch-deutsche Sicht der Weltlage entwickelt. Ich sprach zunächst über die militärische Situation, über die deutsche Teilung, die schwierigen Machtverhältnisse in der Europäischen Gemeinschaft, unser Verhältnis zu den USA und der Sowjetunion, die Rohstoffkrise und das Weltwährungssystem. Wir hatten ja gerade die Bindung zum US-Dollar aufgegeben. Wirtschaftliche Fragen interessierten ihn aber damals nicht besonders.

Das lässt sich auch am Protokoll ablesen:

Deng: »Auf der VI. Sondergeneralversammlung der UN haben sich die Vereinigten Staaten und die Sowjetunion am heftigsten gegen höhere Ölpreise gewehrt. Wieso zieht die Sowjetunion einerseits Nutzen und nimmt anderseits diese Haltung in New York ein?«

Schmidt: »Die Sowjetunion hat gegen die USA und China polemisiert, aber nicht gegen die Erhöhung des Ölpreises, die großen Vorteil für sie bringt. Im Übrigen hat sich der feindliche Standpunkt zwischen den USA und den Öl produzierenden Ländern auf dieser Konferenz eher abgeflacht. Ich habe große Mühe darauf verwandt, Herrn Kissinger und Herrn Shultz davon zu überzeugen, dass es in unserem gemeinsamen

* Die Viererbande war eine Gruppe linksradikaler Führungskräfte der Kommunistischen Partei Chinas, die vor Mao Zedongs Tod große Macht ausübte und maßgeblich am Start der Kulturrevolution (1966) beteiligt war. Die Auflösung der Viererbande im Jahr 1976 markierte das Ende der Kulturrevolution.

Interesse liegt, mit Öl produzierenden Ländern uns über die künftigen Preise zu verständigen. Ich glaube nicht, dass die USA schon ihre endgültige Strategie gefunden haben.«

Deng: »China hat an der Sondergeneralversammlung teilgenommen. Mein Eindruck ist, dass die USA und die Sowjetunion dort ähnliche Töne angeschlagen haben. Die Sowjetunion hat die Steigerung des Ölpreises benutzt, um zum Beispiel billig aus dem Irak Öl zu importieren und für den dreifachen Preis an europäische Staaten zu verkaufen. Es gibt nach unserer Einschätzung drei Gründe für die Haltung der Sowjetunion. Erstens kämpft die Sowjetunion gegen die Änderung der alten Wirtschaftsordnung. Zweitens wird eine Erhöhung des Ölpreises die Widersprüche zwischen den COMECON-Staaten erhöhen. Und drittens haben wir aus vielen Quellen gehört, dass die Sowjetunion zwar zurzeit Öl nach Europa exportiert, aber schon 1980 zu einem Importland werden könnte. Ich weiß allerdings nicht, ob das stimmt.«

Schmidt: »Das Letztere glaube ich nicht. Die Sowjetunion verfügt über ungeheure Lager, zu deren Erschließung sie technologisch in der Lage ist. Im zweiten Punkt teile ich die Einschätzung der Chinesen.« Zum ersten Punkt erläuterte mein Staatsminister, dass es eine negative Haltung zur gesamten Sondergeneralversammlung gebe, aber nicht zur Preiserhöhung an sich. Deng gab zu, dass man in China nicht genug über die Motive der sowjetischen Erdölpolitik wisse, und ich antwortete, dass es auch einen Unterschied gebe zwischen dem, was einer sagt, und dem, wie er handelt.

Wurde Deng im zweiten Gespräch deutlicher und ausführlicher?

Auf jeden Fall. Aber er hielt sich eisern an die Linie Maos. Er spitzte zu und ging stärker in die Tiefe. Es fielen Sätze wie: »China glaubt nicht an Entspannung und einen dauerhaften Frieden.«

Ist Deng während des Banketts aufgetaut?

Er ist immerhin lockerer geworden und machte sich ein Vergnügen daraus, die Fingerhaltung an meinen Stäbchen immer wieder zu kontrollieren, während ich versuchte, den süßsauren Mandarinfisch in Eichhörnchenform zu mir zu nehmen, das fünfte Gericht in der Speisenfolge. Zum Glück hatten wir im Flugzeug ein wenig geübt. Nach dem Toast ging Deng gut gelaunt mit dem Schnapsglas herum, um jedem persönlich zuzuprosten und »Gan Bei« zu rufen, was so viel bedeutet wie: Alles in einem Zug austrinken. Das wussten wir zum Glück noch nicht. Denn an den Geruch des Hirseschnapses muss sich ein Europäer erst gewöhnen.

Aber im Gespräch durfte Deng nicht »auftauen«, wie Sie das formulieren. Das war keine Frage der Gefühlslage, sondern eine der Vernunft. Und ich frage Sie, was hätte Deng mir sagen sollen? Es gab zu diesem Zeitpunkt keine sinnvolle Botschaft. Es war undenkbar, dass er etwas über substanzielle Reformen angedeutet hätte. Er durfte sich nicht einmal dafür interessieren, wie wir bestimmte wirtschaftliche Probleme lösten. Dann hätte er ja schon verraten, was er im Schilde führte. Ich bin mir heute ziemlich sicher, dass er damals schon einen Plan hatte und nur auf eine günstige Gelegenheit gewartet hat, ihn umzusetzen. Ich kannte schon seine Sprüche aus den fünfziger Jahren: Egal, ob die Katze schwarz oder weiß ist, Hauptsache sie fängt Mäuse. Heute kennt das jeder Journalist, damals war das fast niemandem bekannt. Einstweilen jedoch sprachen wir, wie bei Mao, über das Bedrohungspotenzial der Sowjetunion. Und die chinesische Botschaft war klar: Der Westen unterschätze die Gefährlichkeit der Sowjetführer. »Breschnews Außenpolitik ist gefährlicher als die von Chruschtschow«, sagte Deng.

War dies eine Strategie, um die NATO dazu zu bringen, den Druck zu erhöhen, oder hatte die chinesische Führung tatsächlich Sorge, dass ein Krieg bevorstehen könnte?

Ich denke, es war beides der Fall. Weil die Chinesen keine engen Kontakte mehr mit den Russen hatten und davon ausgingen, dass eine Million Soldaten an der chinesischen Grenze stationiert waren, war die Sorge vorhanden und berechtigt. Doch selbst wenn dies nicht so gewesen wäre, hätten die Chinesen die gleiche Strategie verfolgt. Möglichst viele russische Ressourcen an die deutsch-deutsche Grenze zu binden war auf jeden Fall gut für China. Deshalb machte es für die Chinesen Sinn, wenn der Westen den Druck erhöhte.

Sind Sie besorgter nach Hause gefahren?

Nein, ich hatte ihre Strategie ja durchschaut. Ich habe Deng geantwortet, dass wir uns sehr wohl der Bedrohung bewusst seien. Schließlich halte die Sowjetunion unser Land geteilt. Doch wir hätten derzeit keine Angst vor einem Angriff. Denn die Russen wüssten, dass die NATO ein starker Gegner ist. Deng traute, wie schon Mao, dem Gleichgewicht des Schreckens nicht. Moskau habe den waffentechnischen Vorsprung der USA inzwischen aufgeholt, entgegnete er. Das hätten er und Mao auch schon Außenminister Kissinger einige Tage zuvor gesagt. Wie Mao betonte auch Deng noch einmal, dass die chinesische Führung eher von einem konventionellen Krieg ausgehe. Dafür spreche nicht nur das atomare Patt, sondern auch der Hintergedanke: Länder besetzen, Völker kontrollieren, Ressourcen erlangen zu wollen. Den für die deutsche Politik wichtigsten Satz sagte Deng am Ende unseres Gesprächs: »Wir unterstützen die deutsche Wiedervereinigung.« Darüber war ich sehr überrascht und ich habe ihm herzlich gedankt.

War dies aus Sicht der Chinesen wirklich so überraschend? Sie wollten die Russen ärgern, sie wollten die Teilung zwischen China und Taiwan überwinden und sie hatten sich ja nicht festgelegt, unter welchem politischen System die Vereinigung stattfinden sollte.

Ich denke, es war beides: ein taktischer Schritt gegen die Sowjetunion und wahrscheinlich in noch stärkerem Maße eine nationale Selbstverständlichkeit. Deutschland sollte nicht geteilt sein, genauso wenig wie China geteilt sein sollte. China hat in dieser Frage bittere Erfahrungen gemacht, die man den freundschaftlich verbundenen Staaten nicht wünschte. Dennoch war der Satz in dieser Direktheit für mich überraschend.

Welches Interesse zeigte Deng an Deutschland?

Kein besonderes. Außer, dass die Chinesen ein Interesse an einem starken Europa hatten. Und Deutschland hielten sie für das wichtigste Land Europas. Man traute Bonn wohl einen größeren Einfluss auf Washington zu als Paris oder London. Die Chinesen verfolgten eine ganz klare Linie. Sie wollten ein starkes Europa, weil so ihrer Ansicht nach die Chancen geringer waren, dass die Russen an der sowjetisch-chinesischen Grenze auf aggressive Gedanken kamen. Auch Deng hatte damals die Sorge, dass es Krieg an dieser Grenze geben könne. Wir wiederum hatten ein starkes Interesse an einem starken China im Osten der Sowjetunion. Deswegen war China wichtig. Die große Frage war: Ließ sich daraus ein Machtdreieck entwickeln, das möglicherweise stabiler war als die bipolare Weltordnung. Inzwischen ist wieder eine bipolare Ordnung in Sicht zwischen den USA und China. Aber damals war es unvorstellbar, dass die Sowjetunion in absehbarer Zeit als zentraler Machtfaktor der Weltpolitik ausfallen würde.

In den folgenden Tagen sind Sie zur Großen Mauer gereist, nach Nanjing, der alten Kaiserstadt, und ganz in den Westen des Landes nach Urumqi in die Provinz Xinjiang. Wie haben Sie das Land und die Menschen aufgenommen?

Die Menschen hatten alle die gleichen Anzüge an, billige Baumwollanzüge, alle hatten die gleiche Farbe. Sie waren entweder blau oder grau. Graue Anzüge trug der schon gehobene Kader, und wer wirklich bedeutsam war, bei dem steckte in der äußeren Brusttasche ein Kugelschreiber. Die Chinesen hatten nicht nur die gleichen Anzüge an, sondern sie redeten auch alle das Gleiche. Sie gaben sich geradezu monoton gegenüber uns Ausländern, alles lief auf Mao hinaus. Das habe ich sonst nur unter dem rumänischen Diktator Ceausesçu oder dem Jugoslawen Tito erlebt. Insgesamt wirkten die Menschen bedrückt. Ihre Gesichter waren ernst. Ich hatte bis dahin noch nie ein großes Land besichtigt, in dem alle das von dem Mann an der Spitze Komponierte nachsprachen. Ein wenig gröber, aber im Grunde das Gleiche.

Waren diese Menschen herzlich, neutral oder abweisend? Immerhin waren Sie ein Vertreter des Klassenfeindes.

Abweisend waren sie nicht. Man konnte spüren, dass sie gastfreundlich waren. Aber sie durften es nicht zu sehr zeigen. Deswegen verlief die Unterhaltung mit einem westlichen Europäer höflich und neutral. Ich hatte neben Carl Friedrich von Weizsäcker und Klaus Mehnert auch den Schriftsteller Max Frisch mit nach China genommen, weil er ein Stück geschrieben hatte mit dem Titel *Die chinesische Mauer*. Ich dachte mir – aus einer Laune heraus –, für Frisch könne es vielleicht interessant sein, die Große Mauer in der Wirklichkeit zu sehen. Unsere Eindrücke von Land und Leuten tauschten wir auf dem Rückflug aus, und sie waren übereinstimmend.

Max Frisch schreibt dazu: »Wenn sie in uns den Klassenfeind sehen, tun sie es ohne Furcht. Ohne die Genehmigung durch ihren Vorsitzenden wären wir nicht hier: Somit besteht kein Grund, nicht höflich zu sein mit den Fremden.« Und er schreibt weiter: »Bisher habe ich kaum ein Schaufenster gesehen; keine einzige Reklame, die Glückseligkeit verspricht durch Besitz von Ware. Es muss eine andere Art von Hoffnung geben. Ihre Gesichter sind nicht unfroh. Aber nicht grau, nicht verbittert. Es scheint keinen Anlass von Neid zu geben.« Stimmen Sie dieser Einschätzung zu?

Ich würde zustimmen – mit einer Einschränkung: Man kann Neid in den Gesichtern der Leute schwer erkennen, zumal in einem Land, das man zum ersten Mal besucht.

Was wussten die Chinesen über Deutschland?

Sie wussten fast nichts über Deutschland. Sie hatten etwas über Hitler gehört, sie kannten Karl Marx, aber eher dem Namen nach. Manche Kader wussten, dass die Deutschen Anfang des Jahrhunderts an der Niederschlagung des chinesischen Boxeraufstandes beteiligt gewesen waren. Und sie wussten von der deutschen Konzession in Tsingtao. Vom damaligen Deutschland wussten sie nichts.

Über den Alltag in China, den er im Unterschied zu Ihnen ausführlicher betrachten konnte, schreibt Frisch: »Menschen zu Fuß, Menschen im Bus, die meisten auf Fahrrädern – wie nie zuvor habe ich ein Bild von dem Begriff: Masse. Alles in allem blau-grau-grünlich. Fast alle tragen die Mütze, die man kennt. Die Masse der Arbeitenden, die es überall gibt, hier aber beherrscht sie das Straßenbild. Auch, wo keine Fabrik zu sehen ist, keine Baustelle, keine Äcker, lässt sich nicht vergessen, dass ungefähr alles, was uns dient, aus Arbeit entsteht: Was unser Straßenbild leider vergessen lässt. Es wimmelt, ich denke trotzdem nicht an Ameisen; ich sehe Menschen, ihre Gesichter gelassen und lebendig. Auch die Frauen und Mädchen tragen Hosen. Aber keine Hosen, die das Geschlecht demonstrieren; ihre Weiblichkeit zeigt sich in den Gesichtern. Viele bäurisch selbst in der Stadt. Manchmal ein Karren, gezogen von einem Maulesel und beladen mit Kohl. Dann und wann ein Rudel von Kindern, die in Zweier-Kolonne gehen; die Kinder sind bunt und die Erwachsenen, grau im Schatten der Platanen, erscheinen in der Sonne auch etwas farbiger; da und dort eine geblümte Bluse, Zöpfe mit schmetterlingshaften Schleifen. Alles in allem aber stimmt der erste Eindruck: grau-grün-blau als Grundton, das Uniforme der Kleidung, wie wir es kennen als ordentliche Kleidung einer Belegschaft. Was ist der Unterschied zwischen Masse und Menge? Man braucht im Gedränge keine Ellbogen, um zu bestehen. Eine gesittete Masse. Auch in den breiten Hauptstraßen gibt es (wie es der Taxifahrer in Zürich prophezeit hat) nur wenige Autos, abgesehen von den

Bussen; sie hupen sich durch. Sonst ist China leise. Auch wo der Bundeskanzler nicht hingeführt wird, sehe ich das Gleiche: Volk auf Fahrrädern und zu Fuß, alle ohne Hast. Es scheint hier niemanden zu geben, der nicht zur großen Belegschaft gehört; keiner trägt Kleidung, die bei der Arbeit nicht zu tragen wäre.« Und weiter schreibt Frisch: »Die deutschen Meister der Organisation haben kein einziges Mal den Kopf zu schütteln über die Chinesen; es klappt auf die Minute, alles so gefällig unauffällig.« Übertreibt Frisch da ein wenig?

Jedenfalls darf man seinen punktuellen Eindruck nicht verallgemeinern.

Sie haben auch die Große Mauer besucht?

Der Anblick der Großen Mauer übertraf alle meine Erwartungen. Der Blick war unvergleichlich. Den Hügeln und Tälern folgend windet sich dieses einzigartige Bauwerk durch die Landschaft, bis es im Dunst verschwindet.

Ich habe bei dieser Reise – über tausend Kilometer westlich – zum ersten Mal begriffen, dass jene riesige Landschaft, die früher zu Tadschikistan gehörte und jetzt Xinjiang heißt, von Leuten bewohnt ist, die nicht nur anders aussehen als Han-Chinesen, sondern auch eine eigene Sprache sprechen und eine andere Schrift benutzen. Ohne Mühe können sie sich mit Türken verständigen. Alle Spruchbänder waren zweisprachig. Die Uiguren sprachen so schnell und temperamentvoll, dass die Chinesen sie oft nicht verstehen konnten. Alles war viel bunter. Die Frauen trugen bunte Röcke, die Kinder waren bunt angezogen, und die Männer hatten bunt bestickte folkloristische Kappen auf dem Kopf. Das war ein großer Kontrast zu Peking. Auf dem Flug dahin – von Peking nach Urumqi ist es etwa so weit wie von New York nach Los Angeles – habe ich die Weite des Landes begriffen. Die Weite des Landes und auch seine Leere. Das sind Bilder, die man nie mehr vergisst. Wir flogen über den Rand der Wüste Gobi, da war nichts zu sehen; wir flogen über das Tian-Shan-Gebirge, auch da war nichts als unendlicher Raum. Offenbar war es dort sehr trocken, es gab kaum Bäume, nur Wüste oder Halbwüste.

Max Frisch resümiert die Reise mit folgenden Worten: »Was mir an China aufgefallen ist: ein anderer Alltag. Sie leben wie in einer anderen Zeit, und plötzlich ist man sich nicht mehr sicher, wer rückständig ist; ein anderes Denken manifestiert sich überall; eine Politik, die über den Ökonomismus hinauszielt und in erster Linie eine sozialethische Entwicklung anstrebt (trotz dürftiger Lebenshaltung notfalls mit ökonomischen Einbußen) und allein daraus die Rechtfertigung der Staatsmacht ableitet; der praktizierende Glaube an eine gewisse Wandlungsfähigkeit der Menschen. Das alles verläuft zur Zeit in großer Ruhe, aber Ruhe ist nicht des Chinesen erste Pflicht; ihr Vorsitzender weiß, dass keine Ordnung je die letzte ist, und wenn es das gibt, Politik mit Transzendenz, so gibt es sie in China.« Teilen Sie diese Einschätzung?

Ich glaube, heute würde Max Frisch jenen Satz nicht wiederholen.

Welches waren die größten Unterschiede zur damaligen Sowjetunion?

Die Armut in China war unendlich viel schlimmer als die in der damaligen Sowjetunion. Die Armut war an jeder Ecke des Landes deutlich zu sehen. Die Menschen hatten nur das Allernötigste. Die innere Situation Chinas blieb uns allen unklar. Es war zuallererst das Elend, die massenhafte Armut, die uns aufgefallen war, dann die Tatsache, dass alle dasselbe redeten. Eine fast unerträgliche geistige Monotonie, wie uns schien. Keiner von uns wusste, ob sie wirklich glaubten, was sie uns sagten.

Nur ein halbes Jahr nach Ihrem Besuch wurde Deng unter dem Druck der Viererbande um Madame Jiang Qing, Maos Ehefrau, von Mao wieder abgesetzt. Kurz nachdem Zhou Enlai gestorben war. Wenige Monate später starben bei einem

Erdbeben im Mai 1976 in der Nähe von Peking 250 000 Menschen. Und im darauf folgenden September starb Mao. Die Viererbande schien zunächst die Macht zu übernehmen, wurde aber noch im selben Jahr von dem neuen Führer Hua Guofeng entmachtet und eingesperrt. Schaute die politische Welt damals gebannt auf China?*

Nein. Man betrachtete China eigentlich nur im Rahmen des Kalten Krieges. Nur die Spezialisten des Kalten Krieges waren besorgt, dass die Viererbande die unter Mao frisch geknüpften Bande wieder kappen könnte. Je mehr Chaos in China, desto stärker die Sowjetunion, desto größer die Bedrohung für Deutschland und den Westen, so lauteten damals die Schlussfolgerungen. Deutschen Unternehmen war es gelungen, die eine oder andere Maschine, das eine oder andere Werk zu verkaufen. Aber breite wirtschaftliche Beziehungen zwischen Deutschland und China gab es noch nicht.

Die chinesische Innenpolitik interessierte fast niemanden und mich auch nur aus politischer Neugier, einer Neugier allerdings, die andere Staatsführer vielleicht nicht hatten. Ich erinnere mich, dass ich den Abgang Dengs bedauerte. Ich hatte, wie gesagt, Sympathie für den Mann, weil ich spürte, dass er eine eigene Meinung besaß, sie aber nicht vertrat, weil er es nicht durfte. Ansonsten fragte ich mich, wie groß der Rückhalt der Viererbande wohl sein mochte, und zog entsprechende Erkundigungen ein. Man gewann von Bonn aus den Eindruck, dass der hasserfüllte Eifer von Jiang Qing, Maos Ehefrau und Führerin der Viererbande, über jede Vernunft gesiegt hatte, während Mao Zedong, als er die »proletarische Kulturrevolution« ausrief, wohl ein doppeltes Ziel verfolgte: zum einen die Festigung seiner persönlichen Macht und zum anderen die Wiederherstellung der revolutionären Ideale. Bis dann relativ unvermittelt Hua Guofeng, ein im Westen unbeschriebenes Blatt, die Macht übernahm.

* geb. 1921, Generalsekretär der Kommunistischen Partei.

Drei Jahre später, im Oktober 1979, hat Hua Guofeng Deutschland besucht. Zum ersten Mal in der Geschichte war ein chinesischer Führer nach Europa gekommen. War das ein wichtiges politisches Ereignis?

Für die Deutschen kaum. Deutschland hatte andere Sorgen.

Die Bundesrepublik war innenpolitisch im Umbruch. Die Umwelt- und Antiatomkraftbewegung, aus der später die Antinachrüstungsbewegung hervorging, wurde wichtiger und veränderte die deutsche Gesellschaft. Die Grünen wurden gegründet. Es gab im Ruhrgebiet den ersten Smogalarm. Die linksalternative tageszeitung *erschien erstmals. Im amerikanischen Harrisburg kam es zum bis dato schwersten Störfall in einem Atomkraftwerk. Wenige Tage später demonstrierten 40 000 oder 50 000 Menschen gegen die geplante Atommülldeponie in Gorleben. Im Sommer unterzeichneten Jimmy Carter und Leonid Breschnew in Wien den Abrüstungsvertrag SALT II. Im selben Jahr beschlossen die NATO-Mitgliedsstaaten die Nachrüstung, und die Sowjets marschierten in Afghanistan ein. Allerdings erst im Dezember, nach dem Besuch von Hua Guofeng.*

Aufgrund dieses ereignisreichen Umfeldes bekam Hua Guofeng in der Tat weniger Aufmerksamkeit auf seiner Europareise, als er vielleicht im Nachhinein betrachtet verdient hätte. Das lag auch ein wenig an Hua Guofeng selbst. Er war im Vergleich zu Mao viel weniger apodiktisch. Mao wusste, was er sagen wollte und was er gesagt hatte. Und dann gab es keine Diskussion mehr. Hua Guofeng war sehr viel offener und im Gespräch entgegenkommender. Ein kluger Kerl, aber jemand, der nach wie vor an den Kommunismus glaubte. Kein Wirtschaftsreformer. Er hat bei mir keinen starken Eindruck hinterlassen. Obwohl ich es nicht wissen konnte, hatte ich das Gefühl, dass er eine Übergangsfigur war. Anders als Deng und Mao hatte er keinen Kugelschreiber in der Brusttasche stecken. Und es war das erste Mal, dass ich mit einem chinesischen Führer einen vergleichsweise offenen Meinungsaustausch führen konnte. Als die Hua-Guofeng-Delegation noch in Paris war, habe ich mit meinem Freund, dem französischen Staatspräsidenten Valéry Giscard d'Estaing, telefoniert, der mich neugierig auf Hua Guofeng gemacht hatte. Und tatsächlich: Hua Guofeng und ich hatten so viel zu besprechen, dass wir uns nach dem offiziellen Essen zu einem privaten Meinungsaustausch zusammensetzten, der bis Mitternacht dauerte.

Ende September 1984 wurden Sie zum 35. Jahrestag der Gründung der Volksrepublik nach China eingeladen, knapp 14 Tage bevor Ihr Nachfolger, Bundeskanzler Helmut Kohl, mit einer Wirtschaftsdelegation nach China reiste. Sie nahmen auch an der Parade teil. Ihre erste Parade in China. Wie unterschied sich eine chinesische Parade von einer sowjetischen?

Ich habe nie eine sowjetische Parade erlebt. Mir haben sie keine angeboten. Und ich hätte wahrscheinlich abgewinkt. Selbst als Privatmann wäre es noch in den achtziger Jahren politisch heikel gewesen, an einer Parade der anderen Supermacht des Kalten Krieges teilzunehmen. Wenn man in China an so etwas teilnahm, interessierte das niemanden. Auch in dieser Hinsicht zeigt sich, wie sehr alle auf die Machtkonstellation des Kalten Krieges fixiert waren. Hinzu kam, dass die Paraden in China und in der Sowjetunion auf eine unterschiedliche Wirkung ausgerichtet waren. Die eine war nach außen, die andere nach innen gerichtet: Die Russen wollten der Welt zeigen, wie mächtig sie sind. Die Chinesen wollten den Nationalstolz ihres Volkes ausbauen. Und so war die Parade auch aufgebaut. Deng hielt eine kurze, sieben- oder achtminütige Rede, in der er sich unter anderem auf den Gelben Kaiser berief, eine legendäre Figur, die es wahrscheinlich nie gegeben hat. Er rief dem Volk zu, dass sie alle Kinder des »Gelben Kaisers« seien und stolz darauf sein könnten, was China bisher erreicht habe. Die Panzer und Raketen machten nur einen kleinen Teil der Parade aus. Der größte Teil wurde von Volkstanzgruppen bestritten, bunt angezogenen Menschen, zum Teil in Trachten, mit Luftballons, Drachen oder Fahnen in den Händen. Die eigentliche Militärparade war kurz, die anschließende Parade buntester Volksgruppen – von den Uiguren bis zu den Tibetern – schien dagegen endlos.

Wie beim Kölner Karneval.

Ja, aber natürlich sehr viel disziplinierter, und es wurden keine Kamellen geworfen. Die Botschaft dieser Feierlichkeit war von jedem zu verstehen: Das chinesische Volk paradierte vor sich selbst. Deng war weder Staatspräsident noch Generalsekretär der Partei. Aber er war der Vorsitzende des Militärkomitees der Partei, und zugleich war er der Vorsitzende des Militärkomitees des Staates. Damit war er der Oberbefehlshaber der Armee. Deng hielt jedoch die Ansprache eines Zivilisten. Dass Deng, der seine Macht auf die Armee stützte, die Rolle des Militärs und des Militärischen derart zurückfahren konnte, war vielleicht das wichtigste Zeichen seiner Macht.

Deng konnte sich das leisten, weil er inzwischen mit den Reformen gut vorangekommen war. 1975, bei Ihrem ersten Besuch, hingen noch die Bilder von zwei Russen, von Lenin und Stalin, und von zwei Deutschen, von Marx und Engels, am Platz des Himmlischen Friedens. Nun, zum 35. Jahrestag, hing dort nur noch das Porträt von Mao. Deng hielt seine Rede unter Maos Bild im Mao-Anzug. Doch inzwischen war offensichtlich, dass er kein Maoist war. Warum hat er nicht auch Mao abhängen lassen? Wozu brauchte er ihn?*

Deng brauchte Mao nicht. Er war meinem Eindruck nach eher an Zhou Enlai orientiert. Und er hat gewiss die vielen Fehler, die Mao gemacht hatte, negativ beurteilt. Aber er wusste, dass viele Menschen Mao als Objekt der Verehrung für ihren Glauben brauchten. Also blieb das Porträt von Mao hängen. Und den Mao-Anzug trug er aus Bescheidenheit. Er wollte so an-

* In China zumeist Sun-Yatsen-Anzug genannt, noch heute.

gezogen sein wie zu jener Zeit noch die meisten Menschen in China.

War der Mao-Anzug nicht auch ein Schutzanzug, in dem Deng sozusagen im Windschatten der Aura Maos seine Ziele durchsetzen konnte?

Das glaube ich nicht. Deng brauchte sich nicht mit der Aura Maos zu umgeben, um seine Ziele durchzusetzen. Manchmal frage ich mich allerdings, wie lange es noch dauert, bis das Bild von Mao vom Tian-An-Men-Platz verschwunden sein wird. Möglicherweise wird man ihn noch bis weit ins 21. Jahrhundert hinein brauchen.

War Deng ein Kommunist?

Er war wahrscheinlich überzeugt von der Idee des Kommunismus, weil er mit ihr soziale Gerechtigkeit herstellen wollte. Aber er war ganz gewiss kein Klassenkämpfer. Und der Klassenkampf ist eine der zentralen Vorstellungen innerhalb des Marxismus. Vielleicht war er ein idealistischer Kommunist, wobei das Wort »idealistisch« nicht auf Deng passt. Denn er war hauptsächlich ein begnadeter Pragmatiker, ein unglaublich fähiger Mann mit einem untrügerischen Gespür in den Fingerspitzen für das, was möglich war, und dem unbedingten Willen, dies auch durchzusetzen. Weil er mir als Mann der Tat erschien, habe ich von seinen gesammelten Werken, seinen Aufsätzen und Reden wenig gelesen. Er war kein Mann der Theorie.

Die unmöglichen Herausforderungen überlassen wir anderen, lautete seine Linie, das Mögliche packen wir sofort an. Vielleicht hat sich dieser Charakterzug unter Mao noch stärker ausgeprägt. Mao war ja Spezialist für das Unmögliche gewesen. Das forderte einen grundlegenden Neuanfang. Und Dengs Satz »Die Wahrheit ist in den Tatsachen zu suchen« war für diesen Neuanfang kennzeichnend. Deng war also allenfalls ein Idealist, wenn es darum ging, alle Chinesen möglichst wohlhabend werden zu lassen. Er war, wenn man das so zusammenfassen möchte, kein marxistischer Idealist, sondern ein pragmatischer Sozialist.

Ihnen trat 1984 also ein völlig gewandelter Deng entgegen?

Das würde ich nicht sagen. Er war so, wie ich schon vermutet hatte. Nun konnte sich Deng aber als derjenige zu erkennen geben, der er war. Und deshalb war ich nicht überrascht, als er mir 1984 gleich zu Beginn des Gespräches sagte: »Ich bin dreimal entmachtet worden, das letzte Mal kurz nach Ihrem Besuch.« Schmunzelnd fügte er hinzu: »Ich glaube, das war jetzt das letzte Mal.« Die Autorität, die er inzwischen gewonnen hatte, war überall spürbar. Deng war einen Monat, bevor ich ihn in der Großen Halle des Volkes traf, 80 geworden. Dennoch wirkte er 1984 viel vitaler auf mich als bei meinem Besuch 1975. Er machte einen physisch ausgezeichneten Eindruck, zeigte sich geistig präsent und auf der Höhe der aktuellen Weltlage. Er bezog sogleich Position: »Die außenpolitischen Anstrengungen vieler Länder sollten mehr auf die Unabhängigkeit von den Supermächten ausgerichtet sein. Es ist zwar nicht zu tadeln, dass Westeuropa der NATO angehört. Eine unabhängige Strategie wie die de Gaulles ist jedoch wünschenswert. Die europäischen Staaten sollten mit den USA auf der Grundlage der Gleichheit Beziehungen haben.« Ich stellte fest, dass Dengs Ansichten in diesem Punkt seit unserem ersten Treffen unverändert geblieben seien, und fügte hinzu, dass aufgrund ökonomischer Probleme die europäische Einigung nicht weit vorangekommen sei.

Hat Deng das bedauert?

Nein. Er hat es zur Kenntnis genommen. Mich interessierte damals eine andere Frage. China hoffte auf eine Verbesserung der Beziehungen zur Sowjetunion. Ich wollte daher von Deng wissen, welchen Spielraum er für eine Annährung sah. Er schien nicht allzu optimistisch. »Die Verbesserung kann nur auf der Beseitigung der Hindernisse beruhen. Diese Hindernisse bestehen auf der Seite der Sowjetunion und bedeuten eine Bedrohung für die Sicherheit Chinas.«

Die Beziehungen Westeuropas zur Sowjetunion hätten sich verschlechtert, räumte ich ein, aber auch in Europa hoffe man auf Verbesserungen, besonders auf dem Feld der Rüstungskontrolle. Deng hielt meine Position für zu optimistisch, sowohl hinsichtlich der Russen als auch hinsichtlich der Amerikaner, bei denen die Worte nicht mit den Handlungen zusammenpassten.

Schon bei meiner ersten Reise zehn Jahre zuvor hatte mich die Frage beschäftigt, warum es zum Bruch zwischen China und der Sowjetunion gekommen war, obwohl doch beide sozialistische Länder waren. Diese Frage stellte ich jetzt Deng. Weil die Sowjetunion als »Big Brother« auftrete und den Versuch gemacht habe, sich in die chinesischen Verhältnisse einzumischen und sie zu kontrollieren, antwortete er. Als dies nicht gelungen sei, habe Moskau drastische Aktionen vorgenommen und dabei Verträge zerrissen. Die Sowjetunion sei das erste und einzige Land, das einem anderen Land solches angetan habe.

Deng übte dann Kritik an den diplomatischen Verbündeten der USA, deren Außenpolitik ähnliche Schwächen zeige wie die russische. Wenn die USA nicht Partnerschaft auf der Grundlage der Gleichheit etablierten, wie könne Partnerschaft dann funktionieren? Hinzu komme das Taiwan-Problem zwischen China und den USA. Reagan habe gesagt, Taiwan stelle eine *potential crisis* dar. Das heißt, die USA hielten an ihrer Politik der »vier Flugzeugträger« (Taiwan, Israel, Mittelamerika, Südafrika) fest. Die amerikanische Politik bezüglich Taiwans sei schwankend; im Shanghai-Protokoll habe man anerkannt, dass Taiwan ein Teil von China sei. Dann sei es aber zu ganz anderen Beschlüssen im Kongress gekommen. Die wirkliche US-Politik gegenüber China gehe immer noch von zwei Chinas aus. Als ich ihn darauf hinwies, dass die Art und Weise, wie das Hongkong-Problem gelöst werde, auch eine Rolle in Bezug auf Taiwan spielen könnte, stimmte Deng mir zu: »Das hoffe ich auch.«

Zu diesem Zeitpunkt war schon klar, dass sich Margaret Thatcher und Deng über die Rückgabe Hongkongs an China einig werden würden. Wenige Wochen später, am 19. Dezember, sollte Thatcher in Peking den Hongkong-Vertrag, der das Ende der Kronkolonie besiegelte, unterschreiben, während sich China verpflichtete, Hongkong Eigenständigkeit zu gewähren. Ging Deng darauf ein, wie genau er das Hongkong-Modell auf Taiwan übertragen wollte?

Nein. Er wechselte das Thema und sagte, die Sowjetunion betreibe mit Vietnam – wie die USA mit Taiwan – eine Politik der Flugzeugträger, die China unter Druck setze. China nenne die Sowjetunion noch immer ein sozialistisches Land; aber diese Politik sei nicht kongruent mit einer sozialistischen Politik nach marxistischer Regel. Er stimmte mir zu, dass die sowjetische Politik ihre hauptsächliche Stoßkraft von der traditionellen russischen Politik ererbt habe. Der personelle Wechsel in Moskau werde wohl grundsätzlich keine Veränderungen bringen.

War der Angriff Chinas auf Vietnam 1979 angemessen, nachdem die Chinesen Vietnam gegen Frankreich und die USA unterstützt hatten?

Das wollte ich auch wissen, und die Antwort kam prompt: 1979 habe China Vietnam »eine Lektion erteilt« und sich gegen dessen regionale Hegemoniebestrebungen gewandt. Die Beziehungen zwischen Vietnam und China ließen sich jedoch ganz einfach wieder normalisieren, Vietnam müsse sich nur aus Kambodscha zurückziehen. Falls Vietnam dies ablehne, behalte sich China das Recht vor, weitere »Lektionen zu erteilen«. Chinas Forderung sei nicht hart: Sie bestehe nur darin, andere Völker nicht mit Invasion zu überziehen. Da Vietnam volle sowjetische Unterstützung gegen Kambodscha genieße, sei dies auch ein Hindernis bei der Normalisierung der Beziehungen zwischen der Sowjetunion und China geworden. »Am Tage nach dem vietnamesischen Rückzug ist eine Normalisierung möglich.«

Wie detailliert haben Sie wirtschaftliche Fragen besprochen?

Wir haben über die Öffnung des Landes nach außen und die gleichzeitige Abschaffung der Kommandowirtschaft gesprochen. Die Wirtschaft funktionierte damals noch aufgrund von Befehlen, denen ein Fünfjahresplan zugrunde lag. Der Plan war nicht in jedem Punkt schlecht, aber er konnte nie wirklich funktionieren, da er keinen Freiraum für selbstständige Entscheidungen und Unvorhergesehenes ließ. Deng gab mir einen groben Überblick über die Reformen und hatte auch klare Vorstellungen von seiner eigenen Rolle: Er habe nur den Vorschlag gemacht, eine flexiblere Politik einzuführen und die Beziehung zu anderen Ländern zu verbessern. Die tatsächliche Verwirklichung dieser Politik sei die Aufgabe anderer. Er selbst verfüge nur über geringe Kenntnisse in der Wirtschaft. Er unterstütze aber all diese Reformen voll. Die bisherigen Erfolge der neuen Politik seien ein Zeichen dafür, dass die Verantwortlichen auch ohne ihn zu guten Leistungen fähig seien.

Allerdings ließ er es sich nicht nehmen, den großen Rahmen des Vorgehens abzustecken und den damaligen Stand der Entwicklung zu bewerten. Auf der dritten Sitzung des ZK Ende 1978 habe man nur das Problem der ländlichen Politik gelöst. Diese werde nun bereits seit sechs Jahren mit durchaus sichtbaren Resultaten angewandt. Die neue »offene Politik« mache den Versuch, die Erfahrung vom Land auf die Städte auszudehnen, aber die Probleme dort seien komplexer. Falls China die kapitalistischen Methoden übernehmen würde, gebe es keine Lösung des Problems der Arbeitslosigkeit. Die Arbeitslosigkeit sei aber das zentrale Problem Chinas. Jährlich kämen 7 bis 8 Millionen Arbeitssuchende hinzu. China reagiere darauf, indem neue Arbeitsplätze geschaffen worden seien. Hinzu komme das Problem, die Menschen in den ländlichen Gebieten zu halten. Von den 7 bis 8 Millionen neuen Arbeitskräften lebten 80 Prozent in den ländlichen Gebieten. Wenn sie dort blieben, wäre das Problem schon zu 80 Prozent gelöst. Deshalb konzentriere China seine Anstrengungen auf die ländlichen Gebiete. In der Kulturrevolution seien die jungen Leute aus den

Städten aufs Land geschickt worden; dort hätten sie aber keine Arbeitsplätze gefunden und seien zurückgekehrt.

Auf die Frage nach der gegenwärtigen Inflationsrate in China wich Deng allerdings aus. Durch den neusten Beschluss, die Gehälter und Löhne und das Preissystem zu reformieren, sagte er, sei absehbar, dass es zu Inflationsproblemen kommen werde. Er glaube aber nicht, dass es in China eine Inflation gebe. Und zu den wirtschaftlichen Problemen Chinas meinte er: Die Krise sei Ausdruck unvermeidlicher Effekte im System, man könne darin die Überlegenheit des sozialistischen Systems zeigen.

Als Deng einerseits von der Überlegenheit des sozialistischen Systems sprach und andererseits von der Marktwirtschaft, zeigte er sich hin- und hergerissen zwischen den Erwartungen seiner Partei und den Notwendigkeiten des Alltags?

Ich hatte nicht den Eindruck, dass er hin- und hergerissen war, sondern er stand dazwischen. Er wollte wirtschaftliche Reformen, gleichzeitig jedoch an der Grundstruktur der Partei festhalten. Ein entscheidender Punkt war, dass er im Unterschied zu Mao daran interessiert war, die Macht in die Hände einer Gruppe zu legen, und nicht etwa in die Hand eines Einzelnen. Denn Deng wusste besser als Mao, dass er nicht alles allein schaffen konnte. Insofern gelang es ihm besser, die verschiedenen Tendenzen innerhalb der Partei zu integrieren. Die Kommunistische Partei Chinas war wie alle Parteien sehr heterogen, mit dem Unterschied, dass die Fraktionskämpfe von außen nicht so sichtbar waren. Deng war insofern in einer günstigen Position, als seine Hauptarbeit nicht darin bestand, die Partei auf eine Linie zu bringen oder die Fraktionen gegeneinander auszuspielen, sondern sie zu integrieren. Dass die wirtschaftliche Öffnung eine Sogwirkung erzeugte, machte es ihm einfacher.

Sprachen Sie mit ihm über die Sonderwirtschaftszonen? Das war ja damals etwas ganz Neues im Kommunismus und wurde in Ost und West mit großem Argwohn betrachtet.

Ja. Die Sonderwirtschaftszonen waren eine kluge Idee. Er konnte Schwerpunkte setzen an Orten, an denen die Reformen leichter auf fruchtbaren Boden treffen würden. Deng hat die Zonen am Meer errichten lassen, wo die Weltwirtschaft gewissermaßen am Strand greifbar war. Außerdem wohnten dort Menschen, bei denen die Handelstradition noch nicht ganz verschüttet war, Familien, die schon vor 1900 oder zumindest vor dem Zweiten Weltkrieg Seehandel und Welthandel betrieben hatten. Da gab es noch Enkel, die wussten, was der Großvater oder der Onkel gemacht hatte. Und sie hatten einen Schwager auf Taiwan oder in Hongkong oder Singapur, auf den man sich verlassen konnte, wenn es jetzt darum ging, die ersten vorsichtigen Schritte in die Welt zu setzen. Ob das alles im Detail so gut funktionierte, kann ich nicht beurteilen. Aber das Prinzip war überzeugend. Einen Schritt nach dem andern. Das kennzeichnete Deng. Nicht sieben Schritte auf einmal. Mao Zedong war einer, der machte sieben Schritte auf einmal.

Woher hatte Deng seinen wirtschaftlichen Sachverstand? War er in wirtschaftlicher Hinsicht überhaupt ein vollwertiger Gesprächspartner?

Das war er. Er war sechs Jahre in Frankreich gewesen und hatte auch in einer Autofabrik von Renault gearbeitet. Da wird er schon grundsätzlich mitbekommen haben, wie eine Marktwirtschaft funktioniert. Und er hatte natürlich den viel höheren Entwicklungsstand Frankreichs im Vergleich zu China erlebt. Das hat ihn mit Sicherheit stark geprägt und deutlich von Mao unterschieden, der ja erst als abgeschirmter Staatsmann ins Ausland gereist war. Und nur nach Moskau. Aber den Gesprächen merkte man schon an, dass Deng sich nur um die Rahmenbedingungen kümmerte, nicht um die detaillierte Umsetzung, nicht um die Feinmechanik einer modernen Wirtschaft. Dafür hatte er Hu Yaobang* und Zhao Ziyang. Aller-

* geb. 1915, gest. 1989, von 1981 bis 1987 Generalsekretär der Kommunistischen Partei.

dings schienen die beiden große Temperamentsunterschiede zu haben. Zhao Ziyang galt als der Besonnene und Gemäßigte gegenüber dem häufig über das Ziel hinausschießenden Hu. Und deshalb war die große Frage damals, wie die beiden miteinander auskommen, wenn Deng einmal nicht mehr da war.

Worin unterschied sich Zhao Ziyang von Deng?

Der größte Unterschied zwischen Zhao Ziyang einerseits und Deng andererseits war, dass Zhao Ziyang gleichzeitig wirtschaftliche und politische Reformen durchführen wollte, während Dengs untrügerischer Instinkt ihm wohl sagte, dass dies zu Chaos führen würde. Und Anfang der neunziger Jahre bestätigte sich Dengs Einschätzung, als Michail Gorbatschow dies in der auseinanderfallenden Sowjetunion versuchte. Deng verließ sich lieber auf eine Einparteienherrschaft. Im Unterschied zu Deng hatte Zhao Ziyang einen ähnlich beeindruckenden wirtschaftlichen Sachverstand wie später in den neunziger Jahren Ministerpräsident Zhu Rongji.

Wann haben Sie Zhao Ziyang zum ersten Mal getroffen?

1984, er war damals Ministerpräsident. Ich habe mit ihm noch vor meinem Treffen mit Deng zum ersten Mal gesprochen. Er gefiel mir sehr gut, mit seinen 65 Jahren machte er eher den Eindruck eines 55-Jährigen. Er hat mir vor allem imponiert durch den Grad seiner wirtschaftspolitischen Kompetenz. Man fand in dieser Hinsicht unter seinen Amtskollegen in der Welt kaum einen Gleichrangigen.

Woran haben Sie das erkannt?

Ich fragte ihn gleich zu Beginn des Gespräches, ob es nach so vielen Jahren der Unselbständigkeit nicht schwierig sei, das Management und die Staats- und Parteibürokratie an größere Selbständigkeit zu gewöhnen. Durch die Reformen solle gerade dieses Problem gelöst werden, antwortete er, sie sollten den Betrieben Spielraum und Vitalität geben. Was die Leitungskader betrifft, habe man die Erfahrung gemacht: Entweder seien die Leiter der Betriebe fähig, aber die frühere Struktur habe sie gebunden. Dann erhielten sie jetzt die Möglichkeit, sich zu entfalten. Oder die Betriebsleiter seien nicht geeignet, aber in den Betrieben gebe es andere Mitarbeiter, die hinreichend fähig und nur bisher noch nicht auf leitenden Posten gewesen seien. Seine Aufgabe sei es, die Fähigen an die Spitze zu bringen. Denn wenn nicht die Fähigsten an der Spitze stünden, gehe es auch den Arbeitern schlechter. Die chinesische Führung bemühe sich, Führungskräfte und Manager auszubilden. Und sie habe im Oktober 1984 beschlossen, auch die staatliche und die Parteibürokratie zu reformieren. Die bisherige Praxis müsse geändert werden. Die Partei dürfe in Zukunft nicht mehr in demselben Maße eingreifen.

Heute wissen wir, dass ihm dies gelungen ist. Hatten Sie damals den Eindruck, dass er es erstens ernst meinte, und dass er zweitens die Macht dazu hatte, den Einfluss der Partei zurückzudrängen?

Ich hatte auf jeden Fall den Eindruck, dass er es ernst meinte. Und ich hatte den Eindruck, dass er die Macht hatte, weil er den Machtspielraum der Partei zunächst nur in einem kleinen Bereich einengte. Es ging nur um die wirtschaftlichen Fragen in den Betrieben, nicht etwa um die großen politischen Fragen. Die Parteiorgane, sagte Zhao Ziyang, sollten nicht mehr das höchste Gremium in den Betrieben sein. Stattdessen sollte dort ein System der Verantwortung eingeführt werden. Die Parteiorgane seien nur mehr für die ideologische Arbeit zuständig. Eine solche Reform bringe natürlich Probleme mit sich, sie seien aber nicht unüberwindbar. Selbstverständlich werde er bei einer Planwirtschaft bleiben, aber seine Planwirtschaft werde vom Wertgesetz ausgehen und es anwenden.

»Mit dem Wertgesetz ist der Preismechanismus des Marktes gemeint«, versuchte ich zu präzisieren. In dem Maße, in dem er wirksam werde, würden die indirekten staatlichen Steuerungen wichtig, also die Geldmenge, das Volumen des staatlichen Haushalts oder des Außenhandels und Dienstleistungsverkehrs. In dieser Hinsicht zeige die Analyse der chinesischen Statistiken, dass die Zentralbank zugleich eine private Bankfunktion habe und dass China gleichzeitig erhebliche Reserven von Devisen und Gold angesammelt habe.

Zhao Ziyang stimmte zu. Die Reform des Preissystems sei der Schlüssel zum Erfolg der Reform der chinesischen Wirtschaft. Früher sei für die Betriebe nur wichtig gewesen, den Plan zu erfüllen. Inzwischen werde als Regulativ der Gewinn eingeführt, der sich nach dem Preis richte. Dieser Gewinn müsse nun nicht mehr mit der Makroökonomie in Übereinstimmung stehen. Zunächst werde er das Preissystem bei denjenigen Gütern ändern, die nicht entscheidend für den täglichen Bedarf seien. Bei allen diesen Gütern bestimme sich dann der Preis aus Angebot und Nachfrage. Gleichzeitig müsse damit begonnen werden, die Geld- und die Kreditmenge zu steuern, um inflationäre Entwicklungen zu vermeiden. Dazu werde das Bankensystem geändert. Die Zentralbank werde nur noch für die Geldmenge zuständig sein. Alle anderen Geschäfte würden von den Industrie- und Handelsbanken getätigt. China habe in den vergangenen Jahren zu große Devisenreserven angehäuft. Dies sei für ein Entwicklungsland wie China ungünstig. Die Reserven müssten jetzt für die technische Aufrüstung der Betriebe genutzt werden. Seit Ende 1983 würde verstärkt investiert werden. Dadurch würden die Devisenreserven bald schrumpfen.

Wie haben Sie Zhaos Vorhaben damals eingeschätzt?

Ich teilte Zhaos Einschätzung der Lage der Weltwirtschaft, und auch deshalb hielt ich die chinesischen Reformen für einleuchtend und imponierend. Die zentrale Steuerung hatte China bisher vor einer möglichen Weltrezession geschützt, mit den eingeleiteten Veränderungen aber geriet das Land nun stärker unter den Einfluss von weltweiten Fehlentwicklungen. Auf diese Gefahr wies ich Zhao Ziyang hin und machte ihn darauf aufmerksam, dass die westlichen Industrieländer und besonders die Schuldnerländer in Lateinamerika von der weltwirtschaftlichen Stagnation schwer betroffen waren.

Und wie reagierte Zhao Ziyang auf Ihren Einwurf?

Er gab zu bedenken, dass auch in der Sowjetunion die Wirtschaft stagniere, womit er Recht hatte, und warf die Frage auf, ob dies auf die Weltwirtschaftskrise zurückzuführen sei oder nicht vielmehr auf die starre Struktur der sowjetischen Wirtschaft und die übermäßigen Rüstungsausgaben. Das Außenhandelsvolumen der Sowjetunion sei nicht sehr groß. Sie habe keine bedeutenden Auslandsschulden, und die Preise seien vom Weltmarkt abgekoppelt. Die Sowjets hätten vor, die Effizienz ihrer Wirtschaft zu erhöhen, aber ihre Strukturen passten nicht dazu. Für China gelte, dass das Land die Öffnung suche, aber gleichzeitig die Fehler der Entwicklungsländer vermeiden wolle.

Hatte Zhao Ziyang konkrete Vorstellungen, wie sich solche Fehlentwicklungen vermeiden ließen?

Ja, Zhao Ziyang hatte sich dazu Gedanken gemacht. Für ihn bestand die Lösung darin, mit Finanzierungen aus dem Ausland sehr sorgsam umzugehen. Er sagte, China sei sehr vorsichtig, was die Aufnahme ausländischer Kredite angehe. Entscheidend sei, dass diese Kredite richtig verwendet würden. Viele Entwicklungsländer hätten mit ihren Krediten zu sehr die verarbeitende Industrie gefördert, um mit den Produkten dann die Schulden zurückzahlen zu können. Jetzt seien diese Länder in Schwierigkeiten. China wolle die Kredite für die Erschließung von eigenen Ressourcen nutzen, im Rahmen eines ausbalancierten Verhältnisses von Importen und Exporten. Das Land verfüge zudem über einen großen Binnenmarkt.

Ich sagte, der Ursprung der Weltwirtschaftskrise liege bei der Explosion der Ölpreise, die Öl exportierenden Länder hätten die Verschuldung der Ölimportländer zum Teil direkt verursacht. Auf seine Frage, wo denn meiner Ansicht nach ein vernünftiger Ölpreis liege, antwortete ich: Der alte Ölpreis sei durch die USA und Großbritannien politisch manipuliert worden, der heutige werde durch die Produzenten manipuliert. Beide Preise seien keine echten Marktpreise. China habe Glück, von Ölimporten unabhängig zu sein.

Zhao Ziyang entgegnete daraufhin, Chinas Ölimporte und -exporte hielten sich die Waage. Er glaube, der Ölpreis habe heute sein richtiges Niveau erreicht. Im Vergleich zu anderen Preisen sei der Ölpreis niedrig, Tendenz fallend. Die Industrieländer seien von hohen Ölpreisen nicht sehr betroffen. Sie könnten Energie sparen und gleichzeitig die Preise ihrer Produkte erhöhen. Damit würden die Öldollar in die Industrienationen zurückfließen. Schwierigkeiten hätten vor allem die Entwicklungsländer ohne eigene Ölvorkommen. Die Preise für Rohstoffe seien nicht entsprechend dem Ölpreis gestiegen. Das habe den Rohstoffproduzenten geschadet. Die Industrieländer sollten bereit sein, erhöhte Rohstoffpreise zu akzeptieren. Aber die USA seien dagegen, und deshalb gebe es keinen Fortschritt im Nord-Süd-Dialog.

Ich meinte dazu: Solange dieser Dialog auf die Preise konzentriert sei, werde man zu keinen brauchbaren Ergebnissen kommen. Anders als beim Öl sei bei Stahl und anderen Rohstoffen kein Kartell herstellbar. Kartelle mit zu vielen Mitgliedern würden zerbrechen.

Sie sagten vorhin, Deng sei solchen Fragen nach Details der chinesischen Finanz- und Wirtschaftspolitik eher ausgewichen. Die Kompetenz von Zhao Ziyang muss für Sie umso erstaunlicher gewesen sein.

Das sagte ich auch zu Deng während des Banketts am folgenden Tag. Zhao Ziyang habe sein Training »on the job« erhalten, so Deng. Er habe sich als 16-Jähriger der Revolution angeschlossen; dann habe er lange Zeit in der Provinz gearbeitet. Er, Deng, sei nicht lange in Sichuan gewesen. 1975, als Mao und Zhou Enlai krank waren, sei er allein verantwortlich für Staat und Partei gewesen. Später sei Zhao Ziyang drei Jahre in die Provinz gegangen und habe dort den Hunger besiegt.

Hat Sie diese Antwort überzeugt? Als chinesischer Kommunist, der nicht in der Welt herumgekommen ist, kann er eigentlich nichts von Wirtschaft verstehen.

Es gibt immer wieder Menschen, die einfach genial sind. In der Kunst, in der Literatur und in der Musik. Die gibt es auch in der Politik. Und möglicherweise war Zhao Ziyang ein genialer Kerl, der die Marktwirtschaft nicht studiert und erlebt haben musste, um zu verstehen, wie sie funktioniert, wie Deng eben auch. Man könnte beide mit Ludwig Erhard vergleichen. Ich meine nicht den Bundeskanzler Ludwig Erhard, sondern den Wirtschaftsminister der späten vierziger und frühen fünfziger Jahre. Erhard hatte auch nicht in Amerika studiert, sondern in Deutschland. Und die deutschen Ökonomen waren nicht sonderlich helle. Aber Erhard hatte einen unglaublichen Instinkt. Allerdings übertraf die Reform, die sich Deng vorgenommen hatte, aus jedem Blickwinkel betrachtet, bei weitem die staatsmännische Großtat Ludwig Erhards. Als dieser sich 1948 für den Übergang von der Zwangswirtschaft zur Marktwirtschaft entschloss und dabei große Widerstände in der eigenen Partei überwinden musste, hatten wir in Deutschland schon Vorkriegserfahrung mit der Marktwirtschaft. In China hingegen waren schon seit Jahrzehnten die letzten Spuren marktwirtschaftlicher Tätigkeit getilgt worden.

Es war ein brisanter Drahtseilakt, für den Deng und Zhao Ziyang schon genialische Fähigkeiten brauchten. Auch Zhu Rongji, chinesischer Ministerpräsident in den neunziger Jahren, würde ich zu den genialen Politikern zählen. Man sollte sich vergegenwärtigen, dass die Intelligenz der Chinesen wirklich nicht niedriger ist als die der Westeuropäer oder der Nordamerikaner. Nur dass die Chinesen zahlreicher sind und deswegen die Wahrscheinlichkeit auch höher ist, dass dieses Land ein Genie produziert.

Ein Land wie China lässt sich nicht nur mit einer Hand voll Top-Politikern reformieren, selbst wenn sie genial sind. Haben

Sie mit Deng darüber gesprochen, woher er gute Manager bekommen wollte, die den Kurs umsetzen?

Ja. Deng sagte, die Manager würden an Schulen und Universitäten ausgebildet, nicht nur in der Volksrepublik China, sondern mehr als 10 000 Studenten studierten in den USA, etwa 1000 in der Bundesrepublik. Außerdem verfügten die Unternehmungen über »short training forces«. Angesprochen auf die überraschende Jugend mancher verantwortlicher Unternehmensführer stellte Deng fest, dass man mehr junge Leute in Spitzenpositionen hätte bringen sollen. »They must find capable young people.« Übrigens hat sich inzwischen die Zahl der chinesischen Auslandsstudenten längst schon verzehnfacht.

Wie ist das bei den Russen?

Bei den Russen fehlt es wohl an Überblick und Erfahrung. Aber für Russland wird das Gleiche gelten wie für China. Wenn Sie einem begabten Chinesen oder Russen die gleichen Ausbildungsmöglichkeiten verschaffen wie einem jungen Menschen im Westen, dann müssen Sie sich nicht wundern, wenn diese Länder ab und zu geniale Führungspersonen hervorbringen.

Aber ein Genie ist machtlos, wenn es seine Geistesblitze nicht umsetzen kann, wenn niemand seine Anordnungen befolgt. Die chinesischen Kommunisten verfügen in dieser Hinsicht vor allem im Vergleich mit den Russen über herausragende Fähigkeiten. Woher kommt das?

Die Einheitspartei hatte in der chinesischen Geschichte ein Vorbild, das System der Mandarine, der hohen chinesischen Verwaltungsbeamten, das jahrhundertelang entscheidend zur Stabilität des großen Reiches beigetragen hat. Mandarine waren besser ausgesucht als die Kommunisten, zumindest in den ersten dreißig Jahren der kommunistischen Herrschaft. Heute, da die Kaderausbildung in der Partei damit beginnt, ein wenig einer westlichen Business School zu ähneln, mag das anders sein. Die Mandarine mussten sich in einem Prüfungssystem langsam nach oben arbeiten. Die Kommunisten und die Mandarine haben jedoch eines gemein: Ihre Mitglieder wurden nicht nur aus dem Adel oder einer anderen geschlossenen Herrschaftsklasse rekrutiert, sondern der Sohn eines Maurers konnte ebenso zum Mandarin aufsteigen, wie der Enkel eines Tischlers den Posten eines Generalsekretärs der Kommunistischen Partei einnehmen konnte. Man musste intelligent sein, hart arbeiten und eine Prüfung nach der anderen bestehen; immerhin verlangte das intensive Studieren aber einen erheblichen finanziellen Aufwand. Allerdings verstanden – bis auf Ausnahmen – weder die Mandarine noch die Kommunisten sehr viel von Wirtschaft. Dafür können heutzutage auch Frauen in hohe Ämter gelangen; es bleibt aber ziemlich selten.

Vor allem durch die wirtschaftliche Öffnung gewann China die Aufmerksamkeit der Weltöffentlichkeit. Änderte sich durch die wirtschaftlichen Veränderungen auch die geopolitische Machtbalance?

China hatte zunächst das Ziel, die Entwicklungsländer anzuführen. Das war nur möglich, indem es mit gutem Beispiel voranging. Insofern ist Deng gelungen, wovon Mao immer geträumt hatte: eine Massenbewegung zu entfachen, die das ganze Land und Teile der Welt mitreißt.

Sind die Reformen nicht vor allem deswegen gelungen, weil sie sich mit den Interessen des Einzelnen deckten und auf die Eigenständigkeit des Menschen setzten, während Mao die Vorstellung hatte, dass das Land nur über die Massenbewegung vorankommt, in der einer sagt, was alle tun?

Ja. Mao hat den Massen weder vertraut, noch hat er geglaubt, dass sie ohne ihn etwas hinbekommen. Die Massen hatten zu seiner Verfügung zu stehen. Mao hatte eine unglaubliche

Rücksichtslosigkeit, aber er war zweifellos ein charismatischer Führer im Sinne von Max Weber. Er war ähnlich rücksichtslos wie Napoleon und Tito.

Und Deng? Hat er nicht im Zuge der Tian-An-Men-Tragödie gezeigt, dass auch er sehr rücksichtslos sein kann?

Bei der Beurteilung des »Massakers am Platz des Himmlischen Friedens«, wie das Ereignis im Westen genannt wird, fehlt den westlichen Medien immer noch der Maßstab. Man muss das Ereignis nur mit den Vorgängen in Tschetschenien vergleichen, die noch heute andauern und bisher bereits zigtausende Tote gefordert haben. Da werden unterschiedliche Maßstäbe angelegt. Solche Ereignisse werden verschieden instrumentalisiert; China gilt eben manchen westlichen Politikern und Medien als eine starke Bedrohung, Russland gilt eher als Demokratie. Die Einseitigkeit der Moral ist mit politischen und publizistischen Interessen aufgeladen.

Eine entscheidende Frage für die Bewertung der blutigen Niederschlagung der Protestbewegung ist die Ursache der Proteste. Wenn ich den Verlauf Ihrer Gespräche mit der chinesischen Führung 1984 betrachte, vor allem die mit Zhao Ziyang und Deng Xiaoping, dann fällt mir auf, dass Deng die Gefahren der Inflation unterschätzte, weil er nicht genug von Wirtschaft verstand, während Zhao Ziyang, aber auch Hu Yaobang glaubten, die wirtschaftlichen Schwächen mit politischer Liberalisierung ausbügeln zu können. Das wollte Deng nicht. Und das konnte auch nicht funktionieren.

Ich hatte und habe über die wirtschaftlichen Probleme Chinas in den achtziger Jahren im Detail keinen Überblick. Eines ist jedoch klar: Wenn ein Land über 25 Prozent Inflation hat, helfen Wahlen wenig oder gar nichts. Den Menschen ging es um ihr Einkommen. Sie hatten gerade erst damit begonnen, sich einen kleinen Wohlstand aufzubauen, und den wollten sie nun nicht verlieren.

Und hauptsächlich aus diesem Grund gingen die Menschen schon 1987 und dann 1988 auf die Straße. Dies führte dazu, dass Premier Hu Yaobang 1987 von Deng dem politischen Druck der Hardliner geopfert werden musste. Weil die konservativen Kräfte immer unruhiger wurden, musste ein Liberaler gehen. Glauben Sie, dass Deng aus Schaden klug geworden war und sowohl Hu Yaobang als auch Zhao Ziyang deswegen eingesetzt hat, um sie in Krisenzeiten opfern zu können? Er hätte sich leicht selbst in die Position des Staats- und Parteichefs hieven können.

Er machte mir im Unterschied zu Mao nicht den Eindruck, als ob er persönlich stark von der Macht fasziniert war. Er war auf jeden Fall niemand, der Gelber Kaiser sein wollte.

Wie kann man in solch eine Position gelangen, wenn man nicht von Macht fasziniert ist? Deng ist dreimal entmachtet worden und stets wieder an die Spitze der Macht zurückgeklettert.

Es reicht schon, tüchtig und von der einen oder anderen Sache überzeugt und standhaft zu sein. Weder Willy Brandt noch ich waren von der Macht fasziniert. Willy Brandt musste zum Jagen getragen werden, als er Bundeskanzler werden sollte; es fing schon 1965 damit an, dass er nicht aus Berlin nach Bonn ziehen wollte. Auch ich habe nie davon geträumt, Bundeskanzler zu werden. Und als es so weit war, ging es nicht darum, im Zentrum der Macht zu stehen wie ein Sonnenkönig, sondern Hebel in die Hand zu bekommen, mit denen man etwas bewegen kann. Das war wahrscheinlich auch Dengs Bestreben, nach dem Durcheinander, das er mit Mao erlebt hat. Jedenfalls machte er mir in den Gesprächen diesen Eindruck. Die Glorie der Macht interessierte ihn nicht. Er wollte nicht herrschen, sondern Wohlstand für die Chinesen. Das trieb ihn an, und das strahlte er auch aus.

Und doch haben die jungen Demonstranten ihn für die Probleme verantwortlich gemacht. Dengs Vorname Xiaoping be-

deutet »kleine Flasche«. Sie haben schon bei den Demonstrationen 1987 kleine Flaschen an die Bäume gehängt. Kamen Dengs große Wohlstandsziele bei der Bevölkerung nicht an?

Ich glaube, das hatte viel allgemeinere Gründe. Es war die Revolte der Jungen gegen die Alten. Das kommt in allen Gesellschaften vor, auch in Demokratien. Wir haben das Ende der sechziger Jahre auch in Deutschland erlebt. Die chinesischen Studenten haben Hu Yaobang, nachdem er 1987 abgesetzt worden war, spätestens jedoch nach seinem überraschenden Tod im April 1989, zum Idol erklärt. Das bedeutet jedoch nicht, dass Hu Yaobang die europäische oder amerikanische Demokratie einführen wollte. Das wird in den westlichen Medien gern überzeichnet. Hu Yaobang war selbst von der Position Gorbatschows weit entfernt. Und auch die Studenten hatten nach allem, was man weiß, eine nur geringe Vorstellung davon, was Demokratie ist. Die jugendlichen Demonstrationen waren erst einmal ein spannendes, herausforderndes und für den einen oder anderen überwältigendes Ereignis. Und davon wurden immer mehr junge Leute angesteckt.

Allerdings stießen auch immer mehr ältere Menschen, Arbeiter, Angestellte und Beamte zu den Studenten. Spielte nicht die Wirtschaftskrise eine viel größere Rolle als die Abenteuerlust der Studenten? Die Krise ist doch entstanden, weil der Staat wahllos Geld drucken ließ. Das Geld wurde immer weniger wert. Und diejenigen, die einen festen Lohn hatten, litten unter der Inflation.

Das sagte ich ja bereits. Doch eine Wirtschaftskrise hätte nicht unbedingt bedeuten müssen, dass die Studenten das Land aus den Angeln heben. Das Inflationsproblem bestand darin, dass Deng, aber auch Zhao Ziyang noch nicht in vollem Umfang begriffen, dass auch ein sozialistischer Staat eine Geldpolitik braucht. Ich habe darüber auch mit Zhao Ziyang gesprochen. Er hatte es theoretisch verstanden, konnte es aber praktisch nicht umsetzen. Dazu hätte er andere überzeugen müssen. Die verstanden jedoch nicht, was er meinte. Also blieb es dabei, dass er erkannte, dass er ein Problem hatte. Deng hatte sich im Gespräch jedenfalls ausweichend dazu geäußert, und ich ahnte, dass er das Ausmaß der Bedeutung der Geldmenge und der daraus resultierenden Inflation unterschätzte. So ist es ja dann auch gekommen. Es war nicht Leichtfertigkeit, sondern einfach Unwissenheit. Das war im Übrigen in meinem Geburtsjahr 1918 in der deutschen Politik ähnlich. Die deutschen Regierungen haben damals eine Inflation veranstaltet, wie sie die Welt noch nicht gesehen hatte, und sich dann gewundert, dass alles unter ihnen zusammenbrach.

Nun hatte die Studentenbewegung in China nicht ausschließlich wirtschaftliche Gründe. Es gab in den siebziger Jahren unter dem Stichwort »Demokratisierung« – die fünfte Modernisierung neben den vier von Deng vorgeschlagenen – schon einmal eine solche Bewegung, die von Deng im Keim erstickt worden war. Der Dissident Wei Jingsheng war 1979 verhaftet worden und kam erst 1997 wieder frei. Die gesamten achtziger Jahre rumorte das Thema, die Freiheitsbewegung wurde größer. Wäre es nicht besser gewesen, sich auch in dieser Richtung ein wenig liberaler zu geben? Hätte das womöglich die Zuspitzungen von 1989 vermieden?

Das ist schwer zu sagen. Es hat in der chinesischen Geschichte immer wieder auch Opposition gegen die jeweilige Regierung gegeben. Deswegen muss man diese Opposition aber nicht mit einer Freiheitsbewegung gleichsetzen. Das gilt für den Taiping-Aufstand Mitte des 19. Jahrhunderts, aber auch für den Boxeraufstand Anfang des 20. Jahrhunderts. Das gilt für alle möglichen Revolutionsversuche gegenüber den chinesischen Kaisern. Dergleichen gibt es nicht nur in China, sondern in unterschiedlicher Intensität fast in jedem Staat der Welt. Aber die Studentenbewegung war zu Beginn durchaus systemkonform. Wir unterschätzen im Westen, dass im Konfuzianismus das Individuum und seine persönliche Freiheit niemals die große Rolle gespielt haben wie im Westen. Eine Freiheitsbewegung war das eigentlich nicht. Und wir vergessen gerne: Auch unser europäischer Individualismus ist eine Erfindung der Aufklärung, die sich in Deutschland erst nach dem Zweiten Weltkrieg endlich durchsetzen konnte.

War das eine gute Erfindung?

Ja, sicherlich. Auf jeden Fall für uns westliche Menschen. Aber in China hat es das nie gegeben. Schon zur Han-Zeit* begann die konfuzianische Ethik sich durchzusetzen, die der Gemeinschaft und dem Staat im Vergleich zum Individuum eine viel größere Rolle zumisst. Die Erziehung zur Freiheit hat in den Jahrtausenden der chinesischen Geschichte nie eine Rolle gespielt – bis heute nicht. Sie ist kein Teil der chinesischen Tradition.

Die Frage, warum die Studenten, aber später auch normale Bürger auf die Straße gegangen sind, wird dadurch aber nur noch drängender. Wäre eine Erklärung, dass vielleicht nicht die große demokratische Freiheit eine Rolle gespielt hat, sondern die kleinen Freiheiten der Ausbildung, der freien Wahl des Partners, aber vor allem die des Konsums? Und Ende der achtziger Jahre drohte die Inflation die neuen Freiheiten aufzufressen, dagegen haben die Menschen demonstriert.

Das alles hat eine Rolle gespielt. Aber sicherlich spielte auch eine Rolle, dass die Bewegung von Jugendlichen und Studenten ausgelöst wurde. Studenten sind oft maßlos. Sie kennen noch keine Grenzen. Nicht alle natürlich, aber eine erhebliche Minderheit ist unter günstigen Umständen in der Lage, eine solche Bewegung anzuzetteln. Das ist kein Kennzeichen allein einer kommunistischen Gesellschaft. Ich erinnere mich noch gut an die antikommunistische Massenpsychose, die McCarthy in den fünfziger Jahren ausgelöst hat. Auch der hat die Leute verrückt gemacht.

* 206 v. Chr. – 220 n. Chr.

Alle diese Bewegungen haben gemeinsam, dass es ihnen an Vernunft mangelt. Ihre Forderungen stehen in keinem Verhältnis zu den momentanen Möglichkeiten. Das war auch das Prägende der Bewegung in China 1989. In einer Demokratie ist es einfacher, damit fertigzuwerden, als in einer Diktatur, denn man kann die Regierung abwählen. In jedem Fall dürfen Politiker – unabhängig davon, in welchem politischen System sie regieren – nicht bei jeder aufwallenden kollektiven Gefühlsäußerung schwanken, sondern sollten stets das Wohl des gesamten Staates mit Augenmaß im Blick behalten.

Ich hatte damit gerechnet, dass sich die Massenbewegung irgendwann erschöpfen würde. Als allerdings Gorbatschow bei seinem Peking-Besuch durch den Hintereingang in die Große Halle des Volkes gehen musste, wurde es schwierig. Den Studenten schien dieser unglaubliche Gesichtsverlust für die chinesische Führung, diese Demütigung nicht bewusst zu sein …

… und das, nachdem das aufstrebende China der Sowjetunion, dem unangefochtenen Führer im kommunistischen Machtbereich, die Atombombe abgeluchst hatte. Als China sie hatte, brach der aufmüpfige bis unverschämte Mao mit der Sowjetunion und bandelte Anfang der siebziger Jahre sogar mit dem Klassenfeind USA an. Deng hatte dann zu allem Unglück mit seinen Wirtschaftsreformen nicht nur die Aufmerksamkeit der Welt auf China gelenkt, sondern die Sowjets auch unter Zugzwang gebracht.

Nach dieser wechselvollen gemeinsamen Geschichte der kommunistischen Bruderländer kommt nun Gorbatschow nach Peking und findet hier ein Chaos vor. Es muss eine Genugtuung für ihn gewesen sein. Er hat nicht umsonst auf dem Rückflug der Nachrichtenagentur Tass diktiert, dass die chinesische Führung die Kontrolle über das Land verloren habe. Er mag dies als die Bestätigung seiner Überzeugung empfunden haben, dass Wirtschaftsreformen und intellektuelle Offenheit Hand in Hand gehen müssen. Spätestens danach war klar, dass die chinesische Führung reagieren würde. Denn es war zu befürchten, dass Dengs vierter und letzter Sturz bevorstand, obwohl er sich bereits seit zehn Jahren im Hintergrund gehalten hatte. Aber er war der eigentliche Führer Chinas.

Wie haben Sie reagiert, als Sie von den Panzern und den Kämpfen am und um den Platz des Himmlischen Friedens hörten?

Ich habe dies mit großer Überraschung und großem inneren Bedauern zur Kenntnis genommen. Es war aus der Ferne lange undurchschaubar, was genau passiert war. Aber ich weiß noch, dass ich mich fragte, wie Deng und die anderen Alten wohl zu dieser Entscheidung gekommen waren. Deng hatte im Chaos der Kulturrevolution sehr unter dem Terror der Viererbande leiden müssen. Sein Sohn war von Roten Garden eingesperrt worden, er musste aus dem Fenster springen und war seitdem querschnittsgelähmt. Sein Bruder hatte sich umgebracht. Und die Familie war lange auseinandergerissen. Und Deng war ja nicht der Einzige, der gelitten hatte – Zigtausende hatten auf das Schwerste gelitten. Hinzu kamen die noch frischen Erinnerungen an das Leid der anderen Massenbewegungen, die Mao angezettelt hatte. Das Chaos der Bürgerkriegszeit vor 1949 nicht zu vergessen. Ich habe mir vorgestellt, was wird Deng – mit dieser historischen Erfahrung – machen? Er wird die Bewegung mit Macht niederschlagen, um die Kontrolle zu behalten und seinen Reformkurs fortsetzen zu können. Das ist keine Entschuldigung, aber eine Erklärung. Aber es waren nicht alle in der Führung seiner Ansicht. Es gab offensichtlich in der Führung einen erbitterten Machtkampf darüber, wie man reagieren sollte. Staats- und Parteichef Zhao Ziyang wollte offensichtlich nachgeben. Deng und andere wollten das nicht.

Und Zhao Ziyang hatte Mitte Mai gegenüber Ausländern verkündet, er, der formell mächtigste Mann Chinas, könne nichts mehr machen, Deng würde alles selbst entscheiden.

Wenn das so war – ich weiß es nicht –, dann bedeutete es einen erheblichen Gesichtsverlust für Deng. Dass die internen Debatten nach außen getragen wurden, war im Kommunismus ein Sakrileg. Im Westen gehört dergleichen ja heute mehr denn je zum Spiel um die Macht. Hinzu kam erstaunlicherweise, dass die chinesische Führung technisch auf diesen Fall nicht vorbereitet war. Es gab nicht genug kasernierte Polizei wie in Russland. In Deutschland gab es die immer, 1919 ebenso wie unter Hitler. Heute heißt sie bei uns Bundesgrenzschutz und neuerdings Bundespolizei. Die ist darauf trainiert, gegen gewalttätige Demonstranten vorzugehen. Wenn in Hamburg eine Demonstration ist, werden die Beamten aus ganz Niedersachsen und Schleswig-Holstein zusammengezogen. Aber niemand käme auf die Idee, Soldaten einzusetzen. In China war das anders. So kam es, dass auch Panzer gegen unbewaffnete Demonstranten eingesetzt wurden. Aber wie gesagt, das war meine Erklärung aus der Ferne. Die Forderungen der Studenten, die Angst der Führung vor dem Chaos, der offensichtliche Streit in der Führung um die Richtung, der Gesichtsverlust vor Gorbatschow und die mangelhafte technische Vorbereitung: All das hatte zu den Ereignissen am 4. Juni geführt. Aber ich hatte nie Zweifel, dass es zum Reformkurs keine Alternative gab.

Die Einschätzung der meisten westlichen Medien war eine andere: China kehrt zur Zentralkommandowirtschaft zurück, schrieben deutsche Leitartikler, andere sprachen davon, dass sich China vollends isoliert habe und auf die Orthodoxie der fünfziger Jahre zurückgreifen würde, wieder andere bemerkten, dass man von kommunistischen Diktatoren nichts anderes erwarten könnte.

Ich habe nie viel von jenem Tagesjournalismus gehalten, der die eigene Vorstellung anderen Weltregionen überstülpt, ohne sich über deren Geschichte Gedanken zu machen. Nur weil einem der Applaus mancher Leser wichtiger ist als die realistische Einschätzung der Lage. Es ist selbstgerecht und überheblich, wenn man westlich-demokratische Verfassungsmaßstäbe an China und an Deng anlegt und Menschenrechtsstandards einklagt, die China noch nicht erreicht haben kann. Wer Chinas Geschichte als Maßstab anlegt, wird sehr schnell sehen, dass es sich bei der Tian-An-Men-Tragödie mit vielen hundert Toten um kein herausragendes Ereignis handelte. Allein Maos »Großer Sprung« hat zwischen 10 und 20 Millionen Toten gekostet. Auch das Chaos der Kulturrevolution, deren Ende 1989 nur gut zehn Jahre zurücklag, hat Millionen Opfer gekostet.

Bereits im Juli 1989 reist Bushs Sicherheitsberater Ben Scowcroft zu einem Geheimbesuch nach Peking. Doch die Ereignisse in China gerieten bald aus dem europäischen Blickfeld, weil am 9. November die Mauer fiel und schon nach wenigen Monaten deutlich wurde, dass die DDR als Staat nicht überleben würde. Dennoch reiste im Herbst 1989 Otto Wolff von Amerongen, der Vorsitzende des Ostausschusses der Deutschen Wirtschaft, nach Peking. Anfang Dezember entsandte US-Präsident George Bush Ben Scowcroft und den stellvertretenden Außenminister Lawrence S. Eagleburger noch einmal offiziell nach China. Im April 1990 fuhr der VW-Chef Carl Hahn nach China, um die gemeinschaftliche Produktion von Autos auszubauen. Im Mai reisten Sie als Privatmann nach China und trafen als erster Europäer nach den Juni-Ereignissen den damals 86-jährigen Deng Xiaoping. Warum?

Erst einmal wieder aus Neugier; ich wollte aus erster Hand erfahren, was passiert war und wie die Führung nun zu regieren gedachte. Aber ich wollte auch einen Gegenpol zur öffentlichen Meinung setzen. Es war schon abzusehen, dass die Sowjetunion immer schwächer wurde und möglicherweise nicht zu halten sein würde. In dieser weltpolitischen Lage konnte sich der Westen nicht leisten, die alte Gegnerschaft gegenüber Moskau nunmehr auf Peking und auf China zu übertragen. Wir mussten umgekehrt dazu beitragen, dass China mit seinen Reformen weiter vorankam. Und dies war am besten möglich, indem man China weiter in die Weltwirtschaft integrierte.

War das damals eine schwierige Entscheidung? Sie mussten damit rechnen, dass Ihr Ruf leiden würde.

Die deutsche Presse hat natürlich auf mir herumgehackt, sogar in der *ZEIT*, deren Herausgeber ich damals schon lange war. Ich traf Deng am 21. Mai 1990 in der Großen Halle des Volkes. Er machte auf mich einen guten Eindruck. Er sagte, dass sein Gedächtnis schon ein wenig nachlasse. Aber an die Treffen mit mir könne er sich noch gut erinnern. Im Gesprächsprotokoll ist wörtlich vermerkt: »Wir sind wirklich gute Freunde und können uns sagen, was wir wirklich denken.«

Hatten Sie sich vorgenommen, gleich zur Sache zu kommen, also über die Ereignisse um den 4. Juni zu sprechen?

Nein, ich wollte erst einmal abwarten, wie er allgemein reagierte. Ich habe zunächst über die wirtschaftlichen Reformen und die Fortschritte gesprochen und hinzugefügt, dass es allerdings in den Jahren 1987 und 1988 einige Rückschritte gegeben habe. Ich sagte: »Als Beobachter kann ich Ihnen nur raten, den Reformkurs nicht zu verlassen.«

Deng sprach die wirtschaftlichen Probleme offen an. Zeitweise habe es eine Überhitzung gegeben, und die Wirtschaft sei außer Kontrolle geraten. Die chinesische Führung habe die Erfahrungen aus solchen Fällen zusammengefasst. Man wolle die Wirtschaftsreformen nicht nur fortsetzen, sondern auch verbessern. Trotz der Vorkommnisse 1988, als die Bevölkerung zum ersten Mal in Massendemonstrationen ihrem Unmut Luft machte, und trotz des 4. Juni 1989 habe man die Reformen fortgesetzt und die Inflation bekämpft.

An dieses Stichwort knüpfte ich an und schilderte deshalb unsere deutsche Erfahrung mit der Inflation: Die deutsche Nachkriegsinflation sei wesentlich schlimmer gewesen; eine der Konsequenzen war, dass die deutsche Zentralbank völlig unabhängig von der Regierung gemacht worden sei, dass sie autonom über Zinshöhe und Geldmenge bestimmen könne. Regierungsaufgaben müssten über Steuern oder vom Kreditmarkt finanziert werden, nicht aber durch die Notenpresse der Zentralbank. Die deutsche Zentralbank sei noch unabhängiger als die amerikanische. Einige Politiker, darunter Giscard d'Estaing und ich, würden an dem Versuch arbeiten, dieses System auf ganz Europa zu übertragen. Die Unabhängigkeit der Zentralbank sei durchaus mit einem planwirtschaftlichen System vereinbar. Deng antwortete offen, dass man diese Frage studieren werde, es der chinesischen Führung dabei jedoch an Erfahrung mangele.

Hatten Sie den Eindruck, dass Deng das Problem verstanden hatte?

Ich denke schon. Und wenn er es nicht ganz verstanden hatte, musste er es sich von seinen Beratern erklären lassen, nachdem sein bester Mann in diesen Fragen, Zhao Ziyang, nicht mehr zur Verfügung stand. Deng wollte jedoch offensichtlich diese Frage nicht weiter vertiefen. Nachdem er selbst den 4. Juni erwähnt hatte, sah ich mich in der Lage, daran anzuknüpfen. Ich zitiere aus dem Dolmetscher-Protokoll: »HS sei nicht sicher, wie weit die chinesische Führung sich darüber im Klaren sei, welch großen Prestigeverlust China im letzten Jahr erlitten habe. Der Grund dafür liege insbesondere in den Fernsehübertragungen. Dies habe zu einer unfreundlichen Haltung gegenüber China geführt. Verschiedene Regierungen hätten ihre freundschaftliche Haltung reduziert. Sein eigener Besuch sei als kleines Gegengewicht zu diesen Sanktionstendenzen gemeint. Er habe die Hoffnung, dass die chinesische Regierung Wege finde, in der öffentlichen Meinung Europas und der Vereinigten Staaten jenes Prestige zurückzugewinnen, das gegenwärtig beeinträchtigt sei. Verständige Leute in Europa und den Vereinigten Staaten wüssten, dass China eine Großmacht sei. Diese Einsicht müsse sich wieder durchsetzen. In den neunziger Jahren werde die Rolle Chinas weiter wachsen, weil und in dem Maße wie die Rolle der Sowjetunion zurückgehe. HS habe dies in vielen Gesprächen in Asien und in den Vereinigten Staaten gespürt. Die Sowjetunion durchlaufe eine Schwächeperiode, über deren Länge niemand etwas Genaueres wisse. China könne vielleicht das Entwicklungsland werden, das den Ton angeben werde. HS habe den Vorschlag gemacht, China und die Sowjetunion an den Wirtschaftsgipfeln der G7 teilnehmen zu lassen. Man könne die Weltwirtschaft nicht ohne Mitwirkung dieser beiden Giganten organisieren.«

Wie ist Deng auf diese Avance eingegangen? China zählte sich ja seit Jahrzehnten zu den Entwicklungsländern. Selbst als Fürsprecher dieser Länder, der schon Mao gerne gewesen wäre, hätten die Chinesen von ihrem Grundverständnis her in diesem Gremium der Reichen nichts zu suchen! Zeigte sich Deng inzwischen hin- und hergerissen?

Nein. Deng hatte den Blickwinkel eines Entwicklungslandes, obwohl China mittlerweile eine Großmacht war: Es sei eine merkwürdige politische Erscheinung, sagte er, dass sieben Länder die Welt dominierten. Wer habe ihnen das Recht dazu gegeben, Sanktionen gegen China zu verhängen?

Ich erwiderte, dass die Sanktionen im Wesentlichen von den USA verhängt worden und die anderen westlichen Länder davon nicht begeistert seien.

Die anderen Länder folgten aber diesem einen Land, meinte Deng, und dies sei eine ungesunde Lage. Mit den Ereignissen in Osteuropa und der Sowjetunion sei die alte Ordnung zerstört, aber eine neue Ordnung zeichne sich noch nicht ab. Es dürfe nicht sein, dass die sieben Länder die Welt dominierten. Eine Erhöhung der Teilnehmerzahl von sieben auf neun werde aber wohl von den meisten anderen Ländern nicht akzeptiert werden.

Damit hat Deng dann doch gesagt, dass er gerne mitspielen möchte. Haben Sie ihn auf diesen Widerspruch hingewiesen?

Nein. Aber ich focht seine Argumentation von einer anderen Seite her an. Es sei nicht eine Frage des Rechts, sondern der Macht über Kapital- und Technologieexporte. Damit machte ich auf die reale Lage aufmerksam. Wenn China international mächtig genug ist, würden die anderen nicht umhinkommen, China mitspielen zu lassen. Da ich überzeugt war, dass dieser

Zeitpunkt bereits eingetreten war, betonte ich gegenüber Deng, dass pragmatische Schritte unternommen werden sollten, um China und die Sowjetunion einzuschließen. Immerhin könnten die sieben zwar der Welt nichts oktroyieren, aber man könne die gegenseitigen Interessenlagen auf den Gipfeln verstehen lernen. Ich selbst hatte einmal vorgeschlagen, Saudi-Arabien wegen seiner zentralen Verfügungsmacht über den Ölpreis einzubeziehen. Die Weltwirtschaft sei ein Gesamtorganismus von sozialistischen, kapitalistischen, feudalistischen, diktatorisch oder demokratisch regierten Staaten; dennoch müssten alle Teilnehmer sich gegenseitig in ihren Interessen respektieren. Im Übrigen versicherte ich ihm, würden die Sanktionen gegen China nicht ewig dauern.

Damit brachten Sie das Gespräch in Richtung des heiklen Themas, weswegen Sie hauptsächlich nach China gereist waren.

Ja. Aber ich wollte, dass Deng für die Ereignisse um den 4. Juni die Tonlage vorgibt. Und tatsächlich, für Deng war dies der Zeitpunkt, mir seine Sicht der Ereignisse um den 4. Juni darzustellen, ohne dass ich noch einmal nachfragen musste. Im Protokoll steht dazu: Die Sanktionen würden für China keine Rolle spielen, ebenso wenig wie sie in den ersten 25 Jahren seit der Gründung der Volksrepublik China eine Wirkung gehabt hätten. So lange habe China unter Sanktionen und in Isolierung gelebt. Was den 4. Juni angehe, so werde die Wirkung dieser Ereignisse bald vorbei sein. »Wir müssen die Erfahrung daraus zusammenziehen. Die Ursache hat in der Partei gelegen, sogar bei hohen Vertretern in der Parteiführung.«

Das war ja doch eine erstaunliche Feststellung, die deutlich von der öffentlichen Linie abwich.

Ich war davon beeindruckt. Denn im Grunde hat Deng etwas sehr Anständiges gemacht. Er hat die Schuld nicht anderen in die Schuhe geschoben, was ein Leichtes gewesen wäre, sondern er hat eingeräumt, dass er die Parteispitze nicht im Griff hatte.

Haben Sie mit Li Peng darüber gesprochen?

Nein. Ich habe Li Peng mehrere Male getroffen, allerdings waren unsere Gespräche nicht sonderlich intensiv.

Wäre es nicht taktisch klüger von Deng gewesen, diese Position auch offiziell zu vertreten? Das hätte der chinesischen Führung vor allem international, aber auch bei der eigenen Bevölkerung Pluspunkte gebracht.

Im Nachhinein kann man das so sehen. In der damaligen Lage jedoch war es der Führung wichtiger zu signalisieren, dass sie wieder entschlossen durchgreifen würde, falls es erneut zu Demonstrationen kommen würde.

Umso größer ist also das Vertrauen, das Deng Ihnen entgegenbrachte, als er Ihnen seine private Einschätzung mitteilte. Warum hat er so zu Ihnen gesprochen?

Er wollte deutlich machen, dass er und die Partei in der Lage sind, die Situation realistisch einzuschätzen, und dass sie nicht etwa ideologisch verblendet sind. Wir machen uns keine Illusionen und handeln deshalb vernünftig, lautete seine Botschaft. Im Protokoll ist dazu zu lesen: Nur ein Teil der Studenten, am Anfang etwa 40 Prozent, später 70 bis 80 Prozent, habe sich beteiligt. Man habe die junge Generation vernachlässigt. Das Ansteigen des Prozentsatzes sei erst wegen der Unterstützung innerhalb der Parteiführung erfolgt. Allerdings warnte Deng auch davor, die Bedeutung der Ereignisse zu überschätzen. Im Juni habe kein Betrieb seine Arbeit eingestellt, betonte er. Jedenfalls hätten die Ereignisse die Politik der vier Modernisierungen in keiner Weise beeinträchtigt.

Das sahen die westlichen Medien und auch zahlreiche westliche Politiker zu dieser Zeit anders. Haben Sie ihn auf die internationalen Spannungen angesprochen, die der 4. Juni ausgelöst hat?

Das war nicht nötig, denn Deng hat das von selbst getan. Was noch zu lösen anstehe, das seien die internationalen Spannungen mit Blick auf Japan und mit Blick auf die Vereinigten Staaten, sagte er. Mit Europa habe China keine großen Probleme gegenwärtig. Die US-Investitionen hätten nicht abgenommen. Was aber verwundere, seien die japanischen Reaktionen. Die folgten wohl den Vereinigten Staaten, hielten jetzt aber daran fest, obwohl die USA schon wieder eine Änderung eingeleitet hätten. Er glaube, dass Japan die Beziehung zu China nicht verbessern wolle.

Nachdem wir uns kurz über die Rolle Japans ausgetauscht hatten, kamen wir ausführlich auf die Rolle der USA zu sprechen. Ich sprach ein Thema an, das heute wichtiger denn je ist, aber schon damals eine große Rolle spielte: Ich meine die Besorgnis erregende Entwicklung, dass der Verbrauch von Gütern in den USA weit über die Produktion hinausgeht und die USA deshalb – mit damals rund 800 Milliarden US-Dollar – der größte Nettoschuldner der Welt sind. Ich bezeichnete das als schweren Fehler; die Vereinigten Staaten seien wegen ihrer falschen Haushaltspolitik im Zustand ökonomischer Schwäche, ohne es zu begreifen.

Warum sind Sie so ausführlich auf die Schwächen der USA eingegangen, statt weiter über die Schwächen der Chinesen zu sprechen?

Ich halte es für wichtig in der internationalen Politik, dass man einen größtmöglichen Aufschluss über die Stärken und Schwächen der jeweils anderen Seite bekommt. Das ist Grundlage jeder fruchtbaren Zusammenarbeit. Das habe ich als Kanzler schon im Kalten Krieg mit den Russen so gehandhabt, und das hat das gegenseitige Vertrauen sehr erhöht. Deshalb habe ich als Privatmann gegenüber Deng betont, dass die USA, wenn sie bei dieser Politik blieben, einen Teil ihrer übermächtigen Supermachtposition einbüßen würden. Ein weiterer Grund für die Reduzierung der Rolle der Vereinigten Staaten liege in der Schwäche der Sowjetunion. Sie bilde keine militärische Bedrohung mehr wie ehedem, in demselben Maße verliere auch die militärisch-strategische Supermachtposition der USA an Bedeutung. Ein dritter Grund sei denkbar: Wenn die deutsche Vereinigung zu einer westeuropäischen Integration führe, könne eine selbständig operierende Einheit Westeuropa entstehen. Im 21. Jahrhundert könne es dann fünf Großmächte geben, deren Zusammenspiel darüber entscheiden werde, ob die Weltprobleme gelöst werden können: Bevölkerungsexplosion, Treibhauseffekt, Energieknappheit, Funktionstüchtigkeit der Weltwirtschaft.

War es der richtige Zeitpunkt, mit chinesischen Spitzenpolitikern die Zukunftsprobleme der Welt zu besprechen?

Ich wollte wissen, welche Rolle Deng für China in der neuen Weltordnung vorgesehen hatte. Deng war in dieser Hinsicht jedoch vorsichtig, er ging nicht darauf ein. Stattdessen antwortete der Pragmatiker: Darüber werde die Praxis entscheiden. Die alte Ordnung sei fast vollständig zerstört. Man stehe vor einem Prozess, eine neue Ordnung in Weltpolitik und Weltwirtschaft zu errichten; dies werde aber nur allmählich passieren und sei schwer zu prognostizieren. Eines sei von Ausschlag gebender Wichtigkeit: dass die Vereinigten Staaten bescheiden würden. Auch Japan dürfe nicht wegen seiner sprunghaften wirtschaftlichen Entwicklung seine politische, wirtschaftliche und militärische Macht überschätzen. Und auch ein geeintes Deutschland und ein einheitliches Europa dürften nicht anderen Angst einjagen, auch nicht den armen Ländern. Es sei sicher bekannt, dass China einem einigen Deutschland und einem starken Europa immer positiv gegenübergestanden habe. Alle Länder, die nach dem Zweiten Weltkrieg gespalten worden seien, sollten wieder vereinigt werden. Aber die Einheit, die jetzt komme, sei anders als früher vorgestellt. Deshalb solle Deutschland nach der Einheit in der internationalen Politik eine vorsichtige Haltung einnehmen.

Damit hatte Deng die Taiwanfrage angesprochen, ohne die eigenen Probleme explizit zu erwähnen. Haben Sie ihn nach dem Verhältnis von China und Taiwan und dem Verhältnis zwischen Nord- und Südkorea gefragt, an dessen Teilung die Chinesen einen großen Anteil hatten?

Ja, und seine Antwort war erstaunlich nüchtern. Er wolle ein Wort aus dem »Herzen« sagen: In der Taiwanfrage liege der Schlüssel bei den Amerikanern. 1972 seien die chinesisch-amerikanischen Beziehungen verbessert worden durch die Vereinbarung zwischen Nixon und Kissinger einerseits und Zhou Enlai und Mao andererseits; die Vereinbarungen damals hätten auch die Taiwanfrage umfasst. 1979 habe er die USA besucht und eine Vereinbarung getroffen, in der sich die USA verpflichtet hätten, alle Verträge mit Taiwan zu beenden. Gleich danach sei es im Kongress zu einem Gesetz über die Beziehungen zu Taiwan gekommen, und seither habe der Kongress ununterbrochen die Unabhängigkeit Taiwans unterstützt. So seien alle Bemühungen beider Seiten zunichte gemacht worden. Eine Vereinigung würde aber von China mit noch größerer Großzügigkeit betrieben als im Falle Hongkongs. Man akzeptiere eine örtliche Regierungsautonomie mit eigenen Militärkräften in Taiwan. Das Konzept »Ein Land – Zwei Systeme« sei nicht speziell für Hongkong entwickelt worden, sondern auch für Taiwan.

Dies war nach 1975 und 1984 Ihr drittes großes Gespräch mit Deng …

… ja, und es war mein letztes. Ich hatte sehr gehofft, ihn noch einmal zu treffen. Doch als ich im Mai 1993 wieder nach Peking reiste, war Deng bereits zu krank, um noch Gäste zu empfangen. Auch sein größter Wunsch, Hongkong zu besuchen, ging nicht mehr in Erfüllung. Er litt an der Parkinson-Krankheit und starb nur fünf Monate vor der Rückkehr Hongkongs zu China, am 19. Februar 1997, im Alter von 93 Jahren in Peking. Ich werde nie vergessen, dass einer seiner letzten Sätze, die er zu mir sagte, lautete: »Ich möchte 1997 in Hongkong nur für eine Stunde den Fuß auf chinesischen Boden setzen.«

Doch zuvor hat er noch eine unglaubliche Leistung vollbracht. Mit seiner großen Reise in den Süden im Frühjahr 1992 hat er das Land gegen den Willen der neuen zögerlichen Führung unter Staatspräsident Jiang Zemin und Premierminister Li Peng wieder auf Reformkurs gebracht. Was konnten Sie nach dem Gespräch über die noch vorhandene Macht dieses Mannes sagen?

Mein Eindruck war, dass Deng die Fäden noch in der Hand hielt. Doch ich konnte nicht einschätzen, wie stark die konservative Fraktion um Ministerpräsident Li Peng war. Dengs Reise in den Süden hat dann Klarheit verschafft. Sie war nichts Geringeres als ein Triumphzug. Seine Autorität und – ich muss es sagen – sein Charisma waren so groß, dass es ihm gelang, in einer fünfwöchigen Reise das Land wieder auf Öffnungskurs zu bringen, und dies, obwohl er gesundheitlich bereits angeschlagen war und sich von seiner Tochter hatte stützen lassen.

Einen entscheidenden Grund dafür, dass China nach dem 4. Juni die Reformen weitergeführt hat, haben wir bisher noch nicht beleuchtet. Es war der wirtschaftliche Druck der ausländischen Unternehmen. Sie brauchten den chinesischen Markt und versuchten deshalb, die politische Empörung des Auslands zu unterlaufen. Jede Nation, jedes Unternehmen hatte die Sorge, wenn man zu lange wartete, würde der Vorsprung der Konkurrenz größer. Wenn die Unternehmen kein Interesse mehr an China gehabt hätten, wäre es für Deng sehr viel schwieriger geworden, das Land wieder auf Kurs zu zwingen. Das muss Dengs Leistung nicht schmälern, aber erklärt vielleicht, warum er das scheinbar Unmögliche geschafft hat. Er hatte nicht nur das südchinesische Militär als Verbündeten, sondern indirekt auch die westliche Wirtschaft. Ist zu jener Zeit schon deutlich gewesen, dass die Rückkehr Chinas nicht nur den politischen Interessen des Westens entsprach, sondern in höherem und unverblümtem Maße den Interessen der internationalen Wirtschaft?

Wenn man nur die Höhe der Auslandsinvestitionen betrachtet, kann man zu diesem Schluss kommen. Es war in den achtziger Jahren ein Wettlauf unter den großen westlichen Unternehmen entbrannt, wer zuerst den chinesischen Markt erschließen würde. Und es lag sicherlich nicht im Interesse der ausländischen Unternehmen, zehn Jahre zu warten, bis sich die gegen China gerichtete Stimmung in der Politik und in den Medien wieder beruhigt hätte. Entscheidend war jedoch die Tatsache, dass Deng Xiaoping seine ökonomische Reform unverändert fortgesetzt hat!

Ich würde weiter gehen und feststellen, dass ohne die Unterstützung durch die internationale Wirtschaft Dengs Reise in den Süden verpufft wäre und er die Öffnungspolitik kaum hätte fortsetzen können. Weil die westliche Wirtschaft die neuen Märkte Anfang der Neunziger weit dringender brauchte als noch Anfang der Achtziger, war der Druck auf China groß weiterzumachen.

Aber wie man es auch bewertet, sicher ist: Drei Wochen lang wurde Dengs Reise von den Pekinger Zentralmedien totgeschwiegen. Doch nach drei Wochen hatte er den Widerstand gebrochen, und die Führung musste klein beigeben. Galt das nur für die Fraktion um Ministerpräsident Li Peng oder auch für den Staatspräsidenten Jiang Zemin? Ich war eigentlich davon ausgegangen, dass Deng Jiang Zemin vertraute.

Sowohl Jiang Zemin als auch Li Peng haben während Dengs spektakulärer Reise durch den Süden drei Wochen geschwiegen und erst im März kurz vor der jährlichen Tagung des Volkskongresses Stellung bezogen. Jiang Zemin ordnete nunmehr an, »all die Produktivkräfte und herausragenden Fortschritte zu nutzen, die die kapitalistischen Kräfte hervorge-

bracht haben«. Umständlicher konnte man den Satz »Egal, ob die Katze schwarz oder grau ist, Hauptsache, sie fängt Mäuse« nicht formulieren. Li Peng sagte hingegen klarer: »Wir müssen die Reformen und die Öffnung kühner voranbringen.«

Auf jeden Fall hat Deng den Schlussstein auf sein Lebenswerk gesetzt. Er hat für die besten 15 Jahre in den letzten anderthalb Jahrhunderten Chinas gesorgt. Es ist gut möglich, dass man eines Tages im Rückblick Deng Xiaoping nicht mehr nur als den erfolgreichsten kommunistischen Führer ansehen wird, sondern als einen der erfolgreichsten Staatsmänner des 20. Jahrhunderts überhaupt. Er hat durch seine unerschütterlich pragmatische Durchsetzungskraft ein Fünftel der Menschheit in die Welt integriert und den Chinesen zu nachhaltigem Wohlstand verholfen. Ich mochte diesen Mann.

Kontinuität durch die Nachfolger

Bei Ihrer ersten China-Reise nach den Ereignissen am Tian-An-Men haben Sie Dengs Nachfolger Jiang Zemin zum ersten Mal getroffen. Jiang Zemin wurde 1926, also 22 Jahre später als Deng, geboren, gehört jener Generation an, die den Langen Marsch nicht mehr mitgemacht und ihre wichtigsten Karrierestationen erst in den achtziger Jahren hatte. Jiang Zemin ist Elektroingenieur, der in Shanghai studierte und in den fünfziger Jahren in Nordchina in einer Autofabrik gearbeitet hat, in der heute Audis und Volkswagen hergestellt werden. In der zweiten Hälfte der achtziger Jahre hat Jiang Zemin als Parteichef von Shanghai, der mächtiger als der Oberbürgermeister ist, der Metropole den entscheidenden Schub gegeben. Im Mai 1989 – also noch vor dem 4. Juni – wurde er von Deng als Staats- und Parteichef nach Peking geholt. Wo lagen seine Stärken?

Er hatte andere Stärken als Deng. Er war nicht derjenige, der vorneweg marschierte und große Tore aufriss. Seine Stärke lag im Vermitteln, Stabilisieren und Austarieren. Damit war er der richtige Mann zur richtigen Zeit. Eine angenehme Person.

Worin sehen Sie den größten Unterschied zu Deng?

Deng wurde nicht von Mao als sein Nachfolger ausgesucht. Deng hat sich gegen den Willen von Mao durchgesetzt und hat dazu drei Anläufe gebraucht. Jiang Zemin hingegen war von Deng während der Tian-An-Men-Krise eingesetzt worden, um Kontinuität und Stabilität zu garantieren. Jiang Zemin selbst hat gesagt, dass er nicht im Traum daran gedacht habe, er würde einmal Staatspräsident Chinas werden. Jiang Zemin hatte sich nach dem Ende seiner Amtszeit als Parteichef in

Shanghai schon auf eine Universitätskarriere eingestellt. Doch dann hat ihn Deng zur Überraschung der Führungsschicht nach Peking geschickt. Aber Deng hatte ihn mit Bedacht ausgesucht. Jiang Zemin hatte zwar keine Erfahrung in der Zentrale, aber dafür war er auch noch nicht in die Flügelkämpfe verstrickt; und er hatte einen ausgleichenden Charakter. Deng hatte das Überraschungsmoment auf seiner Seite. Mit ihm als Schiedsrichter hatten die Streithähne in Peking vermutlich nicht gerechnet.

Die ihm gestellte Aufgabe hat Jiang Zemin ja dann auch hervorragend gemeistert, viel besser, als es alle erwartet hatten. Vor allem, wenn man bedenkt, dass er sich, wie Sie sagen, in Peking auf keine Seilschaften verlassen konnte. Lange galt Jiang Zemin bei westlichen Politikern als Übergangsfigur, zu Unrecht, wie man im Rückblick sieht. Ich habe ihn als jemanden kennen gelernt, der durch seine Verlässlichkeit überzeugt. Und er brachte erstmals den Beweis, dass China stabil genug ist, auch ohne einen feldherrngleichen Führer auszukommen. Jiang Zemin glich viel mehr einem modernen westlichen verwaltenden Politiker.

Generell stimmt das. Allerdings waren seine theoretischen Überlegungen, die er im Spätsommer 1999 und auf dem 16. Parteikongress 2002 verbreiten ließ, die »Sange Daibiao«, die drei Repräsentationen, eher eine rückwärts orientierte Politik. Weniger vom Inhalt als vom Stil her. Inhaltlich ging es darum, dass nicht mehr nur Arbeiter, Bauern und Soldaten in die Partei gehören, sondern auch Unternehmer. Aber stilistisch wirkte es ein wenig wie ein Versuch, ein ideologisches Vermächtnis zu hinterlassen. Alles in allem ist es Jiang Zemin jedoch gelungen, aus dem Schatten von Deng herauszutreten und eine eigenständige Figur zu werden.

Ist es nicht möglich, dass Jiang Zemin mit diesen traditionellen politischen Symbolen auf die etwa 700 Millionen Bauern zielte, die noch traditioneller denken?

Das ist möglich. Die Frage ist dann, wie lange das noch funktioniert oder ob sich heute auch schon auf dem Lande herumspricht, dass die Welt sich dreht.

Wie haben Sie Jiang Zemin kennen gelernt?

Ich habe ihn 1990 getroffen, nachdem ich mit Deng zum letzten Mal gesprochen hatte. Wir kannten uns nicht. Er war der Staatspräsident, ich war ein Privatmann ohne Mandat. Ich war nicht einmal mehr Mitglied des Bundestags.

Dennoch hatten Sie eine Mission.

Mission ist zu hoch gehängt. Ich bildete mir ein, ich könnte ein kleines Zeichen setzen. Ich wollte verhindern, dass die zum Teil im Westen künstlich aufgeputschte Aufregung über Tian-An-Men dazu führte, dass wir China links liegen lassen. Darüber war die chinesische Führung natürlich erfreut. Ich hatte mich mit Henry Kissinger und mit dem Auswärtigen Amt abgestimmt und eine Einladung angenommen, die Deng bei meinem letzten Besuch ausgesprochen hatte. Und Jiang Zemin hat mich als »alten Freund Chinas« empfangen.

Was wollte er als Erstes wissen?

Er fragte sofort nach der Lage in Europa, und ich kam gleich zur Sache: Die Entwicklung in Osteuropa entspringe erstens der Schwäche der Sowjetunion und zweitens der gesellschaftlichen Entwicklung in Polen während der letzten Dekade. Dort habe sich eine andere Gesellschaftsform entwickelt, die durch Selbstbestimmung und Freiheit von der sowjetischen Bevormundung und durch eine gerechtfertigte Unzufriedenheit mit den ökonomischen Umständen gekennzeichnet sei.

Ich schilderte ihm die Lage der einzelnen Länder und schloss die Feststellung an: Gegenwärtig würden die sowjetischen Truppen mit Ausnahme von Polen und der DDR aus allen osteuropäischen Ländern zurückgezogen. Zur Entwicklung in

Deutschland sagte ich: Der Einigungsprozess gehe unaufhaltsam voran, für den verfassungsrechtlichen Status gebe es allerdings noch kein Konzept. Ein wesentlicher Bestandteil des neuen militärischen Konzeptes bestehe darin, dass erstens eine spürbare Truppenreduzierung stattfinde, zweitens weiterhin sowjetische Truppen auf deutschem Boden verblieben und drittens auch amerikanische, britische und französische Truppen auf westdeutschem Boden blieben. Ich hätte keinen Zweifel, dass das neue Gesamtdeutschland in der EG verbleibe.

Viel mehr wird Jiang Zemin Ihre Einschätzung der Entwicklung der Sowjetunion interessiert haben, die den Chinesen viel näher war als der Vollzug der deutschen Einheit. Konnten Sie ihn beruhigen oder machten Sie sich große Sorgen über die Politik Gorbatschows?

Ich war eher besorgt und brachte das auch zum Ausdruck. Es sei schwierig zu erkennen, ob sich Gorbatschow halten könne und was seine Entwicklungschancen seien. Es bestehe eine beachtliche Angst vor einem Führungswechsel in Moskau, einem Wechsel hin zu einem konservativ aggressiven Typus. In den Vereinigten Staaten gebe es Diskussionen darüber, wie man Gorbatschow helfen könne. Zuvor habe es Zweifel an der Aufrichtigkeit der Perestrojka gegeben. Diese Diskussionen würden möglicherweise zu westlichen Hilfeleistungen führen.

Sie haben also die Lage nach der Niederschlagung der Protestbewegung in Ihren einleitenden Bemerkungen nicht einmal gestreift.

Nein. Ich habe über das Wichtigste zuerst gesprochen. Die Lage in China schien mir stabil, während nach dem Mauerfall die geopolitischen Grundkonstellationen der Welt ins Rutschen gerieten, ohne dass jemand wissen konnte, was am Ende dabei herauskommt. Zudem wollte ich, dass Jiang Zemin das Thema selbst anspricht und signalisiert, in welcher Weise er es mit mir zu besprechen gedenkt. Das schafft eine viel offenere

Gesprächsatmosphäre. Ich war jedenfalls nicht nach China gereist, um der dortigen Führung Belehrungen in Menschenrechtsfragen zu erteilen. Deshalb konnte Jiang Zemin auf meine Ausführung in sehr bescheidener, sehr offener Weise eingehen: Er sei lange Zeit hindurch vor allem mit dem Ingenieurswesen beschäftigt gewesen und arbeite erst seit einem Jahr in der Zentrale. Im vergangenen Jahr habe es in der Zentrale gewaltige Veränderungen gegeben. Er brauche noch eine Weile, um sich ein eigenes Urteil in internationalen Fragen zu bilden. China wünsche sich jedenfalls eine friedliche und freundschaftliche Umgebung für seine inneren Entwicklungen.

Das wünscht sich jeder Staatsführer. Über welche der weltweiten Probleme machte sich Jiang Zemin besonders Gedanken?

Er nannte das Wachstum der Weltbevölkerung und die Umweltbelastungen die wichtigsten globalen Probleme. In der internationalen Politik halte er sich an die fünf Prinzipien der Koexistenz, darunter auch das Prinzip der Nichteinmischung. Die Prinzipien sollten unterschiedslos gegenüber den verschiedenen Gesellschaftssystemen angewandt werden. Er kenne die These, dass durch die Existenz des Fernsehens eine Nichteinmischung unmöglich geworden sei. Aber in den verschiedenen Ländern hätten sich unterschiedliche Wertvorstellungen historisch herausgebildet. Deshalb könne man der These nicht zustimmen, dass der Sozialismus keinen Ort mehr in der Welt habe. Einige Länder wollten den Sozialismus tilgen. Das sei jedoch unmöglich. Demokratie, Freiheit, Menschenrechte seien konkrete und relative und nicht absolute und abstrakte Begriffe. Sie seien mit der jeweiligen Geschichte verbunden, der Gesellschaftsentwicklung und dem relativen Entwicklungsstand der Wirtschaft. Ohne die Ereignisse des letzten Jahres wäre die chinesische Führung nicht so eindeutig zu diesen Erkenntnissen gelangt. Wiederholungen seien nicht ausgeschlossen. Die Studenten würden auch in Zukunft demonstrieren. Auch in Zukunft würden Menschen ihren Willen zeigen wollen. Also werde die chinesische Führung nach westlichem Vorbild eine Polizei mit nichttödlichen Waffen zur Bewältigung derartiger Konflikte ausbilden und einsetzen.

Hat Sie der in der Sache nicht schwankende, jedoch gegenüber den Studenten sehr verständnisvolle Ton überrascht?

Ich war durch das Deng-Gespräch eingestimmt und ging davon aus, dass der Tonfall ähnlich sein würde. Aber eben nur ähnlich und nicht mehr quasi identisch, wozu Deng noch unter Mao gezwungen war. Auch in dieser Hinsicht hat es in China große Fortschritte gegeben. Jiang Zemin war generell vorsichtig mit Urteilen, zeigte jedoch ein erstaunliches Verständnis für die Belange der Studenten. Er sprach zwar von Herzlichkeit und Strenge. Aber es schien ihm ein Bedürfnis zu sein, sich mit ihnen ernsthaft auseinanderzusetzen.

Einen ähnlichen Ton hatte er auch schon im Juli 1989 angestimmt, als er mit dem damaligen DDR-Politbüromitglied Günter Schabowski zusammentraf. Bei Schabowski, den er nicht kannte, musste er davon ausgehen, dass seine Haltung eine Nachgiebigkeit signalisiert, die bei der Ostberliner Führung nicht gut ankommen würde. Er hat also nicht nur einfach gesagt, was der Westen hören wollte, sondern dies war wohl seine Überzeugung. Haben Sie eine Erklärung für die Diskrepanz zwischen der moderaten Einstellung des Staatspräsidenten und der Praxis gegenüber Einzelnen, die ohne Prozess jahrelang eingesperrt werden?

Ich kann dazu höchstens Vermutungen äußern. Die Meinung des Parteichefs wird gewiss nicht von allen anderen Funktionären geteilt, außerdem gibt es bei unteren Behörden bürokratischen Schlendrian; eine flächendeckend einheitlich geordnete Strafjustiz ist noch längst nicht erreicht.

Sie sprachen gegenüber Jiang Zemin davon, dass es legale Möglichkeiten geben muss, eine abweichende Meinung zu ver-

treten. Diese legalen Möglichkeiten sind zwar größer geworden in den letzten 15 Jahren, aber sie sind doch stark eingeschränkt und unterliegen der Willkür. Warum ist es dennoch nicht zu Massendemonstrationen gekommen? Es hat im Jahr 2005 nach offiziellen Zählungen zwar über 70 000 Demonstrationen gegeben. Aber keine, die im Entferntesten das Ausmaß der Demonstrationen hatte, wie sie 1989 das ganze Land durchzogen.

Wahrscheinlich sind die Gründe dafür sehr komplex. Von entscheidender Bedeutung ist jedoch, dass es seitdem ein stabiles, gleich bleibend hohes Wachstum gibt. Das bedeutet, es gibt in großen Teilen des Landes das Ventil des wirtschaftlichen und beruflichen Aufstiegs. Manche jungen Leute in der Stadt können sich ein Auto leisten oder sogar eine eigene Wohnung. Auf dem Land ein Motorrad. Sie haben Zugang zu weiterführenden Schulen und Universitäten. Sie können sogar, wenn sie genug gespart haben, ins Ausland reisen. Sie finden fast alles im Internet. Sie können als Unternehmer Karriere machen. Das sind Freiheitsspielräume, die man nicht unterschätzen soll. Ich möchte nicht wissen, wie viele junge Leute in Deutschland ihre Möglichkeit, wählen zu gehen, gegen ein neues Auto eintauschen würden. Das ist in China noch viel ausgeprägter.

Später haben Sie Jiang Zemin wieder getroffen. Hatte er sich verändert?

Ich hatte den Eindruck, dass Jiang Zemin jetzt fest im Sattel saß, Deng hatte ein Jahr zuvor mit seiner Reise in den Süden das Land wieder ausgerichtet. Und Jiang Zemin hatte sich an die Spitze der Reformbewegung gestellt. Die wirtschaftlichen Rahmendaten waren hervorragend. Zum ersten Mal seit seiner Amtsübernahme konnte er aufatmen. Er war sehr aufgeräumt. Nicht so klar und pointiert wie etwa Deng. Aber auch nicht schwankend. Er gab keine neuen politischen Einschätzungen.

Er legte die besten chinesischen Umgangsformen an den Tag. Allerdings muss ich hinzufügen, dass er eine Gruppe empfangen hat, von denen er die meisten nicht persönlich kannte: das »InterAction Council« – eine Gruppe eng befreundeter, ehemaliger Spitzenpolitiker, die sich regelmäßig trifft. Der inzwischen verstorbene Lord Callaghan, der ehemalige britische Premierminister, war dabei; Valéry Giscard d'Estaing, der ehemalige französische Staatspräsident; Lee Kuan Yew, der Gründer des modernen Singapur; Henry Kissinger, der ehemalige amerikanische Außenminister, und der ehemalige japanische Premier Takeo Fukuda. Gemeinsam mit Takeo Fukuda hatte ich vorgeschlagen, die Jahressitzung des Councils 1993 in Shanghai tagen zu lassen, um den Reformkurs der chinesischen Führung zu unterstützen. Die Freunde waren begeistert und die chinesische Führung auch. Sie lud uns für einen Empfang und ein Essen nach Peking ein. In meiner Eröffnungsrede habe ich einen Gedanken aufgenommen und weiterentwickelt, den Jiang Zemin mir gegenüber 1990 vorgebracht hatte: »Es gibt keinen Masterplan für die Entwicklung der Nationen der Welt. Weder für die USA, noch für Lateinamerika, noch für Afrika, noch für China, noch für die EU. Vielmehr müssen wir jedes Land als Einzelfall mit dem Vergrößerungsglas betrachten und unsere eigenen Maßstäbe und Urteile an die jeweiligen Entwicklungsumstände jedes Landes anpassen. Wir müssen handeln wie ein Arzt, der zwar Medizin studiert hat, aber dennoch die Eigenheiten eines jeden Patienten gewichten muss. So müssen wir jedes Land von neuem beurteilen, um dann zu entscheiden, wonach unsere Interessen verlangen und wonach die Interessen der Menschheit verlangen, und danach entsprechend handeln.«

Zu dieser Überzeugung sind Sie aber nicht erst durch die Gespräche mit Deng und Jiang Zemin gelangt?

Es hatte auch mit historischen Umständen zu tun. Die starren Fronten des Kalten Krieges verblassten, ohne dass es zu einer großen Konfrontation gekommen war. Und meine Überzeugung war es immer gewesen, dass man zwar auf eine militärische Machtbalance nicht verzichten kann, dass man aber darüber hinaus ein großes Verständnis für die Umstände entwickeln muss, in der der Gegner jenseits des Eisernen Vorhangs steckt. Vielleicht ist die Fähigkeit zu solcher Haltung bei den Europäern ausgeprägter als bei den Amerikanern, eine Stärke der europäischen Vielfalt.

Jiang Zemin hat sich bemüht, ein persönlich gutes Verhältnis zu dem damaligen amerikanischen Präsidenten Bill Clinton aufzubauen. Seit Deng 1979 in die USA gereist war, hatte kein chinesischer Spitzenpolitiker mehr das Land besucht. Zwischen den USA und China gab es bei Jiang Zemins Reise viel weniger Spannungen als heute. Die Neugier überwog noch auf beiden Seiten. Ich habe Jiang Zemin nie mehr so locker erlebt wie auf dieser Reise. Er hatte gewissermaßen sein staatssozialistisches Korsett abgeworfen. Bei einem Empfang in der Drexel University in Philadelphia etwa signalisierte er mit einer knappen Handbewegung seiner Dolmetscherin, dass er die Übersetzungen der langatmigen Reden der Honoratioren nicht mehr hören mochte. Er verlangte nach einem Papier und fing an, eine Rede in Englisch aufzusetzen. Immer wieder reichte er großflächig beschriebene Zettel nach hinten und tüftelte mit der Übersetzerin die richtigen Vokabeln aus. Als er dann seinen Vortrag hielt, brauchte er die Vorlagen nicht mehr. Er war im Englischen erstaunlich schlagfertig und humorvoll. Wie die erste Generation der chinesischen Auslandsstudenten war er offensichtlich fasziniert von der Neuen Welt. Der Auftritt machte ihm sichtlich Spaß, er merkte vielleicht zum ersten Mal, dass man mit freieren Umgangsformen in der Öffentlichkeit punkten kann.

Wie hat Jiang Zemin sich bei der Pressekonferenz mit Bill Clinton verhalten? So etwas läuft ja in den USA etwas anders ab als in China.

Angesteckt von dem amerikanischen Traum stand Jiang Zemin nicht so hölzern da wie in China. Nur einmal benutzte Jiang Zemin die Modellantworten, die ihm seine Berater auf kleine Zettel geschrieben hatten: als es um die Niederschlagung der Demokratiebewegung 1989 ging. Von den Angriffen Clintons fühlte er sich eher herausgefordert denn beleidigt: »Sie stehen auf der falschen Seite der Geschichte. Menschenrechte sind universell.« Zwei Tage später wagte er sich gar in Harvard aus der Deckung, obwohl Henry Kissinger ihm ausdrücklich davon abgeraten hatte, dort aufzutreten. Auch hier gab es eine Frage zur Niederschlagung der Demokratiebewegung. In seiner Antwort sprach er von der Arbeit der Partei und räumte ein, es habe »Fehler und Unstimmigkeiten« in der politischen Arbeit gegeben. Er ließ also ein wenig von dem durchblicken, was Sie von ihm 1990 hinter den Kulissen erfahren haben. »Das ist keine Entschuldigung, aber ein deutlicher Schritt in die richtige Richtung«, kommentierte damals William C. Kirby, Chefhistoriker in Harvard, Jiang Zemins Antwort. Er war überrascht von dessen Offenheit: »Hätten wir noch zehn Minuten länger gehabt, es wäre eine richtige Diskussion entstanden.«

Ich weiß nicht, warum sich Jiang Zemin gegenüber Herrn Kirby hätte entschuldigen müssen. Aber so denken bestimmte Kreise der amerikanischen Intelligenzija.

Wenn man den Besuch von Hu Jintao in den USA vom April 2005 dagegenhält, kann man leicht sehen, wie sehr die Spannungen zwischen den beiden Ländern gewachsen sind: Bush und Hu Jintao fanden keine Anknüpfungspunkte. Dass Hu Jintao von einem Zeremonienmeister während der Live-Übertragung als Vertreter der »Republik China« angekündigt wurde, also mit dem Namen, mit dem sich Taiwan bezeichnet, und die Pressekonferenz von einer schreienden Falungong-Aktivistin gestört wurde, trug nicht zur Vereinfachung der Beziehungen bei. Zumal das alles live im Fernsehen übertragen wurde. Die chinesische Kontrollstation stellte die Ausstrahlung von CNN mehrfach ein. Das war nicht sehr souverän. Dass Hu Jintao vor Ärger ein wächsernes Gesicht bekam und sich nicht schlagfertig zeigte, machte es nicht einfacher.

Gute persönliche Beziehungen sind in der Weltpolitik von erheblicher Bedeutung. Aber ich denke, die Amerikaner und die Chinesen finden immer weniger Punkte, in denen sie grundsätzlich übereinstimmen. Das ist bedenklich. Auf längere Sicht muss man leider mit einer offenen Konkurrenz zwischen der etablierten Supermacht USA und der aufsteigenden Weltmacht China rechnen.

1999, beim Gegenbesuch von Clinton in China, gab es noch Harmonie. Es war die längste Reise seiner Amtszeit und die, die am aufwendigsten vorbereitet wurde. Ein Hofstaat von 8000 Amerikanern war mit der Umsetzung des Staatsbesuches in China beschäftigt. Clinton hatte zwei komplette eigene Wagenkolonnen einfliegen lassen. Wenn immer er in China die Stadt wechselte, wartete die jeweils andere Kolonne einschließlich Personal bereits auf ihn. Das war schon auch eine Machtdemonstration. So etwas leistet sich nur der amerikanische Präsident. Aber dennoch war die Stimmung bis auf den Anfang weitgehend entspannt. Weil die Chinesen Dissidenten auf seiner ersten Station in Xian weggesperrt hatten, ließ Clinton den damals stellvertretenden Staatspräsidenten Hu Jintao fast wie einen Schuljungen auf dem roten Teppich stehen. Das Lächeln haltend musste er in die abgedunkelten Fenster der Präsidenten-Limousine schauen. Es sind solche Details, die die Machtverhältnisse zwischen der aufsteigenden Weltmacht China und der amtierenden Weltmacht USA plastisch werden lassen.

Jeden anderen Präsidenten hätte das chinesische Protokoll gezwungen, in einen chinesischen Wagen zu steigen, und der Gast wäre selbstverständlich mitgefahren. Nur die USA können sich so etwas erlauben.

Es ist auch kein Zufall, dass die amerikanischen Bodyguards bei der Pressekonferenz der beiden mächtigsten Staatsmänner der Welt in der Großen Halle des Volkes die Regie führten und nicht die Gastgeber. Dennoch war das Treffen entspannt. Die

Chinesen ließen sogar ein Live-Gespräch im chinesischen Fernsehen zwischen Clinton und Jiang Zemin zu. Ob das tatsächlich auch klappen würde, ließ das chinesische Protokoll bis wenige Minuten vor der Veranstaltung offen. Erst als Außenministerin Madeleine Albright erleichtert auflachte, war klar, dass die Chinesen eingelenkt hatten. Zum ersten Mal nach der Niederschlagung der Demokratiebewegung wurde die westliche Sicht der Ereignisse im chinesischen Fernsehen übertragen. Clinton redete freundlich Tacheles, und die Kamera blieb auf ihn gerichtet, als Jiang Zemin bei besonders harten Angriffen den Kopf stur nach hinten warf und das Kinn vorstreckte. Doch er wich den Themen nicht aus. »Es schien ihm sogar Spaß zu machen«, urteilte die International Herald Tribune. *Auch für die Chinesen wird die Menschenrechtsdebatte immer mehr zu einem willkommenen Paravent, der die eigentlichen Machtkonflikte verdeckt.*

Was mit dem präzisen Schlagabtausch der bekannten Positionen über die Frage »Wie viel Freiheit braucht der Mensch?« begann, endete als diffuses Sinnieren über den Dalai Lama. Jiang Zemin fragte sich, was Menschen aus hochzivilisierten, westlichen Gesellschaften an einem Vertreter eines ehemaligen Gottesstaates fasziniere, und Clinton fand, dass Jiang Zemin und der Dalai Lama zwei Männer seien, die sich verstehen würden. Die Kontrolle der Finanzmärkte wurde nur gestreift, der Kampf um Energiereserven ausgespart, militärstrategische Interessen wurden nur am Rande geäußert, selbst der Wettbewerb der Märkte spielte in der Außendarstellung der Weltmächte nur eine Nebenrolle. Jiang Zemin hatte von Clinton gelernt: Nur wer sich vor den Kulissen geschmeidig bewegen kann, kann hinter den Kulissen offen reden.

Wenn ich Ihre Schilderung höre, kommt mir in den Sinn, dass das einstweilen die beste Zeit im chinesisch-amerikanischen Verhältnis gewesen sein könnte. Man hatte den Eindruck, dass Clinton und Jiang Zemin bei allen Meinungsverschiedenheiten eine gemeinsame Basis gefunden hatten. Diesen Eindruck habe ich von Hu Jintao und Bush junior nicht.

Bei Ihrer Reise 1993 haben Sie auch den späteren Premierminister Zhu Rongji kennen gelernt. Er war wie Jiang Zemin Elektroingenieur, arbeitete jedoch nur kurze Zeit in der Industrie und wechselte schon Anfang der fünfziger Jahre in die Planungskommission. Der aufmüpfige Planungsfachmann verbrachte insgesamt 17 Jahre seines Lebens auf dem Land oder war vom Dienst suspendiert. Erst 1979 kehrte er in die Planungskommission zurück und stieg dort bis zum Vizeminister auf, bis er 1987 an der Seite von Jiang Zemin zum Shanghaier Bürgermeister berufen wurde. 1991 holte ihn Jiang Zemin als Vizepremier nach Peking. Zwischen 1993 und 1995 war er zusätzlich Zentralbankchef. Und von 1998 bis 2003 war er Premierminister. Sie haben seit den neunziger Jahren Kontakt mit Zhu Rongji, den Sie inzwischen als einen guten Freund betrachten. War er Ihnen gleich sympathisch?

Ja. Aber viel wichtiger: Unter allen Spitzenpolitikern großer Staaten, die ich im Laufe meines Lebens auf der Welt kennen gelernt habe, war er derjenige, der am besten über die Ökonomie seines Landes Bescheid wusste. Ich konnte mich sehr gut mit ihm darüber austauschen.

Obwohl er eigentlich Ingenieur ist?

Zhu Rongji ist eine große Ausnahme. Jiang Zemin und Zhu Rongji sind ja beide von Hause aus Ingenieure. Das ist bezeichnend für dieses Land. Gehen Sie mal in der Bundesrepublik die Riege der Minister durch, egal welcher Regierung: nicht ein Ingenieur. Selbst im Bundestag überwiegend Lehrer und Rechtsanwälte. Zhu Rongji hat einen ökonomischen Instinkt, der fast allen deutschen Politikern fehlt. Zhu Rongji war nicht nur sehr fleißig, er hat auch vieles intuitiv begriffen, wofür man normalerweise in Harvard, Chicago oder in St. Gallen drei Jahre studiert haben muss. Die Grundlagen von Unternehmensmanagement und Volkswirtschaft hat er sich wohl schon als Shanghaier Bürgermeister angeeignet. Die hohe Kunst der Geldpolitik hat er dann in Peking lernen müssen, als Vizepremier und Zentralbankchef. Er war ganz anders als seine sowjetischen Kollegen, diese erstklassig ausgebildeten Rechthaber. Zhu Rongji konnte sehr stur sein, aber am Ende war und ist er ein hochbegabter Pragmatiker. Ein Mann der Tat. Was mich besonders beeindruckte, war die Selbstverständlichkeit, mit der Zhu Rongji sich im Westen bewegte. Li Peng konnte das nicht. Der jetzige Ministerpräsident, Herr Wen Jiabao, kann das auch.

Was ist Zhus Hauptverdienst?

Er hat für die rauschhafte ökonomische Öffnung Chinas in den neunziger Jahren einen stabilen Rahmen geschaffen. Seiner Umsicht ist es zu verdanken, dass die chinesische Wirtschaft in der zweiten Hälfte der neunziger Jahre nicht mehr überkochte wie Ende der achtziger, Anfang der neunziger Jahre, mit Inflationsraten von über 20 Prozent. Zhu Rongji hat nach den Vorgaben von Deng dafür gesorgt, dass China eine kontinuierliche Öffnungspolitik verfolgt, ohne das Ganze aufs Spiel zu setzen. Das hat viele westliche Unternehmen überzeugt und zu Milliardeninvestitionen in Anlagen und Gemeinschaftsunternehmen in China geführt.

Was war wichtiger für die Entwicklung: die günstigen Bedingungen des Investitionsstandorts China oder der Druck der westlichen Unternehmen, neue Märkte zu erschließen?

Das ging Hand in Hand. Die Chinesen brauchten ausländische Investitionen und Technologie, die westlichen Unternehmen suchten Marktanteile. Das war damals noch eine Win-Win-Situation. Das ist einer der Gründe, warum der Aufstieg Chinas so reibungslos funktioniert hat. Zhu Rongji hätte nicht so einen großen Erfolg haben können, wenn die westliche Wirtschaft kein Interesse an China gehabt hätte.

Wie hat Zhu Rongji denn verhindert, dass die Wirtschaft noch einmal hochkocht und wieder eine Situation eintritt, in der die

Menschen wie 1989 auf die Straße gehen, weil sie nichts mehr zu verlieren haben?

Er hat den Schwarzmarkt für den Yuan ausgetrocknet, damit hat er das Fundament für einen reibungslosen Aufstieg geschaffen. Das heißt aber nicht, dass man schon sicher sein kann, dass nicht doch noch ein Unglück passiert. Das muss ich deutlich hinzufügen. Es drohen vielerlei große Gefahren auf dem Weg, der vor den Chinesen liegt. Das darf man nie vergessen.

Auf die Gefahren, die in der Zukunft liegen, würde ich gern später zurückkommen. Bleiben wir noch kurz in den späten neunziger Jahren. Kaum hatte Zhu das Amt des Ministerpräsidenten 1998 übernommen, wurden die Chinesen einem harten Belastungstest unterworfen. Die Asienkrise brach aus. Während die asiatischen Länder in einen Abwertungswettlauf ihrer Währungen gerieten, verkündete Zhu Rongji, dass er dem Druck standhalten und den Yuan nicht abwerten würde. Das war ein riskantes Spiel. Denn wie stabil die chinesische Wirtschaft wirklich war, konnte er nicht wissen.

Richtig. Und ich bin mir sicher, dass er das auch selbst als hohes Risiko empfunden hat. Eine ernorme Belastung. Er hatte allerdings in den Jahren zuvor klug gehandelt. Anders als viele andere asiatische Länder hat er kein kurzfristiges internationales Kapital aufgenommen, also Geld, das man sich nur wenige Wochen leiht und dann hoch verzinst wieder zurückzahlen muss. Die Chinesen hätten in den neunziger Jahren Kredite im Wert von zig Milliarden US-Dollar bekommen können. Die westlichen Banken standen Schlange und wollten mit dem chinesischen Boom schnelles Geld machen. Doch Zhu Rongji hat dieser Versuchung widerstanden, während Thailand, Malaysia, Südkorea und Indonesien den Hals nicht voll kriegen konnten. Sie haben das kurzfristige Geld zum Beispiel in Infrastrukturprojekte gesteckt. Aber wenn an der Spitze eines ausländischen Investmentfonds plötzlich irgendjemand nervös wird und sein Geld wiederhaben will, laufen die anderen hinterher und schon ist der Staat pleite, die Aufbauarbeit zunichte.

China war das einzige Land weit und breit, das in der Asienkrise nicht in die Knie gegangen ist. Im Gegenteil: China ging gestärkt aus der Asienkrise hervor. Die amerikanische Regierung, die Weltbank und der Internationale Währungsfonds überschütteten die chinesische Führung mit Anerkennung, und die Nachbarländer sahen, dass man sich in der Not auf China verlassen konnte.

Das Lob war nicht selbstlos. Es glich eher einem Stoßgebet: Oh Herr, wir preisen und loben dich, aber vergib uns unsere Sünden. Wenn die Chinesen abgewertet hätten, wäre es zu einer weiteren Abwertungsspirale der Währungen in Asien gekommen, und das hätte wahrscheinlich auch die Wall Street mit nach unten gerissen. Dabei hatten die Leute in der Wall Street das Feuer selbst entzündet, als sie kurzfristiges Geld rausgezogen haben.

Die Regierungen der asiatischen Länder sind daran auch nicht unschuldig. Die haben Renditen versprochen, die sie niemals hätten zusagen dürfen. Sie haben weit über ihre Verhältnisse gelebt.

Sie können doch einem Entwicklungsland wie den Philippinen oder Thailand nicht vorwerfen, dass sie nicht genug von Geld verstehen, das ist doch natürlich. Natürlich verstehen die nichts davon. Der Vorwurf muss an die amerikanische Bankenwelt gerichtet werden. Die haben die südostasiatische Bankenkrise herbeigeführt, die dann ganz schnell zu einer Währungskrise geworden ist. Punkt und Schluss.

Zhu Rongji hat sich diesem Spiel nicht angeschlossen. Er war schlau genug. Und damit hätten auch die Südkoreaner oder die Thailänder schlau genug sein können, die schon 20 Jahre länger wirtschaftliche Öffnung auf dem Buckel haben. Zhu Rongji war damit in einer weitaus besseren Position als die Re-

gierungschefs der meisten anderen Länder, die gewissermaßen Konkurs anmelden mussten und vom Internationalen Währungsfonds gerettet wurden.

Das war eine große Leistung. Zhu Rongji hat vieles hinbekommen. Er hat den Eintritt Chinas in die Welthandelsorganisation zu günstigen Bedingungen erreicht, er hat erfolgreich gegen die Korruption gekämpft, und er hat es geschafft, die Asienkrise aus China herauszuhalten. Es hat mich außerordentlich erstaunt.

Aber unter seiner Führung klaffte die Schere zwischen Arm und Reich immer weiter auseinander. Er gilt als ein Politiker, der mit den rückständigen Westprovinzen nicht viel anfangen konnte, im Unterschied zur heutigen Regierung. Seine Strategie war: Wenn die Küste brummt, ist das auch gut für den Westen des Landes. Doch das Umgekehrte passierte. Weil man mehr für sein Geld an der Küste bekam, trug es jeder, der konnte, nach Shanghai oder Kanton, um dort Restaurants zu eröffnen oder eine Wohnung zu kaufen. War das nicht sein größter Fehler?

Ich denke nicht. Er hat die Unterschiede zwischen dem Lebensstandard an der Küste und dem im Hinterland bewusst in Kauf genommen. Er hatte sich dafür entschieden, sein Land erst dort wachsen zu lassen, um dann mit den höheren Steuereinnahmen Ausgleich zu schaffen. Ob er die Dramatik dieser Entwicklung unterschätzt hat, wissen wir noch nicht. Bisher sieht es noch so aus, als ob er richtig lag. Denn die jetzige Regierung hat nun das Geld, um den Strukturausgleich zu finanzieren. Das hätte sie nicht, wenn Zhu Rongji schon früh das Wachstum zugunsten des Hinterlandes gebremst hätte. Aber da ist das letzte Urteil noch nicht gesprochen.

Ein anderes Problem, mit dem sich Zhu Rongji herumschlagen musste, war die Reform der Staatsbetriebe. Er hat den Betrieben immer wieder Ultimaten gesetzt und betont: Jetzt bekommt ihr noch ein einziges Mal Geld. Und dann gibt es nichts mehr. Er musste aber doch wieder nachlegen, weil die sozialen Belastungen durch die potenziellen Arbeitslosen sonst zu groß geworden wären. Hat er das falsch angepackt?

Das glaube ich nicht. Vielleicht hat er die Möglichkeit, die Unternehmen auf eine rationale Geschäftsbasis zu stellen, überschätzt. Aber sein Ansatz war richtig. Staatsbetriebe sind in der ganzen Welt nicht sonderlich erfolgreich, mit einigen Ausnahmen. Das sind die Notenbank, das Militär, die Polizei und die Gefängnisse. Neuerdings will man in Deutschland sogar die Gefängnisse privatisieren. Da kann man in Zukunft den eigenen Gefängniswärter ein bisschen schmieren. Aber was Zhu Rongji betrifft: Es ist eine Illusion, zu glauben, man müsse nur Druck machen, und schon würden sich die Staatsbetriebe zu profitablen Privatunternehmen entwickeln. In den Gesprächen mit Zhu Rongji hatte ich nicht den Eindruck, dass er diese Frage unterschätzt hätte, im Gegenteil. Es geht in diesem Fall nicht anders als mit Zuckerbrot und Peitsche.

In welchen Bereichen waren Sie unterschiedlicher Meinung?

Mir fällt ein Punkt ein, und ich neige heute dazu, dass er Recht gehabt hat. Er hat sich in den neunziger Jahren um die Aufnahme Chinas in die Welthandelsorganisation bemüht. Und ich habe ihm gesagt: Du musst dich doch nicht bemühen, da zwingen dich die Amerikaner, alle möglichen Zugeständnisse zu machen. Du kannst in Ruhe abwarten, bis die dich einladen, und dann die Bedingungen stellen. Was ich allerdings unterschätzt hatte, war, wie sehr Zhu Rongji die WTO-Mitgliedschaft brauchte, um innenpolitisch den Druck für Reformen zu erhöhen. Die WTO half ihm zum Beispiel, den maroden Staatsbetrieben zu drohen: Wenn ihr euch nicht anstrengt, dann werdet ihr gegen die ausländische Konkurrenz nicht bestehen!

Und zweitens konnte Zhu Rongji mit der WTO die Reformgegner in Schach halten, die langsamer gehen wollten. Denen konnte Zhu Rongji nun sagen, nicht wir bestimmen das

Tempo, sondern die Weltwirtschaft. Es wartet niemand auf uns. Aber ich denke, es war nicht nur Taktik, sondern auch Ungeduld. 2001 – bei seiner Amerikareise – hat sich Zhu Rongji sehr weit aus dem Fenster gelehnt, um zu einem Durchbruch zu kommen. Die Amerikaner haben ihn auflaufen und einen geheimen, sehr weit reichenden Vorschlag erst an die Presse durchsickern lassen und ihn dann aus »innenpolitischen Gründen« ablehnen müssen. Man hat sich zwar hinterher entschuldigt, aber dass es ein Versehen war, halte ich eher für unwahrscheinlich.

Ob Zhu Rongji zu ungeduldig war, weiß ich nicht. Ich habe keinen Anhaltspunkt dafür, dass er nicht in der Lage gewesen wäre, sein Temperament zu zügeln. Er war ein Mann der Tat, den es sehr wurmte, wenn er eine Lösung gefunden hatte, die sich nicht umgehend implementieren ließ. Das kann ich gut verstehen. Im Übrigen, wenn man es mit einem so großen politischen Apparat zu tun hat wie mit dem chinesischen, so ist ein wenig Ungeduld angebracht, wenn sich etwas bewegen soll.

Dennoch hätte er im Rückblick betrachtet mehr Zeit gehabt, als er glaubte. Die Manager der Staatsbetriebe hatten sehr schnell verstanden, dass die chinesische Führung das Risiko nicht eingehen würde, die Staatsbetriebe massenhaft auf Grund laufen zu lassen und sich damit eine große Zahl unzufriedener Arbeitsloser aufzuhalsen. Andererseits war den Chinesen, mehr als den Europäern und den Amerikanern, von der ersten Minute des WTO-Beitritts klar, dass sie mit verwaltungstechnischen Hindernissen die WTO-Regeln unterlaufen können und kein Land, nicht einmal die USA, mächtig genug ist, den Chinesen das Tempo aufzuzwingen.

Es hat allerdings eine Weile gedauert, bis diese Erkenntnis zu den Managern der Staatsbetriebe durchgesickert war. Sie wussten von den Zusammenhängen der Weltwirtschaft nicht viel. Es war also sinnvoll von Zhu Rongji, zumindest zu versuchen, diesen Hebel zu installieren. Die Zwänge, die Sie gerade beschrieben haben, verlangen ja geradezu danach, alles zu probieren, um den Tanker in die richtige Richtung zu steuern. Geduld kann man später noch haben. Ich denke, er hat auch ein erhebliches Risiko auf sich genommen. Er hat viel von seinem politischen Prestige investiert. Einschließlich der Reise, von der Sie sprachen. Er wäre stark angeschlagen gewesen, wenn der WTO-Beitritt gescheitert wäre. Seine Gegner hätten dies ausgenutzt, unabhängig davon, ob eigentlich noch Zeit genug gewesen wäre oder nicht. Nicht nur in einer Demokratie wird man vom politischen Gegner an den Zielen gemessen, die man sich gesteckt hat. Er war in ökonomischen Fragen ein risikobereiter Politiker.

Seine Gegner sagen, er sei ein Hasardeur gewesen.

Unter den Leuten, die bewusst ökonomische Politik gesteuert haben, würde ich ihn gemeinsam mit Alan Greenspan und Lee Kuan Yew in der obersten Kategorie ansiedeln.

Woher kommt es, dass jemand so ein Gespür entwickelt?

Der Intelligenzquotient eines Chinesen, der Schule und Universität absolviert hat, ist um nichts geringer als der Intelligenzquotient eines Westeuropäers, Amerikaners oder Japaners, der ähnliche Schulen und Universitäten druchlaufen hat. Das Erstaunliche bei Zhu Rongji ist, dass er solche Schulen und Universitäten nicht besucht hat. Er ist einfach eine Naturbegabung. Intelligent und urteilssicher, was im Übrigen etwas sehr Verschiedenes ist.

Sein größtes Verdienst ist wohl, dass er es in den neunziger Jahren geschafft hat, die Bevölkerung durch seine Wirtschaftspolitik davon abzubringen, wieder auf die Straße zu gehen und zu demonstrieren.

Es trafen einige Faktoren zusammen. In den neunziger Jahren hat Zhu Rongji einen Zustand beendet, den Deng in den achtziger Jahren schon gelockert hatte. Er hat die zentrale Gehaltspolitik fast völlig aufgehoben, die seit Jahrzehnten das Land gelähmt hatte. Jemand, dessen Lohn oder Gehalt von einer Instanz ganz weit weg festgesetzt wird, und zwar egal, ob er gut arbeitet oder schlecht oder ob er krank spielt oder fleißig ist, der ist natürlich nicht sehr motiviert. Warum soll der sich anstrengen?

Das änderte sich, und damit hatten viele Menschen plötzlich eine Perspektive. Sie konnten aufsteigen, wenn sie sich anstrengten. Es gab zum Teil wilde Gehaltserhöhungen. Viele konnten sich nun neue Möbel und ein Motorrad, später eine Wohnung und ein Auto leisten. Zudem wurden die staatlichen Produktionsbefehle fast völlig aufgehoben. Und inzwischen – anders als noch in den neunziger Jahren – haben selbst die Manager der Staatsbetriebe, oft mit Hilfe ihrer ausländischen Partner, ein Gespür dafür bekommen, was und wie viel man von einem Produkt herstellen sollte. Neben der Individualisierung der Wirtschaft gelang es der Zentrale, verlässlicher zu steuern, vor allem in der Geldpolitik.

In den Achtzigern haben die Politiker noch übersteuert. Erst haben sie Geld gedruckt, um den Konsum ankurbeln, dann entstand eine Inflation. Die Preise stiegen, daraufhin hat man die Preise eingefroren, was wiederum die Wirtschaft abwürgte. Es war diese Übersteuerung, die dazu geführt hat, dass die Menschen auf die Straße gingen und protestierten. Anfang der neunziger Jahre, als Zhu Rongji ins Amt kam, gab es eine zweite Inflationswelle. Dieses Mal war man schlauer, hat vorsichtiger gesteuert und eine so genannte »weiche Landung« hinbekommen. Unter Zhus Führung haben die Zentralbanker gelernt, so feinfühlig zu steuern, dass es weder eine dramatische Inflation noch eine Deflation gab, also eine Phase, in der die Produkte immer weniger kosten, die Menschen jedoch trotzdem nichts kaufen, weil sie glauben, dass die Produkte morgen noch billiger werden. Das ist eine ungeheure Leistung in einem Land mit damals 1,2 Milliarden Menschen.

Damit waren die chinesischen Politiker viel klüger als die deutschen während einer ähnlichen Entwicklung nach dem Ersten Weltkrieg?

Die Chinesen waren klüger. Die Deutschen haben schließlich Adolf Hitler gewählt, weil er ihnen wirtschaftliche Stabilität versprach, die er ja dann auch zunächst herstellte. Die Chinesen waren auch klüger als viele der südamerikanischen Staaten in den achtziger und neunziger Jahren.

Auch klüger als Gorbatschow in den achtziger Jahren?

Unendlich viel klüger. Ich erinnere mich noch lebhaft an ein Gespräch mit Gorbatschow im Jahre 1988. Ich war Privatmann, und er war Staatschef. Er wollte mit mir über seine Wirtschaftsprobleme reden. Wir sprachen knapp drei Stunden. Ich hatte mich vorbereitet und sagte zu Gorbatschow: »Ihr druckt bei euch zu viel Geld, ihr habt in den letzten Jahren eure Geldmenge dramatisch erhöht. Und dieses Jahr sieht es schon wieder so aus, und die Preise steigen weiter. Dann verordnet ihr wieder einen Preisstopp, und die Menschen machen ohne euch Geschäfte. Sie gehen auf den Schwarzmarkt, und ihr seid aus dem Spiel. Ihr müsst eure Geldmenge unter Kontrolle bringen.« – »Ach«, hat er geantwortet, »über solche Zahlen, wie Sie sie nennen, haben wir in Moskau noch niemals nachgedacht.« Der letzte Präsident der Sowjetunion war ein ökonomischer Dilettant. Aber darin war er auch nicht viel schlechter als Willy Brandt. Politiker verstehen allgemein nicht viel von Geld. Nach zwei schweren Inflationen, die Deutschland erlitten hat, sind manche Deutsche aus Schaden klug geworden. Aber die meisten Politiker der Welt verstehen nichts von Geld. Umso erstaunlicher, dass ausgerechnet die Chinesen verstanden haben, wie man es macht. Und wenn man es mal verstanden hat, ist es gar nicht mehr so schwierig: Ohne eine vernünftige Geldpolitik nützt es gar nichts, die Löhne und die Produktion freizugeben. Beides muss Hand in Hand gehen, sonst wird das nichts.

Die Chinesen sind also nicht in die Keynes-Falle gegangen. Der Staat druckt erst mal Geld. Das verteilt er an die Menschen und hofft, dass es die Wirtschaft ankurbelt und das Geld irgendwie wieder reinkommt. Das funktioniert allerdings nur in vergleichsweise geschlossenen Volkswirtschaften. Das kann man in Zeiten der Globalisierung vergessen.

Ja. Das ist die Methode Lafontaine. Sie kann dann funktionieren, wenn Sie Deutschland nach außen abschließen, wie dies 1933 der Fall gewesen ist. Dann kann der Keynesianismus funktionieren. Die Menschen hatten so wenig Geld, dass sie nichts kaufen konnten. Die Produktion stockte, und die Maschinen in den Fabriken waren unausgelastet. Und dann geben Sie den Leuten plötzlich frisch gedrucktes Geld in die Hand, und sie fangen wieder zu kaufen an. Die Nachfrage steigt, und die Maschinen werden wieder benutzt. Das hat damals fabelhaft funktioniert. 1936 hätte man damit aufhören müssen. Es kann aber nicht funktionieren, wenn eine Volkswirtschaft zu 40 Prozent mit den Weltmärkten verflochten ist.

Warum kommt diese Theorie heute noch so gut bei vielen Menschen an?

Weil die Vulgär-Keynesianer behaupten, dass es besser wird, ohne dass die Menschen irgendetwas tun müssten. Monetäre Disziplin geht gegen den Instinkt der allermeisten Menschen. Sie denken: Wieso, das Geld steht mir doch zu. Ich bin 16 Jahre alt, ich ziehe bei meinen Eltern aus, jetzt hat gefälligst die Sozialfürsorge dafür zu sorgen, dass ich eine Wohnung bekomme. Das ist die gegenwärtige Einstellung mancher Leute in Deutschland. Woher das Geld kommen soll, dass andere es verdienen müssen, das überlegen sie sich nicht. Und wenn der Staat das Geld einfach druckt, ist mir das auch recht, Hauptsache, ich kriege es. Aber dann wird alles teurer, und dann sind die Klagen groß.

Deshalb braucht es Politiker wie Zhu Rongji, die auch gegen Widerstände in der Parteiführung und in weiten Teilen der Bevölkerung die Menschen zum maßvollen Handeln zwingen. Er und seine Leute, die haben ihre Sache gut gemacht, obwohl sie nur auf technischen Hochschulen in China ihre Diplome gemacht haben oder in Moskau gelernt haben, was nicht fürs praktische Wirtschaftsleben taugt. Der Respekt vor diesen Chinesen kann gar nicht groß genug sein.

Sie blieben mit Zhu Rongji auch nach seinem Ausscheiden in Kontakt?

Ja, ich war 2003 der erste ausländische Gast, den Zhu Rongji nach dem Ausscheiden aus seinem Amt getroffen hat. Über das Treffen wurde weder in chinesischen noch in westlichen Medien berichtet. Ich bin dazu nach Kanton geflogen, weil er den Winter im Süden verbringt.

Und worüber haben Sie sich unterhalten?

Zunächst haben wir über das gesprochen, worüber ein 75-Jähriger und ein 85-Jähriger nun einmal sprechen, egal ob sie Premierminister oder Kraftfahrzeugmechaniker sind: über das Alter und die Krankheiten. Zhu Rongji sagte, ich sähe sehr fit und gesund aus. »Nur der Kopf ist noch in Ordnung, der Rest ist schlecht«, antwortete ich.

Ich habe Zhu Rongji auf einen Chinagipfel nach Hamburg und zu einem Treffen des InterAction Councils nach Salzburg eingeladen. Ich lockte ihn mit der Bemerkung, dies wäre eine gute Gelegenheit, andere Länder zu bereisen. Meine Erfahrung sei, dass ich durch das Reisen als Privatmann klüger geworden bin als durch das Reisen als Bundeskanzler. Auch wäre es eine große Freude für mich, wenn er mich in Hamburg privat besuchen würde, allerdings wohnte ich nicht so großartig und prächtig wie er. Seine Antwort war ausweichend. Er brauche für eine solche Teilnahme die Zustimmung des Zentralkomitees der Partei. Bisher habe noch kein ehemaliger Premierminister an einer solchen Konferenz teilgenommen.

Zhu Rongji ist bekannt für sein ausgesprochen gutes Verhältnis zur deutschen Wirtschaft. Wäre das nicht ein Grund mehr gewesen, Ihre Einladung anzunehmen?

Zhu Rongji hatte als Oberbürgermeister von Shanghai die Förderung von VW sehr unterstützt. Seit dieser Zeit seien die deutschen Investitionen in China und der Handel mit China sehr gestiegen, betonte er. Hieraus würden sich Vorteile für beide Seiten ergeben. Alle Vorstandsvorsitzenden der großen deutschen Firmen seien gute Freunde von ihm. Dank seines persönlichen Einsatzes gebe es heute eine milliardenschwere Zusammenarbeit zwischen BASF und China. Die BASF habe ihn kürzlich sogar nach Ludwigshafen eingeladen. China habe gute Management- und Know-how-Erfahrungen aus Deutschland bekommen.

Ich fragte Zhu Rongji nach seiner Einschätzung der Wirtschaftsentwicklung in den nächsten zwei bis drei Dekaden. Er war sich über eine positive Gesamtentwicklung sehr sicher. Die Chinesen würden noch lange hohe Wachstumsraten haben und auch Japan überholen. Während des Reform- und Öffnungsprozesses sollte China seine alten Traditionen weiterhin pflegen und gleichzeitig eine neue und fortschrittliche Kultur für sich entwickeln. Er mache sich große Sorgen, dass China viele schädliche Dinge aus den westlichen Kulturen übernehme. Die Chinesen seien sehr langsam beim Lernen der Vorzüge der westlichen Kultur. China müsse die positiven Aspekte aufnehmen und gleichzeitig eine eigene Kultur entwickeln. China habe diesbezüglich gute Erfahrungen mit Deutschland gemacht. Deutschland gehe richtig mit seiner Vergangenheit im Zweiten Weltkrieg um, was in Japan nicht der Fall sei. Japan könne nicht aus seiner Geschichte lernen. Dies sei ein Handikap in der Zusammenarbeit zwischen China und Japan.

Wenn Japan mit seinen Nachbarn nicht Freundschaft schließe, entgegnete ich, werde das Land in 30 Jahren keine allzu große weltpolitische Bedeutung mehr haben. Die Japaner würden sich abhängig von den USA machen. Mir sei aber auch die Richtung der kulturellen Entwicklung Chinas unklar. Börsen, Banken, naturwissenschaftliche Forschung, Informationstechnologie, medizinische Nanotechnik – dies seien alles beeindruckende Fortschritte, aber was werde China geistig daraus extrahieren? In 30 Jahren werde China den gleichen Forschungsrang wie die USA haben, Europa werde zurückbleiben. Es werde sich zusätzlich eine Wirtschafts-, Finanz-, Rechts- und Zivilisationskultur entfalten, aber was werde der Beitrag Chinas zur Moral in der Weltpolitik sein.

Chinas Beitrag zur Weltkultur nehme in neuerer Zeit deutlich ab, räumte Zhu Rongji ein, aber im Bereich der Wissenschaft und Technik werde das Land sich weiterentwickeln und mit der Welt gleichziehen. Die Traditionspflege sei in der Tat eine große Herausforderung für China.

Über welche Themen sprachen Sie noch?

Wir sprachen über alles Mögliche, über die Hegemonie der USA, den wachsenden Einfluss der Hispanics in der amerikanischen Innenpolitik, über amerikanische Präsidenten, über das Amt der Bundespräsidenten bei uns und schließlich über das Rauchen. Ich sei für ihn ein Beispiel, dass man mit dem Rauchen alt werden könne. »So wie Deng Xiaoping«, sagte ich etwas vorschnell. Zhu Rongji erklärte mir daraufhin, dass Deng sich in den späteren Jahren das Rauchen abgewöhnt habe. »Das wusste ich nicht. Deng ist mein ›hero‹.«

Am Ende bedauerte ich noch einmal, dass die oberste Führungsschicht in China besser über den Westen informiert ist als umgekehrt. Zhu Rongji stimmte zu.

Ich entgegnete: »Das ist aber teilweise auch die Schuld Chinas, weil sich China nicht in die Karten gucken lässt. Wenn man in den achtziger oder neunziger Jahren in Deutschland, Frankreich oder den USA etwas über China erfahren wollte, dann informierte man sich bei Lee Kuan Yew. Dort erfuhr man mehr als von euch direkt.« In der Vergangenheit sei die Bereitwilligkeit des Westens, China kennen zu lernen, allerdings sehr gering gewesen, entgegnete Zhu Rongji. Die Chinesen hätten sich inzwischen gut über den Westen informiert, um vom Westen zu lernen.

Im Rückblick betrachtet hat Zhu Rongji ja erheblich dazu beigetragen, dass sich China als Konkurrent der USA ins Spiel bringen konnte. Immer stärker kam unter amerikanischen Spitzenpolitikern die Vorstellung auf, dass es China möglicherweise doch gelingen könnte, den USA eines Tages Konkurrenz zu machen. Das war eine erschütternde Erkenntnis für viele, wähnten sie sich doch nach dem Zusammenbruch der Sowjetunion auf der sicheren Seite. Die Amerikaner begannen ihre Muskeln zu zeigen. Und das taten sie unter anderem mit der Bombardierung von Belgrad im Mai 1999. Dabei trafen und zerstörten sie die chinesische Botschaft. Glauben Sie an ein Versehen? Noch 50 Jahre früher wäre das jedenfalls ein ausreichender Grund gewesen, um einen Krieg zu beginnen.

Die Bombardierung Belgrads war ein flagranter Verstoß gegen das Völkerrecht und gegen die Charta der Vereinten Nationen. Dass sie bei der Gelegenheit einige Ziele getroffen haben, die man besser nicht getroffen hätte, ist der zweite Aspekt. Ich habe angezweifelt, dass das ein Zufall war, aber ich weiß es nicht. Wenn die politische Führung Amerikas – sagen wir, der Präsident oder seine Sicherheitsberater oder sein Verteidigungsminister – die Weisung gibt, selektiv ein paar Bomben auf eine Stadt oder ein Land zu werfen, dann ist damit noch nicht ausgemacht, dass sie die Ziele im Einzelnen definiert; es ist durchaus vorstellbar, dass untergeordnete Organe, die den Befehl des Präsidenten umsetzen, eigenmächtig Entscheidungen fällen, die der Präsident so nicht treffen würde.

Es hat ja hinterher Informationen gegeben, wonach ein Aufklärungssystem der NATO entdeckt hatte, dass die Botschaft zur Übertragung von Informationen durch das jugoslawische Militär genutzt wurde.

Das kann stimmen, aber es kann auch eine nachträgliche Rechtfertigung sein, mit der die Militärs sich schützen wollten. Wichtig ist jedoch, wenn das Militär eigenmächtig handelt, dass der Präsident sofort reagiert. Es gibt ja ein historisches Paradebeispiel dafür: Harry Truman, der über Nacht Präsident geworden war, hat 1951 General MacArthur abgesägt, nachdem der wiederholt nicht gespurt hatte. MacArthur war ein Kriegsheld, der sich mit unglaublichen Erfolgen schmücken konnte. Dem sagte Truman ins Gesicht: »Du gehorchst mir nicht, also pack deine Sachen.« Eine tolle Leistung. Stellen Sie sich vor, Kaiser Wilhelm II. hätte einen aufmüpfigen Hindenburg oder Ludendorff abgesägt! Clinton hingegen, der Präsident war, als die chinesische Botschaft in Belgrad getroffen wurde, hat keine für mich erkennbaren Konsequenzen gezogen. Sondern nur gesagt: »Sorry, das wollte ich nicht, aber kann mal passieren.« Deutlicher kann man den Chinesen seine Schwäche als Präsident nicht vorführen.

Immerhin hat der damalige Bundeskanzler Schröder, der zufällig wenige Tage nach der Bombardierung nach China gereist ist, sich im Namen des NATO-Generalsekretärs bei den Chinesen öffentlich entschuldigt.

Dagegen war nichts einzuwenden. Aber die Chinesen haben von einem deutschen Bundeskanzler in dieser Lage auch nichts anderes erwartet. Er konnte sich ja leicht entschuldigen. Er war es ja nicht gewesen. Aber der chinesische Blick war in diesen Tagen nicht nach Europa gerichtet, sondern auf die Täter in den Vereinigten Staaten.

Und die Chinesen haben erstaunlicherweise nicht die Nerven verloren.

Sie haben sehr souverän reagiert und die Provokation durch die Amerikaner weitgehend ins Leere laufen lassen.

Die chinesische Führung hatte auch die Demonstrationen von Anfang bis Ende unter Kontrolle. Ich habe mir das Treiben angeschaut. Die Demonstranten waren mit Bussen gekommen. Es waren überwiegend junge, nicht sonderlich politische Studenten, die stundenlang im Kreis liefen. Zuerst an der briti-

schen und dann an der amerikanischen Botschaft vorbei. Die Polizei sperrte das Gelände um die Botschaften herum ab. Vor der US-Botschaft mussten die Demonstranten ihren lautstarken Marsch verlangsamen und die Reihen lichten. Dann kontrollierten die Sicherheitskräfte die Gegenstände, mit denen die Demonstranten bewaffnet waren. Steine und kleine einfache Molotowcocktails waren erlaubt. Die Demonstranten durften die Außenanlagen beschädigen, aber die Polizei sorgte dafür, dass niemand aufs Botschaftsgelände gelangte. Ansonsten hätten die schwer bewaffneten amerikanischen Marines, die sich in der Botschaft verschanzt hatten, unter Umständen geschossen. Die Studenten waren nicht sehr aggressiv, die Stimmung war eher wie bei einem Betriebsausflug mit Randale. Um 17.30 Uhr war Pause mit dem Demonstrieren, um die Zeit gingen die allermeisten zum Essen. Nach ein paar Tagen war der Spuk wieder vorbei.

Wurden Sie auf der Straße angepöbelt?

Ich nicht. Noch etwa eine Woche lang wurde man als Ausländer gefragt, woher man käme, und da war es nicht angebracht, England oder Amerika zu sagen. Ich habe von Freunden gehört, dass sie angepöbelt wurden. Aber ich selbst habe das nicht erlebt. Und nach etwa zehn Tagen stand die Ausländerfeindlichkeit gegen Westler schon nicht mehr auf der Tagesordnung. Nicht zu vergleichen also mit dem, was beispielsweise ein Vietnamese in Berlin tagtäglich an Pöbeleien aushalten muss, wenn es bei Pöbeleien bleibt. Ansonsten bin ich in den zwölf Jahren, in denen ich in China bin, anständig behandelt worden. Oder zumindest nicht schlechter, als Chinesen unter sich miteinander umgehen. Nach 14 Tagen wurde das Mahnmal für die Belgrad-Opfer auf dem Campus der Peking-Universität nur noch von wenigen besucht. Immer mehr junge Leute fanden es übertrieben, dass in den Kinos keine westlichen Filme mehr gezeigt wurden, und sie sahen nicht ein, warum sie nicht mehr bei McDonald's essen sollten. Man ging zur Tagesordnung über.

Eine dauerhaft feindselige Haltung gegenüber dem Westen, wie man sie aus moslemischen Ländern kennt, ist also daraus nicht entstanden.

Amerika ist eben auch verlockend. Und die Führung hatte keine andere Wahl, als klein beizugeben. Denn militärisch sind die Chinesen hoffnungslos unterlegen. Ist es souverän, wenn der kleinere Hund den Schwanz einzieht?

Zumindest waren sie klug genug, sich nicht zu überschätzen. Es war eine Mischung aus Klugheit und Mäßigung, aber diese Mäßigung war gesteuert von dem Wissen um die eigene militärische Unterlegenheit. Wie China bei einem solchen Zwischenfall in 40 Jahren reagieren würde, ist eine ganz andere Frage. Dieselben Leute könnten durchaus anders reagieren, wenn sie dann militärisch etwas darstellen. Heute könnten die Amerikaner jedes beliebige Ziel in China treffen, umgekehrt nicht. Das größere Risiko eines Krieges zwischen China und Amerika liegt noch auf Jahrzehnte hinaus bei China. Also haben die Chinesen das klug gedämpft. Israel würde anders reagiert haben.

Deswegen konnten die Chinesen auch keine großen Töne spucken, als knapp zwei Jahre später ihr F8-Abfangjäger mit einem US-Spionageflugzeug zusammenstieß und abstürzte, und die Amerikaner auf chinesischem Gebiet notlanden mussten.

Da haben sie wieder gezeigt, dass sie ihre eigene Machtposition realistisch einschätzen. Auch das haben sie fabelhaft gemacht, indem sie die Maschine erst einmal bei sich behalten, dann in Einzelteile zerlegt und zurückgeschickt haben – um ihr Gesicht zu wahren. Man hätte daraus auch einen Krieg inszenieren können – Wilhelm II. hätte das wahrscheinlich getan.

II

China und die Welt

China und die USA

Mitte des 19. Jahrhunderts sind Amerikaner und Chinesen zum ersten Mal aufeinandergetroffen. Die aufstrebende Weltmacht fand ein fast wehrloses Reich der Mitte vor. Der Machtkampf war schnell zugunsten der USA entschieden.

Die Amerikaner sind etwa zur gleichen Zeit in China eingetroffen, wie die so genannten Schwarzen Schiffe unter Commander Perry in der Bucht von Tokio erschienen und die Öffnung Japans erzwangen. Das ist eine sehr wichtige Parallele. In Japan führte dies zur so genannten Meiji-Restauration, die in Wirklichkeit keine Restauration war, sondern die Öffnung des Landes für moderne Wissenschaft und Technologie bedeutete. Ein großer wirtschaftlicher Aufschwung folgte. In China hingegen beschleunigte die amerikanische Präsenz und die der Engländer, Franzosen und später auch kurz der Deutschen die Abwärtsentwicklung des Staates und der Wirtschaft bis zur Auflösung des jahrtausendealten Kaiserreichs im ersten Jahrzehnt des 20. Jahrhunderts. Dann versank das Reich im Bürgerkrieg.

Nicht nur aus dieser historischen Entwicklung resultiert heute die Nähe Japans zu den USA, obwohl die Amerikaner Japan im Zweiten Weltkrieg mit dem Abwurf der Atombombe die schlimmste Niederlage seiner Geschichte zugefügt haben, eine Niederlage, die bis heute nicht überwunden ist. Wann wurde China für die Amerikaner erstmals wichtig?

Der Zeitpunkt, zu dem China für sie wichtig wurde, war der Tag, als die Japaner Pearl Harbor angriffen. Umgekehrt wurde Amerika durch den amerikanisch-japanischen Krieg, der 1941 begann, für China wichtig. Große Teile Chinas waren in jener

Zeit unter japanischer Besetzung, nicht nur die ganze koreanische Halbinsel, nicht nur die Mandschurei, sondern alles, was entlang der Küste wichtig war, Shanghai ebenso wie Nanjing oder Hongkong im Süden. Einzig mit der Hilfe der Amerikaner war in dieser aussichtslosen Lage noch eine Wende möglich. Es ging um die Zukunft des Reiches der Mitte.

Allerdings schlugen sich die Amerikaner aus der Sicht von Mao und seinen Gefolgsleuten im Langen Marsch zunächst auf die falsche Seite. Die Amerikaner waren Antikommunisten und unterstützten deshalb die Nationalisten unter Tschiang Kaishek, die gleichzeitig gegen die Kommunisten unter Mao und gegen die Japaner kämpften. Im Verlauf des Krieges wurden die Japaner so mächtig, dass die Amerikaner Druck auf die chinesischen Kontrahenten ausübten, sich gegen Japan zusammenzuschließen, um die Nation zu retten. Und tatsächlich kam ein Bündnis zwischen Nationalisten und Kommunisten zustande. Doch die Japaner wurden nicht in China, sondern mit den Atombomben auf Japan geschlagen.

Richtig. Später wurde entscheidend, dass Maos Truppen schneller einige der von den Japanern zurückgelassenen Gebiete erreichten und deren Waffen erbeuten konnten. Wichtig war auch, dass die brutalen Truppen Tschiang Kaisheks sich im Volk sehr unbeliebt machten. Außerdem haben die Amerikaner offensichtlich die Stärke von Maos Truppen unterschätzt.

Mit der Kapitulation Japans nahm das Interesse der USA an China im Übrigen wieder ab. Wie erklären Sie sich das?

Das Zentrum der Weltgeschichte war damals Mitteleuropa mit den vier Siegermächten. Die chinesischen Kommunisten nutzten das Vakuum, das die flüchtenden Japaner und die abgelenkten Amerikaner hinterließen, um die Nationalisten zu besiegen. Diese mussten auf die kleine Insel Taiwan flüchten, wo sie heute noch sitzen.

1950 zeigte sich dann, wie groß die Unachtsamkeit der Amerikaner gewesen war. Sie hatten den Expansionsdrang Maos unterschätzt. Nach dem Angriff der Nordkoreaner waren die Amerikaner Mitte September 1950 mit UN-Mandat unter dem Oberbefehl von General MacArthur mit Soldaten aus 17 Nationen fast bis zur chinesisch-koreanischen Grenze vorgedrungen. Die Chinesen konnten sie jedoch mit Hilfe sowjetischer Flugzeuge, Artillerie und Panzer, aber ohne dass ein einziger sowjetischer Soldat mitgekämpft hätte, bis südlich von Seoul zurückdrängen. Das war das erst Mal, dass die Amerikaner in einem großen Krieg eine Niederlage erlitten. Die USA hatten mehr als 24 000 tote, rund 100 000 verwundete und gut 11 000 gefangene oder vermisste Soldaten zu beklagen. Kurz vor Weihnachten verkündete Truman den nationalen Notstand: »Unser Zuhause, unsere Nation, ist in großer Gefahr.« Zwei Drittel der Bevölkerung waren gegen den Krieg. Mao versetzte den USA einen gewaltigen psychologischen Schlag. Erst im Juni 1953 kam es zu einem Waffenstillstandsabkommen.

Wichtiger war jedoch noch der Krieg knapp 15 Jahre später, als erneut chinesische und amerikanische Soldaten aufeinandertrafen, diesmal in Vietnam. Hier haben die Amerikaner abermals aus Angst vor einer kommunistischen Domino-Reaktion in ganz Ostasien gehandelt. Als die Franzosen psychisch und politisch erschöpft waren, haben die Amerikaner deren Kriegsgeschäft übernommen. Das hatte eines der größten Dramen in der amerikanischen Außenpolitik zur Folge: den sehr langsamen, erzwungenen Rückzug aus Vietnam, was abermals eine Demütigung durch China war. Innenpolitisch war dieser Krieg noch verheerender, weil er eine Antikriegsbewegung entfachte, die das Land spaltete: Die Jungen in den Universitäten nutzten die Situation, um gegen die Alten aufzubegehren.

Ist mit Abstand betrachtet der direkte Einfluss Chinas auf die Vereinigten Staaten in der Nachkriegszeit größer gewesen als der der Sowjetunion? Während die USA und die Sowjetunion nur einmal in der Kuba-Krise 1962 direkt aufeinandertrafen, allerdings ohne dass es zu einer militärischen Auseinandersetzung kam, waren China und die USA direkt in zwei Kriege verwickelt.

Der Sachverhalt stimmt. Aber das Wort »Einfluss« ist nicht richtig, denn die beiden Zusammenstöße mit China hatten einen geringeren Einfluss auf die amerikanische *grand strategy* als die kontinuierliche Bedrohung durch die Sowjets. Die amerikanische Führung – den Eindruck hatte ich damals – war dennoch zu der Überzeugung gelangt, dass China zunehmend eine Rolle spielen würde. In der amerikanischen Bevölkerung aber schürte diese Einschätzung eher den Antikommunismus, als dass man China als ständige Bedrohung wahrgenommen hätte. Die Chinesen konnten über Jahrzehnte mit ihren Raketen sowieso keine amerikanischen oder europäischen Ziele treffen.

Aber waren die unmittelbaren Folgen auch in der Bevölkerung nicht nachhaltiger als die Verunsicherung durch die Sowjetunion selbst in der McCarthy-Ära? Und da China heute noch eine Rolle spielt, während die Sowjetunion längst untergegangen ist, wird dieser Blickwinkel im Nachhinein wichtiger.

Das mag durchaus sein. Dennoch sollte nicht in Vergessenheit geraten, dass es damals auf amerikanischer Seite die Vorstellung von einem sich ausbreitenden Weltkommunismus gab. Die Amerikaner glaubten, Moskau sei das Zentrum, von dem aus alles gesteuert würde. Sie haben lange gebraucht, wahrscheinlich bis weit in die siebziger Jahre hinein, um zu verstehen, dass die chinesische Politik in Wirklichkeit eigenständig war. Selbst die Trennung Maos von Moskau am Ende der 1950er Jahre hat zunächst ihr Bild von Chinas Moskau-Hörigkeit nicht korrigiert; sie haben immer noch vom Weltkommunismus geredet. Gleichzeitig fand aber die sowjetische Führung das, was die Chinesen machten, ebenso unerhört wie die Amerikaner. Die Chinesen haben beide an der Nase herumgeführt. Sie haben gegen die Amerikaner in Südvietnam agiert und gegen die moskautreuen Kräfte in Nordvietnam. China wollte weder die einen noch die anderen vor seiner Haustür haben.

Warum wurde China so unterschätzt?

Weil die Amerikaner auf Moskau fixiert waren und sich deshalb weniger mit China beschäftigt haben. China hat die Amerikaner erst nach der Mitte des 20. Jahrhunderts überrascht: als Mao die Nationalisten schlug, als er den Koreakrieg gewann; dann in Vietnam. Erst danach begann sich eine größere Zahl von amerikanischen Sinologen mit der aktuellen Lage des Landes auseinanderzusetzen. Bis dahin hatten sich die erstklassigen Vertreter der Zunft lieber mit Lao Tse* und Meng Tse** und Konfuzius beschäftigt. Ausnahmen hat es auch gegeben: Henry Kissinger hat relativ früh verstanden, dass man sich mit China beschäftigen muss. Er hat dies auch politisch umgesetzt – das ist sein großes Verdienst, das bis heute nachwirkt.

Es war auch Kissinger, der den Besuch Nixons 1972 in Peking vorbereitet hat. Warum lenkte Nixon ein und begab sich zu Mao nach Peking? War die Devise nun: »If you can't beat him join him« – Wenn du ihn nicht schlagen kannst, verbünde dich mit ihm?

Nein. China war für Nixon Mittel zum Zweck. Er wollte die Sowjets beunruhigen, indem er sich mit dem Feind in ihrem Rücken verbündete. Das hat er auch so kommuniziert, es hat ihm auch im Wahlkampf genützt. Es ging also auch bei diesem Besuch in erster Linie nicht um China, sondern noch immer um die Sowjets.

* Begründer des Taoismus, geb. um 600 v. Chr., Archivar am kaiserlichen Hof.

** 372–289 v. Chr., chinesischer Philosoph, der die Ethik des Konfuzianismus weiterentwickelte; in Europa meistens Mencius genannt.

Allerdings wuchsen die Widerstände in der amerikanischen Politik gegen eine enge Verbindung zu China, vor allem nachdem Nixon über die Watergate-Affäre gestürzt war und er von Ford abgelöst wurde. Wegen dieser Widerstände hat es noch bis 1979 gedauert, bis die USA und China diplomatische Beziehungen aufnahmen.

Die innenpolitischen Widerstände in Amerika waren enorm, sie waren antichinesisch und antikommunistisch, die amerikanische politische Klasse hatte tausend Vorbehalte gegenüber China. Zudem hatte sie ein schwieriges Verhältnis zu Taiwan. Die Taiwaner setzten alle Hebel in Bewegung, um weiter im Spiel zu bleiben, nachdem sie den UN-Sicherheitsratssitz an die Volksrepublik China verloren hatten. Das war gewissermaßen das Gastgeschenk der Amerikaner anlässlich der Reise von Nixon nach China.

Hat es Sie überrascht, als die Amerikaner Anfang der siebziger Jahre auf die Chinesen zugingen?

Das hat mich nicht überrascht, denn ich hatte eine klare Vorstellung von der zukünftigen Rolle Chinas. Ich empfand es deshalb als selbstverständlich, dass man mit diesem Land in einen Dialog treten musste. Die meisten Deutschen allerdings standen unter dem Eindruck amerikanischer Propaganda und konnten daher die tatsächliche Lage nicht wirklich durchschauen. Die Amerikaner wiederum wurden nicht müde zu betonen, dass die von der Kuomintang-Partei regierte kleine Insel Taiwan vor den bösen Kommunisten bewahrt werden müsste. In Wirklichkeit wurde Taiwan damals genauso diktatorisch regiert wie die Volksrepublik. Ein Großteil der Deutschen, bis hinein in den Bundestag, war mehr an Taiwan-Formosa interessiert als an der damaligen Volksrepublik.

Haben Sie mit Kissinger über diese Fragen gesprochen?

Damals? Kaum. Ich war zu jener Zeit Finanzminister, das ging mich nichts an.

Aber es hat Sie doch interessiert?

Interessiert ja. Aber Kissinger war Sicherheitsberater unter Nixon, und ich war Finanzminister. Wenn wir mehr Zeit für ein Privatgespräch gehabt hätten, hätten wir uns darüber unterhalten, aber nicht von Amts wegen. China spielte keine Rolle in der weltweiten Finanzpolitik. Ich durfte ja auch meinem Außenminister-Kollegen nicht ins Handwerk pfuschen. Das war damals Walter Scheel. Auch wenn ich die entscheidende Frage im Blick hatte: Wie kann man dauerhaft verhindern, dass China in den sowjetischen Orbit zurückkehrt?

Das war ja unter Mao relativ unwahrscheinlich.

Von heute aus gesehen, kann man es so sagen. Ob es damals unwahrscheinlich gewesen ist, weiß ich nicht. Jedenfalls konnte man es zum damaligen Zeitpunkt nicht wissen.

Wenn man den Nixon-Besuch aus chinesischer Sicht betrachtet, war es ein unglaublicher Erfolg für Mao. Nicht er musste nach Amerika fahren, sondern der amerikanische Präsident kam zu ihm. In den vergangenen 150 Jahren hatten die westlichen Kolonialländer einschließlich der USA die Kaiser kaum eines Blickes gewürdigt. Und nach dem Zweiten Weltkrieg wurde auch Mao von der Welt links liegen gelassen, und alle Aufmerksamkeit konzentrierte sich auf Moskau.

Das war in seinen Augen sicherlich ein Erfolg. Aber womöglich war es für ihn kein unglaublicher, sondern ein selbstverständlicher Erfolg. Mao dachte in größeren historischen Kategorien. Immerhin wiederholte sich hier ein Vorgang, der im kaiserlichen China bis weit ins 18. Jahrhundert selbstverständlich war. Man ließ die fremden Könige und Staatsoberhäupter kommen, sie hatten Geschenke mitzubringen und Kotau zu machen und wurden dann huldvoll wieder ins Nichts jenseits der Grenzen des Reiches der Mitte entlassen. Diese Praxis gab es mehr als 2000 Jahre lang. Nach einer Unterbrechung von 150 Jahren trat nun die Normalität wieder ein. Aber es war Mao, der diese Normalität wieder hergestellt …

… und die Weltlage erheblich verschoben hat.

Zunächst war das nicht erheblich. Mao war gesundheitlich schon zu schwach, um daraus politisches Kapital schlagen zu können. Und die Amerikaner waren mehrere Jahre damit beschäftigt, einerseits Taiwan militärisch zu stützen, andererseits mit China diplomatische Beziehungen aufzunehmen. Das hatte mit antikommunistischen Vorbehalten im Senat zu tun, aber auch damit, dass Nixon 1974 sein Amt verlor und Gerald Ford sein Nachfolger wurde. Erst 1979 haben die USA offiziell diplomatische Beziehungen zu China aufgenommen. Bis dahin hatte sich aber die Weltlage nicht entscheidend verändert.

Womöglich ist es sinnvoller, die Zäsur für die späten 1950er Jahre anzusetzen, als die Sowjets mit Mao brachen. Dieser Schritt sollte aus Sicht der Russen eine Niederlage für die Chinesen werden. Sie hofften, China würde es allein nicht schaffen. Er entpuppte sich jedoch als Niederlage für die Sowjets. Aber auch erst allmählich. So schnell veränderte sich die Weltlage nicht.

Das ist ja auch nicht verwunderlich. Die Spitzenpolitiker beider Länder hatten kein Interesse daran, eine Entwicklung anzuschieben, die dann außer Kontrolle geriet, weil zum Beispiel die Sowjets, so unter Druck gesetzt, zu einer Kurzschlussreaktion neigen würden.

Die Amerikaner wollten mit Hilfe Chinas die Sowjetunion unter Druck setzen, aber nicht in die Enge treiben. Das war Millimeterarbeit.

Nachdem die USA und China ein einigermaßen stabiles Verhältnis hatten und der innenpolitische Kurs auf Öffnung stand, gründeten die ersten amerikanischen Unternehmen auf Einladung der Chinesen Gemeinschaftsunternehmen. Der US-Hersteller American Motor Corporation (AMC) begann 1979 die Verhandlungen und 1985 Autos zu produzieren. Das wiederum führte dazu, dass immer mehr amerikanische Politiker nach China reisten. Die Wirtschaft war sicherlich aktiver als die Politik in dieser Zeit. Auch wenn die Amerikaner erst einmal nur Bruchteile ihres Betriebskapitals investierten.

Aber man sollte nicht vergessen, dass sich in der ersten Hälfte der Achtziger die Unternehmen in der Regel bei der Regierung oder bei den Diplomaten im State Department Rat holten, weil sie das chinesische Terrain nicht kannten. Darüber hinaus gab es ja auch immer Informationen aus erster Hand, weil eine nicht kleine Anzahl von Chinesen in die USA flüchtete, sobald Deng die Grenzen ein wenig öffnete. Diese Flüchtlinge haben das Chinabild stärker geprägt als die amerikanischen Sinologen, die sich lieber mit der chinesischen Geschichte befassten.

Kaum hatten die Amerikaner ein wenig Vertrauen gefasst, Deng – immerhin ein Kommunist – war 1986 vom Time Magazin *zum Mann des Jahres gewählt worden, da begannen im Mai 1989 die Massendemonstrationen. Es folgte die blutige Niederschlagung der Bewegung im Juni, und die öffentliche Meinung in Amerika, und nicht nur in Amerika, schlug dramatisch um. Man war sich plötzlich sicher, die chinesische Führung habe wieder ihr stalinistisches Gesicht gezeigt und würde es nicht mehr ablegen. Die Möglichkeit, dass es sich um einen politischen Unfall handeln könnte, wurde kaum diskutiert.*

Von China wussten die allermeisten Amerikaner nichts. Aber sie waren überzeugt davon, dass die amerikanische Form der Demokratie die beste sei und dass das Zweitbeste die Demokratie an sich sei. Da es sich bei Tian-An-Men um einen schweren Verstoß gegen Demokratie und Menschenrechte handelte, war man aus tiefstem Herzen empört. Eine sehr naive Reaktion, aber völlig verständlich im Mainstream der amerikanischen Tradition.

Hat die Heftigkeit der Enttäuschung auch damit zu tun, dass in den achtziger Jahren in den USA die Illusion aufgekommen war, China sei auf dem Weg zur Demokratie?

Ja, darüber kann man nur lachen.

US-Präsident George Bush zählte allerdings nicht dazu. Er schickte schon am 1. Juli 1989 seinen Sicherheitsberater Ben Scowcroft in geheimer Mission für 20 Stunden nach Peking, um zu signalisieren, dass man ungeachtet der öffentlichen Stimmung an einer schnellstmöglichen Normalisierung der Beziehungen interessiert sei.

Das war vernünftig und für Bush-Vater etwas ganz Normales. Es wäre ungewöhnlich gewesen, wenn er keine »Backchannel-Politik« betrieben und die chinesisch-amerikanischen Beziehungen der öffentlichen Meinung überlassen hätte. Ich habe ihn erstmalig 1975 in Peking getroffen. Zu dieser Zeit war er persönlicher Emissär von Nixon, später von Ford. Botschafter durfte er sich nicht nennen, denn er hatte nicht den diplomatischen Status eines Botschafters mit livrierten Dienern und bewaffneten Sicherheitsleuten vor der Haustür. Trotzdem wurde er von der Regierung und den Diplomaten in Peking ernst genommen – mit Recht.

Bush-Vater hat mir nicht nur bei unserem Treffen in China imponiert, sondern auch später als Präsident, ganz besonders 1989/90. Damals erschien zum ersten Mal seit 1949 die Vereinigung der beiden deutschen Nachkriegsstaaten als reale Möglichkeit. Verschiedene Formen waren denkbar, doch insbesondere der französische Präsident François Mitterrand und die britische Premierministerin Margaret Thatcher opponierten gegen eine Wiedervereinigung. In dieser Situation ließ sich die Bush-Regierung etwas Geniales einfallen, und sie konnte sich damit durchsetzen. Auf ihre Initiative lief das Procedere beim

Einigungsvertrag genau umgekehrt ab wie beim Versailler Vertrag. Während 1919 die Alliierten zuerst unter sich den Versailler Vertrag aushandelten, bevor die Deutschen an den Tisch gebeten wurden, um ihn gefälligst zu unterschreiben, legten 1990 zuerst die Regierungen der beiden deutschen Staaten die Rahmenbedingungen des Einigungsvertrags fest, und dann genehmigten die vier ehemaligen Siegermächte das, was die Vertreter der beiden deutschen Staaten zuvor ausgemacht hatten. Bush senior war ein besonnener Mann – bei der Niederschlagung der Protestbewegung in China ebenso wie beim Fall der Mauer wenige Monate später. Man kann sogar sagen, dass sich seine Umsicht China gegenüber wenige Monate später auszahlte, weil er über stabile Kanäle zu den Chinesen verfügte und sich deshalb auf die Entwicklungen in Europa konzentrieren konnte. Er konnte sicher sein, dass man ihn frühzeitig informierte, falls die Lage in China wieder instabil werden würde.

Es war ein Glück für China, dass die amerikanische Öffentlichkeit durch den Fall der Mauer rasch abgelenkt war.

Es war nicht allein der Fall der Mauer, es war auch der Sturz der Kommunisten in Polen und in Ungarn. Es war der deutlich sichtbare Verfall der sowjetischen Führung in der Gestalt von Gorbatschow, der die Welt den Atem anhalten ließ.

Es gab 1990 noch ein zweites Ereignis, das China zugute kam. Nach dem Angriff des Irak auf Kuwait brauchten die Amerikaner die Unterstützung der Chinesen im UN-Sicherheitsrat. Daraufhin flog Außenminister Baker nach Peking und schlug den Chinesen vor: »Let's make a deal«, so berichtete es Außenminister Qian Qichen. Und dann haben sie ein Gegengeschäft gemacht.

Ja, aber ich weiß nicht so recht, was Qian Qichen als Gegenleistung bekommen hat. Die Chinesen konnten zustimmen, ohne dass es für sie ein Risiko bedeutet hätte.

Das Gegengeschäft war Prestigegewinn. Und Prestige konnten die Chinesen gut gebrauchen. Das Prestige der Volksrepublik und das Prestige Dengs waren wegen des 4. Juni auf dem Tiefpunkt. Die USA versprachen, den Beitritt Chinas in die GATT zu unterstützen, das Exportverbot für Satelliten wurde aufgehoben, und die normalen politischen Beziehungen auf Ministerebene konnten wieder aufgenommen werden.

Eine andere Politik machte unter den damaligen geopolitischen Bedingungen keinen Sinn. China war kein Land mehr, das man links liegen lassen konnte.

Im Verlauf der neunziger Jahre kamen sich die amtierende Weltmacht USA und die aufsteigende Weltmacht China dann langsam näher. 1998 absolvierte Staatspräsident Jiang Zemin seinen ersten Staatsbesuch in den Vereinigten Staaten, und Bill Clinton reiste zum längsten Staatsbesuch seiner Amtszeit nach China. Und immer mehr Unternehmen investierten in China. 1997 begann der größte amerikanische Autohersteller General Motors in China Autos zu bauen. Und der Handelsriese Wal-Mart kaufte immer mehr Produkte in China. Die Beziehungen wurden so stabil, dass, wie gesagt, selbst die Bombardierung der chinesischen Botschaft in Belgrad durch die Amerikaner und der Zusammenstoß eines chinesischen Abfangjägers mit einem US-amerikanischen Spionageflugzeug die Beziehungen nicht nachhaltig beeinträchtigen konnten. Früher hätte das Krieg bedeutet. Warum war das so?

Dafür gibt es mehrere Gründe. Zunächst einmal haben sich nach beiden Zwischenfällen beide Seiten vernünftig verhalten. Beide Länder hatten inzwischen zu große wirtschaftliche Interessen.

Sie haben vorhin schon angedeutet, dass Sie bei der Bombardierung der Belgrader Botschaft nicht an einen Zufall glauben. Steht dieses Ereignis möglicherweise am Beginn der stärker werdenden Rivalitäten zwischen China und den USA?

Wenn man vorsichtig davon ausgeht, dass Clinton davon nichts wusste, kann man zumindest feststellen, dass es zu diesem Zeitpunkt in Washington Leute gegeben hat, die China für einen gefährlichen Aufsteiger hielten. Ich denke, die Bevölkerung und der größte Teil der politischen Klasse haben in den neunziger Jahren China noch kaum als Bedrohung empfunden.

Ab wann begann wohl die chinesische Führung sich mit den Vereinigten Staaten zu messen? War es in der asiatischen Finanzkrise, als China eine ganz andere Linie verfolgte als die USA und sich damit durchsetzte, oder war es zum Zeitpunkt der WTO-Verhandlungen, die 2001 endeten?

Die Südostasien-Krise war zunächst eine Krise der Banken. Dann wurde daraus eine Währungskrise. China hat damals – und das war, wie gesagt, im Wesentlichen wohl das Verdienst von Zhu Rongji – der Versuchung widerstanden, den Renminbi abzuwerten. Damit hat das Land in der Region sehr an Ansehen gewonnen, während die Amerikaner über den Internationalen Währungsfonds mit der Brechstange gearbeitet und deshalb an Ansehen verloren haben. Der malaysische Premier Mahatir hat sich sogar entschlossen, das Gegenteil von dem zu machen, was der IWF ihm empfohlen hatte.

Die Amerikaner waren allerdings darauf angewiesen, dass China den Renminbi hält, weil es sonst zu einer zweiten Abwertungsrunde gekommen wäre, die womöglich den US-Dollar und die amerikanische Wirtschaft in Mitleidenschaft gezogen hätte.

Das war den politischen Führern wohl bewusst, jedoch nicht der Weltöffentlichkeit, sie hat China als stabilisierend wahrgenommen. Es handelte sich aber am Ende nicht um eine politisch-strategische Krise, sondern es blieb eine Finanzkrise.

Aber haben Finanzkrisen nicht zunehmend eine politisch-strategische Bedeutung?

Das kann man so sagen. In diesem Falle waren die strategischen Folgen gering, auch wenn die Krise eine große Herausforderung für Zhu Rongji war.

Bliebe also die Mitgliedschaft in der Welthandelsorganisation als Wendepunkt.

Die härtesten Verhandlungen fanden sicherlich zwischen den Chinesen und den Amerikanern statt. Die Chinesen hielten mit erstaunlicher Härte ihre Verhandlungsposition – bis dann im Mai 2000 der Durchbruch mit den Amerikanern kam.

Aber die eigentliche Härte haben die Amerikaner erst später gespürt, nachdem China sich mit der Umsetzung der Zugeständnisse Zeit ließ. Dennoch schlug George W. Bush mit der Amtsübernahme Mitte Januar 2001 einen härteren Ton gegenüber China an. Der neue amerikanische Präsident kündigte einige Kooperationsabkommen. War das geschickt?

Außenpolitisch sicher nicht. Bush wollte offensichtlich innenpolitisch Kapital schlagen, indem er hart gegenüber China auftrat. Immer mehr Amerikaner empfanden nämlich die chinesischen Produkte als Bedrohung für ihre Arbeitsplätze, auch wenn sie als Konsumenten gern jedes Sonderangebot aus China annahmen. Außerdem konnte Bush Pluspunkte in der amerikanischen Öffentlichkeit machen, indem er sich als moralischer Polizist darstellte. Bush ist dem Kyoto-Protokoll nicht beigetreten, er hat die Einrichtung eines internationalen Strafgerichtshofs blockiert. China war nur Teil einer umfassenden Strategie der härteren Gangart. Seine unilaterale Politik richtete sich insgesamt gegen jeden Versuch anderer Nationen, die Macht der USA zu mindern.

Dies änderte sich schlagartig am 11. September 2001, nach den Anschlägen unter anderem auf das World Trade Center in New York.

Die Amerikaner brauchten Verbündete im Kampf gegen den Terrorismus. Die Chinesen waren bereit, sie dabei zu unterstützen. Das brachte Entspannung.

Was spielt inzwischen in der amerikanischen Diskussion eine größere Rolle: die Sorge, die Rolle als Supermacht zu verlieren, oder die Sorge, wegen China in wirtschaftliche Schwierigkeiten zu geraten?

Die Konkurrenz um die alleinige Supermachtstellung, die Besorgnis, dass diese Position durch China gefährdet werden könnte, spielt inzwischen eine genauso große Rolle im Denken der politischen Klasse Amerikas wie die ökonomischen Interessen. Das sind außerordentliche Veränderungen der letzten Jahre. Allerdings sollte man nicht vergessen, dass die Rolle der USA nicht durch die Rüstung Chinas gefährdet wird, sie ist im Verhältnis zu den USA sehr gering. Vielmehr führt der wachsende wirtschaftliche und politische Einfluss Chinas in der Welt zu einer solchen Vorstellung.

Ist es in Zeiten der wirtschaftlichen Globalisierung nicht sinnvoller, über den Handel und das Finanzsystem seinen Einfluss zu vergrößern? Man kann dann über das Schicksal zum Beispiel der Amerikaner mitbestimmen, ohne an ihrer Küste mit Kriegsschiffen aufzutauchen.

China wird wirtschaftlich ein harter Wettbewerber für die Industrienationen, weil die Chinesen sehr klug und sehr motiviert handeln. In zehn oder zwanzig Jahren wird China die zweitgrößte Wirtschaft der Welt sein. Es wird danach noch ein Vierteljahrhundert dauern, bis China seine größten inneren Probleme gelöst hat. Die große Frage ist, ob man Expansion auch mit Waren betreiben kann. Bisher war mit Handel kaum politische Macht verbunden. Sonst wären wir Deutschen als Exportweltmeister sehr mächtig. Davon habe ich bisher nichts bemerkt. Vor allem sollten wir nicht die Angst vor der »gelben Gefahr« schüren.

Auch ich will keine Angst verbreiten, aber ich möchte auch nicht zu denjenigen gehören, die China unterschätzen, weil sie vergangene Maßstäbe anlegen. Ich möchte nicht von meinen Enkeln gefragt werden, warum wir ihre Zukunft verspielt haben. Chinas unterschiedliche Einflussfaktoren summieren sich zu einem großen Machtpotenzial. Die Chinesen sorgen mit ihren billigen Produkten in den USA dafür, dass der Konsum nicht weiter einbricht, obwohl die Haushalte hoch verschuldet sind. Die chinesische Führung gibt der amerikanischen Regierung Kredit. Die USA müssen jeden Werktag eine Milliarde aufnehmen, um ihr gigantisches Haushaltsdefizit finanzieren zu können. Die Chinesen können über ihre Devisenreserven von über 1000 Milliarden entscheiden, ob der US-Dollar oder der Euro steigt oder sinkt, je nachdem, in welcher Währung sie ihr Geld anlegen. Sie verfügen in der Mischung aus Größe, Preisen und Stabilität über den derzeit attraktivsten Absatzmarkt der Welt, in dem US-amerikanische Unternehmen präsent sein müssen, wenn sie international wettbewerbsfähig sein wollen. Die Wirtschaft ist stabil, und China selbst hat keine Auslandsschulden. Reformen von internationalen Organisationen sind heute nicht mehr denkbar, ohne dass die Chinesen ein gehöriges Wort dabei mitreden. Und last, but not least sind die Chinesen bei den Rohstofflieferanten in Zentralasien, im Nahen Osten und in Afrika viel beliebter als die Amerikaner. Denn die Chinesen verfolgen ihre Interessen nach der Maxime »Handel durch Wandel« und kaum noch mit militärischen Mitteln. Es sieht also sehr danach aus, als ob China ein sehr starkes Land wird. Und zwar schneller, als wir denken.

Das sieht im Augenblick so aus, und ich halte es auch für mehr als wahrscheinlich, aber ich sage deutlich: Es ist noch nicht sicher. Die Chinesen können an einem oder an mehreren Problemen scheitern, auch wenn es derzeit nicht danach aussieht. Ich bin jedoch überzeugt davon, dass die Amerikaner, wenn China keinen großen Fehler macht, den Aufstieg Chinas nicht verhindern können.

Und deshalb versucht Präsident Bush junior mit der Aufrüstung Indiens, China in Schach zu halten.

Dass er zu einem solchen Mittel greift, zeigt zunächst einmal, dass er den Konkurrenten China sehr ernst nimmt, obwohl das Land ja noch große innenpolitische Probleme hat, die erst einmal gelöst werden müssen. Aber es ist natürlich eine gefährliche Strategie, vor allem in einer Region, die noch lange nicht stabil ist, wenn man beispielsweise das Verhältnis zwischen Pakistan und Indien betrachtet. Aber das wäre nicht das erste Mal, dass die Kurzsichtigkeit, mit der der Amerikaner in regionale Verhältnisse eingreifen, die sie nicht überschauen, ihnen zum Verhängnis wird. Wichtig bleibt für die Amerikaner wie für die Chinesen: Die Geschichte ist nach vorne stets offen. Nur in der Rückschau sieht manches aus, als ob es zwangsläufig gewesen ist. Es kann immer böse Überraschungen geben. Ich habe in meinem Leben viele böse Überraschungen erlebt.

Allerdings macht es wenig Sinn, sich darauf zu verlassen, dass China über seine eigenen Füße stolpert. Was halten Sie von der Argumentation chinesischer Politiker, man habe die bösen Überraschungen schon hinter sich. Das jahrhundertelang erfolgreiche China hat demnach die letzten gut 150 Jahre eine Formkrise gehabt und kehrt nun zur Normalität als Weltmacht zurück.

Es ist durchaus möglich, dass man das einmal so einschätzen mag. Aber wir wissen es nicht. Wichtig an Ihrer Argumentation ist jedoch, dass wir nicht umhinkönnen, im Falle Chinas in größeren Zusammenhängen zu denken. Wir sollten nicht vergessen, dass es China bereits seit mindestens dreitausend Jahren gibt, die USA hingegen nur seit 250 Jahren. Es ist die Möglichkeit nicht auszuschließen, dass die USA auf der Bühne der Weltmächte nur für eine relativ kurze Zeit die alleinige Hauptrolle spielen.

Chinas Rüstungspotenzial

US-Verteidigungsminister Donald Rumsfeld wird nicht müde, auf das militärische Drohpotenzial Chinas hinzuweisen. Halten Sie das für angemessen?

Einige Amerikaner schließen von sich auf andere. Einst waren die USA 13 Staaten an der Ostküste, inzwischen sind sie ein Imperium mit amerikanischen Soldaten in jedem dritten Staat der Welt. Das ist eine fantastische Expansion. Rumsfeld unterstellt dem potenziellen Gegner China ähnliche Absichten. Aber das Reich der Mitte hat weder im großen Stil Nachbarvölker unterjocht, noch sich Staaten einverleibt; es gibt allerdings die beiden Ausnahmen Tibet und Ostturkistan. Die Mongolen hingegen, Chinas Nachbarn, waren in Mitteleuropa. Das Römische Reich oder das Persische Reich oder sehr viel später die Kolonialreiche der Portugiesen, der Spanier, der Engländer, der Holländer, der Deutschen und zuletzt die Amerikaner – alle haben mit Handelsschiffen und Kriegsmarine ihr Reich so weit wie möglich ausgedehnt. China hat das nicht getan. Auch nicht unter Mao Zedong, Deng Xiaoping, Jiang Zemin, noch jetzt unter Hu Jintao.

Was ist mit dem Koreakrieg?

In den Koreakrieg sind die Chinesen eingetreten, als die Amerikaner bis an die chinesische Grenze vorgedrungen waren. Das ist die historische Dimension. Einige Teile der Darstellung von Rumsfeld sind übrigens korrekt. Es ist zutreffend, dass die Volksrepublik China sich militärisch darauf konzentriert, die Unabhängigkeit Taiwans zu verhindern, und dass das Anti-Sezessionsgesetz von 2005 diese Richtung noch einmal betont hat, auch wenn dies nichts wirklich Neues war. Sie haben in ein Gesetz gepackt, was sowieso ihre erklärte Politik war, und konnten sich dabei der Zustimmung der großen Mehrheit der Bevölkerung sicher sein. Es ist korrekt zu sagen, dass hinsichtlich der Taiwanpolitik die Volksrepublik China den Gebrauch von Waffengewalt nicht ausgeschlossen hat. Aber Rumsfeld liegt auch richtig, wenn er feststellt, dass Chinas konventionelle militärische Macht kaum über seine Peripherie hinausreicht. Als Bewertung der militärischen Macht Chinas insgesamt sind Rumsfelds Erklärungen jedoch irreführend, weil er keinerlei Vergleich der militärischen Potenziale anstellt, die sich in der Region gegenüberstehen – also einen Vergleich der amerikanischen mit den japanischen Waffen. Rumsfeld geht davon aus, dass man den offiziellen chinesischen Militärhaushalt mit zwei oder drei multiplizieren müsse. Das halte ich für eine extravagante Übertreibung. Es gibt viele Länder, darunter auch die USA, die die Gesamtsumme ihrer tatsächlichen Militärausgaben nicht veröffentlichen. In den meisten dieser Fälle ist es so, dass einige Militärausgaben nicht im Verteidigungsbudget enthalten sind, sondern zum Beispiel in den Budgets für Wissenschaft und Forschung, etwa in den Zuwendungen für die Universitäten.

Wie kommt man an verlässliche Informationen?

Ich verlasse mich auf die Analysen des Londoner International Institute of Strategic Studies, das ich vor mehr als 40 Jahren mitgegründet habe. Dieses Institut veröffentlicht jedes Jahr ein Buch mit dem Titel »The Military Balance«. Hier werden sämtliche Militärmächte der Welt analysiert, zum Beispiel nach der Leistungsfähigkeit ihrer Flugzeuge, der Zahl ihrer Truppen oder der Verdrängung ihrer Flugzeugträger. Auch die Militärhaushalte werden verglichen. In meinen Augen handelt es sich hier um eine ziemlich zuverlässige Quelle. Danach liegt der offizielle Verteidigungshaushalt der Chinesen im Jahre 2005 bei 30 Milliarden Dollar, der der Amerikaner bei 420 Milliarden Dollar. Die Militärausgaben Japans, Frankreichs und Englands liegen bei etwa 40 Milliarden. In Deutschland haben wir die

Ausgaben gewaltig heruntergefahren, mittlerweile auf rund 28 Milliarden Euro. Die Chinesen geben nicht viel mehr aus als die Deutschen und nur einen Bruchteil der Amerikaner, die ja schon über eine moderne Armee verfügen. In China leben zudem über viermal so viele Menschen wie in den USA, das Land ist zehnmal so groß wie Japan und 15-mal so groß wie Deutschland. Angesichts der Tatsache, dass China Tausende von Meilen kontinentaler Grenzen hat, bei einer großen Zahl von Nachbarn, darunter so unberechenbaren wie Nordkorea, während die USA nur zwei harmlose Nachbarn haben, und Japan überhaupt keinen, erscheint mir die militärische Rüstung Chinas als sehr gemäßigt.

Allerdings ist die Bedrohung Taiwans schon sehr groß. Wenn Peking seine 400 bis 500 Kurzstreckenraketen einsetzt, bleibt von der Insel nichts mehr übrig.

Ich halte das eher für ein Drohpotenzial. Das sind keine wirklich strategischen Waffen, weil sie den eigentlichen Gegner, die USA, nicht treffen können. Die Raketen können drohen, und im Ernstfall könnten sie die Insel Taiwan zerstören. Aber mit Raketen und mit der Luftwaffe wären die Chinesen nicht in der Lage, Taiwan zu erobern. Sie haben beispielsweise nicht genug Luftlandetruppen. Indessen könnten die Amerikaner mit ihrer 7. US-Flotte von Guam und Okinawa aus das chinesische Raketenpotenzial zerstören.

Ich bleibe dabei: China stellt keine militärische Bedrohung für andere Nationen dar. Der militärische Ehrgeiz ist erstaunlich gezügelt. Vor allem, wenn man nicht aus den Augen verliert, wie stark die Amerikaner in Ostasien, im Pazifik, im Indischen Ozean und in Zentralasien militärisch präsent sind. Amerika hat Flugstützpunkte rund um China herum, neuerdings auch in einigen zentralasiatischen Republiken. China hat keine Stützpunkte für sein Militär außerhalb Chinas. In den Augen eines chinesischen Generalstabsoffiziers muss die Lage aussehen wie eine Umzingelung Chinas.

Was brauchen die Chinesen denn, um jenseits ihrer Grenzen mitspielen zu können?

Ich denke, sie haben nicht die Absicht, dies zu tun. Aber wenn sie sie hätten, so müssten sie zunächst ihre Seestreitkräfte ausbauen. Sie bräuchten mehrere Flugzeugträger mit Dutzenden Geleitschiffen. Sie bräuchten U-Boote, die in der Lage sind, Mittelstreckenraketen zielsicher abzuschießen. Und sie bräuchten eine satellitengesteuerte Globalaufklärung sowie eine moderne Flugkörperabwehr.

Dann haben sie das Material, aber keinerlei Erfahrung, wie man es benutzt, und die Wahrscheinlichkeit, dass die Amerikaner oder Japaner ihr Know-how mit den Chinesen teilen, so wie etwa in der Autoindustrie, ist relativ gering.

Solange China keine Flugzeugträger besitzt, muss seine militärische Potenz uns nicht beunruhigen. Flugzeugträger kann man nicht verheimlichen.

Möglicherweise reichen auch gute U-Boote wie die deutschen. Ihnen ist es bei Manövern immer wieder gelungen, den lauten Flugzeugträgern unbemerkt so nahe zu kommen, dass sie diese hätten versenken können.

China wird in absehbarer Zeit nicht über eine solche Technologie verfügen. Ich würde eher in Richtung 2020 als 2010 blicken. Die militärische Entwicklung hängt von zwei Faktoren ab. Wie aggressiv verhalten sich die Amerikaner im Pazifik? Und wie viel Macht haben die chinesischen Generäle?

Kommt nicht drittens noch die Frage hinzu, wie man seine Handelsverbindungen und die Energiezufuhr sichern kann? Sind das nicht legitime, defensive Interessen, die dazu führen könnten, dass die chinesische Führung sich schon früher mit diesen Fragen beschäftigen muss ohne jede aggressive Absicht? Das wäre doch ein schönes Argument für den ersten Flugzeugträger.

Die chinesische Geschichte spricht nicht dafür. Im 15. Jahrhundert hat China eine unglaublich leistungsfähige Flotte unter Admiral Zheng He besessen, der damit sieben Weltreisen unternommen hat. Danach wurde die Flotte abgeschafft, weil man glaubte, sie nicht zu brauchen. China hat mehrere hundert Jahre später die Quittung dafür bekommen, als man ohne eigene Seestreitkräfte den Kolonialmächten ausgeliefert war. Man konnte sie nicht zerstören, bevor sie die chinesische Küste erreichten. Insofern wäre das Handelsargument brauchbar, um schon mal zu üben, auch wenn es gegenwärtig nicht nötig sein wird, weil China sehr gute Beziehungen zu seinen Lieferanten und den Transitstaaten hat. Aber es ist durchaus denkbar, dass sich das ändert. Es wäre nichts Verwerfliches, wenn eine chinesische Führung erklären würde, dass sie einen Flugzeugträger braucht. Allerdings habe ich den Eindruck, dass chinesische Generäle unter der Einparteien-Regierung dieses Landes heute nicht die Rolle spielen wie einige russische Marschälle zur Zeit der Sowjetunion. Sie müssen die Lage hinnehmen und tun es mit Gelassenheit.

China will Weltmacht werden. Das wird nicht ganz ohne Einmischung möglich sein. Gilt die Nichteinmischung Chinas nur so lange, wie die Chinesen keine große Armee haben? Eine Zurückhaltung aus Schwäche oder taktischer Klugheit und nicht etwas aus Tradition oder Überzeugung?

Es ist nicht auszuschließen, dass die Chinesen in 50 Jahren anders reagieren werden, aber ich glaube eher nicht. Die Tradition erscheint mir sehr stark und sehr sinnvoll für ein so großes Land wie China. Heute jedenfalls hat China keine Flotte, keinen Flugzeugträger, keine strategische Luftwaffe. Es hat einige nuklear bestückte Raketen in der Reichweite von 4000 Kilometern, aber keine Interkontinental-Raketen.

Die Chinesen werden allerdings in wenigen Jahren in der Lage sein, Amerika und Europa zu treffen.

Jemand, der mit Raketen um sich schießt, die nukleare Sprengköpfe haben, muss verrückt sein. Das sind die Chinesen mit Sicherheit nicht. Das waren auch die Sowjets nicht. Damals war das Risiko deutlich höher, dass irgendein General etwas Unüberlegtes entschied. Die Chinesen sind, wie schon gesagt, militärisch gegenwärtig kein weltpolitischer Faktor. Ihre Armee ist allerdings viel zu groß. Es wäre besser, sie hätten eine gut ausgebildete Polizei. Was wollen sie mit all den Soldaten, was wollen sie mit all den Panzern? Seit 1991, als die Sowjetunion implodierte, besteht keinerlei Gefahr eines größeren chinesisch-russischen Konfliktes in Ostasien. Die große Armee wurde nach 1949 wahrscheinlich aus innenpolitischen Erwägungen beibehalten, aber auch, weil die neu gegründete Volksrepublik China sich selbst zeigen wollte, wie mächtig die Chinesen sind, und was sie alles können. Vieles mag eine Rolle gespielt haben. Sicherlich auch das Eigengewicht des Militärs und das der dahinter stehenden so genannten Verteidigungsindustrie, die in China nicht sonderlich ausgeprägt ist. Bis Ende der fünfziger Jahre haben die Chinesen die meisten Verteidigungsinstrumente noch aus der Sowjetunion importiert. Noch einmal: Rational erscheint es mir nicht, eine so große Armee zu haben.

Wenn die chinesische Führung die Militärs entlässt, gibt es morgen drei Millionen Arbeitslose.

Das spielt eine Rolle. Die vielen Panzer und Soldaten sind in vielen Staaten das Ergebnis der Phantasievorstellungen der Militärs, die den Politikern eingeredet haben, dass dies notwendig sei. Aber eigentlich braucht man heute diese großen Mengen nicht mehr. Das ist nicht nur in China so, sondern auch bei uns. Was will Deutschland mit Panzern? Zu welchem Zweck hat Deutschland eine Marine? Was sollen unsere U-Boote bekämpfen?

Für Deutschland, finde ich, trifft Ihr Argument zu. Wir brauchen eigentlich nur eine schnelle Eingreiftruppe und ein paar

Flugzeuge. Aber China will Weltmacht werden. Das wird auch im 21. Jahrhundert ohne Armee kaum möglich sein.

Richtig. Aber eine Armee in diesem Umfang ist überholt. Die Chinesen brauchen wegen Nordkorea ein paar bewegliche Divisionen. Keine Soldaten, die in Kasernen sitzen und im Übrigen Gemüse anbauen, damit sie etwas zu essen haben. Taiwan ist ein anderes Kaliber. Wenn es hier einen heißen Konflikt geben sollte, dann braucht man Flugzeuge, Schiffe und Raketen, um das Gleichgewicht zu halten, nicht aber drei Millionen Soldaten.

Die Taiwanfrage

Die Taiwanfrage ist das chinesische Problem, auf das die Pekinger Führung am empfindlichsten reagiert. Das ist nicht verwunderlich, berührt es doch Fragen der Souveränität Chinas. Peking sagt, Taiwan gehört zu uns. Taiwan sagt, wir sind eigenständig, auch wenn kein führender Politiker in Taipeh es wagt, die Unabhängigkeit Taiwans zu erklären. Denn Peking droht für diesen Fall mit Krieg. Und die taiwanesischen Politiker werden von ihrer Schutzmacht USA daran gehindert, gegen China aufzubegehren, weil die Amerikaner keinen Ärger mit Peking haben wollen. Deshalb bleibt in dieser Frage erst einmal alles beim Status quo. Es wird viel gedroht, aber es passiert nichts. Gleichzeitig wachsen Taiwan und China wirtschaftlich immer enger zusammen. So weit ist das Problem recht übersichtlich. Weit komplizierter wird es jedoch, wenn man die historische Dimension hinzunimmt.

Davon hat die Mehrheit der Deutschen keine Vorstellung. Doch damit sind sie nicht alleine. Sowohl in Nordamerika als auch in Europa ist die Kenntnis über die Geschichte Taiwans fast gleich null – nach wie vor. Ich muss eingestehen, dass ich nicht weiß, seit wann die Insel zum chinesischen Kaiserreich gehörte.

1683 kam die Insel unter chinesische Kontrolle.

Was ich weiß, ist, dass sie bis Ende des 19. Jahrhunderts Teil des chinesischen Kaiserreichs war und 1895, nach dem japanisch-chinesischen Krieg, in japanischen Besitz überging. Ob sie damals Taiwan geheißen hat, weiß ich nicht, ich vermute, sie hat noch Formosa geheißen. Damit begann eine gut 50 Jahre währende japanische Kolonialherrschaft auf Taiwan, die bis 1949 dauerte. In dieser Zeit hat Taiwan, die rückständige bergige Insel, ihr modernes Gesicht bekommen. Es entstanden Häfen, das Straßennetz wurde ausgebaut, eine Eisenbahnverbindung wurde fertig gestellt. In den späten dreißiger Jahren wurde die Insel dann systematisch industrialisiert.

Richtig. Die Japaner haben die Insel industrialisiert, doch dann verloren sie den Krieg und mussten ihre Sachen packen. Und die chinesischen Nationalisten, die Kuomintang-Partei, wurden von den Kommunisten so gejagt, dass sie auf die Insel flohen und dort eine Gegenregierung errichteten.

In den Nachkriegsjahrzehnten stieg Taiwan ähnlich schnell auf wie Südkorea und Hongkong. Es war nicht ganz das gleiche Tempo, aber dennoch, angesichts der Tatsache, dass Taiwan vom Festland abgeschnitten war, eine beeindruckende Leistung. Jahrzehntelang regierte auf Taiwan die Kuomintang-Partei diktatorisch. 1988 übernahm der Taiwaner Lee Teng-Hui das Amt des Präsidenten. 1996 wurden erstmalig freie Wahlen eingeführt, und im März 2000 wurde Lee Teng-Hui von Chen Shuibian abgelöst, der bis dahin Führer der Opposition war. Er hatte unter anderem die Präsidentschaftswahlen gewonnen, weil er sich betont für die Souveränität und Unabhängigkeit Taiwans ausgesprochen hatte. Dafür bekam er dann entsprechende Dämpfer aus Peking, aber eben auch von seinem wichtigsten Verbündeten in Washington. Diese Vorgeschichte ist weder den westlichen Medien noch den westlichen Politikern sonderlich bewusst.

Waren Sie jemals auf Taiwan?

Mehrfach. 1992 habe ich zum Beispiel dort eine Rede vor großem Publikum gehalten und bin dabei recht kühn davon ausgegangen, dass es im Laufe der nächsten 30 Jahre nach dem Motto »Ein Land – Zwei Systeme« zu einer Vereinigung kommen werde. Diese Feststellung hat allgemeines Stirnrunzeln ausgelöst. Die taiwanesischen Politiker haben sich beschwert und dagegenargumentiert. Ich erwiderte ihnen, dass es nicht darum gehe, was man sich wünsche, sondern um das, was wahrscheinlich sei. Wenn man sich die derzeitige geopolitische Lage ansieht, kann man zu keinem anderen Ergebnis kommen. Washington und Peking werden keine andere Lösung zulassen.

Sehr beeindruckt hat mich damals das Kaiserliche Museum in Taipeh. Dort befindet sich eine unglaubliche Ansammlung höchst kostbarer, zum Teil dreitausend Jahre alter Kunstschätze. Mein Gott, dachte ich, was für ein Verbrechen! Tschiang Kaishek hat alle Kunstwerke aus Peking mitgenommen und auf die Insel verschleppt.

Tschiang Kaishek hat sie damit womöglich davor bewahrt, in der Kulturrevolution zerstört zu werden.

Auf jeden Fall gehören diese Kunstschätze nach Peking. Ich kenne nur ein einziges Museum auf der Welt, das sich vom Ansatz her, nicht vom Volumen und der Qualität der Kunstschätze, damit vergleichen ließe. Das ist das Nationalmuseum in Seoul. Aber ansonsten ist das Kaiserliche Museum in Taipeh einmalig in der Welt, ich war davon tief beeindruckt.

Sie haben betont, dass die Vereinigung mit China kommen wird. Warum kann Taiwan nicht unabhängig werden? Warum kann China nicht auf Taiwan verzichten?

Ich habe nur gesagt, dass die Vereinigung wahrscheinlich ist. Von Peking aus gesehen, darf Taiwan sich nicht endgültig aus dem chinesischen Bereich entfernen. Das ist für die Chinesen inzwischen eine nationale Frage geworden. Sie hat im Bewusstsein der Chinesen heute beinahe denselben Rang wie die Frage der Wiedervereinigung der beiden deutschen Nachkriegsstaaten für die Deutschen in den sechziger, siebziger oder achtziger Jahren.

Erstaunlich ist aber der Unterschied zu Deutschland. Während viele in der alten Bundesrepublik davon ausgingen, dass es dauerhaft zwei deutsche Staaten geben würde, gibt es in der Taiwanfrage bei den allermeisten Festlandschinesen keine Bewegung. Wann immer ich das Thema bei Chinesen anspreche, kommt eine klare Antwort: Taiwan gehört zu China.

Das ist richtig. In jedem Land der Welt, und so auch in China, lenkt man gerne, wenn man innere Probleme nicht ganz bewältigt hat, die Aufmerksamkeit des Publikums auf äußere Probleme. Der Patriotismus ist in China heute viel stärker ausgeprägt als etwa in den siebziger Jahren. Das manifestiert sich insbesondere an dem Taiwan-Problem.

Die letzte große Krise in dem Zusammenhang gab es 1996, als China mehrere Raketen in Richtung Taiwan abgeschossen hat, die Amerikaner einen Flugzeugträger entsandten und die Welt mit großer Sorge auf die Straße von Taiwan geblickt hat.

Diesen Zwischenfall halte ich nicht für so bedeutsam. Die Wahrscheinlichkeit, dass die Situation eskalieren würde, war gering. Das wussten die westlichen Medien nicht, aber die Beteiligten wussten das.

Das sehe ich ähnlich. Die Krise fand vor allem in den Medien statt. Ich war in der Zeit auf Taiwan, und es war mitnichten so, dass das ganze Land vor Angst gelähmt war. Nur ganz wenige Menschen machten Hamsterkäufe. Auf CNN hingegen wurden immer wieder Menschen in ABC-Schutzanzügen gezeigt und beim Schlangestehen für Hamsterkäufe. Und es wurde so getan, als wäre das ganze Land in Alarmbereitschaft versetzt worden. Dabei handelte es sich, wie ich recherchiert habe, um eine reguläre Schutzübung, die alle sechs Monate durchgeführt wird und nichts mit der Krise zu tun hatte.

Das wundert mich nicht. Aber es gibt eine kleine, interessante Einzelheit, die meist übersehen wird. Direkt vor der chinesischen Festlandküste liegen zwei Inselgruppen. Die eine heißt Quemoy, die andere heißt Matzu. Sie gehören auch heute noch zu Taiwan. Erstaunlicherweise haben die Pekinger das respektiert. Damit ist das ganze Gerede, das man in amerikanischen wie in deutschen Zeitungen lesen kann, nicht sehr überzeugend. Diese beiden kleinen Inseln hätten die Chinesen damals leicht einkassieren und damit ein Zeichen setzen können. Die Amerikaner hätten wegen dieser Inseln zu keinem großen Gegenschlag ausgeholt. Aber die Pekinger Führung hat es nicht getan. Für jeden, der die Landkarte vor Augen hat, ist es eine Anomalie, dass diese Inselchen direkt vor der chinesischen Küste zu Taiwan gehören.

Wird denn das Interesse der Amerikaner, im Ernstfall Taiwan zu verteidigen, mit den Jahren größer oder geringer?

Das kann ich kaum beurteilen. Wir haben nun seit der Präsidentschaft von Richard Nixon fünf Präsidenten erlebt, Ford, Carter, Reagan, Bush-Vater, Clinton, und erleben jetzt mit Bush-Junior den sechsten Präsidenten. All diese Präsidenten, so scheint es mir, sind in Bezug auf Taiwan/Peking deutlich vorsichtiger und kompromisswilliger gewesen als die Mehrheiten im Senat und im Abgeordnetenhaus.

Woran lag das?

Die politische Klasse insgesamt, die weniger erfahren und weniger gebildet ist als die Top-Bürokraten in der jeweiligen Regierung, hat sich eingebildet, Taiwan sei eine Demokratie. Eine Vorstellung, die bis vor wenigen Jahren lächerlich war; denn Taiwan unter der Regierung von Tschiang Kaishek und seinem Sohn war genauso eine Diktatur wie Peking. Auch heute noch hat die Taiwan-Demokratie mit einer westlichen Demokratie wenig zu tun. Die Taiwan-Demokratie wurde von den westlichen Medien und Politikern aufgepäppelt. Allen voran vom Abgeordnetenhaus ebenso wie vom Senat; man wollte damit den Kommunisten in Peking schaden. Die Stimmung beruhigt sich nun langsam, weil seit den letzten anderthalb Jahrzehnten auch amerikanische Politiker der zweiten und dritten Reihe nach Peking und nach Shanghai reisen. Sie sind natürlich überwältigt von den Eindrücken, die ganz anders und sehr viel positiver sind, als sie sich vorgestellt hatten, oder als ihnen auf ihren Taiwanreisen eingeflüstert wurde. Das wird den Prozess der Kompromisswilligkeit in Bezug auf Taiwan fördern. Die Zeit wird für die Position des Festlandes arbeiten.

Andererseits gibt es in der amerikanischen Führung einen größer werdenden Willen, Kreuzzüge im Namen der Freiheit zu führen. Und die wachsende Sorge vor dem Konkurrenten China.

Das ist die andere Seite der Medaille. Solange die amerikanische politische Klasse von der Vorstellung beherrscht wird, dass es die Aufgabe der USA sei, den Frieden der Welt aufrechtzuerhalten, und sie deswegen glaubt, in allen Erdteilen der Welt die technische Möglichkeit besitzen zu müssen, um notfalls einzugreifen, solange wird sie Taiwan als möglichen Flugzeugträger nicht vom Haken lassen. Die Frage, die man stellen darf, lautet: Welchen legitimen Grund gibt es für Amerika, die Rückkehr Taiwans in den chinesischen Verbund zu verhindern? Es gibt keinen. Es gibt durchaus einen legitimen Grund dafür, dass sie nach wie vor Truppen in Südkorea haben, das ist die militärische Gefahr für Südkorea.

Die Amerikaner haben die Einschätzung, dass sie rund um China militärische Stützpunkte brauchen. Diese Vorstellung, die ich nicht teile, wird wahrscheinlich noch ein paar Jahrzehnte das Denken der amerikanischen politischen Klasse sehr stark beeinflussen. Die USA haben die theoretische Alternative, ihre militärische und ökonomische Unterstützung abzubauen. Aber nur ein weit blickender Staatsmann, der davon überzeugt ist, dass es für die USA besser ist, sich nicht überall in der Welt einzumischen, könnte eine solche Wende wagen.

Das bedeutet, dass es mit Ihrer Überlegung von 1992, dass die Vereinigung in den nächsten Jahren stattfinden kann, eng wird.

Ja. Ich muss meine Prognose von 1992 etwas variieren. Der Prozess vollzieht sich ganz langsam. Es gibt keinen Entscheidungsdruck weder in die eine noch in die andere Richtung.

Wer ist denn flexibler?

Die Chinesen sind sicher bereit, sich mit Taiwan zu einigen, aber Amerika ist dagegen. Die Chinesen würden den Taiwanesen sogar eigene Streitkräfte unter eigenem Oberkommando zugestehen. Das werden sie nicht laut verkünden, ich denke aber, das würden sie tun, wenn das eine Bedingung wäre. Um zu erreichen, dass Taiwan dem Namen nach ein Teil Chinas ist, würden sie auch alle möglichen anderen Zugeständnisse machen. Sie würden viel weiter gehen als im Falle Hongkongs. Die Regierenden in Peking sind flexibler als die Regierenden in Taipeh.

Das bedeutet, die Entwicklung hängt im Grunde von der innenpolitischen Situation auf Taiwan und in der Volksrepublik ab. Und ist damit ein Beispiel dafür, dass wirtschaftliche Macht sich nicht automatisch in politische Macht umsetzen lässt. Halten Sie also eine kriegerische Auseinandersetzung um Taiwan für unwahrscheinlich?

Für sehr unwahrscheinlich, wenn auch nicht für völlig ausgeschlossen. Wenn dieser Fall eintreten sollte, sind die Folgen allerdings für jeden unkalkulierbar. Das wissen alle Beteiligten, zum Glück. Sowohl die Politiker in Peking als auch die Politiker in Washington, und ebenso die Spitzen der NATO. Deswegen ist die Hemmschwelle sehr hoch.

Welche Rolle spielen dabei die wirtschaftlichen Verflechtungen zwischen Taiwan und dem Festland?

Ich gebe Ihnen ein Beispiel. 1914 war die deutsche Volkswirtschaft eng mit England und Frankreich verknüpft. Das hat Berlin aber nicht gehindert, England zu provozieren und einen

Krieg gegen Frankreich zu führen. Die beiden Länder waren die engsten Wirtschaftspartner des damaligen Deutschen Reiches in den Jahren 1913 oder 1914. Die Wirtschaft spielt eine geringe Rolle, wenn man unbedingt meint, Krieg führen zu müssen. Es ist ein vulgär-marxistischer Irrtum, zu glauben, dass das Kapital über die Kriege entscheidet.

Sie sind der Erste, der mir marxistische Irrtümer unterstellt. Ich sprach auch nicht davon, dass das Kapital über Kriege entscheidet. Sondern davon, dass heute praktisch die gesamte Taiwan-Wirtschaft in China produziert und inzwischen auch entwickelt wird, weil es zu Hause zu teuer geworden ist. Das gibt der Pekinger Führung im Krisenfall einen wirksamen Hebel in die Hand. Warum in Taiwan einmarschieren, wenn man den Taiwan-Produktionen den Strom abstellen kann und damit innerhalb von Monaten die gesamte Insel in die Knie zwingt. Die Taiwan-Regierung hat nicht umsonst strenge Investitionsregeln für das Festland erlassen. Die werden jedoch über Hongkong umgangen.

Das ist eine denkbare Möglichkeit. Wobei man sich dann auch selbst schaden würde, weil die eigenen Unternehmen in eine größere Produktionskette eingebunden wären. Die Chinesen könnten dann nicht mehr produzieren, weil die Taiwan-Zulieferer nicht mehr liefern könnten. Für Taiwan wäre der Schaden trotz seiner hohen Devisenreserven unverhältnismäßig größer; diese sind bei einem Totalausfall der Wirtschaft schnell verbraucht. Der Kapitalzufluss nach China hingegen ist mindestens zur Hälfte ein Zufluss durch so genannte Auslandschinesen, darunter an allererster Stelle und mit ganz großem Volumen taiwanesische Unternehmen. Dass man über Hongkong geht, ist verständlich. Man will in China Geld verdienen, sich aber nicht von der eigenen Obrigkeit vorwerfen lassen, dass man diese bösen Kommunisten unterstützt.

Und die Unternehmer haben ein großes Interesse daran, dass es keinen politischen Ärger gibt, und nehmen auch in dieser

Hinsicht Einfluss. Sie sind immer weniger an einer Unabhängigkeit interessiert.

Für die künftige taiwanesische Politik werden ökonomische Erwägungen immer bedeutender werden. Sie spielen schon heute für sie eine viel größere Rolle als etwa für den amerikanischen Präsidenten. Taiwan hat sich in einem ungewöhnlichen, aber – angesichts der geographischen Situation – verständlichen Ausmaß von der Verflechtung der festlandschinesischen Wirtschaft abhängig gemacht. Das dient dem Frieden. Dies ist zwar nicht das Motiv der Investitionen, aber doch ein sehr willkommener Nebeneffekt.

Die Taiwanfrage bleibt einstweilen das bedeutendste außenpolitische Problem Chinas. Diese Frage ist verschwistert mit der Frage nach dem Verhältnis Chinas zu Amerika, nach der geostrategischen Umklammerung Chinas durch die USA. Peking beteuert, dass es sich um eine innere Angelegenheit handelt. Es sollte in der Tat eine innere Angelegenheit Chinas sein, ist es aber nicht.

Das schwierige Verhältnis zu Japan

Bis heute prägt der Zweite Weltkrieg die chinesisch-japanischen Beziehungen viel stärker als etwa die Beziehungen Deutschlands zu Frankreich, Polen oder England. Die Chinesen warten noch immer darauf, dass sich die Japaner für ihre Gräueltaten im chinesisch-japanischen Krieg entschuldigen. Das gilt besonders für das Massaker an 300 000 Chinesen 1937 in der damaligen Hauptstadt Nanjing, das die Japaner weitgehend leugnen. Es vergeht kaum ein Monat, in dem die aktuelle politische Debatte nicht durch diese Frage überlagert wird. Immer wieder bringen chinesische Politiker die Deutschen als Beispiel, die sich in vorbildlicher Weise mit ihrer Vergangenheit auseinander gesetzt hätten. Sie waren bei Ihrer ersten China-Reise 1975 in Nanjing. Kam damals das Thema Japan zur Sprache?

Erstaunlicherweise nicht. Die Kader vor Ort waren auf die Russen fixiert, die sie 1962 im Stich gelassen hatten. Sie haben mir eine beeindruckende Brücke über den Yang-tse-Fluss gezeigt und gesagt: »Die haben die Russen halb fertig stehen lassen«, und dann nicht ohne Stolz hinzugefügt: »Und wir haben sie ganz allein fertig gebaut.« Aber das Nanjing-Massaker der Japaner wurde damals nicht erwähnt.

Das wäre heute anders. Bedeutet das, dass sich der Konflikt mit Japan in den letzten 20 Jahren eher verschärft als entspannt hat?

Die Auseinandersetzung ist seit Mitte der neunziger Jahre sehr viel stärker.

Also seitdem China und Japan wirtschaftlich enger verflochten sind. Dass das Massaker 1975 keine Rolle spielte, aber heute im Mittelpunkt steht, wirft eine Frage auf: Nutzt China die Schuld Japans, um daraus politisches und wirtschaftliches Kapital zu schlagen?

Ich würde die Schuld eher bei den japanischen Politikern suchen. Sie benehmen sich dem chinesischen Volk gegenüber sehr ungeschickt, um es vorsichtig zu formulieren; zum Teil sogar provokativ.

Handeln sie aus Trotz und Wut darüber, dass sie ihre Vormachtstellung in Asien an China verloren haben, bevor sie sie überhaupt entfalten konnten?

Sie handeln – vorsichtiger formuliert – aus einer Position der Defensive. Die Japaner haben zwar begriffen, dass sie den Zweiten Weltkrieg in Asien ausgelöst haben, aber anders als die Deutschen haben sie das offiziell nicht bereut.

Warum nicht?

Sie sind falsch erzogen. Auch die Deutschen haben lange für diesen Schritt gebraucht. Die deutschen Regierungen aber haben von Anfang an, also bereits unter Adenauer, begriffen, dass dies moralisch zwingend geboten und politisch notwendig ist. Trotzdem hat erst vierzig Jahre nach Kriegsende der damalige deutsche Bundespräsident Richard von Weizsäcker in seiner Rede zum 8. Mai 1985 den ersten deutlichen Akzent der Reue gesetzt. Das ist in Japan anders. Die drei jeweils nur kurz regierenden Ministerpräsidenten Takeo Fukuda, Tomiichi Murayama und Toshio Hosokawa sind Ausnahmen geblieben.

Allerdings wurden wir auch von den deutschen Juden, die fliehen mussten und überlebt hatten, gedrängt, uns mit unserer Geschichte zu beschäftigen. Der Druck der Chinesen auf die Japaner ist nicht so groß. Sprechen Sie mit Japanern über diese Unterschiede, oder ist das ein Tabu?

Man sollte mit ihnen darüber sprechen, weil es helfen kann. Vor sieben oder acht Jahren habe ich mich mit einem Freund, der in der japanischen Politik eine bedeutende Rolle gespielt hat, über dieses Thema unterhalten. Ausgangspunkt des Gesprächs war eine zwischen den USA und Japan ausgehandelte Ergänzung des amerikanisch-japanischen Beistandsvertrags. Ich erklärte meinem japanischen Freund, dass ich diese Vereinbarung für nicht glücklich hielt: »Ihr macht euch zum Flugzeugträger für Amerika für einen etwaigen Konflikt mit China. Ihr rüstet stark auf, das muss doch nicht sein, wer will euch denn angreifen?« Er war entsetzt über meine Naivität, natürlich sei ein Angriff durch China möglich. Ich fragte daraufhin: »Wann hat eigentlich das letzte Mal ein chinesischer Kaiser seine Soldaten nach Japan geschickt?« Er sagte nur: »Du hast gewonnen.« Aber überzeugt habe ich ihn nicht; er hatte Angst vor China. Die politische Klasse in Japan hat auch heute die Vorstellung, China könne sie angreifen.

Wenn diese Angst bei den Japanern besteht, ist es dann klug von japanischen Spitzenpolitikern und dem Premierminister, die Chinesen zu provozieren, indem sie das Kriegerdenkmal in Tokio, den Yasukuni-Schrein, regelmäßig besuchen?

Sie wollen ihre große Tradition der Kriegführung beschwören. Hinzu kommt, dass der gegenwärtige Premierminister Junichiro Koizumi zu jung ist, um am Krieg teilgenommen zu haben; er bringt sich auf diese Weise in die militärische Tradition der Japaner ein. Wenn man es gut mit den Japanern meint, dann muss man ihnen immer wieder nahe legen, dieses Verhalten zu ändern.

Andererseits scheint die chinesische Führung die antijapanische Stimmung politisch zu schüren, wenn es nützlich ist. So geschehen im April 2005. Da gab es die größten antijapanischen Demonstrationen seit der Gründung der Volksrepublik. Der nichtige Anlass waren japanische Schulbücher, die das japanische Militär aus aller Schuld entlassen, die aber kaum in japanischen Schulen benutzt werden.

Es ist durchaus möglich, dass diese antijapanischen Stimmungen geschürt werden. Ich kann das aus der Ferne nur schwer beurteilen; dazu muss man vor Ort sein. Aber was ich mit Sicherheit sagen kann: Jiang Zemin und mehr noch Zhu Rongji können ihre persönliche Empörung über die Ignoranz der Japaner kaum zügeln. Sie sind wirklich empört. Was die Deutschen konnten, kann man auch von den Japanern erwarten, sagte Zhu Rongji in einem Gespräch mit mir. Der politische Nutzen, den man möglicherweise aus der Empörung zu ziehen versucht, steht auf einem anderen Blatt.

Der Versuch, politisch Druck auszuüben, bringt allerdings wenig. Zum letzten Mal drückte Koizumi 2005 »die tiefe Reue« gegenüber den »großen Schäden und dem Leid« aus, das Japan seinen asiatischen Nachbarn im Zweiten Weltkrieg zugefügt habe. Präziser wurde er nicht. Und diese Formulierung ist identisch mit der, die der damalige Premier Tomiichi Murayama schon 1995 verwendet hatte. In den achtziger Jahren schienen die Chinesen wiederum noch versöhnlicher in dieser Frage als heute. Beispielsweise fuhr der damalige Außenminister Qian Qichen bereits im Januar 1989 zur Beerdigung von Kaiser Hirohito. Hirohito wird nachgesagt, er habe als Oberbefehlshaber im Zweiten Weltkrieg eine zentrale Rolle gespielt.

Ob er wirklich eine große Rolle gespielt hat, das weiß ich nicht. Die Japaner haben es während des Krieges nach innen so dargestellt; die anderen haben es mit Ausnahme des US-Generals MacArthur akzeptiert. Er hat das offensichtlich anders gesehen, er hat den Kaiser nach der Kapitulation am Leben und im Amte gelassen. In Deutschland haben die Siegermächte Hermann Göring und Konsorten zum Tode verurteilt. Wenn Hitler noch gelebt hätte, wäre er ebenfalls hingerichtet worden.

Warum?

MacArthur dachte, dass es notwenig sei, um Japan regierbar zu halten. Der damalige Präsident Truman hat das akzeptiert und außerdem Japan in den für Deutschland erdachten so genannten Marshall-Plan im Prinzip eingeschlossen.

Und mit dieser Unterstützung hat Japan einen so beeindruckenden wirtschaftlichen Aufstieg hingelegt, dass sich mancher amerikanische Politiker in den achtziger Jahren fragte, ob es sinnvoll war, sich die eigene Konkurrenz heranzuzüchten. Japan stieg auf, solange das maoistische China mit sich selbst beschäftigt war. Seit China sich der Welt geöffnet hat, relativiert sich die Position Japans politisch und auch wirtschaftlich, obwohl Japan noch die zweitgrößte Volkswirtschaft der Welt ist. Japan hat es nicht geschafft, seine wirtschaftliche Bedeutung in politisches Kapital in der Region umzumünzen.

Die Japaner haben es in der Vergangenheit nicht geschafft, weil sie von ihren national-egozentrischen Weltvorstellungen nicht abrücken. Japan ist in Ostasien die am stärksten beargwöhnte Großmacht. Vor allem die Koreaner misstrauen Japan. Die Japaner haben noch nicht begriffen, dass sie sich all ihre Nachbarn zu Feinden gemacht haben. Sie selbst tragen die Hauptschuld an ihrer Isolierung, und nicht etwa die Chinesen. Das haben sie immer noch nicht erkannt.

Und jetzt ist der Zug abgefahren. Selbst wenn Japan wirtschaftlich wieder stärker werden sollte, wird es eine immer geringere Rolle gegenüber dem chinesischen Riesen spielen. Mehr noch: Der chinesische Markt wird immer wichtiger als Absatzmarkt und Produktionsstandort. Kann das dazu führen, dass die Japaner gezwungen sind, sich besser zu benehmen?

Das ist möglich. Einstweilen jedoch ist das noch nicht zu erkennen.

Eine Entwicklung ist wahrscheinlich unaufhaltbar: China wird wichtiger, Japan wird unwichtiger. Und damit pendelt sich wieder ein, was jahrhundertelang das japanisch-chinesische Verhältnis geprägt hat. China hat von jeher kulturell einen ge-

radezu dominierenden Einfluss auf Japan gehabt. Japan gehörte im Grunde zum chinesischen Machtbereich. Erst Mitte des 19. Jahrhunderts wurde Japan immer stärker, während China immer schwächer wurde. Die große Bedeutung Japans in den vergangenen 150 Jahren könnte sich also durchaus als historische Ausnahme erweisen.

Ein Großteil der japanischen Kultur – von der Töpferei über die Schriftzeichen bis hin zur Architektur, zum Gartenbau, zur Malerei und zum Buddhismus – kommt aus China, teilweise auf dem Umweg über die koreanische Halbinsel. Bereits etwa 600 nach Christus wurde der Buddhismus in Japan zur Staatsreligion erklärt. Später übernahm Japan das chinesische Verwaltungssystem, den zentralisierten Beamtenstaat. Das Wort Einflussbereich trifft zu, aber das Wort Machtbereich geht zu weit. Es ist kein Japaner zum Kotau nach China gereist. Den kulturellen Einfluss jedoch sollte man nicht unterschätzen. Ohne die viertausendjährige Entfaltung der chinesischen Kultur ist die japanische Kultur undenkbar.

Sehen Sie einen Zusammenhang zwischen dem Abstieg Chinas im 19. Jahrhundert und dem zeitgleichen Aufstieg Japans?

Der Aufstieg Japans wäre mit einiger Sicherheit schwieriger geworden, wenn China seine Wirtschaft gleichzeitig reformiert hätte. Aber da das nicht so war, kann man hier auch nicht von einem kausalen Zusammenhang sprechen. Es gibt aber einen historischen Zusammenhang. 1856 tauchte der US-amerikanische Commodore Matthew Perry mit seinen so genannten Schwarzen Schiffen in der Bucht von Tokio auf und zwang die Japaner, ihre Häfen für ausländische Schiffe zu öffnen. Im gleichen Zeitraum erzwangen die damaligen westlichen Mächte als Folge des Opiumkrieges die Öffnung der chinesischen Häfen. Darin manifestierte sich der Niedergang des chinesischen Staates.

In Japan dagegen führte die Öffnung nach außen nur zum Niedergang der Dynastie der Tokugawa-Shogune, die zweieinhalb Jahrhunderte Japan beherrscht und den Tenno entmachtet hatten. Jetzt kam es zur »Meiji-Restauration« – so genannt nach der Devise des Kaisers Mutsuhito, dem Meiji-Tenno. Damit ging aber auch eine innere Öffnung Japans einher. Die bisher sehr festen politischen und gesellschaftlichen Strukturen lockerten sich; und es gab ausreichende Freiheiten zur wirtschaftlichen Modernisierung. 1890 fanden die ersten Parlamentswahlen statt.

Es waren also nicht die Amerikaner oder andere westliche Kolonialkräfte, die Japan industrialisiert haben. Die Japaner haben das selbst gemacht. Warum haben sie damit begonnen?

Im Rahmen der Meiji-Restauration begannen die Japaner ihre wirtschaftlichen Kräfte zu entfalten. Man konnte seinen Beruf frei wählen, die Privilegien der Samurai wurden abgeschafft, die Bauern konnten ihren Boden verkaufen, es gab Gewerbefreiheit. Außerdem wurde der gregorianische Kalender eingeführt. In China hingegen blieb unter der traditionellen Führung der Mandarine alles beim Alten, obwohl auch in China seit Mitte des 19. Jahrhunderts der ausländische Einfluss erheblich war. Es wurde zwar über Reformen geredet, aber es geschah nichts Entscheidendes. Ähnlich wie heute in Deutschland.

Die technologische Entwicklung Chinas ist gegen Ende der Ming-Dynastie abgebrochen und bis in die achtziger Jahre des 20. Jahrhunderts nicht wieder aufgenommen worden.

Aber dafür war im Unterschied zu Japan die technologische Entwicklung Chinas bis um 1500 phänomenal gewesen, sie war der westlichen Welt weit voraus. Dann kam dieser unerklärliche, langsame Verfall, und in der Mitte des 19. Jahrhunderts schließlich die Einmischung von außen. Die westlichen Kolonialmächte haben dann in jenen Küstenstädten, in denen sie sich festsetzen konnten, die technische und industrielle Entwicklung in Gang gebracht. In Japan hingegen wurden große Teile des Volkes von dem Willen ergriffen, alles genauso zu machen wie der Westen. Das galt besonders für Unternehmer, für Ingenieure und für Wissenschaftler. Bei der Einrichtung von Universitäten und im Schulwesen haben übrigens deutsche Vorbilder eine erhebliche Rolle gespielt.

Gleichzeitig haben die Japaner aber am Zen-Buddhismus und an der Vergötterung des Tenno, des Kaisers des Himmels, festgehalten. Doch das Moderne überwog Ende des 19. Jahrhunderts, und Deutschland war für Japaner und für junge Chinesen so faszinierend, wie es die USA lange für Deutschland waren. Dort ging man zum Studium hin, wenn man es sich leisten konnte. Ende des Jahrhunderts waren die Japaner so erfolgreich, dass sie übermütig wurden. Sie erzwangen die Öffnung Koreas, starteten 1874 eine Expedition nach Taiwan und zettelten den japanisch-chinesischen Krieg an, der China 1895 eine schwere Niederlage brachte und hohe Entschädigungskosten zur Folge hatte. Sie verloren ihren Einfluss in Korea und mussten Taiwan abgeben. 1905 griffen die Japaner auch noch Russland an. Warum diese Aggressivität?

Japan ist ein kleines Archipel, es hat wenig Grund und Boden, die Bevölkerungsdichte ist sehr hoch. Bis zum Ende des Zweiten Weltkriegs gab es immer wieder die Vorstellung: Wir brauchen mehr Lebensraum. Die Begehrlichkeit erstreckte sich schon früh auf die nächstgelegene koreanische Halbinsel, dann auf Sachalin, dann auf die Mandschurei, zuletzt auf China und während des Zweiten Weltkriegs auf fast alle Inselgruppen im Pazifischen Ozean. Die Japaner waren von der Vorstellung besessen, sie bräuchten mehr Raum. Sie waren genauso verrückt wie Hitler.

Kann man die Modernisierung Japans in der zweiten Hälfte des 19. Jahrhunderts mit der Situation Chinas zu Beginn des 21. Jahrhunderts vergleichen?

Man kann die Modernisierung Japans auch vergleichen mit dem industriellen Aufschwung Englands oder – seit Bismarcks Reichsgründung – Deutschlands.

Das Beispiel China/USA ist womöglich treffender, wenn man beschreiben will, wie einerseits die eigene Kultur hochgehalten wird und sich anderseits der westliche Lebensstil etabliert.

In der Politik ist aber die Kontinuität bis heute sehr auffällig. Die Shogune haben Nachfolger gefunden in der Gestalt von Ministerpräsidenten; die Daimios haben Nachfolger gefunden in den Personen der Fraktionsführer innerhalb der nahezu ewigen Regierungspartei LDP (Liberaldemokratische Partei), die Samurai haben Nachfolger gefunden in der Gestalt der japanischen Parlamentsabgeordneten. Die Japaner haben ihre politische Kultur nach 1945 weitgehend verändert, aber nicht aufgegeben. Für den Westen sieht Japan aus wie eine westliche Demokratie. In Wirklichkeit regiert dieselbe Partei seit 50 Jahren, abgesehen von zwei Ausnahmen von anderthalb Jahren.

Was wird langfristig wichtiger sein im Verhältnis zwischen Japan und China? Die kulturellen Unterschiede oder die kulturellen Gemeinsamkeiten?

Die heutigen kulturellen Unterschiede treten zurück hinter den gemeinsamen kulturellen Wurzeln. Diese Wurzeln sind ungleich stärker chinesischen als japanischen Ursprungs. Deshalb fühlen sich viele japanische Intellektuelle den Chinesen gegenüber kulturell unterlegen, sie geben es allerdings nicht gerne offen zu. Diesen kulturellen Inferioritätskomplex konnten die Japaner bis in die 1990er Jahre mit ihrem wirtschaftlichen Superioritätskomplex kompensieren. Heute funktioniert das kaum noch. Womöglich wird eine Zeit kommen, in der es für die Japaner nützlich ist, die kulturelle Nähe zu China zu betonen.

Der Balanceakt mit Russland

Das chinesisch-russische Verhältnis war in der Nachkriegszeit geprägt von einem, auch persönlichen, Machtkampf zwischen Mao einerseits und Stalin und Chruschtschow anderseits. Die Sowjetführer wollten die Chefkommunisten bleiben, und Mao wollte einer werden. Nach dem Ende des Krieges aber war Mao zunächst ein Bittsteller in Moskau. Er brauchte Geld, Lebensmittel, Fabriken und Waffen. Und Stalin ließ ihn das spüren. Doch innerhalb von 15 Jahren drehte Mao den Spieß um. Nachdem er den Koreakrieg gewonnen hatte, konnte er schon Forderungen stellen, und es gelang ihm sogar, dem zaudernden Chruschtschow die Atombombe abspenstig zu machen. 1960 glaubte Mao Oberwasser zu haben und ließ Chruschtschow bei einem Besuch in Peking derart auflaufen, dass dieser beschloss, die Hilfen für China einzustellen. Das war doch eine außerordentliche Entwicklung.

Ich würde mir die Begriffe »Bittsteller« und »auflaufen lassen« in Bezug auf Mao nicht zu Eigen machen. Ich würde sagen: Er hat zunächst auf Hilfe aus dem eigenen Lager gedrängt und sich später der von Moskau für selbstverständlich gehaltenen ideologischen und politischen Unterordnung nicht gefügt.

Und aus diesem »Sich-nicht-Fügen« ging dann der »Zehnjahreskrieg der Worte« hervor, wie die Chinesen den Konflikt zwischen der Sowjetunion und China nennen.

Es war nicht nur ein Krieg der Worte, sondern auch Schießkrieg.

Ja. Am 2. März 1969 provozierte China einen Grenzkonflikt mit der Sowjetunion um die Damaski-Insel, die von den Chinesen Zhenbao genannt wird. Es kam zu mehreren hundert

Toten auf beiden Seiten. Im August wiederum griff die SU an anderer Stelle an. Hat dieser Grenzzwischenfall eine große Rolle gespielt im Westen? Haben Sie damals die Luft angehalten und gedacht, um Gottes Willen?

Nein. Wenn es zu einem Krieg zwischen Russland und China gekommen wäre, hätte das den sowjetischen Druck auf Westeuropa wesentlich verringert. Insofern habe ich nicht die Luft angehalten. Trotzdem konnte man sich einen Krieg nicht wünschen.

Sie hatten keine Angst vor einem Krieg?

Ich habe nicht ausgeschlossen, dass es Krieg geben könnte. Aber ich sah nicht, wie wir im Westen dadurch in Gefahr geraten könnten. Die Front war sehr weit weg, und weil es eine innerkommunistische Front sein würde, war meine Besorgnis begrenzt. Die Gefahr, dass die Russen in einem Konflikt mit dem Westen ihre Raketen auf westdeutsche Städte abschießen würden, war ungleich größer. Das war eine ganz ernste Sorge, nicht weil ich Breschnew nicht traute, sondern weil ich nicht wusste, wer morgen sein Nachfolger sein würde und wen die Geheimdienste in Moskau übermorgen an die Spitze des Staates stellen würden. Es war alles denkbar. Vor dem Bedrohungspotenzial der Russen musste man Angst haben, die Chinesen waren weit weg. Dass sich der Westen auf die Seite Chinas stellen würde, galt damals als undenkbar. Niemand ahnte, dass nur wenige Jahre später Nixon diesen großen Schritt in Richtung China machen würde.

Da die russischen und die chinesischen Führer nicht direkt miteinander sprachen, Sie aber sowohl Mao und Deng als auch Breschnew getroffen hatten, kamen Sie in die Situation, dem einen jeweils die Lage des anderen erklären zu können.

Es war nicht eine Rolle, die dem deutschen Bundeskanzler zustand oder ihm gar von beiden zugewiesen wurde. Sondern es war selbstverständlich, dass auch ich meine Einschätzungen zum Besten gab, wenn über die weltpolitische Lage gesprochen wurde, und sie wurden von dem einen und dem anderen mehr oder weniger aufmerksam beachtet. Ich glaube, Breschnew in seinen späteren Jahren, sagen wir 1981, richtig verstanden zu haben: Er hatte Angst vor einem Krieg mit China. Und Mao ging 1975 davon aus, dass es Krieg zwischen China und Russland geben würde. Breschnew hatte mehr Angst vor einem solchen Krieg, was ihn mir sympathischer machte als etwa Mao, der mir etwas großspurig gesagt hat: »Wir lassen sie reinkommen, und sie werden ersaufen im Meer der chinesischen Volksmassen.«

Nachdem Anfang der achtziger Jahre deutlich wurde, dass Dengs Macht erst einmal gesichert und China einigermaßen stabil war, machte Breschnew im März 1982 in einer Rede in Taschkent einen ersten Verständigungsschritt in Richtung der Chinesen. Er attackierte China heftig, betonte aber auch, dass China ein sozialistisches Land sei und Taiwan zu China gehöre. Er forderte, die Beziehungen zwischen China und der SU sollten sich verbessern, und es sollten Verhandlungen aufgenommen werden. Daraufhin veranstalteten die Chinesen ihre erste Pressekonferenz. Sprecher war der langjährige Außenminister Qian Qichen, der Genscher Chinas, und sein Übersetzer war der heutige Außenminister Li Zhaoxing. Sie stellten drei Verhandlungsbedingungen: Truppenabzug von der chinesisch-russischen Grenze und aus der Mongolei, Rückzug aus Afghanistan und Druck auf den SU-Verbündeten Vietnam, damit er sich aus Kambodscha zurückzieht. Doch Breschnew starb noch Anfang November des gleichen Jahres. Zuvor gab es noch direkte Konsultationen im Oktober, die immerhin zwei Wochen dauerten und dazu führten, dass der chinesische Außenminister im November nach Moskau zur Beerdigung Breschnews reiste.

Allerdings war der Vorstoß von Breschnew hinfällig, weil danach zwei schwache Führer Russland regierten, Tschernenko und Andropow, beides Männer, die schon mit einem Fuß im

Grabe standen. Es gab von 1982 bis 1986 mehrere Verhandlungsrunden zwischen den Russen und den Chinesen, ohne großen Erfolg. Der Verfall der außenpolitischen Machtposition der Sowjetunion war bereits vor dem Antritt Gorbatschows erkennbar. Aber ich war damals nicht mehr in einem öffentlichen Amt, ich war ein privater Bürger; möglicherweise haben die im Amt befindlichen deutschen Diplomaten das besser erkannt als ich. Aus meinem Blickwinkel war der Niedergang der Sowjetunion eigentlich schon in den letzten Lebensjahren von Breschnew zu erkennen. Breschnew war ein kranker, alter Mann und in seiner Hilflosigkeit bemitleidenswert; das müssen auch die Chinesen gewusst haben. Ich erinnere mich, ich bin im Mai 1978 mit ihm im Wagen von Bonn nach Schloss Gymnich gefahren. Er saß links von mir und sagte zu mir: »Herr Kanzler, rauchen Sie!«, und ich antwortete: »Ich habe gehört, Herr Generalsekretär, die Ärzte haben Ihnen die Zigaretten verboten.« Er darauf: »Ja, ja. Aber ich rieche es so gerne.« Er war gierig darauf, mitzurauchen. Ein bemitleidenswerter alter Mann. Er hatte sein Land und die Politik seines Landes nicht mehr im Griff. Ich denke zum Beispiel an den Abschuss einer koreanischen Verkehrsmaschine über dem sowjetischen Sibirien 1980. Diesen Abschuss, vermute ich, hat nicht Breschnew befohlen, sondern einer der großen Generäle. Die Chinesen, die mit Deng wieder eine starke Führungspersönlichkeit hatten, haben sicherlich mit großer Sorge festgestellt, dass der Kreml seine Apparate nicht mehr fest im Griff hatte. Wenn sie eine koreanische Maschine abgeschossen hatten, warum sollten sie dann nicht auch eine chinesische abschießen, um ein wenig zu provozieren? Da ich schon ausgangs der siebziger Jahre ahnte, dass die Ära Breschnew zu Ende gehen würde, habe ich übrigens vor meinem damaligen Moskau-Besuch darum gebeten, das ganze Politbüro treffen zu können, denn ich wollte das Personal, aus dem sein Nachfolger rekrutiert wurde, kennen lernen. Ich weiß nicht, ob er mein Anliegen durchschaute, aber er hat meiner Bitte stattgegeben.

Wäre so etwas auch in China denkbar gewesen?

Das wäre in China unmöglich gewesen. Dazu waren die Chinesen zu straff organisiert. Unter Mao ist Deng keinen Deut von der Position Maos abgewichen. Und in den Achtzigern haben weder Generalsekretär Hu Yaobang noch Premierminister Zhao Ziyang gegenüber Ausländern grundlegend andere Positionen geäußert, abgesehen von einer kurzen Ausnahmesituation im Mai 1989, als sich Zhao Ziyang gegen Deng stellte und dann prompt abgesetzt wurde. Im Kreml, so hatte man als Ausländer den Eindruck, traute der eine dem anderen nicht. Auch das war in China anders. Weil ich damals nicht wusste, wie es in Russland weitergehen würde, ließ ich bei der Tischrede vor dem russischen Politbüro einen Versuchsballon los. Damit auch niemand meinen Vorstoß verpassen konnte, habe ich meine Rede zuvor übersetzen und verteilen lassen. Ich sagte sehr offen, warum ich die SS-20-Raketen für eine unerträgliche Bedrohung hielt. »Eurem Generalsekretär traue ich«, sagte ich, »aber ich weiß nicht, was eure Nachfolger machen werden.« In diesem Moment knallte der damalige Ideologiechef Suslow sein Papier auf den Tisch, und ich dachte: Jetzt platzt die Veranstaltung, jetzt stehen alle auf und lassen mich im Katharinensaal sitzen. Die wussten genau, was ich sagte, sie waren nicht darauf angewiesen, den Dolmetscher zu hören, sie verfolgten auf dem verteilten Redetext sorgfältig, an welcher Stelle ich gerade war, Breschnew sogar mit dem Finger. Breschnew blieb jedoch sitzen und nahm keine Notiz von der Empörung seines obersten Ideologen. Die inszenierte Aufregung verpuffte. Dergleichen wäre weder unter Mao noch unter Deng oder unter Jiang Zemin möglich gewesen. Die Selbstdisziplin war in der chinesischen Führung ungleich größer. Das ist wohl noch heute so.

Deng gelang es ja erstaunlicherweise in den Achtzigern und noch Anfang der Neunziger, Begehrlichkeiten des Militärs im Keim zu ersticken und ein unerschütterliches Primat der Partei oder der Politik über die Armee zu etablieren. Das war doch in Russland anders.

Während es im Reform-China der achtziger Jahre für einen Ausländer keinen Grund gab, mit dem Militär zu sprechen, war das in der Sowjetunion anders, denn die Militärs hatten dort großen Spielraum. Wie groß dieser war, war von außen kaum einzuschätzen, aber es war klar, dass sie mitentschieden. Deshalb sagte ich Breschnew 1980, dass ich gerne einmal mit seinen obersten Generälen, Ustinow und Ogarkow, sprechen würde. Dann passierte etwas Lustiges. Als Breschnew und ich nach einem gemeinsamen Abend im Kreml nach Hause fuhren, sagte er zu mir: »Sie sehen ja morgen die beiden Generäle. Sie müssen übrigens wissen, Ustinow, das ist unser Mann.« Ich merkte, er fühlte sich in seiner Herrschaft über das Militär nicht sicher. Ich vermute, dass Ogarkow den Abschuss der koreanischen Verkehrsmaschine zu verantworten hatte, ich weiß es aber nicht. Im Gegensatz dazu hatte ich nie den Eindruck, dass das chinesische Militär unter Deng auf den Tischen tanzte, auch nicht unter seinen Nachfolgern. Unter den Nachfolgern Breschnews hingegen wurde die nach außen hin zementierte und stahlbewehrte Sowjetunion im Inneren unaufhaltsam schwächer, während China stärker wurde. Die Chinesen nahmen den Verfall der sowjetischen Macht wahr, aber sie hatten noch großen Respekt vor der Sowjetunion. Sie verstanden noch nicht, dass das Land am Rande des ökonomischen Zusammenbruchs stand. Dann kam Gorbatschow. Zunächst hatte man das Gefühl, da kommt nun endlich ein Mann mit neuen Ideen.

Deshalb hat Deng dann 1985 auch Gorbatschow über den rumänischen Staatschef Nicolae Ceausesçu mitteilen lassen, dass die Zeit reif für ein Gipfeltreffen sei. Und tatsächlich setzte Gorbatschow auf Entspannung mit China. Im Juli 1986 hielt er eine Rede in Wladiwostok: Er sprach positiv über Chinas Modernisierung, kündigte an, sechs Regimenter von der russisch-chinesischen Grenze abzuziehen, und stellte einen Totalabzug in Aussicht. Er wollte Truppen aus der Mongolei abziehen und sich aus dem Marinestützpunkt Cam Rhan in Vietnam zurückziehen. Aber erst im Mai 1989 während der Studentenproteste kam ein Treffen zustande.

Und Gorbatschow fuhr mit dem Eindruck zurück, dass die chinesische Führung die Kontrolle über ihr Land verloren hatte.

Das müsste ihn einerseits mit großer Sorge, anderseits auch mit einer gewissen Befriedigung erfüllt haben.

Wahrscheinlich überwog die Befriedigung, dass sein Konzept, wirtschaftliche und politische Reformen gleichzeitig durchzuführen, erfolgversprechender schien. Nun würde sich die Aufmerksamkeit des Westens wieder stärker in Richtung Moskau wenden. Seit den siebziger Jahren, als Nixon in China war, ist im Westen die Achtung gegenüber China stetig gewachsen, während die Russen gleichzeitig stetig an Gewicht verloren. 1989 kehrte sich das dann vorübergehend schlagartig um.

In seiner Euphorie hat Gorbatschow, wie gesagt, seiner Nachrichtenagentur Tass sogar diktiert, dass die chinesische Führung die Kontrolle über ihr Land verloren habe.

In dem Bewusstsein muss er nach Hause gefahren sein. Ich denke nicht, dass er 1989 Zweifel hatte an seiner Doppelstrategie von Glasnost und Perestrojka. Aber er hat sich wirklich geirrt.

Spätestens im August 1991 nach dem Putschversuch zeichnete sich ab, dass die Strategie Gorbatschows nicht aufgehen würde. Am 25. Dezember, nach 69 Jahren Sowjetunion, hat er dann aufgegeben.

Er hat sich vertan.

China war jedoch weiterhin sehr an einem Russland unter Jelzin interessiert. China brauchte die Russen als Waffenlieferanten, nachdem die US-Amerikaner und die Europäer ein Waffenembargo verhängt hatten, das bis heute nicht aufgehoben wurde. Bis heute kommen die meisten Waffen für China aus Russland. Gleichzeitig musste Jelzin die neue wirtschaftliche

Stärke Chinas anerkennen. Als er Ende 1992 nach China reiste, sagte er anerkennend: »China hat große Fortschritte im Bereich des Sozialsystems, der Wirtschaftsreformen und der Öffnungspolitik gemacht. Und offen gesagt kann Russland in einigen Bereichen der Reformen etwas von China lernen.«

Das war, historisch betrachtet, eine ganz neue Tonlage; die hatte man seit der Entstehung des russischen Reiches gegenüber China nicht gehört. Es war ein Verdienst Jelzins, dass er sich keine Illusionen machte über den Entwicklungsstand Russlands, und dass er nationalistisches Pathos vermied, das zu Hause mit Sicherheit gut angekommen wäre. Das war neben seinen großen Schwächen eine große Stärke.

Gleichzeitig nutzten die Chinesen die Gunst der Stunde, um mit den zentralasiatischen Staaten der ehemaligen Sowjetunion enge Beziehungen aufzubauen. Das muss Jelzin doch verärgert haben.

Aber er war Realist genug, zu sehen, dass diese Staaten kein großes Interesse daran hatten, mit ihren ehemaligen Besatzern zu paktieren. Die Amerikaner sind übrigens auch dabei, in Zentralasien Fuß zu fassen. Die Chinesen wollen diese Länder nicht als Flugzeugträger benutzen, sondern sie setzen auf wirtschaftliche Kooperation.

1996 vereinbarten China und Russland, nach gut 30 Jahren Feindschaft, eine strategische Partnerschaft. In welcher Hinsicht hängen Russland und China aneinander? Warum brauchen sie sich?

China und Russland teilen noch immer eine lange gemeinsame Grenze. Trotzdem würde ich sagen, sie brauchen sich nicht unbedingt gegenseitig, weder ökonomisch noch politisch. Aber beide Länder begriffen damals, dass Feindschaft keinem von beiden nützlich war, im Gegenteil! Im Rückblick kommt uns das verständlich vor. Aber Mitte der neunziger Jahre war die Veränderung der Weltlage so groß, dass sie mit dieser strategischen Partnerschaft besiegelt wurde. Nun mussten die Amerikaner damit rechnen, dass China und Russland partiell zusammenarbeiten würden. Zum Beispiel im UN-Sicherheitsrat, aber auch im Bereich der Bodenschätze. Sie haben beispielsweise im Irak eng zusammengearbeitet, bevor die Amerikaner dort einmarschiert sind. Auch in der Frage Nordkorea oder in Bezug auf das Atomprogramm des Iran arbeiten sie Hand in Hand.

Anderseits lassen sich die Russen die Butter nicht vom Brot nehmen. Jahrelang haben sie Japan und China beim Bau einer Öl-Pipeline von Angarsk an die Pazifikküste gegeneinander ausgespielt. Und China musste viel Geld bezahlen, bis die Russen im Oktober 2005 endlich einlenkten und sich dafür entschieden, eine Stichleitung in die Stadt Daqing zu bauen, in die allein 20 der 30 Millionen Tonnen Kapazität der Pipeline abfließen. Dies wurde möglich, nachdem die Chinesen dem russischen Staatsunternehmen Rosneft einen Kredit in Höhe von sechs Milliarden US-Dollar zugesagt hatten. Daran zeigt sich unter anderem, dass aus der inzwischen zehn Jahre dauernden strategischen Partnerschaft kein echter Schulterschluss geworden ist.

Das ist auch verständlich. Beides sind große Länder. Und die russische Politik hat sich noch immer nicht von der Vorstellung verabschiedet, dass die Russen, wenn sie ihre innenpolitischen Probleme gelöst haben, wieder eine ähnlich bedeutende Rolle spielen können wie die Chinesen. Ich glaube, dass das eine Illusion ist. Aber auch die Deutschen neigen dazu, den Russen dieses Gefühl zu geben, während sie Chinas Bedeutung noch unterschätzen. Russland bewegt sich nicht auf der Ebene USA, China und Europa. Es kann eine spannende Frage werden, ob Russland sich mittelfristig mehr an Europa oder mehr an China anlehnen wird. Die kulturelle Nähe spricht für Europa. Die strategischen Überlegungen sprechen für China.

Ich denke, die kulturellen Bande sind am Ende zwingender. Und Russland kann in Europa mehr mitreden. China wird zu stark. Es ist ja jetzt schon so, dass sich im Juni 2001 nicht etwa auf Initiative der Russen, sondern der Chinesen die sechs Länder China, Russland, Kasachstan, Kirgisien, Tadschikistan und Usbekistan zur Shanghai-Kooperationsorganisation zusammenschlossen. Gemeinsam dämmen sie unter anderem den Terrorismus in der Region ein.Und deren Reichweite wird größer. Im Juni 2006 nahm sogar der iranische Präsident Ahmadineschad als Beobachter teil. Die Inder sind ebenfalls beteiligt. Das zeigt deutlich, wer die vorherrschende Macht in dieser Region ist. Gleichzeitig arbeiten sich die Chinesen wirtschaftlich immer weiter in russisches Gebiet vor. Und wo sie sich ansiedeln, gibt es einen wirtschaftlichen Aufschwung. Können diese Entwicklungen zu neuen Spannungen führen, trotz der Kooperation?

Die Zahl der Chinesen, die sich auf russischem Territorium im Osten Sibiriens angesiedelt haben, ist umstritten. Es sind wohl eher mehr, als man vermutet. Ich würde mich nicht wundern, wenn es 10 Millionen Menschen wären. Es gibt natürlich Leute in Russland, die diese Zahlen aufbauschen und sagen, das sei gefährlich. Aber solche Warnungen vor dem nationalen Zusammenbruch gibt es in jedem Land.

China ist inzwischen wirtschaftlich viel weiter entwickelt als Russland, obwohl Russland eine viel längere industrielle Tradition hat. Steht China noch die Reform der Staatsbetriebe bevor, was Russland schon hinter sich hat?

Das ist, glaube ich, nicht der entscheidende Punkt. Weil die chinesische Regierung nicht politische und wirtschaftliche Reformen gleichzeitig umgesetzt hat, ist das Land heute viel besser in der Lage, günstige wirtschaftspolitische Rahmenbedingungen durchzusetzen. Aus dem Blickwinkel eines ausländischen Investors herrscht in Russland immer noch ziemliches Durcheinander, während es in China zwar auch Probleme gibt, sie sind jedoch besser zu durchschauen. Deshalb investieren mehr ausländische Unternehmen in China als in Russland.

Ein zweiter großer Unterschied zwischen Russland und China ist, dass es wegen der verlässlicheren Kapitalverkehrskontrollen in China schwieriger ist, große Summen außer Landes zu bringen. Es ist zwar nicht unmöglich, aber es ist ziemlich schwierig.

Das läuft in Russland anders, als Sie gerade geschildert haben. Die russischen Exporte für Öl und Erdgas erzielen Erlöse, und ein Teil dieser Erlöse bleibt von vornherein im Ausland. Wenn der russische Staat sich darüber beklagt, dass die Oligarchen so reich geworden sind, liegt das an zwei anderen Gründen. Zum einen – und das ist anders als in China – sind alle Russen, die heute Chef eines Großkonzerns sind, in diese Position auf unredliche Weise gelangt. Das ärgert einen Mann wie Putin natürlich, zumal wenn diese darüber hinaus auch noch eine politische Rolle spielen wollen. Dann kommen sie ins Gefängnis. Zum anderen repatriieren sie einen großen Teil ihrer Erlöse nicht.

Also, in dieser Hinsicht könnte Russland von China lernen.

Nein. Die Chinesen exportieren kein Öl und kein Gas.

Aber dafür viele Produkte in viel größerem Umfang, das ist ja vom Geldfluss her betrachtet identisch.

Anders als die Russen haben die Chinesen keine Angst davor, dass der Staat ihnen ihre Gewinne wegnimmt. Darüber hinaus haben sie ein stärkeres Nationalgefühl als die russischen Unternehmer. Auch ein stärkeres Nationalgefühl als manche der deutschen Topmanager.

Nationalgefühl muss man sich allerdings auch leisten können.

Oder man hat es anerzogen bekommen, auch in Fällen, in denen man es sich nicht leisten konnte.

Warum haben die Russen nicht von den Chinesen gelernt und ebenfalls Sonderwirtschaftszonen eröffnet?

Ich erzähle seit Jahren russischen Gesprächspartnern, sie sollen von China lernen und Kaliningrad, das frühere Königsberg, zu einer Sonderwirtschaftszone machen. Das gelingt ihnen aber nicht. Sie haben Kaliningrad erst durch einen Admiral verwalten lassen, gegenwärtig – glaube ich – ist es ein General; das Prestigeobjekt Kaliningrad ist voll und ganz dem militärischen Denken unterworfen. Schade!

Kaliningrad hat einen Nachteil im Vergleich mit den Sonderwirtschaftszonen an der chinesischen Küste. Es hat keinen Hafen von Bedeutung.

Die Ostsee ist für die heutige Großschifffahrt zu flach. Das ist ein Nachteil, während die chinesischen Häfen mit Riesen-Tankern und Riesen-Containerfrachtern erreichbar sind. Aber: Wenn die Russen Kaliningrad rechtzeitig umgestellt hätten, dann wäre nicht Zypern die Finanzzentrale für russische Schwarzgelder geworden; die Russen müssten dann allerdings steuerliche Freiheiten für Kaliningrad schaffen.

Es muss für die Russen sehr schmerzlich sein, die Chinesen mit Volldampf an sich vorbeiziehen zu sehen. Führt das nicht zu neuen politischen Spannungen?

Erstaunlicherweise hat sich das Verhältnis zwischen Russland und China normalisiert, es ist jedenfalls normaler als zwischen Russland und Polen oder Russland und der Ukraine. Und das, obwohl die russisch-chinesische Grenze die Nahtstelle zwischen Asien und dem Westen ist. Moskau orientiert sich im Zweifel nach Europa, China nach Asien. Man liebt sich nicht, aber man respektiert sich und arbeitet, wo immer es möglich ist, zusammen. Das ist für manchen Amerikaner eine Enttäuschung.

Asien – ein Kontinent der Zukunft

Die Beziehungen zwischen China und den anderen asiatischen Staaten werden besser. Das Misstrauen schwindet. Die Länder arbeiten wirtschaftlich, aber zunehmend auch politisch enger zusammen. Kann man diese Entwicklung beobachten, weil oder obwohl China immer mächtiger wird?

In den neunziger Jahren haben die asiatischen Länder beobachten können, dass China keine militärischen Expansionsträume hegt, und im Verlauf der Asienkrise haben sie festgestellt, dass China in schlechten Zeiten bereit ist, für die gesamte Region geradezustehen. Die Chinesen haben den Yuan nicht abgewertet und ihre asiatischen Nachbarn nicht in eine noch tiefere Krise gestürzt. Sie haben sich dazu entschlossen, obwohl sie damit ihre Wettbewerbsfähigkeit im asiatischen Raum beeinträchtigt haben. Die chinesischen Produkte wurden in den Ländern, die ihre Währung abgewertet hatten, mit einem Schlag teurer als die einheimischen Produkte. Zudem hat die chinesische Führung dem IWF große Summen überwiesen, um die Lage zu stabilisieren. Das hat dazu beigetragen, Vertrauen aufzubauen.

Ist China nicht schon so mächtig, dass man um das Reich der Mitte nicht mehr herumkommt?

Es gibt noch die Amerikaner. Das sollte man nicht ganz vergessen. Aber die Amerikaner haben auch nicht nur Vorteile. In moslemisch geprägten Staaten wie Indonesien, dem größten islamischen Land, oder Malaysia, haben die Chinesen im Zweifel den besseren Ruf. Die Chinesen haben zwar auch ihre eigenen Interessen, aber sie haben in der letzten Dekade gezeigt, dass sie diese verlässlich einschätzbar vertreten.

Welche Rolle spielen die Auslandschinesen?

Die Rolle der Auslandschinesen ist aus der Sicht von Ländern wie Thailand, Indonesien, Malaysia oder auch den Philippinen ein zweischneidiges Schwert. Einerseits sorgen sie für gute wirtschaftliche Kontakte zu China. Andererseits spielen sie in den Volkswirtschaften dieser Länder bereits eine so wichtige Rolle, dass sie den ursprünglichen Einwohnern und Vertretern von religiösen Gruppen ein Dorn im Auge sind. Die Chinesen sind einfach fleißiger und geschickter als die Konkurrenz. Es hat ja in Indonesien, aber auch in Malaysia Übergriffe auf chinesische Geschäftsleute gegeben. Und die Chinesen sind dort einfach ausfindig zu machen: Dort, wo sie sich ansiedeln, bleiben sie unter sich. Sie bauen Chinatowns auf, in denen untereinander große Hilfsbereitschaft herrscht. Es wird entscheidend für die Beziehungen zwischen den südostasiatischen Ländern und China sein, ob und wie sich die Chinesen in diese Länder integrieren werden.

Wird die asiatische Einigung also schneller vorangehen, als wir das bisher glauben, weil es in China nur eine Führungsmacht als treibende Kraft gibt, da Japan in Asien seine Chance verspielt hat, und Indien als Integrationsmotor in Asien keine Rolle spielt, während in Europa mindestens drei ähnlich starke Kräfte, nämlich Frankreich, Deutschland und England, um die Vorherrschaft kämpfen?

Sie bewerten die behebbaren Schwierigkeiten Europas damit zu hoch und die schwelenden Probleme in Asien zu niedrig. Ich kann mir vorstellen, dass sich ein gemeinsamer Markt in Ostasien oder in Südostasien in der zweiten Hälfte dieses Jahrhunderts herausbildet, aber nicht viel früher. Wie schwierig es ist, einen gemeinsamen Markt zustande zu bringen, das haben wir in Europa erlebt, und wir hatten nur politische, aber keine religiösen Unterschiede zu überwinden. Wie schwierig es ist, einen gemeinsamen Markt zwischen USA, Kanada und Mexiko zustande zu bringen, das sehen wir deutlich. Diese Schwierigkeiten sind in Südostasien prinzipiell ganz genauso groß. Vor allem kleinere Länder wie die Philippinen mit 75 Millionen, Thailand mit 65 Millionen, Malaysia mit 25 Millionen oder Singapur mit nur sechs Millionen Menschen müssen sich entscheiden, ob sie unter der Regie einer wirtschaftlichen Supermacht spielen wollen, um dafür bessere Entwicklungschancen zu bekommen. Für Vietnam mit gut 80 Millionen Menschen und für Laos mit nur sechs Millionen Menschen ist diese Frage besonders schwierig, weil sie kulturell den Chinesen nahe stehen und um ihre kulturelle Eigenständigkeit fürchten.

Welche Unterschiede gibt es zwischen der Annäherung der Asiaten und der Annäherung der Europäer?

Die Herstellung eines gemeinsamen Marktes war ursprünglich nicht das Motiv in Europa, sondern das Ziel war, eine gemeinsame Barriere gegenüber der Expansion des sowjetischen Reiches zu bilden. Das zweite ursprüngliche Motiv war die Einbindung Deutschlands, damals nur Westdeutschlands. Das ökonomische Motiv kam etwas später hinzu. Die Tatsache aber, dass wir von der Idee eines gemeinsamen Marktes, die in den späten fünfziger Jahren entstand, bis zur gemeinsamen Währung in diesem gemeinsamen Markt beinahe ein halbes Jahrhundert gebraucht haben, macht deutlich, wie schwierig die Errichtung eines gemeinsamen Marktes ist. In Asien gibt es keine gemeinsame Währung. Erschwerend kommt hinzu, dass die beiden heute ökonomisch wichtigsten asiatischen Staaten, nämlich China und Japan, sich geistig, seelisch und politisch auseinanderentwickeln. Es entstehen also tendenziell eher zusätzliche Feindschaften, als dass etwa ökonomische Kooperation die Oberhand gewinnen würde. Deswegen ist die Schaffung eines gemeinsamen Marktes in Ostasien im Vergleich zu Europa mit noch größeren Schwierigkeiten behaftet. Aber ausschließen kann man eine solche Entwicklung für Asien nicht. Immerhin sollten wir beachten, dass die »Shanghaier Organisation für Zusammenarbeit« sich neuerdings den ökonomischen Fragen zugewendet hat. Sie umfasst China, Russland, mehrere zentralasiatische Staaten und – als Beobachter – Indien, Iran, Pakistan, etc. Daraus könnte sich eventuell ein Nukleus entwickeln. Auch die Entfaltungsmöglichkeiten der ASEAN sind ernst zu nehmen.

War es nicht in Europa so, dass gerade die kleinen Länder aus Osteuropa sich darum gerissen haben und noch darum reißen, der EU beizutreten? Warum soll das in Asien anders sein?

Singapurs erster Regierungschef Lee Kuan Yew hat mir vor gut zehn Jahren einmal gesagt, die USA seien in Asien die noch immer am wenigsten beargwöhnte Macht. Das hat sich bis heute nicht erheblich geändert, wenngleich das Misstrauen gegenüber dem Hegemonialanspruch der USA zweifellos gestiegen ist.

Mein Eindruck ist, dass die Lage schon zugunsten Chinas entschieden ist. China gilt in Asien bereits als das geringere Übel. Und die bestehenden wirtschaftlichen Verflechtungen schaffen Fakten. Wenn man sieht, welche Rolle in welch kurzer Zeit der Renminbi als Zweitwährung schon in vielen asiatischen Ländern spielt, obwohl er nicht einmal konvertierbar ist, dann ist das schon beeindruckend. Ein großer Schritt in die Richtung einer viel engeren Zusammenarbeit, vielleicht sogar in Richtung eines gemeinsamen Marktes, war das Treffen der ASEAN-Regierungschefs im Dezember 2005 in Kuala Lumpur, bei dem der chinesische Premierminister Wen Jiabao fast selbstverständlich den Vorsitz geführt hat. Neben ihm scherzte ein aufgeräumter japanischer Premier. Selbst die Australier, Neuseeländer und Inder waren gekommen. Es herrschte eine Aufbruchsstimmung, und das Treffen lebte von einem Affront. Es wurde am selben Tag eröffnet wie die WTO-Tagung in Hongkong. Das hat die WTO-Verantwortlichen sehr verärgert. Zumal die chinesische Führung der WTO-Veranstaltung keine große Aufmerksamkeit schenkte, obwohl sie in China stattfand. Das war bei der IMF-Tagung Ende der neunziger Jahre noch anders. An den ersten Ostasiengipfel wird man sich noch lange erinnern. Und Ende 2006 wird sogar Russland teilnehmen.

Solche euphorischen Phasen hatten wir in der europäischen Einigung auch. Die Chinesen haben mich in den vergangenen zehn Jahren immer wieder überrascht, obwohl ich meine Einschätzungen, wie ich dachte, zugespitzt hatte. Die Entwicklungen vollziehen sich in Asien mit einer anderen Geschwindigkeit. Das gilt auch für die Krisen und Rückschläge. Wer spricht heute noch über die Asienkrise? Das war in der Geschichte des Aufstiegs dieser Region nur ein kleiner Schwächeanfall. Selbst die Tsunami-Welle, die 300 000 Todesopfer gefordert und Millionen Menschen ins Unglück gestürzt hat, konnte die Region ökonomisch nicht aus dem Tritt bringen. Wir müssen mit der Möglichkeit rechnen, dass die Asiaten sich in der Einigungsproblematik pragmatischer verhalten, als wir Europäer es getan haben – zumal ihnen die Erfahrungen mit der Errichtung des gemeinsamen europäischen Marktes als Lehrbeispiel verfügbar sind.

Es kann so kommen, muss aber nicht. Wer hätte vor zehn Jahren gedacht, dass die USA diesen außenpolitischen Größenwahn entwickeln würden.

Chinas wachsender Einfluss in der Region beruht nicht auf Gewalt, sondern auf wirtschaftlichem Erfolg. In ähnlicher Weise kann uns auch China überraschen, wenn eines Tages der wirtschaftliche Aufschwung nicht mehr so gut laufen sollte. Nicht nur Amerika kann alles Mögliche auslösen, auch China. Und was geschieht, wenn es etwa den islamisch bewohnten Staaten gelingen sollte, einen Kern zu bilden? Die Konsequenzen wären unvorhersehbar und würden für die Entwicklung Asiens eine erhebliche Rolle spielen.

Können Sie das präzisieren?

Wir haben es heute mit einer transnational organisierten Unterwelt der islamistischen Terroristen zu tun. Aber der Versuch, zum Beispiel eine Arabische Liga zu bilden, ist nicht von gestern oder vorgestern, den gibt es schon lange. Er hat bisher nicht viel gefruchtet. Aber das heißt nicht, dass auch in Zukunft nichts dabei herauskommt. Was bedeutet das dann für die asiatische Integration? Was bedeutet es für die Rolle Chinas, wenn die muslimisch geprägten Staaten Asiens sich umorientieren in Richtung Mittlerer Osten und Zentralasien und sich eine Gruppe bildet, die über eine große Bevölkerungszahl und über enorme Ölvorräte verfügt, die die Amerikaner ebenso brauchen wie die Chinesen?

Das wäre also die Wiederkehr des Osmanischen Reiches, das bis 1919 große Teile des Mittleren Ostens, Nordafrikas und die Hälfte des Balkans beherrschte. Ich halte das für unwahrscheinlich, weil diese Bewegung sich gegen die Kräfte der Globalisierung stellt. Dazu ist auch eine Arabische Liga nicht mächtig genug. Vor allem nicht gegenüber den Asiaten, die die Kräfte der Globalisierung für ihre eigenen Zwecke nutzen. China ist ein Meister darin. Die muslimischen Gruppen können nur stören, aber nicht die Macht in größerem Rahmen übernehmen. Sie wollen sich nicht wandeln, sondern sie wollen, dass alles so bleibt wie früher. Wenn ich den größten Krisenherd in Asien benennen sollte, würde ich allerdings sagen: Nordkorea. In dem Maße, in dem die Amerikaner Nordkorea unter Druck setzen, wird die Lage schwieriger. Das zeigten die Raketentests im Juli 2006. Wie schätzen Sie die Rolle der Chinesen in dieser Frage ein?

In Bezug auf Nordkorea haben sich die Chinesen, wie mir scheint, im Lauf der letzten 20 Jahre sehr zurückhaltend, sehr klug, ausgleichend und vertrauensbildend verhalten. Ich denke, dass die Nordkoreaner auch gut beraten sind, wenn sie mit den chinesischen Nachbarn vertrauensvoll umgehen und damit ihre Position gegenüber dem Süden ausbalancieren.

Bei Kims letztem Besuch im Frühjahr 2005 haben die Chinesen ihn nicht nur in Peking empfangen, sondern auch durchs Land reisen lassen. Kim hat sich den Drei-Schluchten-Staudamm und den Süden Chinas angeschaut.

Ihm müssen sich die Haare gesträubt haben, als er gesehen hat, was die Chinesen fertig gebracht haben in den 20 Jahren, in denen man in Nordkorea schreckliche Dummheiten begangen hat. Es kann sein, dass die Chinesen den Mann umdrehen, zumindest im ökonomischen Denken, das kann man nicht ausschließen. Wenn er noch drei weitere Besuche in China macht und mehrere Wochen dort bleibt, dann wird er zwangsläufig zu Einsichten kommen. Die Chinesen könnten ihn überzeugen, dass er nur an der Macht bleiben kann, wenn er sich wirtschaftlich öffnet.

Jedenfalls wäre es besser, wenn die Asiaten dies Problem alleine lösen und sich die Europäer und Amerikaner nicht ständig einmischen würden. Im Grunde geht die Nordkoreafrage nur die Südkoreaner, die Chinesen, die Russen und die Japaner etwas an.

Die Stärke Asiens in der Welt wird am Ende sicher auch entscheidend davon abhängen, ob die beiden Großmächte China und Indien nach einer langen Phase der Feindschaft eher gegeneinander oder miteinander arbeiten werden. Beziehungen zwischen den beiden größten und bevölkerungsreichsten Ländern bestehen noch nicht lange. Erst seit 2002 gibt es eine direkte Flugverbindung zwischen China und Indien. Erst seit 2006 ist als symbolischer Akt die wichtigste Handelsstraße im Himalaja zwischen China und Indien wieder geöffnet worden. Auf der anderen Seite gibt es seit längerem eine strategische Partnerschaft zwischen Indien und den USA. Im Juni 2005 schloss Indien mit den USA einen Verteidigungspakt über zehn Jahre. Bush hat die Initiative im US-Kongress mit einiger Mühe durchbekommen. Er argumentierte, dass Indien im Unterschied zu den anderen Ländern eine Demokratie mit einem funktionierenden Rechtssystem sei. Man teile die gleichen Werte und müsse gemeinsam für die Verbreitung dieser Werte in Asien eintreten. Zudem würden die Inder Englisch sprechen.

Man sollte die Demokratie in Indien nicht überschätzen. Das ist eine Demokratie der Oberschichten. Mehr nicht. Auch Englisch spricht nur die Oberschicht. Die Inder haben 18 oder 19 Sprachen, die allesamt Amtssprachen sind. Was nützt eine Demokratie, wenn es die Regierung nicht einmal schafft, den Menschen Lesen und Schreiben beizubringen? China hat 11 Prozent Analphabeten, Indien 40 Prozent. Das indische Rechtssystem hat zudem einen Gegenspieler in einer ausufernden Bürokratie. Indien ist daher sehr schwierig zu regieren. Hinzu kommt die Feindschaft zwischen Hindus und Moslems, die ja nicht nur in Kaschmir eine Rolle spielt, sondern auch in Indien selbst.

Innenpolitisch wird das Demokratieargument vermutlich greifen, auch wenn Bush mit den Illusionen seiner Wähler spielt. Die Frage ist dennoch, ob sich Indien zum wichtigsten asiatischen Partner der amerikanischen Strategie machen lässt und nicht vielmehr wie China auf eigenen Füßen stehen will. Indien ist noch nicht einmal Mitglied im UN-Sicherheitsrat. In dieser Frage hört man nur leise Töne der Unterstützung durch die USA. Bush möchte nichts tun, was die Weltinstitution stützen könnte. China wiederum will die UN stärken, weil dies die Macht der Amerikaner relativiert. Die Chinesen machen sich stark für einen Sitz der Inder im UN-Sicherheitsrat. Und die Zeit spielt eher für China als für die USA. Sind die USA überhaupt noch in der Lage dem Verhältnis China/Indien eine Richtung zu geben?

Die Rolle der USA in Asien wird schwächer werden. Aber man sollte sie nicht unterschätzen. Im Fall China und Indien ist eines abzusehen: Die beiden Länder werden unter sich ausmachen, in welcher Weise sie kooperieren. Sie sprechen immer öfter und intensiver miteinander und brauchen dabei nicht die Moderation eines Dritten, zumal dieser seine eigenen Interessen kaum verbergen kann. Es wird noch einige Jahre so sein, dass man in manchen Bereichen zusammenarbeitet, in anderen nicht. Dabei kommen die Länder sich dann langsam näher. Dass China und Indien mit den großen Bevölkerungszahlen und mit deren fortwährendem Wachstum ähnliche Probleme haben, ist ein wichtiger Faktor. Es ist sinnvoll, sie gemeinsam anzugehen, zu analysieren und die Lösungsansätze zu vergleichen.

Allerdings haben die beiden Länder keine große Tradition der Zusammenarbeit. Sie haben jahrhundertelang nebeneinander her gelebt. Die erste Beziehung war eine indirekte und wirtschaftliche. Sie wurde über die Kolonialmacht England hergestellt. Die Engländer ließen Opium in Indien anbauen, verkauften dies den Chinesen und bekamen dafür Silber und Tee. Damit stabilisierte sich die Position Englands in Indien, und der Einfluss auf China wurde größer.

Bemerkenswerter ist, dass es keine Tradition der kriegerischen Auseinandersetzung zwischen den beiden Ländern gegeben hat. Sie hatten das große Glück, dass das phantastische Himalajagebirge zwischen ihnen liegt. Es hat verhindert, dass sich die beiden Volksmassen – möglicherweise über Jahrhunderte – in opfervolle Kriege verwickelten.

Deng sorgte in den achtziger Jahren für Entspannung und lud 1988 Indira Gandhi nach Peking ein. Indien unterstützte China in der Tibetfrage. China wiederum Indien in der Kaschmirfrage. Das Verhältnis wurde so stabil, dass Indien 1989 auf Sanktionen gegen China verzichtete. Die letzten Grenzzwischenfälle gab es 1992. Und 1996 besuchte Staatspräsident Jiang Zemin als erster Spitzenpolitiker Indien.

Seit Deng haben sich die Beziehungen zwischen China und Indien kontinuierlich normalisiert und gefestigt. Daran können auch die USA nichts ändern. Inder und Chinesen waren bis zu Beginn des 21. Jahrhunderts weder Freunde noch Feinde. Durch die Globalisierung ihrer Wirtschaften sind sie gezwungen zusammenzuarbeiten. Aber ich kann nur aus der Ferne über Indien urteilen. Ich habe das Land seit Jahren nicht besucht. Welche Unterschiede sind Ihnen aufgefallen, wenn Sie aus China nach Indien gereist sind?

Man sieht auf den ersten Blick, dass Indien in der Entwicklung China etwa zehn bis 15 Jahre hinterherhinkt. Wer aus dem Flughafen in Delhi kommt, fühlt sich in einen Historienfilm versetzt. Die Taxis sehen aus wie aus den dreißiger Jahren. In Neu Delhi gibt es kaum Hochhäuser, man sieht viel weniger moderne westliche Fahrzeuge. Die Infrastruktur ist in einem erbärmlichen Zustand. Obwohl Indien gerne als das IT-Land beschrieben wird, gibt es hier nur »Hightech-Inseln«. In Indien mit knapp 1,1 Milliarden Menschen gibt es zehnmal weniger Mobiltelefone als in China. Ich hatte den Eindruck eines großen farbenfrohen Chaos in Indien und relativer Ordnung in China. Schon auf den ersten Blick ist China das Land, in dem ich eher investieren würde, und das obwohl Indien im Unterschied zu China von den Engländern ein funktionierendes Rechtssystem mitbekommen hat. Allerdings haben sich die Inder erst gut zehn Jahre später der Welt geöffnet als China. 1991 stand Indien wirtschaftlich am Rand des Zusammenbruchs. Die Regierung war gezwungen, ausländische Investoren ins Land zu lassen.

Die westlichen Unternehmen stießen wie schon in China auf eine schlechte Infrastruktur. Aber Indien war ein Land, das im Gegensatz zu China nicht schon seit Jahrhunderten säkularisiert war, sondern ein Land, in dem eine heilige hinduistische Kuh die Auslieferung von Waren verhindern konnte, wenn sie in der falschen Straße graste. Dann gibt es dort die Buddhisten. Außerdem leben in Indien 150 Millionen Muslime, das ist eine Minderheit, die doppelt so groß ist wie Deutschlands Bevölkerung. Hinzu kommt das Kastensystem. Während es in China zumindest möglich war, in der Verwaltung des Landes aufzusteigen, wenn man die Prüfungen bestanden hatte, behindern in Indien noch heute die Kasten, dass die Tüchtigsten nach oben kommen.

Indien könnte für China das werden, was es selbst für die westlichen Industrienationen ist: ein großer Wachstumsmarkt und billiger Produktionsstandort.

Indien hat sich bisher lediglich als Hightech-Standort für die Computerindustrie hervortun können, während China inzwischen in fast allen Branchen mit eigenen Technologien vertreten ist. Heute ist China Indiens zweitgrößter Handelspartner. Indien verkauft vor allem Rohstoffe: Erze und Mineralien, einfache Kunststoffe und Meeresfrüchte. China liefert hauptsächlich elektronische Güter. Ob Indien und China komplementäre Märkte entwickeln werden, ist schwierig einzuschätzen. Es ist jedoch nicht auszuschließen, dass die wirtschaftliche Kooperation mit China für Indiens Zukunft bedeutender werden könnte als die militärisch-atomare Zusammenarbeit mit den USA.

China und Europa

Wer hat sich gegenüber den Chinesen klüger verhalten: die Europäer oder die Amerikaner?

Mir scheint, dass die Westeuropäer, die heutigen Mitgliedsstaaten der Europäischen Union eingeschlossen, seit dem Zweiten Weltkrieg China gegenüber eine vernünftige Haltung eingenommen haben. Zunächst war es eine abwartende Politik. Man interessierte sich füreinander, aber störte sich gegenseitig kaum. Später ist man sich dann langsam auf dem wirtschaftlichen Felde näher gekommen. Das war deutlich klüger als die amerikanische Politik gegenüber China, auch deutlich klüger als die sowjetische Politik gegenüber China. Das gilt für Frankreich, das gilt für England, das gilt für Deutschland, das gilt für Italien, das gilt heute für Polen.

War das Klugheit, also Einsicht, oder eher politische Schwäche?

Als Schwäche habe ich es jedenfalls nicht empfunden. Es gab lange Zeit auf europäischer Seite ein ziemliches Desinteresse an China. Es gab dann eine Zeit lang – wir sprachen schon davon – bei einigen Europäern im Gefolge der Amerikaner eine partielle Parteinahme für Taiwan. Aber die europäische Politik und auch die Medienöffentlichkeit waren im Grunde geprägt von dem Prinzip, sich nicht in die chinesischen Angelegenheiten einzumischen. Der Souveränitätsgedanke ist in Europa erfunden worden. Er geht zurück auf Leute wie den niederländischen Rechtsgelehrten Hugo Grotius, der Ende des 16. Jahrhunderts geboren wurde.

Heute denkt man ja fast, die Chinesen hätten auch dieses Prinzip erfunden.

Das Prinzip der Nichteinmischung wurde in der ersten Hälfte des 20. Jahrhunderts Bestandteil des Völkerrechts. Inzwischen hat sich leider wieder ein Wandel vollzogen, selbst in Europa. Wir mischen uns ein, ob im Kosovo oder in Bosnien-Herzegowina oder in Afghanistan oder demnächst in Darfur, im Sudan, im Kongo, überall mischen wir aus moralischen Gründen mit. In Deutschland waren die Grünen die Schrittmacher der Einmischung – aus humanitärem Idealismus. Idealismus kann etwas Wunderschönes, aber auch etwas Dummes sein.

In den neunziger Jahren hat sich Europa auch in China eingemischt. 1995 verabschiedete die Europäische Kommission ihr erstes Strategiepapier zur Chinapolitik. Hierin hielt man fest, dass man sowohl eine aktive Wirtschaftspolitik betreiben als auch Kritik an der Menschenrechtslage üben wolle. Doch da einige Länder Nachteile für ihre Wirtschaftsbeziehungen fürchteten, zerbrach dieser Konsens schnell wieder. In einem zweiten Strategiepapier ging es dann nur noch darum, China in die Weltgemeinschaft einzubinden. Das EU-China-Gipfeltreffen wurde ins Leben gerufen und findet seitdem jährlich statt.

Die Europäer haben gelernt, dass es nichts bringt, sich in China einzumischen, weil die Chinesen ihr Land so gestalten, wie sie es wollen. Ihnen sind wohlwollende bis herablassende Kommentare der Europäer ziemlich egal. Die europäischen Manager haben eher als die amerikanischen begriffen, dass China nicht nur ein großer Markt ist, sondern auch ein großer ökonomischer Konkurrent sein wird. Das liegt daran, dass sie stärker exportorientiert sind als die Amerikaner.

Ob uns das etwas nützt, ist die entscheidende Frage für die Zukunft Europas.

Nicht die entscheidende, aber eine wichtige Frage. Je früher wir uns auf die neue Lage einstellen, desto besser für unsere Zukunft. Aber selbst wenn die Europäer sich voll und ganz darauf einstellen und die richtigen Schlussfolgerungen ziehen, kommt es auf sie im Augenblick nicht sonderlich an. Sie sind nicht so wichtig, wie sie hoffen. Und Europa kann noch unwichtiger werden als heute schon.

Die meisten chinesischen Politiker haben den Eindruck, dass die Europäer selbst dazu beitragen, unwichtiger zu werden, weil es ihnen nicht gelingt, mit einer Stimme zu sprechen.

Das ist ein Eindruck, den nicht nur die Chinesen haben müssen, sondern den habe ich auch. Das wird auch erst einmal so bleiben. Den Europäern fällt es schwer zu begreifen, dass das Zentrum der Weltpolitik längst nicht mehr bei ihnen liegt, sondern zunächst nach Amerika und Moskau gewandert ist und nun im Begriff ist, nach Ostasien und in den pazifischen Raum und an den Indischen Ozean zu wandern. Nein, die Zeiten, wo die europäischen Mächte die Welt beherrschten, die sind, wie mir scheint, endgültig vorbei. Das letzte europäische Weltreich, das zu Ende gegangen ist, war das englische.

Was können die Chinesen von den Europäern lernen? An erster Stelle steht heute unser Rechtssystem. Ist das denn übertragbar? Da haben wir sogar zwei verschiedene anzubieten.

Das angelsächsische, das amerikanische und englische Recht legt den Schwerpunkt auf »fair trial«. Das kontinentaleuropäische Recht legt den Schwerpunkt auf Gerechtigkeit des Urteils. Das ist nicht dasselbe, es gibt verschiedene rechtspolitische Ideologien in den Rechtssystemen der Europäer. Aber die Chinesen werden natürlich gezwungen sein, Handelsrecht, Bürgerliches Recht, Unternehmensrecht und all dergleichen zu kultivieren. Sie werden versuchen, sich das, was sie an Vorbildern brauchen können, aus Amerika und Europa zu holen, und was sie nicht gebrauchen können, werden sie beiseite lassen. Aber die Europäer haben nicht die Aufgabe, ihnen etwas beizubringen. Wenn sie uns fragen, sollten wir ihnen brauchbare Antworten geben und ihnen helfen, aber wir sollten uns nicht aufdrängen.

Das bedeutet, dass die Macht Europas, auch gegenüber China eine bestimmte politische und wirtschaftliche Linie durchzusetzen, erst einmal beschränkt bleiben wird.

Die europäische Macht ist eine Illusion. Aber es gibt erhebliche Einflüsse, die die Europäer, die europäischen Staaten, auch die Europäische Union, ausüben können. Macht im Sinne einer Kompetenz, Vorteile einzuräumen, Vorteile anzubieten, dafür andere Vorteile einzuhandeln, haben wir als Europäische Union nur auf dem Feld des Handels und wahrscheinlich bei weiterer Festigung des Eurowährungssystems auf währungspolitischem Gebiet. Auf diesen beiden Feldern, ja. Auf anderen Feldern kaum. Das wissen die Chinesen besser als wir selbst.

Welchen Spielraum gibt uns der Euro? Ist es nicht vielmehr so, dass heute die Chinesen schon über den Euro richten, je nachdem, in welcher Währung sie ihre Devisenreserven anlegen?

Das ist eher eine indirekte Funktion. Die Chinesen haben noch keine frei konvertierbare Währung, also eine Währung, die auf dem Weltfinanzmarkt frei gehandelt werden kann. In 20 Jahren werden wir ein Weltwährungssystem haben, in dem der Dollar, der Euro und der chinesische Renminbi für einen längeren Zeitraum die drei Säulen sein werden. Das halte ich für wahrscheinlich und für wünschenswert. Darüber hinaus halte ich es für möglich, dass die drei Zentralbanken – die drei geldpolitischen und währungspolitischen Instanzen – dann kooperieren und insgesamt eine weltweite Aufsicht über die transnational agierenden privaten Finanzinstitute ausüben. Das traue ich den Europäern zu. Das ist unsere Chance. Von Geldpolitik verstehen wir etwas, da nehmen uns selbst die Chinesen ernst.

Ich traue den Europäern jedoch auf lange Zeit nicht zu, gemeinsame Außenpolitik zu machen oder gar gemeinsame Atomwaffen aufzustellen. In dieser Hinsicht sind wir von einer gemeinsamen Macht Europa weit entfernt. Niemals werden die Franzosen ihre Botschafter in Argentinien, in Moskau oder

Peking abberufen und sie durch einen Botschafter der Europäischen Union ersetzen. Auch die Deutschen nicht, und die Engländer, die noch ihren Kolonien nachtrauern, ebenfalls nicht. Das ist alles Illusion. Man wird sich in diese Richtung bemühen müssen, aber jetzt reden wir über Ziele, die vielleicht in der zweiten Hälfte des 21. Jahrhunderts erreicht werden. Vielleicht.

Aber wird diese finanzpolitische Macht möglicherweise der militärischen einmal gleichwertig?

Es ist eine Macht, die nur im Zusammenspiel zwischen den drei wichtigsten Zentren funktionieren kann. Die drei Zentren sind New York, vertreten durch die Regierung in Washington, Peking und Frankfurt. Wobei es im Unterschied zu den anderen Hauptstädten nur zufällig Frankfurt ist. Das hat nichts mit Deutschland zu tun, sondern nur mit dem Zufall, dass die Europäische Zentralbank in Frankfurt ist. Sie könnte ihren Sitz genauso gut auch in Amsterdam oder Paris haben. Es geht also nur um ein Organ der Europäischen Union, das als Organ der Gemeinschaft deutlich besser funktioniert als alle anderen Organe der Gemeinschaft. Viel besser als die Kommission in Brüssel mit ihren 25 Mitgliedern, besser als das Parlament mit seinen über 700 Mitgliedern.

Ist Peking das Zünglein an der Waage, wenn es darum geht, welches Verhältnis der US-Dollar und der Euro zueinander haben?

Der Ausdruck »Zünglein an der Waage« geht mir zu weit. Richtig ist, dass die enormen Währungsreserven Chinas auf die Dauer den Chinesen nahe legen, eine Aufwertung des Renminbi im Verhältnis zu anderen Währungen zuzulassen, und das führt zwangsläufig zu einer relativen Abwertung des Dollar und wahrscheinlich zu einer relativen Aufwertung des Euro. Richtig ist, dass dies ein Vorgang ist, über den wir keine Kontrolle haben.

Über welche politischen Stärken verfügen die Europäer gegenüber den Amerikanern in der internationalen Politik im Bezug auf China?

Stärken haben sie nicht, aber Tugenden. Die haben die Europäer nicht nur gegenüber den Chinesen, sondern auch gegenüber den USA. Eine dieser Tugenden bestand darin, dass die Europäer die Weltpolitik der Unilateralität von Bush junior im ersten halben Jahr seiner Amtszeit nicht mitgemacht haben. Sie war nicht nur gegen China, sondern gegen fast alle anderen Teilnehmer gerichtet. Wenn es unter Bush junior einen Kalten Krieg zwischen Amerika und China gegeben hätte, dann hätten sich die Europäer, mit der denkbaren Ausnahme Englands, wahrscheinlich nicht daran beteiligt. Sie hätten sich wahrscheinlich auch nicht auf die Seite Chinas geschlagen, sondern wären neutral geblieben. Das ist keine aktive Selbstständigkeit, sondern eine passive Selbstständigkeit – auch im Verhältnis zu China. Immer vorausgesetzt, dass die chinesische Außenpolitik weiterhin so friedlich verläuft wie bisher. Sie ist aber friedlicher als die amerikanische Außenpolitik, das sollten wir nicht vergessen.

Hat Europa die großen Herausforderungen, die von dem Aufstieg Asiens ausgehen, verstanden?

Einstweilen hat die Mehrheit der Arbeitnehmer in Deutschland noch nicht verstanden, dass es sich nicht nur um einen Wettbewerb zwischen Toyota und VW handelt oder der entsprechenden chinesischen Marke, die bald auf den Markt kommen wird, also Zhonghua zum Beispiel, sondern dass es sich genauso um einen Wettbewerb um Arbeitsplätze handelt.

Was können die Europäer dagegen unternehmen?

Die Konsequenz ist, dass wir Leistungen und Güter erzeugen müssen, die die anderen einstweilen noch nicht herstellen können. Das Volumen des Handels zwischen China und der EU ist laut Statistik des chinesischen Handelsministeriums im Jahre

2005 erstmals auf über 200 Milliarden US-Dollar gestiegen. Damit wurde das im Jahre 2003 von Spitzenpolitikern beider Seiten erklärte Ziel acht Jahre früher erreicht. Die EU ist damit weiterhin Chinas größter Handelspartner, und China ist der zweitgrößte Handelspartner der EU.

Das wichtige Wort ist »einstweilen«.

»Einstweilen« heißt: binnen fünf Jahren. Im Falle Chinas müssen wir uns immer wieder Neues einfallen lassen, wenn wir unseren relativ hohen Lebensstandard halten wollen.

Im Unterschied zu den aufstrebenden Wettbewerbern, die Europa in früheren Zeiten hatte, stellen die Chinesen bereits heute alles gleichzeitig her: Eimer und Flugzeuge, bald sogar den Airbus, Autos und Schuhe. Die Zeiten, in denen das Gesetz des komparativen Vorteils noch funktioniert hat, sind vorbei. Da haben wir die Textilindustrie an die Dritte Welt abgegeben und stattdessen Autos gebaut. Und alle hatten etwas davon. So funktioniert das heute nicht mehr. Ich bin in dieser Hinsicht sehr skeptisch.

Ich bin auch skeptisch, weil die deutsche politische Klasse genauso wenig wie die italienische oder französische begreift, welche fundamentalen Veränderungen auf sie zukommen. Wir Europäer sind aber allesamt betroffen, die Deutschen sind nicht die einzigen, die mit ganz dicken Problemen konfrontiert werden. Aber in Europa herrscht unter den einzelnen Nationen noch das Sankt-Florians-Prinzip: »Heiliger Sankt Florian, verschon' mein Haus, zünd' andre an.«

Vor allem, wenn man sieht, mit welcher Geschwindigkeit die Chinesen aufholen. Weil sie unsere Produkte klauen, aber auch weil sie fleißig sind und klug handeln.

Ich würde einstweilen die Chinesen noch nicht so in den Vordergrund stellen. Mehr als die Hälfte aller deutschen Exporte und auch die Hälfte aller deutschen Importe spielen sich innerhalb des Euro-Raums ab, innerhalb des so genannten gemeinsamen Marktes.

Diese Zahl täuscht insofern, als dass heute schon ganze Produktzweige in dieser Statistik gar nicht mehr auftauchen, weil sie von Siemens oder Volkswagen in China für China produziert und selbst die Zulieferteile nicht mehr exportiert werden. Bei den Autos ist es noch so, dass einige Teile aus Europa kommen. Es ist nur eine Frage der Zeit, bis auch dieser Exportstrom versiegt, weil es billiger ist, die Teile gleich in China herzustellen. Dann sind wir auch kein Exportweltmeister mehr. Allein Volkswagen will in den nächsten Jahren statt für 250 Millionen Euro jährlich für eine Milliarde in China einkaufen.

Die Chinesen machen Druck, weil sie Arbeitsplätze im eigenen Land schaffen müssen. Dieser Trend wird sich verstärken. Das fängt langsam an, den Europäern zu dämmern. Das gilt auch für Polen und Tschechien. Doch weil China ein großes Land ist, wird der Wettbewerb auch entsprechend groß sein. Diese Frage wird das Verhältnis der EU zu China in Zukunft beschäftigen. Dagegen werden Fragen, was man in China verkaufen kann, ob man dorthin Waffen verkaufen soll oder wie China zur Demokratie werden wird, zurücktreten. Es wird hauptsächlich um Arbeitsplätze gehen. Unsere Position dabei ist nicht komfortabel.

Und diese Frage trifft in Europa die Deutschen zuerst, weil sie Exportweltmeister sind?

Wir sind viel zu stark vom Export abhängig. Dass dies die Achilles-Ferse der deutschen Volkswirtschaft ist, sehen die deutschen Politiker noch nicht. Im Gegenteil: Sie ergötzen sich an den Erfolgsziffern im Export. Der Aufstieg Chinas wird das Problem verschärfen. Der Wettbewerb um Arbeitsplätze ist noch nicht im vollen Gange. Jetzt sind wir erst einmal noch mit Ungarn, Polen und Tschechien beschäftigt. Durch die Aufnahme dieser drei Länder allein sind 60 Millionen Menschen dem gemeinsamen Markt beigetreten. Bei Freiheit des Personenverkehrs und insbesondere des Arbeitnehmerverkehrs nach zehn Jahren Übergangszeit führt dies dazu, dass diese 60 Millionen Ungarn, Polen und Tschechen, die allesamt mit sehr viel niedrigeren Löhnen und sehr viel niedrigeren Gehältern zufrieden sind, natürlich den Arbeitsmarkt in Frankreich, Deutschland etc. belasten werden. Das haben die Verheugens in Brüssel nicht ausreichend bedacht. Die hätten viel längere Übergangszeiten festlegen müssen; aber jetzt ist das alles Gesetz und Vertrag und kann nicht mehr geändert werden.

Man hat im Grunde den Fehler, den man bei der Einheit gemacht hat, im Großen noch einmal wiederholt.

Aber nun kommen China, Indien und nahezu ganz Asien dazu. An unserer hohen Arbeitslosigkeit sind nicht die Chinesen schuld, auch nicht die Osteuropäer. Sondern die haben wir uns selbst eingebrockt. Es bestand kein Zwang, die Arbeitsmarktfrage so zu regeln, wie wir es getan haben, oder die Wiedervereinigung so durchzuführen, wie wir das gemacht haben. Meine Befürchtung ist, dass verantwortungslose Politiker den schwarzen Peter den Chinesen zuschieben werden. Widerliche nationalistische Parolen können dann bei der enttäuschten Arbeitnehmerbevölkerung auf fruchtbaren Boden fallen. Das darf aber nicht passieren!

Wir im Westen haben uns daran gewöhnt, dass wir schnell mit dem Finger auf das andere Ende der Welt zeigen, statt zuerst unsere eigenen Probleme zu lösen. Bei den Amerikanern ist diese Haltung noch stärker ausgeprägt als bei den Europäern. Wie können die Europäer zwischen den Chinesen und den Amerikanern vermitteln?

Sie könnten aufgrund ihrer historischen Erfahrung vielleicht früher als die Amerikaner ein Mindestmaß an Tugend einfordern oder zumindest deutlich machen, was Ursache und was

Wirkung ist. Sie könnten. Ob sie es tun werden, weiß ich nicht. Sie sollten sich an die eigene Nase fassen. Das bürokratische Dickicht in Europa ist für die europäischen Wirtschaften und unsere Arbeitsplätze in Wirklichkeit schlimmer, als es die Korruption in China für die chinesische Wirtschaft ist.

III
Die großen Herausforderungen

Öl und Gas

Die Sicherung des Energiebedarfs stellt für China ein großes außenpolitisches Problem dar. Welche Folgen ergeben sich hieraus für die chinesische Außenpolitik?

Bis Anfang der neunziger Jahre war die Versorgung Chinas mit Öl, Gas und Erzen kein bedeutendes außenpolitisches Problem. Erst der nach Dengs aufrüttelnder Reise in den Süden wieder entfachte Wirtschaftsboom hat die Kurve der ökonomischen Entwicklung unglaublich ansteigen und zwangsläufig die Nachfrage nach Bodenschätzen emporschießen lassen. Sie beeinflusst natürlich inzwischen die chinesische Außenpolitik, zum Beispiel in Bezug auf die zentralasiatischen Republiken, auch in Bezug auf Afrika und den Mittleren Osten. Die Außenpolitik wird so gestaltet, dass China möglichst guten Zugang zu Bodenschätzen erhält. Andererseits – und jetzt sage ich etwas, worüber ich nicht gut genug Bescheid weiß, deswegen drücke ich mich vorsichtig aus – andererseits halte ich es für möglich, dass zum Beispiel in Sibirien, im russischen Teil Asiens, die Explorationen, also das Auffinden von Lagerstätten, die unter dem Erdboden zum Teil in großen Tiefen verborgen liegen, noch nicht abgeschlossen sind. Weil wegen der globalen Erwärmung der Permafrost nach Norden zurückweicht, werden die südlicheren Gegenden von Sibirien für Menschen bewohnbar werden. Dann werden Geologen und Ingenieure anfangen, dort zu bohren und nach Lagerstätten zu suchen. Es könnte sein, dass man sie in größerer Nähe zu China findet. Es kann auch sein, wie man gegenwärtig in Alberta, Kanada, sieht, dass Lagerstätten, die man nicht ausbeuten konnte, weil die Förderung des Öls zu teuer gewesen wäre, langsam ökonomisch sinnvoll werden. Gerade wenn der Ölpreis weiter steigt, wird es rentabel, ungünstig gelagerte Vorkommen auszubeuten. Das, was der Club of Rome in den siebziger Jahren vorhergesagt hat, muss also nicht eintreten. Die Wahrscheinlichkeit, dass das Ende der fossilen Energievorräte erst sehr viel später erreicht sein wird, ist sehr groß. Dies wiederum kann Entspannung für China bringen. Deshalb ist es noch nicht ausgemacht, dass die Deckung des Bedarfs an Rohstoffen das größte außenpolitische Problem Chinas ist.

Allerdings ist es auf keinen Fall falsch, ein Worst-Case-Szenario in den Blick zu nehmen. Es besteht darin, dass die Energieversorgung das Nadelöhr für den chinesischen Aufschwung wird. Unter diesen Umständen wären die Chinesen gezwungen, mit allen Mitteln an Rohstoffe zu gelangen, um ein Wachstum aufrechtzuerhalten, das wichtig für die soziale Stabilität ist.

Höchstwahrscheinlich nicht durch militärische Eroberungen, sondern durch Verträge.

Es sieht danach aus, als ob sich China für diesen Weg entschieden hätte, während die Amerikaner militärische Lösungen favorisieren. Die Amerikaner haben den Irak militärisch erobert und nun große Schwierigkeiten, dort Ruhe und Ordnung zu etablieren. Die Chinesen haben 100 Milliarden US-Dollar in den Iran investiert und werden dort mit offenen Armen empfangen: Wandel durch Handel.

Das ist aber nichts Neues. Spätestens seit 1945 haben auch alle europäischen Mächte sich auf den kaufmännischen Weg verlassen und nicht auf den militärischen. Sowohl aus Überzeugung als auch, ähnlich wie bei den Chinesen, aus Mangel an militärischen Mitteln. Der militärische Weg, mehr ein politisch-militärischer Weg, hat für Frankreich und England im Mittleren Osten eine gewisse Rolle gespielt; aber das ist seit Jahrzehnten vorbei.

Es gibt allerdings drei Unterschiede zwischen den Europäern und den Chinesen. Erstens: Die Europäer halten sich an inter-

nationale Übereinkünfte und machen mit bestimmten Ländern, gegen die UN-Sanktionen verhängt wurden, keine Geschäfte. Zweitens: Die Chinesen sind Kunden mit außerordentlichem Wachstumspotenzial. Und drittens verbinden die Europäer Verträge mit moralisch-politischen Verpflichtungen an die jeweiligen Regierungen. Das war eine gute Sache, solange sich alle daran hielten. Aber inzwischen gibt es einen großen Einkäufer, der unter allen Umständen und ohne Einmischung in die inneren Angelegenheiten dieser Länder Geschäfte mit ihnen macht. Beispiele sind der Sudan, der Iran oder Angola. Und auch schon zwischen dem ersten und zweiten Irakkrieg war es so, dass die Chinesen (und bis zu einem gewissen Grade die Russen) im Iran das Embargo unterlaufen haben.

Die europäischen Kaufleute sind nicht anders als die chinesischen. Sie wollen Geschäfte machen und interessieren sich nicht für politische Probleme. Sie sind bereit, mit Potentaten Verträge zu schließen, die man menschlich oder politisch keineswegs schätzt.

Das ist richtig. Deshalb ziehen die europäischen Nationen politische Grenzen ein. Sie zwingen ihre Unternehmen, nicht alles zu tun, was möglich ist. Die Amerikaner hingegen schaufeln den Weg für ihre Unternehmen zunehmend mit militärischen Mitteln frei. Ob sie das aus nationalen Erwägungen tun oder, weil es enge personelle Verflechtungen zwischen den Energieunternehmen und der heutigen Regierung gibt, sei einmal dahingestellt.

Kann man das so generell sagen? Die Amerikaner haben hinsichtlich ihrer Ölzufuhren aus Venezuela auf alle mögliche Weise Einfluss genommen, aber nicht militärisch. Venezuela liegt vor der eigenen Haustür.

Das war zu riskant.

Die USA können nicht überall Krieg anfangen, so viele Soldaten haben die Amerikaner ja nicht. Warum sollten sie Soldaten schicken, wenn sie anders zum Ziel kommen?

Das Scheitern in Venezuela ist Wasser auf die Mühlen derjenigen, die militärische Lösungen bevorzugen. Venezuela allein liefert 15 Prozent des Ölbedarfs der Amerikaner. Nachdem die Chinesen Anfang des Jahres 2006 bedeutende Verträge mit dem Präsidenten Chavez abgeschlossen haben, hat sich der Ton der Amerikaner erheblich verschärft. Außenministerin Rice sprach plötzlich davon, dass demokratisch gewählte Präsidenten wie Chavez sich unliberal verhielten. Der CIA-Direktor Peter Goss sagte, er sei sehr besorgt über die politische Lage in dem mittelamerikanischen Land. Berichte zur Lage der Menschenrechte tauchten auf. Und der national orientierte TV-Kanal Fox News sendete einen Dokumentarfilm mit dem Titel »Die eiserne Faust des Hugo Chavez«.

Die Amerikaner müssen sich nicht wundern, wenn sich die Chinesen strategisch geschickt vor der amerikanischen Haustür ihre Ölversorgung sichern und dabei neue Freunde suchen. Das machen die USA nicht anders. Sie suchen sich Freunde vor der chinesischen Haustür, indem sie sich mit ihnen verbünden. Ich kann am Verhalten Chinas nichts Verwerfliches finden, solange die Chinesen friedliche Mittel anwenden.

Ist der Weg, den China einschlägt, also über Handelskooperationen und Nichteinmischung, der langfristig geschicktere?

Das sieht derzeit so aus. Aber wenn plötzlich neue, zugleich finanzstarke Käufer auf den Energiemärkten auftauchen und die Preise und indirekt die globale politische Landschaft verändern, dann überrascht es vor allem diejenigen, die bisher dachten, sie seien allein tonangebend auf der Welt. Sie werden nicht umhinkommen, sich international in diesen Fragen zu einigen. Die Frage ist, wie schnell das geschehen wird; da bin ich skeptisch. Denn eine Einigung bedeutet stets einen Kompromiss für diejenigen, die vorher das Sagen hatten. Das ist in der Umweltpolitik so, im globalen Finanzsystem und auch im Umgang mit den Bodenschätzen.

Also die Amerikaner.

Ja. Sie werden erst im letzten Moment einlenken.

Müssen wir mit dramatisch ansteigenden Energiepreisen rechnen, weil der Bedarf Chinas zu groß ist?

Das kann in den nächsten Jahren passieren. Einstweilen genügt eine kleine Revolution in einem Ölförderland oder ein kleiner Bürgerkrieg. Dann sind wir schnell beim doppelten Preis fürs Öl, bevor noch die Chinesen sich richtig eingedeckt haben. In den siebziger Jahren etwa ist innerhalb von sieben Jahren der Ölpreis auf das Zwanzigfache gestiegen.

Die Chinesen fangen jetzt erst an, Reserven im größeren Stil anzulegen, damit sie einen Monat ohne Nachschub die Versorgung aufrechterhalten können. Mit diesen Reserven sind sie noch bescheiden. Die Amerikaner haben für drei Monate Öl gebunkert.

Die Energieversorgung der Welt ist ein offenes Problem. Wir wissen noch immer nicht, wie sich die klimatische Entwicklung im Verlaufe dieses Jahrhunderts vollziehen wird. Die Wissenschaftler der ganzen Welt rechnen mit einer Erwärmung, nur ist das Tempo einstweilen noch nicht ganz überschaubar.

Niemand weiß, wie groß der Beitrag der Menschen zu dieser klimatischen Erwärmung ist. Keiner weiß, welchen Einfluss der Ausstoß an Kohlendioxid (CO_2) und anderen Spurengasen auf die Umwelt wirklich hat. Keiner weiß, welche Rolle das Abholzen der alten Regenwälder in Brasilien spielt. Daran hängt wiederum die Energieversorgung. Und das ist auch eine große Sorge der chinesischen Regierung.

Deshalb baut sie Kernkraftwerke. Wie viele Kernkraftwerke sind in China im Bau?

Fünf, bis 2020 sind mindestens 30 geplant. Ich denke jedoch, dass diese Zahl in den nächsten Jahren noch erhöht werden muss.

Das sollten wir festhalten. Grund genug für die Deutschen, darüber nachzudenken, ob sie die Schlausten der Welt sind. Sie verzichten als einziger Großstaat der Welt darauf, Atomkraftwerke zu errichten. Es war ein Fehler, der Massenpsychose nachzugeben, die vor 20 Jahren mit dem Unglück in Tschernobyl begann. Dass Leute gegen ein Kernkraftwerk protestieren, wenn es zwei Kilometer vor ihrer Haustür errichtet werden soll, ist ganz normal. Das machen sie auch, wenn zwei Kilometer von ihrem Haus entfernt ein Flughafen eingerichtet werden soll. Aber diese generelle populäre Welle der Antipathie gegen Kernkraftwerke, die ist sehr deutsch. Die gibt es in anderen Nationen nicht, nicht in Frankreich, nicht in Kanada, nicht in den USA.

Nüchtern betrachtet müsste selbst ein Kernkraftgegner ein Interesse daran haben, dass Atomkraftwerke, wenn er sie schon nicht verhindern kann, wenigstens aus einem Land wie Deutschland kommen, wo die sichersten gebaut wurden, statt den Chinesen den Markt für die riskanten russischen zu öffnen, indem man selbst enthaltsam bleibt. Woher kommt diese moralisierende Haltung?

In dem Maße, in dem die Religiosität abnimmt, verlegt man emotionale Bedürfnisse auf andere Felder, auf das Waldsterben oder auf Kernkraftwerke oder auf irgendetwas dergleichen. Wobei Kernkraftwerke in Bezug auf das Waldsterben eher eine Wohltat sind, verglichen mit Kohlekraftwerken. Die Franzosen, die Amerikaner und vielleicht sogar die Russen werden jetzt von dem Geschäft profitieren. China hat große Energieengpässe, und die Infrastruktur ist veraltet …

… etwa so veraltet wie in Kalifornien …

… wahrscheinlich ist die Lage in China noch etwas schlimmer. Aber auch der Wille, dies zu ändern, ist in China größer. Der Zusammenbruch der Elektrizitätsversorgung in Kalifornien war schlimm; wenn aber Vergleichbares in China passieren würde, würde es von der westlichen Presse gewaltig aufgeblasen werden, der angebliche Zusammenbruch des Landes stünde kurz bevor. Die Energieversorgung ist eines der großen inneren Probleme Chinas und zugleich ein äußeres Problem, weil man Öl und Gas in großen Quantitäten importieren muss. Die schnell steigende chinesische Nachfrage nach Öl ist der wichtigste Grund für den Anstieg des Weltmarktpreises für Öl in den letzten Jahren. Die Energieversorgung ist nicht in dem gleichen Tempo gewachsen wie die Industrialisierung, die Verstädterung und die Mobilisierung. Ich möchte vermuten, dass künftig auch in China die Beimischung von Öl aus Biomasse (Ethanol) eine Rolle spielen wird.

Wie war das eigentlich in den »four little tigers«, »four dragons«? Wie sind die mit ihren Energieproblemen fertiggeworden? Hongkong zum Beispiel? Die haben wahrscheinlich direkt aus Öl-Tankern gelebt.

Genau. Hongkong oder Singapur mit jeweils sechs Millionen Menschen zu versorgen ist nicht so schwierig, das gilt selbst für Taiwan mit seinen 20 Millionen Menschen. Auch wenn der Energieverbrauch pro Kopf wegen der vielen Klimaanlagen in diesen Ländern etwa genauso hoch ist wie in den Vereinigten Staaten. Das Wichtigste ist: Weil die Menschen und Unternehmen viel Geld haben, kann man die Energiekostensteigerungen zu 100 Prozent auf die Kunden abwälzen und noch etwas dabei verdienen. Das ist der große Unterschied zu China. Aus sozialen Gründen wird die Energieversorgung sowohl der Privatbürger als auch der Unternehmen subventioniert. Während der Staat das Benzin in Deutschland künstlich teuer macht und damit Steuern abschöpft, macht der Staat in China das Benzin künstlich billig. Das führt jedoch dazu, dass Energie ver-

schwendet wird. China verbraucht sechsmal so viel Energie wie Japan, um den gleichen Anteil am Bruttoinlandsprodukt herzustellen. In den meisten neuen Wohnungen, selbst in Shanghai und Peking, gibt es keine Thermostate, um die Heizung abzudrehen. Man öffnet in der Regel das Fenster. Wenn man das nicht tut, hat man vom 15. Oktober bis zum 15. März 28 Grad in der Wohnung. Hier muss dringend etwas passieren.

Ich würde vorsichtig sein, der chinesischen Regierung vorzuwerfen, sie würde das Benzin subventionieren und den elektrischen Strom zu billig verkaufen. Sie kann nicht alle Probleme auf einmal lösen, also gleichzeitig die Staatskonzerne in Heilongjiang umbauen, die Landwirtschaft reformieren, sowohl den Autokauf forcieren als auch die Benzinsubvention abbauen.

Umweltgefährdungen

Welche Rolle spielt die Umweltverschmutzung in der wirtschaftlichen Entwicklung Chinas?

Zum einen leidet China unter Erosion und Wassermangel, zum anderen gibt es die durch die Industrialisierung hervorgerufene Umweltverschmutzung; dazu kommt drittens das bedeutsame Bevölkerungswachstum. Alle diese Probleme hängen zusammen. Knapp zwei Drittel des chinesischen Territoriums bestehen aus Wüsten und Gebirgen, in denen Ackerbau kaum möglich ist. Wenn man mit dem Flugzeug aus Deutschland kommt, fliegt man eine gute Stunde über solche kargen wüstenartigen Landschaften in Nordchina. Wenn man in den Westen nach Xinjiang fliegt, ziehen sich die Wüstenlandschaften noch länger hin. Ich kann mich noch sehr gut erinnern, wie ich bei meiner ersten Reise nach China über diese Gebiete geflogen bin; heute, 30 Jahre später, dürfte sich die Wüste weiter ausgedehnt haben. Immerhin hat aber die chinesische Führung sehr große Aufforstungsprojekte in Gang gesetzt.

Jährlich vergrößern sich Chinas Wüstenflächen um 2500 Quadratkilometer. Im April 2006 gingen in einem Sandsturm geschätzte 30 000 Tonnen Sand auf Peking nieder. Wer das miterlebt hat, vergisst es nicht wieder. Die Luft war gelb, der Sand knirschte in den Zähnen, ich konnte kaum fünf Meter weit sehen. Noch in San Francisco waren die Folgen des Sandsturmes als feine gelbe Schicht auf den Autos zu sehen. Kleinere Sandstürme gibt es regelmäßig im Frühjahr und im Herbst. Die großen Sanddünen beginnen schon knapp 100 Kilometer nördlich von Peking, gleich hinter der Großen Mauer. Während im Norden der Grundwasserspiegel sinkt, haben die Menschen im Süden zu viel Wasser. 1931 brachen 600 Deiche und es kamen 145 000 Menschen bei einer Flut um. Und 1954 noch 33 000 Menschen. Die Lage hat sich, was die Toten betrifft, deutlich verbessert. Allerdings sind die Schäden immer noch enorm. Die Chinesen versuchen derzeit, einen Kanal zu bauen, in dem Wasser von Süden nach Norden gepumpt wird.

Damit knüpfen sie an ein jahrtausendealtes beeindruckendes Relikt des technischen Fortschritts an: den Kaiserkanal, der bereits vor über zweitausend Jahren geschaffen wurde und Shanghai mit Peking verbindet – die längste von Menschen geschaffene Wasserstraße der Welt. Der Kanal wurde im 13. Jahrhundert vollendet und war sechshundert Jahre lang die wichtigste Versorgungsader für Peking.

Daraus soll nun ein ökologisches Projekt werden. Die vier wichtigsten Flüsse Chinas – der Yangzi, der Gelbe Fluss, der Huaihe und der Haihe sollen miteinander verbunden werden. In mehreren Kanälen soll Wasser aus dem Süden und dem Westen in die dürren Gebiete im Norden gepumpt werden. Der 1150 Kilometer lange östliche Kanal würde entlang dem Kaiserkanal laufen und insgesamt 18 Pumpstationen brauchen. Der 1200 Kilometer lange zentrale Kanal, der aus dem Zentralwesten des Landes ebenfalls in die Region Peking-Tianjin geführt werden soll, würde etwas mehr Pumpstationen benötigen. Die erste Phase soll bis 2010 abgeschlossen sein und wird etwa 22 Milliarden US-Dollar kosten, die zweite Phase dann noch einmal 36 Milliarden US-Dollar. Im Jahr 2050 soll der Kanal in der Lage sein, 45 Millionen Kubikmeter Wasser jährlich in den Norden zu transportieren. Machen solche Projekte Sinn oder sind sie schlicht größenwahnsinnig?

Es macht auf jeden Fall Sinn, so etwas zu planen und durchzurechnen. Die Chinesen haben jahrhundertelange Erfahrung im Wasserbau; auch sind sie gewohnt, große Projekte zu planen und durchzuführen. Sie haben den Vorteil, dass sie keine endlosen Planfeststellungsverfahren haben, sondern ohne Zeitverlust anfangen können.

Schaden die Umweltprobleme inzwischen der Wirtschaft?

Ich sehe, dass die Probleme der Staatsführung bewusst werden; dafür spricht zum Beispiel auch ihr Umwelt-Weißbuch. Die lokalen Behörden sind oft zögerlicher als die Regierung in Peking. Ich sehe nicht, dass die Verschmutzung der Luft oder der Flüsse bereits die wirtschaftliche Entwicklung behindert – mit Ausnahme weniger Großstädte. Aber in Zukunft wird solche Behinderung entstehen.

Könnte die Umweltverschmutzung die wirtschaftliche Entwicklung des ganzen Landes zum Erliegen bringen?

Selbst in ferner Zukunft ist das ganz unwahrscheinlich. Die Umweltproblematik ist keine chinesische Besonderheit, die man den chinesischen Kommunisten vorwerfen muss. Andere Probleme wie beispielsweise die Schere zwischen Arm und Reich sind von viel größerer Brisanz.

Anfang der achtziger Jahre wurde gesagt, im Jahre 2000 gibt es keinen Wald mehr in Deutschland.

Ich kann mich gut erinnern, dass Willy Brandt im 69er Wahlkampf davon gesprochen hat, dass der Himmel über der Ruhr wieder blau werden müsse. Da haben ihn einige Leute verlacht, und andere Leute haben ihn dafür gewählt. Tatsächlich ist die Luftverschmutzung in Deutschland heute geringer. Wir haben das Problem in den Griff bekommen. Das sollte auch in China gelingen, wenngleich dort die Probleme größer sind.

Das kann man wohl sagen. Rund 300 Millionen Menschen haben keinen Zugang zu sauberem Wasser. Nur 26 Prozent der städtischen Abwässer werden in Kläranlagen behandelt. Nach Erhebungen der Weltbank liegen von den weltweit 20 Städten mit der schlechtesten Luft 16 in China. Weniger als 20 Prozent des Mülls werden fachgerecht entsorgt. Auf 20 Prozent des Landes geht saurer Regen nieder. Das alles ist schon eine ge-

waltige Belastung, wenn man in diesem Land lebt. Unterschätzen Sie die Probleme nicht ein wenig?

Für die Probleme, die Sie beschrieben haben, gibt es bereits technologische Lösungen. Die Regierung kann sich Versuchsprojekte leisten; das kann funktionieren wie mit den Sonderwirtschaftszonen. Man wird die neuen Technologien in zwei, drei Städten ausprobieren und wahrscheinlich in Peking damit anfangen, nachdem man die Olympischen Spiele unter das Motto »Green Olympics« gestellt hat. Danach werden andere Städte es nachahmen.

Da bin ich aber gespannt. Wird das Problem der Umweltverschmutzung auf der ganzen Welt nicht deshalb an Gewicht gewinnen, weil es immer mehr Menschen gibt? Vor 100 Jahren lebten 1,6 Milliarden Menschen auf der Welt und heute sind es 6,5 Milliarden, also mehr als viermal so viel. Gleichzeitig streben Millionen in Asien nach dem gleichen Wohlstandsniveau wie in den USA oder Europa. Ist das überhaupt möglich?

Das ist in der Tat ein großes Problem. Die Umweltverschmutzung kommt im Wesentlichen von den Menschen. Außerdem auch noch vom Rindvieh, das Methan verursacht. Wenn ich nur 1,5 Milliarden Menschen habe, die von Milch und Butter ernährt werden wollen, brauche ich nicht so viele Rindviecher.

Mit Methan kann man Autos betreiben.

Aber Autos verschmutzen auch die Umwelt. Kraftwerke aller Art verschmutzen die Umwelt. Umweltverschmutzung hängt in erster Linie zusammen mit der Explosion der Weltbevölkerung. Mitte des Jahrhunderts wird es etwa neun Milliarden Menschen geben; damit wird zwangsläufig das Problem der Umweltverseuchung größer. Die Bevölkerung Chinas wird bis in die Mitte des Jahrhunderts von heute 1,3 Milliarden auf 1,5 bis 1,6 Milliarden Menschen anwachsen.

Damit wird es unmöglich sein, dass die Chinesen prozentual genauso viele Autos fahren wie die Menschen im Westen. Wer verbietet ihnen diesen Teil des Wohlstandes?

Es mag Leute geben, die sich einbilden, dass sie China unter Druck setzen müssen, um angeblich die Welt zu retten. Wieder sind wir beim Problem der Nichteinmischung. Dieser wichtige Grundsatz des internationalen Zusammenlebens sollte immer in Erinnerung gerufen werden. Jemand, der ein Appartement in New York hat, außerdem noch ein Haus für den Winter in Florida, der hat kein Recht, anderen Leuten Zurückhaltung zu predigen, die weder das eine noch das andere besitzen und auf ärmliche Weise ihr Leben fristen. Jeder Versuch der Einmischung in das, was die Chinesen innerhalb ihres Landes machen, ist nur scheinbar moralisch gerechtfertigt.

Es führt nur dazu, dass die Chinesen sich ihrerseits in die inneren Angelegenheiten der Amerikaner einmischen und die Abschaffung der durch Klimaanlagen gekühlten Zweitwohnung und des Zweit- und Drittfahrzeuges fordern. Sie sind mit diesen Argumenten im Zweifel auch noch in der günstigeren moralischen Position. Aber auch für die Chinesen gilt das, es ist ein internationales und kein bilaterales Problem. Es hat ja einige Anläufe gegeben, das Thema international in den Griff zu bekommen. In Rio de Janeiro, in Kyoto hat man alle Industriestaaten verpflichtet, die Umweltverschmutzung zurückzufahren. Insbesondere Amerika hat sich verdrückt. Das ist unerhört in meinen Augen. Aber wenn die Umweltverschmutzung im Laufe dieses Jahrhunderts zunehmen sollte, kann man die Entwicklungsländer nicht ausnehmen, weder China noch Indien. Wenn aber Amerika sich weiterhin ausnehmen wird, dann kann das ganze Projekt einer Weltpolitik gegen die Umweltverschmutzung durchaus zusammenbrechen. Auch deshalb ist es wichtig, dass China möglichst schnell so mächtig wird, um einer multipolaren Weltordnung Gestalt zu verleihen.

Ähnliches gilt für Indien, für Europa, für Russland.

Ist es denkbar, dass das Thema »Umweltverschmutzung« größere politische Konflikte zwischen China und den Vereinigten Staaten hervorrufen wird? Zum Beispiel in der Frage, wer wie viele Autos fahren darf.

Das ist unwahrscheinlich. Es gibt ganz andere denkbare Ursachen für Konflikte zwischen den beiden Giganten, die viel wahrscheinlicher sind als das Umweltproblem.

Arm und reich

Ist die zunehmende Effizienz in der Landwirtschaft Chinas nicht nur ein Segen, sondern auch ein Fluch, weil zu viele Arbeitskräfte freigesetzt worden sind?

Das Beispiel Deutschlands zeigt, dass man aufgrund moderner Landwirtschaft, moderner Maschinen, moderner Arbeitsmethoden, Düngemittel und Pestizide ein 80-Millionen-Volk tatsächlich ernähren kann mit der Arbeit von zwei Prozent dieses Volkes. Eine Tatsache, die vor hundert Jahren absolut undenkbar gewesen ist. Die Modernisierung der Landwirtschaft fordert gewaltige technologische Anstrengungen. Zugleich aber fordert sie einen gewaltigen Umbau der Gesellschaft. Viele Menschen werden auf dem Land nicht mehr gebraucht. Dieser Umbau ist möglich, aber er ist sehr schmerzhaft. Immerhin funktioniert in der Landwirtschaft immer noch das Prinzip der eisernen Reisschüssel.

Ein Umbau ist natürlich auch in China möglich. Da sind unglaubliche Rationalisierungsreserven in der Landwirtschaft. Aber das Problem ist, wo sollen die Leute hin?

Sie gehen in die Städte. Heute gibt es zwischen 100 und 200 Millionen Wanderarbeiter – die Zahlen schwanken. Die Wanderarbeiter kommen bestenfalls bei Verwandten unter, ansonsten schlafen sie auf den Baustellen. Sie werden von ihren jeweiligen Arbeitgebern in den Städten ausgebeutet, haben keinen Rechtsschutz und keine Alterssicherung.

Ihre Kinder bekommen keine Ausbildung, weil sie nicht offiziell in den Städten gemeldet sind.

Das sind alles gewaltige Probleme für jeden Einzelnen und seine kleine Familie. Aber diese Menschen sind nicht nur eine enorme Belastung für die Städte, sondern in ihnen stecken auch enorme Reserven für China. Wenn es der chinesischen Führung gelingt, die in der Landwirtschaft überflüssig gewordenen Arbeitskräfte in andere, möglichst qualifizierte Beschäftigungen zu bringen, dann kann man ihr gratulieren. Einstweilen verläuft dieser Prozess relativ langsam. Der Industrialisierungsprozess an der Küste geht schneller voran als der Rationalisierungsprozess in der Land- und Ernährungswirtschaft. Immerhin hat Deng Xiaoping einen gewaltigen Anfang gesetzt, indem er die landwirtschaftlichen Kollektiven oder Volkskommunen abgeschafft hat. Er hat den Bauern ihr Land zurückgegeben. Das waren zwar nur kleine Parzellen, so groß wie ein Hamburger oder Berliner Schrebergarten, aber die Bauern konnten selbst entscheiden, was sie anbauen wollten, und sie konnten den Ertrag selbst vermarkten. Das hat auch gut funktioniert. Aber inzwischen gibt es, wie gesagt, diese Millionen Wanderarbeiter, die im Wesentlichen Leute vom Land sind, dort aber nicht mehr gebraucht werden.

Deng Xiaoping hat offensichtlich mit dieser Entwicklung schon gerechnet und deswegen betont, dass es nicht falsch sein muss, wenn einige eher reich werden als andere.

Er hat rationalisieren wollen, was in seinen Augen unvermeidlich war. Die Vorstellung, dass alle gleichzeitig in den Wohlstand einsteigen könnten, war von vornherein eine typisch kommunistische Utopie. Dass Deng an der Küste mit seinen Sonderwirtschaftszonen angefangen hat, war zweckmäßig und vernünftig.

Ist es auch vernünftig gewesen, dass man das Problem so lange hat schleifen lassen?

In China wird heute der Vorwurf erhoben, dass der Unterschied zwischen den Küstenprovinzen und dem Hinterland zu groß geworden sei. Ich will mich da mit einem eigenen Urteilsversuch nicht einmischen. Vielleicht hätte man früher etwas dagegen unternehmen können, das hätte aber mit Sicherheit auch bedeutet, dass der Aufschwung an der Küste sich verlangsamt hätte. Es hätte dann zwei der sechs Autobahnringe um die Stadt Peking herum weniger gegeben. Ob das im Interesse Gesamtchinas gewesen wäre, ich weiß es nicht. Ich wundere mich nur über die, die angeblich wissen, was richtig gewesen wäre.

Was hätten Sie gemacht?

Es ist eine der Schwächen des Westens, dass wir uns einbilden, wir wüssten viel besser, was die Chinesen hätten machen sollen. Da möchte ich mich nicht in die westliche Arroganz einreihen.

Also können sich die Chinesen kaum auf die Erfahrungen anderer Länder verlassen?

In vielen Fällen finden sie Lösungen, die sie aus dem Westen und aus fortgeschrittenen asiatischen Ländern wie zum Beispiel Singapur, Korea oder Japan übernehmen können; in den meisten Fällen jedoch müssen sie unter großem Zeitdruck ihre eigene Lösung finden. Es ist von außen schwer zu erkennen, in welcher Weise die Diskussionen über diese Probleme in der politischen Führung verlaufen, und wie lange diese dazu braucht, sie zu lösen.

Ich weiß nur, die Chinesen nutzen alle Informationsquellen, die es gibt. Sie haben keine ideologische Scheu, eine Heuschrecke von der Wall Street einzufliegen, wenn sie von ihr etwas lernen können. Aber wie die Entscheidungsfindung innerhalb der Partei abläuft, ist bis heute kaum zu durchschauen. Man kennt einzelne Personen, aber man erkennt nicht deutlich, wie diskutiert wird. Das ist modernen westlichen Unternehmen ähnlich. Also nicht völlig rückständig.

Dass man die Öffentlichkeit nicht von vornherein einbeziehen muss, kann auch ein Vorteil sein. Es ist auf jeden Fall ein gigantischer Fortschritt gegenüber der Mao-Zeit; denn damals fand die Entscheidung nur in seinem Kopf statt.

Die Schere zwischen Arm und Reich – wie bedeutend ist dieses Problem für die Entwicklung Chinas?

In allen Ländern ist die entscheidende Frage, wie es dem Gros der Bevölkerung geht und ob die ganz Armen durch ein Sozialsystem aufgefangen werden. Der Unterschied zwischen Arm und Reich war in jedem Volk zu jeder Zeit und in jeder Kultur immer wieder ein Problem. Ob im Frankreich des 18. Jahrhunderts, ob im England des 19. oder in Russland anfangs des 20. Jahrhunderts. Nehmen Sie die Weber-Aufstände in Deutschland im 19. Jahrhundert oder nehmen Sie die armen Kerle, die unter den Brücken von Paris schliefen. Der große Unterschied im Vergleich zu den europäischen Staaten ist, dass in China der Anteil der Armen an der Gesamtbevölkerung viel größer ist. In der zweiten Hälfte des 20. Jahrhunderts konnten in China noch Millionen Menschen wegen Hungers umkommen. In Europa gibt es fast überall, zumindest seit Beginn des 20. Jahrhunderts, sozialstaatliche Einrichtungen. Als einer der Ersten führte Bismarck in den 1880er Jahren die Sozialversicherung ein. Seit 1919 gibt es in ganz Westeuropa keinen Staat, der nicht versucht hat, sozialstaatliche Einrichtungen zu schaffen, um zu verhindern, dass die Armen verhungern. Trotzdem ist der Unterschied zwischen Arm und Reich in Europa nach wie vor groß, und vor allem das Benehmen einiger Reicher kann sehr erschreckend sein, und es ruft Neid hervor. Aber wenn hunderte Millionen Chinesen seit ungezählten Generationen wirklich arm sind, dann ist das etwas ganz anderes, als wenn die Funktionäre der deutschen Linkspartei sich über die Zustände in unserem Land erschüttert zeigen und damit einige Wähler fangen.

Wie kann ein chinesisches Sozialsystem aussehen? Das deutsche nachzuahmen, ist sicher nicht empfehlenswert.

Ein ähnliches Sozialsystem aufzubauen ist gar nicht möglich. Aber es ist durchaus denkbar, dass die Chinesen ein eigenes soziales Sicherheitssystem zustande bringen. Soziale Sicherung muss finanziert werden. Das merken die europäischen Staaten derzeit, die sich sozialstaatlich übernommen haben. Wir werden deswegen den Sozialstaat keineswegs abschaffen, aber wir werden uns etwas bescheiden müssen. Das merkt man in Italien, in Frankreich, in Deutschland, auch in Polen. Die vier skandinavischen Nationen haben das Problem noch am besten gelöst; aber das sind kleine Staaten, ein Viertel so groß wie Taiwan. In einem Sozialstaat müssen die, die mehr haben, etwas abgeben, damit die, die in Not sind, in Würde leben können. Wie funktioniert der Ausgleich? Zahlen die Reichen in der Stadt Kaifeng in Henan für die Armen in Kaifeng oder zahlen die Shanghaier für die Kaifenger? Die Frage ist, ob es überhaupt möglich ist, ein einigermaßen einheitliches Altersversorgungssystem für ganz China auf die Beine zu stellen. Die Spreizung der Einkommen und die Unterschiede im Lebenshaltungsniveau sind außerordentlich groß. Ein nationales Steuersystem existiert bisher in China nicht wirklich, hat es auch in den letzten dreitausend Jahren nicht gegeben. Wenn Geld eingesammelt wird, muss es anschließend wieder verteilt werden, und dabei muss sichergestellt sein, dass es auch dort hinkommt, wohin es soll. Auch das funktioniert in China noch nicht. In der Weite des Landes und angesichts der Massen von Menschen schlägt die Quantität, wie man zu sagen pflegt, in die Qualität des Problems um. Das Problem ist für China unendlich viel schwieriger, als es jemals für Bismarck gewesen ist oder für die deutschen Sozialdemokraten nach 1919 oder für Adenauer nach 1949. Ich nehme an, die Chinesen werden zunächst in den großen Städten mit dem Aufbau sozialer Sicherungssysteme für Alter und Krankheit beginnen und sie danach in die Fläche ausweiten. Das hieße, dass in der ersten Phase ein Zehntel der Volksmasse davon profitieren würde. Jedenfalls hat die heutige Führung das Problem erkannt. Die Aufrechterhaltung der sozialen Stabilität ist gewiss auf lange Zeit ihr größtes Problem; denn Hu Jintaos Parole von der »marxistischen Gesellschaft« bleibt einstweilen eine Hoffnung und eine Aufgabe.

Die private Sparquote von fast 30 Prozent ist der verlässlichste Beweis dafür, dass es noch kein funktionierendes Sozialsystem gibt. Die Menschen helfen sich selbst, weil ihnen der Staat nicht hilft. Ist das keine Lösung?

Die 30 Prozent sind ein Durchschnittswert. Ganz viele können gar nichts beiseite legen.

Aber man kann dennoch daraus schließen, dass die Erwartungen an den Staat sehr gering sind. Das erleichtert die Problematik vorübergehend ein wenig. Nur in dem Maße, in dem die Chinesen anfangen, einen Sozialstaat aufzubauen, wird das Anspruchsdenken gezüchtet. Vielleicht mit dem Abstand einer Generation. Und dann gerät womöglich die Kalkulation durcheinander, aber niemand will derjenige sein, der Stopp ruft.

Dann hätten wir eine Entwicklung wie in Deutschland in den achtziger und neunziger Jahren; dann gäbe es vielleicht einen chinesischen Blüm, der ruft: Die Renten sind sicher. Dann geriete das soziale Sicherheitssystem allmählich in eine finanzielle Schieflage. So haben wir Deutschen das gemacht. Die Chinesen können jetzt nach Deutschland reisen und sich anschauen, wie man es nicht machen soll.

Ein großes Problem, das mit den beiden eben genannten Problemen eng zusammenhängt, ist die hohe Arbeitslosigkeit. Ein Problem, das auch schon andere Länder zu anderen Zeiten in große Schwierigkeiten gebracht hat. Wenn die Menschen keine Hoffnung auf Arbeit haben, gehen sie auf die Straße und starten eine Revolution. Wann ist es in China so weit?

Ob man die Massenarbeitslosigkeit in China in den Griff bekommt, ist in der Tat eine entscheidende Frage. Die Zahlen, die es in China darüber gibt, sind nicht wirklich zu gebrauchen. Es könnte sein, dass die Arbeitslosigkeit in der Gesamtbevölkerung Chinas etwas größer ist als die Arbeitslosigkeit in Europa. Die europäische Arbeitslosigkeit liegt im Durchschnitt bei fast 10 Prozent. Ein solches Ausmaß an Arbeitslosigkeit haben wir vor 1930 nicht gehabt. Und die Arbeitslosigkeit war einer der entscheidenden Gründe, die Hitler an die Macht gebracht haben.

Es ist erstaunlich, wie sehr man sich heute an die Zahlen gewöhnt hat. Oder ist das bei uns die Ruhe vor dem Sturm?

Die hohe Arbeitslosigkeit wird in Deutschland hingenommen, weil es einen breit gefächerten Sozialstaat gibt. Deswegen führt sie noch nicht zu politischem Extremismus. Wir müssen davon ausgehen, dass die Bereitschaft dazu größer wird, je schmaler der Spielraum für das Sozialsystem sein wird. In China ist die Frage heute brisanter, weil Sozialsysteme nur rudimentär vorhanden sind.

Hier ist eine allgemeine geschichtliche Erinnerung geboten. Wir haben eine schwere Krise in Südostasien erlebt, die in Indonesien einen tief greifenden politischen Wechsel ausgelöst hat. Wir haben in Japan eine langjährige ökonomische Stagnation erlebt, die einen weitgehenden Vertrauensverlust der Nation gegenüber der politischen Klasse bewirkt hat. Wir haben miterlebt, wie überstürzte Reformen den Zusammenbruch der Sowjetunion ausgelöst haben. Und wir wissen, dass es die Unfähigkeit des Staates gewesen ist, mit der deprimierenden Massenarbeitslosigkeit fertigzuwerden, welche die Weimarer Republik aus den Angeln gehoben hat. Auch für China kann ich eine ökonomisch-politische Krise nicht endgültig ausschließen. Mir scheint, dass die heutige chinesische Führung sich solcher Gefährdung durchaus bewusst ist.

Um die Stabilität des Landes einschätzen zu können, macht es wenig Sinn, nur die ganz Armen und die ganz Reichen zu betrachten. Die Mehrheit liegt dazwischen. Sie lebt in Regionen wie zum Beispiel in Zentralhebei oder in der Provinz Henan.

Was denken die Menschen dort über die Zukunft?

Es gibt viele Probleme, aber es wird besser werden. Wer es nicht schafft, ist selbst schuld. Also muss man selbst aktiv werden und neben der Landwirtschaft mit ein paar Freunden oder der Familie einen Kleinbetrieb aufmachen. Einen Betrieb, der Obstkartons herstellt. Wenn man will, kann man es schaffen. Die Frage ist, ob man sich den Stress antun möchte.

Wie denkt man über Peking?

Peking kann für uns nichts tun. Aber die Pekinger Führung ist anständig und versucht das Beste aus der Lage zu machen. Nur die lokalen Kader sind korrupt. Deshalb sind wir auf uns selbst gestellt. Manche sagen auch: Korruption – das liegt an den Kommunisten. Aber: Lasst die mal ruhig machen.

Sie sind stolz auf ihr Land?

Sie sind stolz auf die Entwicklung. Sie sind auch stolz darauf, wie Peking und Shanghai jetzt aussehen. Auf die Hochhäuser und darauf, dass auch ihr Land jetzt modern wird.

Sind sie neidisch auf die Städter?

Kaum. Sie sehen die Vor- und Nachteile. Wir sind auf dem Land eine Stufe unter denen in der Stadt, denken sie. Die in der Stadt sind zivilisierter. Die haben mehr Bildung als wir, und sie haben mehr Möglichkeiten. Aber dafür ist auch der Konkurrenzkampf in der Stadt härter. Auf dem Land sind die Menschen ehrlich, nett und brav.

Was denken die Menschen auf dem Land über die Zukunft ihres Kindes?

Viele haben mehrere Kinder. Man hofft schon, dass ein Kind zu Hause bleibt und eins in die Stadt geht. Für die Ausbildung der Kinder wird viel Geld ausgegeben.

Wer wird Wanderarbeiter?

Die Schlauen bleiben da und machen ein Geschäft auf. Die, die nicht weiterkommen, werden Wanderarbeiter, kehren aber oft wieder zurück, wenn sie genug Geld verdient haben.

Wie zufrieden ist die Mehrheit?

Die Menschen wollen mehr Möglichkeiten. Solange sie das Gefühl haben, dass ihre Spielräume morgen größer sind als heute, sind sie zufrieden. Zufrieden heißt nicht, dass sie keine Probleme haben, sondern dass es weitergeht. Die Masse ist zufrieden. Einzelne sind zum Teil sehr unzufrieden. Es sieht also nicht nach Massenprotesten aus.

Wann gibt es Proteste?

Wenn Land enteignet wird, um einen Supermarkt oder eine Straße zu bauen. Oft haben die Besitzer und ihre Verwandten den Eindruck, die Kader haben sich etwas von dem Geld, das ihnen zusteht, eingesteckt. Und sie ärgern sich, wenn sie nicht über Veränderungen vorab informiert werden. Sie fühlen sich dann für dumm verkauft.

Was ist das größte Ärgernis?

Die Tatsache, dass sie, wenn sie krank sind, finanziell völlig auf sich gestellt sind. Meist werden sie erst behandelt, wenn sie bezahlen können. Auch für die Ausbildung der Kinder braucht man viel Geld. Und wenn die Eltern einmal in Finanznot kommen, müssen sie den Ausbildungsweg ihrer Kinder unterbrechen oder sogar abbrechen.

Welche Entwicklung ist heikel in diesen Regionen?

Das Image der Kommunistischen Partei. Die meisten interessieren sich nicht für Politik, selbst auf Dorfebene nicht. Sie wollen nur wissen, ob die Preise der Produkte, die sie herstellen, steigen oder nicht oder ob sie ihr Computerspiel runterladen können oder nicht. Doch wenn das Klima umschlägt, wenn es eine Wirtschaftskrise gibt, wird die Partei der Sündenbock.

Wie steht es mit dem Rechtssystem?

Sie nehmen das Rechtssystem, sofern es vorhanden ist, gar nicht in Anspruch. Konflikte werden erst einmal durch Mediation gelöst. Zunächst treffen sich die Familienältesten, dann die Dorfältesten, dann die Dorfregierung. Wenn man sich noch immer nicht geeinigt hat, bekommt man von der Dorfregierung einen Überweisungsschein zum Gericht wie bei uns in Deutschland zum Facharzt. Bei Gericht findet erst einmal wieder eine Mediation statt. Wenn der Fall dann beim Gericht in der Kreisverwaltung landet, weiß man: Das kostet viel Geld. Der Richter muss beschenkt werden, es fällt ein Honorar für den Rechtsanwalt an. Das überlegt man sich gut.

Was denken die Leute über das Ausland?

Vor zehn Jahren hieß es noch, Hauptsache weg von hier. Auch auswandern. Das hört man kaum noch. Ins Ausland möchte man, um eine Zeit lang viel Geld zu verdienen oder zur Ausbildung, oder man möchte mal in den Urlaub ins Ausland fahren, aus Neugier und als Statussymbol. Es ist überhaupt wichtig, dass man in der Kette der Statussymbole aufsteigt: vom Fahrrad zum Elektrofahrrad, zum Motorrad, zum Auto und zur eigenen Wohnung mit Möbeln von Ikea. Und sie träumen von einem kleinen sozialen Netz.

Die Frage ist, wie die Menschen reagieren, wenn sie merken, dass sich diese Träume nicht realisieren lassen.

Immerhin ist es eine günstigere Position, wenn man Menschen mit niedrigen Erwartungen an ein Sozialsystem ein wenig mehr geben kann, als wenn man – wie in Deutschland – Menschen mit hohen Erwartungen an das Sozialsystem immer weniger geben kann.

Das ist zweifellos richtig. Dagegen steht aber, dass wir die Entwicklung noch abfedern und verzögern können, während in China ganze Wirtschaftszweige von heute auf morgen nicht mehr rentabel sind.

Aber auch die chinesische Regierung versucht, diese Entwicklung abzufedern, indem sie den betroffenen Unternehmen Kredite zuspricht, die als Subventionen enden, weil sie nicht mehr zurückgezahlt werden können.

Not leidende Branchen, die vom Staat subventioniert werden, gibt es auf der ganzen Welt, nicht nur in China.

Wie lange kann das noch so weitergehen? Können Sie sich eine moderne chinesische Wirtschaft vorstellen, die von Staatsbetrieben geprägt ist?

Nein, diese Unternehmen wären auf Dauer nicht wettbewerbsfähig. Wenn das Land nach außen hin abgeschottet wäre, dann wäre das möglich. Im alten kaiserlichen China, in der Ming-Periode, kann ich mir durchaus Staatsbetriebe als Kern der Volkswirtschaft vorstellen. Denn China war zu jener Zeit ein Land auf hohem technologischen Niveau ohne außenwirtschaftliche Beziehungen. Um das Jahr 1500 waren die Chinesen Spitze in der ganzen Welt. Auch Hitlers Deutschland war praktisch abgeschlossen von der Welt. Es gab nur geringfügigen Außenhandel. Import und Export von Kapital gab es nicht. Die Währung war nicht frei konvertibel, es gab Zwangskurse, und man brauchte eine Genehmigung der Reichsbank. In einer solchen Wirtschaft kann man mit Staatsbetrieben arbeiten; Hitler hat es dennoch nicht getan. Das Volkswagenwerk war die Ausnahme. Die Nazis hatten wohl den richtigen Instinkt, dass ein Privatbetrieb besser funktioniert als die staatliche Eisenbahn.

Insofern ist es von der chinesischen Regierung falsch gewesen, in den neunziger Jahren auf Stabilität zu setzen und die Betriebe zu erhalten. Denn die chinesische Wirtschaft war schon viel zu stark international vernetzt.

Das Tempo war langsamer, als sich Zhu Rongji das gewünscht hat. Die notwendige Entscheidung hat die kommunistische Führung getroffen, als sie das Schwergewicht des Wachstums von der Küste ins Hinterland verlegt hat. Aber wie weit die Verlagerung bereits funktioniert, kann ich kaum beurteilen. Nach meinem flüchtigen Eindruck funktioniert noch nicht sehr viel davon.

Wäre es für China nicht besser, schneller zu sanieren, statt ganze Branchen am Leben zu erhalten?

Ich kann das nicht beurteilen. Die Europäer und die Amerikaner machen noch heute den Fehler, die Landwirtschaft zu subventionieren.

Warum machen sie diesen Fehler?

Aus Angst vor den Bauern, die wählen gehen. Dabei sind es gar nicht mehr so viele. Diese Angst ist am ausgeprägtesten in Frankreich, aber sie ist auch noch in Deutschland vorhanden.

Aber Angst vor den Wählern muss die chinesische Führung ja nicht haben.

Aber Angst vor Protesten von unzufriedenen Menschen, die auf die Straße gehen. Man muss nicht glauben, dass in Diktaturen die Bevölkerung ihre Regierung nicht unter Druck setzen könnte. Manchmal kann sie das machtvoller, als es durch einen

Wahlzettel möglich ist. Es gab die bedeutsamen Ausnahmen Stalin und Mao. Aber selbst Hitler hat sehr wohl gewusst, dass das Entscheidende war, von den sechs Millionen Arbeitslosen in Deutschland runterzukommen. Stalin und Mao haben keine Rücksicht genommen. Viele kommunistische Führer, auch in Osteuropa, haben das ebenfalls nicht getan. Sie haben notfalls Menschen, die sich dagegen wehrten, exekutiert. Die heutige chinesische Führung ist weit entfernt von einem solchen System. Sie ist mitnichten totalitär. Ein hohes Wachstum der Ökonomie ist Voraussetzung für die Beseitigung der Arbeitslosigkeit. Das haben die Regierenden in China besser verstanden als viele Regierende in Europa. Wir müssen in Europa Arbeitsplätze schaffen, ob in Frankreich oder Deutschland, in Polen, Belgien oder in Italien. Dazu sind allerdings gravierende Veränderungen der Arbeitsmärkte und der Regulierung der Arbeitsmärkte notwendig. Die sind jedoch so unpopulär, dass die Politiker nicht wagen, etwas grundlegend zu verändern. Nur Margaret Thatcher hat das getan, aber sie hat es übertrieben.

Ein weiteres Problem ist die demografische Entwicklung, die Überalterung der europäischen Gesellschaften. Diese spielt eine viel größere Rolle in der Bewusstseinsveränderung der Europäer als der Chinesen. Allerdings wird es auch die chinesische Gesellschaft mit einem Überalterungsproblem zu tun bekommen, nämlich mit den Auswirkungen der Ein-Kind-Politik seit den siebziger Jahren, die darüber hinaus einen Frauenmangel nach sich gezogen hat. Das kann große Probleme geben. Dennoch scheint das Problem der Überalterung in einer noch rückständigen Gesellschaft wie der chinesischen leichter zu lösen als in Westeuropa oder Nordamerika.

Dabei spielt die kulturelle Tradition in China eine viel größere Rolle als die Rückständigkeit. Es war immer ein Teil der chinesischen Kultur – nicht nur der chinesischen, sondern der meisten asiatischen Völker –, dass die Nachwachsenden für die Alten zu sorgen hatten. Der Zusammenhalt der Familie ist in China nach wie vor unendlich viel größer als in Europa. Die

Familien sind immer noch weitgehend in der Lage, die Folgen der Arbeitslosigkeit abzufangen.

Aber war das nicht in Europa auch mal so?

Das ist in Europa bis zur Verstädterung unserer Gesellschaften so gewesen. Wenn früher der Bauer als Herr auf dem Hof vom Sohn verdrängt wurde, war der Sohn moralisch verpflichtet, dem Alten eine Stube einzuräumen und ihm das Futter für zwei Schweine oder für drei Ziegen zu überlassen. Dieser Verpflichtung folgte jeder. Schon im Verlauf des 19. Jahrhunderts aber haben Industrialisierung und Verstädterung dominiert. Sie haben den Wohlfahrtsstaat notwendig gemacht. Infolgedessen ist der Zusammenhalt der Familien, jedenfalls in den westeuropäischen Gesellschaften, heutzutage viel geringer als noch vor drei Generationen.

Das bedeutet, es wird in China ähnlich werden in dem Maße, in dem China moderner wird?

Das weiß ich nicht. Mein Eindruck aus der Ferne ist, dass die Tradition des familiären Zusammenhalts in asiatischen Gesellschaften generell größer ist. Letztlich ist die Frage, wie eine Kultur sich im Zuge der technischen Modernisierung verändert, jeweils nur im Rückblick zu beantworten.

Nationalismus

Die ideologische Überzeugungskraft des Kommunismus verblasst täglich mehr. Gleichzeitig gibt es keine übergreifende Religion, die in China massenhaft und fest verankert wäre. Ist das ein fruchtbarer Boden für einen unangenehmen Nationalismus jenseits des Nationalstolzes?

Um dieses Problem zu betrachten, müssen wir über China hinausblicken. Schauen wir in den Irak, schauen wir nach Syrien, schauen wir nach Ägypten oder nach Algerien. Dort leben viele Millionen Menschen, denen es – an unseren Maßstäben gemessen – ökonomisch nicht gut geht. Gleichzeitig bekommen diese Menschen übers Fernsehen jeden Tag vorgeführt, wie gut es Herrn Müller und Herrn Johnson und inzwischen auch Herrn Li geht. Das empfinden sie als ungerecht und suchen nach Ausdrucksformen für ihren Protest. Viele finden als Leitlinie dafür ihre Religion, den Islam. Aber auch die Amerikaner halten sich, wenn sie unter Druck geraten wie anlässlich des 11. September, an den christlichen Gott. Diesen Gott gibt es in China für die allermeisten der 1,3 Milliarden Menschen nicht. Natürlich gibt es Buddhisten, es gibt auch Christen, es gibt auch Andersgläubige; aber die allermeisten haben keinen Gott, an den sie sich halten können. Das ist ganz anders als in Indien. In Indien ist man Hindu oder Muslim oder man gehört einer Sekte an; Indien ist religiös orientiert, China nicht. Das war in China immer so.

Die Chinesen haben zwar vom Himmel geredet, der war jedoch nicht personifiziert. In China gab es keine Engel und keine Propheten. Die großen Religionen sind durch charismatische Gestalten geprägt worden, wie Jesus von Nazareth, Buddha, Mohammed. Die Chinesen haben seit zweitausend Jahren nur die vernunftbegründete Ethik des Konfuzius. Als die Kommunisten ihre Herrschaft 1949 antraten, haben sie zunächst den Konfuzianismus beiseite geschafft und an dessen Stelle den Marxismus, Leninismus, Stalinismus, Maoismus setzen wollen. Das ist ihnen allerdings nicht gelungen. Stattdessen ist ein Vakuum entstanden. Nun ist die Frage, wie dieses Vakuum gefüllt wird. Bei vielen China-Besuchen habe ich jeden gefragt, der mir für eine vernünftige Antwort gut erschien, und mir die Antworten genau angehört.

Ist der wirtschaftliche Aufstieg leichter für eine Nation, die nicht am Glauben hängt, oder ist er schwieriger? Der Soziologe Max Weber hielt die protestantische Ethik für außerordentlich nützlich.

Das ist eine schwierige Frage. Der ökonomische Aufstieg der USA, der bei weitem die größte Höhe erreicht hat im Vergleich zu allen anderen Staaten der Welt, ist nicht einhergegangen mit einem Verzicht auf den lieben Gott, eher im Gegenteil. In Europa ist der ökonomische Aufstieg durchaus einhergegangen mit einem Verlust an Religiosität. Dieser Verlust ist aber nicht primär eine Folge des ökonomischen Aufstiegs Europas, sondern eine Folge der Aufklärung. Die Amerikaner sind mit einem relativ hohen Maß an Religiosität zur Weltmacht aufgestiegen. Andererseits haben es die Europäer mit abnehmender Religiosität auch sehr weit gebracht. In einem Land von der Größe Chinas ist ein Zusammenhalt dringend nötig, dringender als in einem kleinen Land. Dabei sollte man sich nicht auf den Nationalismus verlassen, der kann im Krisenfall unerwünschte Nebeneffekte hervorbringen. Die Füllung des Vakuums kann sehr langfristige Entwicklungen über mehrere Generationen erfordern.

Das klingt nach Konfuzianismus. Ist der wünschenswert?

Was wünschenswert ist und was nicht, kann ich nicht beantworten. Die Chinesen müssen ihre eigenen Wertskalen aufstellen und befolgen. Aber ich halte es nicht für ganz unwahrscheinlich, dass wir es im Verlauf dieses Jahrhunderts erleben werden, dass eine Reihe von Prinzipien des Konfuzianismus im Bewusstsein dieser riesigen Nation wieder auferstehen wird. Sicherlich nicht in der gleichen Form, in der Konfuzius und seine Nachfolger ihn gelehrt haben. Ich sehe vieles wiederkommen, sogar die Pflicht des Kaisers, dafür zu sorgen, dass es seinem Volk gut geht. Wenn er diese Pflicht nicht erfüllt, muss er abgesetzt werden. Dies ist den führenden Köpfen der kommunistischen Regierung heutzutage mehr denn je bewusst.

Und deswegen strengen sie sich an, obwohl sie formell nicht abgewählt werden können.

Ich bin überzeugt, dass sie sich nicht nur anstrengen, um ihre Herrschaft aufrechtzuerhalten, sondern sie strengen sich Chinas und des Volkes wegen an. Ihr Glauben daran, dass China wieder in seine angestammte Position als Weltmacht zurückkehren wird, ist nicht zu unterschätzen.

Wie ist in diesem Zusammenhang die Bewegung von 1989 einzuschätzen? Ist bei der Demonstration 1989 ein Großteil der Menschen zu dem Ergebnis gekommen, dass die Herrscher dem Volk nicht mehr nutzen, und hat deswegen demonstriert?

Ich scheue mich, das zu beurteilen, ich war nicht unmittelbar dort. Ich habe es nicht miterlebt. Natürlich spielt in einem solchen Moment die Massenpsychologie eine große Rolle; was die Menschen da erlebt haben, war eine massenpsychologische Reaktion. Weiter würde ich nicht gehen wollen.

Eine massenpsychologische Reaktion, die in allen Gesellschaften vorkommen kann?

Überall dort, wo viele Menschen eng beieinander leben. Wenn der nächste Bauernhof eineinhalb Kilometer von meinem Hof entfernt ist und der übernächste noch einmal weiter, dann kann man kaum eine massenpsychologische Entwicklung erwarten. Aber wenn 30 000 Menschen in einem Ghetto oder auch nur in einem Fußballstadion zusammengepfercht sind, dann kann man, wenn man entsprechend begabt ist und entsprechende Beredsamkeit, Rücksichtslosigkeit und all dergleichen mitbringt, eine Massenreaktion auslösen. Ohne Masse gibt es keine Massenpsychologie. Das ist in China ein großes Problem, denn die Vermassung in den chinesischen Städten nimmt ungeheuer schnell zu.

Wie sollte ein moderner Konfuzianismus beschaffen sein? Kann man derart alte Traditionen einfach für die gegenwärtige Politik einsetzen?

Dass der Konfuzianismus sich verändert, ist historisch nichts Ungewöhnliches. Auch die anderen Philosophien, Religionen und Ethiken haben sich im Laufe der Zeit stetig entfaltet und verändert. Die Christen der allerersten Jahrhunderte haben nichts von einer jungfräulichen Geburt gewusst, auch nichts von der Trinität aus Gott-Vater, Sohn und dem Heiligen Geist. Damit wurde das Christentum im Laufe der Jahrhunderte angereichert. Das ist der normale Gang einer Religion: Die Priester sorgen dafür, dass der Glaubensschatz immer reicher und immer komplizierter wird. Falls es zu einer Rückkehr konfuzianischer Grundprinzipien kommt, wird der Wandel des Konfuzianismus in Richtung vernünftiger Lösungen für die Probleme der chinesischen Gesellschaft gehen. Zumindest spricht vieles dafür, weil es sich beim Konfuzianismus um eine vernunftbegründete Ethik handelt, nicht um eine religiös begründete. Ich halte eine solche Entwicklung für möglich, ich sage nicht, dass sie so kommen wird.

Wie wichtig ist diese Frage des geistigen Vakuums? Fällt, wenn das Vakuum zu groß ist, die Gesellschaft wirklich auseinander? Oder ist das wieder nur ein Thema, über das sich die Menschen gerne unterhalten?

Das weiß ich nicht, ich bin kein Philosoph. Aber nehmen Sie die von vielen in Europa beklagte Tatsache des so genannten Werteverfalls. Diesen Ausdruck hätte man vor hundert Jahren in Europa kaum verstanden; das Bewusstsein dafür, dass Werte verfallen, hat es vor dem Ersten Weltkrieg in Europa kaum gegeben, abgesehen von einzelnen erleuchteten Geistern wie Nietzsche. Heute hingegen ist der Werteverfall schon nicht mehr nur ein Thema der Feuilletons, sondern ein umfassendes Phänomen. Der Verfall der alten, doktrinär gelehrten kommunistischen Werte kann in China mit größerer Wucht daherkommen, als wir das bisher erkennen konnten.

Rechtssystem

China hat zwar eine lange Tradition der starken durchsetzungsfähigen Verwaltung, aber keine ausgeprägte rechtsstaatliche Tradition, obwohl China als Staat sehr lange existiert. Wie passt das zusammen?

Konfuzius hat gesagt, dass man die Menschen, statt sie zu bestrafen, besser zur Tugend erziehen sollte; dann würden sie Scham empfinden bei unrechtem Tun und die Tat gar nicht erst begehen. Die Legalisten hingegen wollten einheitliche Gesetze, die der Herrscher durchsetzt, um sich nicht in der ständigen Suche nach der richtigen Bewertung zu verzetteln. Das klassische chinesische Rechtssystem verschmolz schließlich die beiden großen Lehrmeinungen. In einer Hinsicht gab es ohnehin keinen Unterschied zwischen ihnen: in der Auffassung von Recht als einem »von oben« zu handhabenden Instrument zur Aufrechterhaltung der Ordnung des Staates – und nicht etwa auch als ein Instrument zur Regelung divergierender Ansprüche Einzelner. Die Vorstellung von subjektiven Rechten war beiden Schulen fremd.

Und es gab keinen vom Herrscher unabhängigen Gesetzgeber und keine unabhängige Rechtssprechung. Das Gesetzesrecht war ganz überwiegend Strafrecht; Zivilrecht in unserem Sinne gab es kaum. Doch immerhin überlebte dieses System zweitausend Jahre und galt bis an die Wende zum 20. Jahrhundert. Dennoch bestanden gravierende Unterschiede im Recht und im Verfahren je nach dem Rang des Betroffenen. Verwaltung und Rechtsfindung wurden nicht einmal ansatzweise getrennt; es gab keine Gerichte. Die Rechtswissenschaft befand sich noch in den Kinderschuhen – und es gab gar keine Anwälte. Zeitweilig wurden Personen, die andere in Rechts-

fragen berieten, dafür bestraft. Warum hat das so lange gehalten?

Das Reich der Mitte hat in dem sicheren Gefühl seiner eindeutigen moralischen, kulturellen und politischen Überlegenheit über den Rest der Welt gelebt. Insofern hatten die Chinesen keine Vorstellung darüber, ob andere Systeme besser oder schlechter funktionieren. Dieses Überlegenheitsgefühl wurde zum ersten Mal nach dem verlorenen Opium-Krieg 1840/42 erschüttert. Doch das System überlebte – zu lange, so muss man heute im Rückblick sagen. Erst 50 Jahre später führte die Niederlage Chinas im Krieg gegen Japan von 1894/95 zu grundlegenden Reformen. Denn nun waren Alternativen sichtbar. Die Japaner hatten nicht nur auf militärischem, technischem und wirtschaftlichem Gebiet Anleihen in Europa und den USA aufgenommen, sondern hatten auch ihr altes Institutionen- und Rechtssystem revolutioniert – das Letztere insbesondere durch die Rezeption europäischen Rechts, besonders auch des deutschen.

Was änderte sich in China?

Es gab erste Ansätze zur Reform der Verwaltung und des Strafrechts. Ein Justizministerium wurde geschaffen, das Kommissionen zu Studien nach Europa, Japan und Amerika entsandte, um von dort Anregungen zur Reform des Zivil- und Handelsrechts zu gewinnen. Man orientierte sich nun stärker an den zivilisatorischen Standards des Westens. Die Zerstückelung von Verurteilten wurde als Strafe abgeschafft. Die zweite Welle der Reformen kam dann mit der Gründung der Republik 1912. Ein von der Regierung und der Verwaltung eingeführtes Gerichtssystem wurde installiert. Die wichtigste Schöpfung der Gesetzgebung der Republik war das Zivilgesetzbuch, das im Aufbau und zum Teil inhaltlich dem deutschen BGB nachgebildet wurde. Es funktionierte nicht gut, weil die neuen Gesetze, die ganz wesentlich auf europäischen, insbesondere deutschen Vorbildern fußten, auf die Probleme der großen

Mehrheit der Bevölkerung, der Bauern, keine Antwort gaben. Mao schaffte die Regelungen weitgehend wieder ab. Dies zeigt deutlich, dass man Rechtssysteme nicht beliebig verpflanzen kann. Sie müssen auf eine entsprechend entwickelte Gesellschaft abgestimmt sein.

Erst unter Deng konnte China wirklich damit beginnen, ein Rechtssystem zu entwickeln, das auf die Bedürfnisse Chinas zugeschnitten ist. Das kostet jedoch Zeit. Inzwischen werden die Menschen ungeduldig. Ärger macht sich breit. Wenn sie mit dem Gesetz in Konflikt kommen, können die Chinesen sich nicht auf einigermaßen objektive und verlässliche Verfahren stützen, sondern sie sind der Willkür eines Richters unterworfen. Auch für die ausländischen Investoren ist das eine sehr ärgerliche Schwäche Chinas. Wann wird sich das ändern?

Weil der Druck immer größer wird, ist man auch in der chinesischen Führung davon überzeugt, dass es sinnvoll ist, ein Rechtssystem zu etablieren. Man darf nicht vergessen: Als Mao 1976 starb, gab es in China keine funktionstüchtige Justiz. Es gab keine juristisch ausgebildeten Richter, es gab keine Rechtsanwälte, sondern die Justiz wurde von der Obrigkeit ausgeübt, so wie das unter den Kaisern jahrtausendelang der Fall gewesen war. Im Lauf der letzten 20 Jahre entwickelten sich überall Gerichtssysteme, die jedoch unvollkommen sind. Warum unvollkommen? Weil sie besetzt werden mussten mit Leuten, die ihrerseits gar keine juristische Ausbildung und in der Rechtsprechung keine Erfahrung hatten. Weil es niemand anderen gab, wurden die Posten zum Beispiel mit Offizieren aus der Armee besetzt. Die chinesischen Gerichte waren Ende der achtziger Jahre zu einem großen Teil mit Richtern besetzt, die von Hause aus Offiziere waren. Im Bestreben, ein zuverlässiges Rechts- und Gerichtssystem in China zu schaffen, mussten sich vor einigen Jahren alle diese Richter einer Prüfung unterziehen. Als sie fast alle durchfielen, hat man sie kurzerhand zu Hilfsrichtern ernannt. Doch sie machten dieselbe Tätigkeit wie vorher, denn ausgebildete Juristen in ausreichender Zahl gab es noch nicht. Inzwischen haben die Chinesen rechtswissenschaftlich kompetente Hochschulen im ganzen Land aufgebaut. Dort wird jetzt fleißig gelernt. In zehn, 15 Jahren wird das Bild sich völlig gewandelt haben. China wird Zigtausende ausgebildeter Juristen haben, die als Richter, als Anwälte und Staatsanwälte fungieren können. Das Rechtssystem wird dann immer noch weit entfernt sein von einem englischen, oder von einem deutschen oder einem französischen Gericht. Aber es wird dennoch eine gewaltige Veränderung darstellen gegenüber der willkürlichen Rechtsprechung zu Zeiten Maos oder zu Zeiten des kaiserlichen China. Die nach der Kulturrevolution allmählich wieder entstandenen juristischen Fakultäten und auch Gesetzgebungskommissionen verdienen qualitativ Respekt.

Woher kommt der Veränderungsdruck? Die Partei hat doch eher ein Interesse, dass juristische Fragen von ihren Kadern entschieden werden.

Die Menschen, die nun Autos besitzen und Wohnungen, die sie kaufen oder verkaufen wollen, und deren Land immer mehr wert wird, werden Druck machen an allen Ecken und Enden des Landes. Wenn Sie zum Beispiel heute einen schweren Schaden, sagen wir 1000 Dollar, an der Karosserie Ihres Pkw haben und sich nun an Ihre Versicherung wenden und dann mit der Versicherung Streit bekommen, werden Sie in China kaum Gerichte finden, die einen solchen Fall gut regeln können. Der Richter wird zwar seine Arbeit nach bestem Wissen und Gewissen machen, aber das, was er an Rechtsprechung zustande bringen wird, wird nicht sonderlich ideal ausfallen. Das liegt an der Unwissenheit vieler Richter, die ja derzeit noch keine ausgebildeten Juristen sind.

War das eine kluge Entscheidung oder eine übereilte?

Die Alternative wäre gewesen, Gerichte erst einzurichten, wenn Tausende eine juristische Ausbildung absolviert haben. Das hätte die Installierung von Gerichten aber lange verzögert.

In der Not ruft man den Parteisekretär an und fragt, was man machen soll. Dann ist man die Last der Entscheidung los und hat hinterher keinen Ärger.

Das kann man den Richtern nicht einmal vorwerfen, wenn man die Geschichte Chinas kennt. Das war immer so. Aber das war auch so in Ostdeutschland noch bis Anfang der neunziger Jahre. Wenn Sie beispielsweise in Cottbus in einen Rechtsstreit gerieten, weil Ihr Grund und Boden, auf dem schon Ihr Großvater geackert hatte, für irgendeinen Straßenbau enteignet wurde, waren Sie zu SED-Zeiten dem Staat ausgeliefert. Erst Anfang der neunziger Jahre gab es Zivilgerichte und Verwaltungsgerichte, aber sie funktionierten noch nicht gut. Als sie endlich funktionierten, waren sie mit zweitklassigen Verwaltungsrichtern aus dem Westen besetzt. Alles dauert seine Zeit. In Deutschland geht so etwas schneller, weil es ein klitzekleines Land ist verglichen mit China und weil es vor 1933 schon eine lange Rechtstradition hatte. Da kann man schlecht aus Deutschland mit erhobenem Zeigefinger anreisen und fordern, die Chinesen sollten sich ein wenig beeilen.

Man hat nicht den Eindruck, dass die chinesische Regierung sich so beeilt. In den letzten Jahren hat die bisweilen negativ spürbare Hektik der Gesetzgebung nachgelassen; zumindest bei größeren Gesetzgebungsvorhaben ist nun Gründlichkeit an die Stelle von Schnelligkeit getreten. Für das größte Gesetzgebungsvorhaben, die Schaffung des unserem BGB entsprechenden Zivilgesetzbuches, ist nach etwa zehnjähriger Kommissionsarbeit dem Ständigen Ausschuss des Nationalen Volkskongresses schließlich vor einigen Jahren ein Entwurf vorgelegt worden. Allein der Entwurf für Sachenrecht ist dort schon dreimal ohne abschließende Beschlussfassung erörtert worden. Wahrscheinlich wird der Ständige Ausschuss sich für das ZGB noch einmal einige Jahre Zeit nehmen. Ist das eine kluge Entscheidung?

Wenn man versucht, ein möglichst langlebiges, an die chinesischen Verhältnisse angepasstes Gesetzeswerk aufzubauen, dann braucht man dafür Zeit.

Es gibt verschiedene Formen der Korruption in vielen Ländern. Gibt es eine typisch chinesische?

Korruption hat vielerlei Gesichter. Früher gab es den Nepotismus der regierenden Familien, heute gibt es den Nepotismus der Unternehmer-Familien. Daneben gibt es Bestechung. Sie hat im kaiserlichen China eine große Rolle gespielt, und das tut sie auch noch heute, wenn auch in kleinerem Maße als in Russland und Südamerika. Darüber hinaus gibt es spekulative Geschäftemacher im modernen Bank- und Börsenwesen, das sich in China ausbreitet. Diese Form der Korruption hat ein bisher ungekanntes Ausmaß angenommen. Sie begann mit den großen Eisenbahn- und Ölbaronen in Nordamerika gegen Ende des 19., Anfang des 20. Jahrhunderts. Heute ist diese Form der legalen Korruption ein Riesenproblem geworden, ob in New York, in London, Zürich oder Frankfurt. Außerdem gibt es die Steuerhinterziehung. Diese Art von Korruption spielt selbst in Deutschland eine große Rolle. Ich vermute einmal, dass die schwarzen Einkommen in Deutschland zusätzliche 15 Prozent des offiziellen Volkseinkommens ausmachen. Das beginnt bei großen Konzernmanagern, die ihr Einkommen und Vermögen auf irgendeine steuerfreie Insel verlegen, und geht bis zum Handwerksmeister in Holstein, der Sie fragt, ob Sie eine Rechnung brauchen. Diese Art von Korruption hat in Deutschland große Teile der Gesellschaft erfasst.

Und es wird ja eher schlimmer in Deutschland. In dem Maße, in dem die wirtschaftliche Kraft zurückgeht, versuchen viele, das durch Steuervermeidung zu kompensieren. In China hingegen ist diese Form der Korruption nicht ganz so schädlich wie in Russland zum Beispiel. Denn es ist relativ schwierig, größere Summen außer Landes zu schaffen. Das bedeutet, die hinterzogenen Steuern kommen immerhin noch dem chinesi-

schen Wirtschaftskreislauf zugute. Wenn sich ein korrupter Unternehmer für das hinterzogene Geld einen Porsche kauft, zahlt er dann doch wieder Steuern. Luxussteuer statt Einkommenssteuer. Das ist besser als nichts. In Deutschland hingegen ist das Geld für die Volkswirtschaft verloren, wenn es erst einmal außer Landes geschafft wurde. Dafür kauft man sich dann ein Haus in den USA. Aber noch mal: Gibt es typisch chinesische Korruption?

Das weiß ich nicht. Ich würde vermuten, dass es in einem Land, das bei enormen kulturellen Leistungen gleichwohl immer Korruption gekannt hat, sehr schwierig sein wird, diese auszurotten.

Wie beurteilen Sie die Fortschritte bei der Bekämpfung der Korruption?

Das ist sehr schwierig zu beurteilen, da es eine Eigenschaft der Korruption ist, sich nicht in der Öffentlichkeit zu zeigen. Was meinen Sie?

Die Führung bekämpft die Korruption in der Kommunistischen Partei mit harten Mitteln, weil sie fürchtet, sie könnte ihre Macht untergraben. Deshalb werden zum Teil Todesurteile oder lebenslange Gefängnisstrafen gegen korrupte Kader verhängt. Im Juni 2006 wurde gar ein Pekinger Vizebürgermeister verhaftet, der u. a. für die Vergabe von Grundstücken für die Olympischen Spiele 2008 zuständig war. Doch ich fürchte, dass diese Abschreckung nur mäßig funktioniert. Im Schatten dieses gewaltigen Booms mit Wachstumszahlen von 9 Prozent im Schnitt, in dem alles hopplahopp gehen muss, ist sehr viel Spielraum für Korruption. Deshalb denke ich, dass man sie erst dann in den Griff bekommen wird, wenn die Wirtschaft in ruhigeres Fahrwasser steuert. Immerhin hört man von westlichen Managern, der große Vorteil der chinesischen Korruption sei, dass sie relativ verlässlich und maßvoll ist, also dass man genau weiß, was man wann zahlen muss, und die »Geschenke« sich im Vergleich zur erbrachten »Leistung« im Rahmen halten.

Einigermaßen »verlässlich« ist die Korruption auch in Russland: Wenn Sie sich nicht an die Vereinbarung halten, werden Sie umgebracht. Aber zurück zu den Chinesen: Sie geben sich Mühe, das muss man anerkennen. Aber sie kämpfen in Wirklichkeit gegen ein Phänomen, das mit dem Kommunismus relativ wenig zu tun hat. Es ist kein chinesisches, sondern ein allgemein asiatisches Problem – und darüber hinaus ein weltweites Problem.

Halten Sie es für möglich, dass die Korruption ein Land wie China aus den Angeln hebt?

Nein. Das wird die Kommunistische Partei nicht zulassen. Vorher wird sie noch mehr Leute einsperren und auch zum Tode verurteilen lassen. Die Korruption ist eine üble Begleiterscheinung, aber kein Faktor, der die Stabilität des ganzen Landes ernsthaft gefährden könnte.

Gute Gesetze und ein dichtes Netz von Gerichten nutzen wenig, wenn es kein Vertrauen in die Neutralität der Entscheidungen gibt. Aber jeder Schritt in Richtung richterliche Unabhängigkeit gefährdet den absoluten Machtanspruch der Partei und damit die Grundlagen des Staates. Kann es denn ohne Demokratie ein funktionierendes Rechtssystem geben? Ohne Gewaltenteilung?

Ja, natürlich kann es das geben. Es gibt eine Reihe europäischer Beispiele dafür. Unter Friedrich dem Großen haben die preußischen Gerichte anständig funktioniert. Von Gewaltenteilung gab es damals keine Spur und von Demokratie noch weniger. Das haben wir vergessen und sind nun dabei, mit vorwurfsvollem Blick die Chinesen zu kritisieren. Es ist in meinen Augen nicht ideal und nicht wünschenswert, und für China wäre die Gewaltenteilung auf jeden Fall ein Fortschritt zu heute. Aber zieht man die Ausgangslage »Null« in Betracht, so war und ist die »Operation am offenen Herzen« eine bewunderungswürdige Leistung, die noch vor 15 Jahren niemand in Europa oder

Amerika für möglich gehalten hätte. Der nächste Schritt ist, dass man gute Anwälte braucht, die den Gerichten Beine machen. Wie ist es um die Anwälte bestellt?

Es gab in China immer nur sehr wenige Anwälte, und Anwalt war niemals ein angesehener Berufsstand. Das ist noch heute so. Es ändert sich erst langsam, in dem Maße, wie die Menschen begreifen, dass der Anwalt kein Störenfried ist, sondern die Machtbalance zur Anklage herstellt. 1980 begann die Entwicklung einer eigenständigen Anwaltschaft mit gerade einmal 200 Anwälten. Heute sind es etwa 120 000. Allerdings sind auch die Anwälte keineswegs alle juristisch vorgebildet. Westliche Anwälte schätzen die Zahl juristisch qualifizierter Kollegen auf etwa 50 000. Das bedeutet: ein Anwalt für 126 000 Menschen. In Deutschland kommen 600 Deutsche auf einen Anwalt. Darüber hinaus müssen sich die chinesischen Anwälte ihren Spielraum mühsam erkämpfen. Sie werden von Parteikadern, die sich nicht ins Geschäft pfuschen lassen wollen, systematisch schikaniert. Aber die Zahl der Achtungserfolge von Anwälten wurde in den letzten Jahren immer größer. Die entscheidende Frage ist jedoch: Wird die chinesische Rechtsprechung anders aussehen als die westliche aufgrund der unterschiedlichen kulturellen Entwicklung, wenn das Rechtssystem ausgereift ist?

Mit Sicherheit. Das ist ja schon so zwischen England und Deutschland, ja selbst zwischen England und den USA, die beide das gleiche Rechtssystem benutzen. Warum sollte so ein großes traditionsreiches Land nicht eigene Varianten der Rechtsnormen entwickeln, des materiellen und des Verfahrensrechts. Sie werden ihre eigenen Standards setzen, auf die wir uns einstellen müssen.

Zum Beispiel im Verhältnis von Individuum und Gemeinschaft. Es ist für einen Chinesen unvorstellbar, dass ein Einzelner den Bau eines Flughafens blockieren kann, wenn sich die Gemeinschaft dazu entschlossen hat.

Das kann ich auch in Deutschland zuweilen nicht mehr verstehen. Aber wenn die Chinesen stärker in Gemeinschaftskategorien denken, so haben sie doch sehr schnell gelernt, dass man für den Verkauf des Grundstücks einen marktüblichen Preis vom Staat oder Privatinvestor verlangen kann. Bauern, die diesen Preis nicht bekommen, werden inzwischen sehr ungehalten. Aber die kulturellen Unterschiede werden erheblich bleiben.

Die Dynamik der wirtschaftlichen Entwicklung scheint unaufhaltsam, jedenfalls politisch nicht mehr umkehrbar zu sein. Wird das auch für die Revolution des Rechts gelten? Wird sich China zum Rechtsstaat entwickeln?

Wenn wir unsere Vorstellungen vom Rechtsstaat als Verfassungsstaat einschließlich Gewaltenteilung zugrunde legen, muss die Antwort wohl »Nein« lauten. Uralte Traditionen – und der nationale Stolz auf diese Traditionen – stehen dieser Entwicklung entgegen. Konfuzianische Vorstellungen einer »von oben« vorgegebenen Ordnung sind heute noch wirksam, und die konfuzianische Annahme des Wertes einer natürlichen Rangordnung erleichtert die Akzeptanz des Vorrangs politischer Führung. Die tausendjährige Tradition, dass es besser ist, immer wieder miteinander zu reden und zu verhandeln – und dabei auf »Beziehungen« zu setzen –, als im Streit zu obsiegen, führt bei der Mehrzahl der Chinesen immer noch zu einer anderen Einstellung gegenüber gerichtlichen Entscheidungen, als sie bei uns selbstverständlich ist. Sicher ist, das chinesische Rechtssystem wird anders aussehen müssen als das westliche. Es ist gar nicht ausgeschlossen, dass wir, der Westen, im einen oder anderen Bereich davon lernen können.

Das Geld, das die Chinesen beim Verkauf ihrer Produkte einnehmen, verleihen sie an den amerikanischen Staat, der dadurch den Spielraum bekommt, den Konsum anzukurbeln und dafür zu sorgen, dass die Amerikaner weiter chinesische Produkte kaufen können. Was halten Sie von diesem System?

Nicht sehr viel. Die Chinesen exportieren Produkte und bekommen dafür bedrucktes Papier, das heißt: niedrig verzinste amerikanische Schatzanweisungen. Das sind Papiere, auf die ein Amerikaner geschrieben hat: »I owe you Dollars.« Und das in einem Land, das sich jeden Tag weit mehr als eine Milliarde US-Dollar im Ausland borgen muss, um seinen Betrieb aufrechterhalten zu können. Das ist langfristig gesehen Unfug, mit demnächst 1000 Milliarden US-Dollar die höchsten Devisenreserven der Welt zu haben. Das Geld kann man besser verwenden.

Das denke ich nicht. Es gibt der chinesischen Führung Sicherheit für etwaige Krisen und schafft Prestige für ein Land, von dem viele denken, dass es eigentlich bald zusammenbrechen müsste. Die Devisenreserven signalisieren hohe Stabilität und deshalb investieren viele Ausländer in China. So kommt das geparkte Geld auf Umwegen doch wieder in die Kasse, und der Konsum in den USA bleibt stabil.

Solange es darum geht, das Prestige der Volksrepublik China zu erhalten, kann ich es verstehen. Aber das Prestige ist schon groß genug, wenn man die Hälfte auf der hohen Kante hat. Was die DDR damals zu wenig gekonnt hat, macht China zu viel. Ich hätte der alten DDR ein bisschen von diesen Instinkten gewünscht. Währungspolitisch war die DDR pleite, lange vor der Vereinigung. Die DDR konnte nur noch ihre Außenwirtschaft aufrechterhalten – durch laufenden Zufluss aus Westdeutschland. Ihre Währungsreserven waren bei null. China hingegen könnte sich heute ein paar Jahre lang Leistungsbilanzdefizite leisten. Das Land könnte mehr Geld ausgeben, als es einnimmt, bis die Währungsreserven auf die Hälfte geschrumpft sind.

Sie kommen als jemand, der sich seit Jahren mit China intensiv beschäftigt, zu Recht zu dieser Erkenntnis. Als Finanzmarktprofi kann man zu dem Ergebnis kommen, dass es sinnvoller ist, das Geld in neue Infrastruktur oder in ein Sozialsystem zu investieren. Aber Sie unterschätzen die Massenpsychologie, der auch China unterworfen ist. Bei denen, die sich nicht so intensiv mit diesem Land beschäftigen, würde das Abschmelzen der Währungsreserven eine große Unsicherheit auslösen, die zwar irrational ist, aber dennoch aufkommt: Sie hätten das Gefühl, das Schiff China hat irgendwo ein Leck. Die Chinesen werden bei 1000 Milliarden nicht stoppen können, sondern es wird eine Krise geben, wird die Vermutung sein. Ich denke, auch für die Führung selbst ist es ein gutes Gefühl, dass sie drei oder vier dicke Fehler machen kann, ohne dass China sofort Schlagseite bekommt. Und die Chinesen bezahlen die Flexibilität mit niedrigen Zinsen: gut vier Prozent. Die Amerikaner müssen sich Sorgen machen, weniger die Chinesen. Die Chinesen sind der größte Gläubiger der Amerikaner. Sie können inzwischen allein den Wert des US-Dollar bestimmen. Sie müssen keinen einzigen US-Dollar verkaufen. Es genügt schon, wenn sie mal ein Jahr nur Euro nachkaufen.

Wenn ich an der Spitze eines amerikanischen Think Tanks arbeiten würde, wäre mir angst und bange. Wenn irgendjemand in Peking auf die Idee käme, auch nur einen großen Teil Reserven zu versilbern, geriete die Weltwirtschaft in Unordnung. Eine Weltrezession träfe dann auch China, weil es seine Exporte nicht mehr losbekommen würde.

Das ist ein großes Problem für China und deshalb ist man vorsichtig. Aber in den nächsten 20 Jahren nimmt dieses Problem in dem Maße ab, in dem China einen Binnenmarkt entwickelt und/oder nach Asien exportiert und nicht mehr so auf die Exporte in die USA angewiesen ist.

China kann seine Industrie nicht mehr im Einzelnen steuern. Die chinesische Führung kann keiner chinesischen Maschinenfabrik befehlen, sie dürfe nicht mehr exportieren. Eine Maschinenfabrik in Shanghai könnte im Fall einer Exportkrise natürlich ihre Maschinen auch in China verkaufen, vorausgesetzt, es gibt hier eine kaufkräftige Nachfrage. Die wird es in diesem Umfang aber so schnell nicht geben.

Da wäre ich mir nicht so sicher. Die amerikanischen Exporte machen nicht einmal zehn Prozent der Wirtschaft aus. Es gibt keinen Grund, warum das nicht eines Tages auch in China so sein sollte, dass die Unternehmen hauptsächlich für den eigenen Markt produzieren. 350 Millionen neue kaufkräftige Kunden wird es in China schneller geben, als wir derzeit erwarten. Dazu kommen dann die asiatischen Märkte.

Sie können nur an jemanden verkaufen, der zahlen kann. Die amerikanische Nachfrage ist immer kaufkräftig. Keine indonesische Regierung, keine thailändische Regierung, keine koreanische Regierung kann Dollar drucken.

Aber sie können dann in chinesischen Yuan bezahlen, die sie statt US-Dollars halten. Sobald der amerikanische Markt nicht mehr so wichtig ist, haben die Chinesen auch keinen Grund mehr, weiter US-Dollar-Anleihen zu kaufen. Dann sind die Zeiten vorbei, in denen die fünf Prozent des Inlandsprodukts sich aus Kapitalimporten schöpfen. Das ist sicher noch Zukunftsmusik. Doch darauf wird es hinauslaufen. Man wird dann nicht mehr 85 Prozent seines Kapitals in US-Dollar anlegen, sondern stärker streuen, in Euro und in Yuan. Die Chinesen nehmen auch gerne Schwarzgeld. Man geht ja davon aus, dass ein Drittel des Kapitalimports in die Staaten Schwarzgeld ist. Aber ich räume ein, das ist erst der zweite Schritt. Der nächste Schritt ist, dass sich die chinesischen Spezialisten in der Zentralbank Gedanken machen darüber, was passiert, wenn die Amerikaner sich vergaloppieren und der US-Dollar rapide fällt. Dann sind sie in einer Zwickmühle. Wenn sie ihre US-Dollar verkaufen, fällt der Dollar ins Bodenlose und die Amerikaner können sich die dann verteuerten chinesischen Produkte nicht mehr leisten. Verkaufen sie nicht, müssen sie mit ansehen, wie ihre Reserven schrumpfen. Das Geld kann innerhalb von Tagen ein Drittel weniger wert sein. Im Übrigen auch noch ein Grund, etwas mehr Reserven anzuhäufen.

Ich habe den Dollar im Lauf meines Lebens ganz oben gesehen und ganz unten. Für das Prestige und die Attraktivität hat das keine Rolle gespielt.

Die meiste Zeit davon hatte der US-Dollar keinen ernsthaften Konkurrenten. Seit Beginn des Jahrhunderts hat der US-Dollar gleich zwei Konkurrenten bekommen, die sehr ernst zu nehmen sind.

Aber die chinesische Volkswirtschaft ist noch sehr klein. Das dürfen Sie nicht vergessen. Sie hat die Größe von England oder Frankreich, im Jahr 2010 wird sie vielleicht so groß sein wie Deutschland.

Sie vergessen, dass die Chinesen noch über eine Billion US-Dollar auf der hohen Kante haben. Das kann man von England und Frankreich nicht behaupten und von Deutschland, das jedes Jahr weniger auf der hohen Kante hat, schon gar nicht. Deswegen ist ihre Macht mit der Größe der Volkswirtschaft nur unzureichend beschrieben.

Natürlich sehen die Amerikaner das Problem für ihre Volkswirtschaft sehr deutlich, deswegen sagen sie am laufenden Band den Chinesen, sie sollen gefälligst aufwerten. Aber China unter Druck zu setzen, führt natürlich dazu, dass die Chinesen sagen: Nun schon gar nicht; wir lassen uns nicht nötigen. Wir geben nicht nach. Das ist eine normale Reaktion.

Und sie müssen es auch nicht. Denn niemand in der Welt – auch nicht die Amerikaner – ist noch mächtig genug, sie dazu zu zwingen. Ein weiterer Grund für die hohen Devisenreserven ist, dass die chinesische Führung Rücklagen braucht, um sich Bodenschätze zu sichern. Allein im Iran sind sie 2004 und 2005 mit Investitionen von 100 Milliarden eingestiegen. Sie investieren auch sehr stark im Sudan, in Australien und in Kasachstan. Deshalb gehe ich davon aus, dass die Reserven weiter hoch bleiben werden. Was glauben Sie, wie wird sich das Verhältnis zwischen Yuan, US-Dollar und Euro entwickeln?

Der Renminbi wird sicherlich gegenüber dem jetzigen Stand aufwerten. Wie schnell und wie stark, kann man nicht prognostizieren. Aber er wird aufwerten, und die Bedeutung des Renminbi für die Weltwirtschaft wird wachsen. Der Schwung zur großen Bedeutung käme, wenn China sich für kurzfristigen Kapitalverkehr öffnet. Das würde ich aber derzeit keineswegs empfehlen. Wenn aber China sich für den kurzfristigen Kapitalverkehr öffnet, sei es auch unter Devisenkontrollen, kann er eine Bedeutung erlangen, die dem des Euro nahe kommt. Das sollte sich aber langsam und vorsichtig entwickeln. Was die Deutschen gerne vergessen, wenn sie jetzt nach möglichst freiem Kapitalverkehr rufen, ist, dass Deutschland noch bis in die 1970er Jahre Kapitalverkehrskontrollen hatte; wir brauchten Importgenehmigungen und all dergleichen, und wir hatten einen festen Wechselkurs wie heute der Renminbi.

Aber die Chinesen haben schon jetzt den Spielraum bei den Devisenreserven. Sie können US-Dollar in Euro tauschen. Die Einführung des Euro kam wie von den Chinesen bestellt. Sie waren bisher die größten Nutznießer des Euro außerhalb Europas.

Vielleicht können sie auf irgendwelche amerikanischen hohen Staatsbeamten auf diese Weise Einfluss ausüben, auf die europäische Zentralbank nicht.

Man kann auch sagen, sie ist viel zu schwach, um sich gegen die chinesischen Zumutungen zu wehren. Wenn China im großen Stil Euros verkauft, kann die Zentralbank nicht lange dagegenhalten, da mag sie noch so unabhängig gegenüber Herrn Chirac und Frau Merkel sein. Wie wird sich der Euro langfristig verhalten?

Er wird langfristig noch steigen, der US-Dollar wird weiter abwerten.

Die größte Sorge, die man sich in der Zentralbank derzeit macht, ist die Frage, wie China reagieren soll, wenn die Amerikaner aus eigenem Verschulden, zum Beispiel, weil sie zu stark auf Pump leben, ihre Wirtschaft in die Krise treiben und der Dollar ins Trudeln kommt. Dann haben sie zwei schlechte Möglichkeiten: Entweder sie verkaufen US-Dollar noch zu einem einigermaßen guten Preis, beschleunigen aber damit die Talfahrt, oder sie kaufen US-Dollar nach, können den Trend nicht umkehren und müssen zusehen, wie ihre Devisenreserven dahinschmelzen. In der Haut derjenigen, die das dann in kürzester Zeit entscheiden müssen, möchte ich nicht stecken. Das ist kein Spiel, das nur die Chinesen und die Amerikaner angeht. Da hängt die Wettbewerbsfähigkeit der deutschen Wirtschaft dran. Mit jedem Cent, die der US-Dollar fällt, werden die deutschen Produkte für den chinesischen und amerikanischen Markt teurer.

Das gilt nicht nur für die deutschen Produkte. Das gilt für alle Produkte aus dem Euro-Raum und für alle Märkte, deren Währung am Dollar hängt.

Die Folge ist: Noch mehr Firmen müssen in den US-Dollar-Raum umsiedeln, um wettbewerbsfähig zu sein. Dann legt man seine Fabrik günstigerweise nach China, denn von dort aus kann man China und die USA zu günstigen Konditionen bedienen. Das bedeutet: Schon heute ist der deutsche Mittelständler davon abhängig, in welche Richtung die chinesische Zentralbank steuert, obwohl die chinesische Wirtschaft erst vier Prozent der Weltwirtschaft ausmacht.

Daran sind nicht die Chinesen schuld. Ohne nachzudenken, prahlt jeder Bundeskanzler damit, dass wir Exportweltmeister sind. Was dadurch an internationaler Abhängigkeit entsteht, vor allem, wenn der Binnenkonsum praktisch kaum wächst, darüber spricht niemand. Wir haben unser Schicksal allzu weitgehend in die Hände unserer ausländischen Kunden gelegt. 40 Prozent unserer Wirtschaft hängen an Exporten! Wir haben uns in einem größeren Ausmaß von der Weltwirtschaft abhängig gemacht als irgendein anderes Land der Welt, abgesehen von einigen Kleinstaaten. Wir werden in absoluten Zahlen den Status des Exportweltmeisters noch in dieser Dekade an China verlieren, aber gleichzeitig in ungeheurer Weise von den Weltmärkten abhängig bleiben. Wir sind China damit viel stärker ausgeliefert als andere Länder.

Wie konnte das passieren?

Zum Teil ist es eine Konsequenz der Rigidität des deutschen Arbeitsmarkts über Jahrzehnte, zum Teil Konsequenz der harten, sehr engen Geldversorgungspolitik durch die damalige Bundesbank, die relativ hohen Zinsen haben den Zuwachs an Nachfrage im Inland gebremst. Das hat viele Unternehmen in den Export gedrängt, wenn sie ihre Beschäftigten halten, ihre Umsätze und ihre Gewinne steigern wollten. Deutschland ist schon seit Ende der sechziger Jahre viel zu stark exportorientiert.

Eine Konsequenz war übrigens, dass die D-Mark am laufenden Band aufgewertet worden ist, im Jahre 1960 oder 1962 mussten Sie, um einen Dollar zu kaufen, vier D-Mark auf den Tisch legen, heute sind Sie bei 80 Euro-Cent, also bei 1,60 D-Mark. Natürlich hat die stetige Aufwertung der D-Mark unbeabsichtigterweise insbesondere zur Rationalisierung und zu höherer Produktivität der deutschen Industrie geführt.

Das Problem ist, dass in der Statistik gar nicht mehr erscheint, was deutsche Unternehmen in *China für China, Asien oder Amerika produzieren. Irgendwann liefere ich dann auch noch nach Wolfsburg und bin gleichzeitig gezwungen, meinem Werk in Deutschland Konkurrenz zu machen, weil Volkswagen an der Kostenschraube dreht. Das heißt, wenn ich heute ein Mittelständler bin, und ich produziere Stoßstangen, dann gehe ich gleich nach China, baue nicht eine neue Fabrik in Deutschland, sondern gleich eine in China und liefere an Volkswagen nicht nur die Stoßstangen nach Shanghai, sondern auch nach Wolfsburg. Und schon bald liefere ich mehr Stoßstangen aus China in den asiatischen Markt, und dann bin ich ganz raus aus der deutschen Handelsstatistik. Da kommen große Herausforderungen auf uns zu. Wir werden uns daran gewöhnen müssen, dass wir häufiger nach China schauen, um herauszufinden, was der Zentralbankchef gerade vorhat. Was macht der chinesische Zentralbankchef Zhou Xiaochuan für einen Eindruck auf Sie?*

Zhou Xiaochuan hat einen hervorragenden Eindruck auf mich gemacht. Das ist ein Mann mit einem scharfen Verstand. Er kämpft dafür, dass die chinesische Zentralbank in Ausführung ihres tages- und geldpolitischen Wirkens etwas freier von der politischen Führung agieren kann. Ich schilderte ihm meine Bedenken über die zu hohen Devisenreserven, und er antwortete, dass er derzeit versucht, den Zufluss an Auslandskapital ein wenig zu bremsen. Das Verhältnis zu anderen Zentralbanken ist gut, besonders zur FED und zur EZB. Auf dieser Ebene können wir Europäer eine wichtige Beraterrolle spielen. Wir sind glaubwürdiger, weil wir nicht – wie die Amerikaner – mit China um die Vorherrschaft konkurrieren. Zhou Xiaochuan hatte deshalb auch ein besonders gutes persönliches Verhältnis zu Wim Duisenberg, dessen plötzlichen und zu frühen Tod er sehr bedauert hat. Zhou Xiaochuan ist auch gut bekannt mit Horst

Köhler, mit dem er in dessen Funktion als damaliger IWF-Chef viel zu tun hatte.

Welche Rolle spielt Deutschland für einen chinesischen Zentralbanker?

Als Volkswirtschaft keine große Rolle. Die unzureichende ökonomische Entwicklung der letzten Jahre in Deutschland hatte keine ökonomischen Auswirkungen auf China. Der chinesische Fokus liegt auf den USA und Asien. Hongkong bleibt noch länger das Finanzzentrum Südostasiens, aber man merkt auch deutlich die Konkurrenz durch Shanghai, Singapur und Tokio.

Haben Sie Zhou Xiaochuan zu den faulen Krediten befragt, die das chinesische Bankensystem belasten?

Er erläuterte mir den Stand der Diskussion. Einerseits geht es um politische Aspekte des Problems. Dabei bestehen zwei grundsätzlich entgegengesetzte Meinungen: Die einen meinen, dass es sich nicht lohnt, mit Hilfe der Gelder der Steuerzahler die »faulen« Kredite zu tilgen, die anderen sind der Auffassung, dass es sich lohnt, die faulen Kredite zu bedienen, um dadurch ein gesundes Finanzsystem errichten zu können. Andererseits geht es um moralische Aspekte des Problems. Viele unterstützen die Meinung, dass es moralisch nicht angemessen ist, mit gegenwärtigen Steuereinnahmen die historisch entstandene Finanzlücke auszugleichen.

Erstaunlich ist das enge Verhältnis der Chinesen zu ihrem währungspolitischen Konkurrenten Amerika. Zhou Xiaochuan erzählte mir im Herbst 2005, Paul Volcker, der lange Zentralbankchef gewesen war, habe China beim Umbau des Bankensystems beraten und sei diesbezüglich sehr hilfreich gewesen. Zhou Xiaochuan bedauerte sehr, dass Alan Greenspan bald aus dem Amt scheiden werde, da er in seiner Amtszeit für die Weltwirtschaft und auch für China eine sehr gute Politik betrieben habe.

Zhou Xiaochuan spielt in der ersten Liga, und auch die Chefs der vier großen staatlichen Banken in China sind inzwischen erstklassig. Die Chinesen haben heute eine Menge Leute, die sich exzellent auskennen, vom Zentralbankchef abwärts. Auch Zhu Rongji kannte sich in diesen Fragen gut aus. Da müssen Sie in Europa und Amerika unter den Spitzenpolitikern lange suchen.

Aber die Chinesen haben exzellente Berater. Die sind Mitte 40, haben in den USA studiert und sind mit allen Wassern gewaschen. Doch wenn deutsche Politiker sich in Fragen des Finanzsystems nicht auskennen, so haben wir ja im vereinigten Europa die Franzosen und die Engländer, die diese Aufgabe übernehmen können.

Die können das schon besser. Die französischen privaten Geschäftsbanken standen früher mal stark unter staatlichem Einfluss, der ist jedoch geringer geworden. Ich glaube, im Notfall würde ein französischer Spitzenbanker auf Anforderung seines Staatspräsidenten zur Verfügung stehen. In Deutschland sind wir aufgeschmissen. Als Hans Eichel noch Finanzminister war und vor drei, vier Jahren ein Kapitalmarktproblem hatte, bat er mich, ihm jemanden zu nennen, den er dazu befragen könne. Wir sind gemeinsam die deutschen Spitzenbanker durchgegangen – und fanden keinen Geeigneten. Schließlich habe ich gesagt: »Geh zu Heinrich von Pierer. Der ist zwar kein Banker, aber er versteht den Kapitalmarkt und die weltpolitische Landschaft.« Als Zweiten habe ich ihm Horst Köhler empfohlen, der damals als Chef des Internationalen Währungsfonds in Washington saß. Das waren ganze zwei von 80 Millionen Deutschen. So bleiben wir leider international nicht wettbewerbsfähig, auch nicht gegenüber China.

Wie sieht das bei den Amerikanern aus?

Die Amerikaner hatten bisher zwei Vorteile im Vergleich zu Deutschland oder Japan. Der eine Vorteil war Alan Greenspan, der einerseits ein wunderbares Fingerspitzengefühl, andererseits aber sämtliche Methoden der modernen Ökonomie glänzend im Hinterkopf hat. Der andere Vorteil ist: Wenn eine Krise eintritt und der amerikanische Präsident nicht weiß, was er tun soll, dann kann er sich auf mehrere Leute in der Wall Street verlassen. »Ich brauche Sie morgen früh um acht« – dann ist derjenige am nächsten Tag um acht Uhr in Washington. Wenn der Präsident ihm dann nach einem Eineinhalb-Stunden-Gespräch sagt »Machen Sie dies und jenes«, dann geht er nicht erst zurück nach New York, sondern erfüllt den Auftrag noch von Washington aus. Der amerikanische Präsident kann sich darauf verlassen, dass City Corporation oder auch JP Morgan Chase machen, was im nationalen Interesse geboten erscheint. Sie können sich zwar irren, aber sie werden funktionieren.

Das ist in China auch so. Das ist eine Gemeinsamkeit. Diese patriotische Disziplin ist wahrscheinlich noch stärker ausgeprägt. Die ist sehr wichtig in schwierigen Zeiten. In Deutschland gibt es das nicht. Und in England auch nicht mehr. In England wahrscheinlich, weil der Finanzmarkt zu mächtig im Verhältnis zur Regierung ist. Ihre Tochter ist Bankerin in London. Kann sie das bestätigen?

Der Größenwahn der englischen Investmentbanker ist erheblich; sie schauen auf ihre Regierung herab. Das tun sie in Amerika zum Teil zwar auch, aber sie funktionieren, wenn es darauf ankommt.

Warum gibt es diese patriotische Disziplin in China, in den USA, in Frankreich, aber nicht in Deutschland?

Das hat historische Gründe. Der erste Grund ist die Aufspaltung der deutschen Bankenlandschaft. Im Jahr 1990 oder 1989 gab es drei große Banken in Deutschland. Deutsche, Dresdner und Commerzbank, und dann noch ein paar mittelgroße. Aber daneben gab es elf Landesbanken und 500 oder 600 Sparkassen, die ihnen angeschlossen waren. Die Landesbanken und Sparkassen zusammen hatten ein Volumen, das wesentlich größer war als das der drei Großbanken zusammen. Es gab außerdem die Raiffeisenkassen und Genossenschaftsbanken. Keiner gönnte dem anderen das Schwarze unterm Fingernagel. Diese Bankenlandschaft hat sich nur zu Lasten der Großbanken verändert. Die Deutsche Bank ist im Kern zu einer Investmentbank vom Typus Wall Street oder Londoner City geworden; sie erzielt die große Masse ihres Gewinns außerhalb des deutschen Marktes. Andererseits hat der Egoismus der Bundesländer den Zusammenschluss der Landesbanken weitgehend verhindert. Infolge all dieser Umstände sind Horizont und Aktionsraum der großen Mehrzahl unserer eigenen Bankinstitute regional begrenzt geblieben. Das ist in China anders.

Obwohl die Chinesen über ein Finanzsystem mit großen Währungshebeln verfügen und enorme internationale Kapitalzuflüsse verzeichnen, ist das Bankensystem sehr marode. Es hat immer wieder Versuche gegeben, dieses Bankensystem zu modernisieren. Sie sind aber meist in den Ansätzen stecken geblieben. Können wir daraus schließen, dass China auch ohne Bankensystem ganz gut funktioniert, und dass die Reform der Banken vielleicht gar nicht so essenziell für den Aufstieg Chinas ist, wie manche das glauben?

Man kann nicht sagen, dass das chinesische Bankensystem höchst problematisch oder gar marode ist. Die vier großen staatlichen Banken Chinas und die damalige Bank of China waren in den Jahren nach 1949 in Wirklichkeit keine Banken, sondern Agenturen zum Vollzug des Staatshaushalts. Man hat den Namen Bank übernommen, der in Japan, Hongkong, überall in Europa und Amerika geläufig war. Was heute als faule Kredite bezeichnet wird, waren in Wirklichkeit fiskalische Zuwendungen für Industriezweige, von denen der Staat glaubte, sie müssten wachsen und gedeihen. In Deutschland nennt man das Subventionen. Das Geld hätte, wie in Deutschland, auch aus dem Haushalt ausgezahlt werden können, es waren aber die Banken, die es auszahlten. Man hat ja noch bis in die neunziger Jahre die chinesische Zentralbank mit der Aufgabe sowohl der Kreditgewährung als auch der Geldmengenbestimmung und der Wechselkursmanipulation betraut.

Da war der Bock zugleich Gärtner.

Das war weder eine normale Bank noch eine normale Zentralbank. In der zentral gelenkten Wirtschaft wurde alles von einer Kommandobrücke aus gesteuert. Deshalb stehen noch heute bei den vier großen chinesischen Banken die Schulden der Staatskonzerne in den Büchern. Nach europäischen oder amerikanischen Vorstellungen könnte man diese Banken von ihrer Vermögensbilanz her als bankrott bezeichnen. Aber man hat nie damit gerechnet, dass diese Kredite voll zurückgezahlt werden. Man hätte sie genauso gut streichen können.

Warum macht man das denn nicht, wenn das so einfach ist?

Wahrscheinlich stellt man sich vor, in diesen großen Banken werde sich mit der zunehmenden Umstellung auf normale Banktätigkeiten so viel Eigenkapital bilden, dass man die faulen Kredite zu Lasten der Gewinne bilanztechnisch tilgen kann, oder dass das Geld sogar wieder an den Staatshaushalt zurückfließt, statt die Bank reicher zu machen. Zum anderen erwägt man vielleicht auch, dass die schrittweise Umstellung einen wirksamen Druck auf die Schuldner ausüben könnte, das heißt auf die Staatskonzerne.

Das Dritte ist, die faulen Kredite kann man verkaufen. Subventionen nicht.

Dann braucht man allerdings auch Käufer.

Die gibt es bereits. Die amerikanische Investmentbank Morgan Stanley zum Beispiel oder Goldman Sachs. Wenn eine Bank einen faulen Kredit von 800 Millionen Renminbi in den Büchern stehen hat, und das Staatsunternehmen nicht mehr zurückzahlt, kann sie den Kredit für 80 Millionen an diese In-

vestmentbanken verkaufen. Das ist für beide Seiten ein gutes Geschäft. Die chinesische Bank bekommt wenigstens noch ein wenig Geld. Und die amerikanische Investmentbank kann nun Teile des verschuldeten Unternehmens sanieren und verkaufen und verdient auch noch mal daran. Im besten Fall führt das dazu, dass die chinesischen Unternehmen einen ausländischen Partner finden, der dem Laden wieder auf die Beine hilft. Im schlechtesten Fall wird das Unternehmen abgewickelt und die Investmentbank versucht, wie auf dem Trödelmarkt, einzelne Teile zu verhökern, um auf ihren Schnitt zu kommen.

Der wichtigste Schritt wurde schon 1990 vollzogen. Die Bank of China, vergleichbar mit der KfW in Deutschland, nur viel, viel größer, wurde eine Geschäftsbank und von der People's Bank of China ganz getrennt, die zu einer ganz normalen Zentralbank gemacht wurde. Das war übrigens einer der Ratschläge, die ich schon Zhao Ziyang gegeben habe; ob es allerdings meines Ratschlags bedurft hat, will ich bezweifeln. Neben den staatlichen Banken gibt es inzwischen eine Reihe von kleineren privaten Banken, die zum Teil mit erheblicher ausländischer Beteiligung arbeiten. Ich sehe keinen Anlass, von einer Bankenkrise zu reden. Natürlich kann irgendwann mal eine Bank zusammenbrechen, das haben wir in Deutschland auch erlebt. Dergleichen kann es immer mal geben, wird es auch in China geben. Aber insgesamt scheint der chinesische Bankenapparat in keiner Weise gefährdet. Die Banken verfügen ja noch über gigantische Spareinlagen. Die Chinesen sparen rund 30 Prozent ihres Einkommens. Das Geld liegt zu niedrigen Zinsen auf der Bank, und die Bank kann damit arbeiten.

Also sind die lautstarken Warnungen vor dem Zusammenbruch des chinesischen Bankensystems, die ja hauptsächlich aus den Vereinigten Staaten und dort aus Washington kommen, eher Teil der politisch-psychologischen Kriegführung als nüchterne Analysen?

Sie sind nicht nur Taktik, sondern sie sind zum Teil das Ergebnis von Unkenntnis über die staatliche und finanzwirtschaftliche Entwicklung in China. Aber natürlich gibt es in Amerika Think Tanks oder Politiker, die das Thema an die große Glocke hängen, weil sie mehr Aufmerksamkeit bekommen, wenn sie auf die Kommunisten schimpfen. Die Besserwisserei gegenüber China war bis vor kurzem große Mode und wird auch in den nächsten Jahren nicht ganz verschwinden. Aber das muss die chinesischen Zentralbanker nicht kümmern. Sie wissen selbst, wie stabil ihr System ist.

Auf welche großen Probleme werden sich die chinesischen Banker dennoch einstellen müssen?

Probleme könnten dann auftauchen, wenn das spekulative Denken von Finanzmanagern in einem enormen Tempo um sich griffe und gleichzeitig die Regulierung des Finanzwesens durch den Staat weit hinter den Regulierungen in Amerika oder in Europa zurückbliebe. Schwierig kann es auch werden, wenn der Renminbi, der heute leicht reguliert handelbar ist, in den Zustand des so genannten »dirty floating« gerät; den würde ich noch hinauszögern.

Ist die chinesische Führung mächtig genug, das hinauszuzögern?

Dazu ist sie mächtig genug. Die Frage ist, ob sie auf die Dauer den Verlockungen des internationalen Kapitalmarkts widerstehen wird.

Das sieht ja derzeit so aus.

Ich kenne eine Reihe von Regierungen, die ihr Bankensystem intellektuell nicht im Griff haben. Das ist nicht so ganz einfach. Ob zum Beispiel die amerikanische Regierung wirklich weiß, was ihre privaten Investmenthäuser machen, kann ich nicht sagen. Aber auf die Frage, ob die weltweit 8000 Hedge-Fonds wirklich kontrolliert werden, lautet die Antwort: Nein. Und die Regierungen können sie auch nicht dirigieren. Unter Investmentbankern sind massenpsychologische Reaktionen genauso möglich wie unter den von ihnen betreuten Kunden – oder wie unter Studenten.

Die Hedge-Fonds-Manager der Welt reisen schon nach China und fragen an, ob man nicht 50 Milliarden der Devisenreserven in Hedge-Fonds stecken möchte. Damit könnten die Chinesen gewichtige Player in einem Markt werden mit einem Volumen von einer Billion mit 8000 Spielern, statt das Geld in Schatzbriefen für ein paar Prozent anzulegen.

Da sei der liebe Gott vor! Aber es wundert mich nicht, dass Hedge-Fonds das versuchen. Ich hoffe, die Chinesen werden darauf nicht so schnell hereinfallen. Die Entartungen des Finanzsystems sind eine Besorgnis erregende Schwäche der Weltwirtschaft insgesamt. Es gibt nur wenige geniale Leute in den europäischen und amerikanischen Zentralbanksystemen, die noch den Überblick haben, was da passiert.

Ich würde das etwas relativieren. Auch in dieser Branche gibt es sehr gute Leute, die sich zum Beispiel mit einer kleinen Beteiligung in ein Unternehmen einkaufen und dann die anderen Anteilseigner von einem neuen Kurs überzeugen. Das ärgert die Mehrheitseigner, aber hat schon manchem Unternehmen sehr geholfen. Die sind oft in der Situation, in der Sie mit Ihrer Partei waren. Sie waren mit Ihrer guten Überlegung in der Minderheit und mussten nun die Mehrheit der Parteimitglieder davon überzeugen, dass Ihr Weg der richtige ist. Das kann man nicht durch Geld, sondern nur durch Überzeugungskraft schaffen.

Das mag ja sein. Doch es gibt kein System, das die Schlechten unter den Guten aussortiert. Die Hedge-Fonds unterliegen keiner Kontrolle, während alle übrigen Banken und Sparkassen unter Staatsaufsicht stehen. Das ist eine ganz gefährliche Sache. Einen Fonds, der in Wirklichkeit in New York City oder in London gemanagt wird, aber juristisch nur auf irgendeiner Palmeninsel fassbar ist, würde ich abschaffen und ein für alle Mal verbieten. Man hat bisher alle diese Inseln ungeschoren gelassen. Das private Finanzsystem der Weltfinanzmärkte von heute hat sich sehr der Kontrolle durch politische und staatliche Organe entzogen.

Ist es denn vorstellbar, dass die Chinesen versuchen, auch über internationale Institutionen, die es dafür gibt, ihren Einfluss geltend zu machen, dass auch international einheitliche Spielregeln eingeführt werden, um damit die Macht der Wall Street zu relativieren? Das wäre doch eine lohnende Aufgabe.

Das ist vorstellbar, aber die Initiative wird sicherlich nicht von China ausgehen. Sondern wahrscheinlich wird sie, wenn es sie je geben sollte, von Europa ausgehen, nicht von Amerika, von China oder von Japan. Die Europäer haben in ihrer wirtschaftlichen Kultur eine viel stärkere Orientierung – Frankreich stärker als Deutschland und viel stärker England. Seit mehr als 100 Jahren kontrollieren die Europäer ihre Banken und Börsen; in Amerika hingegen ist die Kontrolle lange unerwünscht gewesen. Immerhin hat Amerika eine ganze Menge an Regulierungen im Laufe der Zeit eingeführt. Die Chinesen sind noch nicht so weit, obwohl sie eine Tradition der strengen Regeln haben.

Sie könnten dem Rest der Welt beibringen, wie das geht.

Es mag sein, dass es in 30 Jahren ein internationales Netzwerk zwischen den drei großen Zentralbanken in Peking, Washington und Frankfurt geben wird. In meinen Augen ist es zu wünschen.

Sehr wahrscheinlich ist jedenfalls, dass wir in 30 Jahren drei weltweit entscheidend wichtige Währungen haben werden: den amerikanischen Dollar, den europäischen Euro und den chinesischen Yuan oder Renminbi. Dieses Dreieck wird eine enge Kooperation zwischen den drei Zentralbanken nahe legen; sie ist bereits heute erkennbar in der Entwicklung begriffen. Im Laufe der Zeit werden dann auch die Regierungen verstehen, wie sehr sie auf ökonomische Zusammenarbeit angewiesen sind. Möglicherweise geben sie sodann dem Internationalen Währungsfonds die Aufgabe, weltweit die nationalen Finanzaufsichtsbehörden zu koordinieren; immerhin hat der IMF ja schon vor drei Jahrzehnten seine ursprüngliche Hauptaufgabe verloren, als die USA und dann die Welt das Prinzip fester Wechselkurse aufgaben.

Welche Elemente müsste eine Ordnung aufweisen?

Ein zentrales Element wäre die Beseitigung von bankaufsichtsfreien und einkommenssteuerfreien Finanzoasen in Gestalt von Inseln aller Art. Oder ein Zweites: Wir haben zwar eine außerordentlich sorgfältige Bankenaufsicht, Versicherungsaufsicht und Börsenaufsicht in Nordamerika, in Europa und Japan, aber inzwischen haben sich neuartige private Finanzinstitutionen entwickelt, vor allem Investmentfonds und Hedge-Fonds, die keiner Aufsicht unterliegen, obgleich sie ungeheure finanzkapitalistische Hebelwirkungen erreicht haben. Sie bedürfen der Aufsicht, und dazu bedarf es internationaler Zusammenarbeit. Wenn sich die Europäer und die Chinesen hier zusammentun würden, würden sie über ein erhebliches Machtpotenzial verfügen. Aber so weit sind wir noch längst nicht. Einstweilen haben die Politiker die Notwendigkeit noch nicht begriffen.

Die Chinesen ja insofern, als sie sich sehr verlässlich gegenüber neuen Finanzinstitutionen beziehungsweise gegenüber diesen Hedge-Fonds schützen. Es ist kaum möglich, China über diese Fonds anzugreifen. Die Währung ist nicht konvertibel, und es ist momentan für Hedge-Fonds noch sehr schwierig, sich in chinesische Unternehmen einzukaufen.

Die Chinesen haben sich zwar voll und ganz am weltwirtschaftlichen Güteraustausch und am Leistungsaustausch beteiligt, nicht aber am finanzwirtschaftlichen Austausch. Aus Gründen der Vorsicht haben sie sich insbesondere gegenüber kurzfristigem Geld bisher abgeschottet. In meinen Augen durchaus vernünftig. Wir haben in Brasilien, in Argentinien, in Mexiko, in Russland und in Südostasien in den neunziger Jahren erlebt, dass die kurzfristigen Kapitalbewegungen ganze Volkswirtschaften zum Absturz bringen können. In China ist das gegenwärtig nicht zu befürchten, weil die Chinesen ihre Grenzen einigermaßen dicht gehalten haben.

Woran liegt es – wenn Sie sagen, die Asienkrise, die kurzfristigen Finanzbewegungen haben dazu geführt –, dass viele Volkswirtschaften in große Schwierigkeiten gekommen sind? Wenn man die Vorsicht der Chinesen betrachtet, sind diese Länder nicht selbst schuld gewesen? Wenn ich mir für 30 Tage Geld leihe und verspreche, es dann mit hoher Rendite zurückzuzahlen, aber schon über beide Ohren verschuldet bin, muss man kein großer Finanzspezialist sein, um zu sehen, dass die Situation mit großer Wahrscheinlichkeit schiefgehen wird.

Man muss kein Spezialist sein; man hätte die Risiken des eigenen Verhaltens vielleicht dann erkennen können, wenn man den Überblick über das Spiel gehabt hätte. Den hatte man nicht in jenen Ländern; das waren nicht nur südostasiatische Staaten, das war auch Russland, das war auch eine Reihe lateinamerikanischer Länder. Man hatte diesen Überblick nicht – und auch die Kreditgeber waren kurzsichtig! Es hat keinen Sinn, moralisch den Vorwurf der Dummheit zu erheben. Die Chinesen jedenfalls waren klüger.

Kann es sein, dass die Chinesen in diesem Bereich eine Führungsrolle übernehmen werden?

Erst in 30 Jahren.

IV
Die konfuzianische Tradition

Was macht den Konfuzianismus aus?

An der Spitze steht wohl das Bewusstsein von der Notwendigkeit von Harmonie anstelle von Konfrontation. In europäisches Aufklärungsdeutsch übertragen, heißt das: Bereitschaft zum Kompromiss. Ein anderes, wichtiges Prinzip ist die Überzeugung von der Erziehbarkeit des Menschen. Ein weiteres Element ist der Respekt für Hierarchie; der passt wunderbar in die heutige chinesische Landschaft. Dass Hierarchien keine kommunistische, sondern eine konfuzianische Erfindung sind, ist vielen Chinesen nicht bewusst. Im Marxismus gibt es eigentlich keinen Respekt vor Hierarchie, im Gegenteil. Wenn es im sowjetischen Kommunismus Respekt vor Hierarchie gab, dann war es in Wahrheit Untertanengehorsam – mit Knute und Maschinenpistole erzwungen. Natürlich hat es in China über Jahrtausende immer auch Untertanengehorsam gegeben.

Sie haben sich, seit Sie sich für China interessieren, eingehend mit dem Konfuzianismus beschäftigt. Worin liegt für Sie die besondere Stärke dieser fast zweieinhalb Jahrtausende alten Tradition?

Etwa vor 2100 Jahren wurde der Konfuzianismus als Staatslehre eingeführt. Sein Kern ist das zentrale Prüfungssystem, das allerdings erst in der Sung-Zeit, also etwa 960 nach Christus verbindlich wurde. Es bestand aus einer Vielzahl von Rangklassen, in die man aufsteigen konnte, und galt im Grunde ununterbrochen bis Anfang des 20. Jahrhunderts. Noch heute klingt das System in den zentralen Prüfungen zur Aufnahme in die Universität nach. Die besondere Stärke des Konfuzianismus liegt für mich darin, dass die unbedingte Betonung von Bildung, Ausbildung und Prüfung ohne Rücksicht auf Herkunft des einzelnen Menschen funktioniert hat, das heißt, man musste nicht in eine Klasse oder in eine Kaste hineingeboren werden, um Mandarin und hoher Beamter werden zu können.

Das war in der DDR auch so.

Im konfuzianischen China gehörte es zur Ausbildung, alle alten Schriften und Kommentare zu studieren, das war etwas Selbstverständliches. In der DDR war es nicht ganz so, weil Sie da außerdem noch eine Gesinnung vorzeigen mussten. In den kommunistischen Staaten musste man wenigstens so tun, als sei man selbst ein überzeugter Leninist oder Marxist. Man täuschte es vor, um Karriere machen zu können. Unter Mao war es besonders schlimm. Heute spielt der Konfuzianismus jedoch wieder eine zunehmende Rolle.

Parallel dazu entwickelten sich der Taoismus und die Lehre der Legalisten. Entstanden sind die drei Bewegungen in einem großen Durcheinander, in der Zeit der Kämpfe zwischen den Reichen, in der mehrfach die Grenzen und die Herrscher in großer Zahl gewechselt haben. Daraus hat sich dann der Wunsch nach Zusammenhalt entwickelt, und das hat diesen Bewegungen Auftrieb gegeben. Während der Taoismus von der Rückbesinnung auf die Natur geprägt ist, dachten die Legalisten über die Schaffung von Institutionen nach, die der Gesellschaft Halt geben sollten. Der Konfuzianismus beschäftigt sich mit der Moralisierung des Menschen durch sich selbst.

Wichtig ist: Der Konfuzianismus ist eine umfassende Ethik, die auf Vernunft gegründet ist, nicht auf Religion. Insofern ist der Konfuzianismus etwas ganz anderes als die jüdische, die christliche und die islamische Religion.

Worin liegt der Vorteil des Konfuzianismus im Vergleich zu den Weltreligionen?

Er hat Vorteile und Nachteile. Zunächst einmal ist es wichtig hervorzuheben, dass der Konfuzianismus geschichtlich betrachtet die einzige Ethik darstellt, die über zwei Jahrtausende für große Menschenmassen wirksam blieb, obgleich sie nicht religiös begründet ist. Erst mehr als zwei Jahrtausende nach Konfuzius, zu Zeiten der Aufklärung in Europa, entsteht die vernunftbegründete Ethik durch Immanuel Kant und andere. So lange hat es gedauert, bis die Ethik eine Grundlage in der Vernunft gefunden hatte und nicht vornehmlich aus religiösen Überzeugungen oder heiligen Büchern gelehrt wurde.

Wer legt fest, was vernünftig ist, wenn es keinen Gott gibt?

Für die Chinesen hat das als Erster Konfuzius festgelegt. Wahrscheinlich war aber Mencius wirksamer als er. Mencius lebte ungefähr drei Generationen nach ihm. Seine Ethik ist als Erste durch die Vernunft begründet.

Wie funktioniert das? Im Laufe der Zeiten wurden sehr unterschiedliche Handlungen als vernünftig und unvernünftig eingeschätzt.

Natürlich wandelt sich im Lauf der Zeit die Einstellung darüber, was vernünftig ist. Aber dennoch hat sich der Konfuzianismus in China gegen die nach wie vor spürbaren taoistischen, islamischen, buddhistischen und auch christlichen Einflüsse durchgesetzt. Das ist einzigartig im Vergleich zu Indien und anderen asiatischen Kulturen, einzigartig auch im Vergleich zu Europa. Unsere ethischen Leitsätze – »Du sollst das und das tun« oder »Du darfst das und das nicht tun« – stammen letztlich von Moses oder von Jesus von Nazareth, von Mohammed oder anderen Religionsstiftern. In China stammen sie nicht aus einem heiligen Text.

Wenn ich die zentralen Begriffe suchen müsste, die den Konfuzianismus beschreiben, dann sind es Menschlichkeit, Treue, Ehrfurcht und Zuverlässigkeit …

... außerdem Harmonie, Pflege der Beziehungen zwischen Menschen, Unterscheidung der Beziehungen zu den Eltern, zu den Kindern, zu den Brüdern, das alles ist sorgfältig abgestuft. Ich würde außerdem sagen: Respekt vor Hierarchien. Auch die Überzeugung von der Erziehbarkeit des Menschen erscheint mir als typisch für den Konfuzianismus, ebenso der ausgeprägte Pragmatismus anstelle von religiösem Idealismus, den wir in anderen Kulturen kennen, ganz zu schweigen vom Fanatismus. Schließlich ist auch der Aufstieg durch Leistung ein wichtiger Faktor, wenn man das zentrale Prüfungssystem betrachtet.

Hatten Sie immer Respekt vor Hierarchien?

Mehr erzwungenen Respekt als Respekt aus Überzeugung. Jedenfalls solange die Nazis am Ruder waren – und später auch.

Welchen Vorteil bietet der Respekt vor Hierarchien?

Einen der Vorteile kann man darin sehen, dass Hierarchien Stabilität gewähren. Ein anderer ist, dass dem Respekt auch Pflichten der Hierarchien gegenüberstehen. Selbst der Kaiser hatte nach Konfuzius Pflichten. Er musste zum Wohl des Volkes regieren, und zwar zum Wohl des gesamten Volkes. Wenn der Kaiser seine Pflichten gegenüber dem Volk nicht erfüllt, dann gehört er abgesetzt. Auch das ist Konfuzius.

Deshalb waren gewaltsame Umstürze von Dynastien und Aufstände gegen die Kaiser, die es ja immer wieder gegeben hat, legitimiert.

Aber man darf nicht vergessen: Auch wenn die Staatsgewalt von einer Hand in die andere übergegangen ist, blieb der Respekt vor der Hierarchie erhalten.

Etwa um die gleiche Zeit hat Sokrates in eine ähnliche Richtung gedacht. Im Grunde hat er gesagt, Erziehung schafft einen mo-

ralischen Menschen. Worin liegen die Unterschiede zwischen Sokrates und Konfuzius?

Auch bei Sokrates stammen die schriftlichen Zeugnisse von Schülern, meist von Platon. Sokrates war als Mensch wahrscheinlich bescheidener als Konfuzius, bis hin zu dem berühmten Satz: »Ich weiß, dass ich nichts weiß«, während Konfuzius seine Autorität bewusst ausgespielt hat. Sokrates wurde von den damals Regierenden durch ein Urteil zum Selbstmord gezwungen. Einige Generationen später haben dann die Griechen begriffen, dass er ein großer Mensch war. Letzteres trifft bei Konfuzius auch zu. Insofern gibt es eine Parallele.

Ich habe versucht, genauer herauszufinden, wie es funktioniert, wenn das Volk den Herrscher absetzt, weil sein Mandat des Himmels erlischt. Ich bin nicht dahinter gekommen. Wann herrscht ein Kaiser nicht mehr im Sinne des Volkes? Darauf gibt es keine handfesten Antworten. Das ist ein relativ willkürliches System. Praktisch für Revolutionäre.

Das ist auch nach meinem Wissen bei Konfuzius und bei seinen Schülern nicht genauer beschrieben. Wobei die von Ihnen gebrauchte Phrase »Mandat des Himmels« interessant ist; er handelt nicht im Auftrag einer heiligen Person. Möglicherweise kann man heutzutage anstelle von Himmel auch Schicksal sagen – jedenfalls kann der Herrscher sein Mandat verwirken.

Das macht die Antwort auf die Frage, warum ein Mandat entzogen wird, nicht einfacher. War der Konfuzianismus so überzeugend, dass die Chinesen auf die Aufklärung verzichten konnten? Vieles von dem, was im Konfuzianismus schon angelegt war, setzte sich in der einen oder anderen Form auch während der Aufklärung in Europa durch.

Ein ganz wesentliches Moment der europäisch-nordamerikanischen Aufklärung war die Selbstbefreiung der Wissenschaften und der Philosophie von religiösen Geboten und Traditionen. Das war in China nicht notwendig. Ein anderer Teil der abendländischen Aufklärung ist die Befreiung der Naturwissenschaft von religiösen Schöpfungsvorstellungen. Auch das war in China bereits Standard. Galilei wurde 1616 dazu verurteilt, seine wissenschaftlichen Erkenntnisse nicht weiter zu verbreiten. Erst Papst Johannes Paul II. hat ihn und seine Lehren 1992 rehabilitiert und einen kirchlichen Justizirrtum eingeräumt. So lange hat es gedauert, bis die Kirche sich zur Anerkennung physikalischer Erkenntnisse durchringen konnte. Das war in China nicht notwendig. Die Chinesen haben, nicht zuletzt auch unter dem Einfluss europäischer Jesuiten eine sehr weit reichende Astronomie betrieben. Ähnlich wie die muslimischen Araber sind sie in der Erforschung des Sonnensystems und des Systems der Planeten sehr weit vorgedrungen. Mir will scheinen, dass die Astronomie der Chinesen am Ende des europäischen Mittelalters weiter war als die europäische Astronomie.

Doch zurück zu Ihrer Frage: In mancherlei Beziehung war die Befreiung des Denkens durch die Aufklärung in China nicht notwendig. Andererseits hat die europäische und die nordamerikanische Aufklärung zwei Prinzipien zur Geltung und sogar zur Herrschaft gebracht, die China nicht hervorgebracht hat: nämlich das Prinzip des Rechts der einzelnen Person und das Prinzip der Entscheidung durch Mehrheit, das Prinzip der Demokratie. Die Demokratie in Nordamerika und in Europa ist ein Ergebnis der Aufklärung. Sie setzt sich ein wenig früher in England durch, aber in Holland und Frankreich und vor allem in Nordamerika geht sie Hand in Hand mit der Aufklärung. Das Gleiche gilt für die Rechte von Individuen. Insofern bleibt die kulturelle Entwicklung Chinas in dieser Hinsicht hinter der europäischen und nordamerikanischen Entwicklung zurück, aber sie bleibt nicht weiter zurück als die Entwicklung in Russland oder die Entwicklung im Islam oder in anderen Kulturkreisen.

Ist eine Gesellschaft, die auf der Sittlichkeit des Einzelnen basieren soll – im Gegensatz zu einer Gesellschaft, die auf Gesetzen basiert –, nicht ein wenig idealistisch? Der Konfuzia-

nismus geht davon aus, dass er kein institutionalisiertes Recht braucht, weil der Mensch sich selbst erzieht und durch andere erzogen wird.

Ich weiß nicht, ob man so weit gehen kann zu sagen, der Konfuzianismus habe kein Recht nötig gehabt. Natürlich hat es auch in konfuzianisch bestimmten Zeitläufen Strafprozesse gegeben. Sie wurden von der jeweiligen Obrigkeit, der Provinz oder dem Fürstentum, der kaiserlichen Obrigkeit oder den Beamten des Kaisers angesetzt. Aber je nach Fall, nicht auf Gesetzen basierend. Gesetze hat es auch in Europa erst relativ spät gegeben. Sie stammen im Übrigen nicht von Jesus Christus, nicht von Paulus und nicht von Thomas von Aquin. Das Christentum kennt keine Rechte der Person, es kennt nur Gebote und Verbote.

In der westlichen Kultur spielt das Gesetz schon lange eine größere Rolle. China ist erst jetzt dabei, ein Rechtssystem zu entwickeln. Muss sich China in dieser Hinsicht an die Welt anpassen?

Zwangsläufig, weil die internationale Öffnung Verträge und weil Verträge wiederum Schiedsgerichte notwendig machen. Man muss sich auf einen Vertrag verlassen können, und wenn es keinen Vertrag gibt, muss man sich darauf verlassen können, dass das öffentliche Recht gewahrt ist. China ist dabei, ein öffentliches Recht, das in Verwaltungsrecht und Strafrecht unterteilt ist, zu entwickeln; außerdem ein Privatrecht. China ist noch nicht dabei, ein Verfassungsrecht zu entwickeln. Auf dem Papier gibt es eine Verfassung, aber sie ist weit entfernt von dem, was wir darunter verstehen.

Warum geht man das Thema einer Verfassung in China nicht an? Wäre es nicht sinnvoll, mit einer Verfassung anzufangen und dann das andere darauf aufzubauen?

Die Wirksamkeit einer Verfassung setzt voraus, dass die Menschen an die Wirksamkeit einer Verfassung glauben und dass sie überzeugt sind, dass sie notwendig ist. Sofern diese Überzeugungen nicht vorhanden sind, hat es keinen Zweck, auf dem Papier eine Verfassung zu errichten. Als die Amerikaner sich vom englischen Mutterland gelöst haben, haben sie von Anfang an auf die Verfassung gesetzt. Das ist schon ein großer Unterschied zwischen China und dem Westen. Die amerikanische Verfassung wurde nach einer unglaublich sorgfältigen Vorbereitung niedergelegt. Nach einer Diskussion, die auch noch heute in Europa als vorbildlich gelten darf, obwohl sie mehr als 200 Jahre zurückliegt. Die *Federalist Papers* haben die Klarheit in den Köpfen der führenden Amerikaner bestimmt. Es wurde nicht nur eine Verfassung geschaffen, sondern kurz danach kam die *Bill of Rights;* und noch vor der Verfassung steht die Unabhängigkeitserklärung. Das sind die drei Grunddokumente der Amerikaner: Unabhängigkeitserklärung, Verfassung und *Bill of Rights.*

Ist das chinesische System – im Vergleich zu dem westlichen System – rückständiger oder nur anders?

Es ist jedenfalls anders entstanden. In der Frage, ob es rückständig oder weiter fortgeschritten ist, würde ich mich nicht sofort festlegen wollen. Wenn ich sehe, wie zum Beispiel Charles Darwin in vielen US-Bundesstaaten in der Schule nicht gelehrt werden darf, dann sind die Chinesen in diesem Punkt fortschrittlicher als die Amerikaner. China hat die längere vernunftbestimmte, säkulare Tradition, auch wenn religiöse Vorstellungen unterschwellig im ganzen Land noch heute eine gewisse Rolle spielen. Wenn die Chinesen diese Tradition nun noch mit einem westlich geprägten Rechtssystem vervollständigen sollten, dann könnten sie eine starke ethische Position erreichen.

Die kulturellen Unterschiede führen auch dazu, dass nach anderen Kriterien geurteilt wird. Wenn die Chinesen diesseitiger, fundierter, nüchterner sind, also weniger missionarisch als zum Beispiel die Amerikaner, und mehr auf dem Boden der Tatsachen stehen, sind sie dann auch taktisch klüger?

Die Chinesen haben nie missioniert. Je mehr die Amerikaner in ihrer Stellung als Weltmacht unter Druck geraten, desto gläubiger scheinen sie zu werden; jedenfalls neigen sie dazu, sich als Missionare zu fühlen.

Würden Sie so weit gehen zu sagen, dass die chinesische Regierung aus dieser Tradition heraus in Zeiten großer Krisen einen kühleren Kopf behält als die amerikanische Regierung?

Man sollte vorsichtig sein mit solchen Pauschalisierungen. Die Chinesen waren seit der Öffnung des Landes noch nicht mit einem Anschlag vom Ausmaß des 11. September konfrontiert. Dennoch kann man den Eindruck bekommen, dass die alte Tradition des Konfuzianismus durchschlägt, wenn man sieht, wie zurückhaltend sie auf Provokationen wie zum Beispiel die Bombardierung der Botschaft in Belgrad reagiert haben.

Wenn man einige Kernsätze des Konfuzianismus herausnimmt, also zum Beispiel: solidarisch sein, aber keine Cliquen bilden, harmonieren, aber nicht mit dem Strom schwimmen …

Das Wort Cliquenbildung ist nicht ganz richtig. Der Gruppenzusammenhalt spielt schon eine Rolle.

… mit Cliquenbildung war gemeint, dass man sich dadurch nicht aus der Gesellschaft ausschließt. Dann das Zweite: harmonieren, aber nicht mit dem Strom schwimmen. Das Dritte ist: sich biegen, aber sich nicht beugen.

Das Letzte würde ich so nicht unterschreiben; es ist mir da zu viel Betonung des Individuums drin. Das ist ein wichtiger Unterschied zwischen der chinesischen Kultur und der europäischen Aufklärung: Die Rolle des Individuums ist im Konfuzianismus relativ klein.

Ist das im Vergleich zu westlichen Gesellschaften etwas Positives?

Es ist jedenfalls anders. Ich würde das nicht bewerten. Ein ganz wichtiger Zug des Konfuzianismus ist bisher nicht erwähnt, das ist die Betonung der Umgangssitten.

Warum erwähnen Sie das jetzt? Glauben Sie, dass das eine Schwäche der westlichen Gesellschaft ist?

Das könnte man für die heutige westliche Gesellschaft vielleicht so sagen. Allerdings: Die heutige chinesische Gesellschaft ragt auch nicht durch tadellose Umgangssitten hervor.

Noch einmal: Der Konfuzianismus hat eine Schwäche: Er unterschätzt die Institution, weil er davon ausgeht, dass die Menschen ihren Zusammenhalt untereinander sittlich regeln.

Er unterschätzt die Institution nicht, weil die Hierarchien eine große Rolle spielen. Wo die Hierarchien funktionieren, braucht es keine Institutionen.

Das bedeutet, unsere Gesellschaft ist eher institutionslastig, und die chinesische eher hierarchisch?

Ich würde mich immer zurückhalten mit Vergleichen zwischen konfuzianischen Vorstellungen, die mehr als zweitausend Jahre zurückreichen, und heutigen westlichen Gesellschaften. Die Europäer sind sich, bei all ihrer Begeisterung für die Demokratie und für Athen und Perikles, nicht darüber im Klaren, dass es im antiken Athen Sklaven gegeben hat und dass die athenische Gesellschaft aus drei verschiedenen Klassen bestand: aus den Bürgern von Athen, das war die kleinste Gruppe, aus den Metöken, das waren schon sehr viel mehr, und aus den Sklaven, das waren die meisten. Metöken und Sklaven hatten keine Bürgerrechte. Die athenische Demokratie war eine ziemlich elitäre Angelegenheit. Auch im Europa des 19. Jahrhunderts, nach Beginn der Aufklärung, war die Demokratie eine sehr elitäre Angelegenheit: Frauen hatten kein Wahlrecht, und das Recht der Männer war sehr eingeschränkt. Jemand, der viel Grund und Boden besaß, hatte ein viel größeres Stimmgewicht als jemand, der keinen Grund und Boden besaß. Die Arroganz der europäischen Demokraten übersieht ganz gerne diese großen Schwächen, welche die europäische Demokratie noch bis ins 20. Jahrhundert hatte. Das allgemeine Frauenwahlrecht ist zum Beispiel in Deutschland erst 1919 eingeführt worden. Da war ich schon auf der Welt.

Noch einmal zurück zu den gegenwärtigen Stärken des Konfuzianismus. Welche Rolle wird er für den Zusammenhalt Chinas in der Zukunft spielen? Ein China, in dem ein immer größeres kulturelles Vakuum entsteht.

Das ist eine der großen Fragen. Es schien in den ersten 25 Jahren nach Gründung der Volksrepublik durch Mao Zedong so, als ob man mit dem Konfuzianismus grundsätzlich gebrochen hatte. Man hatte ihn abgeschafft. Heute, noch einmal 30 Jahre später, sieht es eher so aus, als ob der Konfuzianismus wieder wichtiger werden könnte. Denn die kommunistische Staatsideologie passt nicht mehr auf die tatsächlichen Verhältnisse in China. Sie wird offiziell am Leben gehalten, künstlich beatmet. Aber sie ist keine große gesellschaftliche Stütze mehr. Ein ideologisches oder – wenn Sie so wollen – philosophisches Vakuum ist in China entstanden.

Deswegen auch die starke Kontrolle der Medien.

Die Kontrolle der Medien ist stark, wenn Sie sie mit Deutschland oder Dänemark oder Holland vergleichen. Sie ist schwach, wenn Sie sie vergleichen mit der Kontrolle der Medien zu Zeiten von Mao Zedong oder zu Zeiten von Breschnew, Chruschtschow oder Stalin.

Aber wären gerade in Zeiten eines Vakuums offenere Diskussionen nicht sinnvoll?

Die Einparteien-Herrschaft in China ist gegenwärtig sicherlich zweckmäßiger als die Herrschaftssysteme, die wir im Irak, in Saudi-Arabien oder in Syrien erleben, oder auch unter den wechselnden Präsidenten in Venezuela und Kolumbien. Solange die chinesische Führung keine gravierenden Fehler macht, ist ihre Einparteien-Herrschaft nicht nur für die Chinesen, sondern auch für alle Nachbarn wertvoller als etwa eine Rückkehr zum Bürgerkrieg zwischen Kuomintang und Kommunisten oder zwischen einem Warlord Li und einem Warlord Wang.

Wenn die Menschen das Vakuum spüren, fangen sie möglicherweise an, sich für das zu interessieren, was in vorangegangenen Jahrhunderten in China geschrieben, gedacht und gelehrt worden ist. Nicht nur in China, sondern in der Welt.

In diesem Zusammenhang hat ein Buch von Karl Jaspers einen tiefen Eindruck auf mich gemacht. Er war einer der führenden Universitätsphilosophen in Deutschland und legte 1956 den Band »Die großen Philosophen« vor, den er mit einem Kapitel über die »vier maßgebenden Menschen« einleitete: Sokrates, Konfuzius, Buddha und Jesus von Nazareth. Für mich war das eine überraschende Anordnung – ich wusste zu jener Zeit noch nichts über den Buddhismus und Konfuzianismus –, aber ich habe mich von Jaspers überzeugen lassen. Buddha hat eine große Rolle in Indien und in südostasiatischen Nationen gespielt, auch in China und in Japan. Er hatte eine Wirkung, die weit über die Grenzen des eigenen Landes hinausreichte. Das gilt selbstverständlich auch für den palästinensischen Juden Jesus von Nazareth. Und das gilt für Sokrates, der noch immer eine erhebliche Wirkung auf die Bildung junger Menschen in Amerika und Europa ausübt. Konfuzius hingegen hat eines der größten Länder der Welt geprägt, aber einen Siegeszug in die Welt müsste er erst noch antreten. Deshalb gründen die Chinesen gerade überall Konfuzius-Institute. Was mich damals an dem Buch von Jaspers besonders berührt hat, war, dass nicht Plato, nicht Aristoteles, sondern Sokrates einer der vier maßgebenden Menschen war. Welche Überzeugungskraft müssen seine Gedanken gehabt haben, dass sie überlebten, ohne dass er sie aufschreiben musste.

Von den vier Genannten ist Konfuzius derjenige, der derzeit am wenigsten Ausstrahlung hat – zu Unrecht, wie wir festgestellt haben, aber nicht ohne Grund, weil ihm die unmittelbare Zugangsmöglichkeit des Glaubens fehlt. An Jesus und Buddha darf man glauben. Von Sokrates und Konfuzius muss man überzeugt sein. Wie hoch stehen die Chancen für eine Renaissance des Konfuzianismus?

Ein Land, in dem Börsenspekulationen stattfinden, ein Land, das in großem Maße exportiert und importiert, ein Land, in dem also der Wirtschaftsverkehr mit anderen Staaten der Welt eine immer größere Rolle spielt, ein solches Land muss nicht nur die Verhaltensweisen zwischen einzelnen Menschen, sondern auch zwischen einzelnen Firmen und einzelnen Unternehmungen ordnen. Es ist durchaus vorstellbar, dass man eine Wirtschaftsordnung in China erdenkt, die wesentliche Elemente aus dem Konfuzianismus bezieht.

Ein anderes Beispiel kann man erkennen: Die jungen Chinesen folgen mit einem ungeheuren Elan dem konfuzianischen Ideal des Lernens, und sie unterwerfen sich mit großem Engagement zentralen Prüfungen, um innerhalb der eigenen Gesellschaft aufsteigen zu können. Die Eltern harren während der gesamten Prüfung vor den Toren des Prüfungsgebäudes aus und klammern sich an die Gitterstäbe, um ihren Kindern Beistand zu leisten. Warum haben wir diesen Ehrgeiz nicht mehr? Warum ist das in Deutschland oder im Westen nicht mehr so verbreitet?

Ich würde nicht sagen, dass es bei uns nicht mehr so verbreitet ist wie noch vor einigen Generationen. Das Einzige, was ich sehe, ist, dass es zurzeit in China eine größere Rolle spielt als in Nordamerika oder Europa. Das kann sich sowohl in China ändern als auch in Europa. Es ist gegenwärtig eine Stärke der

Chinesen, und sie wird sich im Laufe der nächsten zwei Generationen sicherlich ausweiten. Insbesondere wird sie sich auf dem Feld der naturwissenschaftlichen und medizinischen Forschung und der technischen Entwicklung ausweiten.

Haben wir gegen den Lernehrgeiz von so vielen Menschen überhaupt eine Chance?

Der allgemeine Intelligenzquotient der Chinesen steht dem Intelligenzquotienten der Europäer und Nordamerikaner nicht nach. Dass die Chinesen gegenwärtig größere Anstrengungen als die Nordamerikaner und die Europäer auf sich nehmen, um den IQ durch Bildung und Können zu schärfen, das ist offensichtlich. Die Ergebnisse dieser Anstrengungen werden im Laufe der nächsten zwei Generationen deutlich spürbar sein. Wenn in China kein großes Unglück oder ein großer Bruch stattfindet, dann wird bereits in einer Generation das, was wir heute in Nordamerika oder in Europa als »High Technology« bezeichnen, selbstverständlich auch aus China kommen und von den Chinesen selbst entwickelt sein.

Im Konfuzianismus gelten die Alten als Lehrer, auf deren Rat man viel geben soll. Bei Politikern macht man gegenwärtig eine Ausnahme. Sobald sie nicht mehr Premierminister oder Staatspräsident sind, spielen sie keine Rolle mehr in der Öffentlichkeit. Sie verschwinden einfach, ohne als Elder Statesmen ihre Erfahrungen weiterzutragen. Das gilt ja auch für Zhu Rongji, der sich – außer mit Ihnen – mit keinem anderen Ausländer noch trifft oder treffen darf.

Ich kann mir das auch nicht recht erklären. Was meinen Sie?

Die Chinesen, mit denen ich darüber gesprochen habe, verstehen das gut. So wie ich es verstanden habe, gelten die Alten zwar als Weise, aber es gilt im Konfuzianismus, der die Hierarchien sehr hoch hält, als unhöflich, wenn der alte Herrscher die Politik des neuen kommentiert. Es ist deshalb ein Zeichen der Weisheit, sich zurückzuhalten. Ich denke jedoch, dass der Schaden dieser Etikette größer ist als der Nutzen. Diese Männer könnten noch sehr viel für ihr Land tun. Aber das ist womöglich der westliche Blick.

Das ist eine einleuchtende These. Allerdings war das bei Deng anders.

Deng wollte sich zurückziehen und hat dies auch schrittweise getan. Er hat das auch immer wieder betont. Aber durch den nationalen Notfall nach der Niederschlagung der Protestbewegung 1989 musste er noch einmal das Ruder übernehmen, weil sonst keiner da war, der das hinbekommen hätte. Das war gewissermaßen die Ausnahme von der Regel. Er hat sein Lebenswerk in Gefahr gesehen. Ansonsten aber lässt man den Neuen die Deutungshoheit über die zeitgeschichtlichen Ereignisse.

Wir werden es erleben, dass es in China wieder eine sorgfältige Geschichtsschreibung geben wird. Sie hat eine lange Tradition und geht ebenfalls auf Konfuzius zurück. Konfuzius war einer der ersten Historiker, die ihm zugeschriebenen berühmten Frühlings- und Herbstannalen sind eine Chronik der Ereignisse seines Heimatstaates, übrigens der einzige von ihm selbst verfasste Text, aber das ist umstritten. Natürlich werden Figuren wie Mao und Deng von den Historikern kritisch betrachtet und unterschiedlich bewertet werden.

Wenn man sich die Eigenheiten des Konfuzianismus anschaut und die Werte, die Sie persönlich vertreten, hat man den Eindruck, dass es größere Überschneidungen gibt. Liegt Ihnen persönlich der Konfuzianismus?

Nein, ich würde für mein Land immer eine Gesellschaft im Sinne der europäischen Aufklärung vorziehen. Aber das ist eine Antwort, die gebe ich als Deutscher für mein europäisches Deutschland. Wir haben vorhin von der großen Wertschätzung der Hierarchien im Konfuzianismus gesprochen. Die möchte ich nicht nach Europa transplantiert wissen. Für ein mitteleuropäisches Land wie Deutschland möchte ich auf die Errungenschaften der europäischen und nordamerikanischen Aufklärung nicht verzichten. Aber ich sehe, dass andere Gesellschaften ohne diese Aufklärung durchaus nicht nur lebensfähig sind, sondern auch glänzende ökonomische Fortschritte machen, die die ökonomischen Fortschritte der Europäer und Nordamerikaner gegenwärtig jedenfalls übertreffen. Eine der Konsequenzen, die sich daraus für die Europäer ergeben, ist, dass sie wieder verstärkt lernen und forschen müssen. Vieles von dem, was die Europäer an Leistungen und an Produkten heute hervorbringen, werden die Chinesen bald herstellen können, und darüber hinaus noch billiger als wir. Diese Konkurrenz wird das Geschäft beleben.

Gleichzeitig wird die Entwicklung Chinas vermutlich dazu führen, dass sich das Land an der Etablierung eines allgemeinen Völkerrechts und der dafür notwendigen Institutionen beteiligen wird. Die Chinesen werden versuchen, Einrichtungen wie die Vereinten Nationen und den Sicherheitsrat der Vereinten Nationen weiterzuentwickeln und sie werden vielleicht stärker daran festhalten als die Amerikaner. Sie werden auch am Prinzip der Nichteinmischung in die inneren Angelegenheiten souveräner Staaten festhalten – aus eigenem Interesse.

Womöglich helfen den Chinesen ihr Konfuzianismus und ihre geringe missionarische und expansorische Tradition, einen weiterentwickelten Völkerbund von den Gemeinsamkeiten her zu denken und voranzutreiben, statt die Unterschiede zu betonen und den eigenen Entwicklungsstand als Maßstab zu nehmen.

So haben wir das dank Robert Schuman und Jean Monnet seit 1950 in Europa gemacht. Wir haben unsere Gemeinsamkeiten gebündelt und die Unterschiede außen vor gelassen. Vorher waren zum Beispiel zwischen Frankreich und Deutschland die Unterschiede das Prägende, heute sind es eher Gemeinsamkeiten. Wenn es um die Etablierung einer multipolaren Weltordnung geht, haben China und Europa große Gemeinsamkeiten.

Nicht nur die Europäer. Die ganze Welt ist an einer multipolaren Weltordnung interessiert. Nur die USA sind es nicht. Im Grunde ist es auch im Interesse der USA, sie von einer Rolle zu erlösen, die sie immer öfter in große Schwierigkeiten bringt. Die Amerikaner glauben, sie müssten, um sich zu beweisen, etwas tun, was ihre Möglichkeiten und Fähigkeiten übersteigt. Vielleicht hat man in China bereits erfasst, dass es in diesem Bereich mehr Sinn macht, mit den Europäern zusammenzuarbeiten? Oder anders formuliert: Haben die Europäer noch gar nicht gemerkt, dass sie in dieser Frage auf die Chinesen angewiesen sind?

Die Europäer sind dabei zu verstehen, welche ungeheure Dynamik die chinesische Entwicklung im Verlauf des letzten Vierteljahrhunderts entfaltet hat. Wie gesagt: Sie sind dabei. Die Masse der Chinesen ist auch erst noch im Begriff, dies zu begreifen.

Aber viele Europäer gehen immer noch davon aus, dass sie im Zentrum des Geschehens stehen.

Das kann man, glaube ich, nicht mehr sagen. Die Masse der europäischen Politiker hat verstanden, dass Europa nicht mehr im Zentrum steht. Sie hat verstanden, dass das Zentrum in Nordamerika liegt; und jetzt fängt man an zu begreifen, dass das Zentrum sich vom Atlantik in Richtung auf den Pazifik und den Indischen Ozean verlagert.

Was bedeutet es für unsere kulturellen Werte, wenn immer mehr in Asien bestimmt werden kann, wie die Welt aussieht?

Die Europäer sind sich ihrer kulturellen Werte nicht ausreichend sicher. Sie glauben, dass es sich im Wesentlichen um christliche Werte handelt. Ihnen ist nicht bewusst, dass es nicht die christliche Kirche war, welche die Würde und die Rechte des einzelnen Menschen entdeckt hat, sondern dass es die Aufklärung war. Sie sind sich nicht darüber im Klaren – das gilt genauso für Amerika –, dass es nicht das Christentum war, das die politische Kultur der Demokratie entwickelt hat. Es war auch nicht das Christentum, das die ökonomische Kultur des Eigentums und des Wettbewerbs im Markt entwickelt hat. Wir erleben gegenwärtig eine Reihe von Entartungen. Nehmen Sie zum Beispiel den Ausdruck »Humankapital« – da werden Menschen mit Kapital gleichgesetzt. In meinen Augen eine Groteske, aber sie wird als beinahe selbstverständlich hingenommen. Jedenfalls fällt es mir schwer, im globalen Finanzkapitalismus des Westens »kulturelle Werte« zu erkennen.

Wir haben gleichzeitig eine Verdoppelung der Zahl der Teilnehmer an der Weltwirtschaft erlebt. Das Fehlen einer Ordnung für die Weltwirtschaft wird insgesamt – im Lauf der nächsten Jahrzehnte – viel stärker ins Bewusstsein der Menschen treten und sie dazu bringen, das zu ändern.

Sofern Europa bei der Aufklärung bleibt, wird es jedenfalls nicht akzeptieren, dass Menschen und Finanzkapital gleichgesetzt werden. Ich vermute, dass auch die Chinesen sich diese Gleichsetzung nicht zu Eigen machen werden. Aber ich bin dessen nicht ganz sicher.

Noch einmal: Wie wird sich die Welt verändern, wenn der chinesische beziehungsweise asiatische Einfluss größer wird?

Es ist nicht auszuschließen, dass die Chinesen auf diesem Felde wichtige Beiträge liefern werden. Einstweilen halte ich es nicht für sonderlich wahrscheinlich. Ethisch begründete ökonomische Ordnungsprinzipien werden eher in Europa erarbeitet werden. Die Wahrscheinlichkeit wird dann steigen, wenn sich die gemeinsame Währung der Europäer, der Euro, in der Weltwirtschaft durchgesetzt hat.

Manchmal führt Konkurrenz auch dazu, dass man es gar nicht mehr schafft oder ins Hintertreffen gerät, weil die Konkurrenz so groß wird. Bisher hatten wir immer die Möglichkeit, uns relativ lange in neuen Bereichen der Technologie zu tummeln. Inzwischen werden diese Zyklen immer kürzer. Wir hatten eine Textilphase in Deutschland, dann hatten wir eine Elektronikphase, jetzt haben wir eine ausgehende Automobilphase.

Richtig ist, dass die technische Entwicklung seit der Mitte des 19. Jahrhunderts, also seit eineinhalb Jahrhunderten eine gewaltige Beschleunigung erfahren hat. Vom ersten Flugzeug bis zu den Bombenteppichen auf Dresden und Hamburg und den Atombomben auf Hiroshima und Nagasaki hat es nicht einmal ein halbes Jahrhundert gedauert. Von der ersten Dampfmaschine von James Watt bis zur ersten Eisenbahn hat es zwei Generationen gebraucht. Heute geht das alles sehr viel schneller. Heute sind die Dampfmaschinen in Schiffen längst abgeschafft, sie fahren längst mit ölgefeuerten Motoren zur See. Insbesondere ist aber auf elektronischem Gebiet oder, allgemeiner gesagt, auf dem Gebiet des Verkehrs insgesamt eine gewaltige Beschleunigung eingetreten. Es ist denkbar, dass dieses enorme Tempo der technologischen Entwicklung sich noch lange Zeit fortsetzt. Ich wage da keine Prognosen. Neu ist jedenfalls die Quantität an neuen potenziellen Marktteilnehmern, die sich in den achtziger und neunziger Jahren der Weltwirtschaft angeschlossen haben. Das sind im Falle Chinas 1,3 Milliarden Menschen. Im Falle des ehemaligen sowjetischen Machtbereichs 350 oder 400 Millionen Menschen. Im Falle Indiens eine Milliarde Menschen. Diese Quantität hat zu unseren Lebzeiten nahezu eine Vervielfachung erlebt. Dazu kommt die Geschwindigkeit des technologischen Fortschritts.

Aber damit verschieben sich auch die ökonomischen Machtverhältnisse?

Es werden sich ökonomische wie auch politische Machtverhältnisse verschieben. Die Europäer müssen sich gefälligst für den Wettbewerb auf höheren Ebenen wappnen. Es wird nicht nur ein Wettbewerb um Arbeitsplätze sein, sondern auch ein Wettbewerb um Lebensformen, Weltanschauungen und Philosophien. Deswegen ist Bildung wichtig, Ausbildung, Forschung und Entwicklung. Wenn die Europäer das versäumen sollten, dann werden sie in wenigen Jahrzehnten schrecklich aufgeweckt werden.

Sie haben eben die Problemfelder der Welt aufgezählt. Wenn man diese Revue passieren lässt, ist eigentlich Asien mit dem Zentrum China die einzige Weltregion, die einen zumindest allmählich hoffnungsfroh werden lässt.

In Bezug auf Hoffnungen bin ich zurückhaltend. Aber wenn Sie sich die Entwicklung der letzten 50 Jahre vor Augen halten, dann ist einerseits richtig, dass die chinesische Entwicklung der letzten 25 Jahre die Welt wesentlich verändert hat. Aber die Entwicklung Europas im Lauf der letzten 50 Jahre ist mindestens genauso umwerfend. Die Tatsache, dass kein Mensch in Europa mehr Angst davor hat, dass die Europäer einen Krieg miteinander anfangen, das ist ganz was Neues. Das hat es seit Karl dem Großen nicht gegeben.

Etwas, was unsere Generation geradezu als selbstverständlich hinnimmt.

Im ganzen 19. Jahrhundert und noch 1914 wurde die Tatsache von Kriegen zwischen Nachbarn in Europa für etwas Normales gehalten. Dass die europäischen Nationen, die im Durchschnitt tausend Jahre alt sind, einige etwas älter, einige etwas jünger, sich zusammengeschlossen haben, ist, wenn Sie so wollen, ein Zeichen der Hoffnung. In der Geschichte hat es immer wieder den Versuch gegeben, andere Völker und deren Territorien zu unterwerfen. Die russischen Zaren haben Russland ausgedehnt von Moskau bis nach Wladiwostok. Die Engländer haben ihr Kolonialreich ausgedehnt bis nach Burma und Hongkong, die Spanier bis zu den Philippinen und nach

Südamerika, die Portugiesen und die Franzosen desgleichen. Schließlich und endlich haben auch die Deutschen dreißig Jahre lang Kolonialismus betrieben. Das ist alles vorbei. Jetzt haben sich die Europäer erstmalig und nicht unter dem Zwang eines Herrschers, sondern unter dem Zwang der Verhältnisse freiwillig zusammengetan. Das ist eine unglaubliche Veränderung. Wenn Sie nach Hoffnung suchen, können Sie hieraus Hoffnung schöpfen. Der gegenwärtige Stillstand nach der Ablehnung der europäischen Verfassung in Frankreich und in Holland muss nicht so bleiben. Die Entwicklung seit 1950 spricht eigentlich dafür, dass es nicht so bleibt. In anderen Teilen der Welt aber gibt es wenig Grund zum Optimismus: weder in Afrika noch im Mittleren Osten noch in großen Teilen Lateinamerikas. Auch die Weltmacht USA gibt heute mehr Anlass zur Sorge als zu Optimismus.

China muss in eine historisch neue Rolle hineinwachsen. Denn traditionell hat sich China als das Reich der Mitte nicht darum gekümmert, was jenseits seiner Grenzen stattfindet. Nach einer kurzen Seefahrerperiode im 15. Jahrhundert, in der die Chinesen mit Hunderten Schiffen, zehnmal so groß wie Kolumbus' »Santa Maria«, bis zur afrikanischen Küste gesegelt sind, wurde die Seefahrt per Todesstrafe verboten, die Pläne der Schiffe wurden vernichtet.

Die Flotte abzuschaffen ist die erstaunlichste Entscheidung innerhalb der chinesischen Geschichte. Sie waren drauf und dran eine Welt-Seemacht zu werden. Sie hatten noch keinen wirklichen Gebrauch von ihrer Flotte gemacht, aber sie hatten immerhin über 20 000 Soldaten an Bord, für damalige Zeiten eine ungeheure Streitmacht zur See.

Was wäre passiert, wenn die spanischen und die chinesischen Schiffe aufeinandergetroffen wären?

Da wäre von den europäischen Schiffen nichts übrig geblieben. Unter Umständen hätte die Kolonialbewegung in Richtung

Indien gar nicht stattgefunden. Weder Vasco da Gama noch Kolumbus noch Pizarro hätten sich von diesem Schreck erholt. Sie wären zurückgerudert und hätten ihren Königshäusern gemeldet: Von denen müssen wir uns fernhalten und können froh sein, wenn sie nicht bei uns vorbeikommen. Die wären Zwerge gewesen mit ihren kleinen Schiffchen.

Erstaunlich ist, dass die Chinesen in Richtung Afrika gesegelt sind, nicht aber nach Japan. Vielleicht hängt dies mit großen Naturkatastrophen im pazifischen Raum zusammen. Wir wissen darüber aber nicht genug.

Aber vergleichen Sie die Abschaffung der chinesischen Kriegsmarine, die 600 Jahre zurückliegt, mit dem, was der amerikanische Clausewitz, der Seestratege Alfred Thayer Mahan in seinen Büchern über Seemacht geschrieben hat: Weltmacht beruht auf Seemacht. Das hat Theodore Roosevelt bereits vor 1914 dazu gebracht, eine amerikanische Kriegsmarine aufzubauen, die der englischen Kriegsmarine gleichwertig war. Heute ist die amerikanische Kriegsmarine bei weitem die größte der Weltgeschichte. Ganz anders die Chinesen, die ihre Flotte zerstört haben. Man muss deswegen nicht in Begeisterung für China ausbrechen, aber China hat für sich eine Tradition begründet, die noch heute wirksam ist: Es genügt, wenn die anderen kommen und den Kotau machen. Das zeugt von einem großen Selbstbewusstsein. In dieser Hinsicht sind sie ganz anders verfahren als die Päpste, ganz anders als die Portugiesen, die Spanier, die Engländer, die Holländer. Sogar das kleine Portugal hat auf chinesischem Boden eine Kolonie errichtet.

Heute strahlen diese Länder kaum noch über sich hinaus, während China nach 4000 Jahren Geschichte nun wieder zu alter Größe erblüht, nachdem es vor hundert Jahren mit ihm schon fast zu Ende war.

Es gibt keine Nation in der ganzen Welt – nicht die alten Ägypter, nicht die alten Griechen, nicht die alten Römer, nicht die alten Perser, nicht die Inkas, nicht die Mayas, nicht die Azteken –, deren Geschichte so lange besteht wie die chinesische und sich dann nach hundert Jahren dramatischen Niedergangs und großer Demütigung wieder erholt. Ausgerechnet unter Mao. Das ist in der Weltgeschichte ganz ungewöhnlich, beinahe rätselhaft. Noch dazu bei einem Land ohne gemeinsame Religion – ganz ungewöhnlich.

Ich denke, dass der Aufstieg Chinas gar nicht so sehr mit China selbst zu tun hat, sondern damit, dass die Weltwirtschaft China als Verbündeten gegen die Sowjetunion brauchte und später, in den achtziger Jahren, die Wirtschaft den Markt brauchte. Die chinesische Führung, sowohl unter Mao als auch unter Deng, war, im Unterschied zu den Kolonialzeiten, stark genug, ein hohes Eintrittsgeld zu verlangen und sicherzustellen, dass China ein verlässlicher Alliierter ist und die ausländischen Investitionen auf fruchtbaren Boden fallen. Es ist also zunächst nicht mehr als ein historischer Zufall, den die chinesische Führung allerdings beherzt genutzt hat.

Das ist eine Hypothese. Aber wie der deutsche Volksmund sagt, Geld allein macht nicht glücklich. Die Chinesen haben etwas draus gemacht. Und sie hatten nicht gelernt, etwas draus zu machen.

Sie hatten es insofern gelernt, als China ein Land ist mit einer langen Tradition der politischen Steuerung und einer funktionierenden Verwaltung. Die konnte Mao wieder festigen, und darauf kam es an, als sich China geöffnet hat. Das war der große Vorteil im Unterschied zu Indien.

Das hat einiges für sich, aber es erklärt nicht, wieso die chinesische Geschichte über 4000 Jahre zurückreicht. China als einheitlichen Staat gibt es seit etwa 2200 Jahren. Sie erklären nur die letzten 25 Jahre. Das Römische Reich hat ein halbes Jahrtausend existiert.

Die gängige These zum Fall des Römischen Reiches ist, dass es sich überdehnt hat, die Römer den Hals nicht voll gekriegt und sich ein Reich geschaffen haben, das sich nicht kontrollieren ließ.

Das mag so sein. Aber nehmen Sie die Griechen. Wie lange hat Athen existiert? Nehmen Sie die Ägypter, die Inkas, die Azteken, die Mayas.

Denen kann man Überdehnung nicht vorwerfen, das ist richtig. Das sind kleine Staaten gewesen. Also könnte man feststellen, dass ein Land eine Mindestgröße haben sollte, der Verlockung der Überdehnung widerstehen und die Konkurrenz anderer Länder nicht unterschätzen sollte. Das war ja der große Fehler Chinas im 19. Jahrhundert. Die Chinesen haben geglaubt, sie müssten sich um den Rest der Welt nicht kümmern. Der könnte ihnen aufgrund ihrer eigenen Größe nicht gefährlich werden.

Vergessen Sie nicht die relativ früh entwickelte Schriftkultur. Die ersten Schriftzeichen in China sind mehr als 3000 Jahre alt. Und bei uns? Karl der Große konnte nicht einmal seinen Namen schreiben, nur seine Schreiber konnten das. Dass die Überdehnung Chinas nicht stattgefunden hat, ist ein wichtiger Punkt. Doch die Edikte des Kaisers brauchten einen Monat, bis sie in der Provinzhauptstadt ankamen, für die sie bestimmt waren. Es war ein riesenhaftes Land, aber relativ homogen, schon immer wohl knapp 90 Prozent Han-Chinesen. Kennen Sie das »Li«?

Das ist eine Art chinesisches Sittengesetz. Es beschreibt die guten Sitten, die Voraussetzung für den Erfolg jeder gesellschaftlichen Ordnung. Das ist einer der Kernpunkte der Lehre des Konfuzius, eine Art ethisches Grundgesetz.

Richtig. Und wie lautet der Artikel 2 unseres deutschen Grundgesetzes? »Jeder hat das Recht auf die freie Entfaltung seiner Persönlichkeit, soweit er nicht die Rechte anderer verletzt und nicht gegen die verfassungsgemäße Ordnung oder das Sittengesetz verstößt.« Was allerdings mit dem Wort Sittengesetz gemeint ist, das weiß eigentlich niemand genau. So ähnlich ist das mit dem »Li«. Trotzdem spielte das »Li« in der chinesischen Kultur über Jahrtausende eine große Rolle.

Die Sitten spielen im Konfuzianismus eine zentralere Rolle als im Grundgesetz. Sie stehen auch schon etwas länger fest und wandeln sich kaum. Aber wäre nicht der Vergleich des »Li« mit den Zehn Geboten besser als der Vergleich mit dem allgemeinen Sittengesetz?

Eine praktische Bedeutung haben nur einige der Zehn Gebote. Das Gebot »Du sollst nicht töten« ist in das praktische Verhalten der letzten zweitausend Jahre nicht wirklich eingegangen, wenn man sich die Kriege anschaut, die Kreuzzüge, die Verbrennung von Ketzern – von Jan Hus bis zu Johanna von Orleans. Die Todesstrafe hat es bis vor wenigen Jahrzehnten überall in Europa gegeben, sie wurde überall in Europa auch exekutiert. Ein Teil der Zehn Gebote ist ein Kodex von Verhaltensnormen gegenüber anderen. Die Gemeinschaft, die Familie oder die Gesellschaft kommen nur indirekt vor. Eine bessere Vergleichsgröße als die Zehn Gebote scheint mir das, was Theologen die »Goldene Regel« nennen. In volkstümlichem Deutsch lautet sie: »Was du nicht willst, das man dir tu, das füg auch keinem andern zu.« Immanuel Kant hat dasselbe etwas komplexer ausgedrückt: »Handle so, dass die Maxime deines Willens jederzeit zugleich als Prinzip einer allgemeinen Gesetzgebung gelten könne.« Diese Goldene Regel gibt es natürlich auch im Konfuzianismus, sie ist ein Teil des »Li«. Der ethische Kodex des Konfuzius, der ja viel weiter ins Einzelne greift, ist nicht ausschließlich auf China beschränkt geblieben.

V

Perspektiven

Wie ist ein Land von der Größe Chinas wirksam zu steuern?

China ist einerseits schwer zu steuern, weil die chinesischen Provinzen viel selbstständiger gegenüber Peking sind als etwa die Bundesländer gegenüber Berlin. Die chinesische Führung erfährt in der Regel, was in denjenigen Provinzen geschieht, die vor der Haustür Pekings liegen; aber viele Provinzen liegen viel zu weit weg. Im Grunde ist Hu Jintao heute noch in derselben Lage wie schon der Kaiser von China vor hunderten von Jahren. Nicht nur die Entfernungen und die geografischen Unterschiede der Provinzen sind enorm, sondern auch die psychischen und sprachlichen Unterschiede der Menschen, die dort leben; auch die Grundstimmung in der Bevölkerung ist sehr vielfältig. China ist mit seinen 30 Provinzen und Regionen, von denen vier jeweils nur aus einer einzigen riesigen Stadt bestehen, ganz gewiss auch viel schwieriger zu steuern als die USA, die trotz ihrer 50 Staaten viel homogener sind. Andererseits ist China einfach zu steuern, denn die Provinzgouverneure und die Parteisekretäre werden von Peking ernannt. Wenn also ein Gouverneur über die Stränge schlägt, wird er ausgetauscht. Deshalb wird ein Gouverneur nicht leicht aus der Reihe tanzen, weil er sonst nicht nach Peking befördert wird oder seinen Job verliert.

Die Provinzen sind etwa so abhängig von Peking wie hundertprozentige Tochterunternehmen von einem westlichen Konzern. Die große Linie wird vorgegeben. Solange sie die verlangten Ergebnisse bringen, haben sie sehr viel Spielraum; wenn sie über die Stränge schlagen und in den Ergebnissen zurückliegen, rücken die Controller an und reißen das Ruder wieder herum. In der Politik, aber auch in der Wirtschaft ist ein entscheidender Erfolgsfaktor die Möglichkeit, steuern zu kön-

nen. Wird es in Zeiten der Globalisierung nicht immer schwieriger zu steuern? Hat ein Bundeskanzler heute nicht viel weniger Steuerungsspielraum, als Sie noch hatten?

Natürlich ist alles Mögliche schwieriger geworden, als es vor zweihundert Jahren war. Aber es gibt auch einige Probleme, mit denen sich die Regierenden damals beschäftigen mussten, wie zum Beispiel mit dem Kriegführen, und die heute in Mitteleuropa weitgehend keine mehr sind. Prinzipiell ist mir der Ausdruck »steuern« nicht so recht. Ich würde sagen, das Regieren wird in dem Maße schwieriger, in dem sich die Menschheit vermehrt. Wenn Sie ein Dorf mit sechs Bauernhöfen regieren, ist es leicht, dieses Dorf in Ordnung zu halten. Wenn Sie eine Großstadt haben mit vier Millionen Einwohnern, ist das Regieren schwierig. Wenn Sie ein Land mit 1,3 Milliarden Menschen regieren, ist das unendlich viel schwieriger, als eines zu regieren, das nur 80 Millionen Menschen umfasst. Ein 1,3-Milliarden-Menschen-Land in Zeiten der Globalisierung zu regieren, ist noch einmal schwieriger, als das Reich der Mitte im 16. Jahrhundert zu regieren. Damals brauchte sich der Kaiser nicht darum zu scheren, was außerhalb seiner Grenzen geschah. Robinson auf seiner einsamen Insel brauchte überhaupt keine Regierung; er war allein mit seinem Gehilfen Freitag. Mit dem hat er besprochen, was zu tun war – und dann hatte er fertig regiert.

Sind die Chinesen gut beraten, erst wirtschaftliche Reformen durchzuführen und dann Demokratie einzuführen? In westlichen Köpfen ist ja verankert, dass das eine ohne das andere nicht möglich ist.

In meinem Kopf geht das in Asien ganz gut.

Warum?

Weil es nicht nur in China sehr gut funktioniert, sondern ebenso auch schon vorher in Südkorea oder auf Taiwan, in Singapur oder Hongkong. Bei denen, die alles gleichzeitig versuchen, kann alles schiefgehen. Schauen Sie nach Russland am Ende der 1980er Jahre. Ich halte nichts davon, mit westlicher Überheblichkeit von außereuropäischen Staaten mit ganz anderer Geschichte und kultureller Prägung Demokratie zu verlangen. Wer China vor 30 Jahren erlebt hat und es mit dem heutigen China vergleicht, der wird einen beträchtlichen Zuwachs an Spielräumen, auch an Freiheiten und Rechten des einzelnen Bürgers beobachten. Zu dieser Entwicklung haben vielerlei Faktoren beigetragen. An der Spitze wohl die ökonomische Öffnung in Richtung auf den Markt, auf privates Eigentum, private Betriebe und Unternehmen und auf das Ausland. Sodann die in der chinesischen Geschichte niemals vorher stattgefundene Berührung mit anderen Kulturen durch Millionen chinesischer Auslandsstudenten, die zurückgekehrt sind, durch weitere Millionen chinesischer Auslandsreisender, durch die enorme Verbreitung des Fernsehens und von Beteiligungen am Internet. Dieser Prozess wird sich fortsetzen. Er wird allerdings kaum jemals in eine Staatsform des englischen Westminster-Typus einmünden.

Dann bräuchte man mit politischen Reformen gar nicht anzufangen?

Politische Reform ist ein anderes Stichwort als Demokratie. Politische Reform muss man schrittweise einführen, wenn man eine Revolution vermeiden will. Man muss stetig ein bisschen reformieren. Einen kleinen Schritt, nächstes Jahr wieder zwei kleine Schritte, übernächstes Jahr wieder einen halben, auch mal einen Schritt zurück, damit niemand übermütig wird. Also etwa so, wie die Chinesen es machen. Aber eine einmalige »Einführung der Demokratie« wird in China kaum jemals funktionieren, so wenig wie in Russland, im Mittleren Osten, in Ägypten oder in Algerien. Ich weiß nicht, woher einem Deutschen die Vorstellung kommt, dass die ganze Welt an einer Regierungsform genesen soll, die in Deutschland noch nicht einmal hundert Jahre auf dem Buckel hat. Wir tun so, als ob wir schon immer demokratisch gewesen wären.

Warum wird es in diesen Ländern nicht funktionieren?

Das gehört nicht in ihre kulturelle Tradition. Es gibt ja auch in Europa demokratische Traditionen erst aus der Zeit nach dem Westfälischen Frieden von Münster und Osnabrück 1648. In Frankreich eigentlich erst seit der Revolution und mit großen Rückschlägen. England war etwas eher dran. Deutschland hat bis 1919 gebraucht. Es hat der Katastrophe durch Adolf Hitler bedurft, um demokratischen Parlamentarismus in Deutschland wirksam einzuführen. Bis 1933 habe ich persönlich nie das Wort Demokratie gehört. Da war ich 14 Jahre alt. Dann habe ich in den nächsten zwölf Jahren nur Negatives über Demokratie gehört. Ich habe gewusst, dass nicht alles stimmt, was die Nazis sagen, aber was Demokratie wirklich ist, was sie sein kann, von ihren Schwächen und Stärken hatte ich keine Ahnung. Wie Marktwirtschaft funktioniert, konnte man in der Nazizeit auch nicht lernen. Das alles mussten wir uns nach dem Krieg mühsam aneignen, wissend, dass in anderen Teilen der Welt wie in Amerika und England die Menschen in ihrer Entwicklung schon viel weiter waren.

Bedauern Sie es, dass sich Demokratie nicht weltweit einführen lässt?

Ich würde einiges riskieren wollen, wenn in meinem Land die Demokratie in Gefahr geriete. Ich würde auf die Barrikaden gehen als alter Mann und den Stock schwingen. Aber um die Demokratie in einem Entwicklungsland einzuführen, würde ich keinen Cent aus der Hand geben. Die gegenwärtige Ideologie ist es, sich überall einzumischen. Entwicklungshilfe ist oft auch nur eine andere Methode der Einmischung. Das völkerrechtliche Prinzip der Nichteinmischung ist inzwischen in Gefahr unterzugehen.

In China wird es sehr hoch gehalten.

Mit Recht. Das ist auch ein kluges Prinzip.

Aber China benutzt es auch taktisch gegen die Amerikaner. Ich bin gespannt, ob China noch für die Nichteinmischung ist, wenn es so mächtig ist wie die USA heute.

Das wird man sehen. Eine Tradition der Einmischung haben die Chinesen nicht. Vielleicht werden sie sich wieder nur mit sich beschäftigen. Ich halte jedenfalls das Prinzip der Nichteinmischung für ein fundamentales Prinzip des internationalen Zusammenlebens. Von Antje Vollmer über Joseph Beuys bis hin zu den Literaten – alle haben von uns verlangt, wir sollen uns in die undemokratischen Zustände anderer Länder einmischen. Frau Merkel fühlt sich in Moskau bemüßigt zu erklären, dass sie gegen den tschetschenischen Krieg ist, in China hat sie sich über die Menschenrechtslage beschwert. Als ob das irgendetwas ändern würde und als ob die Chinesen ehrfurchtsvoll den Blick senken, weil Frau Merkel, Herr Blair oder Herr Chirac gesagt haben, die Chinesen sollten sich besser an unsere Wertvorstellungen halten.

Einmischung ist in meinen Augen von Übel. Interessant ist, dass weder im Islam noch im Christentum das Prinzip der Nichteinmischung verankert ist. Im Gegenteil, beide halten in der linken Hand die Bibel oder den Koran und in der rechten Hand das Schwert. Wenn einer in der eigenen Kirche etwas Falsches gepredigt hatte, wurde er als Ketzer verbrannt. Auf beiden Seiten waren die Priester rücksichtslos in der Einmischung in anderer Leute Geschäft. Im Islam klingt das heute noch stärker nach als im Christentum. Und wenn beide aufeinandertreffen, kann das verheerende Folgen haben.

Der Islam und das Christentum sind in China stark eingeschränkt. Haben die chinesischen Kommunisten Angst vor den politischen Ambitionen des Papstes und der Mullahs?

Sie haben keine Angst vor dem Papst. Aber sie fürchten Protestbewegungen, die sie nicht begreifen und nicht kontrollieren können.

Gegenwärtig entsteht in China ein ideologisches Vakuum, infolgedessen können alle möglichen sektenartigen Glaubensgemeinschaften auftauchen. Wie der Weiße Lotus im vorletzten Jahrhundert oder die Taiping-Bewegung und zuletzt, in den neunziger Jahren des 20. Jahrhunderts, die Falungong. Die Chinesen haben keine gemeinsame Religion. Sie haben deshalb auch keine Tradition, durch die Welt zu reisen und andere Völker mit Gewalt von ihrem Glauben zu überzeugen.

Haben Sie mit dem Papst jemals über China gesprochen?

Nein. Über Südamerika ja, über Afrika auch. Es interessierte Papst Johannes Paul II., sich über Afrika zu unterhalten. Er war ein außerordentlich aufgeschlossener und engagierter Mann, ein bewundernswürdiger Mensch. Aber zum Teil eben auch vernagelt – seine ganze Sexualmoral und seine Geburtenpolitik sind abwegig, er verstand nichts davon. Von der Lage der Welt verstand er nur teilweise etwas. Von China verstand er wahrscheinlich nicht viel. Aber das ist auch nicht weiter verwunderlich.

Deshalb ist der Papst politisch noch auf Seiten Taiwans. Der Vatikan wird erst eine Vertretung in Peking eröffnen, wenn die Christen ihre Religion frei ausüben können. Wann das passiert, ist derzeit nicht abzusehen. Es gibt zwar christliche Messen in den großen Städten Chinas. Aber der Staat achtet sehr genau darauf, dass die christliche Bewegung nicht zu groß und zu organisiert ist und dass sich die Christen nicht in politische Belange einmischen. Einheit im Land, Vielfalt in der Welt, gewissermaßen. Aber einstweilen findet der Machtkampf zwischen China und der Welt noch auf wirtschaftlichem Gebiet statt. Und in diesem Bereich spüren die Ausländer starken Gegenwind, weil sie den chinesischen Markt für ihr Wachstum brauchen. Die chinesische Regierung sorgt einerseits dafür, dass die chinesischen Unternehmen stets im Vorteil bleiben. Im chinesischen Markt unterliegen die Ausländer stärkeren Spielregeln. Auf dem Weltmarkt werden die chinesischen Unternehmen vom Staat subventioniert. Was halten Sie von dieser Art Protektionismus auf unsere Kosten?

Ich halte das jedenfalls für viel vernünftiger, als wenn irgendwelche Hedge-Fonds-Manager an der Wall Street bestimmen, dass DaimlerChrysler oder Volkswagen zerlegt und verkauft werden. Wir haben uns in einer gefährlichen Weise an die Manager des internationalen Finanzkapitals ausgeliefert. Hier ist der Staat gefragt. Und große Staaten haben eben großen Einfluss. Solange es Nationalstaaten gibt, und das wird sicherlich bis weit über das nächste Jahrhundert so sein, würde ich eine erhebliche Prärogative für den Staat aufrechterhalten wollen. Allerdings in meinem Lande gefälligst demokratisch kontrolliert.

In China nicht?

Das ist nicht mein Problem, das müssen die Chinesen entscheiden.

Vor allem westliche Manager haben den Eindruck, dass die chinesische Regierung mit ihren 1,3 Milliarden Menschen ihre Strategien besser umsetzen kann als ein Bundeskanzler in Deutschland, der auf viel mehr Rücksicht nehmen muss als die chinesische Führung.

Das Regieren in einer demokratischen Gesellschaft und Staatsordnung ist sicherlich ganz etwas anderes als das Regieren in einer diktatorischen Staatsordnung. Das ist so. Ob es schwieriger ist, das weiß ich nicht. Die Wahrscheinlichkeit von Mord und Totschlag innerhalb des Staates ist bei einer demokratischen Staatsordnung geringer als bei einer diktatorischen, und zwar nicht nur Mord und Totschlag durch etwaige Aufstände gegen den Diktator, sondern auch Tote durch die Regierung selbst – siehe die Hungertoten, die Mao Zedong verantworten muss. Schwerstfehler in einer Demokratie werden relativ schnell beseitigt. Die Schwerstfehler, die Mao Zedong gemacht hat oder die russische Zaren angerichtet haben, wurden gar nicht beseitigt.

Wie ist das mit den Schwerstfehlern der heutigen chinesischen Regierung?

Ich sehe keine Schwerstfehler. Es liegt aber vielleicht daran, dass ich keinen ausreichenden Überblick habe. In einer Demokratie, das ist sicher, werden Fehler schneller ausgeglichen oder revidiert; bisweilen verdeckt man sie aber auch. Nehmen Sie aber als Beispiel die Überalterung der europäischen Gesellschaften. Heute wird uns allmählich klar, dass wir hier ein Problem haben. Objektiv betrachtet hätten wir dieses Problem schon im Laufe der 1970er Jahre erkennen können. Jetzt wissen wir endlich, dass wir ein Problem haben, aber wir haben noch nicht wirklich damit angefangen, über Lösungen nachzudenken. Ob ein diktatorisches Regime in Westeuropa schneller reagiert hätte, wage ich zu bezweifeln. Mit Sicherheit haben die chinesischen Führer, als sie die Ein-Kind-Politik verordnet haben, nicht vorhergesehen, dass es zu einem Männerüberschuss kommen würde. Es wurden nämlich weibliche Föten häufiger abgetrieben. Inzwischen dürfen chinesische Ärzte aus diesem Grund das Geschlecht des Fötus den Eltern nicht mehr verraten. Zudem ist die Regierung dazu übergegangen, Eltern von Töchtern Privilegien einzuräumen. Auch Diktatoren können Vorhersehbares übersehen. Außerdem neigen manche Diktatoren dazu, Schnapsideen mit Gewalt zu verwirklichen.

Dafür ist die heutige chinesische Regierung nicht gerade bekannt.

Nein, die jetzige chinesische Regierung ist ziemlich frei von ideologischen Phantasmagorien. Damit ist China die große Ausnahme unter den Diktaturen. Wir wollen die heutigen Chinesen nicht von Ideologien freisprechen, ich denke etwa an Jiang Zemin und seinen Marxismus; aber Schnapsideen haben sie nicht, erst recht keine verbrecherische Utopie wie Hitler. Immerhin sind aber auch demokratische Gesellschaften bisweilen anfällig für Ideologien und auch für Psychosen.

Demokratien sind durchaus auch in der Lage, Kriege zu führen.

Ja. England war 1914 eine Demokratie. Amerika war 1917 eine Demokratie. Natürlich können auch Demokratien unglaubliche Fehler machen. Der Erste Weltkrieg war ein Fehler, an dem nicht nur das mehr oder weniger diktatorische Deutschland und das voll und ganz diktatorische Russland beteiligt waren, sondern ebenso das demokratisch regierte Frankreich und das demokratische England.

Was halten Sie von der These, dass stärkerem wirtschaftlichem Wohlstand geradezu zwangsläufig demokratische Entwicklungen folgen?

Das halte ich für einen Wunschtraum. Sie können diesen schönen Satz auch umkehren und behaupten, es sei zwangsläufig, dass eine demokratische Staats- und Gesellschaftsentwicklung zu mehr Wohlstand führt. Auch da würde ich sagen – ein Wunschtraum.

Wenn man die Probleme erkannt hat, ist die Umsetzung der Lösung in Diktaturen etwas leichter als in Demokratien?

Die Umsetzung von Lösungen ist in Diktaturen leichter. Aber in Diktaturen können die Regierenden oft die entscheidenden Probleme nicht rechtzeitig begreifen, weil ja keine offene Diskussion stattfinden darf. Zum Beispiel haben die russischen Kommunisten bis in die achtziger Jahre nicht erkannt, dass sie ihr Land total überreguliert hatten; sie haben das viel weniger begriffen als heute die französische Regierung oder die deutsche. Die haben auch ihre Länder überreguliert, aber nicht im Entferntesten so schrecklich wie die Sowjets. Also, die erste Hürde ist, zu begreifen, dass man ein Problem hat. Die zweite Hürde ist dann, dass man herausfindet, welches Problem man hat, und dann erst kommt drittens die Beseitigung des Problems. Letzteres ist in Diktaturen einfacher zu bewerkstelligen.

Wie haben die Chinesen Stufe eins und zwei gemeistert?

Die Chinesen haben begriffen, welche Probleme sie haben. Deng hatte es begriffen und er hat Schüler gewonnen. Auch die jetzige Führung ist immer noch auf dem richtigen Weg. Aber bis zu Deng war es genauso schlimm wie in Russland.

In China gilt ja folgende Regel: Wenn man eine neue Straße oder einen neuen Flughafen baut, dann ist es nicht möglich, dass ein einzelner Hausbesitzer dagegen klagt und sich das Projekt dann, wie etwa der Bau des Flughafens in Berlin-Schönefeld, bis zum Sankt-Nimmerleins-Tag hinzieht. Wenn ein übergeordnetes Interesse besteht, dann geht das in China ruck, zuck! Die Menschen haben, wenn sie entschädigt werden, auch Verständnis dafür. Ist das ein Modell für Deutschland?

Zu Zeiten Wilhelms II. und der Weimarer Republik wurde für den Bau von Reichsstraßen, wie die früher hießen, Land enteignet, und das ging relativ schnell. Der Bauer wurde anständig abgefunden, er hätte den Bau der Reichsstraße nie und nimmer um ein Jahr verzögern können. Heute sind die Klagemöglichkeiten unendlich. In Hamburg haben eine Kirchengemeinde und zwei Obstbauern jahrelang verhindert, dass eine Landebahn für den Airbus in Finkenwerder verlängert wurde, und infolgedessen konnten neue Airbus-Werkshallen nicht gebaut werden. Eine Groteske. Die Kläger haben nicht gegen das Gesetz verstoßen, sondern die Gesetze erlauben ihnen alle möglichen Verfahren und erzwingen dergestalt eine uferlose Bürokratie.

Woher kommt diese Übertreibung der Rechte des Individuums?

Die ist in Deutschland besonders ausgeprägt, eine ganz normale Gegenreaktion auf die Nazi-Diktatur. Nehmen Sie das Grundgesetz. Die ersten zwanzig Artikel enthalten, mit zwei Ausnahmen, nur Rechte – Grundrechte als Basis der Verfassung –, aber es sind keine Pflichten enthalten. Eine Ausnahme ist die Wehrpflicht, die nachträglich ins Grundgesetz eingefügt wurde. Und eine halbe Ausnahme ist Artikel 14 Absatz 2, in dem steht, dass Eigentum verpflichtet und zugleich dem Wohl der Allgemeinheit dienen soll; das ist aber eigentlich keine wirksame Verpflichtung. Natürlich hat in Wahrheit jeder, der ein Recht ausübt, gleichzeitig auch Verantwortung. Wir haben das vergessen. Mir scheint, dass dieser Gedanke in der chinesischen Gesellschaft noch verankert und jedenfalls für das Zusammenleben nützlich ist.

Wenn Sie die deutschen Übertreibungen weglassen, gibt es Ihrer Ansicht nach zwischen den chinesisch-asiatischen und den westlichen Gesellschaften einen Unterschied im Verhältnis zwischen Gemeinschaft und Individuum?

Ja, natürlich, denken Sie nur an den Konfuzianismus, an den Islam und die Scharia. Nirgendwo wird die Eigenständigkeit des Individuums so abgestützt wie in den westlichen Verfassungen, in den USA, Kanada und Westeuropa. Wie es sich im östlichen Teil Mitteleuropas entwickeln wird, kann ich noch nicht erkennen. Einstweilen ist noch nicht deutlich, ob man sich dort westeuropäischen Standards ganz anpassen wird oder nur teilweise. Die Ukrainer etwa, das kann man jetzt schon sehen, werden sich nicht ganz anpassen. Sie werden sich etwas »chinesischer« orientieren, wenn Sie so wollen. In Deutschland gilt heute: Auch wenn wir Rechte haben, von Pflichten wollen wir nichts hören. Das war eigentlich andersherum gedacht: »No taxation without representation« haben protestierende Amerikaner zur Zeit der Gründerväter gerufen, also vor 1787, als die amerikanische Verfassung entstand. Sie waren eigentlich loyale Bürger der englischen Krone. Aber von einem waren sie überzeugt: Wenn wir Pflichten haben, wollen wir auch Rechte haben.

Sind Gesellschaften, in denen die Gemeinschaft eine stärkere Rolle spielt, heute international wettbewerbsfähiger?

Das ist nicht auszuschließen. Das heißt noch nicht, dass man es wünschen sollte. Die Wettbewerbsfähigkeit ist nicht der oberste Maßstab für moralische Wertentscheidungen.

Aber sie entscheidet darüber, wie groß die eigene Stärke ist, um bestimmte moralische Wertvorstellungen durchzusetzen.

Das ist einerseits richtig. Richtig ist aber auch: Wenn wir anfangen, unsere moralischen Maßstäbe und die Grundlagen unseres Rechtsdenkens von ökonomischen Zweckmäßigkeiten abhängig zu machen, dann kann die europäische Kultur verloren gehen. Vielleicht ist es ja bereits so weit. Vor allem aber ist etwas anderes nicht auszuschließen: nämlich dass Oswald Spengler und Arnold Toynbee Recht hatten mit der Annahme, dass Kulturen aufsteigen und irgendwann wieder vergehen. Vielleicht steigt Europa bereits ab. China ist bisher erstaunlicherweise jahrtausendelang davon verschont geblieben. Wenn ich mich in hundert Jahren noch einmal hier in meinem Berliner Büro mit einem deutschen Journalisten unterhalten könnte, vielleicht müsste ich dann mit tiefem Bedauern feststellen, dass es die Chinesen besser gemacht haben als wir. Das will ich nicht ausschließen.

Worin besteht, historisch gesehen, die Überraschung des wirtschaftlichen Aufstiegs von China?

Eine Überraschung besteht darin, dass die Chinesen einen enormen Handelsüberschuss erwirtschaften. 2006 haben sie der Welt Produkte im Wert von über 100 Milliarden US-Dollar mehr verkauft, als sie ausgegeben haben. Weil das schon jahrelang so geht, haben sie die größte Ansammlung von Währungsreserven der Welt, demnächst mehr als die Japaner. Völlig in Umkehrung der Vorstellung, die amerikanische und europäische Unternehmen in den Achtzigern und noch Anfang der neunziger Jahre hatten. Damals glaubten die Unternehmer und Manager an der Spitze der Manufactoring Industries – Automobile, Flugzeuge, Maschinen und dergleichen –, dass China ein großer Markt würde. Das ist es auch geworden. Aber es ist inzwischen eine noch größere Konkurrenz geworden. China exportiert nicht etwa nur Plastikspielzeug, sondern inzwischen durchaus erstklassige Technik und zunehmend

High Technology. China wird heute in 15 Jahren ein technologisch erstklassiger Konkurrent für Amerika und den ganzen Westen sein. Ob das Medizintechnik ist, ob das die Nukleartechnologie oder die Wasserstofftechnologie betrifft, ob es um Hybridmotoren für Autos oder um Flugzeuge geht.

Was bedeutet der Aufstieg Chinas für Deutschland?

Die veröffentlichte Meinung in Deutschland, also im Wesentlichen der deutsche Journalismus, die Massenmedien, aber auch deutsche Politiker neigen dazu, sich aus Amerika suggerieren zu lassen, dass China und die chinesische Aufwärtsentwicklung eine Gefahr für uns darstellen. In Wirklichkeit hängen die ökonomischen Probleme, die wir Deutschen und die wir Europäer insgesamt in unseren eigenen Ländern haben, weniger mit China zusammen als vielmehr mit Fehlentwicklungen, die wir selbst verschuldet haben. Wenn ein Konkurrent auf einem Felde etwas besser ist als wir, bedeutet das erst einmal, dass wir etwas versäumt oder falsch gemacht haben. Es bringt wenig, die Gefährlichkeit des Gegners zu beschwören und damit eine Konfrontation herzustellen, welche die Lage noch verschärft.

Die chinesische Führung ist sehr geschickt darin, Konkurrenten auszuweichen, die mächtiger sind als sie selbst, oder Situationen, die sie nicht ändern kann, zu akzeptieren und das Beste daraus zu machen. In dieser Hinsicht können wir in Deutschland von China lernen. In diesem Fall müssen wir klaren Blickes feststellen, die Chinesen sind nicht böse, sondern sehr motiviert und engagiert um ihren Vorteil bemüht. Das bekommen wir deutlicher zu spüren als andere Länder, weil unsere Volkswirtschaft in großen Schwierigkeiten steckt. Worin liegen die?

Deutschland hat die ökonomische Vereinigung der beiden deutschen Nachkriegsstaaten nicht gut zustande gebracht. Die Europäer insgesamt werden noch Schwierigkeiten haben, den bedingungslosen Beitritt von zehn Staaten aus dem Osten Europas zum gemeinsamen Markt ökonomisch zu bewältigen. Diese aus der deutschen Vereinigung und aus der europäischen Vereinigung bisher schon erwachsenen und zukünftig noch erwachsenden ökonomischen Probleme werden für Deutschland und für Europa wahrscheinlich noch mindestens ein, vielleicht zwei Jahrzehnte größeres Gewicht haben als die so genannte Herausforderung durch China.

Damit unterschätzen Sie China und die Zwänge der Globalisierung erheblich. In Kaufkraft ausgedrückt bestritt China in den vergangenen drei Jahren etwa ein Drittel des Wachstums der Weltwirtschaft und etwa 60 Prozent des Zuwachses an weltweitem Investitionsvolumen. Das mit einem Anteil von nur vier Prozent an der Weltwirtschaft. Aber noch in diesem Jahrzehnt wird die chinesische Volkswirtschaft größer sein als die deutsche. Im Jahr 2025 wird China womöglich zwei Drittel des Prokopfeinkommens in Deutschland erreicht haben. Noch in der Lebensspanne meiner Generation, also in der ersten Hälfte dieses Jahrhunderts, könnte Chinas Wirtschaft größer werden als die amerikanische. Die Investmentbank Goldman Sachs geht davon aus, dass dies bereits 2040 der Fall sein wird.

Was ich gesagt habe, bedeutet nicht, dass der Aufstieg Chinas im Laufe der ersten Hälfte dieses Jahrhunderts nicht erhebliche Probleme im Bewusstsein Amerikas und tatsächliche Probleme in Europa und Deutschland schaffen wird. Wahrscheinlich wirft China aber im Bewusstsein der Amerikaner größere Probleme auf als im Bewusstsein der Europäer. Denn von Amerika aus gesehen handelt es sich hier nicht so sehr um einen ökonomischen Wettbewerb als vielmehr um einen machtpolitischen Wettbewerb. Der wiederum ist aus europäischer Sicht von deutlich geringerer Bedeutung; hier werden der ökonomische Wettbewerb und die Wettbewerbsfähigkeit eine größere Rolle spielen, für Deutschland wahrscheinlich mehr als für andere europäische Staaten.

Anderseits ist nach bisheriger Erfahrung der letzten eineinhalb Jahrhunderte das zu verschiedenen Zeitpunkten einsetzende und mit verschiedenen Tempi sich vollziehende ökonomische Erstarken gleichzeitig ein technischer Aufstieg. Die Ungleichzeitigkeit und die verschiedenen Geschwindigkeiten der ökonomischen und technologischen Entfaltung einzelner Volkswirtschaften, sprich, die Konkurrenz hat im Ergebnis für alle Beteiligten zu positiven Ergebnissen geführt. Der Wettbewerb zwischen England und Deutschland um 1900 ist ein Beispiel dafür. Weil er zugleich ein Wettbewerb um Macht war, hat er allerdings auch zu höchst unerwünschten politischen Folgen geführt, nämlich zum Ersten Weltkrieg. Aber es gibt kein historisches Beispiel dafür, dass ökonomische Konkurrenz dazu geführt hätte, dass ein Land oder ein Staat oder eine Gesellschaft zugrunde gegangen ist.

Die Sowjetunion ist zugrunde gegangen, weil ihre Wirtschaft jener der USA unterlegen war. Der ökonomische Erfolg der USA hat dazu geführt, dass die Amerikaner die Russen zugrunde rüsten konnten. Und die wirtschaftliche Konkurrenz zwischen England und den USA hat dazu geführt, dass England von einer wirtschaftlichen Spitzenmacht und kolonialen Weltmacht zu einem Land abgestiegen ist, das nicht einmal mehr in Europa führend ist, weder politisch noch wirtschaftlich.

Die Implosion der Sowjetunion hatte viele Ursachen zugleich. Maggie Thatcher hat als einzelne Führungsperson England wieder auf die Beine geholfen. Sie dachte sehr einseitig, aber sie verstand etwas von Ökonomie – viel mehr als Mitterrand und als Kohl. Sie hat mich mal gefragt, wie macht ihr das eigentlich – ich war noch im Amt und sie war neu im Amt –, wie macht ihr das eigentlich, dass ihr keine Streiks in Deutschland habt? Und ich habe ihr zu erklären versucht, wie das funktioniert mit den Rechten der Betriebsräte und mit der Mitbestimmung. Und außerdem, sagte ich ihr, habe ich jedes Jahr drei- oder viermal die Spitzen der großen deutschen Banken, der Industriekonzerne und der Gewerkschaften bei mir zum Abendessen, vielleicht versuchen Sie das mal. »Um Gottes willen, die Gewerkschaft!«, hat sie geantwortet, »für so etwas habe ich meinen

Arbeitsminister.« Sie hatte ihre eigenen und eigenartigen Vorstellungen. Heute heben die *Financial Times* oder der *Economist* Margaret Thatcher in den Himmel und täuschen sich über die tatsächliche Lage ihres Landes. Tatsächlich funktioniert der englische Wohlfahrtsstaat nur noch kümmerlich, und genauso sehen die englische Eisenbahn, das englische Postsystem oder das öffentliche Gesundheitssystem aus.

Wenn es das Londoner Bankenwesen nicht gäbe, wäre England gar nichts. Das ist doch ein ziemlicher Abstieg.

London ist praktisch *der* Finanzplatz heute, aber nichts anderes als ein Finanzplatz. Ich will aber die Bedeutung dieses Finanzplatzes nicht unterschätzen.

Aber für England war das schon ein gewaltiger Abstieg, als die Amerikaner nach 1945 die Führung in der Welt übernommen haben. England ist zwar daran nicht zugrunde gegangen, hat jedoch einen sehr schmerzhaften Anpassungsprozess durchmachen müssen, in dem sich seine Position dramatisch relativiert hat.

Es kann immer wieder vorkommen, dass jemand nicht rechtzeitig aufwacht, wenn ein Konkurrent etwas Besseres oder ein Gleiches etwas schneller oder billiger machen kann. Heutzutage redet kein Mensch mehr in Deutschland von dem ehemals wichtigen industriellen Konzern namens AEG. Früher gab es AEG und Siemens, beide waren von gleicher Bedeutung. Doch AEG hat nicht rechtzeitig die Konsequenzen aus der Wettbewerbssituation gezogen und ist untergegangen. Natürlich kann ökonomischer Wettbewerb auch dazu führen, dass einer Pleite macht und dass Arbeitslosigkeit entsteht.

Gleichwohl ist es für mich unwahrscheinlich, dass das Auftreten eines zusätzlichen, noch dazu eines so großen und bedeutenden Konkurrenten wie China zum Nachteil für alle anderen sein wird. Das ist absolut nicht abzuleiten aus der bisherigen Weltgeschichte. Der Beitritt Japans zur Weltwirtschaft ist noch keine anderthalb Jahrhunderte alt; inzwischen hat Japan sich technisch und ökonomisch gewaltig entwickelt, es ist heute die zweitgrößte Volkswirtschaft der Welt. Aber dieser neue Konkurrent hat doch nicht den gleichzeitigen Aufstieg der europäischen Volkswirtschaften, des europäischen Lebensstandards und des Wohlfahrtsstaates verhindert. Ein Gleiches gilt in den letzten fünfzig Jahren für Südkorea, für Taiwan, Singapur.

Das Schöne an der Weltgeschichte ist, dass gelegentlich etwas Unerwartetes passiert. Und mit einem solchen Fall haben wir es zu tun. Bisher war es so, dass wir die Chance des komparativen Vorteils nutzen konnten. Das heißt, wann immer einer unserer Industriezweige nicht mehr wettbewerbsfähig war, zum Beispiel die Textilindustrie oder die Kameraindustrie, haben wir ihn an so genannte Billiglohnländer in Asien abgegeben. Die Entwicklungsländer konnten das billiger und genauso gut. Die ersten Unternehmer oder Manager, die diese Entwicklung erkannten, hatten große Vorteile, sie konnten ihr Unternehmen an die verkaufen, die den Wandel der Zeit noch nicht bemerkt hatten. Die letzten, die den Wandel nicht wahrhaben wollten, sind meistens bankrottgegangen. Insgesamt jedoch sind wir in die nächste Stufe der technologischen Entwicklung aufgestiegen und konnten unsere Wettbewerbsfähigkeit halten. Doch in den letzten zehn Jahren sind wir in eine historisch sehr ungünstige Konstellation geraten. Unsere Märkte im Westen sind gesättigt. Damit unsere Unternehmen das Wachstum aufrechterhalten können, das sie dringend brauchen, müssen sie neue Märkte erschließen. Der derzeit attraktivste Markt ist der chinesische, weit vor Indien, vor Russland, vor Südamerika. Gleichzeitig stellt vor allem China fast alle Produkte inzwischen auch selbst her.

China ist nur einer von mehreren großen Märkten. Der chinesische Markt hängt in seiner Entfaltung natürlich von der Kaufkraft und der Zahlungsfähigkeit des chinesischen Volkes ab. Und die hängt ab von seinem Einkommen und Lebensstandard. Es sind nicht alle 1,3 Milliarden Chinesen, die morgen ein in Europa oder nach europäischen Maßstäben gefertigtes Auto kaufen können. Man soll die Bedeutung des chinesischen Marktes bitte auch nicht überschätzen. Es ist nicht so, dass morgen alle Welt alle möglichen Produkte in China verkaufen kann. Ich schätze mal, dass die Mehrheit aller heute lebenden Chinesen im Lauf ihres Lebens nach wie vor sich kein Auto wird leisten können.

Sie sprechen also von einer Gruppe von über 600 Millionen Menschen, die sich in absehbarer Zeit ein Auto wird leisten können. In den USA werden jährlich rund 16 Millionen Autos verkauft. Die entscheidende Frage für das Überleben eines westlichen Autoherstellers wird also demnach in Zukunft sein: Wie viele der 600 Millionen Menschen kann ich zu meinen Kunden machen? Und nicht, wie kann ich das fortschrittlichste Auto herstellen? Weil die Kunden nicht viel Geld haben, müssen sie ein besonders preiswertes Auto herstellen, das 3000-US-Dollar-Auto. Um dabei noch etwas zu verdienen, müssen sie auf veraltete Technologie zurückgreifen und das Auto unter möglichst geringen Kosten zusammenbauen. Das können die Koreaner sehr gut und inzwischen auch die Chinesen. Den Smart, der über 10 000 US-Dollar kostet, kauft in China niemand. Wir Deutschen sind bei den Spitzenautos unschlagbar: der Audi A8, der 7er BMW und die S-Klasse. In den anderen Segmenten kommen wir in den Zukunftsmärkten immer stärker unter Druck. Doch nur mit den Luxusautos können wir die deutsche Autoindustrie nicht über Wasser halten. Die Zukunft der deutschen Automobilindustrie entscheidet sich in China und Indien, nicht in Deutschland. In Deutschland haben wir kaum noch Platz für Autos.

Das mag sein. Immerhin wird die aufsteigende obere Mittelschicht irgendwann einmal nicht nur die billigen Autos fahren wollen, sondern auch Autos gehobener Klasse. Dann sind die deutschen Hersteller wieder besser im Spiel. Im Übrigen aber bleibt eine doppelte Wahrheit festzuhalten. Zum einen ist die deutsche Autoindustrie nicht als Exportindustrie entstanden, das ist sie erst in der zweiten Hälfte ihrer bisher einhundertjährigen Geschichte geworden. Zum anderen wird der heimische Markt irgendwann gesättigt und auf Ersatzbedarf beschränkt sein.

Sie werden harte und gute chinesische Konkurrenten haben, und der chinesische Staat wird den Unternehmen helfen, indem er zum Beispiel strengere TÜV-Kontrollen für ausländische Autos einführt. Heute ist der TÜV in China hauptsächlich dazu da, die Strafzettel einzutreiben. Das ist ein sehr effizientes System. Wenn man bei Rot über die Ampel fährt, schreibt der Polizist keinen Strafzettel mehr, sondern er hat ein kleines Lesegerät, durch das er den Führerschein zieht, und dann tippt er das Vergehen ein. Einmal im Jahr muss das Auto zum TÜV, und dann ist Zahltag. Wer nicht zahlt, bekommt sein Auto nicht wieder. Ganz einfach. Auch das können die Chinesen schon besser als wir.

Aber die Chinesen haben dieses System nicht allein erfunden. Ich habe es vor 50 Jahren auf den Färöer-Inseln, die zu Dänemark gehören, kennen gelernt. Felsige Inseln im Atlantik, auf denen kein Baum wächst, besiedelt von Skandinavien aus. Jede Form von Alkohol stand unter staatlicher Kontrolle. Sie bekamen die Bezugsscheine für ihren Schnaps nur, wenn sie ihre Steuerquittung vorzeigten. Die Bezugsscheine wurden an einem einzigen Tag ausgegeben, am St.-Olafs-Tag, einem Feiertag aus alten Zeiten. Ausgerechnet an einem St.-Olafs-Tag sind wir auf den Färöer-Inseln gelandet. Kein Mensch wollte das Schiff festmachen, keiner wollte uns empfangen, denn die ganze Besatzung der Färöer-Inseln, damals vielleicht 30 000 Menschen, war betrunken. Sie hatten noch am selben Tag die Hälfte der Bezugsscheine versoffen. Das ist ein Gegenbeispiel zu Ihrem chinesischen TÜV.

In beiden Fällen macht es sich der Staat einfach und verdient viel Geld. Aber China ist nicht nur ein Absatzmarkt, den man zugunsten der Einheimischen regulieren kann. Er verfügt über billige Arbeitskräfte, die Produkte auf internationalem Niveau herstellen können, über gute Infrastruktur und eine Mittelschicht von 200 Millionen Menschen, die immer größer wird und noch viele Produkte braucht. Die Chinesen haben diese Konstellation genau durchschaut und bieten uns, dem Westen, deswegen ein Geschäft an: Marktanteile gegen Technologietransfer. Weil wir keine andere Wahl haben, lassen wir uns darauf ein. Das führt jedoch dazu, dass China ein Land ist, in dem alles hergestellt wird, was die Welt herstellt. Das bedeutet in dieser Konstellation, dass es kaum noch Raum für den komparativen Vorteil gibt.

Aber Audi oder Mercedes oder BMW produzieren in China für den chinesischen Markt. Wir werden jedoch neue Produkte erfinden und dann herstellen müssen, wenn der Wohlstand unserer 80 Millionen Menschen weiterhin wachsen soll. Hochtechnologien aller Art, vor allem aber Dienstleistungen aller Arten müssen zur Grundlage der deutschen Volkswirtschaft werden.

Das ist noch richtig. Aber um ihre Produktion in Deutschland überhaupt noch konkurrenzfähig halten zu können, müssen deutsche Unternehmen immer mehr Teile in China kaufen, ganze Komponenten, die dann in Deutschland nur noch zusammengebaut werden. Schon heute wäre es günstiger, die Autos in China zu bauen und nach Deutschland zu transportieren. Doch das geht aus politischen und sozialen Gründen nicht. Der Trend wird jedoch in diese Richtung gehen. Und zwar bei allen Produkten.

Unsere Forscher müssen sich anstrengen, um neue Technologien zu entwickeln oder alte zu verbessern, sodass wir unseren technologischen Vorsprung halten können. Auch das war schon immer so. Wenn Sie in der Wirtschaft nicht immer wieder etwas Neues präsentieren, geraten Sie auf die Dauer ins Hintertreffen.

Das Problem ist nur, dass die Chinesen auch im Bereich der Forschung und Entwicklung aufholen. In Shanghai allein machen jedes Jahr mehr Ingenieure ihren Abschluss als in Deutschland. Viele von denen sind genauso gut, aber sie arbeiten länger für weniger Geld. Das bedeutet, dass fast alle großen westlichen Unternehmen Forschungsabteilungen in China aufmachen, um Kosten zu sparen. Diese für den Westen ungünstige Situation wird dazu führen, dass sich die Position Deutschlands oder Europas in der Welt rapide relativieren wird. Wir werden nicht untergehen. Aber wir werden weniger Geld und geringeren politischen Einfluss auf die Welt haben.

Die inneren Probleme Chinas werden dazu führen, dass sich die Wachstumsraten der chinesischen Küstenwirtschaft mit acht oder neun Prozent pro Jahr natürlich nicht jahrzehntelang fortsetzen. Insbesondere auch deswegen nicht, weil der Reifungsprozess der Industrie und der Banken und der Dienstleistungsunternehmen entlang der Küste dazu führt, dass die Wachstumsraten dort geringer werden. Das konnten wir schon in Japan beobachten.

Und heute geht es nur noch weiter für Japan, weil es einen Großteil seiner Industrie nach China verlegt.

Stagnation kann auch in China einsetzen.

Mit dem Unterschied, dass China über das Zehnfache der japanischen Bevölkerung verfügt. Wenn also China nur ein Zehntel seiner Bevölkerung auf das japanische Niveau bringt, kann es dennoch über viele, viele Jahre hinweg gleichzeitig eine führende Industrienation und ein Entwicklungsland sein. Das ist sein entscheidender Vorteil.

Bleiben wir bei dem Beispiel Japan. In den letzten drei Jahrzehnten des 19. Jahrhunderts plus dem ersten Jahrzehnt des 20. Jahrhunderts, also von 1870 bis 1914, in gut vier Jahrzehnten ist aus dem bis dahin völlig von der Welt abgeschlossenen Japan – ähnlich abgeschlossen wie vorgestern noch China – eine Weltwirtschaftsmacht geworden. Die japanische Konkurrenz, insbesondere in der zweiten Hälfte des 20. Jahrhunderts, hat nicht dazu geführt, dass einer von uns Europäern seinen Lebensstandard verringern musste, sondern die japanische Konkurrenz hat die Amerikaner und die Europäer gezwungen, neue Wege zu gehen, weil beispielsweise Japan fast die ganze optische Industrie übernommen hat. Das hat aber nicht dazu geführt, dass Deutschland untergegangen ist oder auch nur dazu, dass die Rentner weniger bekommen haben. Im Gegenteil, sie haben immer mehr bekommen, und die Arbeitnehmer auch.

Sie haben allerdings damit nur einen Zwischenstand im Wettkampf beschrieben. Die Japaner und Koreaner setzen seit einigen Jahren die deutsche Autoindustrie unter erheblichen Druck. Die Autoindustrie macht 20 Prozent der deutschen Wirtschaft aus. Wenn davon die Hälfte wegbricht, möchte ich Ihre zufriedenen Rentner erleben. Doch die viel wichtigere Frage, die wir uns stellen müssen: Worin liegen die Unterschiede zwischen dem japanischen und dem chinesischen Aufstieg? Es gibt drei entscheidende Unterschiede, von denen ich erst einen genannt habe: Japan hat zehnmal weniger Bevölkerung als China. Die beiden anderen Unterschiede sind noch wichtiger: Erstens, die Japaner müssen in die Welt hinaus, um ihre Produkte zu verkaufen und dort andere etablierte Hersteller verdrängen. Das ist sehr aufwendig und dauert lange. Die Chinesen können noch lange in ihrem eigenen Markt wachsen, wo sie die Spielregeln bestimmen. Sie können dafür sorgen, dass ihre eigene Industrie stets den Vortritt hat. Und das tun sie auch. Zweitens entwickeln die Chinesen im Unterschied zu den Japanern die aktuellen Produkte nicht aus eigener Kraft nach, sondern sie lassen sich von den Ausländern dabei helfen, die sich damit ihre eigenen Konkurrenten heranziehen, aber keine Wahl haben, weil sie in den chinesischen Markt wollen. Sie wenden einen Trick an, der in chinesischen Kampfsportarten gerne genutzt wird. Sie benutzen die Kraft des Gegners für ihre eigenen Zwecke, indem sie einen Schlag des Gegners nicht abwehren, sondern an sich heranziehen und ihn damit aus dem Gleichgewicht bringen.

Es gibt die alte kaufmännische Weisheit: Konkurrenz belebt das Geschäft. Die gilt auch für Volkswirtschaften. Nicht nur für den einzelnen Händler, nicht nur für den einzelnen Börsianer, nicht nur für den einzelnen Fabrikanten, sondern für die ganze Volkswirtschaft.

Demnach würde es keine Pleiten geben. Die Belebung des Geschäfts kann auch zum Untergang eines Händlers führen, der die Belebung verschlafen hat. Das kann auch für Volkswirtschaften gelten. Wobei ich nicht glaube, dass Deutschland untergehen wird. Aber wir werden uns mit sehr viel weniger zufrieden geben müssen.

Die Besorgnis vor künftiger chinesischer Konkurrenz ist durchaus verständlich, aber sie ist langfristig nicht gerechtfertigt. Vielleicht wird es eine Zeitverzögerung geben, aber wir werden auf den Druck reagieren. So wie wir Europäer die Dampfmaschine und die Eisenbahn entwickelt haben, so wie wir das Flugzeug, das Radio oder den Computer erfunden haben, so werden wir auch diesmal wieder Neues erfinden. Es scheint so, als könnten wir auf dem Felde der medizinischen Technologien eine dieser großen neuen Entwicklungen vorantreiben oder zum Beispiel in der Gentechnologie.

Die International Society of Cancer Gene Therapy hat dem chinesischen Forscher und Unternehmer Peng Zhaohui Ende 2005 eine Auszeichnung dafür verliehen, dass er das erste Genmedizinprodukt erfolgreich auf den Markt gebracht hat. Bis Ende 2006 sind 50 000 Patienten damit behandelt worden, darunter 70 ausländische Patienten aus 20 Ländern. Während man im Westen noch das Für und Wider diskutiert, baut das Unternehmen derzeit ein Labor, in dem 1,5 Millionen Dosen hergestellt werden sollen.

Die Konkurrenzsituation im Automobilbereich in Japan hat dazu geführt, dass Hybrid-Autos auf dem Markt angeboten werden. Das ist ein Auto, das teils mit Benzin fährt und teils mit anderen Energien. Natürlich werden auch die Ingenieure in Stuttgart, München oder Wolfsburg demnächst Hybrid-Autos entwickeln.

Schade nur, dass Toyota etwas eher dran war.

Das muss ja nicht immer so sein. Der Aufstieg Chinas kann im Gegenteil dazu beitragen, dass die Führung in der Entwicklung der technologischen Fähigkeiten bei Amerika und Europa bleibt.

Die wir dann nach China tragen müssen, weil wir den Markt brauchen. Durch das Internet und andere moderne Medien ist es heute immer schwieriger, einen technologischen Vorsprung zu halten. Das ist ein sehr schnelles Geschäft geworden. Heute hat derjenige, der den Markt hat, einen größeren Vorteil als derjenige, der die Technologie hat. Der iPod, eine geniale Erfindung von Apple, hat innerhalb von Monaten dutzende Nachahmer gefunden, auch chinesische. Die haben aber im chinesischen Markt einen großen Vorteil. Siemens musste seine Handysparte verkaufen, weil die Handys gegenüber den chinesischen Produkten nicht konkurrenzfähig waren. Sie mussten an einen Chinesen verkaufen und ihm noch 300 Millionen Euro drauflegen, damit er den maroden Laden überhaupt genommen hat.

Das ist kein Grund zur Sorge über China, sondern ein Grund zur Sorge darüber, was wir im eigenen Lande zustande bringen oder nicht zustande bringen. Eins ist richtig: Dank der Auflösung des sowjetischen Machtbereiches insgesamt und dank der Öffnung Chinas seit den achtziger Jahren hat es einen ungeheuren Quantitätssprung in der Weltwirtschaft gegeben. Gleichzeitig sind wir Augenzeugen eines Qualitätssprunges, nämlich einer Beschleunigung des technologischen Fortschritts, wie es sie in früheren Jahrhunderten nicht gegeben hat.

Wenn ich einmal fünf oder sechs Jahrhunderte zurückdenke, so war die deutsche Hanse beinahe zweihundert Jahre lang ein mächtiges kartellähnliches, handelspolitisches und wirtschaftliches Instrument für den Wohlstand der Einwohner von Brügge, Hamburg, Bremen und Lübeck, für Bergen, Visby und Nowgorod. Dann wurde Amerika entdeckt, der transatlantische Verkehr wurde möglich. Von der Hanse, von Venedig und von manchen der einstmals großen Handelszentren ist wenig geblieben. Gleichwohl geht es den Menschen in Hamburg und in Bergen heute sehr gut – weil sie nämlich von ganz anderen Wirtschaftszweigen leben als damals.

Könnte es sein, dass ganz Europa oder auch ganz Deutschland das Schicksal von Genua oder Venedig ereilt?

Nein. Genua oder Venedig haben nichts erfunden, und sie haben wenig fabriziert, sie waren großartige Händler und Finanziers. Die Deutschen sind von ihrer Anlage her – ähnlich wie Engländer, Franzosen, Polen oder Holländer – Leute, die sich etwas ausdenken. Die großen Erfindungen stammen nicht von Händlern. Wir sind keine Händlertypen, sondern wir bringen Forscher hervor und Erfinder. Der Erfindergeist, der Forscherdrang der Europäer ist in der Geschichte von überragender Qualität gewesen. Es spricht wenig dafür, dass das in Zukunft aufhört. Aber es kann sein, dass die Amerikaner uns auf diesem Felde überholen. Seit einer Reihe von Jahrzehnten sieht es so aus.

Und die Chinesen? Sie haben auch als große Erfinder Geschichte gemacht.

Vor Jahrhunderten haben die Chinesen, verglichen mit dem damaligen Europa, eine ungeheure Produktivität wissenschaftlich begründeter technologischer Entwicklungen zustande gebracht; es ist denkbar, dass dies wiederkommt. Im Augenblick haben sie andere Sorgen, als die Führung der technologischen Entwicklung der Welt an sich zu reißen.

Sie müssen nicht viel selbst entwickeln. Wir tragen ihnen die Technologie nach China, und das, was sie nicht bekommen, kopieren sie illegal.

Das ist üblich in der Weltgeschichte. Die Dampfmaschine wurde von dem Engländer James Watt entwickelt, und alle anderen haben sie geklaut. Das ist nichts Neues. Die gesamte technologische Entwicklung Japans in der zweiten Hälfte des 19. Jahrhunderts war kopiert, ebenso wie nach 1945. Das ist legitim und in Ordnung. Wir Europäer haben unser Rechtssystem auch nicht selbst entwickelt, sondern wir haben es weitgehend vom alten Rom abgekupfert.

Führt der Aufstieg Asiens mit China als Epizentrum dazu, dass der Wohlstand der Welt gerechter verteilt wird?

Zumindest in Teilen der Welt. Es wäre schon eine wunderbare Sache, wenn es den 1,3 Milliarden Chinesen im Lauf der nächsten Jahrzehnte immer besser ginge. Einstweilen geht es den 300 oder 400 Millionen entlang den Küstenprovinzen sehr viel besser. Die Zahl derjenigen, die heute besser leben als ihre Eltern, würde ich deutlich höher setzen.

Und das bedeutet, dass sich die Gleichgewichte des Wohlstandes in der Welt verändern. Mehr Gerechtigkeit entsteht sozusagen als Nebenprodukt.

Es entsteht weder mehr Gleichheit noch mehr Gerechtigkeit. Denn die Welt besteht nicht nur aus Ostasien, aus Europa, aus Nordamerika, sie besteht auch aus dem Mittleren Osten, aus Afrika und aus Lateinamerika. Ganz Afrika wird weiterhin große Schwierigkeiten haben, an den Fortschritt anzuknüpfen. Es gibt in Afrika etwa fünfzig Staaten, keiner funktioniert wirklich gut. Es gibt zwei afrikanische Staaten, die eine historisch gewachsene Legitimität und eine nationale Tradition haben. Das ist Äthiopien, gegenwärtig ein Chaos, und es ist Ägypten, eine einigermaßen funktionierende Präsidialdiktatur. Alle anderen Staaten wurden von den Kolonialmächten mit dem Lineal aus dem Hut gezaubert. Teilweise nach 1919 und teilweise nach 1945 wurden die bisherigen Kolonien zu souveränen Staaten erklärt. Von einer südafrikanischen oder von einer nigerianischen Tradition zu reden, ist abwegig. Mein Freund Olusegun Obasanjo, der Nigeria regieren soll, ist ein armer Mann. Denn im Norden des Landes gilt die Scharia, dort werden Dieben die Hände abgehackt, wenn sie gefasst werden; in Lagos funktioniert der Frühkapitalismus, aber auch Lagos ist kaum regierbar. Gleichzeitig gibt es in Afrika eine sagenhafte Übervölkerung. Eine Stadt wie Abidjan – von deren Existenz man vor zehn Jahren noch so gut wie nichts wusste – hat heute vier Millionen Einwohner. In Afrika gibt es viel Elend. Die Gerechtigkeit verbreitet sich nicht gleichmäßig auf der Welt.

Das Paradies auf Erden wird nicht kommen. Aber wenn man nur Indien und China betrachtet, sprechen wir bereits von einem Drittel der Weltbevölkerung, das in den letzten 15 bis 20 Jahren erheblich an Wohlstand gewonnen hat und in den kommenden 20 Jahren voraussichtlich noch sehr viel wohlhabender werden wird. Das strahlt natürlich auf das übrige Asien aus. Der Anteil der Schwellenländer Asiens an der Weltwirtschaft ist trotz Asienkrise von knapp neun Prozent im Jahr 1990 auf inzwischen fast 12 Prozent gestiegen.

Auch hier würde ich vorsichtig sein. In Bangladesh leben über 120 Millionen Menschen, in Indonesien sind es über 200 Millionen Menschen, das sind große Massen. Da kann vieles auch schiefgehen. Einstweilen hat auch der Mittlere Osten, abgesehen von ein paar wenigen Ölstaaten, keinen Anteil am Aufschwung der Weltwirtschaft. Dass sich mit China und Indien ein bedeutender Teil der Welt seit zwei Dekaden im Aufwind befindet, ändert nichts daran.

Herr Schmidt, China fasziniert Sie seit über 30 Jahren. Damals nahmen nur wenige bei uns das Land überhaupt zur Kenntnis. Heute gilt es als die zweite Weltmacht nach den USA. In gro-

ßen kulturellen Dimensionen gedacht: Was ist die Herausforderung, vor der Deutschland und der Westen insgesamt angesichts des Aufstiegs Chinas stehen?

China ist nicht das einzige Land, das mich fasziniert. Es gibt viele Länder auf der Welt, deren Entwicklung, deren Schicksal mich interessiert und deren Einfluss auf unser Leben und Denken eine Rolle spielt. Das gilt vor allem für unsere unmittelbaren Nachbarn. Aber Sie haben Recht, wenn Sie meinen, dass China und die chinesische Kultur mich besonders faszinieren. Sie fragen nach den kulturellen Dimensionen. Heutzutage ist der Kulturbegriff leider eingeengt auf Literatur, auf Musik, auf Religion, auf Architektur, auf die bildenden Künste. Was Herr Zetsche bei DaimlerChrysler oder was Herr von Pierer bei Siemens macht, hat nach dem Verständnis unserer heutigen Intellektuellen mit Kultur nichts zu tun. Das sei Wirtschaft, das habe mit Geld zu tun. Sich damit zu beschäftigen, ist sich »die Kultur« zu schade. Das halte ich für falsch. Die Historiker des Altertums haben in dieser Hinsicht keine Unterschiede gemacht; auch für Konfuzius gehörten zur Kultur nicht nur Philosophie und Ethik, sondern eben auch die Form des Wirtschaftens und vor allem die Form der Herrschaft. Es ist durchaus sinnvoll, geschichtliche Epochen nach dem Material ihrer Werkzeuge, nach der Form ihrer aus Ton geformten Trinkgefäße oder nach ihren Steinsetzungen als eine Kultur zu bezeichnen. Wir sprechen von der Kultur der Mayas oder der Inkas und meinen damit nicht allein die bildenden Künste. Heute haben wir zwar den Ausdruck »Kulturschaffende«, wir benutzen ihn beinahe jede Woche. Aber wir benutzen ihn in sehr eingeschränktem Sinne – und deshalb ist er falsch. Denn nicht nur der Filmregisseur ist ein Kulturschaffender, sondern auch der Chef einer Stadtsparkasse beeinflusst die Kultur, nämlich die Kultur des Wirtschaftens. Es gibt eine Kultur im Sinne der Literaten und der Kunst, aber es gibt ebenso eine Kultur des Rechts, eine Kultur des Wirtschaftens und eine Kultur des Regierens. Dies alles zusammen macht unsere Kultur aus. So halte ich zum Beispiel den europäischen Sozial- und Wohlfahrtsstaat für eine geschichtlich herausragende Leistung der europäischen Kultur insgesamt.

Ich vermute, dass die Chinesen auch künftig an dem umfassenden chinesischen Kulturbegriff festhalten werden, der ihnen aus ihrer Geschichte selbstverständlich ist. Jedenfalls ist es nicht etwa allein ihre Malerei oder ihre Technologie, ihre literarische oder ihre philosophische Kultur, sondern es ist die chinesische Kultur als Ganze, die sich über vier Jahrtausende entfaltet hat.

Es ist in der Weltgeschichte bisher niemals vorgekommen, dass eine nationale Kultur nach einer sehr langen Lebensdauer plötzlich eine ungewöhnliche ökonomische Vitalität entwickelt. Sowohl der chinesische Stolz auf die über Jahrtausende sich erstreckende kulturelle Leistung als auch der chinesische Stolz auf den aktuellen Aufschwung und das wachsende Selbstbewusstsein erscheinen mir als sehr verständlich. Nun ist China in den letzten Jahrzehnten dank der durch moderne Verkehrs- und Kommunikationstechniken eng zusammengeschrumpften Entfernungen und dank der modernen wirtschaftlichen Verknüpfungen zu einem Nachbarn Europas und Amerikas geworden. Ich halte es für einen schweren Fehler, darin eine Herausforderung zum Zweikampf sehen zu wollen. Dabei bleibt es ganz unerheblich, ob man anstelle des deutschen Wortes »Kultur« den anglo-amerikanischen Begriff »civilization« benutzt. Ein »clash of civilizations« zwischen China und dem Westen erscheint zwar als möglich – aber er ist keineswegs unvermeidlich! Ebenso ist auch ein feindlicher Zusammenstoß der westlichen Kulturen mit dem zunehmend von Selbstbewusstsein geprägten Islam und seinen gläubigen Anhängern zwar denkbar, aber er ist keineswegs unvermeidlich! Im Falle Chinas und ebenfalls im Falle des Islam, in beiden Fällen handelt es sich um weit mehr als eine Milliarde Menschen. Es wird entscheidend darauf ankommen, dass wir Europäer – und dass der Westen insgesamt – die Eigenständigkeit Chinas und die Eigenständigkeit der islamischen Kulturen als gleichberechtigt anerkennen und respektieren.

Keinesfalls darf der wirtschaftliche Wettbewerb den Respekt

verdunkeln oder gar verdrängen. Hier liegt die Verantwortung vornehmlich unserer Politiker, aber ebenso die Verantwortung unserer unternehmerischen und gewerkschaftlichen Manager – und nicht zuletzt die Verantwortung unserer Kirchen und unserer Intellektuellen. Weder der jüdische noch der christliche Gott hat einen von ihnen ermächtigt, die Kultur der westlichen Nationen für überlegen und China westlicher Belehrung für bedürftig zu erklären oder umgekehrt Angst vor China zu verbreiten. Wohl aber sollten die eigene politische Einsicht und Vernunft ihnen sagen: China wird beim Wiederaufstieg zur Weltmacht seinen eigenen Weg gehen.

Zeittafel

Chinesische Geschichte und Erfindungen

2100–1600 v. Chr.	**Xia-Dynastie?**
2000 v. Chr.	Schrift (auf Schildkrötenpanzer)
1600–1025 v. Chr.	**Shang (Yin)-Dynastie**
1400 v. Chr.	Dezimalsystem
1025–256 v. Chr.	**Zhou-Dynastie** Feudaler Staat mit zentralem Königsland, umgeben von Lehnsstaaten. Nach Machtverlust der Könige Erstarkung und Unabhängigkeit der Fürstentümer
770–481 v. Chr.	**Die Frühlings- und Herbst-Periode**
600 v. Chr.	Erfindung des Eisenpflugs
ca. 580–500 v. Chr.	Lao Tse
ca. 560–483 v. Chr.	Gautama Buddha
551–479 v. Chr.	Konfuzius
481–221 v. Chr.	**Die streitenden Reiche** Aufteilung Chinas in Einzelstaaten
400 v. Chr.	Erfindungen: Pferdegeschirr (Brustgurt), Handkurbel, Kolbenblasebalg, Camera Obscura, Drachen und Drachenfliegen, Armbrust, Giftgas, Rauchbomben, Tränengas
ca. 370–290 v. Chr.	Mencius (Philosoph, Weiterentwicklung der Ethik des Konfuziamismus)
300 v. Chr.	Binnenschifffahrtskanal (Kaiserkanal)
221–206 v. Chr.	**Qin-Dynastie** Errichtung eines zentralisierten Einheitsstaates, Verwaltungssystem mit

	Beamten, Terrakotta-Armee in Xi'an (246–208 v.Chr.)
206 v.Chr. –220 n.Chr.	**Han-Dynastie** Gründung eines Beamtenstaates, Verknüpfung von Lehnsorganisation der Zhou und Verwaltungssystem der Qin
200 v.Chr.	Erfindung des Papiers; Stahlerzeugung aus Gusseisen
100 v.Chr.	Erfindung des Treibriemens und der Schubkarre
1. Jh. n.Chr.	Erfindung der Hängebrücke und des magnetischen Kompasses
2. Jh. n.Chr.	Erfindungen: Seismograph, quantitative Kartographie, mehrmastige Segelschiffe, Schonertakelung, wasserdichte Schotten im Schiffsrumpf
220–265	**Zeit der 3 Reiche**
3. Jh.	Erfindungen: Porzellan, kybernetische Maschine, eiserne Brücke, Angelrolle, biologische Schädlingsbekämpfung
265–420	**Jin-Dynastie**
4. Jh.	Erfindung des Propellers
5. Jh.	Erfindungen: Grundprinzip der Dampfmaschine, Schiffe mit Schaufelradantrieb
420–581	**Zeit der Nördlichen und Südlichen Dynastien** Trennung von Nord- und Südchina
6. Jh.	Erfindungen: Segelwagen, Streichhölzer
581–618	**Sui-Dynastie** Erneute Einigung des Reiches
618–907	**Tang-Dynastie** Kulturelle und wirtschaftliche Blütezeit, besonders der chinesischen Lyrik

8. Jh.	Erfindungen: Blockdruck, mechanische Uhr
9. Jh.	Erfindungen: Papiergeld, Schießpulver
907–960	**Die Zeit der Fünf Dynastien**
10. Jh.	Erfindungen: Pockenimpfung, Kanalschleuse, Flammenwerfer, Feuerwerkskörper, Bomben und Granaten mit weichen Hülsen
960–1279	**Song-Dynastie** Zweite wirtschaftliche und kulturelle Blüte trotz politischer Instabilität
11. Jh.	Erfindungen: Spinnrad, Drucktechnik (bewegliche Lettern), Raketen
1162–1227	Dschingis Khan, 1206 Einigung der Mongolen, seit 1211 Krieg mit Nordchina, 1215 Eroberung Pekings
12. Jh.	Erfindung der Feuerlanze
13. Jh.	Erfindungen: Bomben mit Metallhülsen, Landminen, Kanonen und Mörser
1208–1259	Möngke Khan, 1251–1259 Großkhan des Mongolischen Reiches
1279–1368	**Yuan-Dynastie** Herrschaft der Mongolen, Kublai Khan (1260–1294)
14. Jh.	Erfindungen: Seeminen, mehrstufige Raketen
1368–1644	**Ming-Dynastie** Aufteilung des Reiches in Provinzen. Zentralisierung von Herrschaft und Verwaltung, Stärkung der Macht der Mandarine. Reichssicherung wird Hauptaufgabe

1371–1433	Zheng He (Seefahrer, unternimmt Expeditionen nach Westen bis an die ostafrikanische Küste ab 1405)
1644–1911	**Qing-Dynastie der Mandschu,** löst Regierung der Han-Chinesen ab
1839–1842	Erster Opiumkrieg, erste Niederlage Chinas gegen den Westen
1842	Vertrag von Nanjing (Nanking): China öffnet sich der westlichen Welt; Abtretung Hongkongs an Großbritannien
1851–1864	Taiping-Aufstand unter Führung von Hong Xiuquan
1853	Einnahme der alten Kaiserstadt Nanjing (Nanking) durch die Taiping-Rebellen
1856–1860	Zweiter Opiumkrieg
1860	Besetzung Pekings durch die Briten und die Franzosen: Zerstörung des Sommerpalastes
1894/95	Chinesisch-japanischer Krieg
1895	Vertrag von Shimonoseki: Formosa (Taiwan) fällt an Japan
1897–1914	Qingdao (Tsingtao) ist deutsche Kolonie
1900–1901	Boxeraufstand
27. Juli 1900	Hunnenrede Wilhelms II.
1911–1949	**Ende des Kaiserreiches: Republik China**
1912	Sun Yatsen (Gründer der Guomindang (Kuomintang), Nationale Volkspartei) ruft die Republik aus; erster Präsident: Yuan Shikai
1916	Tod Yuan Shikais
1916–1927/28	Warlord-Periode: regionale Zersplitterung
1919	»4.-Mai-Bewegung«

1923–1927	Erste Einheitsfront: Zusammenschluss der Guomindang (Kuomintang) und der Kommunistischen Partei Chinas (gegründet 1921) gegen regionale Militärmachthaber (Warlords)
1925	Tod Sun Yatsens; General Chiang Kaishek ruft in Nanjing (Nanking) eine Diktatur aus
1926–1928	Nordfeldzug gegen Warlords: Eroberung Pekings durch die Guomindang (Kuomintang) (1928)
1927–1937	Erster Bürgerkrieg in China
1934–1935	»Langer Marsch« der Kommunistischen Partei, u.a. unter der Führung Mao Zedongs
1937	»Nanjing-Massaker« Japanische Besetzung Shanghais
1937–1945	Zweite Einheitsfront von Nationalisten und Kommunisten
1945–1949	Zweiter Bürgerkrieg in China endet mit dem Sieg der Kommunisten. Chiang Kaishek zieht sich mit den Resten der Guomindang (Kuomintang) nach Taiwan zurück
1.10. 1949	Gründung der **Volksrepublik China.** Mao Zedong wird Vorsitzender der Kommunistischen Partei Chinas
Ende 1949	Mao reist nach Moskau; 1950: chinesisch-russischer Freundschaftsvertrag
1949–1952	Bodenreformbewegung
1954	Deng Xiaoping wird zum Generalsekretär der Partei und zum stellvertretenden Ministerpräsidenten ernannt

1954–1978	Vollständige Abschaffung der Privatwirtschaft. Zhou Enlai ist Ministerpräsident
1957	»Hundert-Blumen-Kampagne«
1958–1960	»Großer Sprung nach vorn«, Einrichtung von Volkskommunen
1959–1975	Liu Shaoqi ist Staatspräsident
1960	Ideologischer Konflikt mit Moskau, endgültiger Bruch nach der Kuba-Krise
1964	»Mao-Bibel« erscheint Zündung der ersten chinesischen Atombombe
1966–1976	Kulturrevolution
1967	Zündung der ersten chinesischen Wasserstoffbombe
1971	»Ping-Pong-Diplomatie« Aufnahme Chinas in die UN, Taiwan gibt den Sicherheitsratssitz zugunsten von China auf
1972	Besuch des US-Präsidenten Nixon in Peking
1973	Deng Xiaoping erhält seine Ämter zurück
1976	Tod Mao Zedongs
ab 1978	Öffnungspolitik: Deng Xiaopings »Vier Modernisierungen« der Marktwirtschaft, Konsolidierung seiner Machtposition
1978–1980	Hua Guofeng ist Ministerpräsident
1980–1987	Hu Yaobang ist KP-Generalsekretär; Zhao Ziyang wird Ministerpräsident
1983–1988	Li Xiannian ist Staatspräsident
1987–1989	Zhao Ziyang ist KP-Generalsekretär

1987–1998	Li Peng ist Ministerpräsident
1988–1993	Yang Shangkun ist Staatspräsident
1989	Studentenproteste mit Massendemonstrationen. Blutige Niederschlagung der Demokratiebewegung durch die Armee auf dem Platz des Himmlischen Friedens (4. Juni)
1989–2002	Jiang Zemin ist KP-Generalsekretär
1993–2003	Jiang Zemin ist Staatspräsident
1997	Tod Deng Xiaopings; Rückgabe Hongkongs an China
1998–2003	Zhu Rongji ist Ministerpräsident.
2001	China wird WTO-Mitglied
2002	Hu Jintao wird neuer KP-Generalsekretär
2003	Regierungswechsel: neue Politik des sozialen Ausgleichs unter Ministerpräsident Wen Jiabao. Hu Jintao wird Staatspräsident. Erster bemannter Raumflug Chinas

Personenregister

»Hoch informativ, sehr persönlich
und durchaus bewegend«
FAZ

Im Dezember 2001 empfing Helmut Schmidt in seinem Haus in Hamburg sechs junge Leute, um sich mit ihnen über Politik zu unterhalten. Die Gesprächsleitung übernahm Sandra Maischberger. Bis spät in die Nacht stand Schmidt Rede und Antwort und scheute sich nicht, Dinge beim Namen zu nennen und manches private Detail beizusteuern. Selten kommt man einem Spitzenpolitiker so nah wie in diesem Buch.

»Ein Buch voller Menschlichkeit, spannend zu lesen, leise und nachdenklich, witzig, schlagfertig und vor allem ehrlich. Das Vermächtnis eines großen Politikers.«
Deutschlandradio

Hand aufs Herz
ISBN-13: 978-3-548-36460-5
ISBN-10: 3-548-36460-8

ULLSTEIN

R U S S L A N
Astana
Karaghandy
KASACHSTAN
Semey
Abakan
Chakassien
Jenisej
Gorno-Altajsk
Tuwa
Kyzyl
Altai
Tannu-Ola
Uvs nuur
Khövsgö nuur
Autonom Ust-Ord
Irku
Balhaš
Balchaschsee
Zajsan köli
Zajsan
Altay
Shu (Chu)
Ile
Taldykorgan
Altay
MON
Bischkek
ALMATY
Yining
Usu
Dsungarei
ÜRÜMQI
KIRGISISTAN
Issykkul
Turpan
Hami
Korla
Kashi
Shache
Lop Nur
Taxkorgan
Sinkiang
Hotan
Yumen
Gansu
Golmud
Qinghai Hu
Huang He
Indus
Jammu
Himachal
CHI
Qinghai
Zhaxigang
Shimla
Tibet
Jangtsekiang
Gamtog
DELHI
Delhi
HIMALAYA
NEPAL
Gangesebene
Mekong
Lhasa
Xigaze
AGRA
KANPUR
LUCKNOW
Kathmandu
Yamuna
Ganges
Thimphu
BHUTAN
Darjeeling
Dibrugarh
Brahmaputra
PATNA
VARANASI
Saidpur
GUWAHATI
BHOPAL
JABALPUR
Myitkyina
Lijiang
Xiaguan (Dali)
Yun
DHANBAD
BANGLA-DESCH
Imphal
DHAKA
INDIEN
KALKUTTA
Chindwinn
Irrawaddy
Salween
Mekong
AGPUR
Raipur
Raurkela
CHITTAGONG
Mandalay
Mahanadi
Bhubaneswar
MYANMAR
Godavari
RABAD
Golf von Bengalen
Sittwe (Akyab)
VISHAKHAPATNAM
Prome
Chiang Mai
Sandoway
Masulipatnam
THAILAND
Mekong